De vrouwen van het Grand Hôtel

Ruth Kvarnström-Jones

De vrouwen van het Grand Hôtel

Vertaald door Carla Hazewindus

LUITINGH-SIJTHOFF

Oorspronkelijke titel *De fenomenala fruntimren på Grand Hôtel*
Vertaling Carla Hazewindus
Omslagontwerp bürosüd
Omslagbeeld Look and Learn / Bridgeman Images
Opmaak binnenwerk Crius Group, Hulshout

ISBN 978 90 210 4235 0
ISBN 978 90 210 4237 4 (e-book)
ISBN 978 90 210 4946 5 (luisterboek)
NUR 302

www.ruthkj.com
www.lsuitgeverij.nl
www.boekenwereld.com

Uitgeverij Luitingh-Sijthoff vindt het belangrijk om op milieuvriendelijke en verantwoorde wijze met natuurlijke bronnen om te gaan. Bij de productie van dit boek is daarom gebruikgemaakt van papier waarvan het zeker is dat dit niet tot bosvernietiging heeft geleid.

Voor mijn lieve Maxine.
Dat jouw geest net zo levendig en bekoorlijk mag blijven
als die van Wilhelmina.

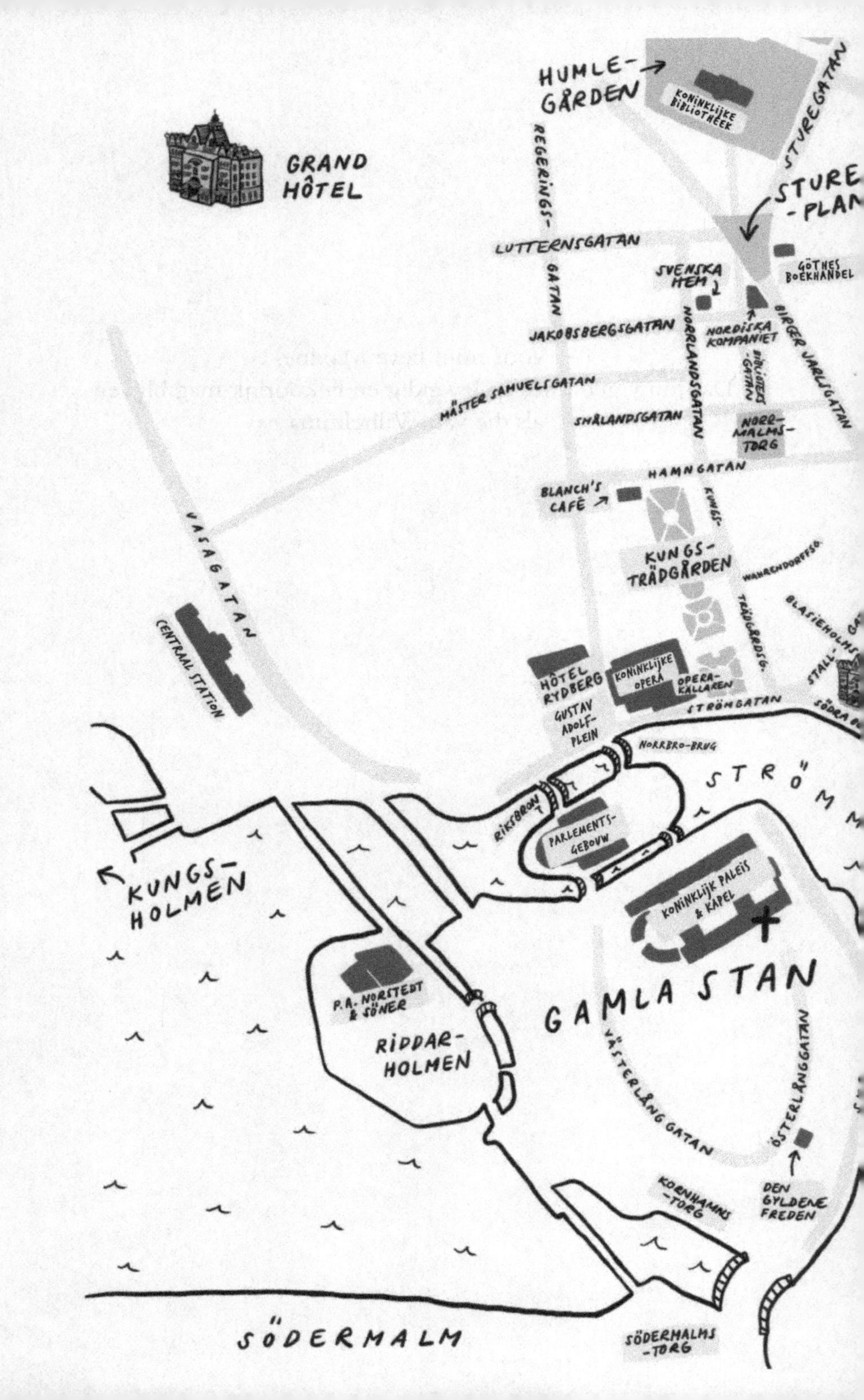
HUMLE-GÅRDEN
KONINKLIJKE BIBLIOTHEEK
STUREGATAN
STURE-PLAN
GRAND HÔTEL
REGERINGS-GATAN
LUTTERNSGATAN
SVENSKA HEM
GÖTNES BOEKHANDEL
JAKOBSBERGSGATAN
NORRLANDSGATAN
NORDISKA KOMPANIET
BIRGER JARLSGATAN
BIBLIOTEKS-GATAN
MÄSTER SAMUELSGATAN
SMÅLANDSGATAN
NORR-MALMS-TORG
HAMNGATAN
BLANCH'S CAFÉ
KUNGS-
VASAGATAN
KUNGS-TRÄDGÅRDEN
WAHRENDORFFSG.
BLASIEHOLMS-
TRÄDGÅRDSG.
CENTRAAL STATION
HÔTEL RYDBERG
KONINKLIJKE OPERA
OPERA-KÄLLAREN
STALL-
STRÖMGATAN
SÖDRA B
GUSTAV ADOLF-PLEIN
NORRBRO-BRUG
STRÖMM
RIKSBRON
PARLEMENTS-GEBOUW
KUNGS-HOLMEN
KONINKLIJK PALEIS & KAPEL
GAMLA STAN
P.A. NORSTEDT & SÖNER
RIDDAR-HOLMEN
VÄSTERLÅNGGATAN
ÖSTERLÅNGGATAN
KORNHAMNS-TORG
DEN GYLDENE FREDEN
SÖDERMALM
SÖDERMALMS-TORG

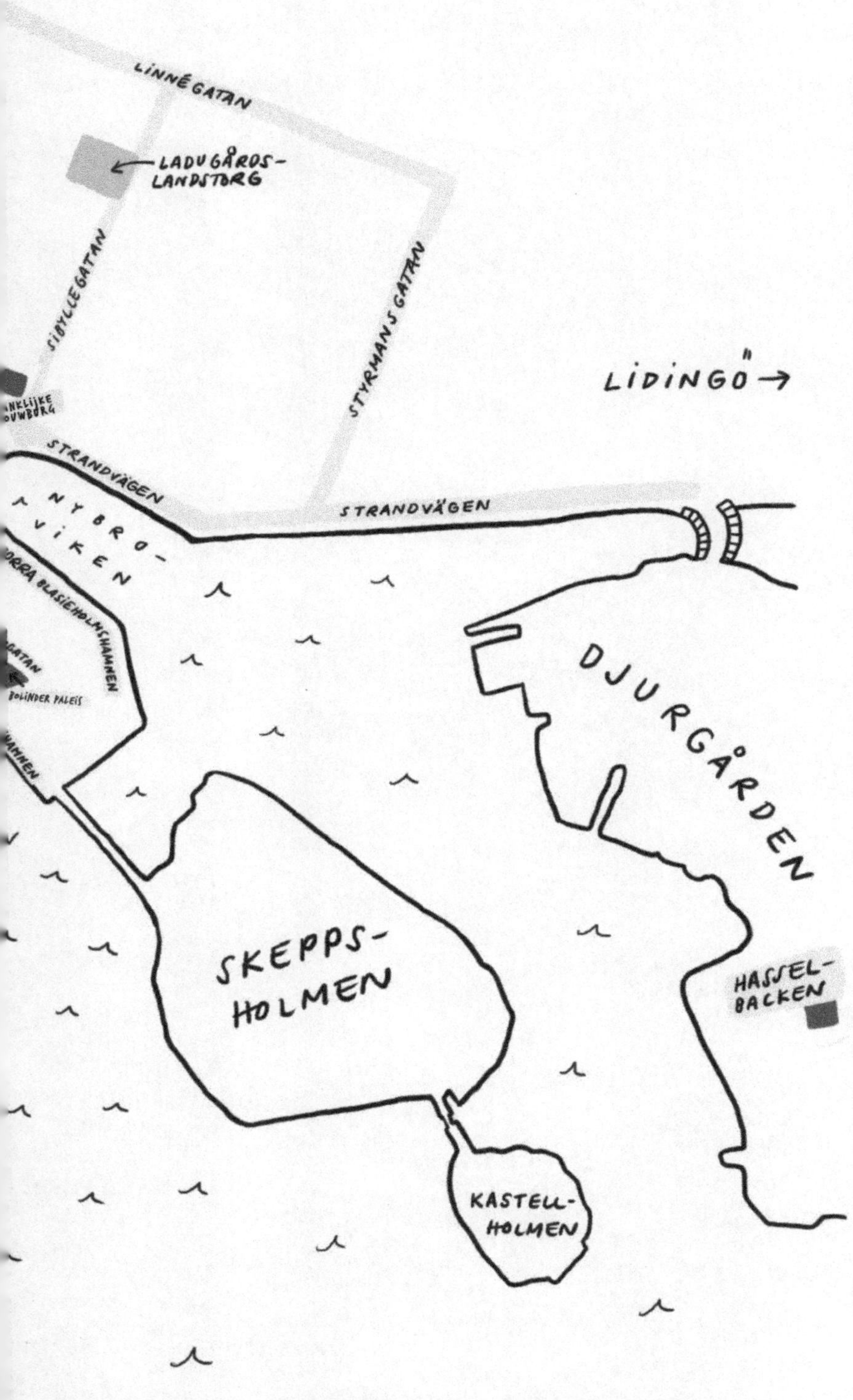

LINNÉGATAN

LADUGÅRDS-
LANDSTORG

SIBYLLEGATAN

STYRMANSGATAN

LIDINGÖ →

NKLIJKE
OUWBURG

STRANDVÄGEN

STRANDVÄGEN

NYBRO-
VIKEN

ORRA BLASIEHOLMSHAMNEN

GATAN

BOLINDER PALEIS

HAMNEN

DJURGÅRDEN

SKEPPS-
HOLMEN

HASSEL-
BACKEN

KASTELL-
HOLMEN

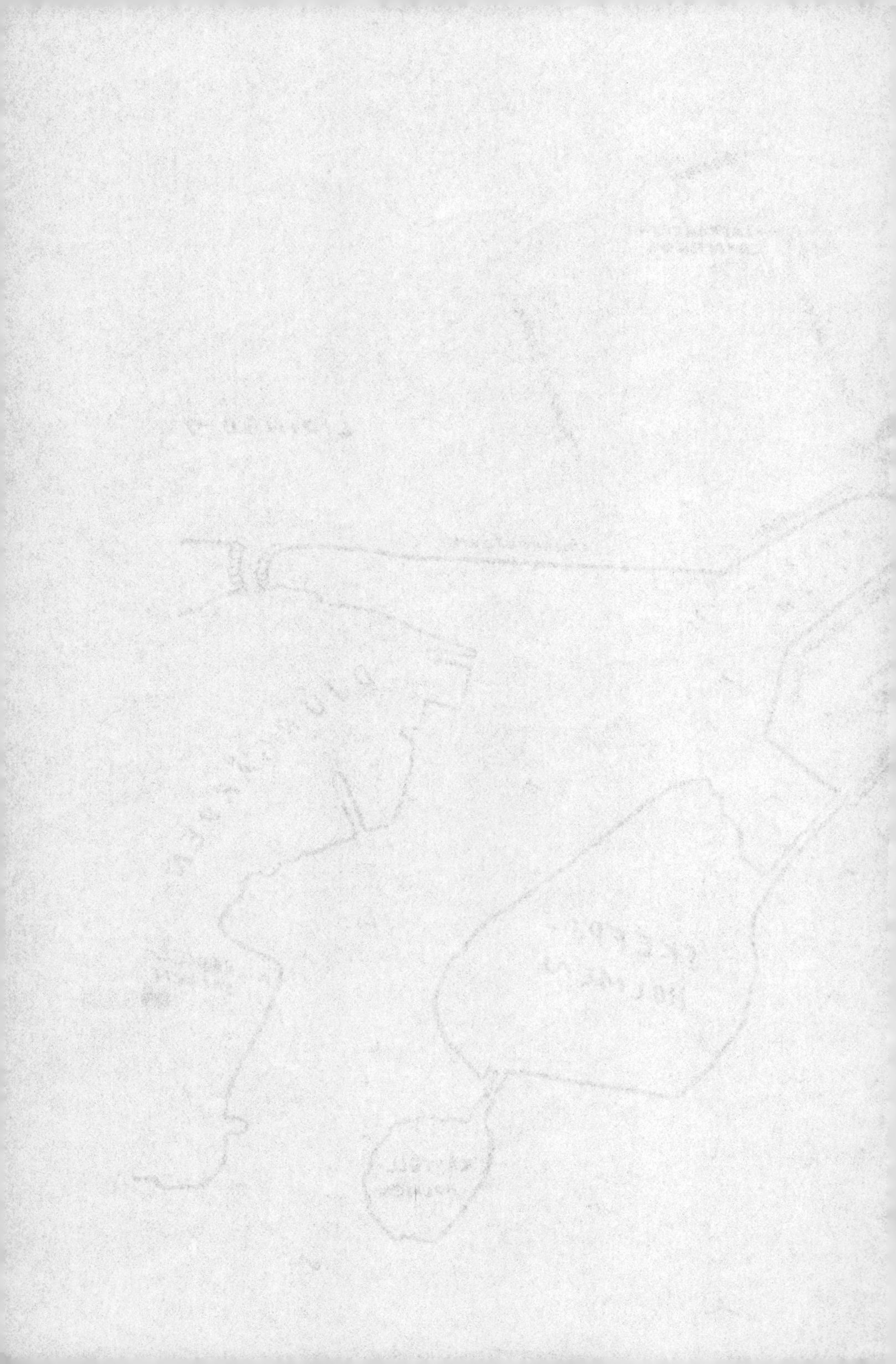

Lijst van personages

RÄTTVIK, DALARNA

De familie Ekman
Karl & Viveka Ekman
Jon Ekman
Ottilia Ekman
Torun Ekman
Birna Ekman
Victoria Ekman

Nicht Anna

Arvid Blomqvist

GRAND HÔTEL

Het echtpaar Cadier
Régis (grondlegger) en Caroline Cadier

De familie Skogh
Wilhelmina & Pehr Skogh
Brita (huishoudster)

Bestuursleden
Axel Burman
Algernon Börtzell
Luitenant Ehrenborg

Oscar Holtermann
Ehrenfried von der Lancken
Carl Liljevalch
Ivar Palm

Huishouding
Margareta Andersson (hoofd Huishouding)
Beda Johansson
Märta Eriksson
Karolina Nilsson

Spijzen en Dranken
Gösta Möller (maître d'hôtel)
Sam Samuelsson (chef-kok)
Charley Löfvander (hoofd Bar)
Fredrik Nyblaeus (Banqueting)
Kristian (barman)
Monsieur Blanc (sommelier)

Kruiers en receptiemedewerkers
Knut Andersson
Edward Hansson

Bloemist
Josef Starck
Maj Starck, zijn vrouw

Administratie
August Svensson

Anderen
Dr. Karl Malmsten
Hoofdinspecteur Ström

Graag geziene gasten
Sarah Bernhardt (toneelspeelster)
Elsa Beskow (illustrator)
Armand Fallières (president van Frankrijk)
Henning Halleholm (industrieel)
Ellen Key (activiste)
Rudyard Kipling (schrijver)
Selma Lagerlöf (schrijfster)
Franz Lehár (componist)
Anna Lindhagen (activiste)
Elisabet Silfverstjerna (hofdame)
August Strindberg (schrijver)

Minder graag geziene gast
Kajsa (dame van plezier)

Koninklijke gasten
Koningin Josefina
Koning Oscar II & koningin Sophia
Koning Gustaaf V & koningin Victoria
Kroonprins Gustaaf Adolf & kroonprinses Margaret
Koning Edward VII & koningin Alexandra (VK)
Keizerin Eugénie (Frankrijk)
Koningin Margherita (Italië)

Het Grand Royal
Lotten Rönquist (kunstenaar)
Ernst Stenhammar (architect)
Carlsson & Löfgren AB (interieur)
Graham Brothers (liften)

1

Bestuursvergadering, Grand Hôtel, Stockholm, 10 december 1901

'Mijne heren.' Algernon Börtzell, grootmeester van het Koninklijk Huis en bestuursvoorzitter van Nya Grand Hotel AB, tikte met de gouden punt van zijn vulpen op het vel papier dat voor hem lag. 'Het is tijd dat we ter zake komen.'

'Me dunkt.' Ehrenfried von der Lancken, waarnemend gouverneur van Stockholm, stopte zijn horloge terug in zijn vestzakje. 'De Nobelprijs-ceremonie begint al over ongeveer drie uur. Ik moet me nog voorbereiden en kan absoluut niet te laat komen.' Hij legde de klemtoon op 'absoluut' om aan te geven dat het hem ernst was. 'Ik neem aan dat de laureaten het naar hun zin hebben in het hotel.'

'Ik heb geen klachten gekregen,' zei Börtzell. 'Alle vier de suites zijn smaakvol gemeubileerd en voorzien van alle comfort. En ze zijn vanzelfsprekend gelegen aan de kant van het water. Het uitzicht mag zelfs op een winteravond spectaculair worden genoemd.' Vanaf zijn plek aan het hoofd van de ingelegde walnoothouten tafel keek hij door een boograam en langs het Koninklijk Paleis naar de 'stad tussen de bruggen', oftewel 'Gamla Stan', zoals de Stockholmers inmiddels het eiland tussen Norrmalm en Södermalm noemden. 'Ik geloof dat er vanavond borst van hazelhoen wordt geserveerd, dat zal zeker indruk op onze gasten maken.'

Axel Burman, bankier en grootaandeelhouder van Nya Grand Hotel AB, mengde zich in het gesprek. 'Zeg eens, Algernon, is het waar dat de koning een tegenstander is van het toekennen van prijzen aan buitenlanders?'

Börtzell haalde een sigaar uit zijn binnenzak en stak hem aan. 'Laten we het er maar op houden dat Zijne Majesteit iets enthousiaster werd toen hem duidelijk werd gemaakt dat het vertoon van wat Zweedse pracht en praal alleen maar voordeel kan opleveren. Dus als het vandaag een succes wordt en de uitreiking van de Nobelprijzen uitgroeit tot een jaarlijks terugkerende gebeurtenis, zullen Zweden en Nobel gedurende de komende generaties een begrip zijn voor iedere wetenschapper.'

'Maar niet als we vanavond allemaal te laat komen.' Von der Lancken had moeite zijn ongeduld de baas te blijven. 'Wat valt er trouwens te bespreken? We zijn hier vandaag bijeen omdat het Grand Hôtel in een penibele financiële situatie verkeert en we daar iets aan moeten doen. Ik meen dat je dit tijdens de laatste vergadering hebt gezegd, Axel?'

Burman knikte. 'Vanzelfsprekend beschikken we nog niet over de definitieve cijfers van 1901, maar ondanks de ingrijpende renovatie...'

'Zeg maar gerust buitensporig kostbare renovatie...' viel Von der Lancken hem in de rede. 'We hebben het budget met een miljoen kronen overschreden. Een miljoen! Dit bedrag is meer dan de helft van wat het Régis Cadier heeft gekost om dit hele hotel te bouwen.'

'Maar dat was wel dertig jaar geleden,' zei Börtzell.

Von der Lancken keek hem aan over zijn bril heen. 'Wil je hiermee beweren dat een budgetoverschrijding van een miljoen kronen begrijpelijk is? Of zelfs aanvaardbaar?'

'Ik wil slechts aanvoeren dat ondanks de ingrijpende – en inderdaad buitensporig kostbare – renovatie dit hotel blijkbaar niet in staat is winst te maken.'

'Lariekoek.' Von der Lancken sprak het woord met zoveel kracht uit dat er wat speeksel meekwam. 'Het ligt niet aan dit glorieuze hotel dat er geen winst wordt gemaakt, de schuldige is luitenant Ehrenborg. Hij is niet bij machte greep te krijgen op de financiële situatie. Hoteldirecteuren zijn vervangbaar, en het is tijd dat hij opstapt.'

'Eerlijk is eerlijk, Ehrenborg is nog maar net een jaar in functie, en hem komt de eer toe dat het Nobelsouper vanavond in onze nieuwe Spiegelzaal kan plaatsvinden.'

'De Spiegelzaal is er dankzij de architecten,' corrigeerde Burman hem. 'Ik ben het met Ehrenfried eens dat luitenant Ehrenborg geen greep heeft op de financiën en, vreemd genoeg, ook niet op zijn personeel. Hij mag zich dan wel verdienstelijk hebben gemaakt met zijn werk voor Alfred Nobel, maar hij heeft laten zien dat hij te weinig ervaring heeft om dit hotel te leiden.'

Börtzell schraapte zijn keel. 'Misschien valt ons wel te verwijten dat we hem tot algemeen directeur hebben benoemd. Ehrenborg is een fatsoenlijke kerel. Iemand van zijn kaliber moet een vervangende betrekking worden aangeboden.'

'Daar ben ik het roerend mee eens.' Burman draaide aan zijn snor. 'Maar op dit moment dienen we ons te concentreren op het hotel. We hebben een stevige hand aan het roer nodig.'

Von der Lancken zwaaide met zijn dikke wijsvinger, waardoor het licht van de lamp op zijn zegelring viel. 'We hebben het toch over mevrouw Skogh gehad? In dit land zijn diverse goedlopende hotels die door vrouwen worden geleid. Waaronder drie door de desbetreffende dame. Ze leidt al vijfentwintig jaar hotels, dus waarom niet het Grand Hôtel? Gezien onze recente ervaringen stel ik voor om voorzichtig te beginnen door mevrouw Skogh de functie van hoteldirecteur aan te bieden. Als haar eerste jaar naar wens verloopt, kunnen we haar promoveren tot algemeen directeur.'

'Ze heeft de reputatie een behoorlijk lastige tante te zijn,' zei Burman.

Von der Lancken knikte instemmend. 'Maar dat geldt voor alle vrouwen die geen genoegen nemen met stommiteiten of tegenwerking. Ik heb echter ook gehoord dat ze zeer charmant kan zijn, en ze is absoluut kundiger dan de meeste mensen. Neem bijvoorbeeld de manier waarop deze vrouw vijf jaar geleden de accommodatie voor de buitenlandse bezoekers van de grote Stockholmtentoonstelling heeft geregeld. Ze heeft voor de hele periode zes huizen aan Strandvägen gehuurd, op eigen houtje gezorgd voor de nodige aanpassingen en meubilering, en is daarbij ook nog eens binnen het budget gebleven. Ze is iemand om rekening mee te houden, in alle opzichten. Er wordt beweerd dat ze aan de pupillen van een man kan zien wat hij in zijn beurs heeft. En ze is getrouwd met een befaamde wijnhandelaar hier in Stockholm. Deze dame is precies wat we nodig hebben.'

Börtzell blies een ferme rookwolk uit. 'Ze beschikt zeer zeker over de ervaring, het doorzettingsvermogen en de fantasie om de koers van dit schip te wijzigen.'

'Ik heb gehoord dat ze zelfs de koning van advies dient,' zei Burman.

'Mevrouw Skogh heeft van Zijne Majesteit de Vasamedaille ontvangen,' zei Börtzell. 'Een gouden exemplaar nota bene.'

Burman trok een gezicht alsof hij onder de indruk was. 'Dat kan allemaal heel nuttig zijn. Het Grand Hôtel is zowat een bijgebouw van het paleis.'

'Maar wel met een beter uitzicht. En ons hotel is mooier.' Börtzell grinnikte om zijn eigen grap, en moest hoesten. 'En wat betreft het vertrouwen van de koning, ik heb zelf ook enige invloed op hem.'

'Nog meer dan Elisabet Silfverstjerna?' vroeg Von der Lancken slinks.

Börtzell moest hier duidelijk even over nadenken. 'Deze vrouw is werkelijk overal van op de hoogte. Er gebeurt maar heel weinig in het paleis waar ze geen weet van heeft. En ik geloof dat ze ook dik bevriend is met mevrouw Skogh, wat op zich eveneens een voordeel is. Er is niets zo machtig als twee dames die onder één hoedje spelen. Mijn stem gaat naar mevrouw Skogh.'

'En die van mij ook,' zei Burman.

'Welnu, heren,' zei Börtzell. 'Als we het eens zijn zal ik Wilhelmina Skogh schrijven en haar voorstellen onze nieuwe hoteldirecteur te worden.'

'Ik denk dat ze een gat in de lucht springt,' zei Von der Lancken. 'Ik kan me niet voorstellen dat ze dat niet doet.'

2

Januari 1902

Wilhelmina Skogh werd wakker met de arm van haar nog slapende echtgenoot om haar heen. Buiten het slaapkamerraam van Styrmansgatan 1 huilde de januariwind in de duisternis van de vroege morgen. De winterzon zou pas over drie uur opgaan en tegen die tijd zou ze de lange tocht ondernemen naar Storvik, maar nu had ze nog even de tijd en de rust om na te denken.

Ze trok de deken op tot haar kin. Ze was dol op het gevoel van zijde op haar huid en genoot van het geruis van satijn tegen haar kousen, maar de zachte weldaad van wol zou misschien wel altijd haar favoriet blijven. Een stukje thuis. Fårö, het Schapeneiland, iets ten noorden van Gotland. De afgelopen veertig jaar had ze een heel traject afgelegd. Als dochter van een onderwijzer op een stipje in de Oostzee was ze naar Stockholm vertrokken, vandaar ging ze via Gävle naar Storvik, Rättvik en Bollnäs – het veranderende landschap trok aan haar geestesoog voorbij – en nu weer terug naar Stockholm en het Grand Hôtel?

Het Grand Hôtel. Het fraaiste etablissement van Noord-Europa. De parel in de kroon van Stockholm. En zij kon het weten, want ze had er in 1874 een jaar gewerkt toen het hotel net open was. Ze glimlachte in het donker. Régis Cadier had kosten noch moeite gespaard. De grandeur werd weerspiegeld in het gepolijste marmer, de parketvloeren, de kristallen kroonluchters aan de bewerkte plafonds en in de smaakvolle schikking van elk porseleinen bord. Zelfs de twee opgezette beren die met uitgestoken klauwen de gast verwelkomden – trouwens niet iets naar ieders smaak – hadden ongetwijfeld bijgedragen aan het spektakel en het spectaculaire van alles. De hele ambiance ademde weelde en de service was perfect, of was dat ooit geweest. Ze fronste. Het personeel werd goed betaald, naar Stockholmse maatstaven. Dus waarom wilden de werknemers niet hun best doen om hun baan te behouden?

'Mina?' De stem van Pehr Skogh onderbrak haar gedachten. 'Kun je niet meer slapen?' Hij schoof een beetje opzij om het lampje naast hun bed aan te doen, waardoor er een gezellig zacht schijnsel werd geworpen op donkerrode velours gordijnen die het duister achter het raam buitensloten.

Hij draaide zijn gezicht naar haar toe, Wilhelmina kroop tegen hem aan. 'Ik denk dat ik gewend ben om vroeg op te staan. En als ik eenmaal begin te piekeren...' Ze gaf een klapje op zijn arm. 'Je weet hoe dat gaat.'

'Het Grand Hôtel.' Het was een constatering, geen vraag.

'Ja. Ik vroeg me af hoe het kan dat een dergelijk luxueus hotel, op zonder twijfel de mooiste plek van Stockholm, met verlies draait. Dat raadsel houdt me al wakker sinds ik die brief van Börtzell heb ontvangen.'

'En, ben je daar al achter?'

'Jazeker.' Ze ging rechtop zitten en stopte een kussen tussen haar rug en het hoofdeinde van het bed. In een liggende houding kon je geen uitleg geven.

Pehr volgde haar voorbeeld. 'Ga verder.'

'Het Grand Hôtel heeft onlangs nog een aanzienlijke hoeveelheid tijd en geld gestoken in het vervangen van de façade, er is een verdieping toegevoegd, de voormalige eetzaal is veranderd in de Spiegelzaal, en de entree is helemaal opnieuw vormgegeven. Ze hebben zelfs een nieuwe keuken geïnstalleerd, met twee Bolinder-fornuizen.' Ze gooide haar hand in de lucht. 'Wat een onkosten, en dan nog al het geld dat ze zijn misgelopen doordat het hotel twee jaar dicht is geweest.'

'Ze zeggen wel dat je een kroon moet uitgeven om er drie voor terug te krijgen.'

'Jawel, maar dan moet je die ene kroon wel verstandig uitgeven,' zei Wilhelmina. 'Jij zou bijvoorbeeld nooit in een partij wijn investeren vanwege het fraaie etiket. Die wijn moet goed genoeg zijn om hem in je assortiment te houden.'

'Dat is waar, maar die extra verdieping zal toch wel voor meer omzet hebben gezorgd? De krantenberichten waren vol lof over de nieuwe entree en de Spiegelzaal.'

Wilhelmina knikte. 'Daarom vind ik het ook zo'n raadsel. Maar toen ik er gisteren weer was, vielen me een paar dingen op die me uitermate onlogisch en zelfs schadelijk voorkwamen. Een nieuwe verdieping is allemaal goed en wel, maar geen enkel hotel, laat staan een met de afmetingen van het Grand Hôtel, in een stad waar je struikelt over de herbergen en restaurants, kan teren op gasten die uitsluitend overnachten. We hebben mensen nodig die komen eten en drinken, hetzij als gast hetzij als bezoeker. Goed,' zei ze. Ze liep helemaal warm voor deze zaak terwijl haar gedachten zich uitkristalliseerden tot spijkerharde conclusies. 'De nieuwe eetzaal van het Grand Hôtel is een absolute verrukking. Iemand heeft heel veel tijd en geld gestoken in schitterende mahoniehouten lambrisering, om maar te zwijgen van het overduidelijk peperdure blauwgroene tapijt met bijpassende stoelen, en al die elektrische kroonluchters van kristal en brons, maar Pelle, er zat niemand in de eetzaal. Hetzelfde gold voor de Amerikaanse bar. Dat gaat dus niet goed.'

'Wat stel jij dan voor?'

'Ik zou een extra, wat kleinere entree maken, waar de Stockholmers in en uit kunnen lopen, zonder dat ze door de hotellobby hoeven. Ervoor zorgen dat het een locatie wordt die ook mensen uit de stad aantrekt. Doodzonde dat De Schacht er niet meer is. Dat was de favoriete stek van het theaterpubliek ten tijde van Régis Cadier. Het café trok zijn eigen slag van bezoekers, net zoals het Porselein Café trouwens. Het kon niemand ook maar een zier schelen dat het zich in de kelder van het Grand Hôtel bevond. Integendeel, die verscholen locatie maakte het des te aantrekkelijker. En dan had je nog de biljartzaal.'

'De biljartzaal?' Pehr zette grote ogen op. 'Er was altijd een biljartzaal naast het Porselein Café.'

'Vroeger, ja, maar dat is nu een wachtkamer voor de post-, telegram- en telefoondiensten. De biljartzaal is verplaatst naar boven en kijkt nu uit over het water. Uitzicht op het water!

Een van de mooiste panorama's ter wereld. Er is vast nooit een biljartende heer geweest die stopte met het krijten van zijn keu om te zeggen: "Moet je zien wat een geweldig uitzicht." Wat een ongelooflijke verspilling van zo'n waardevol bezit.' Wilhelmina gooide nu beide handen in de lucht. 'En er heerst ook weinig discipline. Een ober morste een druppel koffie op het tafelkleed, zonder zich ook maar enigszins te verontschuldigen. Als dat in een van mijn hotels was gebeurd, mocht hij een hele week pannen schuren. En ik weet zeker dat de bediende achter de receptiebalie naar alcohol rook. Als dát in een van mijn hotels was gebeurd, was hij meteen de laan uit gevlogen.'

Pehr keek geamuseerd, maar ook bewonderend naar zijn vrouw. 'Daar twijfel ik niet aan. Maar je hebt wel je vinger op de zere plek gelegd, waarom aarzel je dan nog steeds? Zolang ik je ken, praat je altijd vol liefde over dat hotel. Hoe vaak heb ik je niet horen zeggen: "Als ik de baas was in het Grand Hôtel, dan zou ik..."'

'Jawel, Pelle, maar er zijn twee bezwaren. Allereerst bezit ik drie winstgevende hotels, waar ik mijn handen vol aan heb. Wie moet die bestieren als ik naar Stockholm verhuis? Moet ik dan managers aanstellen of de boel verkopen?'

'Zeker niet verkopen. Naarmate het treinverkeer toeneemt, zullen de waarde en de omzet van die hotels alleen maar stijgen. De hotels blijven altijd een veilige bron van inkomsten; een appeltje voor de dorst voor onze oude dag. En wat is het tweede bezwaar?'

'Het Grand Hôtel zelf. Afgezien van de slechte discipline van het personeel, kunnen de fundamentele problemen niet worden opgelost door de komst van een andere leidinggevende. Zelfs ik kan niet toveren.' Ze haalde haar schouders op. 'Nee, het Grand Hôtel heeft meer nodig dan een renovatie om meer klanten te trekken en het inkomen te vergroten. En als we inderdaad meer klanten trekken, dan zullen die nieuwe glimmende Bolinder-fornuizen al snel te klein zijn. Dus wat moet ik doen?'

'Een brief aan Börtzell sturen waarin je precies hetzelfde

schrijft als je nu tegen mij hebt gezegd. Als ze je zo graag willen hebben, dan nemen ze wat je zegt ter harte en zullen ze willen onderhandelen. En met een beetje geluk zal ik dan wat regelmatiger naast mijn vrouw wakker worden.'

Ze hief haar gezicht naar hem op voor een kus. 'Dan moeten we in het hotel gaan wonen. Lisa Silfverstjerna woont daar ook, tot haar volle tevredenheid.'

'Daar twijfel ik niet aan. Zoals je zegt: dat hotel heeft iets heel bijzonders.'

Wilhelmina zuchtte. 'En als Börtzell niet wil onderhandelen?'

'Dan trek je je terug, lieveling. Maar geloof mij maar, zij hebben jou harder nodig dan jij hen.'

'Ah, maar ik doe het niet voor hen, ik doe het voor het hotel. Dat oude gebouw heeft iets onweerstaanbaars voor mij. Ik heb in heel veel geweldige etablissementen gelogeerd, in Londen, Parijs en Berlijn, maar niets kan zich meten met het Grand Hôtel in Stockholm.' Haar trekken werden zachter in het licht van de lamp. 'Ik wil ervoor zorgen dat de Stockholmers hetzelfde gevoel krijgen.'

Op de gang voor hun slaapkamer klonken voetstappen. 'Brita is al op. Het is vast al over zessen. Ik zal tegen haar zeggen dat ze geen uitgebreid ontbijt voor me hoeft te maken. Daar heb ik geen tijd voor.' Wilhelmina sloeg de dekens terug en stak haar voeten in de pantoffels van schapenvacht die naast haar bed stonden. 'Maar ik zal je raad opvolgen en een brief aan Börtzell schrijven.' Ze draaide haar hoofd om en glimlachte naar Pehr. 'Ik weet niet wat ik zonder jou zou moeten doen.'

Hij grinnikte. 'Hetzelfde wat je altijd doet, lieveling, namelijk wat volgens jou het beste is.'

3

Rättvik, Dalarna

Ottilia Ekman keek met een kritische blik door de eetzaal van het Rättviks Turisthotell. Het gemoedelijke geroezemoes van de gasten en het geluid van bestek op de borden bevestigden dat de klanten tevreden waren met de bediening en de gerechten. Aan de andere kant van de ruimte stak een keurige heer zijn hand op. Een serveerster haastte zich naar hem toe. Ottilia knikte nauwelijks merkbaar en ging verder met het goedkeurend rondkijken. De enige twee onbezette tafels stonden klaar voor ontvangst: het tafellaken gestreken, de glazen, de borden en het bestek, alles even glanzend en glimmend. De kaars in het midden van de tafels droeg bij aan de sfeer, net als het knapperende haardvuur. Als het lente werd, zou de kaars op iedere tafel worden vervangen door een enkele roos. Hier was de hand van een vrouw zichtbaar. Ottilia was ervan overtuigd dat mevrouw Skogh heel tevreden zou zijn als ze nu binnen zou komen. En zoals altijd wenste Ottilia dat mevrouw Skogh nu inderdaad binnenkwam. Het was altijd een feest wanneer de eigenares onaangekondigd kwam aanwaaien, vergezeld van een golf van energie die tot in alle hoeken van het hotel voelbaar was. Zelfs de gasten leken dan iets meer rechtop te gaan zitten.

Een vrouw op leeftijd stootte per ongeluk tegen haar wandelstok die aan de rugleuning van haar stoel hing, en de stok kletterde op de grond. Ottilia hing de stok weer terug, en de vrouw glimlachte dankbaar. 'Dank u.'

Service. Ottilia wist uit ervaring dat de meeste mensen dit soort kleine dingen op prijs stelden. Deze dame zou zich dit discrete, menselijke en hulpvaardige gebaar veel langer herinneren dan de gravlax op haar bord.

Ottilia liep terug naar haar favoriete observatiepost, vlak bij het water en het saladebuffet. Verderop, aan een tafeltje in de hoek, depte haar vader een restje jus op met een hompje vers brood. Ottilia kromp inwendig in elkaar en hoopte dat haar vader zijn servet zou gebruiken om zijn vette vingers af te vegen. Dat deed hij inderdaad en ze voelde zich onmiddellijk zo schuldig dat ze een blos op haar wangen kreeg. Haar vader was niet ongemanierd, en was dat ook nooit geweest. Karl Ekman had zijn zoon en drie dochters netjes opgevoed en hun geleerd beleefd te zijn, niet alleen ten opzichte van hun meerderen, maar tegen iedereen. 'Iemand die je wegstuurt omdat hij een pet draagt, kom je later misschien tegen met een hoge hoed,' zei hij altijd. En toen had ze hem een keer gevraagd: 'Hoe zit het als je iemand met een hoge hoed wegstuurt en hem later tegenkomt met een pet op?' 'Ach,' had haar vader gezegd, 'zo iemand verdient het nog het meest om vriendelijk te worden behandeld.'

Terwijl ze nu naar haar vader keek ging er een steek door haar hart, omdat haar plotseling opviel dat hij grijs aan de slapen werd en een stuk ouder leek dan zijn eenenveertig jaren. Deze betrekking had ze aan haar vader te danken. In zijn functie van stationschef van Rättvik werd Karl Ekman dikwijls gevraagd om een overnachting te regelen voor de hoge heren van de Falun-Rättvik-Mora Spoorlijn. Bij dit soort gelegenheden beval hij steevast het etablissement van mevrouw Skogh aan, niet alleen omdat het Rättviks Turisthotell vlak achter het station lag, maar ook omdat men daar verzekerd was van een uitstekende maaltijd en een schoon, gerieflijk bed.

In menig opzicht waren Karl Ekman en Wilhelmina Skogh met elkaar verweven vanaf het moment dat Wilhelmina in 1897 het hotel had overgenomen. Zij had erg haar best gedaan om meer plaatselijke en buitenlandse gasten naar Rättvik te lokken vanwege de mogelijkheid om te skiën, jagen en vissen, terwijl hij ervoor zorgde dat iedereen bij aankomst met alle egards werd ontvangen en daarna weer stipt op tijd kon vertrekken. Hoe meer het Wilhelmina voor de wind ging, des te belangrijker Karls station werd, en dus zijn positie.

'Ik heb nog een serveerster nodig, meneer Ekman,' had Wilhelmina op een ochtend gezegd. 'En volgens mij hebt u drie dochters.'

'Dat klopt. Het oudste meisje werkt als dienstmeid, mijn op een na oudste kind heeft helaas een mank been en mijn kleine meid zit nog op school.'

Wilhelmina keek hem meelevend aan. 'Het doet me verdriet te horen dat uw dochter een ernstige aandoening heeft. Is uw oudste dochter tevreden met haar dienstje?'

'Niet helemaal. Maar welk meisje van zestien is dat wel? Ze vindt het niet erg om lange dagen te maken, maar...' Karl zweeg even, op zoek naar de juiste woorden. 'Ik denk dat de eentonigheid van het werk haar niet bevalt. Ze is een pientere meid, en ze vindt het een hele opgaaf om van de ochtend tot de avond piepers te moeten jassen.'

'De hele dag aardappels schillen voor één huishouden? Mijn hemel. Hoeveel aardappels kan een gezin verstouwen?'

Karl grinnikte en er verschenen lachrimpeltjes rond zijn ogen. 'Volgens mij kunnen we haar beschrijving van haar werkzaamheden wel afdoen als jeugdige overdrijving. Toevallig weet ik,' zei hij met een knipoog, 'dat ze als het meezit ook uien mag pellen en wortelen schrapen.'

Wilhelmina glimlachte.

Karl keek plotseling ernstig. 'Eerlijk gezegd zijn we wel blij dat ze zich verveelt. Dat meisje moet haar vleugels uitslaan, maar ze wilde dicht bij huis blijven, en in deze omgeving is er voor zo'n jonge meid weinig te doen. Haar moeder hoopt dat ze zich zo gaat vervelen dat ze vanzelf verder gaat kijken.'

'Zeg dan maar tegen...?'

'Ottilia.'

'Zeg maar tegen Ottilia dat ik haar graag wil ontvangen. Overmorgen ga ik terug naar Storvik, maar volgende week ben ik weer hier.'

'Dat zal ik zeker doen, mevrouw Skogh. Ik weet dat de dochter van mijn broer in uw etablissement in Storvik werkt en dat ze het daar erg naar haar zin heeft. Dank u wel.'

Ottilia was vanaf het begin in haar nopjes met haar nieuwe betrekking. In het hotel verliep alles volgens een vast patroon, maar de gerechten varieerden van dag tot dag. In de eerste week leerde ze meer over hoe je een zalm moest bereiden dan tijdens de twee jaar dat ze dienstmeisje was. Ze was gefascineerd door de schalen met salade en de kannetjes met olijfolie die werd geïmporteerd en gebotteld door mevrouw Skogh, en hoe aantrekkelijk de perfect gekookte groenten op de borden werden gepresenteerd. Ze verbaasde zich trouwens over de hoeveelheden warme en koude groenten die bij de maaltijden werden geserveerd. Ottilia vroeg de kok wat hier de reden van was.

'Opdracht van mevrouw Skogh. Ze zegt dat dit de manier van dineren is in Londen, Parijs en Berlijn. Ik zei nog dat we hier niet in Parijs, Londen of Berlijn zijn en toen keek ze me aan met een blik! Ze legde me uit dat groenten goedkope, ondergewaardeerde en gezonde lekkernijen zijn, en dat alles wat de buitenlandse gasten op prijs stelden ook goed voor de mensen hier zou zijn. Toen ik zei dat we niet veel buitenlandse gasten hadden – en dat was toen nog zo – kreeg ik bijna een draai om mijn oren. Daarna stelde ik haar geen vragen meer.' Hij knikte naar de stapel vuil serviesgoed. 'Ze had gelijk. Er blijft bijna niets achter op de borden.'

Mevrouw Skogh had ook gelijk gekregen wat het aantrekken van buitenlandse bezoekers betrof, dacht Ottilia nu. Die kwamen inmiddels in drommen, dankzij mevrouw Skoghs connecties bij de reisorganisatie Thomas Cook. De ene dag ontvingen ze bijvoorbeeld een groep Fransen die kwam om te vissen, en de volgende dag een gezelschap hoogwaardigheidsbekleders die met de koning gingen jagen. Ottilia luisterde naar al die onbekende klanken van de Franse, Duitse en Engelse gasten, en ze was helemaal opgetogen toen ze deze talen van elkaar leerde onderscheiden. Toen mevrouw Skogh op bezoek kwam in Rättvik, had Ottilia haar gevraagd of ze haar misschien kon leren de gasten in hun eigen taal te verwelkomen en smakelijk eten te wensen. Mevrouw Skogh had haar blij verrast aangekeken en gezegd dat ze met Duits zouden beginnen.

'Ik heb hier eigenlijk geen tijd voor, Ottilia, dus ik hoop dat je een snelle leerling bent.'

En dat was Ottilia. Haar zusje Torun had gevraagd om haar ook deze kennis bij te brengen, maar haar broer Jon – de enige zoon – had hen er meedogenloos mee geplaagd. Tot hij op zeker moment te ver ging.

Toen hij op een avond in gezelschap van zijn maten de hotelbar binnenstapte begroette hij Ottilia in een soort koeterwaals en deed alsof hij beledigd was toen ze niet reageerde.

'Kom op, Ottilia. Je kunt toch wel tegen een grapje?'

Ze toverde een professionele glimlach op haar gezicht. 'Kan ik iets voor je halen, Jon?'

'Een gratis biertje?' Zijn vrienden verkneukelden zich openlijk.

Ottilia kneep haar ogen samen en bleef haar broer aankijken. 'Je weet dat ik dat niet kan doen.'

'Je bent veel te eerlijk, Ottilia. Ik dacht dat mevrouw Skogh altijd zei dat de gast altijd koning is.'

'Dat is inderdaad mijn mening,' klonk het achter hen.

Ottilia genoot toen ze Jon zag schrikken, maar haar plezier werd enigszins getemperd door de angst dat mevrouw Skogh haar de mantel zou uitvegen omdat ze een gast iets had geweigerd. Ze had totaal niet gemerkt dat de eigenares de bar binnenkwam, maar het was toch zeker erger om je familie gratis drank te geven dan om Jon iets te weigeren?

Mevrouw Skogh was nog niet klaar. 'Een gast, Jon Ekman, is iemand die door mij in dit etablissement is uitgenodigd, of anders iemand die hier binnenkomt met het voornemen voor onze goederen en diensten te betalen. Omdat jij blijkbaar het een noch het ander bent, heb je het niet alleen mis, maar is het ook uiterst onbehoorlijk dat je juffrouw Ekman in zo'n lastige positie hebt gebracht. Het valt me van je tegen, Jon Ekman. Ik had gedacht dat je meer op je goede vader zou lijken, met wie ik bij de eerste de beste gelegenheid een gesprek hierover zal hebben.'

Jon was knalrood geworden en boog zijn hoofd. Ottilia kreeg bijna medelijden met hem. Bijna.

Wilhelmina ging verder: 'Maar goed, je bent welkom om in deze bar een glas bier te kopen zodra je je verontschuldigingen hebt aangeboden aan een lid van het personeel dat probeert haar werk te doen.'

'Sorry,' mompelde hij.

Wilhelmina knikte even naar hem, draaide zich toen om en verdween.

'Denk je dat ze het tegen vader gaat zeggen?' vroeg Jon aan Ottilia, terwijl hij een paar munten uit zijn zak viste.

'Ik denk het niet. Want je hebt je verontschuldigd, maar ik zou het niet nog een keer proberen.'

'Hoe wist mevrouw Skogh eigenlijk wat ik heb gedaan? Eerst was ze er niet en opeens was ze er wel.'

Ottilia deed het geld in de kassa en wierp haar broer toen een veelbetekenend lachje toe. 'Mevrouw Skogh heeft een uitstekend gehoor.'

Ze was er nooit achter gekomen of mevrouw Skogh met haar vader had gesproken, maar ze wist wel dat haar grenzeloze waardering voor mevrouw Skogh zijn oorsprong had in dit incident. Ottilia nam zich heilig voor om zo veel mogelijk van haar zelfgekozen mentor te leren. Ze voelde ook dat er in hun relatie iets was veranderd, alsof ze mevrouw Skogh op de een of andere manier had bewezen dat ze betrouwbaar was en zich aan de in het hotel heersende regels en normen zou houden. Dat besef vond Ottilia zowel beledigend als vleiend. Ze was toch altijd een eerlijke werkneemster geweest? En toch vond ze het fijn dat mevrouw Skogh nu de tijd nam haar te vertellen hoe ze bepaalde dingen wilde hebben geregeld, en ook waarom. Hierdoor kreeg Ottilia steeds meer inzicht in wat er nodig was om een eetzaal en een bar goed te beheren; van het perfect vouwen van de gesteven, witte servetten tot ervoor zorgen dat de wijn op de ideale temperatuur was door de flessen op de juiste afstand van het fornuis weg te leggen. Hoewel de overnachtende reizigers verantwoordelijk waren voor een groot deel van de inkomsten, zorgden de buurtbewoners die kwamen om te eten en te drinken voor het verschil tussen winst en verlies, wat ertoe leidde dat een vaste klant die alleen een glas bier dronk met dezelfde egards werd behandeld als de reiziger die na een driegangendiner een groot glas cognac bestelde.

Er waren drie jaar verstreken sinds de keer dat Jon zich in de bar had misdragen, en in die tijd was er voor de familie Ekman veel veranderd. Nog geen twee jaar geleden was Ottilia bevorderd tot hoofd Bediening, en terwijl ze nog steeds haar best deed het respect van al haar collega's te verwerven – van wie sommige het niet eens waren met Ottilia's snelle carrière en een grondige hekel hadden aan haar onvoorwaardelijke gehoorzaamheid aan de regels van mevrouw Skogh – had haar bazin nog steeds vertrouwen in haar en was ze bovendien populair bij de klanten uit de buurt.

Maar een jaar geleden was bij Jon tuberculose geconstateerd, en kort daarna was hij overleden. Terwijl het hele gezin geschokt en vol ongeloof rond de kist stond, werd hun verdriet overschaduwd door de angst hetzelfde lot te moeten ondergaan. Mevrouw Skogh stuurde een krans naar de begrafenis met *Jullie vrienden van het Rättviks Turisthotell* en een grote mand met kant-en-klare maaltijden naar het stationshuis. Dit gebaar deed iedereen goed. Ottilia en haar vader waren de volgende dag alweer aan het werk gegaan en gedurende die eerste zware maanden was de wetenschap dat haar vader nog geen honderd meter van de deur van het hotel was verwijderd een hele troost voor hen allebei.

Geleidelijk aan was het leven weer een beetje normaal geworden. In ieder geval tot de afgelopen week, toen haar ouders vertelden dat er weer een kindje op komst was. Nog een baby? Negen jaar na het laatste kind? Haar moeder noch haar vader zou het willen toegeven, maar Ottilia vermoedde dat dit kind het verlies van hun gestorven zoon moest goedmaken. Nou, over zes maanden zouden ze te weten komen of haar ouders daarin waren geslaagd.

Ottilia streek haar witte schortje glad terwijl ze de eetzaal in de gaten bleef houden. Deze rustige momentjes konden bedrieglijk zijn, zoals mevrouw Skogh dikwijls zei. Er kon een koffiekopje leeg blijven omdat de ober die de koffie moest inschenken bijvoorbeeld een korte pauze nam. Vanuit haar ooghoek zag Ottilia een dame en een heer de zaal binnenkomen. Mooi zo. Nu was er nog maar één tafel onbezet. Ze haastte zich naar de nieuwe gasten.

4

Algernon Börtzell legde twee beschreven vellen papier op tafel en ging aan het hoofd zitten. 'Ik heb een brief van mevrouw Skogh ontvangen.'

'En wat heeft de beste vrouw te melden?' Burman kneep zijn ogen tot spleetjes. 'Je kijkt niet erg blij, Algernon.'

'Ik weet niet of jij haar ook nog een "beste vrouw" vindt als je dit hoort.'

'Mijn hemel.' Von der Lancken keek ongelovig van Börtzell naar Burman. 'Heeft ze ons aanbod afgeslagen?'

'Nog niet, maar dat kan komen,' zei Börtzell.

De uitdrukking op Von der Lanckens gezicht duidde inmiddels op totaal onbegrip. 'Waarom zou ze dat in vredesnaam doen? We hebben haar vijfentwintigduizend kronen per jaar geboden.'

Börtzell pakte de brief op en las voor: '"Ik ben er niet van overtuigd dat de continuïteit van het hotel in de huidige staat gewaarborgd is."'

Von der Lancken floot zachtjes.

Burman zei een tikje verbeten: 'We hebben net een fortuin

gespendeerd aan de renovatie van dit hotel. De heropening was nog maar twee jaar geleden.'

'Dat weet mevrouw Skogh heel goed.' Börtzell deed zijn bril af om met zijn zakdoek de glazen te poetsen. 'Professioneel als ze is, heeft ze sinds de ontvangst van mijn brief diverse keren het hotel bezocht en kritisch bekeken.'

'Is luitenant Ehrenborg hiervan op de hoogte?' vroeg Von der Lancken.

'Inmiddels wel, neem ik aan,' zei Burman. 'Je weet hoe het hier toegaat. Iedereen weet alles al voordat ze het van ons horen. Maar we moeten nu snel een officieel bericht doen uitgaan.'

'En wat moet er dan in staan?' vroeg Von der Lancken. 'Mevrouw Skogh is gevraagd om als directeur de leiding van dit hotel over te nemen en ze heeft ons aanbod vriendelijk in overweging genomen?'

Börtzell zette de bril weer op zijn neus. 'Volgens mij overweegt ze helemaal niks vriendelijk. Ik vermoed dat ze van ons verwacht dat wij vriendelijk haar brief beantwoorden en ingaan op haar voorwaarden.'

'Háár voorwaarden?' Von der Lancken stak zijn verontwaardiging niet onder stoelen of banken.

Burman zuchtte. 'Wat zijn haar voorwaarden?'

Börtzell pakte de brief weer op en ging met zijn vinger over het papier. 'Het hotel dient een eigen elektriciteitsgenerator te installeren om de onkosten te halveren; de biljartzaal zal moeten worden verplaatst naar een ruimte met uitzicht op de zijstraat, Stallgatan; de huidige biljartzaal en aangrenzende bar zouden moeten worden samengevoegd tot een groot – en dit staat er echt – pretentieloos café in Zweedse stijl.'

'Een hotel kan niet zonder bar,' gromde Von der Lancken.

'Wees niet bang,' zei Börtzell. 'Daar heeft mevrouw Skogh rekening mee gehouden. Ze vindt dat er een nieuwe bar moet komen tussen Stallgatan en Södra Blasieholmshamnen. Via een nieuwe ingang op de hoek, op straatniveau, komen de gasten bij een garderobe, en daarna leidt een korte trap naar dit nieuwe café, dan volgt er nog een korte trap die naar de nieuwe bar gaat.' Hij keek op. 'Waarschijnlijk is de bar boven de ingang en de garderobe op de hoek van de straat.' Hij richtte zijn blik weer op de brief. 'En onze door paarden getrokken bussen moeten worden gerepareerd en opnieuw beschilderd.'

'Een nieuwe ingang? Licht ze nog toe waarom ze dat wil?'

Burman zette zijn ellebogen op tafel en vouwde zijn handen samen. 'Is het dan een probleem om door de hoofdingang naar binnen te gaan? Ik had echt nergens last van toen ik vandaag door die deuren binnenkwam. De níéuwe deuren, wil ik er nog even bij zeggen. Groots in alle opzichten. De entree is nog maar kortgeleden gerenoveerd.'

Börtzell knikte. 'Daar ben ik me van bewust. Maar mevrouw Skogh is van mening dat de buurtbewoners niet zo snel het hotel zullen bezoeken als ze gedwongen zijn om samen met de mensen die hier overnachten in en uit te lopen. Ik herinner me nog dat August Strindberg eens zei dat hij het zo plezierig vond dat De Schacht zo verscholen lag ten opzichte van het hotel. Misschien denkt mevrouw Skogh ook in die richting. Theaterbezoekers en ander cultuurminnend publiek hebben we hier sinds de heropening niet meer gezien.'

Het bleef een tijdje stil terwijl de heren de voorstellen van mevrouw Skogh overdachten.

Toen nam Von der Lancken weer het woord. 'Ik moet bekennen dat er wel iets voor te zeggen is om een eigen elektriciteitsgenerator aan te schaffen.'

Burman gooide zijn pen op tafel en er verscheen een inktvlek op zijn notitieblok. 'Er is overal wel iets voor te zeggen. Dat is de pijnlijke waarheid.'

'Ik ben geneigd het hiermee eens te zijn,' zei Von der Lancken. 'Maar hoe kunnen we verantwoorden dat we de hele linkerkant van de entree gaan verbouwen, terwijl nog maar twee jaar geleden de hele begane grond is gerenoveerd? We gaan nog gebukt onder de kosten daarvan, wat trouwens in eerste instantie de reden was waarom we mevrouw Skogh hebben benaderd.'

'We moeten onszelf afvragen of we wel vertrouwen hebben in mevrouw Skogh en haar analyse,' zei Börtzell. 'En als dat zo is, dan zit er niets anders op dan de noodzakelijke aanpassingen te maken.'

'Noodzakelijk om mevrouw Skogh binnenboord te halen of noodzakelijk om de financiële toekomst van dit hotel veilig te stellen?' vroeg Von der Lancken.

'Volgens mij komt dat op hetzelfde neer,' zei Burman. 'Ik heb toch wel een zekere bewondering voor de verstandige en ter zake kundige manier waarop mevrouw Skogh haar standpunt duidelijk maakt. De meeste vrouwen, of mannen voor mijn part, zouden meteen hebben toegehapt.'

'Dat mag dan zo zijn, maar ik zou deze dame het liefst de nek omdraaien,' gromde Von der Lancken. 'Er is niets ergers dan een vrouw die weet dat ze gelijk heeft.'

Burman glimlachte zuinigjes. 'Behalve wanneer je gedwongen wordt haar gelijk te geven.'

'Zeg dat wel.'

'Goed, met jullie toestemming,' zei Börtzell, 'zal ik nog een keer een brief aan mevrouw Skogh schrijven en haar vragen of er ruimte is voor een compromis. Deze dame is niet op haar achterhoofd gevallen. In haar geval zou ik ook hebben overdreven om ervoor te zorgen dat mijn belangrijkste eisen werden gehonoreerd.'

'Alleen' – Von der Lancken stak zijn vinger op – 'heb je nog niets gezegd over de kostenberekening. Zij wel?'

Börtzell schudde zijn hoofd. 'In haar brief heeft ze het uitsluitend over alles wat er aan dit hotel mankeert.'

'Maar dan is het haar waarschijnlijk ernst en is er ook geen ruimte voor een compromis,' zei Burman. 'Het heeft weinig zin om de voorwaarden en condities van haar contract te bespreken als zij meent dat ze onder de huidige omstandigheden met geen mogelijkheid het hotel kan leiden.'

'In dat geval,' zei Börtzell, 'gaan we dat onderzoeken.'

5

Als iemand van de brave bestuursleden had opgekeken van hun overleg in het Bolinder Paleis, een gebouw dat inmiddels eigendom was van het aangrenzende Grand Hôtel, had hij door de boogramen een blik kunnen werpen op de sierlijke straatlantaarns die als een stralende parelketting Skeppsbron, de kade aan de oostzijde van Gamla Stan, verlichtten. De vervormde witte weerspiegelingen dansten op het donkere water dat hier zelden bevroor. Zelfs de strenge Scandinavische winters waren doorgaans niet opgewassen tegen de sterke stroming, waardoor de boten die zorgden voor de bevoorrading van de inwoners van Stockholm ook in de wintermaanden in staat waren de haven in en uit te varen terwijl hun groene en rode lantaarns als kleurige stippen het donker opvrolijkten. Via Gamla Stan trokken elke dag rijen mensen van Norrmalm naar Södermalm, en andersom, om naar hun werk te gaan, maar de bestuursleden hadden daar zelden oog voor.

Margareta Andersson, hoofd Huishouding van het Grand Hôtel, liep stijfjes naast haar echtgenoot door de opgehoopte sneeuw, op weg naar hun krot op Södermalm. Menigeen nam de minder winderige en kortere route langs Västerlånggatan om door Gamla Stan te lopen, maar vele anderen, onder wie Margareta, waren zuinig op hun laarzen en kozen voor de iets minder smerige en beter begaanbare Skeppsbron. Dit was een van de weinige dingen waar Knut en zij het over eens waren. Op dit tijdstip van de avond hoorde je alleen nog het geluid van paardenhoeven en laarzen op de samengepakte sneeuw, knarsende tramwielen op de rails en zorgelijke stemmen vanachter versleten sjaals. Overdag was het hier heel anders. Net als veel andere plekken in de stad was Skeppsbron in beweging; vervallen huizen werden met veel lawaai gesloopt om plaats te maken voor hogere en grotere gebouwen. Het gehamer en gekletter hield maandenlang, soms zelfs jarenlang, onafgebroken aan. Stockholm en ook de Stockholmers werden opgestoten in de vaart der volkeren.

Margareta's in laarzen gestoken, koude en gezwollen voeten deden pijn. Ze had moeite om Knut, die meer dan twintig centimeter langer was dan zij, bij te benen. Het gebeurde bijna nooit dat ze tegelijk klaar waren met hun werk en helaas was vandaag een van die vervelende dagen. Maar ze kende zijn standpunt. Er werd geen geld gespendeerd aan een kaartje voor de omnibus of tram – of aan een fatsoenlijk dak boven hun hoofd – als het ook aan drank kon worden uitgegeven. Toen ze nog niet met Knut getrouwd was, had ze in het Grand Hôtel gewoond, maar Knut vond het beneden zijn waardigheid om een bed in het Grand Hôtel te nemen. Hij had een grote vriendenkliek op Södermalm, die allemaal tegen hem opkeken vanwege zijn benijdenswaardige baan als receptionist in het mooiste etablissement van de stad. En dat wilde hij zo houden.

Hij hield haar arm niet al te zachtzinnig vast terwijl hij knikte en lachte naar de vrouwen die voorbijkwamen. Een reflex, hield Margareta zichzelf voor. Een brede grijns voor onbekenden hoorde nu eenmaal bij zijn beroep.

'Je hebt het vast wel gehoord,' zei hij.

Waarschijnlijk had Margareta het inderdaad al gehoord, maar door schade en schande wijs geworden, zei ze: 'Ik heb vandaag helemaal niets gehoord.'

Knut knikte. 'Luitenant Ehrenborg wordt door het bestuur ontslagen.' Hij klakte met zijn tong om zijn afkeuring kenbaar te maken, een gewoonte waarvan haar nekharen rechtovereind gingen staan.

'Echt waar?' Dit had ze inderdaad niet gehoord. 'Wie heeft je dat verteld?'

Hij tikte tegen de zijkant van zijn neus, maar kon het uiteindelijk toch niet laten om te laten merken dat hij als geen ander op de hoogte was van alles wat er in het hotel speelde. 'Charley van de bar.'

Charley Löfvander. Een fatsoenlijke knul, populair bij zowel het personeel als de gasten en niet iemand die zomaar wat zei. Als Charley dit aan Knut had verteld, dan was het waar.

'Maar dat is niet het ergste,' ging Knut verder. 'Het bestuur heeft Wilhelmina Skogh gevraagd Ehrenborgs baan over te nemen.'

Margareta ademde even heel diep de ijskoude lucht in. Zij, Margareta, was de hoogste in rang onder het vrouwelijke personeel van het Grand Hôtel. Ze werd aangesproken met mevrouw Andersson, en niet gewoon Andersson. Toen Knut een keer zei dat dit was om haar van hem te kunnen onderscheiden, had ze hem erop gewezen dat er wel meer Anderssons in het Grand Hôtel werkten, en dat die aanspreektitel meer te maken had met haar functie dan met haar achternaam. Het had vier dagen geduurd voordat de zwelling op haar wang was verdwenen. Vier dagen geen loon. Knut verweet haar toen niet alleen dat hij geen geld meer had voor bier, maar had ook geleerd om haar niet te slaan en te verwonden op plekken waar het te zien was.

Maar nu had Margareta iets anders om zich zorgen over te maken. Wilhelmina Skogh? De afgelopen weken was deze vrouw meermaals in het hotel gesignaleerd, maar niemand had daar iets achter gezocht. Haar echtgenoot woonde hier in de stad. Margareta kon het Pehr Skogh beslist niet kwalijk nemen dat hij vaak lange tijd gescheiden van zijn vrouw leefde, dat mens was een nachtmerrie. Margareta had verhalen van oudgedienden gehoord die zich Skogh, of mejuffrouw Walgren zoals ze toen heette, herinnerden uit de tijd dat ze in het Grand Hôtel werkte, in 1874. Iemand die alles tot in de puntjes geregeld wilde hebben, zeiden ze, of het nu ging om het poleren van de glazen of het dekken van een tafel voor een uitgebreid diner. En ze had het lef gehad om te eisen – te eisen! – dat iedereen een voorbeeld aan haar zou nemen. Ze was gewoon een werkneemster zoals zij allemaal, alleen had ze het hoog in de bol. Dat had ze laten zien toen ze in 1888 hier haar huwelijksreceptie gaf. Hoe bestond het dat iemand zich van werkneemster had opgewerkt tot betalende gastvrouw in het Grand Hôtel! Het stond vast dat Wilhelmina

Skogh een van die onuitstaanbare vrouwelijke directeuren zou zijn, iemand die een man onmiddellijk complimentjes maakte en een vrouw onmiddellijk afbrandde. Waarom behandelden vrouwen elkaar op die manier? Vrouwen konden elkaar toch beter steunen? Had het manvolk nog niet genoeg macht?

'Wat zei Charley precies?' vroeg ze.

Knut rolde met zijn diepliggende ogen. 'Dat heb ik je net verteld, mens. Hij zei dat luitenant Ehrenborg de laan uit wordt gestuurd en dat wij Wilhelmina Skogh als baas krijgen. Dus voortaan word ik niet alleen thuis door een vrouw aan mijn kop gezeurd, maar ook op mijn werk.' Hij spuwde een fluim in de sneeuw.

Zwijgend gingen ze de Slussbrug naar Södermalmstorg over.

Blij dat ze nu uit de gure wind was, deed Margareta nog een laatste poging het slechte bericht een wending te laten nemen. 'Maar als er een nieuwe directeur komt, zouden we dat toch officieel te horen hebben gekregen?'

'Er is niets getekend omdat ze hier nog niet is. Maar dat gaat heus wel gebeuren. Let maar op Charleys woorden.' Knut liet haar arm los. 'Goed. Ik ga er snel even eentje pakken.'

Margareta's schouders ontspanden zich zodra Knut richting Götgatan liep. Eenmaal in Hornsgatan vertraagde ze haar pas en zwaaide met haar armen om een beetje warm te worden. Haar tred was lichter nu ze wist dat ze de hele avond voor zichzelf had. 'Snel even eentje pakken' betekende namelijk dat Knut pas in de kleine uurtjes thuis zou komen. Niettemin zou ze eten voor hem maken voor het geval hij er toch met etenstijd zou zijn, zoals ze dat elke avond deed. Vanavond zou ze de bloedworst opeten waar hij gisteren niet voor thuis was gekomen.

Dat ze met Knut was getrouwd, bleek een desastreuze vergissing. Als tenger, jong ding was ze in het Grand Hôtel komen werken en – bijna zoals iedereen van het personeel – helemaal onderop begonnen. In haar geval betekende dat de keukenvloer schrobben en uien pellen. Ze vond het niet erg om lange dagen te maken, en ook niet om voortdurend bang te zijn dat ze haar emmer met vuil water zou laten omvallen. Maar ze vond het wel erg om elke avond om tien uur met zeven andere dienstmeisjes in een kamer te worden opgesloten. De meeste meisjes kozen er op den duur voor in een winkel of in een fabriek te gaan werken, maar Margareta vond het fijn dat ze nooit met een lege maag naar bed hoefde en altijd tussen droge lakens sliep. Door af en toe wat gerichte vragen te stellen, was ze er ook achter gekomen dat de mensen met een hogere functie in het Grand Hôtel allemaal van onderaan waren opgeklommen tot hun huidige positie. Ze nam zich voor hun voorbeeld te volgen. Trouwens, wat moest ze anders? Haar ouders hadden behalve haar nog zes andere monden te voeden, en ze waren niet alleen blij dat ze de deur uit was, maar konden ook de paar kronen die ze aan het eind van de maand naar huis stuurde goed gebruiken. Ze had zelfs nog wat kunnen sparen en ze vond dan ook dat ze echt had geboft. De meisjes die waren vertrokken moesten vaak sappelen om rond te komen van hun karige loon, en dat allemaal omdat ze onafhankelijk van iedereen op zichzelf wilden wonen. Nou, háár onafhankelijkheid groeide gestaag in een doosje onder haar matras.

Drie jaar nadat Margareta bij het Grand Hôtel was komen werken, werd ze gepromoveerd tot kamermeisje. Daardoor ging ze niet alleen meer verdienen, maar hoefde ze voortaan ook maar met vijf in plaats van zeven meisjes een kamer te delen. Ze vond het heel verstandig van zichzelf dat ze in het hotel was gebleven.

Toen begon er iets te veranderen. De andere meisjes kregen verkering, trouwden en stichtten een gezin. Dat gold in ieder geval voor de geluksvogels onder hen. Nog weer anderen werden zwanger en vertrokken plotseling met de bus, terug naar waar ze vandaan waren gekomen, of belandden op straat. Ook Margareta voelde de roep van het huwelijk en het moederschap. Ze voelde altijd iets van jaloezie als ze de kamer van een gelukkig stelletje schoonmaakte, en dat werd nog erger als er dan ook duidelijk een baby op komst was.

En toen viel haar oog op piccolo Knut Andersson. Hij timmerde in het Grand Hôtel ook aan de weg en had zijn zinnen gezet op de functie van receptionist, met als doel het misschien wel tot hoofd Receptie te schoppen. Hij noemde haar Maggan en maakte haar aan het lachen, en de dame die hoofd Huishouding was, had haar na verloop van tijd toestemming gegeven met hem uit te gaan.

'Ga je gang, maar wees verstandig. Verpand je hart niet aan de eerste de beste die voorbijkomt.' Ze knikte veelbetekenend naar Margareta. 'En denk erom, zolang je onder het dak van het Grand Hôtel woont, heb je je aan de regels te houden. Je moet om klokslag tien uur weer binnen zijn, juffie. Of laten we daar maar vijf voor tien van maken.'

Knuts dwaze optimisme werkte aanstekelijk wanneer ze door het park Kungsträdgården flaneerden of over de Strandvägenboulevard naar het eiland Djurgården wandelden. Margareta was graag met een van de populaire veerboten gegaan om wat van hun kostbare vrije tijd te sparen, maar Knut wilde altijd liever lopen. Toen ze een keer in Den Gyldene Freden op Gamla Stan een kom erwtensoep zaten te eten, kwam hij met het voorstel samen met hem een woning te huren, of anders gewoon bij hem in te trekken. Het verbaasde haar nog meer dat hij haar ook nog te kennen gaf een gezin te willen stichten. Wilde zij dat ook? Jawel, had Margareta naar waarheid geantwoord. Ze had zelfs wat geld voor haar huwelijk gespaard.

Binnen drie weken waren ze getrouwd. Na afloop van de eenvoudige plechtigheid in de Maria Magdalena-kerk in Hornsgatan was Margareta razend benieuwd naar haar nieuwe onderkomen. Ze had al eerder gevraagd of ze Knuts woning mocht zien, maar toen had hij gezegd dat dit vóór het huwelijk ongeluk zou brengen, maar dat ze het er net zo fijn zou vinden om te wonen als hij. En mocht er iets niet helemaal naar haar smaak zijn, dan mocht ze gerust veranderingen aanbrengen. Ze was toch niet voor niets werkzaam bij Huishouding? Hij had haar toegelachen en zij had zich erbij neergelegd.

De euforie van het kersverse bruidje verdween als sneeuw voor de zon toen hij haar over de ongeverfde drempel droeg en ze in een donkere, vochtige kamer terechtkwam waar het sterk naar bier en vaag naar pis stonk. Onder een raam dat uitkeek op de muur van het huis ernaast stond een tafel met twee stoelen, en bij de haard had een ingezakte fauteuil een plaats gekregen. Boven de wasbak in de hoek was geen kraan. Dat de kamer toch een wat opgeruimde indruk maakte, was uitsluitend te danken aan het ontbreken van verdere huisraad, afgezien van een paar gehavende mokken en borden.

Ze deed haar best geen vies gezicht te trekken toen ze haar laarsje probeerde los te trekken van iets plakkerigs op de vloer. 'Waar halen we water vandaan?' vroeg ze.

'Bij de pomp. Die is niet ver. Dat red je wel. En er is een plee op de binnenplaats. We hebben echt geboft dat er een plee per huis is.'

'En hoeveel mensen wonen er in dit huis?'

'Vier gezinnen.'

Margareta rilde. Als de andere huurders inderdaad bestonden uit gezinnen en niet uit echtparen, zou het zomaar kunnen dat wel twintig mensen gebruik moesten maken van die ene plee.

Knut trok haar tegen zich aan. 'Laten we naar bed gaan.'

Margareta was nog steeds te beduusd om tegen te stribbelen en liet zich meevoeren naar een piepklein slaapkamertje.

'Neem me niet kwalijk dat de dekens...' Knut krabde op zijn hoofd. 'Ik zeg altijd maar dat het vuil me warm houdt omdat het de gaten opvult. Wat vind je ervan' – hij vertrok zijn dunne lippen in een brede grijns – 'om een paar nieuwe voor ons te regelen?'

Margareta dacht even na. Haar spaargeld zou al heel snel op zijn. Ze hadden lampen nodig en een vloerkleed, een tafelkleed en misschien nog een tweede gemakkelijke stoel zodat ze 's avonds samen voor de haard konden zitten. Maar de grootste behoefte had ze aan een flinke teil met water en groene zeep en een boender. Als ze hier ging wonen – en Knut had haar al snel duidelijk gemaakt dat ze geen ander huis zouden zoeken voordat het eerste kind kwam – moest ze er maar het beste van zien te maken. Voor hen allebei. Ze deinsde achteruit toen ze een kakkerlak van de bovenste deken naar de zijkant van het bed zag schieten. Met gebalde vuisten zette ze zich schrap om de huidige situatie het hoofd te bieden. 'Laten we beginnen met die dekens te wassen.'

'Ah, toe nou. We verdienen echt nieuwe dekens. Als huwelijksgeschenk van het Grand Hôtel. Je weet vast wel waar ze liggen.'

Ze keek hem verbijsterd aan. 'Ik ga niets stelen van het hotel, Knut. Bovendien hebben we een prachtig dienblad van ze gekregen.'

'Een dienblad? Wat hebben we daar nou aan in deze kleine woning? Je kunt me alles aangeven zonder ook maar een stap te verzetten.'

Margareta beet op haar tong voordat ze kon zeggen dat ze al had ontdekt dat ze vanwege de plakkerige vloer überhaupt bijna geen stap kon verzetten. Knut had hier tenslotte jaren in zijn eentje gewoond, en zoals hij terecht had opgemerkt, had deze woning een vrouwenhand nodig. 'Zodra het kan, zal ik nieuwe dekens kopen,' beloofde ze hem. 'Maar ik kan niet gaan stelen.'

'Natuurlijk kun je dat wel. Het is vanaf nu wij samen tegen de hele wereld, Maggan.'

Margaret schudde haar hoofd nu ze daaraan terugdacht. Knut had hun trouwringen al jaren geleden naar de lommerd gebracht. Gelukkig wist hij niet van het bestaan van de ring die ze van haar moeder had geërfd. Die bewaarde ze veilig in een la in haar kantoortje.

Er reed een elektrische tram ratelend langs. De vonken van de bovenleiding gaven de naargeestige straat wonderlijk genoeg iets feestelijks. Elektriciteit. Wat een verschil had dat gemaakt. Althans, voor de mensen die het zich konden veroorloven. Zij zou vanavond weer haar kleren wassen en verstellen bij het licht van een olielamp. Als hoofd Huishouding van het illustere Grand Hôtel moest ze tenslotte goed voor de dag komen.

6

Het was begin februari en met een krant onder zijn arm haastte Karl Ekman zich van het stationshuis naar het Rättviks Turisthotell. De prille ochtendzon scheen op de afdrukken van laarzen en paardenhoeven in de sneeuw, en hij nam zich voor aan zijn hulpje te vragen meer zout te strooien. Maar eerst moest hij zijn dochter spreken. Nadat hij de acht treden van de trap in drie stappen had genomen, liep hij de foyer binnen en vroeg een dienstertje om Ottilia te gaan halen.

'Pa, is er iets aan de hand?'

'Dat weet ik eigenlijk niet,' antwoordde hij naar waarheid.

Ottilia nam hem mee naar de leeszaal. De eerstvolgende anderhalf uur zou hier zeker niemand komen; de gasten die hier hadden overnacht en mensen die gingen skiën waren al vertrokken of zaten nog aan het ontbijt.

Karl deed de deur achter zich dicht, sloeg het *Dagens Nyheter* open op een zekere pagina en gaf de krant aan Ottilia.

Haar gezicht klaarde op. 'Mevrouw Skogh!' Geconcentreerd ging ze verder met het lezen van het interview met Wilhelmina Skogh, die de journalist vertelde welke verbeteringen het Grand Hôtel in Stockholm volgens haar moest ondergaan. Al deze maatregelen zouden worden uitgevoerd als zij eenmaal de leiding had. Het Grand Hôtel in Stockholm? Betekende het dat mevrouw Skogh een vierde hotel aan haar lijstje toevoegde of dat ze die drie hotels van haar verkocht? Het antwoord kwam verderop op de pagina. Hoewel mevrouw Skogh niet van plan was haar eigen hotels te verkopen, zou ze zich na overname van het Grand Hôtel persoonlijk met dit etablissement gaan bemoeien.

Ottilia zakte terug op haar stoel. 'Ik begrijp het niet. Waarom wil ze bij ons weg?'

Karl legde een hand op haar schouder. 'Het is een fantastische kans. Het Grand Hôtel is in heel Europa beroemd.'

'Maar het hotel is niet van haar. Waarom gaat ze liever een etablissement van iemand anders leiden dan de hotels van haarzelf?'

'Omdat het een uitdaging is. Dat begrijp je best. Zei je vorige week niet dat je mevrouw Skogh ging vragen je het een en ander over wijn bij te brengen omdat je steeds wilt blijven leren?'

'Dat is waar.' Ottilia was duidelijk aangeslagen. 'Maar wie gaat nu dit hotel leiden? In ieder geval weten we één ding zeker: hij of zij zal nooit zo goed zijn als mevrouw Skogh, anders zou diegene wel gevraagd zijn om het Grand Hôtel te leiden en niet zij.'

'Ik weet zeker dat mevrouw Skogh heel zorgvuldig te werk zal gaan bij het kiezen van een nieuwe bedrijfsleider. En misschien loopt het allemaal anders. In het artikel staat toch alleen dat mevrouw Skogh de functie is aangeboden?'

Zorgvuldig las Ottilia de kolom nog een tweede keer door. 'U hebt gelijk. Ik zal nicht Anna in Storvik een briefje schrijven. Misschien hebben ze daar iets definitievers gehoord. Maar pa, als mevrouw Skogh haar functie nog niet heeft aanvaard, waarom staat het dan in de krant?'

Karl grinnikte. 'Voor zover ik mevrouw Skogh ken, zal ze de dingen naar haar hand proberen te zetten. Ik ben nog nooit in het Grand Hôtel geweest, maar in dit artikel zegt ze niet alleen wat er allemaal zou moeten veranderen, maar ook waarom. Ik denk dat ze steun voor haar ideeën probeert te krijgen. Ze heeft me ooit verteld dat ze aan de Stockholmtentoonstelling een aantal zeer goede vrienden heeft overgehouden. Ik had het gevoel dat ze met "goede" weleens "invloedrijke" kon bedoelen.'

'Maar dan wordt het hier helemaal anders.' Plotseling gleed er een traan over Ottilia's wang.

'Toe nou, Ottilia,' zei Karl sussend. 'Mevrouw Skogh komt hier slechts een paar keer per maand. Ik weet dat je regelmatig met haar telefoneert, maar dat je deze dame zelden ziet.'

'Maar het was altijd zo'n opwindend gevoel dat ze elk moment kon binnenkomen. Als ze naar Stockholm verhuist dan komt ze hier nooit meer zomaar aanwaaien.' Ottilia keek naar het glanzend opgewreven eikenhouten meubilair en het houtvuur in de open haard. 'Het lijkt hier nu al een stuk saaier.'

Karls gezicht betrok. 'Je moet je niet zo laten gaan, meisje. Ik heb je die krant gebracht omdat ik wist dat je het erg zou vinden en ik niet wilde dat je het hoorde zonder dat je had gelezen wat er in het artikel staat. Ik heb je die krant niet gebracht met de bedoeling dat je dan in zelfmedelijden ging zwelgen. Je hebt nog steeds een mooie betrekking in een goedlopend etablissement. Tel je zegeningen. Je zegt toch altijd dat je alles van de zonnige kant moet bekijken?'

Ottilia legde de krant neer en boog haar hoofd. 'U hebt gelijk. Ik begrijp alleen al die ophef rond het Grand Hôtel niet.'

'Er wordt gezegd dat het luisterrijker is dan het Koninklijk Paleis.' Karl klonk iets vriendelijker. 'Misschien kun je op een dag zelf het Grand Hôtel gaan bekijken, en dan zul je pas echt begrijpen waar al die ophef vandaan komt. Je kunt vanaf hier zo met de trein naar Stockholm.'

Ottilia keek met een ruk op. 'Pa, ook daar hebt u gelijk in.'

Die avond lag Ottilia in een van de drie smalle bedjes onder de balken van het stationshuis. Ze trok de deken over haar hoofd en deed alsof ze sliep voordat Torun, de middelste van de zussen, op fluistertoon kon gaan vertellen over iets wat ze die dag had gelezen. Na de dood van Jon hadden haar ouders gezegd dat Ottilia zijn kamertje bij de keuken mocht hebben, maar Torun had haar gesmeekt in de meisjesslaapkamer te blijven omdat ze anders niet meer 's avonds met iemand kon kletsen. Hun kleine zusje Birna sliep namelijk altijd al om acht uur en volgens Torun had die kleuter toch niets interessants te melden. Ottilia was het daar stiekem niet mee eens. Birna was bijna tien en deed goed haar best op school. Ze wilde later graag vroedvrouw worden, of misschien zelfs arts. Ottilia dacht weleens dat Torun daarom zo laatdunkend deed over hun jongste zusje. Torun was altijd verzot op lezen geweest en koesterde de hoop ooit onderwijzeres te worden omdat een beroep waar ze iets met haar handen moest doen niet geschikt voor haar was, maar haar manke linkerbeen had ook dit onmogelijk gemaakt. Ze had op verschillende scholen gesolliciteerd als assistente, maar niemand had ook maar gedaan alsof ze haar serieus namen. Ze werd de deur gewezen als ze nog maar net binnen was gehobbeld. Een vrouw aannemen was al een hele gok, en een vrouw met een mank been aannemen was ondenkbaar. De gedachte dat haar kleine zusje met open armen zou worden ontvangen in een respectabele werkomgeving was voor Torun waarschijnlijk onverdraaglijk.

Ottilia wachtte tot ze aan Toruns ademhaling hoorde dat ze sliep. Toen duwde ze de deken een stukje van zich af en ging op haar rug liggen. Ze vouwde haar handen achter haar hoofd, en ze dacht na terwijl haar ogen aan het donker wenden. Haar vader had gelijk toen hij zei dat je zo met de trein naar Stockholm kon gaan. Als mevrouw Skogh liever in het Grand Hôtel dan in de hotels in Storvik, Bollnäs of Rättvik wilde werken, dan kon dat toch ook voor haar gelden? En mevrouw Skogh kon zeker wel een baantje vinden voor Ottilia in een hotel dat er prat op ging over driehonderd kamers te beschikken. Er ging een rilling van opwinding door Ottilia heen.

Ze perste haar lippen op elkaar. Wat zouden haar ouders hiervan vinden? Eind juli zou de baby komen, en dat betekende nog een mond om te voeden. Toch had haar vader vier kinderen grootgebracht voordat Jon ging werken en ook geld verdiende. Als zij de deur uit ging, waren er nog twee kinderen plus een zuigeling over. En Torun kon haar moeder helpen met het kindje. Torun. Ottilia keek naar het bed waarin haar zus lag. Zelfs in haar slaap keek Torun ontevreden. Misschien kon Torun ook naar Stockholm komen. Niet meteen, maar als de baby iets ouder was en zij, Ottilia, een woning had gevonden die groot genoeg was voor hen tweeën. Pa had toch gezegd dat Stockholm inmiddels bijna driehonderdduizend inwoners telde? In zo'n grote stad moest er toch zelfs voor Torun iets te doen zijn?

7

In de kelder van het Grand Hôtel had Knut Andersson zich in de kantine geposteerd aan de tafel voor de kruiers en piccolo's. De zware eikenhouten tafel en stoelen waren niet officieel toegewezen aan een bepaalde groep werknemers, maar werden volgens de traditie steeds aan de volgende lichting doorgegeven. De raampjes, hoog in de muur, keken uit op Stallgatan, waardoor er vrijwel geen zonlicht binnenkwam, maar het eten was goed, voedzaam en werd door het personeel gewaardeerd.

'We moeten ons niet laten ringeloren door vrouwen,' zei Knut, die een servet in zijn gesteven kraag stopte om zijn uniform te beschermen.

Edward, een jongeman van twintig en sinds twee jaar piccolo, had aandachtig geluisterd. 'Maar als mevrouw Skogh het hier voor het zeggen heeft, kunnen we daar toch niets tegenin brengen?'

'We kunnen de boel vertragen als ze iets gedaan wil krijgen. Dan zal het haar snel genoeg duidelijk worden dat ze er alleen maar voordeel bij heeft als ze ons te vriend houdt. Tijd is geld.' Knut tikte tegen de zijkant van zijn neus. 'Bovendien zijn wij de eersten en de laatsten die de gasten in het hotel tegenkomen. Onthoud dat goed, knul. De eerste en de laatste indruk. Dat zijn wij.'

'En hoe zit het dan met de portier?'

Knut lachte schamper. 'Die doet alleen de deuren open en dicht. Dat is een kunstje dat je een aap ook kunt leren.'

Edward slikte een hap worst weg. 'Charley van de bar zei dat mevrouw Skogh best meevalt als je haar eenmaal leert kennen.'

Knut schudde zijn hoofd. 'Charley heeft nooit met haar gewerkt.'

'Maar zijn vader wel.'

'Jawel, maar hoelang is dat niet geleden? En toen was ze ook nog geen hoteldirecteur. Mijn Margareta vindt het maar niets.' Knut zei het op een toon die aangaf dat de mening van Margareta doorslaggevend was. Wat in het hotel ook vaak het geval was. Zijn echtgenote genoot respect onder het personeel en daar deed hij af en toe zijn voordeel mee.

Edward was niet de enige die met gespitste oren luisterde naar wat Knut te zeggen had. Aan de tafel ernaast, onofficieel die van de kamermeisjes, zat Karolina Nilsson een gehaktbal te eten. Over het algemeen was Karolina niet erg spraakzaam, ze gaf liever haar ogen de kost en hield haar mening voor zich, een houding die haar toen ze nog thuis woonde goed van pas was gekomen vanwege de onduidelijkheid die er in het gezin heerste. Ze had dezelfde achternaam als de andere kinderen, maar ze wist heel goed dat ze een pleegkind was. De enige van de zes kinderen – en de op een na oudste van de vier meisjes – die niet thuishoorde in het vierkamerappartement op Kungsholmen. Ze werd altijd anders behandeld dan de rest, en stiekem door hen geknepen en gestompt als zij, hoewel haar ouders het niet breed hadden, toch een nieuwe winterjas of een zomerjurkje kreeg. Daar had ze niet om gevraagd, en ze had veel liever de afdankertjes van haar oudste zus gedragen dan te worden buitengesloten. Toen ze een keer had geprobeerd haar nieuwe zomerschoenen aan haar middelste zusje te geven, had het maar een haartje gescheeld of haar vader had haar een klap gegeven. Omdat zijn vrouw waarschuwend haar keel schraapte, hield hij zich in, griste de sandalen weg en stopte ze in Karolina's handen terwijl hij 'ondankbaar nest' mompelde.

Haar zusje was in tranen uitgebarsten en riep: 'Waarom houdt papa meer van Karolina dan van ons?'

Hun moeder nam het kind op schoot en streek over haar bolletje. 'We houden helemaal niet van Karolina. Maar papa en ik krijgen veel geld om voor haar te zorgen. En jij mag straks de kleren hebben waar ze uit is gegroeid.'

'Maar ik krijg alles pas als laatste en onze Stina maakt overal gaten in.'

Hun moeder moest lachen en gaf kusjes op het hoofd van haar jongste spruit.

Karolina, die toen tien was, draaide zich om voordat hun moeder kon zien dat ze huilde. Want iedereen in het gezin Nilsson was het erover eens dat Karolina niet het recht had om te huilen. In ieder geval begreep ze waarom haar ouders altijd zo vreemd tegen haar deden. Iemand betaalde hen om voor haar te zorgen, en diegene hield zich blijkbaar nauwgezet aan de afspraak. Karolina haalde het niet in haar hoofd om te vragen wie dat was. Of waarom ze niet geliefd genoeg was om ergens bij te mogen horen.

Omdat ze ervan uitging dat ze zodra ze van school kwam als dienstmeisje moest gaan werken, beschouwde ze het als een godsgeschenk toen ze hoorde dat ze een baantje in het Grand Hôtel had gekregen.

'Pak al je spullen in,' zei haar vader. 'Je komt hier niet meer terug.'

Karolina schrok. Een thuis hebben waar je je ongelukkig voelde, was nog altijd beter dan helemaal geen thuis hebben. 'Nooit meer?'

'Nooit meer. Ik heb de laatste betaling ontvangen.' Hij klopte op zijn jaszak en zuchtte. 'Ik zal het geld wel missen.'

Terwijl Karolina nu naar Knut Andersson keek dacht ze aan haar pleegvader. Beide mannen hielden ervan zich met bewonderaars te omringen. Maar het verschil was dat haar vader precies was zoals hij zich voordeed: iemand die zijn gebreken had, maar in wezen een eerlijk mens was. Knut Andersson droeg daarentegen een perfect masker; achter zijn joviale gedrag ging een vals en achterbaks karakter schuil.

Een kamermeisje zei: 'Ik vind het wel fijn dat mevrouw Skogh hier komt. Waarom zou een vrouw niet de kans krijgen hier de baas te worden?'

Knut snoof. 'Hou je mond, meisje. Niemand is benieuwd naar jouw mening, anders vertel ik mijn vrouw dat je hier tegen iedereen hebt gezegd dat je het niet met haar eens bent.' Hij gebaarde om zich heen in de kantine.

Mocht Knut hebben verwacht dat het kamermeisje in haar schulp zou kruipen, dan werd hij teleurgesteld.

'Ah, toe nou, meneer. Ik heb gehoord dat u ook wilt dat vrouwen mogen stemmen.'

Er klonken verschrikte kreetjes en aan de tafels werd het eten gestaakt en het bestek neergelegd om het gesprek te kunnen volgen. Karolina sloeg alles met toenemende bezorgdheid gade en ze wilde dat haar collega ophield de receptiemedewerker te tarten. Als dit meisje niet oppaste stond ze diezelfde avond nog op straat.

Knut schoof zijn stoel met veel kabaal naar achteren en sprong op. 'Hoe durf je?' Hij keek de boosdoenster met een kwaadaardige blik aan, toen ontspande zijn gezicht alsof hij zich herinnerde dat hij moest doen alsof hij het een goeie grap vond. Maar zijn glimlach bereikte zijn ogen niet. 'Vrouwen,' zei hij poeslief, 'horen in de keuken... of horen bedden op te maken.'

'Of in het kantoor van het hoofd Huishouding te zitten,' gaf het kamermeisje hem lik op stuk.

Iedereen begon te lachen en te joelen.

'Ze heeft je te pakken, Andersson,' riep Charley vanaf de toog. 'En nog terecht ook.'

Later die middag meldde Margareta Andersson aan de algemeen directeur dat er een vacature was bij de afdeling Huishouding.

8

De daaropvolgende weken wachtte Ottilia vol ongeduld op mevrouw Skogh. Vanuit Storvik kwam de bevestiging dat de eigenares de donderdag voor Pasen, het laatste weekend van maart, naar Stockholm zou vertrekken. Dat was al over twee weken en nog steeds had mevrouw Skogh zich niet in Rättvik laten zien. Ottilia was langzamerhand zo wanhopig dat ze de eerste de beste keer dat ze haar werkgeefster aan de telefoon kreeg, plompverloren vroeg of ze nog naar Rättvik kwam voordat ze naar Stockholm vertrok.

De stem aan de andere kant van de lijn klonk gehaast. 'Waarschijnlijk niet. Er is hier in Storvik nog heel veel te doen en ik ben nu al steeds vaker in Stockholm. Ik maak me echt geen zorgen over Rättvik. Het hotel is in goede handen. Ik weet dat ik ervan op aan kan dat je het hoge niveau in de keuken, bar en eetzaal zult handhaven. Natuurlijk moet er een nieuwe bedrijfsleider komen, maar daar ben ik mee bezig. Het is absoluut niet nodig dat je je ergens druk over maakt. Ga gewoon door met je werkzaamheden, dan komt alles in orde.'

Als Ottilia van plan was geweest in Rättvik te blijven dan had ze deze reactie heel erg op prijs gesteld, maar toen ze naar huis liep door de ijzige wind met jachtsneeuw die van het Siljanmeer kwam, kon ze haar tranen niet bedwingen. Ze veegde haar ogen af met haar wollen want en dacht nog eens goed na. Verschillende meisjes uit Rättvik hadden gewoon hun koffer gepakt en waren naar Stockholm gegaan, erop vertrouwend dat ze daar werk en een slaapplaats zouden vinden. Dat kon zij ook doen. Maar, en dat was een heel grote 'maar', ze wilde niet in een fabriek, winkel en zelfs niet in zomaar een hotel werken: ze wilde een betrekking in het Grand Hôtel. Ze kon zich aan de genade van mevrouw Skogh overleveren als ze eenmaal in Stockholm was, maar dat zou ook betekenen dat ze haar werk hier vaarwel zei en het Rättviks Turisthotell aan zijn lot overliet. En dat zou mevrouw Skogh allerminst bevallen. Ze zou woedend zijn, met als gevolg dat Ottilia dan al haar schepen achter zich had verbrand, zonder zicht op iets anders.

Ze stapte het stationshuis binnen en werd slechts verwelkomd door de vage geur van versgebakken brood die van boven kwam. Ze deed haar laarzen uit, niet alleen om minder lawaai te maken, maar ook om geen spoor van blubbersneeuw op de houten vloer achter te laten. Ze liep de trap op, liep haar kamer binnen en kleedde zich uit. Haar zwarte serveerstersuniform hing ze zorgvuldig over de rugleuning van een stoel die aan het voeteneind van haar bed stond. Ze trok haar nachtjapon aan, knielde en vouwde haar handen.

God was goed, maar zijn antwoorden waren niet altijd even duidelijk en kwamen ook niet altijd zo snel als ze zou willen. Had ze maar iemand anders bij wie ze te rade kon gaan of met wie ze in ieder geval deze kwestie kon bespreken. Vaak kon ze door alleen al aan iemand te vertellen wat haar dilemma was duidelijkheid voor zichzelf scheppen, nog voordat de toehoorder met een mening kwam. Maar ze kon toch zeker niet aan haar moeder vragen wat die ervan zou vinden als ze naar Stockholm ging terwijl Jon nog maar een jaar dood was? Nee, het zou allemaal heel wat eenvoudiger zijn als ze haar ouders kon verzekeren dat er in Stockholm een betrekking op haar wachtte.

Ottilia kroop tussen de koude katoenen lakens en bekeek haar probleem van alle kanten. Als Torun met dit probleem zou worstelen, wat zou zij haar dan aanraden? Ze zou tegen haar zeggen dat Torun absoluut met mevrouw Skogh moest gaan praten voordat ze uit Rättvik wegging. Maar mevrouw Skogh is niet hier, zou Torun zeggen. En zelfs als ze op haar vrije dag naar mevrouw Skogh toe zou gaan, kon ze niet op één dag heen en weer naar Stockholm met de trein. Zowel de heen- als de terugreis duurde namelijk acht uur. En dan zou ze tegen Torun zeggen: 'Als je mevrouw Skogh wilt opzoeken, moet je naar Storvik gaan.' Ottilia glimlachte in het donker.

Ze keek naar het plafond en stelde zich voor dat het de hemel was. 'Dank U.'

Een dagreisje naar Storvik, dat bleek gemakkelijker gezegd dan gedaan.

'Het kan eigenlijk niet,' zei pa, toen Ottilia bij hem in zijn kantoortje zat. 'Alleen als je een uur na aankomst in Storvik direct weer vertrekt.' Hij legde zijn pen neer. 'Ik begrijp nog steeds niet waarom je zo nodig naar Storvik moet.'

Ottilia bleef hem aankijken, alsof ze hem daardoor kon laten ophouden met vragen stellen. 'Omdat mevrouw Skogh geen tijd heeft om hiernaartoe te komen. Ik heb toch tegen u gezegd dat ik een aantal papieren voor haar heb?'

Haar vader trok zijn wenkbrauwen op. 'Papieren die blijkbaar niet met de post kunnen worden verstuurd.'

Ze hield haar hoofd fier rechtop. 'Dat kan inderdaad niet met deze papieren. En het moet ook snel gebeuren, want met Pasen kan ik niet weg. Het hotel is helemaal volgeboekt. Deze week is het nog rustig en iedereen kan zich prima redden zonder mij als ik er een dagje tussenuit knijp.'

Hij keek haar verbaasd aan. 'Ertussenuit knijp?'

Ottilia kreeg een blos op haar wangen.

Haar vader gebaarde dat ze in de stoel met de hoge rug aan de andere kant van het bureau moest gaan zitten. Hij sloeg zijn armen over elkaar en wachtte.

Ottilia sloeg ook haar armen over elkaar. Vanuit haar ooghoek zag ze een goederentrein vol boomstammen door het station rijden. Wagon na wagon kwam langs. Waar gingen al die boomstammen naartoe? En waarom had ze zich dat nooit eerder afgevraagd?

Haar vader pakte zijn pen op en ging weer verder met de brief die hij aan het schrijven was toen ze binnen was gekomen.

Ottilia wist dat ze de strijd had verloren. Haar vader zou haar hier net zo lang laten zitten als nodig was en wanneer iemand van zijn personeel binnen zou komen omdat hij iets wilde weten van de stationschef, zou ze dat heel gênant vinden. En nu weggaan was ondenkbaar. Hij had zijn dochters nog nooit ook maar een tik gegeven, maar hij eiste wel dat ze respect voor hem hadden.

'Pa,' zei ze.

Hij keek op. 'Ja, kind.'

'Ik wil mevrouw Skogh vragen of ze werk voor me heeft in het Grand Hôtel.'

Hij keek verbaasd. 'Waarom zou je in hemelsnaam je goede betrekking hier willen opgeven? Daar krijg je beslist niet de functie van hoofd Bediening.'

Ze schrok een beetje. 'Andere meisjes...'

'Zijn niet op de zeer gevorderde leeftijd van achttien jaar benoemd tot hoofd Bediening. Besef je wel hoe uitzonderlijk dat is?'

'Jawel,' zei ze aarzelend. 'Maar pa, ik wil nieuwe dingen leren. En dat kan bij mevrouw Skogh.'

'Dat kan hier net zo goed,' zei Karl kortaf. 'Ik zal haar vragen of ze je een paar weken de bedden kan laten opmaken. De kamers een goeie beurt geven. Dan krijg je vast wel waardering voor het werk dat je nu doet.'

Ottilia moest even slikken. 'Ik waardeer mijn werk heel erg, en ook alles wat u en ma voor me hebben gedaan. Maar ik kan niet mijn hele leven in het Rättviks Turisthotell blijven werken.'

'Dat kon je best, tot je hoorde dat mevrouw Skogh naar Stockholm ging.'

'Heel veel meisjes gaan naar Stockholm.'

'Je hebt een uitstekende baan. De meeste mensen die hier wegtrekken hebben die niet. Als je nog steeds ergens in de huishouding werkte dan zou ik zeggen dat je niets te verliezen hebt. Maar nu wel.'

'Dat is waar. Maar ik denk erover om over een week naar Stockholm te verhuizen.'

'Over een hele week?'

Ottilia hoorde het sarcasme in haar vaders stem, maar ze liet zich niet van de wijs brengen. 'Het was eerst gewoon een idee, maar nu is het mijn droom. En ik mag toch wel dromen? Ma zei altijd van wel.'

Haar vader stak zijn hand op. 'Bereid je er maar op voor dat mevrouw Skogh het te druk heeft om je te ontvangen, of je misschien onverrichter zake wegstuurt. Als je naar Stockholm verhuist, bezorg je haar alleen nog maar meer kopzorgen in plaats van haar een dienst te bewijzen. Je kunt hier niet gemist worden.'

Ottilia dacht hier even over na. Ze liet haar blik over het oude eikenhouten bureau gaan dat vol lag met mappen, een almanak, notieblokken en tijdschema's. De pet van een stationschef. Haar vaders hele werkzame leven samengevat op één klein oppervlak. Zou dat over twintig jaar voor haar ook zo zijn? De eetzaal inspecteren, de saladebakken controleren, of het zoveelste jonge meisje instrueren hoe je die bakken met salade moest vullen, en intussen spijt hebben omdat ze haar kans niet had gegrepen toen ze nog jong was?

Ze keek op. 'Ik moet het proberen, pa. Jij bent ook uit Storvik hiernaartoe gegaan. Dat was toen een heel grote stap.'

'Dat lag anders.'

'Hoezo?'

'Omdat ik in mijn vaders voetsporen wilde treden en stationschef worden. In Storvik is maar één treinstation en wij waren thuis met zes jongens. Ik heb heel erg geboft dat ik in Rättvik werd aangenomen.'

'Maar stel dat je deze baan werd aangeboden bij het Centraal Station van Stockholm?' vroeg Ottilia, en ze zette grote ogen op. 'Zou je dan zo'n mooi station als dat van Rättvik verlaten of die kans grijpen?'

Daar had haar vader niet van terug. 'Heel slim.'

Ze sloeg haar armen weer over elkaar. Deze keer zou zij net zo lang wachten tot haar vader toegaf.

Karl zuchtte. 'Ik ben gestraft met een stel slimme dochters. Maar goed. Het spreekt vanzelf dat ik graag zou willen dat mijn oudste dochter in Rättvik bleef, maar niettemin zal ik je oom vragen of je bij hem kunt overnachten. Je zult moeten overstappen in Falun, maar dan heb je voldoende tijd om iets warms te drinken en van het toilet gebruik te maken.'

Ottilia liep naar de andere kant van het bureau en gaf haar vader een kus op zijn wang. 'U bent geweldig.'

'Ik doe mijn best. Maar denk erom, geen woord tegen je moeder tot we weten waar we aan toe zijn. Ik wil niet dat ze zich in haar omstandigheden onnodig druk maakt.'

‘Maar ze zal zich natuurlijk afvragen waar ik ben.’

‘En dat zal ik haar vertellen.’ Hij keek zijn oudste dochter met een brede grijns aan. ‘Je bent naar mevrouw Skogh in Storvik om haar papieren te brengen.’

9

Gekleed in haar zondagse kleren stapte Ottilia drie dagen later op het station van Storvik uit de trein. Omdat ze een beetje misselijk was van de reis, maar het kon ook van pure zenuwen zijn, ging ze op een perronbankje zitten om even bij te komen. Het enthousiasme en de hoop waarmee ze in Rättvik de trein had genomen, hadden al snel plaatsgemaakt voor een knagend gevoel van spijt omdat ze aan deze reis was begonnen. Maakte ze zichzelf niet belachelijk? Mevrouw Skogh was vast al door andere meisjes benaderd voor een baan in Stockholm. Als dat het geval was, had ze te lang gewacht. En zo niet, dan kwam dat omdat zij als enige zo onnozel was om een poging te wagen. Wat haalde ze in haar hoofd? God verhoede dat haar collega’s in Rättvik ter ore kwam wat ze had ondernomen en dat ze vervolgens bot had gevangen. Maar dat ze iets te horen zouden krijgen, daar twijfelde ze niet aan.

Ze liet haar blik over de perrons gaan. De mensen hier leken energieker, een beetje wereldser zelfs. Ze herkende onmiddellijk het Storvik-hotel van mevrouw Skogh, dat vlak naast het stationshuis stond. Het was een mooi gebouw, met drie puntdaken en heel veel ramen, maar toch miste het de sierlijke charme van het Rättviks Turisthotell. Verder verbaasde het Ottilia dat de ingang van het hotel zo dicht naast het spoor lag. Dat was natuurlijk heel handig, zeker in de winter, maar was het ook niet erg lawaaiig? Op het eerste perron riep een stationsknecht om dat de trein naar Gävle op het punt stond te vertrekken.

Natuurlijk hadden de meisjes in het Storvik-hotel mevrouw Skogh al gevraagd of ze naar Stockholm konden worden overgeplaatst; de trein naar de hoofdstad, weliswaar via Gävle, vertrok zo ongeveer bij hen voor de deur. Ottilia knipperde haar tranen weg. Omdat mevrouw Skogh toch niet wist dat ze hier was, zou ze er verstandig aan doen de eerstvolgende trein terug naar Falun te nemen. Maar eerst ging ze naar het kantoortje van haar oom, de stationschef, om hem de appeltaart te brengen die ma voor hem had meegegeven. Bovendien moest ze hem bedanken voor zijn vriendelijke aanbod om bij hem te blijven overnachten en hem zeggen dat ze er geen gebruik van zou maken. Op de terugweg zou ze in ieder geval niet omkomen van de honger, want ze had zo'n droge mond dat ze geen hap door haar keel had kunnen krijgen, dus de boterhammen die ze had meegenomen waren nog onaangeroerd. Als ze het van de zonnige kant bekeek, was het retourreisje Storvik iets waar ze misschien om zou worden uitgelachen, maar in ieder geval had ze dan haar baan nog. Ze had het hotel in Rättvik keurig achtergelaten en ze had bovendien nog vrije dagen tegoed. Mevrouw Skogh hoefde nooit iets te weten te komen van haar dwaze onderneming. En mocht ze daar onverhoopt toch lucht van krijgen, dan zou ze toch niet ontslagen worden omdat ze op haar vrije dag een reisje had gemaakt? Met deze gedachte onderdrukte ze een nieuwe aanval van paniek.

'Ottilia!' Nicht Anna kwam op haar afgerend. 'Hemeltjelief, is alles goed met je? Wat zie je bleek, je lijkt wel een geest!'

'Ik voel me een beetje slapjes,' bekende Ottilia. 'Ik denk dat ik last heb van reisziekte.'

'Kom mee naar het stationshuis, daar kun je een glas water drinken. Mevrouw Skogh verwacht je pas over een halfuur, dus je hebt nog tijd genoeg om je op te frissen. Maar niet te laat komen, want dat stelt ze zeker niet op prijs.'

Ottilia verstijfde. 'Verwacht ze me?'

'Ja, toch?' zei Anna aarzelend. 'Ik meen dat papa tegen haar had gezegd dat je hier omstreeks halfdrie zou zijn.'

De moed zonk Ottilia in de schoenen. Nu zat ze in de val. Ze had een grote fout begaan door hier te komen. En weggaan zonder mevrouw Skogh te ontmoeten, zou alleen maar een nog grotere fout zijn. Ze glimlachte flauwtjes. 'Dat was heel vriendelijk van oom.'

Anna glimlachte ook. 'Je slaapt vannacht bij mij en ik wil alle nieuwtjes uit Rättvik horen. Papa vertelde dat er bij jullie een kindje op komst is.'

'Dat klopt.'

'Wat ben je toch een bofferd. Ik ben dol op baby's.' Ze dempte haar stem. 'Laten we hopen dat het een jongetje wordt.'

'Ik weet zeker dat pa en ma daar heel blij mee zouden zijn. Maar nog een dochtertje zou ook welkom zijn,' zei Ottilia snel.

Anna sloeg haar hand voor haar mond. 'O jeetje. Ik bedoelde niet... Ik dacht alleen...'

'Natuurlijk dacht je dat. Dat denken we allemaal.' Ze gaf haar nicht een klopje op de arm om te laten merken dat ze het haar niet kwalijk nam. Natuurlijk praatte Anna alleen maar haar ouders na.

Een kwartier later liep Ottilia het kantoor van mevrouw Skogh binnen. Haar werkgeefster zat achter een bureau met paperassen en mappen, alles keurig gerangschikt zodat ze desgevraagd precies wist waar ze een papier of formulier kon vinden. Ottilia maakte een kleine kniebuiging.

Mevrouw Skogh gebaarde met haar linkerhand dat Ottilia kon plaatsnemen terwijl ze met een vulpen in haar andere hand zachtjes mompelend langs een kolom cijfers ging. Nadat ze onder aan de pagina een getal had opgeschreven, deed ze de dop op haar pen. 'Zo zo, Ottilia, wat brengt jou hier, als ik vragen mag?'

Ottilia boog zich vanaf het puntje van haar stoel naar voren en overhandigde mevrouw Skogh een envelop. 'Ik heb hier de cijfers van de afgelopen week, mevrouw.'

Mevrouw Skogh trok haar wenkbrauwen op. 'Zijn de posterijen in Rättvik soms gestopt met de bezorging?'

'Nee, mevrouw. Ik...'

'Ja?'

'Ik ben hierheen gekomen omdat ik dacht dat ik u nooit meer zou zien.'

'Ik ga naar Stockholm, kind, niet naar de maan. Al gaat dat jou natuurlijk niet aan. Maar waarom wil je me spreken?' Mevrouw Skogh keek Ottilia met haar bruine ogen vorsend aan. 'Is er iets voorgevallen in Rättvik? Want zo ja, hoe eerder je me het vertelt des te sneller ik het probleem kan oplossen.'

'In Rättvik is alles in orde, mevrouw. Ik kon vandaag vrij nemen want het is deze week nogal rustig en ik heb in het restaurant en de bar duidelijke instructies achtergelaten. En voor zover ik weet is alles in orde bij Huishouding, want toen ik vanmorgen vertrok, liep alles op rolletjes.'

'Daarom vraag ik je nu voor de laatste keer: waarom ben je hier?'

Met bonzend hart bleef Ottilia mevrouw Skogh aankijken. Uitvluchten hadden nu geen zin meer, dus zou eerlijkheid, zoals altijd, het beste zijn. 'Ik wilde u om een baan vragen.'

Mevrouw Skogh keek haar fronsend aan. 'Je hebt ooit al een baan van mij gekregen. Een uitstekende baan zelfs.'

'Ik bedoel in Stockholm.'

Mevrouw Skogh liet haar adem ontsnappen. 'Je hebt wel lef, moet ik zeggen.'

'Lef, mevrouw?'

'Durf, branie. Niet iedereen zou een hele reis maken om me op te zoeken en de vermetelheid hebben me te vragen of ik een baan in het Grand Hôtel voor haar heb.'

Vermetelheid? Was dat goed of juist slecht? Ottilia hield haar mond maar.

'Ik begrijp alleen niet,' zei mevrouw Skogh, 'waarom je naar Stockholm wilt verhuizen terwijl je in Rättvik zo'n prachtige functie hebt.'

Ottilia zag haar kans schoon. 'Omdat ik nog maar negentien ben en erg graag heel veel wil leren. Van iemand die de beste lerares is. En u gaat naar Stockholm.'

Er volgde een korte stilte. 'Ik ga bij mijn echtgenoot wonen en er wacht mij een goede betrekking. Het is heel wat anders om in Stockholm aan te komen zonder woning en een baan.'

'Maar dat hebt u zelf ook gedaan, mevrouw, en toen was u jonger dan ik. Dat wordt tenminste gezegd.' Ottilia sloeg haar ogen neer. Was ze nu te ver gegaan?

Mevrouw Skogh schoot in de lach. 'O, wordt dat gezegd? En het is nog waar ook. Maar ik heb geluk gehad.'

Ottilia wist dat ze nu mevrouw Skoghs aandacht had. 'U hebt heel hard gewerkt om hogerop te komen. En dat wil ik ook.'

'Je bent negentien en nu al hoofd Bediening. Wat wil je nog meer?'

'Alles!' Ottilia schrok van zichzelf dat ze dit zo plompverloren zei. 'Neemt u me niet kwalijk. Ik bedoel dat ik alles wil leren wat er te leren valt over het leiden van een hotel. Over wijn, eten, bloemen en boeketten. Zelfs over bedden. Ik wil graag beter Frans of Duits leren spreken. U weet, ik ben een snelle leerling,' voegde ze er enigszins schuchter aan toe. 'Dat hebt u zelf ondervonden.'

Wilhelmina zuchtte. 'Luister, Ottilia, ik mag je graag en je kwijt je uitstekend van je huidige taak. Maar ik heb werkelijk geen idee of er in het Grand Hôtel een passende vacature is. Daar komt nog bij dat er in het restaurant uitsluitend mannen mogen bedienen. Voor ik iets kan beloven, wil ik eerst eens zien hoe alles ervoor staat.'

'Maar mocht er een geschikte vacature zijn wanneer ik naar Stockholm ga, kunt u dan aan mij denken?'

'Dat zal ik zeker doen. Het beste hotel heeft recht op het beste personeel. Maar denk niet dat je zomaar het Grand Hôtel kunt binnenstappen en dan bij mij op kantoor wordt uitgenodigd. Zoiets werkt maar één keer. Ik heb gehoord wat je te zeggen hebt en dit zijn mijn voorwaarden: je gaat door met je werk in het restaurant in Rättvik tot je iets van me hoort. Is dat duidelijk?'

'Jawel. Maar mevrouw, is het Grand Hôtel echt het beste hotel?'

Mevrouw Skogh glimlachte aarzelend. 'Het allerbeste. Of, dat kan het worden.'

'Van het hele land?'

'Van de hele wereld, als ik er tenminste in slaag dat te bereiken.'

Ottilia kreeg het gewoon warm van opwinding. 'Daar slaagt u vast en zeker in. En ik wil u daar graag bij helpen.'

Mevrouw Skogh keek haar indringend aan. 'Ik kan je niets beloven. Begrijp je dat?'

Ottilia kreeg een kleur als vuur. Was ze te gretig geweest en had ze daardoor haar kansen verspeeld? 'Ik begrijp het, mevrouw.'

'Ga dan nu maar weer terug naar Rättvik,' zei mevrouw Skogh. Ze gebaarde naar haar bureau. 'Zoals je ziet, heb ik het druk.'

Ottilia stond op. 'Dank u wel. Morgenochtend vroeg neem ik de eerste trein. Dan ben ik ruim op tijd voor het diner in Rättvik.'

Mevrouw Skogh hield haar hoofd schuin. 'Weet je vader waarom je hier bent? En dan bedoel ik niet dat nonsensverhaal over het afleveren van papieren.'

'Hij weet het wel, maar mijn moeder niet.'

'En wat zegt je vader hiervan?'

'Pa vroeg precies hetzelfde als u: waarom ik naar Stockholm wilde verhuizen terwijl ik een goede betrekking heb in Rättvik. Hij denkt dat ik niet goed wijs ben.'

'En daar heeft hij gelijk in.'

'Hij zei ook dat u vast geen tijd had om me te ontvangen.'

'Je vader heeft niet vaak ongelijk. Blijkbaar heb je geboft dat je me op een goed moment hebt getroffen.'

10

Op 2 april liep Wilhelmina Skogh via de hoofdingang en de stenen trap de lobby van het Grand Hôtel in. Rijkdom en schoonheid alom, en een warme sfeer met gedempte geluiden. Haar laarsjes zakten weg in het dikke rode tapijt toen ze zich, zoals iedere keer weer, voorstelde wat de eerste indruk van een gast zou zijn: van de voorname pilaren van groen en roodbruin marmer tot en met de juweelkleurige glas-in-loodramen. Maar ondanks het rijke kleurenpalet was de lobby licht en luchtig. Wilhelmina wist dat dit niet alleen kwam door de sierlijke elektrische lampen, maar ook door het ontwerp van de hoofdtrap die met zijn kunstig bewerkte houten leuningen naar alle vier de verdiepingen leidde. Rieten leunstoelen, in paren langs de muren geplaatst, stonden uitnodigend klaar om erin plaats te nemen.

Wilhelmina wierp een aan een mahoniehouten tafeltje gezeten weduwe haar befaamde glimlach toe. 'Goedemorgen, mevrouw. Hebt u alle nodige hulp gekregen?'

'Welzeker.' De in het zwart geklede dame wees met haar fraaie wandelstok naar een keurige heer die aan de balie verderop in gesprek was met een van de receptionisten. 'Mijn zoon wordt nu geholpen.'

'Uitstekend, mevrouw. Mocht uw zoon nog iets wensen, dan kunt u dat aan iemand van het personeel te kennen geven.' Met nog een laatste knikje en een glimlach liep Wilhelmina verder, langs de leeszaal aan de linkerkant en de receptiebalie aan de rechterkant, naar een gordijn dat de openbare ruimte scheidde van de trap naar de administratieafdeling. Een kort gangetje leidde naar het kantoor van de algemeen directeur: de grootste kamer en het dichtst in de buurt van de lobby. Omdat luitenant Ehrenborg alleen nog in naam aanwezig was, zou dit vanaf nu haar domein zijn. Dat beviel Wilhelmina uitermate: als zij zich het kantoor van de algemeen directeur toe-eigende, was dat zowel naar het personeel als de gasten een duidelijk, niet mis te verstaan signaal.

Ze zag de haar toegewezen assistent, eveneens overgenomen van Ehrenborg, bij de stenen trap staan die naar de personeelsingang in Stallgatan leidde.

'Svensson?'

De man schrok duidelijk. 'Mevrouw Skogh. Mijn verontschuldigingen. Ik verwachtte dat u vanaf de andere kant zou komen.'

'Dat zal wel. Maar waarom wacht je op mij? Je hebt vast wel dringender zaken te doen dan hier te staan.'

De man rechtte zijn rug en was ineens een centimeter of vijf langer dan zij. 'Om u welkom te heten, mevrouw, op uw eerste officiële dag hier.'

'Goed, nu ben ik dus verwelkomd.' Ze liep snel door de deur waar DIRECTIE op stond, en vervolgens via een klein kamertje, met als enig meubelstuk het bureau van Svensson, naar een aangrenzend kantoor. Ze liet haar blik door de ruimte gaan.

De kamer had een opvallend balkenplafond, twee boogramen en visgraatparket. Er was genoeg ruimte voor een robuust Amerikaans bureau, een boekenkast met mappen en een lange eikenhouten tafel met gestoffeerde stoelen met hoge rugleuningen. Op het bureau lagen niet alleen menukaarten, brieven, paperassen en een bruinlederen vloeistempel, maar er was ook nog plaats voor een telefoon, een intercomapparaat en twee vazen met twee totaal verschillende boeketten. De door haar bestelde gordijnen van rode zijde in empirestijl, die zo mooi pasten bij het patroon van het glas-in-lood aan de bovenkant van de ramen, hingen al op hun plek.

Svensson volgde haar blik. 'Zijn de gordijnen naar uw wens, mevrouw?'

'Zeer zeker,' zei Wilhelmina. 'Goed, Svensson, zet die vazen even op de tafel en help me het bureau om te draaien. Het uitzicht op de nieuwe Koninklijke Opera is natuurlijk niet te versmaden, maar ik wil liever zien wie er door mijn deur binnenkomt.' En luisteren naar wat er buiten wordt gezegd, dacht ze bij zichzelf. Mensen waren vaak verrassend indiscreet als ze door een gang liepen.

‘Als hier iemand binnenkomt, mevrouw, dan ben ik dat.’

‘Niet altijd, dus we laten alle deuren open. Zo, pak het bureau aan de andere kant vast.’

‘Ik kan beter een interne kruier roepen.’

‘Natuurlijk kun je dat, maar dat zou pure tijdverspilling zijn, zowel voor hem als voor ons als we op hem moeten wachten. Goed, voorzichtig met de vloer. Ik wil geen krassen op het parket.’

Wilhelmina knikte even tevreden over de nieuwe opstelling. ‘Dank je, Svensson. Je mag weer gaan.’

‘Zal ik nog bellen voor koffie of thee, mevrouw? Of misschien iets anders?’

‘Mocht ik iets willen, dan laat ik het je weten.’

Toen Svensson het kantoor had verlaten pakte Wilhelmina de kaart die hoorde bij een groot boeket eenvoudige rode rozen met lange stelen. *Heel veel succes gewenst, Pelle.* Met een kleine huivering van blijdschap zette ze de kaart terug bij de vaas. De dag dat ze met Pehr Skogh trouwde was ze gezegend met al het geluk van de wereld. Maar het leiden van het Grand Hôtel vergde een grote discipline en bracht veel werk met zich mee. Het andere, grotere boeket bevatte de mooiste bloemen van het seizoen en was, zoals te verwachten viel, van het bestuur.

Haar blik viel op het certificaat van Hofleverancier aan de muur. Ondertekend door koning Oscar II. Hij wenste haar ongetwijfeld ook succes, dus was het de hoogste tijd om deze haar succes wensende mannen te laten zien waartoe een vrouw in staat was.

Wilhelmina ging achter haar bureau zitten en pakte een vel papier uit een la, en haar favoriete pen – ook een geschenk van Pelle – uit haar tas. Het was haar opdracht de koers van dit schip te wijzigen en dan kon ze het beste met de leidinggevenden beginnen.

‘Svensson!’

Haar assistent kwam haastig binnenlopen.

'Ik wil vanmiddag een gesprek met onze chef-kok, de maître d'hôtel en het hoofd Huishouding. Als dat niet lukt, dan morgenochtend.'

'Alle drie tegelijk?'

'Nee, ieder afzonderlijk. En Svensson, ik heb een notitieboek nodig.' Ze gaf met haar handen het formaat aan. 'Ongeveer zo groot.'

'Uitstekend, mevrouw.'

Een paar minuten later kwam Svensson terug en overhandigde Wilhelmina een briefje met namen en tijden. 'Ons hoofd Huishouding, mevrouw Andersson, moet zich verontschuldigen. Ze heeft het te druk, maar morgen is ze beschikbaar op elk door u gewenst tijdstip.'

Wilhelmina was verbaasd. Dus het hoofd Huishouding had het te druk om vandaag op welk tijdstip dan ook te komen, maar morgen kon ze de hele dag? Hier klopte iets niet. En als het niet klopte dan was het waarschijnlijk niet waar. Wat betekende dat het hoofd Huishouding tijd aan het rekken was. De vraag was waarom.

Wilhelmina knikte even. 'Zeg tegen Andersson dat ik haar morgen om klokslag vijf uur wens te zien.'

'Uitstekend, mevrouw. Klokslag vijf uur morgenmiddag.'

'Nee, Svensson. Klokslag vijf morgenochtend.'

Maître d'hôtel Gösta Möller kwam als eerste. Hij was een sympathiek ogende man van een jaar of vijfendertig, gekleed in zijn gebruikelijke jacquet. Hij maakte een lichte buiging. 'Mevrouw Skogh, welkom in het Grand Hôtel.'

Ze gebaarde dat hij kon gaan zitten. 'Zeg eens, Möller, hoelang werk je hier al?'

'Zestien jaar, mevrouw. Ik ben begonnen als piccolo toen monsieur Cadier hier nog eigenaar was, en ik ben teruggekomen na de renovatie in 1899. Ik heb hier al heel wat zien passeren.'

'Dat zal ongetwijfeld. Dus je hebt het hier naar je zin?'

Möller keek ernstig. 'Jazeker. Dat is altijd zo geweest. Toen we gesloten waren, heb ik nog bij Rydberg gewerkt, maar ik voelde me daar nooit echt thuis.'

'Hoe kwam dat?'

Möller gaf niet direct antwoord. 'Dat weet ik werkelijk niet. Het is een degelijk en aangenaam hotel en ik ben daar ook oude gasten van hier tegengekomen, maar...' – hij zocht naar woorden – 'dit hotel heeft iets bijzonders waardoor het boven alle andere hotels uitstijgt. Neemt u me niet kwalijk dat ik het niet beter kan omschrijven. Na de renovatie is een groot deel van het personeel teruggekomen, in ieder geval de meeste leidinggevenden, dus ik ga ervan uit dat veel van ons er zo over denken.'

'Dat kan ik me voorstellen,' zei Wilhelmina uit de grond van haar hart. 'Maar vertel nu eens wat er schort aan het restaurant.'

Möller knipperde met zijn ogen. 'Wat eraan schort?'

'Ja, wat er mis mee is. Ik heb de afgelopen weken een aantal keren een bezoek aan het restaurant gebracht, en elke keer waren de meeste tafels onbezet. Ligt het aan het uitzicht? Het eten? Het interieur?'

'Het restaurant heeft het mooiste uitzicht van de hele stad en is bovendien onlangs gerenoveerd. De gerechten worden fraai gepresenteerd en zijn naar mijn idee zeer smakelijk.'

'En hoe zit het met de bediening?'

'De bediening?'

'Is de bediening van het niveau dat men mag verwachten in Stockholms Grand Hôtel?'

'Ik geloof van wel.'

'Elke dag? Ten opzichte van iedere gast?'

'Daar streef ik wel naar.'

'Je gelooft van wel? Je streeft ernaar? Geloven en streven brengen geen geld in het laatje. Daarom vraag ik je nogmaals: is de bediening van het niveau dat men mag verwachten van het beste hotel van Stockholm?'

Möller sloeg zijn ogen neer. 'Niet altijd.'

'Zo, nu komen we ergens. Hoezo niet, Möller? Hoe kan het

dat er tijdens mijn bezoek bij een gast een druppel koffie op het tafellinnen werd gemorst, zonder dat de daarvoor verantwoordelijke ober zich verontschuldigde?'

Möller keek haar recht in de ogen. Tot haar tevredenheid zag Wilhelmina iets van ergernis in zijn blik. Sowieso was een reactie altijd beter dan onverschilligheid, maar ze wist niet of zijn ergernis haar of het gedrag van de ober gold. Möllers toekomst in het Grand Hôtel hing af van wat hij nu ging zeggen.

'Dat incident is mij ontgaan. Staat u mij toe dat ik me namens de ober verontschuldig, ik zou als gast ook ontevreden zijn geweest. Hebt u een klacht ingediend, mevrouw?'

'Nee, dat heb ik niet gedaan,' bekende Wilhelmina. 'Ik was daar om te observeren en niet om in te grijpen. Maar de volgende keer zal ik zeer zeker een klacht indienen en ook ingrijpen.' Deed Möller zijn best een glimlach te onderdrukken? Ze hield haar blik op hem gevestigd. 'Maar goed, Möller, een druppel koffie op een tafellaken is niet in staat een hotel te maken of te breken...'

'... maar een verontschuldiging is altijd op zijn plaats.' Er verscheen een blos op Möllers wangen. 'Neemt u mij niet kwalijk, ik wilde u niet in de rede vallen.'

'Maar meerdere druppels koffie kunnen op den duur doorslaggevend zijn,' ging Wilhelmina verder 'We hebben een ernstig probleem in het restaurant. Gebrek aan discipline en lege stoelen. Ik heb diverse mogelijkheden tot mijn beschikking, maar voordat ik je mijn mening voorleg, zou ik graag die van jou horen.'

Möller gaf niet meteen antwoord. 'Mag ik het eerlijk zeggen?'

'Meestal scheelt dat heel veel tijd.'

'Er gaan inderdaad in het restaurant dingen verkeerd, maar daar verandering in brengen, is gemakkelijker gezegd dan gedaan.'

'Hoezo?'

'Omdat ik weinig druk kan uitoefenen. Als ik het incident waar u het over heeft had gezien of ervan had gehoord, had ik de ober natuurlijk apart genomen en hem de mantel uitgeveegd. Dat doe ik ook als ik zie dat een ober de gast duidelijk laat merken dat hij zijn fooi te laag vindt.'

'Dat duidelijk laat merken?'

'Dat gebeurt inderdaad, ben ik bang. Op zijn gunstigst betuigt die ober dan zijn spijt en verzekert hij me dat het niet meer zal gebeuren. Maar op zijn ongunstigst lacht hij me in mijn gezicht uit en zegt: "Knul, ik werk hier langer dan jij." Dat is het nadeel van onderop beginnen en vervolgens opklimmen. De oudgedienden die dat niet hebben gedaan en al jaren hetzelfde werk doen, weigeren mij serieus te nemen. Niet allemaal, moet ik erbij zeggen, en degenen die mij met respect behandelen zijn ten opzichte van onze gasten ook heel voorkomend. U hebt volkomen gelijk wanneer u zegt dat het ontbreekt aan discipline. Ik heb luitenant Ehrenborg daar al op geattendeerd.'

'En wat heeft Ehrenborg gedaan?'

'Hij sloeg me op de schouder en zei dat het geen zin had om te proberen een oude aap kunstjes te leren.'

'O, zei hij dat?' Wilhelmina klonk duidelijk geërgerd. 'We zullen nog weleens zien of apen iets bij te brengen valt.' Ze deed een bureaula open en haalde er het zwarte, door Svensson geleverde notitieboek uit.

'Dit, Möller, is ons nieuwe Klachtenboek voor de begane grond en de kelder. Je schrijft iedere dag de datum op en noteert dan "niets te melden" als er niets bijzonders is voorgevallen, of in het geval van een incident of ongepast gedrag geef je een korte beschrijving. Ik zal er een gewoonte van maken dagelijks het boek te controleren en er mijn commentaar en beslissingen aan toevoegen.'

Möllers wenkbrauwen verdwenen bijna onder zijn haargrens. 'Is dit een... geheim boek?'

'Integendeel. Hoe meer mensen ervan op de hoogte zijn, hoe beter. Voorkomen is altijd beter dan genezen. We leggen het boek bij de balie van de receptionist, zodat iedereen het kan zien. Tenzij je mijn vertrouwen beschaamt, geniet je mijn volledige steun. Maar als ik hoor over incidenten die niet in het boek zijn vermeld, dan zal ik je vragen naar de reden daarvan. En ik ben niet iemand die iets twee keer vraagt.' Ze keek hem indringend aan.

Hij sloeg zijn ogen niet neer. 'En wat gebeurt er met de onbezette tafels in het restaurant, mevrouw?'

'Dat is een probleem waarvan de oplossing meer tijd vergt, maar ik moet erop kunnen vertrouwen dat in het restaurant alles van vroeg tot laat op rolletjes loopt. Als je dat niet kunt garanderen, dan wil ik dat nu van je horen.'

Möller rechtte zijn toch al kaarsrechte rug. 'Dat komt in orde, mevrouw. Met uw steun.'

'Heel goed. Neem dit boek mee en laat de deur maar open als je weggaat.'

Dit onderhoud was beter verlopen dan Wilhelmina had verwacht. Als Möller bewees net zo goed te zijn als hij deed voorkomen, dan zou met behulp van het Klachtenboek al snel duidelijk worden wie hier de probleemgevallen waren. Maar als Möller haar voor de gek hield en niet van plan was iets van belang te rapporteren, dan zou dat binnen de kortste keren aan het licht komen en werd hij ontslagen. Hoe dan ook zou ze op deze manier de nodige dingen te weten komen.

De onbezette tafels waren een probleem dat niet zo eentwee-drie te verhelpen was. De begane grond met de entree moest heringericht worden, en het bestuur had daar zijn goedkeuring aan gegeven. Nu had ze een plattegrond nodig om te kunnen bepalen hoe ze de renovatie moest aanpakken om zo min mogelijk overlast voor het hotel te veroorzaken. Het zou te veel geld kosten om weer dicht te gaan, en de doorsnee aannemer zou met een voorstel komen dat voordeliger was voor zijn bedrijf dan voor haar etablissement. Als ze überhaupt een aannemer kon vinden. Er werd in Stockholm overal gebouwd en vaklui waren zeer in trek.

Ze hoorde Svensson met iemand praten en even later kwam de chef-kok binnen.

Sam Samuelsson was een gezette man met een gedrongen

postuur, wiens smetteloze koksbuis hem nog extra gewicht verleende. Hij ging tegenover Wilhelmina zitten.

'Chef Samuelsson,' zei Wilhelmina. 'Ik heb begrepen dat u hier twee jaar geleden bij de heropening van het hotel bent komen werken.'

'Dat klopt.'

Wilhelmina trok haar wenkbrauwen op.

'Mevrouw,' voegde hij er haastig aan toe.

'Is dit uw eerste aanstelling als chef-kok?'

'Jawel, mevrouw. Voordat ik hier kwam was ik souschef in Hôtel Phoenix. Ik heb uitstekende referenties en luitenant Ehrenborg is altijd zeer tevreden over mij geweest.'

'Dat zal best, maar nu werkt u voor mij.'

Dat overviel Samuelsson. 'Mag ik vragen of u mijn gerechten al heeft geproefd?'

'Zeker, en ik mag zeggen naar volle tevredenheid.'

Voor het eerst sinds hij tegenover Wilhelmina zat, glimlachte de chef-kok.

'Chef Samuelsson, vertelt u eens wat voor u de belangrijkste factoren zijn bij het samenstellen van uw menu's.'

'Het seizoen en de kwaliteit van de producten,' zei hij zonder enige aarzeling. 'En vervolgens de presentatie. Wij eten eerst met onze ogen en dan met onze neus, mevrouw.'

'Daar ben ik het mee eens,' zei Wilhelmina. Ze meende bij de kok iets van een Frans accent te bespeuren, maar zijn naam was zonder meer Zweeds. 'En wat nog meer?'

'Wat nog meer? U vroeg me wat voor mij de belangrijkste factoren zijn, en die heb ik genoemd.'

'En spelen er nog andere dingen een rol?'

'In wezen niet. Een gast die in het Grand Hôtel dineert verwacht het allerbeste. En het is mijn verantwoordelijkheid om daarvoor te zorgen. In december heb ik gekookt voor het Nobelbanket. Volgens mij was die avond een groot succes.' Hij keek haar aan met een blik alsof hij haar uitdaagde het met hem oneens te zijn.

'Dat was zeker het geval. Maar het bereiden van uitstekende gerechten is toch niet uw enige verantwoordelijkheid?'

Samuelsson keek haar vol verbazing aan. 'Zeker wel. Ik ben chef-kok. Een hotel is zo goed als het eten. Het is mijn taak om de beste ingrediënten te gebruiken en het beste personeel te kiezen om het beste resultaat te bereiken.' Hij maakte een rondje met zijn wijsvinger en duim om zijn mening te onderstrepen. 'Mijn gasten zijn tevreden, en daarom bemoei ik me niet met andere zaken.'

'Dan wordt het hoog tijd dat u dat wel gaat doen,' zei Wilhelmina kortaf. 'Zeg eens, chef Samuelsson, houdt u bij het samenstellen van uw gerechten rekening met de kosten?'

'Ik weet min of meer de prijzen van de ingrediënten. Natuurlijk variëren de prijzen van sommige ingrediënten per seizoen, maar goede kwaliteit is het hele jaar door aan de prijs.'

'Hebt u weleens berekend hoeveel we verdienen aan – of hoeveel verlies we maken op – een gerecht?'

'Mevrouw, u weet net zo goed als ik dat de prijzen die wij rekenen beduidend hoger zijn dan de kosten van de ingrediënten.'

'Dat is waar, maar ik zal het even uitleggen.' Wilhelmina pakte een vel papier en schreef bovenaan: *Bijkomende kosten*. 'Welke kosten moet een gerecht nog meer dekken?'

'De leverantie aan het hotel, mevrouw.'

Wilhelmina voegde 'leverantie' toe aan het lijstje. 'En verder?'

Samuelsson stond op het punt iets te zeggen, maar deed toen snel zijn mond weer dicht, alsof hij plotseling doorhad dat dit een strikvraag was en niet wist waar het addertje onder het gras school.

Hij nam geen risico. 'Mevrouw?'

'Ontvangt u een salaris van ons?' vroeg Wilhelmina.

Samuelsson keek verbouwereerd. 'Natuurlijk.'

'En de rest van het keukenpersoneel ook?'

'Jazeker.'

Wilhelmina voegde 'salarissen' toe aan de lijst. 'En werkt u in het donker of hebt u elektrisch licht?'

'Nu begrijp ik het,' zei Samuelsson.

Wilhelmina leunde achterover in haar stoel. 'En wat begrijpt u precies?'

'Dat u het heeft over het totaal aan kosten. We maken ook gebruik van gas, keukenkleding en wasmiddel. Potten en pannen.'

'En dat,' zei Wilhelmina, 'zijn de kosten die worden gemaakt nog voordat een gerecht de keuken verlaat. Verder hebben we het bedienend personeel, de verwarming, de aankleding van het restaurant – en dit moet allemaal worden bekostigd door uw gerechten. En laten we de afwas niet vergeten.'

'De dranken leveren ook geld op.'

'Tot op zekere hoogte,' gaf Wilhelmina toe. 'Maar nu komt onze opdracht, chef Samuelsson; we moeten er gezamenlijk voor zorgen dat uw exquise gerechten ook betaalbaar zijn ten opzichte van het totaal aan kosten.'

'Ik kan niet aan kwaliteit inleveren,' zei hij met grote stelligheid.

'Dat zou ook zeker een grote fout zijn,' zei Wilhelmina. 'Maar we kunnen wel wat meer gebruikmaken van goedkopere ingrediënten. Aan uw accent te horen hebt u in Frankrijk gewoond.'

'Mijn moeder was Frans. Tot mijn zeventiende heb ik in Frankrijk gewoond. Toen overleed mijn moeder en is mijn vader met mij terug naar Zweden gegaan.'

Wilhelmina knikte even om haar medeleven te betuigen. 'In Frankrijk gebruiken ze in de keuken een grote variëteit aan vruchten en groenten. Altijd van eersteklas kwaliteit en boordevol smaak.'

'Dat geldt ook voor de groenten die wij in het Grand Hôtel gebruiken,' zei chef Samuelsson. 'Die komen van de grond en uit de kassen die monsieur Cadier heeft verworven. En wat wij niet zelf kweken en telen betrekken we van boerderijen uit de buurt.'

Wilhelmina zwaaide met haar vinger. 'Precies. Toen ik twintig jaar geleden het Storvik-hotel overnam ben ik ook mijn eigen groenten gaan verbouwen. En in aansluiting op minder vlees en vis en meer groenten op de borden, introduceerde ik ook grote schalen met salades.'

Samuelsson luisterde aandachtig.

Wilhelmina ging verder. 'Dit systeem heeft twee voordelen. Allereerst ziet een bord met een elegante schikking van kleurrijke salades en groenten er zeer smakelijk uit. Ten tweede kosten zelfs de meest verfijnde en allerbeste groenten altijd nog minder dan de slechtste kwaliteit vlees. We sparen geld uit terwijl de gasten nog steeds van een gedenkwaardige maaltijd genieten.'

Samuelsson streek over zijn kin. 'Deze nieuwe aanpak zal zeker in de smaak vallen bij de gasten uit andere Europese landen, maar ik betwijfel of de Stockholmers er ook van onder de indruk zullen zijn.'

'En ik betwijfel of de mensen in Stockholm verschillen van de mensen in Storvik, Rättvik en Bollnäs, die van ons al jaren salades en groenten op hun bord krijgen. U zei het net zelf: we eten eerst met onze ogen en dan met onze neus.'

Samuelsson glimlachte. 'Dat is juist.'

'Ik ben blij dat we elkaar begrijpen. De zomer is in aantocht en dat is het beste seizoen om nieuwe wegen in te slaan. Ik zou ook graag een aantal goedkopere schotels op de kaart willen om met Hôtel Rydberg en restaurant Operakällaren te kunnen concurreren.'

'Pardon, mevrouw?'

'Ik wil Stockholmers trekken. Ze moeten het gevoel hebben dat ze zich een etentje in het Grand Hôtel kunnen veroorloven. Maak gebruik van uw ervaring en kennis, chef Samuelsson. Bedenk gerechten die minder kosten maar verder in alle opzichten net zo smakelijk en aantrekkelijk zijn als onze duurdere schotels.'

De glinstering in Samuelssons ogen gaf aan dat hij zeker in een dergelijke uitdaging geïnteresseerd was.

'We bieden ook een serie bijpassende wijnen die ik in de maanden april en mei in prijs zal verlagen,' ging Wilhelmina verder.

Samuelsson fronste zijn wenkbrauwen. 'Waarom zou u dat doen?'

'Om klanten te trekken en om ruimte te scheppen in de wijnkelder. We hebben te veel flessen rode bordeaux op voorraad. Zo, voordat u weer aan het werk gaat, wil ik van u weten of er nog vacatures zijn in de keuken.'

Hij schudde zijn hoofd. 'Op het moment niet, hoewel ik binnenkort waarschijnlijk iemand nodig zal hebben om al die door u gewenste groenten te snijden.'

Was deze man soms niet goed wijs? Wilhelmina bleef hem aankijken. 'Chef Samuelsson, u hebt een souschef, vijf chefs de partie en hun souschefs, plus nog een hele rits keukenhulpjes tot uw beschikking. Is daar iemand van ontslagen omdat er te weinig maaltijden zijn verkocht?'

'Nee, mevrouw.'

'Maar we zitten wel met een halfleeg restaurant. Ik stel voor dat u uw personeel reorganiseert. Of wilt u dat ik het voor u doe?'

Samuelsson verbleekte. 'Absoluut niet. Ik zal ervoor zorgen dat in de keuken alles in orde komt.'

'Dan zullen we het hier voorlopig maar bij laten, maar vergeet niet dat ik nauwlettend de cijfers in de gaten zal houden. En chef Samuelsson?'

Hij draaide zich om in de deuropening. 'Ja, mevrouw?'

'Alles wat ik zonet heb gezegd, is ook van toepassing op de personeelskantine. Meer salades en groenten. Als dat goed genoeg is voor het Franse hotelpersoneel is dat zonder twijfel ook goed genoeg voor het onze.'

11

Dertien uur na haar aankomst in het hotel ging Wilhelmina met de lift naar de vierde verdieping. Tot haar voldoening zag ze dat het smaragdgroen-met-gouden tapijt op de parketvloer in de gang keurig was geveegd. Maar toen ze stopte om een vinger over de bovenkant van een schilderijlijst te halen en er een laagje stof meekwam, betrok haar gezicht. Er viel morgenochtend heel wat met Margareta Andersson te bespreken. Ze klopte op de deur van suite 425.

'Mina!' Elisabet Silfverstjerna, een stralende verschijning, gehuld in zachtrood fluweel, met een parelsnoer dat haar lange slanke hals accentueerde, en weelderig zilverblond opgestoken haar, verwelkomde Wilhelmina met open armen. 'Wat een feest om vanavond met je te kunnen souperen. Weet je zeker dat Pehr er geen bezwaar tegen heeft dat ik je op je eerste avond bij hem wegkaap?'

'Dat merkt hij niet eens. Hij dineert in Hasselbacken met een stel collega-wijnhandelaars. Bovendien heb ik Pelle vanochtend nog gezien en jou in geen weken.' Ze keek om zich heen. 'Dit is werkelijk een heerlijke suite, Lisa. Heb je hier alles wat je wilt? Vind je het nog steeds fijn om hier te wonen?'

Elisabet schoot in de lach en nam Wilhelmina mee naar de zitkamer. 'Hoe vaak ben je hier bij me op bezoek geweest?'

'Heel vaak.'

'En hoeveel keer hebt je me die vraag gesteld?'

'Nooit.'

'En hoelang ben je hier hoteldirecteur?'

Wilhelmina lachte. 'Eén dag. Of eigenlijk, twee. Gisteren heb ik mijn handtekening gezet. Dus jouw comfort is nu ook míjn zaak.'

'Over comfort heb ik niet te klagen, dank je. Toen dit hotel gesloten was heb ik heel plezierig in Hôtel Rydberg gelogeerd, maar ik was dolblij dat ik weer hiernaartoe kon. Mag ik een smeneery voor je inschenken? Ik ben zo vrij geweest om voor ons beiden zalm te bestellen.'

'Zalm klinkt heerlijk en een smeneery is ook meer dan welkom. Het is een nogal drukke dag geweest.' Wilhelmina nam plaats op een van de twee met smaragdgroen-met-goudbrokaat beklede sofa's, en genoot van de zachtheid nadat ze twaalf uur op een bureaustoel had doorgebracht.

'Ik begrijp niet hoe je het doet,' zei Elisabet. 'We worden er geen van beiden jonger op, en nu heb jij het Grand Hôtel overgenomen.' Ze reikte Wilhelmina een glas aan en hief het hare: '*Skål!* Succes.'

'Ik heb het idee dat ik wel wat geluk kan gebruiken.' Wilhelmina hief haar glas en keek Elisabet aan. 'Dit hotel is de spreekwoordelijke zwaan die sierlijk over het water glijdt, maar onder water wanhopig met zijn poten trappelt.'

Elisabet keek verbaasd. 'Dat had ik niet gedacht. Alles in dit hotel is tot in de puntjes verzorgd, de cuisine is verrukkelijk en het personeel uitermate voorkomend.'

'Maar financieel is het zo lek als een mandje,' zei Wilhelmina. 'Ik wil graag gebruikmaken van je kennis als bewoonster. Maar nu eerst: hoe is het met je?' Ze knikte naar de kleine vleugelpiano die in de hoek stond. 'Speel je nog steeds?'

'Het gaat goed met me en ik speel nog steeds.' Elisabets gezicht betrok, maar toen toverde ze een glimlach tevoorschijn. 'Ik heb werkelijk niets om over te klagen.'

Wilhelmina fronste haar wenkbrauwen. 'Behalve?'

Er werd op de deur geklopt en er kwam een ober binnen. Onder zacht gerinkel van porselein reed hij een serveerwagen naar de eethoek en dekte vervolgens geroutineerd en heel precies de tafel.

'We bedienen onszelf wel,' zei Elisabet.

'Uitstekend, mevrouw.'

'Waarom zei je in hemelsnaam dat we onszelf wel bedienen?' vroeg Wilhelmina enigszins teleurgesteld zodra de deur achter de ober dichtging. 'Het was een ideale gelegenheid geweest om te zien of mijn roomservicepersoneel goed opgeleid is.'

Elisabet zette een bord voor Wilhelmina neer en verwijderde de zilveren dekschaal. 'Wanneer ik zelf mijn diner opdien lijkt het net of ik nog een beetje een normaal leven leid. Mina, ik heb al zo lang in luxe geleefd, niets omhanden gehad en me laten bedienen dat ik af en toe het gevoel heb het contact met de werkelijkheid van alledag te hebben verloren.'

Wilhelmina boog zich over het bord om de kwaliteit van de zalm en de consistentie van de hollandaisesaus te controleren. In combinatie met de pommes duchesse en witte asperges vormde de schotel een kleurrijk en smakelijk plaatje. En de geur was navenant. Chef Samuelsson had absoluut gelijk gehad. Ogen en neus. Ze was al bekend met dit gerecht, het was naar de maatstaven van het Grand Hôtel nogal eenvoudig, maar perfect als doordeweeks souper. Ze richtte haar aandacht weer op haar vriendin. 'Hoezo heb je geen contact meer met de werkelijkheid van alledag?'

Elisabet ging er onmiddellijk op in. 'Mijn dagen breng ik door in het paleis en mijn nachten hier. Tenzij het bijzonder bar weer is ga ik te voet heen en terug. Het is nog geen vijf minuten lopen, maar Mina, de armoede die ik op de Norrbro-brug zie, is hartverscheurend.'

Wilhelmina slikte haar eerste hap gebakken roze vis door en luisterde aandachtig.

'Mannen en vrouwen met ingevallen wangen, gekleed in lorren, die zich te voet naar hun werk haasten omdat ze de tram niet kunnen betalen. Ik hoorde een vrouw zeggen dat ze zowel heen als terug een uur moest lopen. En die dag vroor het tien, misschien wel vijftien graden. En denk je dat ze een stevig ontbijt had gegeten voordat ze aan haar twaalfurige werkdag begon? Ik betwijfel het. En we worden overspoeld door ongedierte. Op ratten jagen is voor kleine jongens een lucratieve sport geworden nu de gemeente vijf öre per staart betaalt om deze plaag te bestrijden.'

'Dat heb ik gehoord. Toch gaat het de goede kant op met

Stockholm, vind je niet?' zei Wilhelmina. 'Al die oude huizen maken langzaamaan plaats voor woningen met stromend water en elektriciteit.'

'Dat is inderdaad zo,' moest Elisabet toegeven. 'Maar niet snel genoeg, naar mijn idee.' Haar ogen schitterden koortsachtig.

Wilhelmina legde haar bestek neer. 'Wat is er aan de hand? Is er soms iets gaande in het paleis? Gaat het om Zijne Majesteit?'

'Nee...' Elisabet schudde langzaam haar hoofd. 'En... ja.'

Wilhelmina pakte Elisabets hand. 'Wat je ook zou willen zeggen, het blijft tussen ons. Dat weet je.'

'Dat weet ik.' Elisabet bette haar ogen met een kanten zakdoekje.

'Vertel me dan alsjeblieft waar je zo van overstuur bent. Nog voordat de ober binnenkwam, zag ik al dat er iets aan schortte.'

Elisabet haalde even diep adem, alsof ze overwoog Wilhelmina in vertrouwen te nemen.

Wilhelmina gaf nog een bemoedigend kneepje in Elisabets hand.

Elisabet nam een slokje wijn. 'Ik heb een onvergeeflijke fout begaan.'

'Er zijn maar weinig fouten echt onvergeeflijk,' zei Wilhelmina. 'Vertel het me, dan kunnen we overleggen wat er moet gebeuren. Twee weten altijd meer dan een.'

'Lieve Mina, het is echt een godsgeschenk dat je hier bent. Ondanks alle rijtuigen en zijde' – Elisabet gebaarde naar het paleis aan de overkant van het water en de weelde van haar suite – 'heb ik geleerd dat de grootste luxe is het hebben van een goede vriendin van wie je op aan kunt.'

En de liefde van een goede man, dacht Wilhelmina bij zichzelf. Maar het zou wreed zijn om dit te zeggen. Elisabet mocht dan benijd worden door veel vrouwen die een mindere positie hadden in Stockholms hogere kringen, maar ze sliep wel elke nacht alleen. In ieder geval de meeste nachten, vermoedde Wilhelmina. 'Goed,' zei ze zacht, 'wat is die onvergeeflijke fout?'

Elisabet nam nog een slokje van de witte bourgogne, en nadat ze haar glas op tafel had gezet, knikte ze resoluut en keek Wilhelmina aan. 'Ik denk dat je wel weet dat koning Oscar en ik samen een kind hebben.'

Wilhelmina nam een veel te grote slok wijn. Ze verslikte zich bijna en terwijl ze probeerde niet te hoesten, hield ze vlug haar servet voor haar mond en nam toen een slokje water. 'Niet officieel,' zei ze met geknepen stem. 'Neem me niet kwalijk, ik ga er prat op dat ik snel iets doorzie, maar ik had niet verwacht dat je dit zou zeggen.'

'Daarom ben ik zo dol op je,' zei Elisabet. 'De meeste dames zouden net gedaan hebben alsof ze van niets wisten.'

'Eerlijkheid is een van de beste dingen die je een vriendin kunt schenken,' zei Wilhelmina. 'En trouw is nog zoiets.'

Elisabet glimlachte. 'Mag ik vragen van wie je het hebt gehoord?'

'Van Pelle. Al jaren geleden. Wil je dat ik hem vraag wie zijn informant was? Misschien heeft hij het me wel verteld, maar dat weet ik echt niet meer.'

'Dat is niet nodig. Die lieve Pehr. Ik durf te wedden dat hij dit aan niemand heeft verteld, behalve aan jou. Je hebt echt een heel integere man.'

'Dat is zeker waar.'

'Maar goed, nu zul je het hele tragische verhaal van mij horen. Uit de eerste hand, zogezegd.' Elisabet haalde nog een keer diep adem. 'Zeventien jaar geleden werd ik zwanger en vertrok ik uit Stockholm om mijn kind geboren te laten worden. Het was een meisje en ze kreeg de naam Karolina, vernoemd naar de vrouw van Régis Cadier. Caroline Cadier keurde mijn zwangerschap natuurlijk af, maar ze besefte wel dat daar altijd twee mensen voor nodig zijn. Ze was een van de weinigen die er weet van hadden. Toen ik in Stockholm terugkwam werd me te kennen gegeven dat ik nog wel in dienst van de koningin zou blijven, maar niet langer in het paleis kon wonen. De koning en Régis waren goede vrienden en hij regelde hier een suite voor mij. Eerlijk gezegd vond ik dat heel prettig. Koningin Sophia en ik verkeerden nog steeds op goede voet met elkaar – ze accepteerde de… eh… behoeften van Zijne Majesteit, en ik ben zeker niet de enige maîtresse van de koning bij wie hij een kind heeft – maar in het paleis wonen kan nogal verstikkend zijn, zelfs zonder de nog bijkomende…' Elisabet probeerde het juiste woord te vinden.

'Spanningen?' opperde Wilhelmina.

'Spanningen.'

'Maar je dochter is hier toch niet opgegroeid? Ik heb nooit iets gehoord over een kind dat in het Grand Hôtel woonde, afgezien van Cadiers kinderen, en die woonden trouwens in het Bolinder Paleis, hiernaast.'

'Juist. En zelfs als kinderen hier welkom waren geweest, dan was het eenvoudigweg geen optie. Zijne Majesteit zei dat hij het kind zou onderhouden, maar nooit zou erkennen. Ik kreeg geen toestemming haar zelf op te voeden, tenzij ik naar het buitenland vertrok of in de anonimiteit heel ver uit de buurt van Stockholm zou gaan wonen.'

Wilhelmina huiverde even. 'Wat heb je gedaan?'

'Ze is opgegroeid in een pleeggezin. De koning heeft haar opvoeding bekostigd.'

'Zijn de pleegouders op de hoogte van haar afkomst?'

'Ze vermoeden waarschijnlijk dat ze een ongelukje is van iemand uit de hogere kringen, maar ze hebben geen idee dat ze van koninklijken bloede is. Ik heb ervoor gezorgd dat ze goed werd verzorgd, maar ik durfde haar niet naar een rijk gezin te sturen, want dergelijke ouders zouden nooit een pleegkind in huis nemen zonder vragen te stellen. De trieste waarheid is dat pleegkinderen vaak naar gezinnen gaan die het geld goed kunnen gebruiken, en daarom heb ik mijn best gedaan pleegouders te vinden die blij waren met de inkomsten, maar die niet straatarm waren.'

'En waar was dat?'

'Hier in de stad. In de wijk Kungsholmen.' Elisabet slaakte een zucht. 'Zijne Majesteit nam aan dat onze dochter ergens ver weg was ondergebracht, maar hij heeft nooit nadere informatie over haar verblijfplaats gewenst of geëist. Gehuld in een oude omslagdoek heb ik haar zo nu en dan gadegeslagen als ze naar school liep, meestal met een of twee van haar zusjes. Dan praatten en lachten zij, maar naarmate de jaren verstreken, zag ik mijn mooie Karolina steeds ongelukkiger worden. Timide. Ik moest me echt beheersen om haar niet van straat te plukken en hier mee naartoe te nemen. Ik heb dagen, weken, erover gepiekerd hoe we dan moesten leven als ik dat zou doen, maar ik kwam steeds weer tot dezelfde conclusie: ik zou haar nooit kunnen onderhouden. Als ik tegen de uitdrukkelijke wens van de koning in zou gaan, zou hij zowel haar als mijn toelage stopzetten. Mijn ouders zijn – net als de meeste mensen uit de hogere kringen – wel op de hoogte van mijn… relatie met de koning, maar zoals jij het zo mooi zei: ze weten het niet officieel. Er wordt nooit over gesproken. Mijn vader zou nooit het risico willen lopen bij het hof uit de gratie te raken vanwege een bastaardkleinkind, ook al heeft hij voor zijn enige kleindochter een kleine som geld vastgezet voor wanneer ze eenentwintig wordt.' Elisabet klonk net zo bitter als de tranen die nu over haar wangen stroomden.

Wilhelmina schudde krachtig haar hoofd. 'Ik kan me er nauwelijks een voorstelling van maken hoe moeilijk dit voor je is geweest, maar ik probeer het ook te begrijpen. Als dit alles zeventien jaar geleden is gebeurd, de koning hier geheel van op de hoogte is en de koningin de situatie accepteert, wat is dan die onvergeeflijke fout?'

'Afgelopen zomer was Karolina klaar met school. Ik wilde haar graag bij mij in de buurt hebben en heb toen met luitenant Ehrenborg gesproken. Hij heeft hier een plekje voor haar gevonden.'

Wilhelmina's mond viel open. 'Is Karolina in het Grand Hôtel?'

'Ze werkt hier als kamermeisje. Ik zie haar maar zelden, maar dat ze veilig is en we nu onder één dak verkeren, is een grote troost voor mij. Althans, dat was zo.'

'Weet ze dat ze een dochter van je is?'

Elisabet schudde zo driftig haar hoofd dat er een lok zilverblond haar uit een speld ontsnapte. 'Ze mag het nooit te weten komen. Stel dat ze het hof benadert? Of een krant?'

'Zou ze dat doen? Zoals je haar beschrijft, lijkt ze me een nogal schuchter meisje. Maar haar pleegouders zouden kunnen denken dat er iets te halen valt. Heeft ze nog contact met hen?'

'Ik heb geen idee. Ze leek me niet erg hecht met haar broers en zussen, maar dat is geen betrouwbare indicatie.'

'En wat zou er gebeuren als ze de koning hier zou tegenkomen?' Wilhelmina werd ijskoud bij het idee. Een koninklijk schandaal onder dit dak moest tot elke prijs worden voorkomen.

'Ze zullen elkaar niet herkennen,' zei Elisabet. 'Zijne Majesteit zou een kamermeisje nooit een blik waardig keuren. Bovendien, waarom zou hij op een verdieping met kamers komen?'

'Laten we hopen dat je gelijk hebt.' Opeens viel Wilhelmina iets in. 'Wat weet Ehrenborg van Karolina? Het is heel ongebruikelijk dat zo'n jong meisje als kamermeisje begint.'

'Hij denkt dat ze de dochter is van een oude vriendin van mij, die aan lager wal is geraakt. Ze is trouwens begonnen als afwashulp in de kelder.'

'Dat geldt voor ons allemaal.' Wilhelmina glimlachte flauwtjes. Ze schonk hun wijnglazen nog eens vol en daarna liepen ze terug naar de sofa's. 'Maar wacht eens even. Als de koning van niets weet en Karolina ook niet, waarom maak je je dan zulke zorgen?'

'Omdat ik denk dat Margareta Andersson, hoofd Huishouding, iets vermoedt.'

Er liep opnieuw een rilling over Wilhelmina's rug. 'Hoezo?'

'Ik kwam haar vorige week in de gang tegen. Toen we elkaar goedemorgen wensten, glimlachte ze een beetje raadselachtig naar me. Mijn intuïtie zegt me dat ze het weet. Of in ieder geval denkt dat ze het weet.'

'Hoe dan?'

'Karolina lijkt sprekend op een jongere versie van mij. En ik weet zeker dat Andersson ervan op de hoogte is dat mijn rekeningen door het hof worden betaald. Ze zal zich ongetwijfeld afvragen wat daarvan de reden is. Er woont hier geen enkele andere hofdame. Ik kan het Karolina niet kwalijk nemen dat ze kamermeisje wilde worden, maar wat mij betreft was het veiliger geweest als ze in de keuken zou werken. Daar kent niemand mij. Deze pijnlijke kwestie bezorgt me slapeloze nachten.'

Dat was alleszins begrijpelijk. Als de koning ontdekte dat Wilhelmina ook op de hoogte was van Karolina's aanwezigheid in het hotel zou zijn gram iedereen treffen. Ze probeerde de gegevens op een rijtje te krijgen. 'Jij bent inwonend gast en Andersson is werkneemster in dit hotel. Ze kent de strenge regels die gelden voor vertrouwelijke aangelegenheden. Als zij uit de school klapt wordt ze onmiddellijk ontslagen, zonder referenties. Zou ze zo dom zijn om hiermee de felbegeerde positie van hoofd Huishouding in het Grand Hôtel in de waagschaal te stellen? Het geld dat ze van een krant zou krijgen is zo op en daarna zal het voor haar onmogelijk zijn om werk te vinden in welk hotel dan ook in deze stad, of zelfs in het hele land.'

'Ik hoop maar dat zij dat zelf ook beseft,' zei Elisabet.

Wilhelmina pakte een marsepein-vierkantje en dacht eventjes na. 'Wil je dat Karolina hier blijft? Ik kan voor haar altijd een functie in een van mijn andere hotels vinden.'

'Ik wil dat ze hier blijft. Of is dat erg egoïstisch? Vanaf het moment dat ze als zuigeling van drie weken oud naar de familie Nilsson werd gebracht, heb ik niet eens een glimlach met haar kunnen wisselen. En nu krijg ik daar tenminste de kans voor.'

Er werd een poosje gezwegen terwijl de twee vrouwen beiden hun gedachten over dit lastige probleem lieten gaan.

Toen zei Wilhelmina: 'Ik heb morgenochtend om vijf uur een afspraak met Margareta Andersson. Dat is een uitstekende gelegenheid om te zien wat voor vlees ik in de kuip heb met die vrouw.'

'Om vijf uur? Mijn hemel, dat is vroeg.'

Wilhelmina grijnsde. 'Ik ergerde me aan haar. Ik wilde haar

vandaag spreken en toen liet ze me nogal pedant weten dat het vandaag niet zou lukken, maar dat het morgen op welk tijdstip dan ook zou schikken. Ik heb dit letterlijk genomen.'

Elisabet giechelde. 'Wat gemeen.'

'Helemaal niet. Die vrouw had of een slechte smoes of ze wilde tijd rekken. De vraag is waarom.'

'Ik durf te wedden dat ze eerst met haar echtgenoot wilde praten,' zei Elisabet.

'Haar echtgenoot?' zei Wilhelmina ongelovig.

'Knut Andersson, iemand van de receptie. Hij is een chauvinist van de bovenste plank. Volgens Gösta Möller – een betrouwbare man die altijd een luisterend oor heeft – weet Knut Andersson niet of hij het verschrikkelijk of juist geweldig vindt dat zijn vrouw hoofd Huishouding is. Hij is er ook fel op tegen dat een vrouw de baas is in dit hotel.'

'Nou nou, het is me wat.'

'En dat heeft hij allemaal gezegd in de personeelskantine. Hou je ogen open, Mina. Die man is een bullebak, een dronkaard en zijn vrouw zit bij hem onder de plak.'

Wilhelmina tuitte haar lippen. 'Als zij niet in staat is haar werk te doen zonder hem te raadplegen, dan vliegt ze eruit. En als hij ook maar een beetje naar alcohol ruikt, dan geldt dat ook voor hem.'

'Ik denk dat ze heel goed in staat is haar werk te doen, maar ik verdenk hem ervan dat hij haar slaat.'

Wilhelmina keek haar met open mond aan.

'Er gaan geruchten,' zei Elisabet. 'En Knut Andersson vindt dat er voor hem andere regels gelden.'

Wilhelmina sloot haar mond. 'Dat mag hij vinden. Maar de dringende vraag is of Margareta haar vermoeden omtrent Karolina met haar echtgenoot heeft besproken.'

12

Klappertandend en met gebogen hoofd om haar gezicht te beschermen tegen de felle wind die van het water kwam, spoedde Margareta zich over de Norrbro-brug naar de gastvrije lichtjes van het Grand Hôtel. Hoewel de lente in aantocht was bleef het ijzig koud. Haar tot op de draad versleten handschoenen waren niet in staat haar handen warm te houden en ze had al een minuut of tien geen gevoel meer in haar vingers. Het was gelukkig niet ver meer en misschien kon ze volgend jaar sparen voor een nieuw paar handschoenen. Haar maag knorde. Dat ze zich in het donker had moeten aankleden was al een hele opgave geweest, en iets warms te drinken maken was volkomen uitgesloten, anders was Knut wakker geworden en dat durfde ze niet te riskeren. Mevrouw Skogh verwachtte haar om klokslag vijf uur. Als het een beetje meezat had ze nog even tijd om in de personeelskantine een kleinigheid te eten voordat ze om zeven uur aan het werk ging.

Knut had verbolgen gereageerd toen ze hem vertelde wat mevrouw Skogh van haar verlangde. 'Je hebt er verstandig aan gedaan eerst met mij te praten. Je meldt je morgen gewoon om vijf minuten over vijf. Wie denkt ze wel dat ze is?'

De hoteldirecteur, dacht Margareta bij zichzelf. Gisteren had ze de lobby zorgvuldig gemeden, en ze was alleen een keer haar kantoortje uit gekomen toen ze wist dat mevrouw Skogh met chef Samuelsson in gesprek was. Toen was ze ook Gösta Möller tegen het lijf gelopen. Ze had gevraagd wat hij vond van de nieuwe bedrijfsleider. Gösta had daar echt even over moeten nadenken en bekende toen dat hij het niet wist. Hij bewonderde mevrouw Skogh om haar energie en ideeën, maar hij had ook het gevoel gehad dat het onderhoud met haar meer iets weg had van een schaakpartij dan een gesprek tussen twee collega's; waarbij de koningin – zoals altijd – de meeste macht had. Hij had zijn best gedaan schaakmat te voorkomen, en het gesprek was geëindigd in een soort wederzijdse overeenstemming, maar gaandeweg bekroop hem het gevoel dat hij had verloren. Hij wist alleen niet met welke stukken. Gösta had Margareta het nieuwe Klachtenboek laten zien. Als communicatiemiddel was het een uitstekend idee. Als middel om het personeel ertoe te bewegen elkaar te verlinken, was het een briljant idee. Verdeel en heers, in optima forma. Want wie zou het aandurven om niets te noteren?

Het had Margareta verstandig geleken om Knut te waarschuwen. Hij moest op zijn tellen passen. Ze hadden van de huisbaas nog geen sloopmelding ontvangen, maar die zou onmeneeroepelijk komen. In heel Södermalm maakten krotten plaats voor huizen van vijf verdiepingen. Met liften en stromend water. Als zij kans wilden maken op een van die woningen, dan zouden er twee inkomens voor nodig zijn om dit te kunnen bekostigen.

Van de bravoure die ze gisteren had, was weinig meer over. Ze was bang. Zou ze ontslagen worden? Wat zou er dan van haar terechtkomen? Zou Knut haar het huis uit gooien? Voor hem was ze alleen van nut vanwege haar status en inkomen.

Tijdens de koudste, vochtigste nachten, als ze met een verstuikte pols of een beurs getrapt bovenlijf in bed lag, droomde ze ervan om een nieuwe woning te hebben met een eigen voordeur en een eigen slot en sleutel. Een enkele kamer was voldoende. Droog en knus. Helaas moest het bij een droom blijven, want een scheiding was ondenkbaar. En was het niet beter om iemand te hebben dan om helemaal niemand te hebben? Knut was geen slecht mens. Er was een tijd dat hij, als hij tenminste weer nuchter was, zich verontschuldigde voor het feit dat hij haar pijn had gedaan. Tot die ene avond toen hij Margareta's jonge katje tegen de muur smeet. Hij had het dode beestje opgepakt en in zijn armen gehouden terwijl hij smeekte om vergiffenis – Margareta wist niet of hij het tegen het katje of tegen haar had – en hete tranen huilde. De volgende dag had hij ijskoud gezegd dat die kat nog geluk had gehad, want als Margareta hem niet van de verdrinkingsdood had gered, was hij al een week eerder dood geweest. Sindsdien had Knut nooit meer zijn verontschuldigingen aangeboden. Maar lag dat ook niet aan haar omdat ze niet in staat was hem een kind te schenken?

Margareta stak Södra Blasieholmshamnen over en liep snel verder door Stallgatan. Na binnenkomst door de personeelsingang had ze nog voldoende tijd om haar aanwezigheid te melden, zich van haar jas, hoofddoek en handschoenen te ontdoen en haar werkschoenen aan te trekken. Ze bekeek zichzelf in de spiegel op de toiletten, fatsoeneerde haar haren en bracht vervolgens met haar door de kou verstijfde vingers wat poeder en een beetje meer rouge op haar wangen aan. Aan de donkere kringen onder haar blauwe ogen viel niet veel te doen, maar verder zag ze er in haar werkkleding schoon en netjes uit.

Op dit vroege uur was het nog stil in de administratiegang boven aan de stenen trap, maar Margareta zag dat er in het kantoor van August Svensson al licht brandde. Ze klopte op mevrouw Skoghs openstaande deur.

'Kom binnen, mevrouw Andersson.' Wilhelmina zat achter haar bureau en terwijl ze de telefoonhoorn op de haak legde, gebaarde ze naar haar hoofd Huishouding dat ze aan de lange tafel moest plaatsnemen. 'Ik heb de roomservice om koffie gevraagd, dus laten we daar gaan zitten.'

Wilhelmina had de afgelopen nacht lang wakker gelegen omdat de gedachte aan het komende gesprek haar niet losliet. Als Margareta inderdaad op de hoogte was van Karolina's afkomst en dat aan Knut Andersson had verteld – dat lag eigenlijk min of meer voor de hand, zij had het zelf tenslotte ook van haar wederhelft gehoord – dan moest ze ter wille van Elisabet heel voorzichtig te werk gaan. Hoewel, als Andersson het wist, zou hij daar dan niet allang gebruik van hebben gemaakt? Tenzij, en Wilhelmina besefte plotseling dat haar gedachten steeds rondjes draaiden, hij deze kennis gebruikte om zijn vrouw te kunnen manipuleren. Maar zou iemand die zo snel met zijn vuisten klaarstond over de zelfbeheersing beschikken om dergelijke brisante informatie voor later te bewaren? Zeer onwaarschijnlijk. En zeker niet als hij beschonken was. Dan zou hij deze roddel doorsluizen naar de hoogste bieder. Wat kon hem dat schelen.

Kon ze er dus van uitgaan dat Margareta het niet aan Andersson had verteld? Nee. Maar of Margareta nu wel of niet met haar echtgenoot had gesproken, ze had gisteren wel degelijk geweigerd aan Wilhelmina's verzoek te voldoen, en Wilhelmina vond het dan ook noodzakelijk om haar te laten merken wie hier de lakens uitdeelde.

De bestelde koffie en koekjes werden gebracht op het moment dat Wilhelmina met pen en papier in de hand tegenover Margareta aan tafel ging zitten. Wilhelmina reikte haar een kopje aan en zei: 'Helaas kon je gisteren geen tijd vinden voor een gesprek met mij.'

Margareta wachtte even voordat ze een slok nam en zette toen het kopje weer op het schoteltje. Haar hand trilde lichtjes en ze morste een beetje koffie. Ze werd vuurrood. 'Neemt u me niet kwalijk.'

'Verontschuldig je je nu omdat je gisteren niet aan mijn verzoek hebt voldaan of omdat je koffie hebt gemorst?"

'Voor allebei. Ik heb nog steeds zulke koude vingers dat ik het oortje bijna niet kan vasthouden. Ik had een paar minuten moeten wachten. Mijn excuses.'

'Ben je hiernaartoe komen lopen?'

'Jawel, mevrouw.' Haar maag rommelde.

Wilhelmina schoof het schaaltje met *drömmar*-koekjes naar haar toe.

Margareta pakte er eentje. Ze was doodsbenauwd, maar dat wist ze te verhullen door haar hoofd fier rechtop te houden.

Wilhelmina observeerde haar. De keurig geklede vrouw aan de andere kant van de tafel, die volgens de gegevens uitstekend in staat was om de afdeling Huishouding van het Stockholmse Grand Hôtel te bestieren, was verkleumd, ze had honger en zag er ouder uit dan haar tweeëndertig jaar. Ze had ook een vaag litteken onder de rouge op haar jukbeen en haar schouders waren gespannen. Elisabet had het bij het rechte eind gehad.

'Mevrouw Andersson,' zei Wilhelmina. 'Als jij en ik gaan samenwerken, dan doen we er goed aan een aantal basisregels vast te stellen.'

Margareta stak haar kin nog iets meer in de lucht.

'Als ik je vraag te komen, dan kom je. Als ik je vraag je te haasten, dan doe je dat.'

Margareta's ogen bliksemden. 'Jawel, mevrouw.'

'Weet je waarom, mevrouw Andersson?'

'Omdat u de directeur van het hotel bent.'

Wilhelmina ging niet in op het ietwat sarcastische ondertoontje. 'Precies. En dat wil zeggen dat ik iets weet, wat jij niet weet. Ik begrijp dat je het druk hebt. Dat hoort ook zo. Maar je moet begrijpen dat ik je nooit zonder gegronde reden zal vragen naar mijn kantoor te komen. Is dat duidelijk?'

Een lichte aarzeling. 'Jawel, mevrouw.'

'En andersom geldt hetzelfde. Wanneer je me wilt spreken, neem ik aan dat je daar eveneens een gegronde reden voor hebt en zal ik alles in het werk stellen om je ter wille te zijn. En in ons beider belang vraag ik je dus om niet mijn tijd te verspillen.'

De blik in Margareta's ogen was niet langer vijandig maar eerder nieuwsgierig. En er viel ook nog iets anders in te bespeuren. Opluchting?

Wilhelmina ging verder. 'Ik heb gezien dat je sinds de heropening hoofd Huishouding bent.'

'Jawel, maar ik werk hier al vanaf dat ik nog een jong meisje was. Toen we in 1898 dichtgingen, was ik net bevorderd tot hoofd Huishouding.' Ze bleef Wilhelmina aankijken. 'Ik kan me gewoon niet voorstellen om ergens anders te werken.'

'Laten we hopen dat dat nooit nodig zal zijn. In veel opzichten is jouw functie vrijwel net zo belangrijk als de mijne. Een gast kan bijvoorbeeld in een kamer overnachten zonder hier ook maar iets te eten of te drinken.'

Margareta keek verbaasd. 'Meestal gebruiken de gasten hier het ontbijt.'

'Jawel, maar dat is nooit zeker. Ze kunnen in Stockholm uit heel veel restaurants kiezen. Daarom moeten we de gasten een reden geven hier terug te komen door hun tijdens elk bezoek een mooie ervaring te bezorgen. Voor iemand die hier voor het eerst komt, is dat wellicht het uitzicht, het welkomstkaartje, of de bloemen op de kamer. Gasten die hier vaker logeren zullen blij zijn met hun favoriete bloemen op de kamer, de gewenste kussens op bed en ook die extra deken. Hou je een lijst bij van dergelijke persoonlijke voorkeuren?'

'Vanzelfsprekend, mevrouw. We weten wie er altijd een hond meeneemt en welke traktatie dat dier op prijs stelt.'

Wilhelmina probeerde aan Margareta's gezicht te zien of ze soms een grap maakte, maar dat was niet het geval. Ze knikte. 'Zorg dat dergelijke gegevens voortdurend worden bijgewerkt. Tussen twee haakjes, wie werkten er gisteren op de vierde verdieping?'

Margareta moest even nadenken. 'Beda Johansson en Märta Eriksson.'

Wilhelmina maakte een aantekening. 'Dan stel ik voor dat je tegen Johansson en Eriksson zegt dat ze met een doek over de bovenkant van de schilderijlijsten moeten gaan. Ik zag daar gisteren stof op liggen.'

Margareta zette grote ogen op. 'Dat zal ik zeker doen. Mijn excuses, mevrouw.'

'En als ze daarmee klaar zijn op de vierde verdieping mogen ze de andere lijsten in het hotel onder handen nemen.'

Margareta schrok. 'Maar dat kost heel veel tijd.'

'Dat weet ik wel zeker.'

'En die tijd heb ik niet. Al mijn meisjes hebben het druk, anders zouden ze hier niet meer werken.'

'Je begrijpt me verkeerd, mevrouw Andersson. Ze mogen de lijsten in hun vrije tijd afstoffen. Misschien wordt hun dan duidelijk dat elk oppervlak ertoe doet. Zelfs een oppervlak dat niet direct in het oog valt. En wat die twee meisjes doen, is tevens een voorbeeld en een waarschuwing voor de andere kamermeisjes en schoonmaaksters. Het is heel eenvoudig, mevrouw Andersson. We kunnen de meest exquise gerechten van de wereld serveren, maar als het hotel niet schoon is, zijn we nergens.'

Margareta knikte instemmend. 'Dat is waar.'

'Zo, nu heb je gehoord wat mijn klacht is. Mijn enige klacht overigens. Het onderdeel waarvoor jij verantwoordelijk bent, loopt op rolletjes, voor zover ik kan beoordelen. Maar vertel eens, welke klachten hebben onze gasten?'

Margareta was onmiddellijk op haar hoede.

'Toe, mevrouw Andersson. We weten allebei dat sommige gasten er genoegen in scheppen om ons op een tekortkoming te betrappen. En mijn vraag is of je daar een voorbeeld van kunt geven.'

'Sommige gasten zeggen dat het te warm is in de kamer, en weer andere vinden het te koud. En dat is soms het geval in dezelfde kamer en op dezelfde dag.'

'Staat de verwarming niet goed afgesteld?'

'Dat denk ik niet. Maar de kamers worden gelucht tijdens het schoonmaken. En als een gast op zijn kamer komt wanneer de ramen net weer dicht zijn, kan het misschien een beetje frisjes aanvoelen, zeker op een dag dat de wind uit het westen komt. Maar een gast zou het ook niet prettig vinden om in een kamer te komen waar het nog naar sigarenrook stinkt. Je hebt ook gasten die klagen over de geur die ze zelf verspreiden.'

'Ongetwijfeld,' zei Wilhelmina. 'Ga verder.'

'Hetzelfde geldt voor de bedden, als ze niet te zacht zijn dan zijn ze wel te hard. Maar' – Margareta stak een vinger op alsof haar iets belangrijks te binnen schoot – 'sommige gasten zijn teleurgesteld dat je vanuit hun kamer op de binnenplaats van de keuken kijkt. Ze vinden het uitzicht verschrikkelijk en hebben soms ook last van het lawaai. Het is natuurlijk wel zo dat het uitzicht bepalend is voor de prijs van de kamer. De kamers die niet tegenover het paleis gelegen zijn, kosten minder. Maar toch, dit is wél het Grand Hôtel.'

Willhelmina maakte nog een notitie.

'En dan is er ook nog de roomservice,' ging Margareta verder.

Wilhelmina keek op. 'Dat is toch niet jouw terrein?'

'Nee, maar er wordt wel geklaagd tegen mijn personeel.'

'En om welk soort klachten gaat het dan?'

'De meest voorkomende klacht is dat de gasten erg lang moeten wachten tot ze worden bediend. Ik denk dat er een personeelstekort is op die afdeling.'

De afdeling die onderdeel was van de verliesmakende sectie Voedsel- en Drankvoorziening. Was daar inderdaad te weinig personeel of was hier sprake van een slechte organisatie? Maar dit ging ze allemaal niet bespreken met het hoofd Huishouding. 'Nog iets anders?' vroeg Wilhelmina.

'Nee, mevrouw.'

'Heb jij wel voldoende personeel?'

'Zeker wel. Er is natuurlijk altijd verloop onder de meisjes, maar op dit moment hebben we niemand nodig.'

'Dan zijn we klaar voor vandaag.' Wilhelmina stond op. 'Mevrouw Andersson, als je goed onthoudt wat ik tegen je heb gezegd, zullen we een prettige werkrelatie hebben. Je kunt zo meteen de deur open laten staan.'

Margareta liep terug de trap af en ging toen naar links, de personeelskantine in. Het was halfzes en om deze tijd zat er nog niemand aan de tafels. Ze nam een kom warme pap en een glas romige melk. Na een nacht met zo weinig slaap zou ze eigenlijk doodmoe moeten zijn, maar gek genoeg voelde ze zich monter. Zelfs opgetogen. Mevrouw Skogh voldeed helemaal aan het beeld dat van haar was geschetst: sterk, veeleisend, draconisch. Maar ze was ook eerlijk, zelfs betrokken, en zonder een greintje van het gebruikelijke venijn waarmee vrouwen elkaar vaak bejegenen. Ze had het alleen maar gehad over dingen die het Grand Hôtel ten goede zouden komen. Margareta had met veel plezier voor luitenant Ehrenborg gewerkt, maar ze voelde gewoon dat het Grand Hôtel nu in betere handen was. En daardoor ook het personeel.

Ze nam een hap pap. Haar handen en voeten waren niet meer ijskoud en de heerlijke substantie verwarmde haar binnenste. Net als de zekerheid dat ze zichzelf nog steeds hoofd Huishouding mocht noemen. En ook dat ze bij mevrouw Skogh kon aankloppen als dat nodig was.

Plotseling schoot haar iets te binnen. Wat moest ze vanavond in hemelsnaam tegen Knut zeggen?

13

In Rättvik wachtte Ottilia met groeiend ongeduld op een bericht van mevrouw Skogh. Sinds haar bezoek aan Storvik kwam het leven in het Rättviks Turisthotell haar heel gewoontjes, ja zelfs bijna verstikkend voor. Ze kon alle hoeken en gaten van het restaurant wel dromen. De wensen en bestellingen van de gasten waren stuk voor stuk voorspelbaar. Aan de bar zaten vrijwel alleen maar bekende gezichten. Kortom, Ottilia had het gevoel dat ze dood zou gaan van verveling als ze niet snel iets van mevrouw Skogh hoorde.

Nu liep ze thuis onder de balken van de meisjeskamer op kousenvoeten heen en weer en maakte een inschatting van de mogelijkheden. Was mevrouw Skogh haar vergeten? Onwaarschijnlijk. Zou het onbehoorlijk zijn en verkeerd uitpakken als ze haar voor de zekerheid een briefje schreef? Waarschijnlijk wel. Ze had al besloten om niet op de bonnefooi naar Stockholm te gaan. Mevrouw Skogh had duidelijk gezegd dat dat geen zin had. Zou ze naar het Grand Hôtel bellen? Maar dan stond haar waarschijnlijk een uitbrander van mevrouw Skogh te wachten, die zoiets geldverspilling zou vinden.

Voor het raam van de dakkapel bleef ze staan en keek naar het duister buiten. Er viel met geen mogelijkheid te zien waar het Siljan-meer ophield en de lucht begon. Zo zou het leven in

Rättvik ook zijn. Een eindeloze aaneenrijging van iets en niets.

Mevrouw Skogh was nu drie weken in Stockholm en hoe meer tijd er verstreek, des te kleiner de kans werd dat ze contact zou opnemen. Een andere optie zou zijn om toch naar Stockholm te gaan en werk te zoeken in een ander hotel. Aan de ene kant was dat een uitdaging, maar aan de andere kant zou ze hiermee de wereld van mevrouw Skogh vaarwel zeggen en daardoor de kleine kans verspelen ooit een baan in het Grand Hôtel te krijgen.

Ottilia stapte in bed. In Rättvik was het lente en alles stond in bloei en haar broertje of zusje werd in juli verwacht, maar als mevrouw Skogh in augustus nog niets van zich had laten horen zou ze toch haar baan opzeggen. Tevreden over haar beslissing, sloot Ottilia haar ogen. De nieuwe bedrijfsleider, meneer Blomqvist, zou de volgende dag op bezoek komen en Ottilia was niet van plan in het restaurant de boel te laten versloffen omdat ze te weinig had geslapen. Als het meezat zou meneer Blomqvist wanneer hij mevrouw Skogh verslag uitbracht haar naam laten vallen – en daardoor zou mevrouw Skogh zich vast herinneren dat ze voor haar een baan in het Grand Hôtel moest zoeken.

De volgende middag keek Ottilia vol ongeloof naar de man aan de andere kant van het bureau. 'Mijn vervangster?'

'Ik heb je zojuist uitgelegd,' zei meneer Blomqvist geduldig, alsof hij het tegen een klein kind had, 'dat jouw vervangster maandag begint en dat je haar hier dus wegwijs moet maken.'

Met kloppend hart hield Ottilia zich vast aan de zitting van haar stoel en probeerde haar stem niet te laten trillen. 'Mag ik vragen waarom? Hebt u aanmerkingen op mijn werk?'

Meneer Blomqvist keek haar verbaasd aan. 'Juffrouw Ekman, mevrouw Skogh heeft me verteld dat je een meisje met een helder verstand bent. Maar zelfs iemand die niet zo pienter is zou begrijpen dat de functie van hoofd Bediening in Rättvik niet te combineren valt met een betrekking in Stockholm.'

Ottilia's mond viel open. 'Stockholm?'

Hij zuchtte. 'Laten we even opnieuw beginnen. Je hebt een brief ontvangen waarin staat dat je een baan in het Grand Hôtel wordt aangeboden. In die brief zei mevrouw Skogh dat je alleen hoeft te reageren als je van gedachten bent veranderd. Sterker nog, mevrouw Skogh was er zo zeker van dat je deze functie zou aanvaarden dat ze ook de datum van indiensttreding heeft vermeld, namelijk 1 mei, en dat is volgens mij aanstaande donderdag. We hebben afgesproken dat je woensdag om vijf uur bij haar op kantoor bent en dus de volgende dag kan beginnen.'

Ottilia zakte achterover op haar stoel. 'Ik heb geen brief ontvangen.'

'Mevrouw Skogh heeft die vorige week verstuurd.'

Ottilia schudde haar hoofd. 'Er is hier niets binnengekomen.'

Meneer Blomqvist grinnikte. 'Het komt niet vaak voor dat het misgaat met Wilhelmina's schema's, maar voor alles is een eerste keer.' Hij trok zijn gezicht weer in de plooi en schraapte zijn keel. 'Ik neem aan dat je deze baan wel wilt?'

'Heel, heel graag.' In Ottilia's binnenste streden opwinding en angst om voorrang. Vol ongeloof sloeg ze haar hand voor haar mond. Een stad met driehonderdduizend inwoners en het Grand Hôtel met driehonderd kamers. Ze deed haar best de enorme omvang van dit alles te bevatten. Vandaag was het vrijdag, dus moest ze dinsdag vertrekken. Ze had nog ruim de tijd om in te pakken – en het haar ouders te vertellen. Opeens viel haar iets in. 'Weet u toevallig welke functie mij is aangeboden? Mevrouw Skogh vertelde me ooit dat in het restaurant alleen mannen mogen bedienen.'

'Ik heb geen idee. Als je het werkelijk wilt weten, kunnen we mevrouw Skogh natuurlijk bellen.'

Het was een optie, maar Ottilia wilde eigenlijk alleen maar bellen uit nieuwsgierigheid. Bovendien zou ze alles wat mevrouw Skogh voor haar in petto had dankbaar aanvaarden. 'Nee, dat is niet nodig, dank u. Ik beschouw het maar als een surprise die ik pas in het hotel mag uitpakken.' Ze moest giechelen.

Meneer Blomqvist keek haar ernstig aan. 'Je hebt twee dagen

om je vervangster bekend te maken met de gang van zaken hier. Ze is natuurlijk niet onervaren, maar elk restaurant heeft zijn eigenaardigheden en gebruiken, en dan heb ik het nog niet eens over de cijfers die ze mij moet overleggen. Het is jouw taak haar van dit alles op de hoogte te brengen.'

Ottilia keek zorgelijk. 'Maar als ik woensdag 's ochtends om vijf uur in het Grand Hôtel aanwezig dien te zijn, moet ik toch dinsdag al vertrekken en ergens in Stockholm overnachten?'

'Vijf uur 's ochtends? Mijn hemel, juffrouw Ekman. Vijf uur in de middag. Je neemt woensdag de eerste trein vanuit Rättvik en dan ben je om een uur of vier in Stockholm. Je moet om vijf uur in het hotel zijn, dus tijd genoeg.'

'Hoe ver is het hotel van het station?'

'Ik schat dat het ongeveer tien minuten lopen is. Als je het station uit komt sta je meteen in Vasagatan, daar ga je naar rechts in de richting van het water. Vervolgens links aanhouden door Strömgatan en dan rechtdoor tot je het Grand Hôtel ziet. Je komt nog langs de nieuwe Koninklijke Opera aan de linkerkant en rechts van je zie je het Koninklijk Paleis aan de overkant van het water.'

'Zo te horen is het heel gemakkelijk te vinden. En mocht ik verkeerd lopen, dan kan ik altijd nog iemand de weg vragen.' Ze beet op haar lip. 'En stel dat de trein vertraging heeft en ik te laat aankom?'

'Dan ga je daar zo snel je kunt naartoe. Dinsdag hebben we je hier nog nodig, juffrouw Ekman.'

'Natuurlijk.' Ze klapte in haar handen, terwijl ze voelde dat haar lach van oor tot oor liep. Stockholm. Eindelijk.

Die woensdag, terwijl de zon stralend aan de blauwe hemel stond en de vogeltjes uitgelaten hun lentelied zongen, stond Ottilia in alle vroegte op perron één, in gezelschap van haar vader en moeder en haar zusjes Torun en Birna.

Ottilia omhelsde haar moeder.

'Wees voorzichtig,' drukte ma haar voor de zoveelste keer die ochtend op het hart. 'De Stockholmse mannen zijn heel anders dan de jongens hier.'

Haar vader glimlachte vertederd naar zijn zwangere vrouw. 'Lieve vrouw, wat weet jij van Stockholmse mannen?'

Ze gaf hem met haar elleboog een por in zijn ribben. 'Voldoende om te weten dat onze Ottilia voorzichtig moet zijn. En niet vergeten,' ging ma verder tegen haar dochter, 'tegenslagen zijn er om te overwinnen en een vrouw die weet wat ze wil, kan alles aan.'

'Ik zal het in mijn oren knopen, ma.'

Ze wisselden een blik van verstandhouding en glimlachten naar elkaar.

Ottilia gaf Birna een knuffel. 'Goed oppassen. En je best doen op school.'

Birna straalde. 'Later kom ik naar Stockholm om te studeren.'

Ottilia draaide zich om naar haar duidelijk terneergeslagen zusje Torun en drukte haar tegen zich aan. 'Ik zal mijn best voor je doen,' fluisterde ze haar zusje in het oor.

Op aandringen van vader Karl Ekman liepen ze gezamenlijk naar de wachtende trein en bleven staan voor de deur van de wagon van de tweede klas.

Met een brok in haar keel ging Ottilia op haar tenen staan en sloeg haar armen om haar vaders hals.

Hij gaf haar een klopje op de rug en zette haar weer neer. 'Tijd om in te stappen. Ik wil niet dat door een dochter van mij de trein vertraging oploopt.' Hij hielp haar de houten trede op en zette haar koffertje in het rek.

Toen pa weer op het perron stond, ging Ottilia op haar plaatsje bij het raam zitten en drukte haar handpalm tegen het glas.

Haar moeder deed hetzelfde aan de andere kant van het raam en vormde de woorden 'ik hou van je' met haar mond. Ze stapte pas naar achteren toen pa op zijn fluitje blies en de trein in beweging kwam.

Ottilia draaide zich zo ver mogelijk om en bleef net zo lang kijken tot de vier wuivende, steeds kleiner wordende figuurtjes op het perron uit het zicht verdwenen waren. Ze liet zich tegen de rugleuning van haar stoel zakken en veegde de tranen van haar wangen. Je moet het van de zonnige kant bekijken, sprak ze zichzelf streng toe. Zou je liever je oude baan terug willen? Natuurlijk niet. En ze ging toch niet naar Amerika emigreren? Dat hadden twee broers van haar vader namelijk wel gedaan, net als zoveel anderen. Deze mensen zouden misschien nooit meer hun ouderlijk huis terugzien, terwijl zij gewoon met de trein naar haar ouders kon gaan. Stockholm zou haar nieuwe thuishaven worden. Had meneer Blomqvist niet gezegd dat de Koninklijke Opera en het paleis tussen het station en het Grand Hôtel lagen? Als God het wilde zou ze beide gebouwen hebben gezien wanneer ze vanavond in bed lag – in het Grand Hôtel. Wat een verrukkelijk vooruitzicht. Terwijl de trein kilometer na kilometer door de haar zo vertrouwde dennenbossen van de provincie Dalarna denderde, hield Ottilia haar blik gericht op het landschap dat komen ging.

Toen ze op het Centraal Station van Stockholm uitstapte had Ottilia geen enkele last van misselijkheid, zoals bij haar aankomst in Storvik het geval was geweest. Integendeel, ze voelde zich energiek en wilde niets liever dan deel uitmaken van deze metropool. En dan te bedenken dat ze het in Storvik al druk had gevonden. De wijzers van de klok op het perron gaven tien over vier aan. Ze hoefde zich niet echt te haasten, maar het zou niet verstandig zijn om te treuzelen en daardoor de kans te lopen te laat te komen. Ottilia liep met haar medepassagiers naar de stationshal en bleef als betoverd staan. Een jonge man botste tegen haar aan. 'Hé, kijk uit.'

Een verontschuldiging mompelend deed ze een stap opzij en staarde vol ontzag naar het enorme gewelfde plafond, dat aan weerszijden door een schier eindeloze rij stenen pilaren werd geschraagd. De zon wierp zijn stralen door de talloze vensters dertig meter boven de marmeren vloer. Maar niet alleen het interieur trok haar aandacht. Waar ze ook keek zag ze wachtende treinpassagiers in dure kleren. Gelukkig had ze haar beste jas aangetrokken, maar voor deze gegoede burgers was die fraaie kleding vast heel gewoon. Zou in Stockholm echt elk gebouw zo voornaam zijn? Was iedereen hier rijk?

Ze kreeg antwoord op de laatste vraag toen ze Vasagatan op liep waar mannen met petten handkarren voortduwden of voor Hotel Continental heren met een hoge hoed hielpen met instappen in gereedstaande fraaie rijtuigen. Ottilia keek haar ogen uit. Op de volgende hoek reed een tram met veel gerinkel langs een enorm bakstenen gebouw in wording. Er hing al een groot bord met KONINKLIJKE POSTERIJEN aan de gevel. Zelfs de bomen waren anders. In Dalarna groeiden de bomen in de vrije natuur, maar hier stonden ze ter verfraaiing in keurige rijen langs de straat geplant. En overal stonk het naar riool en paardenvijgen.

Snel een blik naar links en rechts werpend stak ze over naar het water en bleef toen staan om te kijken naar wat volgens haar Gamla Stan moest zijn. Aan haar rechterkant zag ze iets wat leek op een drijvend badhuis, dobberend op de golfjes. Zou ze het ooit aandurven om daar te gaan baden?

Plotseling besefte ze dat ze helemaal de tijd was vergeten. Ze zette de pas erin en haastte zich over de keitjes van Strömgatan, om even later langs nog een eilandje te komen. Ook daar werd gewerkt aan een groot gebouw, en te oordelen naar het deel dat inmiddels klaar was, werd dit ook een indrukwekkend bouwwerk. Het was waarschijnlijk ook een heel belangrijk gebouw want het stond vlak naast het Koninklijk Paleis. Met een rilling van opwinding zag ze de koninklijke vlag in de wind wapperen. Betekende dit dat ze dicht in de buurt van de koning was?

Op een plein aan haar linkerkant zag ze nu ook de Koninklijke Opera en ze bleef plotsklaps als aan de grond genageld staan. Recht voor haar stond in al zijn door de zon beschenen glorie het Grand Hôtel. Ze had wel verwacht dat het stijlvol en elegant zou zijn, maar dit gebouw met zijn sierlijke dak en de gietijzeren balkons overtrof alles wat ze tot dusver in de stad had gezien. Ze liep er snel naartoe.

De personeelsingang in Stallgatan was heel bescheiden aangegeven. Met iets van trots duwde Ottilia de deur open en kwam toen in een lange, betegelde gang. Verrukkelijke geuren en het gekletter van pannen gaven aan dat ze in de buurt van de keuken was. Het klonk zo vertrouwd dat ze werkelijk het gevoel had thuis te komen. Maar nu, waar moest ze naartoe? Ze wierp een blik door de eerste de beste openstaande deur. Te zien aan de jassen en laarzen was dit duidelijk een ruimte voor het personeel. Een in een onberispelijk wit jasje geklede man zat aan een tafel over een kasboek gebogen.

'Goedemiddag,' zei Ottilia.

Hij keek op en glimlachte naar haar. Toen viel zijn oog op haar koffertje. 'Kan ik iets voor je doen?'

'Ik ben Ottilia Ekman. Ik heb om vijf uur een afspraak met mevrouw Skogh.'

'Is het werkelijk?' De man haalde een horloge uit zijn vestzakje. 'Tien voor. Ik zal je even aanmelden en je dan de weg wijzen.'

'Dank u. Kan ik me misschien ergens opfrissen?'

Hij wees naar een smalle deur. 'Daar is het toilet. Als je een beetje opschiet wacht ik even, want mijn dienst begint om vijf uur en dan moet ik in de bar zijn.'

'Ik zal opschieten,' beloofde Ottilia hem.

Drie minuten later had Ottilia haar gezicht opgefrist met water en haar handen gewassen. Haar haar zat nog netjes genoeg om het niet opnieuw te hoeven opsteken. Maar haar kapsel was net als zijzelf ook al twaalf uur in touw en ze had liever de tijd gehad om het even goed te doen.

'Tsjonge, dat was snel,' zei de man toen ze weer tevoorschijn kwam. Hij pakte haar koffertje op.

Ze liepen een stenen trap op naar een andere gang, die iets minder sober was dan de gang bij de keuken, maar toch eerder functioneel dan indrukwekkend. De man gaf haar het koffertje terug en wees op een openstaande deur met DIRECTIE erop. 'Daarachter is het kantoor van mevrouw Skogh.'

Ottilia maakte een lichte kniebuiging. 'Dank u, meneer.'

De man grinnikte. 'Je hoeft geen kniebuiging voor mij te maken, hoor. Ik heet Charley Löfvander.'

'Dank u, meneer Löfvander.'

Door de stille gang klonk een bekende stem: 'Svensson, stuur Ekman naar binnen.'

14

Mevrouw Skogh zat achter een indrukwekkend bureau dat zo te zien vol lag met menukaarten, telegrammen en brieven. Mocht Ottilia zich ooit hebben afgevraagd wat er allemaal voor nodig was om het Grand Hôtel te bestieren, dan lag hier het antwoord. Mevrouw Skogh zei altijd dat ze het 'druk' had, maar dit was een ware chaos.

'Zo, Ottilia,' zei mevrouw Skogh, alsof Ottilia even de deur uit was gelopen en nu weer op haar stoel zat. 'Arvid – meneer Blomqvist voor jou – vertelde me dat mijn brief was zoekgeraakt en dat jij geen idee hebt waarom je hier bent.'

'Ik weet alleen dat ik hier ga werken, mevrouw. U had me beloofd dat u me zou berichten wanneer u een geschikte baan voor mij had gevonden.'

'De afgelopen maand heb ik geïnventariseerd welke mensen we hebben, welke mensen we nog nodig hebben, en welke mensen we niet meer nodig hebben. Een van onze problemen hier is de afdeling Roomservice. Die werkt te traag. Ik heb stiekem het vermoeden dat voor het keukenpersoneel de roomservice op het tweede plan komt ten opzichte van het restaurant. Dat gaat zo niet langer. Jouw functie hier wordt hoofd Roomservice.'

'Dank u,' zei Ottilia beduusd.

'Jouw taak is om ervoor te zorgen dat met betrouwbaar personeel alles op rolletjes loopt.'

'Mevrouw, mag ik vragen wie het huidige hoofd Roomservice is?'

'Vandaag was zijn laatste dag. Hij zei één keer te veel "We hebben het altijd op deze manier gedaan", dus mocht hij van mij nog tot het eind van de maand in dienst blijven. En dat is vandaag. Ik heb geen tijd om mezelf steeds te moeten herhalen. Wees verstandig met de keuze van je personeel. De mensen met de juiste houding houd je aan en de rest stuur je weg. Maar er zijn nog heel veel andere dingen waar je rekening mee moet houden.' Mevrouw Skogh schoof Ottilia een vel papier en een pen toe.

'Ja, mevrouw.'

'Ten tweede ben je hier nieuw en je bent jong. Toen je hier aankwam ben je meteen naar mijn kantoor gebracht. Ik vermoed dat iedereen in het hotel daar inmiddels van op de hoogte is. En je gaat als vrouw het werk doen dat in dit hotel traditioneel door een man wordt gedaan. Sommige mensen hier zullen dat provocatief vinden, maar dat is natuurlijk onzin. Ze verwachten dat een vrouw wel een huishouden kan bestieren, maar geen hotel. Een hotel is toch eigenlijk een soort thuis voor mensen die van huis zijn? Maar goed, je zult voet bij stuk moeten houden wanneer de oudere garde van de roomservice je wil manipuleren. En sommigen van hen zullen dat ook werkelijk proberen. Hou je hoofd koel. En onthoud goed dat je geen kniebuiging hoeft maken voor personeelsleden die van dezelfde of lagere rang zijn dan jij, en ook dat ik de enige ben aan wie je verantwoording schuldig bent. Als iemand ernaar vraagt, dan heb ik je opgeleid. Hopelijk sla je met dat zinnetje diverse vliegen in één klap.'

Ottilia knikte terwijl ze de consequenties van haar nieuwe functie tot zich door liet dringen.

'Ten derde: talen. Buitenlandse gasten die Zweeds spreken, zijn dun gezaaid. Het gaat bijvoorbeeld om Duits, Frans en Engels. Misschien zelfs Russisch en Italiaans. Hou daar ook rekening mee met de keuze van je personeel. Verder wil ik dat je een cursus Duits gaat volgen. Op kosten van het hotel.'

‘Dank u, maar zouden we daar niet een paar weken mee kunnen wachten?’

‘Hoezo?’

‘Het lijkt me zonde van het geld om zo’n cursus door slechts één persoon te laten volgen. Zodra de afdeling Roomservice helemaal op orde is, lijkt het me beter om twee of misschien wel drie mensen aan zo’n beginnerscursus te laten deelnemen.’

De duidelijk goedkeurende blik van mevrouw Skogh overviel Ottilia een beetje.

‘Laat me maar weten wanneer je zover bent,’ zei mevrouw Skogh. ‘Ten vierde. De entree en de begane grond worden opnieuw ingericht en de werklui gaan de komende maand aan de slag. Ik mag hopen dat ze begin september weer weg zijn, maar zolang ze aan het werk zijn, zullen meer gasten dan gewoonlijk op hun kamer willen dineren. Maar het kan ook zijn dat ze liever in de stad gaan eten, als de temperatuur het tenminste toelaat. Je moet dus ook rekening houden met het weer. Ik weet dat het verschrikkelijk veel is om te onthouden, Ottilia, maar je bent een pientere meid. Hoe gaat het trouwens in mijn hotel in Rättvik?’

‘Alles was in orde toen ik vertrok. Het nieuwe hoofd Bediening had gisteren de leiding in het restaurant en dat ging haar heel goed af.’

‘Fijn om dat te horen.’

‘Mevrouw’ – Ottilia tikte met haar pen op het papier – ‘u hebt me nog niet verteld wat “ten eerste” belangrijk was.’

‘Budget. Budget. Budget. Je zult een bepaald patroon moeten zien te ontdekken. Waar vragen de gasten om en wanneer. Welke gerechten van het roomservicemenu vinden veel aftrek. En het allerbelangrijkste: welke niet. Dat zal in het weekend anders zijn dan op een doordeweekse dag en van seizoen tot seizoen verschillen. Aan de hand van de cijfers kun je bepalen hoeveel personeel je je kunt veroorloven en ook wat het absolute minimum is om een perfecte 24-uursservice te kunnen bieden. Zoals ik al zei: de roomservice functioneert te traag, en dat is onacceptabel. Maar net zo onacceptabel is personeel dat te weinig omhanden heeft.'

'Dat begrijp ik ook. Het Grand is een soort Rättvik maar dan groter.'

'Dat klopt, maar ik wil nooit meer horen dat je het over "het Grand" hebt. Het is uitsluitend het Grand Hôtel.' Mevrouw Skogh wierp nog een blik op haar aantekeningen en ging toen verder. 'Ik wil dat je jezelf voorstelt aan Margareta Andersson. Ze is hoofd Huishouding en ik denk dat ze dat wel op prijs zal stellen. En jij zult heel veel aan haar ervaring hebben. In veel opzichten hebben jullie dezelfde taak: ervoor zorgen dat de gasten het op hun kamer naar hun zin hebben. En hoewel sommige gasten inderdaad van koninklijken bloede zijn, ben ik net als Régis Cadier van mening dat elke gast vorstelijk behandeld dient te worden.'

'Zijn er op dit moment koninklijke gasten aanwezig, mevrouw?'

'Nee, maar de toneelspeelster Sarah Bernhardt logeert hier wel. Een van de kranten berichtte heel bot over haar aankomst hier. Er stond dat mejuffrouw Bernhardt zo slank was dat toen het rijtuig voor de ingang stopte niet te zien was dat er iemand uitstapte.'

Ottilia beet op haar lip om niet te gaan lachen, en ze zag ook pretlichtjes in mevrouw Skoghs ogen.

'Ik ben ervan overtuigd dat jij onze gasten met meer respect zult behandelen,' zei mevrouw Skogh.

Ottilia kon alleen maar knikken.

'Maak aantekeningen van de persoonlijke wensen en voorkeuren van de gasten. Een gast vindt niets prettiger dan het gevoel te krijgen dat er aandacht aan hem wordt besteed. Er is een lijst met gegevens aanwezig en die dien je voortdurend bij te werken. Heb je nog vragen?'

'Vast wel, wanneer ik eenmaal aan het werk ben. Maar zoals u al zei: ik kan mevrouw Andersson om raad vragen en ik hoop dat er ook nog anderen in huis zijn die me willen helpen. Als dat niet voldoende mocht zijn, mag ik dan bij u aankloppen?'

'Vanzelfsprekend. Maar goed, je hebt nog niet naar je salaris geïnformeerd.'

'Ik vertrouw erop dat u me billijk zult betalen, maar ik ben allereerst heel dankbaar voor deze kans.'

Mevrouw Skogh glimlachte even. 'Ik ben blij met je komst. Stel me niet teleur. Zo, ik zal iemand vragen je je kamer te wijzen. Als vrouwelijk hoofd Bediening krijg je op zolder een kleine kamer in de gang van de afdeling Huishouding. Op je nachtkastje vind je een mapje met onze huisregels en in de kast hangen twee zwarte japonnen. Die zijn van dezelfde maat als die je in Rättvik droeg. Je kantoortje is naast de keuken. Meneer Sam Samuelsson is de chef-kok. Ik stel voor dat je na het uitpakken van je bagage naar de keuken gaat om kennis te maken met hem en jouw personeel. Succes, juffrouw Ekman.'

15

Ottilia werd opgevangen door een kamermeisje dat Märta heette en liep samen met haar een eindeloze hoeveelheid trappen op.

'Mijn hemel,' zei Ottilia. 'Ik ben geloof ik nog nooit zo hoog geweest.'

'U hebt geen uitzicht over het water. Ook al hebt u uw eigen kamer.'

Ottilia hoorde iets pinnigs in Märta's stem. 'Ik ben al heel blij dat ik intern ben.'

Märta bleef abrupt staan en keek Ottilia verbaasd aan. 'Wij zijn allemaal intern.'

'Dat is geweldig. Het lijkt me namelijk vreselijk moeilijk om in deze stad een veilige kamer te vinden.'

Ottilia zag aan de blik in Märta's ogen dat dit nooit bij haar was opgekomen.

'We hebben gehoord dat u het nieuwe hoofd Roomservice bent,' zei Märta toen ze weer verder liepen.

'Dat klopt.'

'De mannen vinden het maar niks.'

Ottilia kneep hard in het hengsel van haar koffertje. 'O?' zei ze op een toon die Märta hopelijk ertoe zou aanzetten iets meer te vertellen.

En dat deed Märta. 'De hele personeelskantine stond op zijn kop. Ze zeiden dat een vrouw dat nooit aankon. Knut Andersson zei dat ze er iets aan moesten doen. Zo is Knut nu eenmaal. Die wil overal wel voor vechten, behalve voor de beweging tot matiging van alcoholgebruik.'

Er liep een rilling over Ottilia's rug. Ze was hier echt niet naartoe gekomen om al een paar uurtjes na aankomst haar baan kwijt te raken. Misschien wilde die Knut Andersson zelf deze baan. Maar mevrouw Skogh had toch gezegd dat haar voorganger bij Roomservice al was vertrokken? En als een vrouw een hotel kon leiden, dan kon zij toch wel de roomservice leiden? 'Weet jij hoelang Knut Andersson al bij de roomservice werkt?' vroeg ze.

'Hij werkt niet bij de roomservice,' zei Märta toen ze een smalle gang in liepen. 'Hij werkt bij de receptie, en hij is er heel erg op gebrand om "de rechten van de werkende man te verdedigen".' Bij het laatste deel van de zin zette ze een zeurderig stemmetje op.

'En hoe zit het dan met de rechten van de werkende vrouw?'

Märta lachte schril. 'Het hangt ervan af welke vrouw. Hij is de man van mevrouw Andersson.'

Ottilia begreep niet goed wat er werd bedoeld.

Märta slaakte een diepe zucht. 'Onze mevrouw Andersson. Hoofd Huishouding. Zij is het zoveelste bewijs dat een vrouw alles kan, maar de meeste mannen willen dat niet zien. Ziezo, hier is uw kamer.' Ze deed een deur open van een piepklein kamertje met een smal bed, een bescheiden klerenkast en een nachtkastje met laden. 'Behalve de lakens en de dekens mag je hier alleen je eigen spullen bewaren. Geen dingen van het hotel. En je mag ook niks meenemen uit het hotel, ook al is het maar voor eventjes. Er wordt af en toe gecontroleerd.' Ze keek de kleine ruimte door. 'Het vorige hoofd Roomservice had vast een grotere kamer. Maar die is op de mannenafdeling, dus daar komen we nooit achter.'

'Nee,' zei Ottilia. 'Waar is jouw kamer?'

'Ik deel een kamer met vijf andere meisjes, drie deuren verderop.' Ze wees met haar duim over haar schouder. 'Dat was vroeger de linnenkamer van het personeel, maar die is verhuisd naar een plek bij de warmwatertank, zodat alles droog en fris blijft. Nou, ik ga er maar eens vandoor want ik moet mijn dienst afmaken. Bovendien is het vanavond Walpurgisnacht en een paar meisjes hebben aan mevrouw Andersson gevraagd of we straks uit mogen.'

'Dan hoop ik dat je een heerlijke avond hebt. Nog één vraagje: hoe kom ik vanaf hier naar de keuken?'

'U loopt terug naar de trap en dan naar beneden tot u in de kelder komt. Dat ziet u meteen aan de lange betegelde gangen. Daar gaat u naar rechts, in de richting van het lawaai en de heerlijke geuren.'

Ottilia glimlachte. 'Dat lukt me wel.'

'Dat mogen we hopen, anders wordt het niks met de roomservice. En we willen niet dat de mannen gelijk krijgen, waar of niet?'

Nadat Ottilia haar koffertje naast het bed had gezet, nam ze een kijkje in de klerenkast. Daar hingen twee zwarte zijden japonnen met lange mouwen en witte kanten kraagjes. Het liefst had ze er meteen een aangetrokken. Maar beter van niet, dacht ze. Ze was pas vanaf de volgende morgen officieel in dienst, en als het personeel van de roomservice van plan was dwars te gaan liggen, dan wilde ze hun niet de kans geven de draak te steken met haar autoriteit. En waarom zouden ze níét aan haar autoriteit twijfelen? Sommige van die mannen waren twee keer zo oud als zij. Net zo oud als haar vader. Ottilia moest even slikken. Haar vader zou er ook bezwaar tegen hebben om een 'grietje' boven zich te hebben. Maar blijkbaar vond mevrouw Skogh dat de voordelen om Ottilia hoofd Roomservice te maken opwogen tegen de voor de hand liggende nadelen, en ze moest maar vertrouwen op het oordeel van de hoteldirecteur.

Met opgeheven hoofd liep Ottilia terug de trap af. Zoals Märta had gezegd was de keuken gemakkelijk te vinden. Ottilia bleef in de deuropening staan en keek naar de omvang en complexiteit van een keuken waarin naar haar weten voor duizend gasten eten kon worden verzorgd. En ze had nog wel gedacht dat het Rättviks Turisthotell een grote keuken had! Het gekletter van metalen keukengerei ging vergezeld van het lawaai van de luid commanderende koks terwijl een legertje mannen en vrouwen – gekleed in de bekende witte koksbuizen – druk in de weer was met potten, pannen en borden. De geur van sappig vlees en smakelijke sauzen deed haar het water in de mond lopen en haar maag begon te knorren. Ze zou even met iedereen kennismaken en dan snel naar de kantine gaan.

Ze keek of ze de chef-kok ergens kon ontdekken. Een gedrongen man met een hoge koksmuts op stond in de deuropening van een of andere kantoortje en was druk gesticulerend in gesprek met iemand die duidelijk hoofd Bediening was. De laatste wees naar Ottilia. De chef-kok draaide zich om en de beide mannen stapten op haar af.

'Juffrouw Ekman?' zei de chef-kok.

'Dat klopt.' Ottilia toverde haar beminnelijkste glimlach tevoorschijn en stak haar hand uit.

De chef-kok aarzelde en schudde toen haar uitgestoken hand, met een blik alsof hij daar nu al spijt van had. Hij bekeek haar van top tot teen. 'Wat heb jij in hemelsnaam aan?'

Ottilia stak haar kin in de lucht. 'Mijn reiskleren.'

'In die kleren kun je niet zomaar mijn keuken binnenlopen. Je rok zit onder de vuiligheid van waar je vandaan komt.'

'Dat zal best.' Ottilia kreeg een vuurrood hoofd. 'Maar ik ben uw keuken niet binnengekomen en ik ben ook nog niet in functie wat mijn nieuwe baan betreft.'

'Niet in functie wat je nieuwe baan betreft?' De chef-kok dreigde duidelijk te ontploffen. 'Juffrouw Ekman, ik moet een keuken leiden, gasten te eten geven. Ik heb geen tijd, noch de capaciteit of de behoefte om jouw werk erbij te doen. Dit is nu jouw verantwoordelijkheid, Möller.' Hij liep weg.

Zijn collega wendde zich tot Ottilia. 'Ik ben Gösta Möller, de maître d'hôtel. Het is Walpurgisnacht, het restaurant is afgeladen en we zitten zonder personeel bij de roomservice. Dat is de afdeling die onder jouw verantwoordelijkheid valt.'

Ottilia keek hem verbouwereerd aan. 'Wat zegt u nu?'

'We zitten zonder personeel bij de roomservice,' herhaalde Möller met nadruk.

'En de mensen van de avondploeg dan?'

'Die zijn allemaal vertrokken. Toen jouw voorganger om zes uur de deur uit ging, waren zij ook meteen verdwenen. Hoe sneller mevrouw Skogh beseft dat deze mannen achter hun leidinggevende staan, des te sneller hij terug kan komen en alles weer bij het oude is. Maar ik heb te horen gekregen dat er geen roomservice is zolang mevrouw Skogh haar beslissing niet meneeroept. Ik heb te weinig obers om het restaurant op niveau te laten functioneren én door het hele hotel maaltijden op serveerwagens te laten bezorgen. Was het maar anders.'

Met een van woede en paniek bonzend hart probeerde Ottilia na te denken. De reputatie van het hotel en haar baan stonden op het spel. Ze was gewaarschuwd dat het niet allemaal van een leien dakje zou gaan en ze zou nu moeten tonen dat ze klaar was om de strijd aan te gaan. Ze had eenvoudigweg geen keus. Met ijzeren vastberadenheid rechtte ze haar rug en keek Möller in de ogen. 'Meneer Möller, mag ik u vragen hier nog twintig minuten de boel waar te nemen?'

'Dat mag je niet. Ik heb je net uitgelegd dat het restaurant helemaal vol zit en dat daar elk lid van mijn personeel nodig is. Inclusief ikzelf.'

'En u hebt me ook uitgelegd dat ik geen personeel heb en

met deze kleren mag ik de keuken niet in.' Ottilia gebaarde naar haar blouse en rok. 'Ik moet me in ieder geval omkleden.'

'Daar heb je geen twintig minuten voor nodig. Je krijgt er niet meer dan tien van me. Maar ik heb werkelijk geen idee hoe je in je eentje de roomservice wilt organiseren. Dat is onmogelijk.'

'Zullen we eens kijken wat er mogelijk is? Ik ben over tien minuten terug. Dank u, meneer Möller.'

Inwendig vloekend omdat ze vanwege haar lange rok niet zo snel kon als ze zou willen, rende Ottilia zo goed en zo kwaad als het ging de trappen naar de vierde verdieping op, tot ze in de gang was waar de kamers voor het vrouwelijk personeel zich bevonden. Ze telde vanaf haar kamer drie deuren verder en klopte aan. Er werd meteen opengedaan. Een meisje van haar eigen leeftijd keek haar verstoord aan. 'Is er brand of zoiets? En wie ben jij?'

'Ottilia Ekman,' bracht ze hijgend uit en ze hield zich vast aan de sponning om op adem te komen.

Märta kwam aanlopen. 'Wat komt u doen?' Ze klonk zowel geërgerd als nieuwsgierig.

Ottilia keek de kamer in. Alle zes stapelbedden – drie aan de ene kant en drie aan de andere – waren keurig opgemaakt maar lagen bezaaid met blouses, haarborstels en handtasjes. En zes gezichten keken haar vragend aan.

'De mannen van de roomservice zijn ervandoor,' zei Ottilia.

Alle meisjes slaakten een verschrikte kreet.

'Mijn hemel. Wacht maar tot De Skogh dit hoort,' zei het eerste meisje. 'Maar wat hebben wij daarmee te maken?'

'Ik heb hulp nodig. Ik kan de roomservice niet in mijn eentje verzorgen. In ieder geval heb ik iemand nodig die de telefoon aanneemt terwijl ik het eten bezorg.'

'Gaat u zelf het eten bezorgen?' vroeg Märta schamper. 'Dat wordt alleen door mannen gedaan.'

Ottilia wist zich te beheersen. De tien minuten waren zo voorbij en ze had zich nog niet eens omgekleed. 'Er zijn vanavond geen mannen om te bedienen.' En misschien wel nooit meer als het aan mij ligt, dacht ze. 'Maar wij zijn er wel.'

'Zodat De Skogh ons morgen kan ontslaan? Nee, bedankt. Doe de deur dicht, Beda. Ik moet me omkleden.'

Ottilia zette haar voet op de drempel. 'Er wordt niemand ontslagen. Dat kan ik jullie garanderen.' Zelfs als ze haar eigen baan hierdoor kwijtraakte.

Beda kneep haar ogen samen. 'We wilden net uitgaan.'

'Dat weet ik. Het spijt me,' zei Ottilia meelevend. 'Maar het Grand Hôtel heeft geen roomservice. Stel dat jij hier gast was, zou je dan liever door een dame bediend willen worden of honger hebben?'

'Het restaurant is open.'

'Dat is waar.' Ottilia waagde een gokje. 'Maar als je Sarah Bernhardt was, wat zou je dan doen?'

'We hebben vandaag haar kamers schoongemaakt,' zei Märta dromerig. 'Zij en haar entourage kwamen binnen met tweeëntachtig koffers en ze hebben elf kamers op de tweede verdieping betrokken. Ze roken naar Franse parfum. Waar of niet, Beda?'

Beda rolde dramatisch met haar ogen. '*Oh là là*, het was hemels.'

'Ik ben diep onder de indruk.' Ottilia zag haar kans schoon. 'Wil je me helpen of niet?'

Beda sloeg haar armen over elkaar. 'En wat levert dat ons op? Dan moeten wij ons avondje uit opgeven. Wanneer zijn we voor het laatst uit geweest, dames?'

'Dat kan ik me niet eens meer herinneren,' zei Märta onmiddellijk.

'Jullie krijgen ervoor betaald,' zei Ottilia.

'Dat hebt u vast met mevrouw Skogh afgesproken.'

'Nee,' bekende Ottilia. 'Ik betaal jullie uit mijn eigen zak als zij het er niet mee eens is. Maar dan moeten jullie wel wachten tot ik mijn salaris krijg,' voegde ze eraan toe. En God verhoede dat ze werd ontslagen voordat ze iets had verdiend.

Beda keek haar aan alsof ze aan Ottilia's verstandelijke vermogens twijfelde. 'U betaalt ons uit eigen zak om het Grand Hôtel te helpen?'

'Indien nodig, ja. Maar ik moet nu opschieten. Ik moet me omkleden en dan vlug terug naar de keuken.' Ottilia wilde al weggaan.

'Waarom wilt u dit doen?' vroeg Märta.

Ottilia draaide zich weer om. 'Omdat het beste hotel van Zweden roomservice nodig heeft, en ik heb er schoon genoeg van dat mannen voor ons bepalen wat we wel of niet kunnen.'

'Ik doe mee,' zei iemand ergens achter in de kamer. Een tenger meisje met een knap hartvormig gezichtje kwam erbij staan. 'Ik ben er over vijf minuten.'

Ottilia slaakte een zucht van verlichting. Nu had ze iemand die samen met haar de logistiek kon doen. 'Dank je wel.'

Beda keek nors. 'Probeer je een wit voetje bij haar te halen, Karolina?'

Het meisje schudde haar hoofd. 'Nee hoor. Net zo goed als ik geen wit voetje bij jou wilde halen toen ik je hielp met het afstoffen van de schilderijlijsten. En het is niet Ottilia's schuld. O, neem me niet kwalijk.' Ze bloosde. 'Juffrouw Ekmans schuld.'

'Wil je soms zeggen dat die lijsten onze schuld waren?' zei Beda bits.

'Ik wil alleen zeggen...'

'Ik heb hier geen tijd voor,' onderbrak Ottilia de twee meisjes. 'Ik ga me nu omkleden. Van meneer Möller moest ik over tien minuten terug zijn, en ik ben nu al bijna een kwartier weg. Ik zie je wel beneden, Karolina, en nogmaals bedankt.'

De maître d'hôtel was danig uit zijn humeur toen Ottilia terugkwam in haar zwarte japon. 'Je hebt nogal kalmpjes aan gedaan.' Hij nam haar mee door een deur met het opschrift ROOMSERVICE en overhandigde haar een stapeltje formulieren. 'De bestellingen. Omdat je blijkbaar met alle geweld zelf de bestellingen wilt bezorgen' – hij schudde zijn hoofd alsof hij er met zijn verstand niet bij kon – 'hebben we ze maar aangenomen.'

'Dank u wel. Wat is de snelste route om alles af te leveren?'

'Met de lift.' Hij gebaarde naar een deur die Ottilia nog niet was opgevallen, min of meer verscholen achter stellingen met porseleingoed, glaswerk, bestek, tafelkleden, servetten, zilverkleurige dekschalen, wijnkoelers, en alle benodigdheden om warme dranken te maken, een elegante serveerwagen te presenteren en aantrekkelijk een tafel te dekken. 'De keuken maakt de borden op, maar jij zult al het andere moeten doen.'

'Natuurlijk.' Ze wapperde met de formuliertjes. 'En deze bestellingen worden allemaal voorbereid?'

'Dat heb ik je net gezegd, jawel. En nu sta je er alleen voor.'

'Niet helemaal alleen.' Ottilia knikte naar Karolina die in de deuropening stond, en ze begon te stralen toen Märta en Beda ook verschenen. 'Dames, welkom in de chaos van de afdeling Roomservice. Zo, weet een van jullie hoe je een tafel moet dekken?'

'Ik wel,' zei Karolina. 'Ik heb een paar dagen geholpen met tafels dekken toen zowat de helft van het personeel met griep in bed lag.' Ze klonk trots. 'Weten jullie nog?' vroeg ze aan de andere twee meisjes. 'Ik heb in het restaurant gewerkt en ook een keer in de Spiegelzaal...'

Ottilia stak haar hand op om een einde aan het gebabbel te maken. 'Dat is geweldig. Je hebt ongeveer mijn postuur, dus ga maar vlug naar mijn kamer en trek de zwarte japon aan die in de kledingkast hangt. En graag een beetje opschieten.'

'Waar is uw...'

'De oude linnenkamer van het personeel,' zei Märta. 'En wat is mijn taak?'

Ottilia keek Märta en Beda aan. 'Spreekt een van jullie beiden Duits of Engels?'

'Wij allebei,' zei Beda. Ze kreeg een kleur. 'Maar ik kan alleen welkom en goedemorgen zeggen. Märta is er beter in.'

'Alleen met Engels,' zei Märta.

'Met Engels komen we al een heel eind.' Ottilia wees naar de telefoon. 'Märta, jouw taak is de bestellingen opnemen en

Beda helpen als er niet wordt gebeld.' Ze had het nog niet gezegd of de telefoon rinkelde, en de meisjes lachten. 'Goed naar me luisteren en ook op het menu van de roomservice kijken, dat scheelt al heel veel,' zei Ottilia en ze wees naar een gedrukt vel naast de telefoon. Ze pakte een potlood. 'Met de roomservice, wat kan ik voor u doen? Zeker, meneer. En hoe wilt u uw biefstuk? Medium rare. En wat wilt u daar bij drinken? Jawel, meneer. Wilt u nog iets anders, meneer? En mag ik het nummer van uw kamer? Vriendelijk dank. Ik herhaal nog even: eenmaal gevulde kreeft, eenmaal *boeuf à la providence* en een halve fles Bollinger. Het kom eraan, meneer.' Ze hield het ingevulde formulier van de roomservice omhoog. 'Hebben jullie het gezien? Nu nog de tijd noteren' – ze wees naar de klok en noteerde 18.32 uur in het lege vakje bovenaan – 'en dan geef je dit formulier aan de kok die de bestellingen van de roomservice verzorgt.'

Märta's gezicht was spierwit geworden. 'O Ottilia, juffrouw Ekman. Ik weet niet of ik dit wel kan. Ik haal vast alles door elkaar. We praten eigenlijk nooit met de gasten. En zeker niet op die manier.'

Ottilia zette haar handen in haar zij. 'Waar is dat zelfbewuste meisje dat tegen me zei: "Een vrouw kan alles"?'

Märta bloosde. 'Ik zal het proberen.' Ze sloeg haar armen over elkaar. 'Maar ik wil niet ontslagen worden als ik iets verkeerds zeg.'

'Rustig maar. Je wordt niet ontslagen. Lees het menu door zodat je op de hoogte bent van wat er kan worden besteld. Beda, jij zet samen met Karolina de serveerwagens klaar en ik breng alles rond.'

'Ik weet niet hoe ik dat moet doen,' zei Beda. 'Ik ken alleen trolleys met vuile borden en niet zulke chique serveerwagens.'

'Ik zal het je voordoen.' Ottilia reed een serveerwagen naar het midden van de ruimte en met een geoefend gebaar sloeg ze een wit linnen tafelkleedje open. Ze drapeerde het over de serveerwagen en legde over de lange kanten een donkerblauwe loper. 'Goed kijken.' In nog geen minuut stond de serveerwagen klaar. 'De borden worden door de kok opgemaakt, maar nooit vergeten de zilveren cloches erop te plaatsen.'

'Dat kan ik allemaal nooit onthouden,' zei Beda mismoedig. 'Ik wist niet eens dat kruiden, zout en peper een vaste plek hebben.'

'Deze serveerwagen gaan we niet gebruiken,' zei Ottilia, 'die houden we als voorbeeld voor de andere. Die moeten natuurlijk aan de bestelling worden aangepast, maar als de volgende alvast klaarstaat, bespaart dat heel veel tijd. Je hoeft niet in paniek te raken, want Karolina en ik controleren onze serveerwagens voordat we alles wegbrengen.'

'En stel dat ik een glas breek?'

'Dan ruim je de scherven op, zoals je ook zou hebben gedaan met een gebroken glas dat je in een kamer aantreft. Ga de volgende serveerwagen maar vast voorbereiden. Je zult er al heel snel handigheid in krijgen.'

De telefoon ging.

Märta's hand trilde lichtjes toen ze de hoorn van de haak nam en ze maakte een kniebuiging. 'Met de roomservice. Ja, meneer, eh, ik bedoel mevrouw. Neemt u me niet kwalijk, mevrouw.' Ze maakte weer een kniebuiging.

Beda sloeg haar hand voor haar mond om het niet uit te gieren van de lach en aapte Märta's kniebuiging na. Dat kwam haar op een berispende blik van Ottilia te staan, die naar een serveerwagen wees. Beda gedroeg zich onmiddellijk en ging aan het werk.

'De zalm, mevrouw,' zei Märta. Ze keek of ze ergens een potlood zag liggen, en Ottilia reikte dat haar aan. 'Uitstekend, mevrouw. En wat wilt u drinken? Mo-ët,' papegaaide ze. 'En wat is uw kamernummer? Dank u vriendelijk, mevrouw. Het wordt boven gebracht.' Märta plofte neer op een stoel. 'Mijn zenuwen kunnen dit niet aan.'

'Dat ging heel goed voor een eerste keer,' zei Ottilia. 'Vergeet alleen niet te vragen of de gast nog iets anders wenst.'

'En die kniebuiging kun je ook wel achterwege laten,' zei Beda.

Märta gaf een stomp tegen de arm van haar vriendin. 'Doe jij het zelf maar eens, wijsneus.'

Karolina kwam terug en draaide even een rondje in haar zwarte japon. 'Hoe zie ik eruit? Ik kan gewoon niet geloven dat ik zoiets aanheb.'

'Het ziet er heel professioneel uit,' zei Ottilia. 'Heb je weleens eten uitgeserveerd toen je in het restaurant hielp?' Zou dat niet het volgende wonder zijn, dacht ze bij zichzelf.

'Hemeltje, nee. In het restaurant zijn geen vrouwen in de bediening. Bovendien ben ik daar te jong voor. Je moet minstens vijfentwintig zijn.'

'Maar vanavond ga je wel het eten uitserveren. Niet iedereen wil bediend worden op de kamer, dus ik vraag het altijd van tevoren. Maar het is niet moeilijk. Het enige wat je moet onthouden is dat je altijd van rechts moet inschenken en van links moet opdienen. De dames eerst. Hou je vrije hand netjes op je rug. En vraag dan of je nog iets anders voor hen kunt doen. Als ze nee zeggen, ga je snel weg.'

Het luik tussen de roomservice en de keuken ging omhoog en een kok zette twee schitterend opgemaakte borden met lamskoteletjes en voorjaarsgroenten neer. Ernaast lag het originele formulier van de roomservice.

'Goed,' zei Ottilia. 'Dit gaat naar kamer 315. Het is een eenvoudige bestelling. Geen hors-d'oeuvre of dessert.'

'*Or* wat?' vroeg Märta.

'Hors-d'oeuvre.' Ottilia wees naar het kopje op de menukaart. 'Dat betekent voorgerecht of voorafje, de h en de s van *hors* worden niet uitgesproken. En nu jij, Karolina. Deze serveerwagen gaat naar kamer 301. Weet je nog wat ik over het uitserveren heb gezegd?'

'Inschenken van rechts en opdienen van links. De dames eerst.'

'Heel goed. En nu voortmaken. Het wordt een drukke avond.'

De telefoon rinkelde weer. Ottilia draaide zich om naar Märta, maar die had haar ene hand al op de hoorn en in de andere hand een potlood. Beda was bezig de volgende serveerwagen voor te bereiden. Ottilia glimlachte. Misschien, heel misschien, zou het allemaal lukken.

16

Het nieuws dat Ottilia de bestellingen voor de roomservice door vrouwelijk personeel liet bezorgen, verspreidde zich als boter op warme toast door het hotel.

Barman Charley was bezig met het tappen van een glas bier. 'Ik geef toe dat het hier niet de gewoonte is, maar wat moesten ze anders?' zei hij in reactie op de monoloog van de zeer ontstemde ober Kristian. 'Ik heb in andere etablissementen ook wel vrouwen in de bediening gezien.' Hij zette het volle glas op een dienblad en vulde het volgende.

'Wat bedoelt u met "Wat moesten ze anders"? Het komt door dat nieuwe meisje. Die heeft het hoog in de bol. Trouwens, voor wie bent u eigenlijk?'

'Ik ben altijd voor het gezonde verstand.'

Kristian pakte het dienblad op. 'Ik durf te wedden dat ze morgenochtend eruit wordt gebonjourd, en ik zal met alle plezier de deur voor haar openhouden als ze weggaat.'

'Dan doe je dus het werk van de portier.' Charley grinnikte. 'Tenzij je bij de personeelsingang wilt gaan staan.'

Kristian wierp hem een donkere blik toe. 'U denkt zeker dat u grappig bent, hè? Maar u zult wel anders piepen als u door een of andere verdomde vrouw wordt vervangen.'

'Ik wil je er graag aan herinneren,' zei Charley, 'dat ik je meerdere ben en niet wil dat je dergelijke taal uitslaat.'

'Neem me niet kwalijk, meneer Löfvander. Ik word erg nerveus van de situatie. Het klopt gewoon niet.'

'Ik zorg wel dat je erg nerveus van mij wordt als je die glazen niet snel naar de gasten brengt. Het bier slaat dood als je hier blijft staan zeuren over iets wat jou niet aangaat.'

'Jawel, meneer.'

Gösta Möller kwam de bar binnen.

'Heb je al gehoord hoe het gaat bij de roomservice?' vroeg Charley.

Möller schudde zijn hoofd. 'De laatste keer dat ik in de keuken was zag ik die kleine Karolina Nilsson met een serveerwagen naar boven gaan. In de loop van de avond zal ik ongetwijfeld meer horen.'

'Kun je iemand missen om hen te helpen?'

'Nee, op dit moment nog niet. Het is erg druk vanavond. Maar wanneer het in het restaurant iets rustiger wordt, zal ik eens kijken wat ik kan doen.'

Charley knikte. 'Dat is heel geschikt van je. Maar de vraag is wat er morgen zal gebeuren.'

'Wanneer mevrouw Skogh erachter komt? Dan breekt de hel los. Dit is de eerste keer dat ze het hotel uit is gegaan zonder dat iemand weet waar ze naartoe is. Ik heb een piccolo naar Styrmansgatan gestuurd, maar de huishoudster zei dat meneer en mevrouw Skogh niet thuis waren. Ik denk dat ze samen ergens Walpurgisnacht aan het vieren zijn. Niet dat mevrouw Skogh er vanavond iets aan had kunnen doen, trouwens. We kunnen onmogelijk een hele serie piccolo's de stad in sturen om het personeel van de roomservice op te sporen. Uit betrouwbare bron heb ik vernomen dat...'

'Knut Andersson?'

'Ja, Knut Andersson zei dat ze niet meer terugkomen. En als de ontbijtploeg zich morgen niet meldt, krijgen we te maken met hetzelfde probleem dat Ekman nu heeft.'

Charley slaakte een zucht. 'Dit is niet goed voor het hotel.'

'Daar heb je gelijk in, Charley. Daar heb je absoluut gelijk in.'

Op de derde verdieping haalde Karolina even diep adem. Kamer 315. Ze kende deze kamer goed, want ze had hem twaalf uur geleden nog schoongemaakt – een suite met uitzicht op het water – maar ze was nog nooit een kamer binnengegaan met een opdracht zoals ze nu had. Ze streek met haar handen over de rok van Ottilia's japon en klopte toen aan. Inschenken vanaf rechts, uitserveren vanaf links en de dames eerst, ging het door haar hoofd.

'Binnen!'

De spullen op de serveerwagen rinkelden zachtjes toen ze voorzichtig met de wieltjes over de lage drempel manoeuvreerde.

'Lieve hemel!' Een rijzige heer met een indrukwekkende knulsnor staarde Karolina verbijsterd aan. 'Ze hebben een meisje gestuurd.'

'Goed gezien, lieveling.' Een dame met een paar schitterende diamanten oorhangers schreed bevallig over het groene tapijt in Karolina's richting. 'Dank je wel...?'

'Karolina, mevrouw.' Ze maakte een reverence en ongelovig gadeslagen door twee paar ogen die elke beweging van haar volgden, klapte ze de zijvleugels van de serveerwagen uit om die in een tafel te veranderen, waarna ze twee stoelen met hoge rugleuning aan weerskanten zette. Met haar handen op haar rug vroeg ze: 'Zal ik opdienen, meneer?'

'Dat is niet nodig,' zei de man. Hij schraapte zijn keel. 'Ik moet bekennen dat ik een tikje nieuwsgierig ben. Waar zijn de mannen vanavond?'

Karolina moest even slikken. Ze had vast iets verkeerd gedaan.

'Lieveling,' zei zijn gade op licht berispende toon. 'Laat dat arme meisje met rust. Ze doet het uitstekend.'

Karolina schonk haar redster een dankbare glimlach. Toen wendde ze zich tot de man, die met half toegeknepen ogen nieuwsgierig op haar antwoord wachtte. 'Er is vanavond geen mannelijk bedienend personeel aanwezig, meneer.' In ieder geval zouden deze gasten nu niet hoeven denken dat ze genoegen moesten nemen met een minder soort bediening.

'Dat nam ik al aan, maar mijn vraag is waarom.'

Kon ze onder deze directe vraag uitkomen? Het beste zou zijn om een antwoord te geven waaruit deze gasten hun eigen conclusie konden trekken. 'Mevrouw Skogh heeft een vrouw tot hoofd Roomservice benoemd, meneer.'

'En daarom zijn de mannen ervandoor gegaan!' De dame klapte in haar handen en schaterde het uit. 'Wat geweldig. Heel goed van mevrouw Skogh. En ook van de jongedames die nu alles opvangen.'

'Dank u, mevrouw. Kan ik nog iets voor u beiden doen?'

'Jazeker.' De man kwam naar haar toe . 'Neem dit maar aan en meld de rest van je team dat wij dit toejuichen.' Hij drukte een muntstuk in Karolina's hand.

'Dank u wel, meneer.'

Eenmaal op de gang keek Karolina in haar hand en ging vervolgens bijna huppelend terug naar de keuken.

'Hoe is het gegaan?' vroeg Ottilia toen Karolina het kantoortje van de roomservice binnenkwam. 'Heb je het eten uitgeserveerd? Je bleef namelijk wel erg lang weg. Ik ben in diezelfde tijd heen en weer naar de eerste etage geweest.'

'Er werd me gevraagd waar de mannelijke bediendes waren,' zei Karolina.

'O jee.' Ottilia beet op haar lip. 'Dat had ik min of meer verwacht. De gasten die ik bediende, waren hier blijkbaar voor de eerste keer, want zij waren totaal niet verbaasd. We hadden er van tevoren even over moeten praten zodat je wist wat je moest zeggen.'

'En wat heb je nu gezegd, Karolina?' vroeg Beda.

'Ik zei dat er vanavond geen mannelijk bedienend personeel was. Maar toen wilde die meneer weten waarom dat was. Ik antwoordde dat mevrouw Skogh een vrouw tot hoofd Roomservice had benoemd en toen werd hun duidelijk dat de mannen daarom de benen hadden genomen.'

Ottilia zuchtte eens diep. 'Verdorie nog aan toe.'

'Mannen nemen het altijd voor elkaar op,' zei Beda.

Märta keek boos. 'Waarom nemen de dames het dan niet voor óns op?'

'Die mevrouw en meneer juichten het trouwens toe,' zei Karolina. 'Dat moest ik aan jullie doorgeven, en toen kreeg ik dit.' Ze liet een muntstuk van vijf kronen zien.

Märta's mond viel open. 'Niet te geloven! En ik zit hier maar bestellingen op te nemen.' Ze keek Ottilia aan. 'Dat is niet eerlijk.'

'Inderdaad,' beaamde Ottilia. 'Ik heb ook een paar kronen gekregen.' Ze pakte een bekertje. 'Die doe ik hierin, dan kunnen we aan het eind van de avond alles eerlijk delen.'

Karolina deed haar vijf-kronenstuk er ook bij.

'Dat hoef je niet te doen, hoor,' zei Ottilia.

'Jawel. De meneer van kamer 315 noemde ons een team. En dat is ook zo. Vanavond zijn we allemaal even belangrijk.'

Märta en Beda keken elkaar blij verrast aan.

De telefoon rinkelde. 'Even stil, alsjeblieft,' zei Märta toen ze de hoorn opnam. 'Met de roomservice. Goedenavond, meneer. Wat kunnen we voor u doen?'

Niet alle gasten waren even goed te spreken over de vrouwelijke bediening. Een van de vaste gasten stuurde Ottilia met haar serveerwagen rechtsomkeer met de boodschap dat hij liever honger had dan door een vrouw te worden bediend. 'En ik zal mevrouw Skogh laten weten hoe ik hierover denk.'

Ottilia knipperde haar tranen weg, rechtte haar rug en ging terug naar het uitgiftepunt van de roomservice.

'Oude zot,' zei Märta. 'Dat kan alleen iemand zeggen die nog nooit met een lege maag naar bed is gegaan. Ik durf te wedden dat hij nu al in het restaurant zit.'

'Dat zou me niets verbazen,' zei Ottilia.

Beda wees naar de soep, de biefstuk en het brood op de serveerwagen. 'Wat gaan we daarmee doen?'

'Dat gaat in de afvalbak. We kunnen deze maaltijd niet aan

een andere gast aanbieden. Maar wacht eens even, hebben jullie sinds vanmiddag al iets gegeten?'

Märta schudde haar hoofd. 'We zouden uitgaan, weet u nog? Mijn maag is gewoon moe van het rammelen.'

'Mooi zo. We gaan dit met elkaar delen, en ik wil dat jullie je heel goed bewust zijn van wat jullie eten.'

'We zijn heus niet dom, hoor. We weten dat dit duur vlees is,' zei Beda. 'U moet ons niet onderschatten...'

Ottilia stak haar hand op om Beda te onderbreken. 'Märta, hebben de gasten nog gevraagd wat je hen kon aanbevelen?'

'Dat was er maar een. Ik zei tegen hem dat elk gerecht dat we serveren smakelijk en op de juiste manier bereid is.'

'Uitstekend, maar dat is niet echt een antwoord op zijn vraag. Goed, pak allemaal een lepel en proef van deze consommé.'

Iedereen nam een hapje.

Märta's ogen werden groot. 'Dit is verrukkelijk!'

'Inderdaad,' zei Ottilia. 'Dus de volgende keer dat iemand ernaar vraagt, kun je met recht zeggen dat je de consommé kunt aanbevelen.'

Karolina kwam terug na een bestelling te hebben afgeleverd. Ze pakte het fooienbekertje en stopte daar de rinkelende munten in.

'Je moet even van deze soep proeven,' zei Beda. 'We krijgen les over de gerechten die we serveren.'

Karolina beet op haar lip. 'Hebben we daar wel toestemming voor?'

'Ik ben toch hoofd Roomservice?' zei Ottilia. In ieder geval was ze dat nog vanavond. 'Ik wil dat mijn personeel het menu uit eigen ervaring kent.' Ze sneed de biefstuk in vieren. 'Kijk eens naar het middelste deel. Zie je dat het vlees nog een beetje rood is? Dit noemen we medium rare. Rare is nog bijna rauw vanbinnen en well done is doorbakken. Maar deze is medium rare. Proeven jullie maar.'

'Dit is ook heerlijk.' Märta veegde haar mond af.

Beda keek argwanend naar de biefstuk. 'Ik ga niet iets eten

wat eruitziet alsof het nog leeft.' Ze porde even met haar vork in het vlees en legde toen haar bestek neer. 'De volgende keer dat ik een biefstuk in het Grand Hôtel bestel, wil ik hem doorbakken. Mogen we de wijn ook proeven?'

Iedereen begon te giechelen.

'Ik heb me nog nooit zo gevoeld,' zei Karolina.

'Hoe bedoel je?' vroeg Beda.

'Dat ik deel uitmaak van een team en nog iets anders kan dan wc's boenen en bedden perfect opmaken.'

'Maar dat is ook belangrijk werk, hoor,' zei Ottilia. 'Een gast zal zich eerder herinneren dat de kamer keurig verzorgd was dan dat de biefstuk op de juiste manier was gebakken.'

'Ik begrijp wel wat Karolina bedoelt,' zei Märta. 'Hier bij roomservice moeten we nadenken bij wat we doen. Ons beste beentje voorzetten. Dat bevalt me wel.'

'Dat vinden we denk ik alle drie,' zei Beda. 'Mogen we blijven?'

Ottilia schudde haar hoofd. 'Ik kan niet het personeel van mevrouw Andersson wegkapen, maar ik zal mevrouw Skogh vertellen dat jullie vanavond de roomservice hebben gered.'

Tegen enen kwamen er geen telefoontjes meer binnen en Ottilia las de lijst met bestellingen voor het ontbijt door. Zou de vaste ontbijtploeg van de roomservice straks aanwezig zijn? De avondkok zou alles bereiden waar ze om vroeg. Maar zou ze het aandurven in haar stoel te gaan slapen en dan maar hopen dat de telefoon haar zou wekken? De drie meisjes waren net zo moe als zij. 'Dames, hoe laat moeten jullie morgen beginnen?' vroeg ze.

'Om zes uur,' klonk het als uit één mond.

'Gaan jullie dan maar snel naar bed. Ik denk dat ik het nu wel red, en ik weet gewoon niet hoe ik jullie moet bedanken.' Ze pakte het bekertje en telde de munten. 'Tweeëntwintig.'

'Dat is vijf kronen en vijftig öre per persoon,' zei Beda.

Ottilia keek haar blij verrast aan. 'Mijn hemel, je bent werkelijk een rekenwonder.'

'Ik?' zei Beda stomverbaasd.

Märta sloeg haar ogen ten hemel. 'Ik zeg zo vaak dat ze slim is, maar ze wil het gewoon niet van me aannemen.'

'Op school zei de meester altijd dat ik niks begreep en lastig was. Hij was echt een bullebak.' Beda trok een vies gezicht bij de herinnering.

'Dan is het jammer dat hij je vanavond niet aan het werk heeft gezien,' zei Ottilia. 'Maar goed, dat wordt voor jullie drieën dus zeven kronen per persoon, en dan laten we één kroon in de beker.'

'Maar dan krijgt u niets, dat is niet eerlijk,' zei Karolina.

'Jawel,' zei Ottilia. 'Want jullie hebben jullie avondje uit opgeofferd.'

'Dank u wel,' zei Märta. Ze liet de munten in haar hand rinkelen. 'Ik heb me nog nooit zo rijk gevoeld. Bij Huishouding verdienen we nooit zoveel extra. Misschien zien we u niet meer, maar ik wil nog wel even zeggen dat ik nu begrijp waarom mevrouw Skogh u heeft aangenomen. Ondanks alles had ik het vanavond erg naar mijn zin.'

Ottilia knikte alleen maar, want ze was zo ontroerd door deze hartelijke woorden dat ze misschien wel ging huilen als ze iets zou terugzeggen.

Na het vertrek van de meisjes bleef ze alleen achter in het uitgiftepunt van de roomservice. Ze wreef over haar slapen terwijl ze zich afvroeg hoe ze in hemelsnaam in haar eentje de ontbijtploeg moest vervangen.

Plotseling stond Gösta Möller in de deuropening. 'Hoe is het gegaan?'

'Heel goed, naar omstandigheden.'

Hij schonk twee koppen koffie in en gaf haar er een. 'Ik had gehoopt dat ik je kon helpen, maar het was een drukte van jewelste in het restaurant en de bar. De bar zit trouwens nog steeds vol.'

'Meneer Möller, denkt u dat de ontbijtploeg deze ochtend zal komen opdagen?'

'Dat betwijfel ik ten zeerste. Dan was de kleine protestdemonstratie van vanavond namelijk voor niets geweest.'

Kléíne protestdemonstratie? Maar Ottilia ging er niet op in. Het was tenslotte niet de schuld van de maître d'hôtel. Bovendien zat hij hier nu en was hij van plan geweest haar de helpende hand te bieden. Althans, dat beweerde hij.

'Ze wilden alles in het honderd laten lopen, met de bedoeling mevrouw Skogh zover te krijgen dat ze jouw voorganger weer zal aanstellen,' zei Möller.

'Denkt u dat ze dat zal doen?'

'Wat denk jij?' was zijn wedervraag.

Ze keken elkaar aan en Ottilia zag aan Gösta Möllers gezicht dat hij niet geloofde dat mevrouw Skogh zou toegeven. En zelf geloofde ze het ook niet, maar ze had geen idee wat mevrouw Skogh dan wél zou doen.

'Even voor de goede orde,' zei Möller. 'Ik heb vier obers opdracht gegeven om hier morgen om zes uur aanwezig te zijn. Drie van hen hebben al eerder voor de roomservice gewerkt en weten wat hun te doen staat.' Hij nam nog een laatste slok koffie en stond op.

Ottilia stond ook op. Dit was zo'n overweldigend vriendelijk gebaar van Möller dat ze er beduusd van was en er viel een enorme last van haar schouders. 'Dank u. Dat is heel vriendelijk. Ik zat al te piekeren hoe ik dat in vredesnaam in mijn eentje moest doen.'

'Dat is onmogelijk,' zei Möller. 'Dat gaat niet zonder extra personeel.'

'Ik ben verbaasd dat deze obers ermee akkoord gingen. De meeste mannen zouden zich achter hun collega's scharen.'

'Ik heb gezegd dat ze ontslagen zullen worden als ze ons morgenochtend in de kou laten staan. Ondanks het verschil aan inzichten, moet dit hotel te allen tijde een vlekkeloze service kunnen bieden. Ik denk dat mevrouw Skogh het hier roerend mee eens zal zijn.'

'Zeker,' zei Ottilia. Zinspeelde Möller er nu op dat hij met haar van inzicht verschilde? Hoopte hij ook dat ze zou worden vervangen, zo niet door haar voorganger dan wel door een andere man? Misschien door een van de ervaren obers die over nog geen vijf uur hun opwachting zouden maken? Ze toverde een glimlach tevoorschijn en stak haar hand uit. 'In ieder geval heel hartelijk bedankt.'

Ze schudden elkaar de hand.

'Goedenacht, juffrouw Ekman.'

Ottilia liep heen en weer door het uitgiftepunt om wakker te blijven. Haar handen, rug en voeten waren ijskoud, haar ogen brandden. Dat was niet zo verwonderlijk. Ze was nu al twintig uur in touw. De angst slapend te worden aangetroffen tijdens haar werk won het van de verleiding haar ogen te sluiten. Volgens het schema moest ze om zes uur met haar nieuwe baan beginnen.

Ze lachte schamper. In ieder geval moest ze haar haar fatsoeneren en haar gezicht wassen. Een flinke kom met warm eten zou ook welkom zijn. Zou ze het wagen om snel naar de kantine te gaan en dan iets te eten mee te nemen voor hier? Nee dus. Ze deed haar best nog een voordeeltje aan haar situatie te ontdekken. Maar dat lukte niet.

17

Op Södermalm kon Margareta ondanks haar vermoeidheid ook niet slapen. Maar om heel andere redenen. Door het duister van de Walpurgisnacht klonk het geschreeuw en gefluit van de feestvierders, af en toe vergezeld gaand van het geluid van brekend glas, waarschijnlijk bierflessen die door degenen die strompelend huiswaarts keerden op straat werden gegooid. Huiverend lag ze onder de deken te luisteren of ze Knuts voetstappen hoorde. Hij deed nooit moeite om stilletjes binnen te komen. En hoe zou hij reageren als hij hoorde dat er een bevel tot sloop bij hen was afgegeven? Over zes weken moesten ze uit hun huis. Maar waarnaartoe? Ze hadden geen spaargeld waarmee een hogere huur vooruit kon worden betaald.

Ze dacht terug aan Blasieholmen en het Grand Hôtel. Wat was daar deze avond gebeurd? Knut was helemaal door het dolle toen het personeel van de afdeling Roomservice had besloten te vertrekken. Met veel bravoure had hij de mannen verzekerd dat ze geen gevaar liepen te worden ontslagen. Geen enkel hotel kon namelijk zonder roomservice, dus moest de directie wel op de knieën. Hij had zelfs tegen Gösta Möller gezegd dat hij er zich niet mee moest bemoeien. Hoe Knut het in zijn hoofd haalde om te denken dat hij de maître d'hôtel iets kon vertellen, was haar een raadsel. Knut was zelfbenoemd woordvoerder voor deze mannen, maar officieel had hij geen enkele zeggenschap. Gelukkig had ze haar meisjes uit de buurt kunnen houden door hun toestemming voor een avondje uit te geven. Als mevrouw Skogh morgenochtend uit haar vel sprong, wat ongetwijfeld zou gebeuren, bleef Huishouding in ieder geval buiten schot. Maar welke schade had het hotel door dit alles opgelopen?

Voetstappen. De deur vloog open. Ze sloot haar ogen en deed alsof ze sliep. De deken werd van het bed gerukt en ze kreeg een genadeloze stoot in haar ribben. Ze schreeuwde het uit. 'Knut, hou op!'

'Hou op? Ik zal je leren met je "hou op".' Weer een stomp. 'Ik heb Kristian van de bar gesproken.'

Margareta knikte om hem te laten merken dat ze luisterde terwijl ze wanhopig probeerde weer lucht in haar longen te krijgen.

'Hij kwam op een holletje naar me toe om te vertellen dat de roomservice vanavond door vrouwen werd gedaan. Vrouwen,' sneerde hij. 'Die verdomde meiden van jou, die in hun zwarte jurken lopen te paraderen. En Kristian heeft te horen gekregen dat hij 's ochtends voor de roomservice moet werken. Nou, ik heb hem wel eventjes aan zijn verstand gebracht dat hij de mannen en mij in de steek laat als hij dat doet.'

Margareta keek hem aan. 'Dat moet een misverstand zijn. In het hotel waren alleen nog maar een paar meisjes van de nachtdienst aanwezig. Ik had tegen de anderen gezegd dat ze uit mochten vanwege Walpurgisnacht.'

Hij boog zich naar haar over, zijn gezicht vlak bij het hare. 'Wil je soms zeggen dat ik me vergis?'

'Nee, Knut, jij vergist je nooit. Maar Kristian misschien?'

Hij greep haar bij de haren en rukte haar hoofd naar achteren. 'Dat mogen we hopen. Want als die meiden van jou mijn gezag ondermijnen en die brave kerels hun baan kwijtraken...'

'Die meisjes van mij hebben dat niet gedaan. Ze waren er niet eens. Het was vast het keukenpersoneel.' Margareta keek wanhopig of ze iets van begrip in Knuts blik kon zien. Toen hij haar losliet, knalde ze met haar hoofd tegen de muur.

'Kom in bed,' zei ze. Ze wilde niets liever dan haar pijnlijke hoofd op het kussen leggen. 'De mannen hebben je morgenochtend nodig. En als voorman moet je uitgerust zijn. Zeker op de eerste dag van mei.'

'Daar kon je weleens gelijk in hebben,' zei Knut. Hij stapte in bed. 'Ik ben een geboren leider.'

Margareta wachtte tot het onontkoombare gesnurk zou beginnen. Ze hoefde niet lang te wachten. Ze wreef over de plek waar Knut haar de tweede keer had geraakt. Niets aan de hand. Ze wist hoe het voelde als een rib gebroken was, en deze keer was dat niet het geval. Haar moeder had haar geleerd haar zegeningen te tellen. En een gekneusde rib was werkelijk een zegen.

18

Om zes uur de volgende morgen meldden zich drie jongemannen bij het uitgiftepunt van de roomservice. Ottilia hoopte maar dat de glimlach waarmee ze hen verwelkomde eerder hartelijk dan vermoeid was. 'Ik ben juffrouw Ekman. Dank jullie voor jullie komst.'

'We hadden geen andere keus,' zei een van hen. 'En we weten wie u bent.'

Ottilia beef hem aankijken. 'Mooi zo. Waar is de vierde man?'

'Kristian. Hij zei dat hij nog nooit voor de roomservice heeft gewerkt en het nu ook niet zal doen.'

'Dan moeten we het maar zonder hem stellen. Ik neem de bestellingen op en verzorg de dranken. Jullie drie bedienen.'

De zelfbenoemde woordvoerder wierp een blik om zich heen. 'Het kan hier wel wat netter. Waarom staat deze serveerwagen klaar? We weten pas wat we nodig hebben als de bestelling binnen is. En alles moet op de juiste plank staan.' Hij schudde zijn hoofd om zijn afkeuring nog eens duidelijk te onderstrepen. 'Een of andere malloot heeft geld in dit bekertje gestopt.' Hij schudde de munt uit de beker en stopte hem in zijn zak.

'Stop die kroon terug,' zei Ottilia zacht. 'Dat is fooiengeld van gisteravond en dus niet van jou.'

'Eén kroon aan fooi, is dat alles?' De drie mannen lachten. 'Ik zou een vrouw die het werk van een man doet trouwens ook geen fooi geven.'

'Echte heren denken daar duidelijk anders over,' zei Ottilia met enige stemverheffing.

De ober kreeg een rood hoofd. 'U denkt zeker dat u slim bent.'

'Ik denk dat ik hoofd Roomservice ben.'

De man gooide de kroon terug in het bekertje. 'Als we te laat zijn met de eerste ontbijtronde is het uw schuld met uw gezeur over een kroon.'

Een keukenhulpje stak haar hoofd om de hoek van de deur. 'Juffrouw Ekman?'

'Ja?'

'Mevrouw Skogh laat weten dat ze u om zeven uur precies bij haar op kantoor wil zien.'

'O, dat is niet best,' zei de ober spottend. 'Het ziet ernaar uit dat we een nieuw hoofd Roomservice krijgen, jongens. We weten allemaal wat het betekent als je 's morgens vroeg op het matje wordt geroepen.'

Zijn twee collega's stopten met het gereedmaken van serveerwagens en haalden een vinger langs hun hals.

'Zo is het maar net.' Hij reed de eerste serveerwagen met ontbijt naar de lift.

De telefoon ging over. Ottilia deed haar best zo luchtig en vriendelijk mogelijk te klinken tijdens het opnemen van de bestelling, maar het zweet stond in de hand waarmee ze de hoorn vasthield. Waar moest ze naartoe als ze werd ontslagen? Haar baan in Rättvik was inmiddels vergeven. Trouwens, mevrouw Skogh zou haar niet ontslaan in het Grand Hôtel om haar vervolgens weer een baan in een van haar eigen hotels te geven. En wie zou haar in Stockholm aannemen zonder referenties? Ze had geen referentie nodig gehad om hier aan het werk te kunnen gaan, dus had ze ook niets om te laten zien welke functie ze in Rättvik had gehad. En als ze werkelijk haar congé kreeg, waar moest ze dan slapen? Misschien op een bankje in het park. Maar stel dat ze niet werd ontslagen, dan kon ze nog steeds niet gaan slapen zolang ze niet voldoende personeel had. Natuurlijk kon ze altijd nog naar huis gaan. Maar wat dan?

Om tien voor zeven ging Ottilia even snel haar gezicht wassen en haar haar een beetje fatsoeneren. Het liefst was ze naar haar kamer gegaan om alles te doen zoals het hoorde, maar ze had geen tijd en ook niet de energie om zes trappen op te lopen. Trouwens, in deze omstandigheden zou haar kapsel werkelijk geen zier uitmaken.

Om twee minuten voor zeven nam ze de trap naar de administratieafdeling. Karolina, Beda en Märta stonden voor de dichte deur van August Svenssons kantoortje. Karolina's ogen waren roodomrand. Beda en Märta waren zo te zien in een opstandige bui.

De moed zakte Ottilia in de schoenen. 'Wat is er gebeurd?'

Beda haalde haar schouders op. 'Nog niets. Mevrouw Skogh

zit binnen, maar ze heeft ons al wel gezegd dat dit gevolgen zou hebben.'

'We worden ontslagen,' zei Märta plompverloren. 'Meneer Möller is ook opgeroepen. Hij is onderweg.'

Ottilia verwachtte nog 'en dat is allemaal uw schuld' te horen te krijgen, maar dat zei Märta niet. Toch hing dat als een donderwolk in de lucht. Vroeg of laat zou onmeneeroepelijk de bliksem inslaan.

'Ik zal mijn uiterste best doen,' beloofde Ottilia. Ze streek met haar handen de rok van haar japon glad, klopte zachtjes op meneer Svenssons deur en ging naar binnen.

Mevrouw Skogh zei haar verder te komen. 'Doe de deur dicht, Ekman. Zo, ik heb de klacht van mevrouw Andersson gehoord en nu wil ik van jou weten wat er afgelopen avond precies is gebeurd.'

Ottilia keek naar de vrouw die in een van de drie stoelen aan deze kant van het bureau zat en knikte haar toe ter begroeting. Ze voelde zich draaierig en om haar evenwicht te bewaren zocht ze steun bij de rugleuning van een stoel, want het was ondenkbaar dat ze kon gaan zitten zonder dat haar dat werd gevraagd. En dat gebeurde deze keer ook niet. 'Toen ik gisteravond in de keuken kwam, kreeg ik te horen dat het heel druk was in het hotel en dat de ploeg van de roomservice was vertrokken.'

'Wie vertelde je dat?'

'De chef-kok en de maître d'hôtel, mevrouw.'

'Ga verder.'

'Ze zeiden ook dat hun personeel het te druk had om mij te hulp te schieten.'

'Ga door.'

'Omdat ik nog mijn reiskleding aanhad en me wilde omkleden, heb ik meneer Möller gevraagd zolang de bestellingen op te nemen. Daar heeft hij mij heel erg mee geholpen.'

'Ga verder.'

'Maar ik wist dat de gasten onverantwoord lang zouden moeten wachten als ik zelf de bestellingen moest noteren en afleveren. Daar kwam nog bij dat er dan niemand bij de telefoon zou zijn om de bestellingen op te nemen.'

Mevrouw Skogh zweeg.

Ottilia raapte al haar moed bij elkaar. 'Ik vond dat bediening door vrouwelijk personeel, zoals we dat in Rättvik hebben, mevrouw, altijd beter is dan helemaal geen bediening. Maar ik besef ook dat dit tegen de regels van dit hotel is.'

'Ga verder.'

'Märta van Huishouding had me bij aankomst mijn kamer laten zien, en daardoor wist ik waar ik de meisjes van Huishouding kon vinden.'

Mevrouw Skogh stak haar wijsvinger op toen ze zag dat mevrouw Andersson Ottilia wilde onderbreken.

'De meisjes stonden op het punt een avondje uit te gaan, maar het lukte me hen ervan te overtuigen dat ze nodig waren in het hotel. Ze hebben heel hard gewerkt, wel tot één uur 's nachts. Ze hebben ons echt uit de brand geholpen.'

Mevrouw Skogh knikte. 'Laat hen maar binnenkomen.'

Karolina, Märta en Beda maakten hun entree alle drie met een lichte kniebuiging. Karolina's ogen glansden van de tranen.

Mevrouw Skogh liet haar blik over de drie meisjes gaan. 'Wie heeft jullie gisteren gevraagd om voor de roomservice te werken?'

Beda wierp Ottilia een verontschuldigende blik toe. 'Juffrouw Ekman, mevrouw.'

'Waarom gaven jullie daar gehoor aan? Mevrouw Andersson heeft me namelijk verteld dat jullie toestemming hadden gekregen om uit te gaan.'

'Dat is waar, maar juffrouw Ekman was ten einde raad. Dit is het Grand Hôtel. We kunnen niet zonder roomservice.'

Ottilia's hart sloeg een slag over. Gaf mevrouw Skogh zojuist een goedkeurend knikje?

'Maar jullie weten alle drie niets van roomservice. Dus hoe konden jullie je op dat gebied nuttig maken?'

Karolina nam het woord: 'Juffrouw Ekman heeft ons voldoende verteld om met het werk overweg te kunnen. Märta nam de bestellingen aan, Beda zette de serveerwagens klaar en ik deed de bezorging.'

'Ze waren dus alle drie maar voor een deel van de werkzaamheden verantwoordelijk,' verduidelijkte Ottilia.

'En hoe wist je hoe je een serveerwagen moet klaarmaken?' vroeg mevrouw Skogh aan Beda.

Beda vertelde hoe alles was verlopen.

Mevrouw Skogh sloeg haar armen over elkaar. 'Ik heb een klacht van een gast ontvangen.'

Ottilia schraapte haar keel. Ze had beloofd deze drie meisjes de hand boven het hoofd te houden en dat werd nu van haar verlangd. 'Er was gisteravond één heer die niet door mij wilde worden bediend en ik werd met het door hem bestelde diner weer weggestuurd.'

Mevrouw Skogh keek verbaasd. 'Het gaat dus om slechts één gast?'

'Jawel.' Ottilia haalde even diep adem. 'En wij hebben zijn diner opgegeten.' Vroeg of laat zou dit toch naar buiten komen, dus kon ze maar beter alles eerlijk opbiechten.

'Hebben jullie het opgegeten?' vroeg mevrouw Skogh ongelovig.

'Jawel, mevrouw. We hadden allemaal sinds de lunch niets meer gegeten en er was geen tijd om vlug naar de kantine te gaan. Bovendien vond ik dat de meisjes iets moesten leren over het eten dat we serveren. Met name Märta, omdat zij de bestellingen aannam. Dus in plaats van de maaltijd in de afvalbak te gooien, wat sowieso een strop voor het hotel zou zijn, hebben we de consommé geproefd en heb ik het een en ander over de bereiding van biefstuk uitgelegd.'

Mevrouw Skogh wendde zich tot Märta. 'En wat heb je daarvan geleerd?'

'Dat ik van medium rare hield, maar Beda niet. Zij had liever well done gehad.'

Ottilia voelde weer dat alles om haar heen begon te draaien.

Mevrouw Skogh keek haar aan. 'Heb je sindsdien nog iets gegeten?'

Ottilia sloeg haar ogen neer. 'Nee, mevrouw.'

'En je hebt vannacht niet geslapen?'

'Nee, mevrouw.'

'En hoe zit het met jullie drie?'

'Juffrouw Ekman zei om één uur dat we naar bed moesten gaan omdat we om zes uur weer moesten beginnen. Dat dachten we tenminste...' Beda maakte haar zin niet af.

'Van mij hoeven ze alle drie niet meer terug te komen,' zei mevrouw Andersson. 'Ze kennen de regels.'

Op Karolina's wang glinsterde een traan.

'De mannen kennen de regels ook,' zei mevrouw Skogh streng. 'Maar die zijn niettemin weggelopen.'

'Ik weet zeker dat ze terug zullen komen, mevrouw.'

'Dat weet ik ook, mevrouw Andersson. Maar als deze meisjes ontslagen worden omdat ze zich voor het hotel hebben ingezet, zou het dan eerlijk zijn om de mannen die het hotel in de steek hebben gelaten weer aan te nemen?'

Mevrouw Andersson ging even verzitten op haar stoel. 'De mannen vallen niet onder mijn verantwoordelijkheid.'

Er werd op de deur geklopt en Gösta Möller kwam binnen. Hij keek stomverbaasd naar de zes vrouwen.

'Möller, wat weet jij van het debacle van gisteravond?' vroeg mevrouw Skogh.

Möller keek even snel naar Ottilia. 'Dat het erg druk was in het restaurant en dat het personeel van de roomservice was weggelopen.'

'Wat heb je gedaan om de situatie het hoofd te bieden? Hoeveel obers heb je naar de roomservice gestuurd?'

'Niet een. Zij hadden allemaal hun handen vol aan het restaurant. Ik kon het personeel niet naar het hotel terughalen.'

'Hoezo niet?'

Möller sloeg zijn ogen neer. 'Ik verwachtte dat ze zouden weigeren.'

'En je wilde er niet op betrapt worden dat je je mengde in de zaak van het weggelopen personeel,' was het harde oordeel.

'Meneer Möller heeft drie obers opgedragen te helpen bij het ontbijt,' zei Ottilia.

Möller wierp haar een dankbare blik toe. 'Dat klopt. Eigenlijk vier.'

'Een is niet gekomen.'

Möller keek verbaasd. 'Weet je wie dat was?"

'Kristian.'

Mevrouw Skogh richtte zich tot Möller. 'Had deze Kristian erin toegestemd om voor de ontbijtploeg in te vallen?'

'Dat dacht ik wel, mevrouw.'

'Dan moet je hem ontslaan.'

'Hij valt niet onder mijn verantwoordelijkheid. Hij werkt voor Charley Löfvander in de bar.'

'Waarom heb je hem dan gevraagd?'

'Omdat de roomservice zonder personeel zat.'

'En heeft hij gezegd dat hij vanochtend zou werken?'

'Zoals ik al zei, volgens mij wel.'

Mevrouw Skogh knikte even. 'Dan zal ik hem ontslaan. Hij heeft geprobeerd de situatie nog te verergeren. Om meerdere redenen had ik gewild dat iemand me gisteravond een bericht had gestuurd.'

'Dat heb ik geprobeerd, mevrouw. Ik heb een piccolo erop uitgestuurd, maar u was niet in uw appartement in het Bolinder Paleis en ook niet op uw huisadres in Styrmansgatan.'

'Voortaan zal ik voor noodgevallen op mijn bureau een briefje achterlaten met adressen waar ik bereikbaar ben.'

'Dank u. Komt het personeel van de roomservice terug?'

'Nee, dat gebeurt niet.'

Mevrouw Andersson onderdrukte een kreet.

'Dus hebben we nu een probleem. Jullie zijn alle drie' – mevrouw Skogh richtte zich tot Karolina, Beda en Märta – 'ontslagen...'

Karolina's hand vloog naar haar mond.

Na een korte onderbreking ging mevrouw Skogh verder: '... van jullie taken bij Huishouding. Juffrouw Ekman, wil je deze meisjes aannemen bij de nieuwe afdeling Roomservice?'

Ottilia's hart maakte een sprongetje. 'Ik...'

Möller onderbrak haar. 'We kunnen geen meisjes...'

'Dat kunnen we wel,' zei mevrouw Skogh kortaf. 'Ik heb welgeteld één klacht ontvangen en wel vier berichtjes gekregen van vaste gasten die de roomservice van gisteravond zeer op prijs hebben gesteld. Gasten zijn niet gek. Dit was iets bijzonders en dat wordt gewaardeerd.'

'Mevrouw,' zei Karolina. 'Een gast vroeg mij waar de mannelijke bediendes waren. Ik zei dat u een vrouw had aangesteld om de roomservice te beheren. Hij raadde hoe de vork in de steel zat, juichte het toe en gaf me vijf kronen.'

Mevrouw Skogh staarde haar zwijgend aan.

Ottilia kwam snel terug op de vraag die haar werd gesteld, voordat Karolina zich nog dieper in de nesten kon werken en zijzelf flauwviel van honger en vermoeidheid. 'Als Märta, Beda en Karolina onder mij willen werken, dan zal ik hen met open armen bij Roomservice verwelkomen.'

'Wacht eens even.' Mevrouw Anderssons gezicht vertrok in een pijnlijke grimas toen ze haar hand opstak. 'Dan heeft mijn afdeling te weinig personeel.'

'U had hen al ontslagen,' zei Ottilia, en toen begon alles om haar heen te draaien en werd het zwart voor haar ogen.

Möller pakte haar bij de arm, zette haar op een stoel en deed toen haar hoofd naar haar schoot.

Ottilia hoorde iemand aan het eind van een lange tunnel om koud water en warme, zoete thee vragen. De mist in haar hoofd trok op en ze deed haar ogen open. 'Neem me niet kwalijk,' fluisterde ze. 'Ik weet niet wat er gebeurde.'

Mevrouw Skogh gaf een ferme een klap op haar bureau. 'Blijf zitten, juffrouw Ekman, ik heb genoeg gezien en gehoord. Möller, jij bent vandaag verantwoordelijk voor de roomservice. Ik wil ook dat je vier ervaren krachten naar roomservice stuurt tot juffrouw Ekman tijd heeft om haar eigen personeelswerving te voltooien. Mevrouw Andersson, ik wil dat u een slaapzaal voor vrouwelijk roomservicepersoneel inricht. Zij werken namelijk op andere uren dan de kamermeisjes.'

'Jawel, mevrouw.'

Er werd op de deur geklopt en er kwam een ober binnen die met een dienblad naar het bureau liep.

Mevrouw Skogh gebaarde naar Ottilia. 'Dat is voor juffrouw Ekman.'

Er werd een kop thee voor Ottilia neergezet. Ze nam meteen een slokje, waarna de zoete warmte zich door haar lichaam verspreidde.

'Goed, en nu jullie drie,' zei mevrouw Skogh tegen de meisjes, die nog steeds stonden. 'Ik mag aannemen dat jullie voor de roomservice willen werken?'

Karolina, Beda en Märta keken elkaar ongelovig aan. 'Jawel, mevrouw,' riepen ze toen in koor.

'We zullen u niet teleurstellen,' zei Karolina.

'Jullie hebben mij gisteravond ook niet teleurgesteld, dus zie ik geen enkele reden waarom dat in de toekomst wél het geval zou zijn,' zei mevrouw Skogh. 'Jullie hebben zwarte japonnen en witte schortjes nodig. Wanneer we die vandaag bestellen, worden ze hopelijk morgenochtend bezorgd.'

'Neemt u me niet kwalijk, mevrouw,' zei Beda. 'Krijgen we hetzelfde loon als bij Huishouding? Ik stuur namelijk elke maand een bedrag naar huis en ik wil graag weten of het nu minder is.'

'Met ingang van gisteravond krijgen jullie hetzelfde salaris als de mannen kregen,' zei mevrouw Skogh. 'Ik geloof dat het iets meer is dan bij Huishouding. Luister goed. Juffrouw Ekman is opgeleid in een hotel van mij. Neem een voorbeeld aan haar. Vandaag gaan jullie de menu's bestuderen en op een onopvallende plek naar de obers in het restaurant kijken. Zorg dat jullie vertrouwd raken met alles wat in het uitgiftepunt van de roomservice staat. Neem een kijkje in de keuken en maak kennis met de koks. Help een handje indien nodig, maar loop niet in de weg. Het is heel belangrijk dat jullie je alles snel eigen maken. Möller kan zich niet langer bezighouden met deze afdeling. Hij heeft zijn eigen werk.'

'Ik zal onmiddellijk op zoek gaan naar meer personeel,' zei Ottilia.

'Geen sprake van. Je gaat nu rechtstreeks naar de kantine voor een stevig ontbijt en daarna meteen naar bed. Ik wil niet merken dat je bent gezien of gehoord voordat Karolina je rond drie uur een late lunch heeft gebracht.'

Karolina knikte.

'Vanavond maak je een werkschema voor het personeel dat je nu hebt en dan begin je morgen met het werven van nieuwe krachten. Er zal over jullie vier worden gekletst. Jullie zullen zelfs worden gepest. Maar hou vol. Ik stel voor dat je een sterk team samenstelt, Ottilia. Een groep biedt veiligheid. En als een van de mannen ook maar een vinger naar een van jullie uitsteekt, dan meld je dat aan mij. Meisjes die op dit moment onder mevrouw Andersson vallen, zijn geen gegadigden voor de roomservice. Het heeft geen zin het ene brandje te blussen en het andere te veroorzaken. Zo, ik moet een hotel leiden. Het is 1 mei en omdat er zoveel werknemers vertrokken zijn, zullen we het allemaal druk genoeg hebben.'

Ottilia beet op haar lip. 'Mevrouw, wat doen we als de mannen die gisteren zijn weggelopen terugkomen en hun baan opeisen?'

'Ze komen niet binnen. Ik heb Knut Andersson bij de personeelsingang gezet om hun de toegang te weigeren.'

19

'Mina, het is niet waar!' Elisabet Silfverstjerna liet de klaterende, gulle lach horen die Oscar II vele jaren geleden zodanig had gecharmeerd dat hij onmiddellijk uit haar hand at.

Wilhelmina glimlachte schalks naar haar vriendin en hief haar glas smeneery. 'Reken maar. Knut Andersson doet zich voor als woordvoerder en iemand die de touwtjes in handen heeft, dus is hij de aangewezen persoon om tegen zijn volgelingen te zeggen dat ze niet langer werkzaam zijn in het Grand Hôtel en om ervoor zorgen dat ze hun spullen krijgen. Ik denk dat dit ook een duidelijk signaal is naar anderen.'

'Hoelang heeft die arme man daar gestaan?'

'Zijn gehele dienst. Van zeven uur 's morgens tot zeven uur 's avonds. Wel toepasselijk op 1 mei, de dag van de arbeid, vind je niet? En niks arme man. Het is zijn verdiende loon. Trouwens, zolang hij bezig was wortel te schieten op straat in Stallgatan kon hij niet voor verdere onrust zorgen in het hotel, want het was zaak dat hier de gemoederen een beetje bedaarden.'

'Maar als hij zo'n doorn in het oog is, waarom ontsla je hem dan niet?'

'Omdat hij ongekend sluw is. Hij zorgt er altijd voor dat zijn collega's zijn tactieken uitvoeren. Hij is ook niet degene die werk heeft geweigerd. Knut Andersson is de aanstichter en niet de dader.'

'Naar mijn mening,' zei Elisabet peinzend, 'kan hij net zo goed allebei zijn.'

'Eerlijk gezegd vind ik dat ook. Maar ik moet hem kunnen betrappen op iets wat hij doet en niet op iets wat hij zegt. Omdat ik het vreselijk druk had met voorbereidingen treffen voor de renovatie van de entree heb ik weinig tijd in de lobby kunnen doorbrengen, maar ik zal ervoor zorgen dat ik Andersson vanaf nu regelmatig spreek. Lizzy, ik garandeer je dat ik nog voor midzomer merk dat hij niet nuchter op zijn werk verschijnt. Hoe korter de nachten worden, des te langer er wordt gedronken. Eigenlijk heeft hij mij in diverse opzichten een dienst bewezen. Door zijn toedoen kwam alle onderhuidse vrouwenhaat plotseling tot uiting – en vervolgens is daar korte metten mee gemaakt. Als er echt een algemene staking uitbreekt, ben ik nu beter in staat om te voorkomen dat die naar het Grand Hôtel overslaat. Niet dat het personeel kwalijk kan worden genomen dat ze willen stemmen, maar toch.'

'Ongelooflijk dat we gisteravond al die commotie hebben gemist,' zei Elisabet giechelend. 'Geweldig wat die meisjes hebben gedaan.'

'Zeg dat wel. Ik vind het alleen spijtig dat Möller me geen bericht heeft kunnen sturen.'

'Dat vind ik ook.' Er verscheen een ondeugende schittering in Elisabets ogen. 'Ik had het gezicht van Zijne Majesteit weleens willen zien als een lakei tijdens het diner was binnengekomen met de boodschap: 'Excuseer, Koninklijke Hoogheid, maar ik heb een bericht voor mevrouw Skogh. Haar hele hotel staat op zijn kop.'

Wilhelmina zette snel haar glas neer om te voorkomen dat ze zou morsen, want Elisabet en zij schaterden het uit. Ze bette haar ogen droog. 'Jij bent echt balsem voor de ziel, mijn lieve.'

'Dat geldt ook voor Pehr en jou. Jullie brengen altijd leven in de brouwerij tijdens een samenkomst. Ik had niet verwacht dat ik je vanavond weer zou zien, maar ik ben heel blij dat je bent gekomen.'

Wilhelmina trok haar gezicht in de plooi. 'Ik ben hier omdat ik je dringend over iets moet spreken.'

Er verscheen een rimpel in Elisabets voorhoofd. 'Dat klinkt ernstig.'

'Ik heb Karolina ontmoet. Zij was een van de drie meisje die gisteravond hebben gewerkt.'

Elisabet sloeg haar hand voor haar mond. 'Mijn Karolina?'

Wilhelmina knikte. 'Ik heb vandaag de personeelsdossiers ingekeken. Bij Huishouding was slechts één Karolina. Karolina Nilsson.'

'Dat is mijn Karolina,' beaamde Elisabet. Haar gezicht betrok. 'Mina, je zei dat ze daar "was".'

'Mevrouw Andersson heeft alle drie de meisjes ontslagen, maar ze deed dat duidelijk tegen haar zin. Ik denk dat ze het heeft gedaan om haar echtgenoot tevreden te stellen, maar het is niet anders. Maar Ottilia Ekman is bezig een nieuwe afdeling Roomservice op te zetten, en zij heeft deze drie meisjes een baan aangeboden. Waar ze alle drie erg blij mee waren.'

'Mijn hemel, Mina. Het Grand Hôtel gaat dus door met het inzetten van vrouwelijk personeel bij de roomservice? Dat vind ik werkelijk uitstekend. En is Karolina veilig?'

'Jazeker. Maar Lisa, je moet wel beseffen dat het risico – of de kans – bestaat dat Karolina in deze suite bedient. Uiteindelijk is dat onvermijdelijk.'

'Dat is zo.' Elisabet nam een slokje smeneery. 'Weet je dat ik nog nooit haar stem heb gehoord? Wat is ze voor iemand?'

'Een heel lief meisje,' zei Wilhelmina na een korte pauze. 'Ze was duidelijk doodsbang dat ze zou worden ontslagen, maar wie zou dat niet zijn als je nergens heen kunt? Naar wat jij hebt verteld, heeft ze nooit ergens anders gewoond dan bij dat pleeggezin en in dit hotel.'

De tranen sprongen Elisabet in de ogen ze frummelde aan haar parelsnoer.

'En zo eerlijk als goud. Blijkbaar heeft zij gisteravond een gast min of meer duidelijk gemaakt dat de mannen waren weggelopen.'

Elisabet schoot bijna in de lach en ontspande. 'Echt een kind van mij.'

'Dat is ze zeker. Ongelooflijk mooi. Ze heeft jouw fijne trekken en haarkleur, maar de ogen van haar grootmoeder, voor zover ik het kon beoordelen.'

'Koningin Josefina? Dat zou kunnen. Lieve hemel, ik hoop dat dit niemand anders opvalt.'

'Dat is natuurlijk niet te voorkomen.'

'Nee. Maar Mina, als mevrouw Andersson iets vermoedt, dan kun je haar echtgenoot toch niet ontslaan? Stel dat ze het hem vertelt – of daarmee dreigt – als je hem de laan uitstuurt?'

Wilhelmina schudde haar hoofd. 'Pelle denkt dat ze dat niet doet. Hij gelooft dat mevrouw Andersson juist opgelucht zal zijn als haar echtgenoot het hotel verlaat. Dat zou haar meer lucht geven en ervoor zorgen dat ze een veilig toevluchtsoord heeft. Pelle heeft een nicht die ook door haar echtgenoot werd mishandeld. Gelukkig was hij zeeman, en ze kon haar geluk niet op als hij weer op reis was.'

Elisabet haalde even diep adem en haar schouders ontspanden. 'Die lieve Pehr. Ik hoop hem vaker te zien nu jullie naar het Bolinder Paleis verhuizen. Hij zag er puik uit gisteravond.'

'Het gaat uitstekend met hem, maar hij klaagde wel dat hij mij de afgelopen maand nog minder zag dan toen hij in zijn eentje in Styrmansgatan woonde en ik in Storvik was gestationeerd. Hij heeft natuurlijk gelijk. Wanneer de renovaties op de begane grond eenmaal een aanvang hebben genomen, hoef ik misschien minder tijd achter mijn bureau door te brengen.'

'Vorderen de plannen een beetje?'

'De tekeningen zijn voltooid. Nu werken we aan de details. Ik heb besloten om Lotten Rönquist te vragen.'

'De schilderes? Een uitstekend idee. Ze heeft prachtige muurschilderingen gemaakt in kasteel Drottningholm.'

'En ook in mijn hotel in Rättvik. Ik zal haar vragen kalkmuurschilderingen te maken van Södermalm en Ulriksdal, en misschien zelfs een van Rättvik, in de nieuwe bar aan Stallgatan, waar het sandwichbuffet komt.'

'Ze is niet goedkoop,' zei Elisabet.

Wilhelmina zuchtte. 'Voor niets gaat de zon op. Maar zoals ik al zei tegen onze bestuursvoorzitter Algernon Börtzell, in het schitterende Grand Hôtel verwacht je toch zeker niet iets goedkoops?'

In het zachte schijnsel van de avondzon zaten de twee vriendinnen een poosje vredig te mijmeren. Door het openstaande raam kondigde de scheepshoorn van de stoomboten hun aankomst en vertrek aan, vermengd met hoefgetrappel en geratel van wielen op de keien. De kreet van een man. De lach van een vrouw. De roep van een zeemeeuw.

'Wanneer ik een stoomboot hoor of zie moet ik altijd denken aan de dag dat ik hier in 1862 aankwam,' zei Wilhelmina. 'Ik had net een prachtige nieuwe mantel gekregen. Ik vond hem te mooi om hem in mijn koffertje te proppen of hem aan te trekken, want dan kon hij vies worden op de boot tijdens de overtocht, dus droeg ik hem over mijn arm. Toen ik in Stockholm aankwam kon ik de vrouw die me zou afhalen nergens ontdekken. Een man bood aan om op mijn spullen te letten terwijl ik naar haar op zoek ging.' Wilhelmina nam een fikse slok wijn.

'O nee...' zei Elisabet.

'O ja. Ik heb mijn jas en mijn koffer nooit meer teruggezien. Maar het was een waardevolle les.'

'Onze meest waardevolle lessen worden altijd duur betaald.'

'Voor een meisje van twaalf was dat inderdaad een hoge prijs. Toch heeft me dat er nooit van weerhouden elke zomer een bootreisje te maken. Wanneer ik die scheepshoorns hoor, verlang ik naar een tocht over het water.'

'Ik zou willen dat het niet zo lawaaiig was in de stad,' zei Elisabet. 'Zolang het Parlementsgebouw nog niet klaar is, hebben we in het paleis geen moment rust. We houden alle ramen gesloten, maar toch blijft het rumoerig.'

Wilhelmina trok een lang gezicht. 'In mijn kantoor heb ik ook last van het gehamer en gebonk. Er hebben al een paar gasten geklaagd. Maar toen ik tegen een ontstemde vaste gast zei dat de koning hetzelfde probleem heeft en er ook niets aan kan veranderen, leek hem dat grappig genoeg tevreden te stellen.'

'Omdat hij iets gemeen had met de koning of omdat Zijne Majesteit er ook last van had?'

'Dat heb ik niet gevraagd. In ieder geval verliet hij mijn kantoor een stuk opgewekter, dus had ik me van mijn taak gekweten. Gasten hebben trouwens altijd wel iets te zeuren over lawaai. In de tijd van Régis Cadier klaagden sommige gasten zelfs over de duiven die 's ochtends vroeg op het dak zaten te koeren.'

'Daar valt ook niets aan te doen,' zei Elisabet.

'O, jawel,' zei Wilhelmina lachend. 'Régis ging dan met zijn geweer naar Blasieholmshamnen en schoot vanaf daar op de lastposten. Zodra hij er een paar had geraakt, vloog de rest weg.'

'Dat kan niet waar zijn,' zei Elisabet gniffelend.

'Zo waar als ik hier zit. Ik heb het gehoord van iemand die het hem heeft zien doen.'

'Goed, lawaai of niet, de mensen verlangen naar de zomer en ik ook.'

'Mijn favoriete jaargetijde,' zei Wilhelmina instemmend. 'En nu het personeel weer in het gareel loopt, heb ik misschien wel tijd om een hoed te gaan kopen bij dat nieuwe Franse Mode-atelier in Nordiska Kompaniet.'

20

Terwijl Ottilia zich bezighield met het werven van vrouwelijk personeel, verspreidde het nieuws dat de afdeling Roomservice van het Grand Hôtel nu geheel uit vrouwen bestond zich als een lopend vuurtje door de stad.

Tegen het eind van de maand mei zag Margareta vanuit de foyer mevrouw Skogh, Ottilia, Karolina, Beda en Märta naast elkaar opgesteld in de leeszaal staan, poserend voor een foto die in het *Dagens Nyheter* zou verschijnen. Margareta deed haar uiterste best zo geringschattend mogelijk te kijken, maar haar hart bloedde omdat ze zich gedwongen voelde openlijk blijk te geven van afkeuring. Vanaf zijn post achter de ontvangstbalie kon Knut namelijk precies zien welke uitdrukking ze op haar gezicht had. Sinds hij door mevrouw Skogh was vernederd, kon hij zijn woede ternauwernood bedwingen. Het was afgelopen met de monologen in de kantine, zelfs piccolo Edward was op zijn hoede, maar Knut kon nog steeds zijn handen niet thuishouden. Vrijwel elke avond bracht hij drinkend door met gelijkgestemde kerels die vonden dat een vrouw haar plaats moest kennen en verder haar mond diende te houden, en dat het de plicht van de werkende man was voor hun eigen rechten op te komen en zich te verzetten tegen de ouderwetse autoriteit van bazen en directeuren die hen, volgens Knut en zijn maten, zonder uitzondering als bezit behandelden.

Margareta was het hier niet helemaal mee eens. Naar Stockholmse maatstaven betaalde het Grand Hôtel zeer goed. Zelfs het eten in de kantine was smakelijk en voedzaam. Op een van de zeldzame momenten dat ze de moed kon opbrengen, zei ze dit ook tegen Knut. Het kostte hem de grootste moeite om toe te geven dat ze gelijk had, maar hij voegde eraan toe dat het zijn plicht was solidair te zijn met de mannen die zich niet in een dergelijke benijdenswaardige positie bevonden. Daar was Margareta het ook niet mee eens. Maar ze was zo verstandig haar mond te houden. Knut één keer tegenspreken was vragen om moeilijkheden. Hem twee keer tegenspreken was ronduit gevaarlijk.

Gösta Möller kwam bij haar staan en knikte naar de hoteldirecteur en de vier stralend lachende jonge vrouwen, die in hun zwarte japonnetjes achter een opgetuigde serveerwagen stonden. 'Ze doen het uitstekend.'

Margareta knikte vrijwel onmerkbaar en keek toen snel naar Knut. Maar mocht hij hebben gezien dat ze knikte dan wist hij gelukkig niet wat Gösta had gezegd.

'Kun jij een beetje opschieten met de directeur?' vroeg Möller. 'Het zal niet gemakkelijk zijn voor je.'

Doelde hij nu op de autocratische methodes van mevrouw Skogh of de haat die Knut ten opzichte van deze dame koesterde? Toch had ze zich de afgelopen twee maanden veiliger gevoeld dan tijdens de hele duur van haar huwelijk. Ze voelde dat mevrouw Skogh haar situatie begreep, hoewel ze geen van beiden over Knut hadden gesproken. Dat was niet onverstandig, omdat in het Grand Hôtel de muren vaak oren hadden. Maar was het niet altijd zo geweest? Toch was er onmiskenbaar iets veranderd. Dit kon Margareta allemaal niet tegen Gösta Möller zeggen. 'Zij doet haar werk en ik het mijne,' zei ze.

Möller wierp een blik op Knut. Die keek met toegeknepen ogen terug.

Margareta huiverde.

'Heb je het koud?' vroeg Möller, die zijn blik op Knut gevestigd hield.

'Ik heb honger. Ik was op weg naar de kantine.' Dat was niet echt een leugen. De kantine was weliswaar ook bereikbaar zonder door de lobby te lopen, maar ze wilde weten of Knut op zijn plek was. Hij was de afgelopen nacht namelijk niet thuisgekomen.

'Dan hou ik je niet langer op.' Möller raakte even haar arm aan.

Dat deed haar goed.

De fotograaf was klaar en haalde zijn camera van het statief. De meisjes vertrokken via de trap naar de administratie en mevrouw Skogh liep naar de balie van de kruiers. Daar pakte ze een zwart boek uit een la en richtte zich toen tot Knut. Hij schudde zijn hoofd en hief zijn handen, zo te zien uit protest tegen wat ze had gezegd.

Margareta hield haar adem in toen Knut met mevrouw Skogh naar de administratieafdeling liep. Ze ging achter hen aan. Nog voordat ze de tijd kreeg het gordijn achter zich dicht te trekken, hoorde ze geschreeuw.

'Serpent!' brulde Knut in de richting van mevrouw Skoghs kantoor.

'En nu is het genoeg!' schreeuwde Svensson. 'Anders haal ik de politie erbij.'

Ze verdwenen over de keldertrap.

Met kloppend hart bleef Margareta als aan de grond genageld in de gang staan. Knut was ongetwijfeld ontslagen. Maar waarom? Kon ze – moest ze – een goed woordje voor hem doen? Hij verwachtte natuurlijk niet anders. Hij zou haar thuis aan een verhoor onderwerpen. Wat had ze gezegd? Wat had mevrouw Skogh daarop geantwoord? Daar hing het van af of hij vond of zij voldoende haar best had gedaan. Terwijl de afloop nu al duidelijk was, want het was zeer onwaarschijnlijk dat mevrouw Skogh op haar beslissing terug zou komen.

Margareta klopte op de openstaande deur van mevrouw Skoghs kantoor.

Mevrouw Skogh keek op van haar bureau. 'Als je hier bent om een pleidooi voor Andersson te houden, dan is dat zonde van onze tijd en kun je meteen weer gaan. Ben je hier om een andere reden, kom dan binnen.'

Margareta vermande zich en deed de deur achter zich dicht.

Mevrouw Skogh legde haar pen neer. 'Als het niet over Andersson gaat, wat kan ik dan voor je doen?'

'Het gaat wél om mijn echtgenoot,' zei Margareta zacht. 'Ik moet het proberen.'

Mevrouw Skogh keek haar met een priemende blik aan. 'Hoezo?'

'Zodat ik eerlijk kan zeggen dat ik mijn best heb gedaan.'

'Want anders?'

Margareta sloeg haar ogen neer. 'Anders wordt de situatie thuis… lastig.'

'Laten we het beestje maar bij de naam noemen, Margareta. Met lastig bedoel je vast gewelddadig,' Mevrouw Skogh klonk meelevend. En omdat Margareta met haar voornaam werd aangesproken ontspande ze zich enigszins.

'Ja, mevrouw.'

'Vertel hem maar dat je voor mij op de knieën bent gegaan, maar dat ik niet te vermurwen was.'

'Mag ik vragen waarom hij is ontslagen?'

Mevrouw Skogh gaf een klapje op het zwarte boek op haar bureau. 'Hij verscheen vanmorgen dronken op zijn werk. Zijn adem rook nog naar bier hoewel hij hier al een paar uur was. Dat is een ernstige overtreding.'

Margareta sloot even haar ogen. Ze had steeds geweten dat dit kon gebeuren. Wat drank betrof balanceerde Knut voortdurend op het scherp van de snede, maar hij was ervan overtuigd dat hij zijn drankgebruik in de hand had, en iedereen die dat betwistte had volgens hem ongelijk. 'Ik begrijp het.'

'Maar ik heb nu ook een vraag voor jou,' zei mevrouw Skogh.

'Ik drink geen alcohol. Alleen op hoogtijdagen en feestdagen.'

'Er is niets verkeerds aan drank, ik hou wel van een glaasje.' Mevrouw Skogh glimlachte een beetje zuinig. 'Maar het is niet nodig om elke avond een hele kroeg leeg te drinken. Nee, ik wilde je vragen of je niet liever hier intern wilt wonen.'

'Intern?' vroeg Margareta beduusd. 'Ik ben niet alleenstaand.'

'Zou je dat graag willen zijn?'

'Ik kan niet van Knut scheiden. Dat zal hij nooit toestaan. Hij vermoordt me liever.'

'Mevrouw Andersson, het is niet mijn taak, noch ben ik in de positie om iemand van mijn personeel te vragen haar echtgenoot te verlaten. Wat er in een huwelijk gebeurt, is iets tussen twee mensen. Maar het is wel mijn taak om een personeelslid ervan te verzekeren dat er een kamer beschikbaar is als zij die nodig heeft.'

Margareta stak haar kin in de lucht. 'Waarom bent u zo vriendelijk voor mij?'

'Omdat ik geloof dat de mevrouw Andersson die we hier in het hotel zien niet dezelfde is als de Margareta die we nauwelijks kennen. Zeg eens eerlijk, wist je dat jouw echtgenoot het personeel van de roomservice ertoe heeft aangezet weg te lopen?'

'Jawel, mevrouw.'

'En heb je daarom jouw meisjes een vrije avond gegeven, zodat ze uit de buurt waren?'

Margareta knikte.

'Toen dat een onverwachte wending nam, voelde je je gedwongen te eisen dat ze werden ontslagen, want anders werd de situatie thuis... lastig. Met als resultaat dat je drie goede krachten bent kwijtgeraakt.'

'Zo is het precies gegaan.'

'Maar deze drie meisjes waren zo goed omdat jij ze hebt opgeleid. En hetzelfde geldt voor nog drie andere meisjes. Je bent een aanwinst voor het hotel.'

Margareta voelde dat ze bloosde.

'Dus is het van mijn kant geen kwestie van vriendelijkheid,' zei Wilhelmina. 'Ik doe alleen mijn werk, namelijk de belangen van dit hotel bewaken.'

21

De hele weg naar huis liep Margareta te piekeren over het komende gesprek met Knut. Er waren twee dingen waar hij razend over zou zijn: ze was er niet in geslaagd mevrouw Skogh ertoe te bewegen zijn ontslag in te trekken en ze was niet uit solidariteit weggelopen. Hij zou dat als ontrouw opvatten, en dan had hij gelijk. Kon zij een andere baan vinden? Misschien. Met hetzelfde salaris? Zeer onwaarschijnlijk. En wat zou er gebeuren als ze geen van beiden een inkomen hadden?

Er drong een golf rioollucht haar neus binnen en ze trok een vies gezicht terwijl ze over de vuiligheid stapte. In de hele stad stonk het nergens zo erg als op Gamla Stan, want er woonden heel veel mensen dicht op elkaar en er was weinig sanitair. De grijsbruine drab was 's winters altijd bevroren, maar in dit zachte jaargetijde stroomden er riviertjes van vuiligheid door de goten van de stegen, om via Skeppsbron in zee te belanden. Hadden de mensen die boven in de nieuwe huizen op Södermalm woonden meer frisse lucht? Ze stak het glinsterende water over naar Södermalmstorg. De namiddagzon danste op de blauwe golfjes die rimpelden in de zachte bries en op de witte zeilen van de boten die aan de kade van Kornshamstorg aangemeerd lagen. In de zomer keerde de kleur weer terug in de stad. Zelfs de allerarmsten konden genieten van een wilde rode tulp of zelfs een paardenbloem. Tot iemand die plukte, natuurlijk.

Margareta zette de pas erin. Misschien kon ze Knut tot rede brengen. Of hem iets geven waarmee hij over zijn ontslag kon onderhandelen. Als ze tegen hem zei dat Karolina Nilsson volgens haar Elisabet Silfverstjerna's dochter was, wat kon hij daar dan mee doen? Naar mejuffrouw Silfverstjerna gaan, haar hiermee confronteren en haar vragen hem te helpen om zijn baan terug te krijgen? Dat was mogelijk. Maar stel dat ze het bij het verkeerde eind had en dat Nilsson helemaal geen familie van mejuffrouw Silfverstjerna was? Knut zou haar dat terecht kwalijk nemen en dan zouden ze allebei onmeneeroepelijk hun baan kwijtraken, en dat in een stad waar het wemelde van de mensen die als gevolg van de recente staking werk zochten.

Iets verderop doemde een gestalte op. Zelfs van deze afstand kon ze zien dat Knut dronken was omdat hij steun zocht bij de muur. Ze zag ook dat hij haar opwachtte.

Toen Wilhelmina de volgende middag aan haar bureau zat om de eerste schetsen voor de buffetbar van Lotten Rönquist te bekijken, werd er op haar openstaande deur geklopt. Ze keek op en wenkte Gösta Möller binnen te komen. 'Is er iets aan de hand?'

Hij voelde zich duidelijk opgelaten. 'Eerlijk gezegd weet ik dat niet, mevrouw. Ik heb begrepen dat mevrouw Andersson vandaag niet is verschenen.'

'Dat heb je dan goed begrepen.' Ze onderdrukte een glimlachje. Wat had Lisa ook alweer over hem gezegd? *Een betrouwbare man die altijd zijn oor te luisteren legt.* Ze keek hem aan. 'Maar wat heb jij daarmee van doen?'

Hij slikte even. 'Ik ben bang dat haar afwezigheid niet geheel vrijwillig is.'

Wilhelmina gebaarde dat hij plaats moest nemen. 'Verklaar je nader.'

'Voor zover ik weet is Margareta, mevrouw Andersson, een ijverige, toegewijde werkneemster...'

'Haar echtgenoot heeft gisteren zijn congé gekregen. Ik neem aan dat zij nu zelf ontslag heeft genomen om hem te steunen.'

'Maar dat zou vreemd zijn,' zei Möller. 'Als zij ontslag heeft genomen om een daad te stellen, dan is Knut Andersson er de man niet naar om dat subtiel te laten verlopen. Hij zou zijn uiterste best doen…' – hij schraapte zijn keel – '… u dat duidelijk te laten merken.'

Wilhelmina verstijfde. 'Dus wat is er volgens u aan de hand?'

'Dat hij haar iets heeft aangedaan waardoor ze niet kan werken.'

'Dan zou ze toch zeker bericht hebben gestuurd dat ze ziek is?'

'Als ze daar tenminste toe in staat is,' zei Möller voorzichtig.

Wilhelmina keek hem aan terwijl ze de omvang van wat Möller zei tot zich door liet dringen. 'Je bedoelt toch niet…' zei ze toen.

'Ik weet het niet. Maar ik maak me zorgen en ik wil graag uw toestemming om naar hun huis te gaan en poolshoogte te nemen. Daarvoor heb ik uit de personeelsdossiers haar adres nodig.'

'Je hebt mijn toestemming. Maar als jij denkt dat mevrouw Andersson in fysiek gevaar verkeert, dan wil ik niet dat je alleen gaat. Neem een paar van onze kruiers mee. Dat zijn stevige kerels. Wees voorzichtig met wie je kiest, ik wil niet dat er geroddeld wordt. Neem een rijtuig en laat dat op je wachten. Ik wil dat je zo snel mogelijk naar binnen en weer naar buiten gaat.'

'Een omnibus van het hotel, mevrouw?'

'Nee, die zijn te opvallend. Bestel een taxi. Nog beter is het om naar Kungsträdgården te gaan en daar een taxi te nemen. We willen niet dat het halve personeel het ziet en nieuwsgierig wordt. Het hotel betaalt.'

Möller stond op. 'Dank u. Ik moet bekennen dat ik me ook een tikkeltje schuldig voel. Ik heb in het Klachtenboek gemeld dat haar echtgenoot dronken was.'

'En ik merkte dat hij naar drank stonk en heb hem de deur gewezen. Maar ik voel me absoluut niet schuldig. Wees niettemin voorzichtig, Möller. We zullen niemand beschuldigen tot we zeker van onze zaak zijn. En God geve dat ze gewoon ontslag heeft genomen.'

Mevrouw Andersson had niet gewoon ontslag genomen. Nadat Möller tevergeefs op de deur had geklopt en die vervolgens had ingetrapt, stormde hij met de twee kruiers de kamer binnen en trof daar een enorme chaos aan. Knut Andersson was nergens te bekennen. Ze liepen verder en vonden mevrouw Andersson liggend op de vloer, nog steeds gekleed in haar hoteluniform. Haar lippen waren gebarsten en één oog zat helemaal dicht, maar een groot gat aan de linkerkant van haar hoofd was het ernstigste letsel. Het opgedroogde bloed in haar haren wees erop dat ze tegen de muur was gesmeten. Möller knielde naast haar neer en pakte haar hand. Die voelde warm aan. Toen hij haar voorzichtig bij de kin pakte om haar hoofdwond goed te kunnen bekijken, kreunde ze. Hij slaakte een zucht van verlichting. Heel behoedzaam tilden de twee kruiers Margareta in Möllers armen. 'Ik breng haar naar de taxi,' zei hij. 'Als jullie hier iets zien wat duidelijk van haar is, zoals haar handtas, neem dat dan mee.'

'Ze moet naar een dokter,' zei een van de kruiers toen de chauffeur het portier achter hem sloot. 'Brengen we haar naar het ziekenhuis?'

Möller had daar al over nagedacht toen hij Margareta in de taxi hielp. Knut Andersson was niet dom. Hij zou natuurlijk als eerste in het ziekenhuis gaan kijken. Tenzij hij dacht dat zijn vrouw dood was, in welk geval het onduidelijk zou zijn waar de schoft zich nu ophield. Voor Margareta zou het Grand Hôtel de veiligste plek zijn. 'We nemen haar met ons mee,' zei hij verbeten.

Zolang er nog geen vaste kamer beschikbaar was, hadden Ottilia en Karolina een kleine eenpersoonskamer in orde gemaakt, die alleen voor gasten werd gebruikt als alle andere kamers bezet waren. Op de eerste verdieping aan de kant van Stallgatan kwam maar weinig licht binnen door het kleine raam, maar dit vertrek zou dienen als toevluchtsoord waar mevrouw Andersson tot rust kon komen en herstellen.

'De dokter is onderweg,' zei Karolina terwijl ze Margareta

hielp met het uittrekken van haar jurk en haar vervolgens een nachtjapon aangaf.

Margareta voelde aan de zachte zijde. 'Waar heb je dit vandaan?' Ze was nauwelijks verstaanbaar vanwege haar gezwollen en gebarsten lippen.

'Uit de kast met gevonden voorwerpen,' was Ottilia's antwoord. 'Hij is helemaal schoon en nu is hij van jou. Beda zei dat hij daar al een jaar lag.'

Margareta kreunde zacht toen ze haar hoofd op het kussen legde.

'Je moet het ons niet kwalijk nemen dat we het aan Beda hebben verteld, maar we hadden haar hulp nodig. Ze zal het aan niemand vertellen. En Märta ook niet. Wij zullen met z'n vieren voor je zorgen. Ik ga nu even naar mevrouw Skogh om te zeggen dat je de dokter kunt ontvangen.'

Een halfuur later kwam dokter Malmsten weer Wilhelmina's kantoor binnen. 'Mevrouw Andersson mag van geluk spreken. Ze is flink gehavend, en afgezien van de hoofdwond, die oppervlakkiger is dan ik aanvankelijk vreesde, en die nu is schoongemaakt en verbonden, mankeert ze verder niets.'

'Dank je, Karl. Ik ben het alleen niet met je eens dat ze geluk heeft gehad. Möller dacht dat ze dood was toen hij daar aankwam.'

'Dat zal haar echtgenoot ook hebben gedacht. Ze heeft geboft dat ze van de eerste rake klap op haar hoofd bewusteloos is geraakt. Ze was uitgedroogd omdat ze bijna een hele nacht op de grond heeft gelegen, en in combinatie met de verwondingen en blauwe plekken zouden de meeste leken hebben gedacht dat ze niet meer leefde. En ze heeft ook geluk gehad dat je iemand naar haar toe hebt gestuurd.'

'Dat was Gösta Möllers idee.'

'Maar jij hebt hem toestemming gegeven.'

'De vraag is wat we nu gaan doen. Kan mevrouw Andersson hem aanklagen?'

'Dat zou kunnen, maar ze heeft tegen mij gezegd dat ze dat niet zal doen. Geloof het of niet, maar ze heeft medelijden met die man. Ze zei dat werkende mannen zich in het nauw gedreven voelen door vrouwen die steeds meer voor hun rechten opkomen en werkgevers die hen onderdrukken.' Hij keek Wilhelmina aan. 'Die man denkt waarschijnlijk dat jij hem in een soort bankschroef hebt.'

Wilhelmina lachte. 'Van mij mag hij denken wat hij wil. Hij was tijdens het werk onder invloed van alcohol. Bovendien heeft hij iemand van mijn personeel mishandeld. Kan ik hem aanklagen?'

'Dat zou ik je niet adviseren,' zei Malmsten.

Wilhelmina keek verbaasd. 'Régis had dat wel gedaan.'

'Daar ben ik het niet mee eens. Als er één ding was dat mijn schoonvader nooit deed, was het zich bemoeien met andermans huwelijk.'

Tranen van opluchting en verslagenheid liepen over haar wangen terwijl Margaret haar best deed zich alles weer voor de geest te halen. Het geschreeuw, de klappen, de pijn. De vernedering toen ze het hotel werd binnengedragen, al was het door een zelden gebruikte zijdeur. De liefdevolle manier waarop ze in dit zachte bed werd geholpen. Dat wist ze allemaal nog. Maar of ze Knut had verteld dat Karolina de dochter van Elisabet Silfverstjerna was, kon ze zich met geen mogelijkheid herinneren.

22

Het was juli en Algernon Börtzell opende de vergadering. 'Mijne heren, ik heb geconstateerd dat ons hotel opnieuw in wanorde verkeert. Op mijn weg hiernaartoe kwam ik door de entreeruimte en op de plek van onze voormalige biljartzaal is nog altijd een heel leger timmerlieden aan het werk.'

'En als er sprake is van een leger dan gaat dat gepaard met hoge onkosten,' bromde Von der Lancken. 'We hebben mevrouw Skogh aangenomen om de financiën op orde te krijgen, niet om een bodemloze put te graven waarin het geld verdwijnt.'

'Kom, kom, Ehrenfried,' zei Burman. 'Ik vertrouw erop dat de werklui van mevrouw Skogh geen put aan het graven zijn, want dan komen ze in de kelder terecht.'

Von der Lancken glimlachte zuinigjes. 'Heel geestig.'

'Maar we moeten toegeven,' ging Burman verder, 'dat het renovatieplan een degelijke indruk maakt, zowel qua ontwerp als wat de uitvoering betreft. En in tegenstelling tot de vorige keer zijn er aan de kant van het water geen ontsierende steigers gebouwd en hoeven we niet te sluiten.'

'Ik ben ook van mening dat het tijdstip gunstig voor ons is,' zei Börtzell. 'Door de vele congressen die in Stockholm plaatsvinden is er een tekort aan bedden. Het hotel zit vol en toen ik hier de afgelopen week dineerde, waren alle tafels bezet.'

'Hetgeen een verbetering is,' gaf Von der Lancken toe. 'En ook zoals het in juli hoort te zijn.'

'Inderdaad. We hebben eveneens de twee Bolinder-fornuizen vervangen door grotere en modernere exemplaren.'

'Grotere?' Von der Lancken verslikte zich bijna. 'Twee jaar geleden werd ons verteld dat op deze fornuizen voor duizend gasten kon worden gekookt.'

'En nu wordt ons gezegd dat een bezetting van duizend gasten niet voldoende is. Mevrouw Skogh streeft ernaar de capaciteit van de keuken te vergroten en daarmee meer inkomsten te genereren. En je zult je nog herinneren, Ehrenfried, dat de nieuwe fornuizen al van meet af aan op het lijstje met eisen van mevrouw Skogh hebben gestaan.'

'Eisen die we hebben ingewilligd,' voegde Börtzell eraan toe.

'Maar waar moeten al die extra eters vandaan komen?' vroeg Von der Lancken. 'We hebben nog steeds hetzelfde aantal kamers.'

'De nieuwe bar, met een ingang op de hoek, moet meer Stockholmers trekken. Dat compenseert dan ook de wat minder esthetische ingreep aan de gevel. Bovendien zijn de mensen tegen Kerstmis alweer vergeten dat die deur daar niet altijd heeft gezeten. Weten we al wanneer de werkzaamheden zijn voltooid?'

Börtzell keek in zijn aantekeningen. 'Begin september, volgens mevrouw Skogh. Ze heeft in het contract een fikse boeteclausule opgenomen, waardoor het niet waarschijnlijk is dat de opleveringsdatum wordt overschreden.'

Burman floot even bewonderend. 'Ze is blijkbaar een gewiekste onderhandelaar. Er is namelijk een enorme vraag naar bouwvakkers en timmerlieden, als gevolg van de vele ontslagen na de algemene staking in mei.'

'Ik meen dat toen alle contracten al getekend waren. En ere wie ere toekomt: mevrouw Skogh heeft voorkomen dat er in dit hotel werd gestaakt. De adequate manier waarop ze het personeel van de roomservice heeft aangepakt, zorgde ervoor dat de broodnodige discipline weer werd hersteld. Zelfs de meest gestaalde revolutionair durfde hier niet tot een staking op te roepen.'

'Hebben we dan een revolutionair in het Grand Hôtel?' vroeg Von der Lancken. 'Dat lijkt me hoogst onwaarschijnlijk.'

'Blijkbaar hadden we één onruststoker,' zei Börtzell. 'Een of andere verdomde querulant, ene Andersson, die inmiddels ontslagen is omdat hij dronken op het werk verscheen en zijn vrouw sloeg.'

'Mijn hemel! Maar kunnen wij iemand ontslaan vanwege een huiselijk incident?'

'Dat kan omdat zijn echtgenote hoofd Huishouding is.'

'Mijn hemel,' zei Von der Lancken nog een keer. 'Ik mag aannemen dat het van invloed was op haar werk hier. Wat een bruut.'

'Zeg dat wel, maar mevrouw Skogh heeft me verteld dat mevrouw Andersson nu intern is, dus hopelijk is hiermee de kous af.'

'En is de afdeling Roomservice nog steeds een puur vrouwelijke aangelegenheid?' vroeg Burman. 'Dat was een behoorlijk gedurfde zet, maar de berichtgeving erover in het *Dagens Nyheter* was vol lof.'

'Toch bestaat het personeel van de roomservice niet uitsluitend uit vrouwen. Het nieuwe hoofd Roomservice houdt bij elke ploeg een mannelijke ober paraat, voor het geval een van de jongedames te maken krijgt met een... probleem.'

'Maar we hoeven in het Grand Hôtel toch geen genoegen te nemen met dergelijk gedrag?' zei Von der Lancken verontwaardigd.

'Voorkomen is altijd beter dan genezen,' was Börtzells voorzichtige reactie. 'Mevrouw Skogh heeft me verzekerd dat op alle afdelingen nu alles vlekkeloos verloopt. Kortom, ik meen te mogen vaststellen dat de eerste drie maanden onder mevrouw Skoghs bewind als een succes kunnen worden beschouwd. We hebben de juiste keuze gemaakt.'

Zijn collega's lieten een instemmend gemompel horen.

'Tenzij,' zei Von der Lancken, 'deze renovatie net zo weinig succesvol is als de vorige.'

'Ik heb er alle vertrouwen in,' zei Burman. 'Hebben jullie al een kijkje genomen?'

Börtzell en Von der Lancken schudden hun hoofd.

'De nieuwe Amerikaanse bar is het verst gevorderd en ik denk zeker dat dit een breder publiek zal aanspreken. Eerlijk gezegd' – Burman streek over zijn kin – 'heb ik nog nooit een dergelijke bar gezien. Hoogst origineel. Rode en paarse tinten met gouden accenten, veel houtsnijwerk. En uiterst ongewone hanglampen, in de vorm van druppels die van ronde koperen platen naar beneden hangen. Ik kan jullie aanraden bij jullie vertrek daar even langs te gaan. Zoiets vind je nergens anders in Stockholm. Volgens mij zullen zelfs onze Amerikaanse gasten onder de indruk zijn. Toch is het vreemd genoeg in harmonie met de rest van het hotel, de nieuwe muurschilderingen en de buffetbar.'

'Ik zal zeker even gaan kijken,' zei Von der Lancken. 'Het klinkt allemaal zeer ingenieus, en' – hij hief zijn hand – 'net als alle andere briljante, inventieve en schitterende ideeën van mevrouw Skogh – geldverslindend.'

Börtzell slaakte een zucht. 'Ze is net als iedere andere vrouw, duur in het onderhoud.'

23

Ottilia was nog nooit zo gelukkig geweest. Met dit besef snelde ze de trap af om de avondploeg te gaan aflossen. Dit was wat mensen bedoelden met 'een hemel op aarde', want ze kon zich met geen mogelijkheid een bevredigender betrekking dan de hare of een opwindender stad dan Stockholm voorstellen. Tijdens de tien weken dat ze hier was had ze met perfect verzorgde serveerwagens de meest uiteenlopende gasten bediend, van gekroonde hoofden en beroemdheden tot politici en zakenlieden, en daarmee meer fooiengeld ontvangen dan ze in Rättvik ooit voor mogelijk had gehouden. Met dit extra inkomen, dat steeds gelijkelijk onder de bediening werd verdeeld, bekostigde ze de pleziertjes als ze op haar zeldzame vrije dagen een uitstapje maakte: een bootreisje naar Djurgården om Gröna Lunds Tivoli te bezoeken, een taartpunt eten in de tearoom van Nordiska Kompaniet aan het Stureplan, of de aanschaf van Selma Lagerlöfs nieuwste boek *Jerusalem*, dat ze voor Torun bij Göthes Boekhandel, eveneens aan het Stureplan, had gekocht. De vier kronen die het boek kostte, kon ze zich tot haar grote vreugde gemakkelijk veroorloven.

De roomservice liep de klok rond op rolletjes. Chef Samuelsson had zelfs gezegd dat ze niet zo incompetent was als hij had gevreesd, een nogal dubieus compliment dat haar een samenzweerderige grijns van Gösta Möller opleverde. Terwijl de geruchten over het succes van de dames de ronde deden, meldden zich steeds meer meisjes aan om het team te komen versterken. Ottilia had zich aan de afspraak gehouden om geen kamermeisjes aan te nemen. Achteraf gezien was ze daar heel blij om. Tijdens de week dat ze gevieren voor Margareta Andersson hadden gezorgd, waren er barrières geslecht en waren de jonge vrouwen nader tot elkaar gekomen. Margareta was haar verpleegsters dankbaar voor het feit dat haar de schande bespaard was gebleven om door haar eigen personeel te moeten worden verzorgd, en naarmate haar wonden heelden en de blauwe plekken vervaagden, werd ze steeds toegankelijker en vriendelijker. Inmiddels waren ze niet alleen collega's maar ook bondgenoten.

Edward, de piccolo, had ook gesolliciteerd bij Roomservice. Met ontwapenende eerlijkheid had hij verteld dat hij hogerop wilde komen in het hotel en hoewel hij uitstekend voldeed in zijn huidige baan, wilde hij meer van het vak leren. En meer verdienen. Dat had bij Ottilia een gevoelige snaar geraakt en haar op een idee gebracht: ze zou per dienst één jongeman inschakelen. Dan werd voortaan iedere gast die de neiging had een klap op het achterwerk van een vrouwelijke serveerster te geven nog uitsluitend door een mannelijk personeelslid bediend, dankzij een sterretje bij zijn naam op zijn gastenprofielkaart. Alleen het team van de roomservice wist dat een sterretje bij de naam van een gast niet zo complimenteus was als het leek.

'Hoe is het gegaan?' vroeg Ottilia aan Märta terwijl Beda de fooien uit de beker telde en het bedrag verdeelde.

'Het was weer een rustige avond. De gebruikelijke ploeg die alleen een slaapmutsje wilde, maar de meeste gasten hebben buiten gedineerd of in het restaurant. Het is nu eenmaal juli. De mensen komen naar Stockholm voor de lange zomeravonden. Tenminste, dat geldt voor de buitenlanders.'

'Dat kan ik ze niet kwalijk nemen,' zei Edward. 'Als het aan mij lag zou ik alleen maar buiten eten. Dan smaakt alles beter.'

Ottilia keek hem zogenaamd bestraffend aan terwijl ze een

bestelling voor het ontbijt pakte. 'Beter dan het eten in het Grand Hôtel?'

Edward zwaaide met zijn vinger om aan te geven dat hij het begreep. 'Nu heb je me te pakken. Ziezo, voor mij zit het erop, ik ga onder de wol.'

Karolina kwam buiten adem binnen. 'Excuus dat ik te laat ben. Ik werd door meneer Svensson opgehouden. Ottilia, mevrouw Skogh wil je spreken.'

Ottilia keek verbaasd. 'Nu meteen?' De komende paar uur was voor hen de drukste tijd, en dat wist mevrouw Skogh.

'Ja.'

'Ga maar,' zei Beda. 'Ik blijf hier wel tot je terug bent.'

'Dank je. Het zal vast belangrijk zijn, maar ik kan met geen mogelijkheid bedenken waar het over zou moeten gaan.'

Ottilia's verbazing sloeg om in paniek toen August Svensson meelevend naar haar glimlachte. 'Loop maar meteen door, juffrouw Ekman.' Waarna hij de deur van mevrouw Skoghs kantoor achter haar sloot. Met bonzend hart liep ze naar het bureau waarop aan haar kant een kop thee klaarstond.

Mevrouw Skogh keek haar aan. 'Ottilia, je vader heeft me gebeld.'

Ottilia nam plaats. 'Waarom als ik vragen mag?'

'Je moeder heeft vanochtend vroeg het leven geschonken aan een meisje...'

Ottilia haalde opgelucht adem. De paniek was in één klap verdwenen. Weer een meisje? Dat was misschien een lichte teleurstelling.

'Helaas is ze kort daarna overleden. Mijn deelneming.'

Met haar handen krampachtig ineengestrengeld probeerde Ottilia haar tranen weg te knipperen. 'Is het kindje dood?' Arme pa en ma, ging het door haar heen.

'Nee,' zei mevrouw Skogh zacht. 'Je moeder is helaas overleden.'

Door de zonverlichte kamer klonk een wanhoopskreet terwijl Ottilia haar hoofd in haar handen verborg. Haar moeder. Lieve god, nee. Ze had geen derde zusje nodig. Ze had haar moeder nodig. Er werden twee sterke armen om haar heen geslagen. Snikkend liet ze zich door mevrouw Skogh omhelzen, en ze huilde, echter niet alsof haar hart zou breken, maar alsof haar hart onder de zwaarte van haar verdriet al in miljoenen scherven uiteen was gespat.

Geleidelijk aan nam de tranenvloed af tot er nog slechts een enkele druppel over haar wang gleed.

Mevrouw Skogh drukte Ottilia een zakdoek in de hand. 'Neem een slokje thee,' zei ze vriendelijk maar gebiedend.

Ottilia bette haar gezicht en pakte met trillende handen het kopje vast om het aan haar lippen te zetten.

'Goed,' zei mevrouw Skogh. 'Je neemt de trein van acht uur vijfentwintig naar Gävle en vanaf daar reis je verder naar Rättvik. Svensson heeft de plaatsen gereserveerd en in de keuken staat een mand met eten voor je familie klaar. Een van onze omnibussen zal je naar het station brengen.'

'De roomservice...'

'Je taken worden waargenomen tot je terugkomt. Mocht je besluiten in Rättvik te blijven, dan heb ik daar alle begrip voor.'

Rättvik. Ottilia knikte gelaten. 'Ik kom terug.'

'We zullen zien.'

Ottilia had verwacht dat haar vader haar op het perron in Rättvik zou opwachten, maar met een zuigeling en twee rouwende dochters in huis moest bij hem, zoals altijd, het zwaarst wegen wat het zwaarst was. Ze ademde diep de frisse geur van het Siljan-meer in, stapte over haar teleurstelling heen en liep het huis aan de spoorbaan binnen. Alle warmte leek uit het huis verdwenen en de sfeer was ronduit troosteloos te noemen. Ze hoorde een baby huilen en iemand 'sst' zeggen. Ottilia ging op het geluid af en trof in de woonkamer Torun aan die een speen in het mondje van een zuigeling probeerde te stoppen.

'Ze huilt omdat ze honger heeft, maar ze wil niet drinken,' zei Torun. Haar ogen waren rood van vermoeidheid en ze zag spierwit. Ze gaf het bundeltje aan Ottilia. 'Hier, probeer jij het maar. Welkom thuis, trouwens.'

Ottilia wiegde het kindje teder in haar armen en liet een paar druppeltjes melk op haar lipjes vallen. De baby deed haar mondje open en Ottilia stopte de speen erin. 'Heeft ze al een naam?'

'Victoria. Dat was de wens van ma. Vernoemd naar de kroonprinses.' Torun keek bewonderend toe. 'Ze is bij jou meer op haar gemak dan bij mij.'

'Ik heb ervaring opgedaan toen Birna zo klein was.' Plotseling schoot haar iets te binnen. 'Ligt ma boven?'

Torun knikte. 'Ze is gewassen en afgelegd. Haar kist...' Torun wreef over haar ogen. 'Haar kist is nog voor de avond klaar. Pa en de mannen brengen haar vanavond naar beneden, in deze kamer, en ze wordt overmorgen begraven. Pa is nu bij de dominee. Hij heeft Birna meegenomen.'

'Echt waar?'

'Er zat niets anders op. Ze wordt hysterisch als hij weg is. O Ottilia...' Toruns gezicht vertrok en ze begon te huilen. 'Wat moeten we nu beginnen?'

Ottilia legde de inmiddels slapende Victoria in het wiegje waar ook Birna in had gelegen. Waarom hadden haar ouders dat in vredesnaam bewaard? Een voorgevoel?

'Ik weet het nog niet,' zei Ottilia. 'Ik wil nu eerst even bij ma kijken en dan gaan we eten koken.' Ze wees naar de uitpuilende etensmand. 'Ma zou willen dat alles gewoon doorgaat.'

'Ma wilde een jongetje.' Torun keek misprijzend naar de slapende baby. 'Ze heeft haar leven gegeven voor nog een meisje.'

'Dit meisje kan het ook niet helpen,' zei Ottilia zacht. 'Ze zal nooit haar moeder kennen. Dat geluk hebben wij tenminste wel gekend.'

De begrafenis verliep zonder enige wanklank. Een lange stoet in het zwart geklede mensen vergezelde Viveka Ekman op haar laatste tocht naar het familiegraf, gedolven toen Jon was gestorven, en iedereen sprak over haar populariteit binnen de gemeenschap. De wake was in het huis gehouden, en na de teraardebestelling kwam iedereen bijeen in het Rättviks Turisthotell.

De receptieruimte leek kleiner dan Ottilia zich herinnerde. Net als trouwens alles in het hotel. Het fraaie grenen houtsnijwerk maakte nu eerder een oubollige dan een voorname indruk en in de glimmende parketvloer van het restaurant zaten vlekjes en barstjes die Ottilia nooit eerder waren opgevallen. Hoe was het mogelijk dat ze zich erover had verbaasd dat mevrouw Skogh liever directeur van het Grand Hôtel had willen worden? Ook zij kon zich niet meer voorstellen dat ze hier zou werken, hoewel ze tot haar voldoening merkte dat de bediening en de service nog steeds uitstekend waren. Maar wanneer was het gepast om weer naar Stockholm terug te gaan? Pa had nu al niet te klagen over de aandacht van vrijgezelle dames, die hem hun medeleven betuigden en lieve woordjes tegen Victoria zeiden en ook af en toe Birna een aai over haar bol gaven. Deze jongedame zat hoewel ze al tien was op schoot bij nicht Anna. Haar vader wist op een beminnelijke manier zijn bewonderaarsters op een afstand te houden door de dames stuk voor stuk het gevoel te geven dat hun aanwezigheid gewaardeerd werd, zonder aan een van hen bijzondere aandacht te schenken. Karl Ekman zou voor deze vrouwen natuurlijk een goede vangst zijn, en onder andere omstandigheden zou deze situatie ronduit komisch genoemd kunnen worden.

Intussen had Ottilia het gevoel dat ze zou stikken als ze nu in Rättvik bleef. Maar zou het niet egoïstisch zijn om weg te gaan? Absoluut, heel erg zelfs.

Haar vader bracht dit gevoelige onderwerp later op de avond ter sprake nadat ze samen een wandeling over de pier hadden gemaakt. Zoals ze zo dikwijls hadden gedaan op dergelijke mooie avonden, gingen ze op het bankje voor het huis zitten. De zomer duurde te kort om er niet van te genieten en op dit late uur arriveerden er geen treinen meer. 'Hoelang ben je van plan te blijven?' Hij keek haar met zijn lieve, vermoeide ogen indringend aan.

'Zo lang als u me nodig heeft.' Dat zou ze inderdaad doen.

Haar vader knikte. 'Ik wilde je iets vragen, en ik weet dat het geen geringe opgave voor je zal zijn.'

Ottilia deed haar best niet te gaan huilen. 'Natuurlijk, pa.'

'Zou je Torun met je mee kunnen nemen?'

Ze keek hem verbaasd aan. 'Mee waarnaartoe?'

'Naar Stockholm. Dat arme meisje is diep ongelukkig nu jij niet meer thuis woont. Je moeder en ik hebben ons best gedaan, maar we merkten aan alles dat ze haar draai niet kon vinden. Ze heeft een doel in haar leven nodig. Iets nieuws. Al is het uien pellen. Als ze maar in Stockholm is, want ze wil niets liever dan daar wonen.'

'En hoe moet het dan met Birna en de baby?'

'De kinderen zijn niet Toruns verantwoordelijkheid, net zomin als de jouwe. Bovendien hebben Birna en Torun voortdurend ruzie. Ik denk dat het voor hen allebei goed is wanneer Torun uit huis gaat.'

'En Victoria?'

'Je nicht Anna heeft aangeboden te helpen in de huishouding en met de verzorging van Birna en de baby. Ik kan haar een kleine vergoeding en verder al het nodige geven.' Hij glimlachte weemoedig. 'Ottilia, je moeder wilde dat haar dochters vooruitkwamen in het leven. De wereld verandert en jij hebt meer kansen dan zij ooit heeft gekregen. Jouw kostje is gekocht en ik twijfel er niet aan dat Birna arts of vroedvrouw zal worden. Maar Torun...'

'... heeft niets,' maakte Ottilia zijn zin af. Ze frummelde aan het parelsnoer om haar hals, haar deel van haar moeders erfenis. 'Maar pa, ik heb alleen iets te vertellen over het personeel van de roomservice en ik kan niet iemand aannemen als we niemand nodig hebben.'

'Zoals ik al zei, alles is beter dan niets, er moet iets gebeuren.'

'Wat vindt Torun ervan?' vroeg Ottilia voor de zekerheid.

'Waarvan?' Torun kwam aanlopen. Ze gaf haar vader een glas bier en ging naast hem zitten. 'Birna en de baby slapen al.'

Haar vader glimlachte. 'Dank je, lieverd. Je bent een enorme hulp geweest.'

'Wat vind ik waarvan?' vroeg Torun nog een keer.

Pa keek Ottilia aan.

Ze hief haar handen. Ze zou wel iets verzinnen. Torun kon bij haar in bed slapen en misschien in het begin onbetaald werk doen. Maar was dat niet te veel gevraagd van mevrouw Skoghs grootmoedigheid? De tijd zou het leren. Ze keek haar zusje aan. 'Hoe zou je het vinden om met me mee naar Stockholm te gaan?'

24

Zes weken lang bleef Margareta binnen de veilige muren van het Grand Hôtel. Ze verwachtte niet dat Knut hier naar haar op zoek zou gaan; hij zou zeer zeker beseffen dat hij niet welkom was en waarschijnlijk werd hij niet eens binnengelaten. Maar hield hij de personeelsingang in Stallgatan in het oog? En had ze hem over Karolina verteld? Hoe ze ook haar best deed, ze kon het zich niet herinneren. Maar stel dat ze dat wel had gedaan, dan had Knut toch allang iets ondernomen? Hij was natuurlijk platzak, tenzij hij in een ander hotel was aangenomen. Maar dat zou Gösta vast hebben gehoord, want die kende in elk hotel in Stockholm wel iemand die hem dat zou melden.

Wat haar betrof, was het feit dat ze nu intern was zowel een zegen als een persoonlijke nederlaag. Ze was weer helemaal terug waar ze was begonnen, hoewel ze nu een eigen kamer had, zoals het haar als hoofd Huishouding toekwam. Maar nu haar verwondingen waren geheeld en de blauwe plekken verdwenen, waren deze luttele vierkante meters waar ze zich terug kon trekken alles wat haar restte van haar huwelijk en de tweeëndertig lentes dat ze op de wereld was. Ze was een mislukkeling. Ze had de zorgzaamheid van de vier meisjes die haar hadden verpleegd niet verdiend. Ze verdiende het niet dat iedereen deed alsof er niets was gebeurd en mevrouw Andersson alleen maar 'ziek' was. Niemand liet zich hierdoor bedotten. Toch deed het haar goed dat in de kantine iedereen met een vriendelijke blik naar haar keek.

Gösta Möller hield haar staande toen ze met haar dienblad terugliep om haar vuile bord in te leveren. 'Wat doe je vanavond?'

Ze keek hem verbouwereerd aan. 'Ik?'

Hij nam haar mee de kantine uit. 'Ik heb zomaar een avond vrij en ik vind dat jij wel wat zon op je gezicht kunt gebruiken.'

'En als...'

'Hij is niet hier. Voor zover ik heb begrepen, is hij hier niet meer geweest vanaf de dag dat je hier binnenkwam.' Zijn blik straalde oprechtheid uit.

Ze greep naar haar hals. Hij was hier dus geweest. 'Hoe weet je...'

'Omdat ik heb gevraagd het aan mij te melden als iemand hem ziet. Edward heeft tegen Knut gezegd dat niemand je heeft gezien en dat hij niet zeker wist of je nog wel in het Grand Hôtel werkte.'

Dus Edward had haar geheim bewaard. Maar er waren meer mensen dan Edward. 'Knut zou het ook aan iemand anders kunnen vragen. Niet iedereen...'

'Naar mijn mening onderschat je hoeveel steun je van het personeel hebt. Knut Andersson was niet populair en nu hebben ze jouw kant gekozen.'

'Maar er werd wel naar hem geluisterd.'

'O, ja? Of wilden ze hem gewoon niet tegenspreken?'

Margareta had hier geen antwoord op.

Gösta oefende iets meer druk op haar uit. 'Ik had zo gedacht dat we iets bij Hasselbacken op Djurgården konden gaan eten. Ik heb een tafeltje buiten gereserveerd.'

Hasselbacken. Wat een heerlijkheid zou het zijn om daar op

een zoele zomeravond iets speciaals geserveerd te krijgen. Ze had inmiddels vier weken salaris opgespaard. Maar was het wel toegestaan om een etablissement te bezoeken dat bij het Grand Hôtel was aangesloten?

Gösta raadde haar gedachten. 'We mogen daar dineren omdat het hoogst onwaarschijnlijk is dat een gast van hier ons daar zou herkennen. Mensen verwachten niet je op een andere plek te zien dan ze gewend zijn.'

'Maar stel je voor dat Knut ons, dat hij míj ziet?'

'Mevrouw Andersson. Margareta. Wanneer is Knut voor het laatst op Djurgården geweest?'

Niet sinds ze verkering hadden, voor zover ze wist. Dat soort uitjes waren opgehouden op hun trouwdag. 'Nu we getrouwd zijn is het afgelopen met dat geslenter door Stockholm,' had hij gezegd.

Ze beet even op haar lip.

'En mocht hij iets van je willen, dan moet hij bovendien eerst langs mij,' zei Gösta.

Gösta Möller was zeker een kop groter dan Knut.

'Luister eens,' zei hij. 'Ik ben om kwart over vijf klaar, als je niet om halfacht bij de personeelsingang bent, weet ik dat je niet komt.'

Om halfacht lag Margareta in haar enige mooie japon en met wat rouge op haar wangen op haar bed. Ze huilde.

25

Terwijl Gösta stond te wachten bij de personeelsingang, kwamen Ottilia en Torun via Stallgatan binnen. 'Torun, dit is meneer Möller, onze maître d'hôtel.' Onze. Ottilia voelde zich schuldig omdat ze zo blij was om terug te zijn en de tranen sprongen in haar ogen.

Met haar koffertje in de hand maakte Torun een kniebuiging. 'Meneer Möller.'

Gösta glimlachte. 'Welkom juffrouw Ekman. Ik neem aan dat je hier komt werken?'

'Dat hoop ik, meneer Möller.'

Ottilia kwam snel tussenbeide. 'Is mevrouw Skogh toevallig nog in haar kantoor?' De kans was klein, maar ze moest het erop wagen. Het was absoluut niet haar bedoeling om haar zusje mee naar haar kamer te smokkelen en bij haar in bed te laten slapen, maar zolang ze niet met mevrouw Skogh had gesproken, was dat wel het geval.

'Ze is een paar dagen weg. Ik geloof dat ze maandag weer terug is.'

De moed zonk Ottilia in de schoenen. Vier nachten. Wat was verstandig? Denk na, Ottilia, ging het door haar heen.

'Misschien kan mevrouw Andersson helpen,' zei Gösta, 'voor het geval juffrouw Ekman hoopt dat er hier werk voor haar is.'

Ottilia wierp Gösta een dankbare blik toe. 'Torun, blijf even bij meneer Möller wachten.'

Drie minuten later klopte ze op de deur van mevrouw Anderssons kamer. Er werd niet opengedaan. Misschien was ze in haar kantoortje. Toen Ottilia zich omdraaide om de trap weer af te gaan, ging de deur open.

'Juffrouw Ekman?'

'Mevrouw Andersson, godzijdank.' Ottilia keek het hoofd Huishouding nog eens goed aan. 'Neem me niet kwalijk, kom ik ongelegen?'

Margareta glimlachte moeizaam. 'Wat kan ik voor je doen?'

'Dat is een lang verhaal.' Ottilia leunde tegen de deurpost om op adem te komen. 'Mijn moeder is overleden…'

'Dat heb ik gehoord, wat vreselijk, mijn deelneming,' zei Margareta.

'Dank u. Daardoor moest ik mijn zusje Torun meenemen naar Stockholm en ze zoekt werk. Ze is zestien, pienter en goudeerlijk, maar ze loopt mank. Ik heb geen plaats bij de roomservice en ik denk ook niet dat het verstandig zou zijn om haar daar te laten werken, maar ze kon niet in Rättvik blijven, dus nu is ze hier en ik dacht dat ze vannacht wel bij mij kon slapen, maar dat moet ik dan eerst vragen aan mevrouw Skogh, morgen, want ze is er niet...' Nu kwamen de tranen. 'Ik weet niet wat ik met Torun aan moet. Ze kent niemand in Stockholm, maar ze is zo blij dat ze hier is en meneer Möller zei...'

'Meneer Möller?'

'Ja, hij staat met haar bij de personeelsingang. Hij zei dat u misschien kon helpen.' Ottilia zakte door haar benen en gleed langs de muur omlaag. 'Neem me niet kwalijk,' fluisterde ze terwijl ze weer rechtop ging staan. 'Het waren lange dagen en ik moet nu echt gaan helpen met de avonddienst.'

Margareta keek naar Ottilia. Deze jonge vrouw had onlangs haar moeder begraven, ze probeerde voor haar zusje te zorgen en maakte zich zorgen over haar taak bij de roomservice. Zij zou nooit op haar tweeëndertigste op deze plek staan zonder iets te hebben bereikt in haar leven. Ottilia Ekman was een doorzetter. Dat had ze op haar eerste avond in dit hotel wel bewezen, en dat bewees ze nu opnieuw. En toch had dit meisje ook de kracht gevonden om haar om hulp te vragen. Niet omdat ze hulp nodig had wat het werk betrof, maar als een collega die een andere collega om hulp vroeg. Als de ene vrouw die de andere nodig had. Als de ene vriendin die hulp zocht bij de andere?

Plotseling nam Margareta een besluit. 'Staat je zusje te wachten bij meneer Möller?'

Ottilia knikte. 'Ik moet weer snel terug, want hij was gekleed alsof hij een avondje uitging. Dat wil ik niet bederven. Het kan weken duren voordat hij weer vrijaf heeft.'

Margareta liep de kamer in om haar hoed en handtas van het dressoirtje te pakken. 'Ik ga met je mee. En juffrouw Ekman, Ottilia. Ik zal morgenochtend graag even met je zus praten. Ik weet zeker dat ik wel iets voor haar kan vinden, maar vanavond moet ze bij jou slapen. Als iemand ernaar vraagt, dan zeg je maar dat je mijn goedkeuring hebt.'

'Ik weet niet hoe ik u moet bedanken.'

'Dat gevoel ken ik heel goed.'

Torun Ekman uit Rättvik stond aan de zijkant van de lobby in het Grand Hôtel en haar mond viel bijna open. 'Ik heb nog nooit zoiets, zoiets... Ik vond het station van Stockholm al schitterend, maar dit hotel is gewoon zo... zo... weelderig.' Ze gaf Ottilia een arm. 'Ik kan mijn ogen gewoon niet geloven,' fluisterde ze. 'Wat zullen deze mensen veel geld hebben, terwijl er zoveel mensen honger lijden. Met het geld dat één zo'n kroonluchter kost, kun je een maand eten voor een heel dorp kopen.'

Ottilia wiep haar zus een donkere blik toe. 'Torun Ekman, hou je meningen maar voor je want anders ga je met de eerstvolgende trein terug naar Rättvik. En vergis je niet, want de gasten hier betalen ons salaris en als zij niet hier kwamen, zouden ze heel snel een ander hotel vinden met personeel dat dankbaarder is dan jij.'

Maar Torun was alweer onder de indruk van iets anders. 'Moet je al die boeken zien!'

Ottilia volgde haar blik. 'Dat is de leeszaal. En verderop, waar de werklui bezig zijn, is de Amerikaanse bar. Aan de andere kant van de hoofdingang is het restaurant. Dat is het domein van meneer Möller. Het is werkelijk prachtig. Je kunt daar nu niet naar binnen, want het is te druk, maar ik weet zeker dat mevrouw Andersson er morgen voor zal zorgen dat je een rondleiding krijgt. Als je tenminste geen domme opmerkingen hebt gemaakt over de luxe van de kamers.'

'Dat doe ik niet, hoor,' sputterde Torun tegen. 'Maar het zet me wel aan het denken.'

'Denken mag,' zei Ottilia. 'Maar goed, ik moet nu naar de roomservice.' Ze liep met haar zusje door de gang van de administratieafdeling. 'De kamer van mevrouw Skogh is iets verderop, maar wij gaan de trap weer af en dan via de kelder naar mijn kamer boven. Ik moet me omkleden.'

Torun keek verbaasd. 'Gaan we eerst naar beneden en dan weer naar boven?'

'Het personeel mag niet gebruikmaken van de lift en de grote trap,' legde Ottilia uit toen ze door een gang in de kelder liepen en vervolgens de trap naar haar kamer opgingen. 'Tenzij het met je werk te maken heeft. Anders gebruiken we de trappen en gangen aan de achterkant. Je moet bedenken dat dit hotel achter de schermen net zo groot is als aan de voorkant. Beschouw het maar als een enorm theater.'

Torun zette grote ogen op. 'Dat wist ik echt niet.'

'De meeste mensen weten dat niet,' zei Ottilia. 'Maar je zult snel genoeg achter al dit soort dingen komen. Moet je je voorstellen, vorige week om deze tijd was je nog in Rättvik en nu ben je in het centrum van Stockholm.'

'Vorige week om deze tijd had ik nog een moeder,' zei Torun, haar lip trilde. 'Maar ik ben je heel dankbaar, Otti, werkelijk waar.'

Ottilia deed de deur van haar kamer open, trok Torun naast zich op het bed en gaf een kneepje in haar arm. 'Dat weet ik toch? En ik weet ook dat je ma mist. Net als ik.'

Zo bleven ze een tijdje naast elkaar zitten en dachten aan hun moeder die hen zo liefdevol had opgevoed.

'Ma wilde dat ik hiernaartoe ging,' zei Torun. 'Dat was het laatste wat ze tegen papa heeft gezegd.'

Ottilia kreeg een knoop in haar maag. 'Wist ma dan dat ze ging sterven?'

Torun knikte en de tranen liepen over haar wangen. 'Dat heeft pa me gisteravond verteld toen ik hem vroeg of hij het werkelijk niet erg vond dat ik wegging.'

Ottilia vond het echt iets voor hun vader om daarover te zwijgen toen hij vroeg of ze Torun mee wilde nemen. Tegen hem had ze nog nee kunnen zeggen, maar het laatste verzoek van haar moeder had ze nooit kunnen weigeren.

'Ma zei dat ik in Rättvik nooit zou kunnen doen wat ik moest doen.'

Ottilia fronste haar wenkbrauwen. 'En wat moet je dan doen?'

'Ik heb werkelijk geen idee, maar ik ben heel bij dat ik hier ben.'

'En ik ook.' Ottilia omhelsde haar zusje. 'Niet de hele nacht blijven lezen, je moet echt voldoende slaap krijgen. Ik weet niet hoe laat ik naar bed ga. Ik moet eerst het schema bekijken en zien hoe de zaken ervoor staan.'

26

Tegen de maand oktober verliepen de dagelijkse bezigheden in het Grand Hôtel voor iedereen in een aangename sfeer.

Wilhelmina en Elisabet liepen achter de oberkelner van restaurant Operakällaren aan naar een tafel voor twee bij het raam. Hoofden werd omgedraaid toen de dames langs de tafels liepen die voornamelijk bezet werden door zakenlieden en echtparen van middelbare leeftijd. Met een hoofdknikje begroette Wilhelmina de gasten die ze kende.

'Je wilt toch niet zeggen dat je een tafel aan het raam hebt gereserveerd zodat je je nieuwe entree in het oog kunt houden?' zei Elisabet.

Wilhelmina veinsde verontwaardiging, hoewel Elisabet het natuurlijk bij het rechte eind had. 'Niets daarvan. Ik heb deze tafel gereserveerd zodat jij een oogje op het paleis kunt houden.'

Buiten op Strömgatan dansten gouden herfstbladeren over de door lantaarns beschenen keitjes. Met opgetrokken schouders tegen de wind haastte een gestage stroom van arbeiders zich naar de Norrbro-brug en Gamla Stan. Nu het volop herfst was, hadden de armere Stockholmers zich al op de winter gekleed. Velen van hen kwamen tweemaal daags langs de boogramen van Operakällaren, maar net als in het daar tegenoverliggende paleis was het hoog oplaaiende haardvuur in het restaurant alleen bestemd voor degenen met dikke jassen en warme voeten.

Wilhelmina bestelde twee glazen champagne terwijl Elisabet en zij het menu doornamen.

'Hebben we iets te vieren?' vroeg Elisabet.

'Jawel, de voltooiing van de renovatie. Hoewel we natuurlijk nooit een excuus nodig hebben om Moët te drinken, vieren we nu dat de werklui eindelijk zijn vertrokken.'

Elisabet hief haar flûte. 'En, is het resultaat naar je zin?'

'Buitengewoon. De entree en de lobby voldoen eindelijk aan de eisen en de Stockholmers weten inmiddels de weg naar de nieuwe bars te vinden.'

'Ik heb even een kijkje genomen,' zei Elisabet. 'Heel fraai. Lotten Rönquist heeft iets heel uitzonderlijks gemaakt. Ik moet zeggen dat mijn voorkeur uitgaat naar haar muurschilderingen, in plaats van de schildering zoals die in Hôtel Rydberg. Ik hou niet van schilderingen die moeten doorgaan voor wandtapijten. Die van Lotten zijn daarentegen schitterende afbeeldingen.'

'Ik zal haar doorgeven dat je dat hebt gezegd,' zei Wilhelmina. 'Wanneer was jij voor het laatst in Hôtel Rydberg?'

'Dat is al heel lang geleden. Waarom vraag je dat?'

'Pelle vertelde me dat zij ook een Amerikaanse bar hebben geopend.'

'Lieve hemel.'

'Zeg dat wel. Maar niemand heeft het alleenrecht op een goed idee. In ieder geval niet lang. Maar dat hoeft ook niet. En volgens Pelle is onze bar spectaculairder. Goed, wat ga je nemen? We zijn hier om te proeven wat de concurrentie te bieden heeft.'

'De bot, graag.'

'Dan neem ik lam à la *Mâconnaise*.'

'Zo,' zei Elisabet toen de gerechten waren gekeurd en de wijn was ingeschonken, 'wat staat er als volgende op je agenda?'

Wilhelmina prikte een gebakken aardappeltje aan haar vork. 'Het bestuur achter me krijgen wat betreft de kosten van de renovatie.'

'Dat begrijp ik niet. Ze hebben de plannen toch goedgekeurd?'

'Inderdaad, maar' – Wilhelmina, boog zich naar Elisabet en gebaarde haar dichterbij te komen – 'we hebben het budget met een miljoen kronen overschreden.'

'Allemachtig.' Elisabet leunde achterover in haar stoel. 'Maar het ziet er hoe dan ook magnifiek uit.'

'En het zal zich zeker terugbetalen, let op mijn woorden,' zei Wilhelmina. 'Maar om op je vraag terug te komen, het is hoognodig dat de binnenplaats naast de keuken als tuin wordt ingericht.'

Elisabet glimlachte ongelovig. 'Hoognodig?'

'Absoluut. De binnenplaats zorgt voor meer klachten dan alle klachten over het hotel bij elkaar. En dat is begrijpelijk. De ventilatie is ontoereikend voor de grotere fornuizen, en het lawaai is ook een probleem. En dan heb ik het nog niet eens over het onaantrekkelijke uitzicht vanuit de kamers.' Wilhelmina nam een slok Château Margaux. 'Het liefst zou ik een echte wintertuin aanleggen, zoals die in de grotere Parijse hotels. Bijvoorbeeld tafeltjes rond een binnenplaats met gras, bloemen en misschien zelfs een fontein. Iets dergelijks tref je in Stockholm nergens aan. Denk je eens in wat dat 's winters voor een geschenk zou zijn voor de stad.'

'Maar geen gratis geschenk,' zei Elisabet niet zonder ironie.

'Daar heb je gelijk in. Het probleem is tweeledig: de locatie en de middelen. Ik heb namelijk ook meer kamers nodig voor de gasten. Veel meer eigenlijk. Godzijdank is er in 1899 een verdieping bij gekomen, maar van de zomer waren we bijna gedwongen reserveringen te weigeren en dat is natuurlijk uit den boze. Ik kan niet mijn best doen om op goede voet met Thomas Cook te komen en vervolgens tegen ze zeggen dat we niet aan hun wensen kunnen voldoen.'

'Maar waar vind je dan de ruimte voor dit alles?' vroeg Elisabet. 'Het hotel is ingesloten door het Noors Ministerie Hotel op Södra Blasieholmshamnen en de Koninklijke Stallen aan Stallgatan.'

'Wat een uiterst lastig probleem is,' beaamde Wilhelmina. 'Uiteindelijk zullen we er nog een extra verdieping bij moeten bouwen. Maar nu hebben we het wel genoeg over mijn dromen gehad. Heb jij nog nieuws?'

'Bedoel je over Karolina?'

'Jawel.'

'Ik heb haar niet meer gezien.' Elisabet walste de wijn rond in het glas waardoor het kaarslicht het kristal deed fonkelen. 'Knut Andersson heeft in ieder geval niet bij me aangeklopt, maar ik moet bekennen dat ik tegenwoordig de kranten met enige schroom opensla.'

'Ik denk dat hij allang iets had ondernomen,' zei Wilhelmina. 'Margareta Andersson woont al bijna drie maanden intern.'

'Weten we trouwens wel waar hij is?' vroeg Elisabet met een frons.

'Ik heb geen idee. Gösta Möller waakt min of meer over Margareta en houdt zijn oren open. Naar mijn mening wil hij wel iets meer dan alleen over de schone dame waken, maar zij durft niets te ondernemen.'

'En dat kan niemand haar kwalijk nemen.' Elisabet schudde haar hoofd. 'Ze had wel dood kunnen zijn.'

'Over de dood gesproken.' Willemina stak haar vinger op. 'Ik heb ook een dilemma. Heb jij Torun Ekman al ontmoet?'

'Dat jonge kamermeisje dat mank loopt en haar moeder heeft verloren? Slechts één keer. Volgens mij werkt ze normaal gesproken niet op de vierde verdieping. Vormt zij een probleem?'

'Integendeel. Zij is in alle opzichten een harde werker, maar het meisje is blijkbaar hoogst intelligent en verknocht aan lezen.'

Elisabet trok geamuseerd haar wenkbrauwen op. 'Er zijn slechtere gewoontes.'

Wilhelmina lachte. 'Nu even serieus. Torun kwam een paar dagen geleden naar me toe en vroeg heel beleefd of ze een boek uit de leeszaal mocht lenen.'

'Dat is toch geen probleem als ze het onopvallend doet en het boek in dezelfde staat weer terugbrengt?'

'Maar waar moet ze dat boek dan lezen, Lisa? Het personeel mag niets uit het hotel mee naar hun kamer of mee naar buiten nemen, en natuurlijk kan ze niet in de leeszaal gaan zitten. En de kantine is niet geschikt.'

'Ik begrijp het dilemma. Wat heb je tegen haar gezegd?'

'Dat ik over haar verzoek zou nadenken en het haar laten weten. Dit moet natuurlijk niet iedereen gaan doen, maar ik vind ook dat het lezen van boeken aangemoedigd moet worden.'

'En wat vind je van de Koninklijke Bibliotheek? Kan ze daar niet lezen?'

Wilhelmina keek haar vriendin verrast aan. 'Dat is helemaal geen slecht idee. De meisjes hebben toestemming nodig om het hotel te verlaten, maar misschien kan Margareta Andersson Torun vrijstelling geven om naar de bibliotheek of de boekwinkel te gaan. Göthes Boekhandel is toch op het Stureplan? Daar kom je langs als je naar de Koninklijke Bibliotheek in het Humlegårdenpark gaat.'

'Mina, het verbaast me dat je meer van de stad kent dan alleen het stukje tussen het Grand Hôtel en Styrmansgatan 1. En ik juich het toe dat je je inspant voor een van je meisjes.'

'Ik ben een vrouw met vele talenten,' zei Wilhelmina droogjes. 'Maar die Torun heeft iets wat haar van de anderen onderscheidt, en dan bedoel ik niet dat ze mank loopt.' Ze wenkte een ober voor de rekening.

27

Het hotel was geheel in de ban van Kerstmis en de lobby had er nog nooit zo feestelijk uitgezien. Het was een en al kunstig gevlochten kransen en guirlandes, gouden kerstklokjes en karmozijnrode zijden strikken, en er stond ook nog een kerstboom met kaarsjes, robijnrode kerstballen, met kruidnagels bestoken sinaasappels en de Zweedse vlag als piek.

In de uitgifteruimte van de roomservice was het een drukte van belang.

'Ik had gedacht dat het wel wat rustiger zou worden toen de Nobelprijswinnaars waren vertrokken,' zei Beda. 'Maar nu denk ik dat het wel tot Nieuwjaar zo druk blijft.' Ze reed een serveerwagen, gedekt voor één persoon, in Karolina's richting. 'Wil je zo lief zijn om deze even naar suite 425 te brengen? Want als ik niet heel snel naar de wc ga, moet zo meteen het hele tapijt worden gereinigd.'

De meisjes giechelden en Edward kreeg een rood hoofd. Beda zag altijd wel kans om een grap te maken. Zelfs op de drukste avonden.

'Ik vind het prettig om 's avonds te werken,' zei Edward. 'Dat was heel anders toen ik nog piccolo was want omtrent die tijd waren de meeste gasten al gearriveerd, maar hier weet je nooit wie je ontmoet of wat je gedurende de avond gaat serveren.'

Ottilia viel hem bij. 'Märta en mijn zusje Torun werken ook het liefst 's avonds en 's nachts omdat ze overdag graag naar de bibliotheek willen, maar ik begrijp wat je bedoelt. Bovendien lijkt 's nachts de tijd sneller te verstrijken.'

Edward grinnikte. 'Behalve tijdens de stille uurtjes.'

De stille uurtjes. Het dood tij tussen vier en vijf uur, wanneer de nachtbrakers eindelijk in bed lagen en de vroege vogels nog niet wakker waren. Dan sloeg plotseling de vermoeidheid toe en viel het niet mee om je aandacht erbij te houden.

Niet veel later kwam Karolina terug, met Beda in haar kielzog.

'Is er iets?' vroeg Edward.

'Die mejuffrouw Silfverstjerna,' zei Karolina. 'Ik heb haar nog nooit eerder bediend. Ik kreeg gewoon de rillingen van haar.'

'Hoe dat zo?' vroeg Ottilia met een frons.

'Ze was aan één stuk door tegen me aan het praten.'

'Dat doen sommige gasten nu eenmaal.' Ottilia gaf haar een glaasje water. Het kind zag spierwit.

'Niet op die manier.' Karolina beet op haar lip. 'Ze zag dat ik naar haar vleugelpiano keek – dat was niet mijn bedoeling, maar ik vond hem zo mooi, het is een kleinere versie van de piano in de bar. Maar goed, toen vroeg ze hoe ik heette en of ik van mijn werk hield en of ik liever iets anders wilde doen. Het hield niet op.'

Beda snoof. 'Je had moeten zeggen dat je een hekel had aan je werk en dat je liever hofdame in het paleis was. Wat denkt juffrouw Silfverstjerna wel? Ze mag dan wel een mooie naam hebben, maar ze is niets beter dan wij. Zij is ook gewoon in dienst bij iemand. Waarom woont ze hier eigenlijk?' Beda dempte haar stem. 'Märta denkt dat haar suite door het hof wordt betaald.'

Edward zette grote ogen op. 'Waarom zou het ho…'

'Ophouden nu,' zei Ottilia. 'Het is niet aan ons om over een gast te speculeren. Ik wil deze onzin niet meer horen, anders hou ik van jullie allemaal een uur loon in.'

Iedereen was ogenblikkelijk stil, eerder uit verbazing dan uit respect voor de gast of hun hoofd Roomservice. Ottilia liet zich namelijk nooit voorstaan op haar positie. Dat was ook niet nodig, want ze vormden een hecht team.

Karolina nam weer het woord. 'Ze streek over mijn wang en zei dat ik wanneer ik maar wilde op haar vleugel mocht komen spelen.'

'Wat zeg je nu?' Beda's stem sloeg over.

Ottilia stak haar hand op. 'Wat heb je daarop gezegd, Karolina?'

Karolina zuchtte. 'Ik heb haar beleefd bedankt en gezegd dat ik niet kan pianospelen. Maar daar gaat het niet om, toch?'

'Zeker niet.' Ottilia probeerde te bedenken waarom mejuffrouw Silfverstjerna zich zo vreemd had gedragen.

Beda pakte een pen. 'Ik zal een sterretje bij haar naam zetten.' Ze keek Ottilia uitdagend aan. 'Als u dat tenminste goedvindt, juffrouw Ekman.'

Ottilia schrok een beetje van Beda's scherpe toon. Het gedrag van mejuffrouw Silfverstjerna was hoogst merkwaardig geweest. Daar zou onder het personeel nog uitvoerig over gesproken worden. Over het algemeen beperkten de gasten zich tot een goedenavond en dankjewel. Waarom waren gasten geneigd een gesprek met Karolina aan te gaan? Op haar eerste avond werd haar ook al gevraagd waarom er geen mannelijke bediening was.

'En toen gaf ze me dit.' Karolina deed haar hand open en liet een muntstuk van tien kronen zien.

Iedereen staarde ernaar, zonder iets te zeggen.

Snel stopte ze het muntstuk in het fooienbekertje, alsof het goud in haar hand brandde.

28

Bestuursvergadering, maart 1903

Algernon Börtzell zette zijn bril op zijn neus en schraapte zijn keel. 'Ik wil beginnen met mevrouw Skogh te feliciteren met haar nieuwe functie van algemeen directeur en haar in het bestuur te verwelkomen. Ik spreek nu voor ons allen wanneer ik zeg dat we diep onder de indruk zijn van de gestegen omzet van het hotel.'

'Niettegenstaande de kostbare renovatie,' zei Ehrenfried von der Lancken. 'Ik mag aannemen dat er in de nabije toekomst geen verdere kosten meer worden gemaakt?'

Wilhelmina produceerde een charmante maar nietszeggende glimlach. 'Ik ben buitengewoon tevreden over het resultaat van de werkzaamheden die vorig jaar hebben plaatsgevonden.'

Axel Burman keek haar aan. Wilhelmina wist wat hij dacht. Ze had de vraag van Von der Lancken niet beantwoord en dat was Burman opgevallen.

'En wij zijn ook zeker tevreden,' zei Burman. 'Maar we kunnen ons geen verdere investeringen veroorloven. Het hotel mag weliswaar van dag tot dag meer winst maken, maar we hebben ons tevens dieper in de schulden gestoken.'

'Ook zonder de renovatie zou de schuldenlast nu hoger zijn,' zei Wilhelmina. 'Maar nu zijn we tenminste in de gelegenheid het geld terug te verdienen en onze schulden af te lossen.'

'Mevrouw Skogh heeft gelijk,' zei Börtzell. 'Maar jij net zo goed, Axel. We kunnen geen kroon meer investeren tot we onze leningen hebben verminderd. Het is trouwens zeer onwaarschijnlijk dat de bank nog een extra lening zou goedkeuren.'

'De bank zal waarschijnlijk overgehaald moeten worden.' Wilhelmina legde haar handen op het gepolitoerde tafelblad en keek iedereen aan. 'De binnenplaats bij de keuken zorgt nog steeds voor terechte klachten. We mogen niet te lang wachten met daar iets aan te doen.'

'Dat kan wel zo zijn,' zei Burman kortaf. 'Maar we kunnen simpelweg niet iets ondernemen waardoor de nog immer precaire financiële situatie zal verslechteren. We hebben u benoemd om verbetering in de huidige stand van zaken te brengen.'

'De omzet is gestegen en de kosten zijn stabiel,' bracht Wilhelmina hem in herinnering.

'Dat is zeker. Maar we kunnen niet doorgaan met twee kronen uitgeven om één kroon te verdienen, of zelfs – nu de omzet is gestegen – één kroon en negenennegentig öres.'

'Dat doen we ook niet.' Wilhelmina moest zich echt beheersen. Wat verwachtten ze nu na slechts één jaar? 'Maar de potentie van dit hotel wordt nog steeds niet ten volle benut en het is mijn taak hierin verandering te brengen. Is dat juist?'

De heren mompelden instemmend.

'Sta me dan toe om door te gaan op de ingeslagen weg die op de lange termijn tot succes zal leiden.' Ze besloot zich minder onverzettelijk op te stellen. 'Het Grand Hôtel kan het beste hotel worden van Europa, of zelfs van de wereld. Misschien is het nodig om nog een lening af te sluiten, misschien moeten we zelfs van bank veranderen, maar we kunnen ons niet veroorloven nu te stoppen. Daarmee zouden we zowel ons geld als de vooruitging die we tot nu toe hebben geboekt verkwanselen. Het zomerseizoen staat voor de deur. Het Grand Hôtel bevindt zich op een van de mooiste locaties ter wereld, zeker in de zomer. Zweedse en buitenlandse gasten zullen binnenstromen. Thomas Cook heeft aangegeven dat er onder het publiek dat het zich kan veroorloven veel interesse is voor een bezoek aan Zweden, en onze reserveringsafdeling heeft nu al verzocht om een extra personeelslid. Zo God het wil zullen we er aan het eind van het jaar financieel gezien ietwat beter voor staan.'

'Laten we hopen dat uw "ietwat beter" voldoende zal zijn,' zei Burman. 'Maar nu even een ander belangrijk punt op onze agenda: hebt u inmiddels een nieuwe sommelier gevonden?'

'Zeer zeker. Iemand met eminente referenties. Opgeleid in Bordeaux en nu nog werkzaam bij Claridge's in Londen.'

Burman man knikte goedkeurend. 'Onze complimenten, u hebt ongetwijfeld een uitstekende keuze gemaakt.'

'Wanneer begint hij?' vroeg Börtzell. 'Ik meen te weten dat onze huidige sommelier aan het eind van de maand met pensioen gaat.'

'Monsieur Henri Blanc treedt de eerste van de volgende maand in dienst.'

'Blanc?' Von der Lancken sloeg zich op zijn dij van plezier. 'Wat een toepasselijke naam voor een sommelier!'

'Ik dank jullie voor de complimenten, maar die naam had hij al,' zei Wilhelmina met een glimlachje.

29

Torun Ekman stond in dubio. Ze had elke dag meer last van haar manke been wanneer ze schoonmaaktrolleys voortduwde, bedden afhaalde en op handen en knieën de vloer van badkamers schrobde. Ze had niets tegen hard werken; het loon was redelijk, de fooien meer dan welkom en de meisjes van Huishouding waren vriendelijk. Maar als ze mevrouw Andersson kon overhalen haar in te roosteren voor de avonddiensten had ze meer tijd om te lezen. Dat zou nog niet zo eenvoudig zijn want mevrouw Andersson had te kennen gegeven dat ze zich zorgen maakte over de vele uren die Torun in de bibliotheek doorbracht en ze vond dat ze te weinig nachtrust kreeg. Maar door te lezen wilde ze meer kennis opdoen over hoe de maatschappij in elkaar stak. Wat de kansen waren wanneer je een man was. Wat de kansen voor vrouwen betrof, was de situatie wel duidelijk – en ongelijkwaardig. Dat wist ze inmiddels wel.

Op de reserveringsafdeling hadden ze personeel nodig en omdat ze nu al acht maanden in het Grand Hôtel was, voelde Torun zich gerechtigd te solliciteren zonder mevrouw Andersson, die zo aardig voor haar was geweest, hiermee te beledigen. Zoals gewoonlijk ging Torun met haar probleem naar Ottilia.

'Wat zijn de voordelen als je naar de reserveringsafdeling gaat?' vroeg Ottilia.

Torun ging op de rand van Ottilia's bed zitten. 'Dat zijn er eigenlijk twee. Ik kan dan voortaan zittend werk doen, waardoor mijn arme been wordt ontlast en verder krijg ik de kans mijn talenkennis te oefenen. Als ik geluk heb kan ik elke dag af en toe een beetje Duits of Engels spreken.'

'Ik meende dat de meeste reserveringen per post komen.'

'Dat is zo, maar het gebeurt steeds meer telefonisch.'

'En de nadelen?'

'Geen avonddiensten. Ik kan dan misschien maar één keer per week naar de bibliotheek. Märta vind het dom van me als ik naar Reserveringen ga omdat ik dan de fooien misloop en niet meer op doordeweekse dagen naar de bibliotheek kan.'

'Daar heeft ze wel gelijk in,' zei Ottilia.

Torun trok een lang gezicht. 'Dat is waar, maar de fooien kunnen me niet schelen. Alleen, waar moet ik 's avonds lezen?'

'Dat zou in deze kamer kunnen.'

'Mag dat?' Toruns gezicht klaarde op. 'Dat zou een groot verschil maken. Vind je dat ik eerst iets tegen mevrouw Andersson moet zeggen voordat ik solliciteer?'

'Dat zou ik zeker doen. Ze heeft je heel goed behandeld. Ik denk dat ze het wel zal begrijpen, maar als iemand van mijn afdeling ergens anders naartoe wilde, zou ik het ook op prijs stellen om vooraf te worden geïnformeerd en ook de reden waarom te horen te krijgen. Dat geeft me natuurlijk niet het recht om te weigeren, maar het schept wel duidelijkheid.'

'Dan ga ik met mevrouw Andersson praten en een sollicitatie indienen. Denk je eens in, Otti, dan kan ik binnenkort met een heer in Parijs in zijn eigen taal spreken.'

Ottilia keek verbaasd. 'Je spreekt helemaal geen Frans.'

Torun lachte en plotsklaps was ze mooier dan Ottilia haar ooit had gezien. Haar ogen glinsterden ondeugend. *'Pas encore.* Nog niet.'

'Geen sprake van.' Wilhelmina keek Torun streng aan. Het viel haar op dat het meisje er heel professioneel uitzag in haar nieuwe Grand Hôtel-kleding, bestaand uit een zwart jasje en dito rok. 'Je gaat geen Franse les volgen. En het laat me onverschillig dat monsieur Blanc dat wil. Zodra er in dit hotel behoefte is aan een Torun Ekman die Frans spreekt, ben ik de eerste die daarvan op de hoogte is. En niet jij. Wees blij met de Duitse les die wij faciliteren.'

Torun stak haar kin in de lucht.

Wilhelmina kneep haar lippen op elkaar om niet te glimlachen. Geen enkele andere employee zou het aandurven haar ook maar met een blik uit te dagen, maar verdorie nog aan toe, Torun Ekman was geen doornsnee employee.

'Ik ben werkelijk heel dankbaar voor de Duitse les, mevrouw.' Torun maakte een ietwat onhandige kniebuiging om haar woorden te onderstrepen. 'Maar ik vraag niet of het hotel voor de Franse les wil betalen. Ik vraag slechts om toestemming de lessen te volgen. Het leek met niet juist om te beginnen zonder u daarvan op de hoogte te stellen, hoewel er in de huisregels nergens staat dat het verboden is Franse les te volgen.'

'Dan zullen we de huisregels aanpassen,' zei Wilhelmina kortaf.

Waarom had ze het gevoel dat ze hier het onderspit zou delven? De hoogste tijd om deze mogelijkheid in de kiem te smoren. 'Zodra ik ontdek dat monsieur Blanc jou lesgeeft terwijl ik het duidelijk heb verboden, volgt er voor jullie allebei ontslag.'

'Jawel, mevrouw.'

Wilhelmina knikte tevreden.

'Mag ik vragen waarom?" zei Torun.

Wilhelmina telde tot tien. 'Ekman, ken je de uitdrukking "het is beter om te stoppen als je op winst staat"?'

'Nee, mevrouw.'

Wilhelmina keek goed of ze in Toruns gezichtsuitdrukking iets van spot of onbeschaamdheid kon ontdekken, maar dat was niet zo. 'Op dit moment ben je bezig de werkzaamheden van je nieuwe baan onder de knie te krijgen en verder heb je twee uur per week Duitse les. Bovendien werk jij overdag en monsieur Blanc begint doorgaans zijn dienst als jij net klaar ben. Dus wanneer zouden jullie elkaar dan moeten treffen voor Franse les?'

Torun kreeg een kleur als vuur.

Wilhelmina sloeg haar armen over elkaar. 'Ekman?'

'Hij zei dat hij tijd had aan het eind van zijn dienst.'

Wilhelmina's mond viel bijna open. 'Om één uur 's nachts?'

'Hij zei dat hij altijd even moet ontspannen voordat hij naar bed gaat.'

Wilhelmina snoof. 'O, zei hij dat? Wat monsieur Blanc na zijn dienst doet, is zijn zaak. Wat jij midden in de nacht doet, is mijn zaak. Er wordt hier niet 's nachts door het hotel gezworven wanneer je 's ochtends vroeg weer aan het werk moet. Is dat duidelijk?'

'Jawel, mevrouw.'

Wilhelmina wees naar de deur. 'En nu eruit.'

Märta zocht Torun op in de kantine. 'Wat zei mevrouw Skogh?'

'*Non*.'

Märta slaakte een zucht. 'Zal ik het ook aan haar vragen? Misschien helpt het als we met meer zijn.'

'Heel lief van je, maar ze zei dat de Duitse les genoeg was en ze vroeg ook of ik de uitdrukking "stoppen als je op winst staat" kende.'

'En wat zei ze toen je ja zei?'

Torun zette grote ogen op. 'Ik zei nee.'

Märta sloeg haar hand voor haar mond. 'Torun Ekman, het is niet waar! Ik wou dat ik half zoveel durfde als jij.'

Torun duwde met haar vork een koolrolletje naar de kant van haar bord. 'Ik had niet moeten jokken. Mevrouw Skogh heeft mijn familie altijd heel goed behandeld. En die leugen heeft me niets opgeleverd.'

Märta dacht even na. 'Maar als je monsieur Blanc uit je eigen zak betaalt, dan hoeft ze het toch niet te weten?'

'Ze komt altijd overal achter. Mevrouw Skogh kijkt dwars door de muren heen.' Torun schudde haar hoofd. 'Nee, ik ga haar niet bedriegen.'

'Wat ga je dan wel doen?'

'Bij Göthes Boekhandel informeren of ze een Frans woordenboek hebben. Ik kan gewoon ergens beginnen en ze heeft niet gezegd dat het verboden is in bed te lezen.'

Ottilia klopte op de openstaande deur van mevrouw Skoghs kantoor.

Mevrouw Skogh keek op van wat eruitzag als het ontwerp van de binnenplaats naast de keuken. 'Ik hoop dat het iets belangrijks is, Ottilia. Ik word vandaag de hele dag lastiggevallen met van alles en nog wat.'

'Eh...' Ottilia aarzelde. 'Misschien is het dan beter als ik een andere keer terugkom.'

'Je bent hier nu toch, dus zeg het maar.'

'Ik vroeg me af of het mogelijk is monsieur Blanc te vragen om...'

'Geen sprake van! Je zuster kwam hier ook al met die vraag en tegen haar heb ik ook nee gezegd. Jullie kunnen hier alle meisjes in dit hotel naartoe sturen, maar er wordt nog steeds geen Franse les gegeven door de gesoigneerde monsieur Blanc. Sterker nog, ik zal het duidelijk zeggen: de eerstvolgende die me hier komt storen met de vraag over Franse les van monsieur Blanc kan rechtstreeks de trap af en deur uit naar Stallgatan.'

Met kloppend hart overdacht Ottilia haar mogelijkheden. Zou ze nu weggaan of doorgaan met waarvoor ze gekomen was?

Mevrouw Skogh keek haar fronsend aan. 'Je kwam toch iets vragen over Franse les?'

'Nee, mevrouw,' zei Ottilia aarzelend. 'Ik wilde u iets vragen over les op het gebied van wijn. Niet alleen voor mij maar voor de hele afdeling Roomservice. Er wordt ons vaak iets gevraagd over de wijnen, en geen van ons kan daar iets over zeggen, althans niet met kennis van zaken.' Mevrouw Skogh viel haar niet in de rede en Ottilia ging verder. 'Het lastigst is wanneer een gast vraagt om een soort wijn en niet om een bepaalde wijn.'

'Je hebt de basiskennis in Rättvik opgedaan. Deel die kennis met je personeel.'

Ottilia boog haar hoofd. 'Dat heb ik geprobeerd, maar ik ben vaak onzeker. De wijnkelder van het Grand Hôtel is enorm.' Ze keek mevrouw Skogh weer aan. 'Ik ben zo vrij geweest meneer Möller om hulp te vragen. Hij vertelde me dat er in de wijnkelder honderdtwintigduizend flessen liggen en dat het mannelijk personeel van de roomservice altijd een opleiding krijgt op het gebied van wijn. Hij zei ook dat ik met u moest gaan praten. Daarom ben ik hier met de vraag waarom de vrouwen hierin geen opleiding krijgen.'

Mevrouw Skogh nam een slok van haar inmiddels koud geworden thee. Ze trok een vies gezicht en zette het kopje weer terug op het schoteltje. 'Het is heel eenvoudig over het hoofd gezien. Natuurlijk dient het hele personeel van de roomservice hierin te worden opgeleid, ongeacht het geslacht.' Ze keek Ottilia met een waarderende blik aan. 'Maar waarom kom je nu pas met die vraag? Je bent al bijna een jaar hoofd Roomservice.'

'Omdat Torun tegen me zei dat ze u zou vragen of ze van monsieur Blanc Franse les kon krijgen.' Ottilia glimlachte even toen ze zijn naam noemde. 'Toen kwam het bij me op dat hij ons net zo goed iets kan leren over de wijnen die we in huis hebben.'

'Dat zou hij zeker kunnen,' beaamde mevrouw Skogh.

Ottilia schuifelde met haar voeten. 'Betekent dit dat u akkoord bent, mevrouw?'

'Ik zal het met monsieur Blanc bespreken en het daarna bevestigen. En Ottilia?'

'Ja, mevrouw?'

'Doe zo meteen de deur achter je dicht.'

'Fascinerend,' zei Wilhelmina die avond tegen Pehr. Ze reikte hem een glas whisky aan en ging naast hem zitten op de donkerrood-met-gouden sofa. Het knapperende haardvuur droeg bij aan de knusse sfeer op deze koele avond in april.

'Wat is er fascinerend, liefste?'

'Hoe goed het met de meisjes in het Grand Hôtel gaat. De afdelingen Roomservice en Huishouding bezorgen mij de minste hoofdbrekens van alles. En beide worden door vrouwen geleid. Daarbij komt dat de meisjes van de roomservice dolgraag iets over wijnen willen leren terwijl Torun Ekman aan mijn hoofd zeurt over Franse les en haar schoenen verslijt met het heen en weer lopen tussen Stallgatan en de Koninklijke Bibliotheek. En nu heeft Lisa's Karolina mij gevraagd of ze mee mag op een van onze rondleidingen door de stad. Ze is hier geboren en getogen en toch weet ze maar heel weinig over Stockholm.'

Pehr trok zijn wenkbrauwen op. 'Hoe kwam dat zo ter sprake?'

'Omdat een gast vroeg waar hij een herenparaplu kon kopen. Het lijkt wel of iedereen een praatje met haar wil maken.'

'Zolang het maar bij een praatje blijft,' gromde Pehr. 'Naar wat jij mij vertelde is ze buitengewoon knap.'

'Zoals dat met elke dochter van Lisa het geval zou zijn,' zei Wilhelmina. 'Mooie, gelijkmatige trekken.'

'En wist Karolina waar deze man een paraplu kon kopen?'

'Ze dacht bij Nordiska Kompaniet, maar toen was ze zo

voortvarend om tegen de gast te zeggen dat ze de paraplu de volgende ochtend op zijn kamer zou laten bezorgen.'

'Bravo, Karolina. Maar ik meen me te herinneren dat je haar nogal verlegen vond.'

'Dat is het 'm nu juist. Dat was ze zeker. Maar het lijkt of al mijn meisjes hun draai hebben gevonden. Ze zijn ook leergierig. Beda Johansson is volgens Ottilia een rekenwonder. Ze telt de bedragen op terwijl ze bestellingen noteert en zet dan het totaal eronder. De afdeling Boekhouding heeft tegen haar gezegd dat dit niet hoeft, omdat zij dat allemaal doen, maar Beda zegt dat ze het een leuke uitdaging vindt. En tot dusver heeft ze nog geen enkele fout gemaakt.'

'En mag Karolina mee op de rondleiding?'

'Niet met de gasten. Maar ik heb er wel over nagedacht. We zouden een maandelijkse rondleiding voor het personeel kunnen organiseren, op basis van "wie het eerst komt het eerst maalt". Karolina heeft gelijk. Hoe meer ze over de stad weten, des te beter.'

Pehr keek met een warme blik naar zijn echtgenote. 'Je mag wel trots zijn.'

'Op de meisjes? Dat ben ik inderdaad.'

'Dat je ze deze kansen biedt. Voordat jij daar de leiding kreeg waren de vrouwen van het Grand Hôtel toch vrijwel onzichtbaar?'

Wilhelmina draaide haar glas en het gouden vocht ving het licht van de lamp. 'Vrouwen zorgen voor evenwicht. We hebben tenslotte ook veel vrouwelijke gasten. En waarom zouden vrouwen niet hogerop kunnen komen in het leven? Als wij een dochter hadden gehad, dan zou ik hebben gewild dat ze de ambitie van Ottilia Ekman had, of Toruns intellect of Karolina's gave – want het is een gave – van een charmante uitstraling.'

'Jouw dochter had over alle drie de eigenschappen beschikt,' zei Pehr. Hij gaf zijn vrouw een kus. 'Ze zou sprekend op haar moeder lijken.'

30

Charley Löfvander ging naar Gösta Möller in het restaurant. Hij gebaarde naar de maître d'hôtel dat hij met hem mee moest komen en ze gingen een deur met UITSLUITEND PERSONEEL erop door.

'Wat is er aan de hand, Charley? Je doet alsof er ergens brand is.'

Löfvander keek snel naar de trap en om zich heen. 'Ik heb net Knut Andersson gezien.'

Möller deinsde achteruit. 'Echt waar? Waar dan? Of, even denken, het is 1 mei. Was hij aan het demonstreren?'

Löfvander grinnikte. 'Er ontgaat jou ook werkelijk niets, Gösta. Hij stond te zwaaien met een groot smoezelig bord waarop een achturige werkdag werd geëist.'

'Verspilde moeite. De werkgevers zullen daar nooit gehoor aan geven, maar als hij op die manier zijn tijd wil besteden, dan moet hij dat zelf weten.'

'En dat is nog niet alles,' zei Löfvander. 'Hij droeg het uniform van tramconducteur. Zo te zien werkt hij bij Norra Bolaget.'

Möller floot zachtjes. 'Dus zit hij op de trams die hier in de buurt komen.'

Löfvander knikte. 'Ik dacht dat je dit wel wilde weten. Die tramconducteurs zien alles – en iedereen – vanaf hun balkons.'

'De vraag is of we dit aan Margareta moeten vertellen,' zei Möller.

'Dat laat ik aan jouw discretie over, mijn beste man. Ik zal het zeker niet tegen haar zeggen.'

Möller streek over zijn kin. 'Het is inmiddels al bijna een jaar geleden en ik geloof niet dat ze ooit zonder begeleiding het hotel heeft verlaten. Ik heb haar afgelopen zomer meegenomen naar Djurgården, en toen bleef ze maar om zich heen kijken, bang dat hij in de buurt was of ergens stond te gluren. Ik denk dat ze al spijt had dat ze naar buiten was gegaan voordat we op de pont stapten.'

Löfvander schudde zijn hoofd. 'Dat is toch geen leven. Heb je overwogen om haar nog een keer mee uit te vragen?'

Hun gesprek werd onderbroken door luid gekrijs uit de lobby.

'Kajsa,' zei Möller. 'Kom mee.'

Een vrouw in een afgedragen zijden rok en jasje, en op haar hoofd een verfomfaaid hoedje met fletse lila bloemen, stond tussen de receptiebalie en de muur. Ze keek woedend naar de twee receptiemedewerkers. 'Ik vertrek hier op dezelfde manier als iedereen, door de hoofdingang.'

Een receptiemedewerker pakte haar bij de arm. 'Je gaat keurig netjes door de personeelsingang naar buiten of je wordt achter in een politiewagen weggevoerd. Jouw soort mag niet in hotels komen.'

Kajsa rukte haar arm los. 'Blijf met je handen van me af. Ik ben niet een van je personeelsleden.'

'Inderdaad,' zei de andere receptiemedewerker. 'Dit is een eersteklas hotel, niet een of andere donkere straathoek.'

De vrouw richtte zich in haar volle lengte op. 'Ik bied eersteklas service.'

Gösta Möller pakte haar bij haar bovenarm. Haar handen en gezicht waren weliswaar schoon, maar haar manchetten en de zoom van haar rok zaten onder het stadsvuil. 'Toe nou, Kajsa. Je kent de gang van zaken. Kom mee, anders tillen we je op en dragen we je weg.'

'Doe je best maar, Gösta Möller. Dan maak ik een geweldige scène.'

Löfvander pakte haar andere arm beet. 'We wagen het er maar op.'

Ze duwden haar door het gordijn naar de administratieafdeling. Kajsa begon weer te krijsen: 'Jullie doen me pijn. Jullie hebben het recht niet!'

Wilhelmina kwam de gang op gestormd. 'Wat is hier in vredesnaam aan de hand?'

'Het is Kajsa maar, mevrouw,' zei Löfvander.

Kajsa wurmde zich los. 'Ja, hoor. "Het is Kajsa maar", alsof ik vullis ben. Zelfs een rat is vijf öre waard.'

Möller snoof. 'Omdat een rat zijn staart niet gratis weggeeft.'

'Zo is het wel genoeg, Möller,' zei Wilhelmina.

'Mijn excuus, mevrouw.'

Kajsa begon weer te krijsen: 'Waarom bied je haar je excuses aan? Je hebt míj beledigd!'

'En als je nog een keer begint te schreeuwen in mijn hotel dan geef ik je een oplawaai,' zei Wilhelmina.

Kajsa bond ogenblikkelijk in. 'Heb meelij, mevrouw Skogh. Ik heb al drie dagen niks gegeten. Chique lui als jullie hebben geen idee hoe sommigen van ons leven.'

'Svensson, bel voor een warme maaltijd,' zei Wilhelmina. En ze richtte zich weer tot Kajsa. 'En daarna verdwijn je.'

'Een biertje zou me goeddoen,' zei Kajsa.

'Een bad zou je ook goeddoen,' zei Möller.

Kajsa draaide zich naar hem om. 'Ik zweer het dat ik proper ben. Van onderen, want dat is belangrijk. En ik ben geregistreerd. Twee keer per week laat ik me controleren. Dat heb ik je weleens verteld.'

'Maar dat is toch niet iets om trots op te zijn?'

Kajsa hief haar oude leren tas alsof ze hem een klap wilde geven en liet toen haar arm weer zakken. 'Ik bewijs dit hotel eigenlijk een dienst, hoor. Van die oude Kajsa zul je niks oplopen. Jullie zouden me dankbaar moeten zijn dat ik jullie gasten een veilige beurt geef. Of zijn jullie soms jaloers?' Ze keek Möller uitdagend aan. 'Ik heb nog wel een gaatje voor je.'

Wilhelmina verschoot van kleur. 'Möller, ik neem het van je over.' Ze nam Kajsa mee naar haar kantoor. 'Zo kan het niet langer. Wanneer je klaar bent met eten, verdwijn je. Als je het waagt om terug te komen, bel ik zonder pardon de politie. Het is genoeg geweest.'

'Ik heb nooit een kans gekregen.' Kajsa plofte neer op de dichtstbijzijnde stoel aan de lange tafel. 'Möller zegt dat ik mezelf weggeef, maar dat is niet waar. De eerste keer dat ik het voor niks moest doen, was toen ik nog dienstmeisje was. Toen ik het aan mijn moeder vertelde zei ze: "Goed, kind, als de fijne luitjes aan zelfbediening doen, dan kun je ze net goed laten betalen." Ze had gelijk. Wat moet een meisje anders?'

'Werken voor de kost. Zelfrespect hebben.'

Kajsa wierp haar een felle blik toe. 'U denkt dat het zo makkelijk is, hè? Wie zou mij in dienst willen nemen? Zeker u niet in dat dure hotel van u. Niemand, behalve voor wat ik te bieden heb. U weet niet hoe het is. We mogen niet op straat lopen, we mogen nergens lopen.'

'Je mag ook niet zomaar mijn hotel binnenlopen, maar dat heeft je er niet van weerhouden.'

Kajsa liet haar schouders hangen. 'Het is nou toch te laat. Ik doe dit al twintig jaar en het wordt steeds moeilijker. De jonge mannen willen geen ouwe taart als ik en de kerels die me wel willen, betalen me een habbekrats. Ik kwam hier binnen om een beetje warm te worden. Het mag dan wel 1 mei zijn, maar ik had het koud. Ik heb het altijd koud.'

Wilhelmina keek Kajsa nog eens goed aan. Ze miste een voortand. Haar wangen waren ingevallen. Maar ze had een trotse blik in haar ogen. 'Hoe oud ben je?'

'Tweeëndertig lentes. Ja, hoor, ik was twaalf toen hij zich aan me vergreep. U weet niet hoe het is om arm te zijn als een kind van twaalf.'

Karolina kwam binnen met een dienblad. 'Smakelijk eten,' zei ze zachtjes terwijl ze de zilveren dekschaal weghaalde.

Kajsa keek verlekkerd naar het bord met dampende gehaktballetjes en een compote van vossenbessen. 'Dank je.'

Wilhelmina zag Kajsa naar Karolina kijken toen ze wegliep.

'Zo'n baantje zou ik ook wel willen,' zei Kajsa, en ze nam een hap smeuïge aardappelpuree. Ze kreunde van genot en slikte toen door. 'Ik zou hier best kunnen werken.' Ze keek Wilhelmina vanonder haar hoedje aan.

'Geen sprake van,' zei Wilhelmina. ' Ik zie al voor me dat je bij een heer uit het bed stapt om hem zijn ontbijt te serveren.'

'Dat zou ik nooit doen. Trouwens, u meet met twee maten. U noemt zo iemand een heer, maar u zou mij nooit een dame noemen.' Kajsa keek kwaad. 'Vrouwen voelen zich te goed en verheven om andere vrouwen te helpen. De laatste vrouw die me goed heeft behandeld, was de vroedvrouw en zelfs zij gaf me een mep op mijn kont.'

'Je zit nu in mijn kantoor en eet een maaltijd uit mijn kantine,' zei Wilhelmina op scherpe toon. 'En ik zal je wat vertellen over je verheven voelen. Op mijn twaalfde wreef ik zestien uur per dag glazen op. Staand. Op sommige avonden waren mijn voeten zo beurs dat ik bijna niet naar huis kon lopen. Dan ging ik met mijn voeten in de Norrström zitten om de pijn te verlichten. En toen ik eindelijk iets hogerop was gekomen, ging ik naar de avondschool om talen en boekhouden te leren.'

Kajsa keek haar weldoenster vol respect aan. 'Maar ik wed dat u een goede opvoeding heeft gekregen. En ik? Ik kom uit de goot. Mijn vader smeerde 'm en liet mijn moeder achter met negen kinderen.'

'Hoe iemand ook is opgevoed, er komt altijd een punt waarop je de verantwoordelijkheid voor je eigen leven moet nemen. Weet je waar de beste helpende hand zich bevindt? Aan het eind van je eigen arm.'

'Makkelijker gezegd dan gedaan. Het enige wat ik altijd wilde, was een gezin hebben. Twee koters. Hebt u kinderen?'

Wilhelmina keek haar verstoord aan. 'Dat gaat je niets aan. Eet je bord leeg en verdwijn.'

'Ik durf te wedden dat u geen koters hebt.' Kajsa nam nog een laatste slok bier en veegde haar mond af met een servet. Ze stak haar wijsvinger op. 'Ik heb een theorie. Wij werkende vrouwen willen alleen maar in staat zijn om een huis te kunnen betalen en een gezin te ouderhouden, terwijl dames uit de hogere kringen liever zouden werken, tenminste, dat zeggen ze bijna allemaal. Dat is toch raar? Zo krijgt geen enkele vrouw wat ze wil. Tenminste' – ze gebaarde met haar hand door Wilhelmina's kantoor – 'bijna geen enkele.'

'Sommige vrouwen hebben heel lang en hard moeten werken om te bereiken wat ze wilden,' zei Wilhelmina. 'Al vanaf voor jouw geboorte.'

'En sommigen – de mannen – krijgen alles op een presenteerblaadje aangeboden. Of anders pakken ze het zelf wel. Zelfs arbeiders doen dat.'

'Als dat waar was, dan zouden ze nu niet de straat op gaan om te demonsteren voor hogere lonen en kortere werktijden.'

'Maar ze demonstreren niet voor iedereen. Alleen voor zichzelf. Wij vrouwen blijven zoals altijd met het kortste eind zitten.'

'Je bedoelt dat vrouwen altijd aan het kortste eind trekken. Misschien heb je gelijk.'

'Ik heb zeker gelijk. En ik bedoelde niet dat we aan het kortste eind trekken. We hebben geen keus. Wij krijgen wat de mannen – en zeker de adel – niet willen. Daarom heet het ook de hogere stand. Zij staan overal boven,' zei Kajsa. 'U had het net over zere voeten. Op mijn leeftijd en met mijn werk, doet alles zeer. Maar deze zomerzon doet me veel goed.' Ze stond op. 'Ik ga nu maar en kom heus niet meer terug. Ik kan me niet herinneren dat iemand zo aardig voor me is geweest als u en dat jonge dienstertje.'

Wilhelmina keek vanuit het raam naar het tengere figuurtje dat over Södra Blasieholmshamnen naar de Norrbro-brug liep terwijl haar handtas op kniehoogte aan haar zij bungelde. Tweeendertig. Kajsa was ongeveer van dezelfde leeftijd als Margareta Andersson, maar ze leek zeker tien jaar ouder. Had ze haar meer hulp moeten bieden? Nee. Als er één schaap over de dam was, volgden er meer.

Wilhelmina ging weer achter haar bureau zitten. Kajsa's aanwezigheid en woorden hingen nog in de lucht. Ietwat uit haar doen schoof ze de tekening voor de binnenplaats opzij. Had Kajsa het bij het rechte eind met haar theorieën? Niet helemaal. Er waren genoeg fatsoenlijke mannen op de wereld. Pelle had haar altijd met liefde en respect behandeld. Régis Cadier was een goede echtgenoot, vader en werkgever geweest. Hetzelfde gold voor Karl Ekman in Rättvik. Haar eigen vader was ook een harde werker geweest, iemand die goed voor zijn gezin had gezorgd, voordat hij verdronk. Maar hoe zat het met de Knut Anderssons in deze stad? Om maar te zwijgen van de verkrachters uit de hogere kringen. De mannen die geen vuisten of dreigementen hoefden te gebruiken om vrouwen uit te buiten, en die tegen hun emancipatie stemden.

Wilhelmina belde voor nog een kop koffie en pakte haar pen. Ze kon weinig veranderen aan de grote problemen in de stad. Maar ze kon wel doorgaan met het Grand Hôtel te veranderen in het mooiste hotel van Europa. Allereerst door brieven aan verschillende banken te sturen. Mocht ze hierdoor in conflict met het bestuur komen, dan was dat maar zo. De heren zouden zich erbij neer moeten leggen. Ze begon te schrijven.

31

Margareta greep de rand van haar eikenhouten bureau vast en keek Gösta Möller verbijsterd aan. 'Op de tram?'

Hij knikte. 'Eerlijk gezegd wisten we…'

'We?'

'Charley en ik. Hij zag Knut al eerder.'

Margareta werd vuurrood. Het hele hotel was blijkbaar op de hoogte van haar situatie. Maar nu begreep ze dat haar collega's haar ook in bescherming namen. 'Hoelang weet je het al?' fluisterde ze.

'Een paar weken, maar voor ik het je wilde vertellen, moest ik Knut eerst met eigen ogen zien. En ik zag hem vandaag.'

'Zag hij jou ook?' vroeg ze gespannen.

Möller haalde zijn schouders op. 'Best mogelijk. Het spijt me dat ik je ermee confronteer, maar ik dacht dat je het wel wilde weten.'

'Dank je.' Ze pakte een glas water en terwijl ze een slok nam klapperden haar tanden tegen de rand.

'Hoor eens,' zei Möller zacht. 'Het maakt volgens mij geen verschil. Knut heeft je vast al eens gezien en toen heeft hij niets ondernomen omdat het hem niets kan schelen.'

Of hij wacht zijn kans af, dacht Margareta, en ze nam nog een slok. 'In ieder geval weet ik nu welke straten ik moet mijden.'

'Hij kan niets doen, ook al ziet hij je. Hij kan niet zomaar uit de tram stappen. Ik wilde alleen niet dat je erdoor zou worden verrast.'

'Dank je,' zei ze nogmaals. Maar wat was er erger, door iets akeligs te worden verrast of daar constant bang voor zijn? Maar was ze al niet voortdurend bang? Ottilia zei toch altijd dat je ergens het voordeel van moest inzien? In ieder geval wist ze nu waar Knut was. Ze glimlachte stroef. 'Dank je. Je zag er vast tegen op om het me te vertellen.'

'Ik heb wel voor hetere vuren gestaan,' zei Möller. 'Zullen we maar zeggen dat Knut naar de duivel kan lopen en dat wij op mijn eerstvolgende vrije avond uit eten gaan?'

Ze keek naar de man die tegenover haar aan het bureau zat. Hij had blauwe ogen, zij het niet zo blauw als die van Knut, en hij vroeg haar mee uit, ook al had ze door haar angst hun uitje van afgelopen zomer volledig bedorven. Ze had zich wekenlang geschaamd. De gedachte dat ze zich weer zo schandalig zou gedragen – en ze kon er niet van op aan dat het niet zou gebeuren – maakte korte metten met elke neiging om zijn uitnodiging te accepteren. Het beste was om nu meteen nee te zeggen en deze charmante man, die echt beter verdiende, de kans te geven iemand te vinden die minder beschadigd was dan zij.

Ze schudde haar hoofd. 'Bedankt voor je uitnodiging. Je bent een echte heer, Gösta. Op een dag zul je als goede echtgenoot een vrouw heel gelukkig maken.'

Möller bleef haar aankijken. 'Ik mag hopen dat je gelijk hebt. Mocht je van gedachten veranderen, dan weet je waar je me kunt vinden.' Hij deed de deur van het kantoor achter zich dicht.

Ze veegde de tranen uit haar ogen, en dacht aan wat had kunnen zijn als ze eertijds met een lievere man was getrouwd.

32

Exact dertig minuten voor aanvang van de vergadering kwamen Börtzell, Von der Lancken en Burman samen in de bestuurskamer.

'Heren.' Börtzell schraapte zijn keel. 'Bedankt voor jullie komst.'

'Vanzelfsprekend,' zei Von der Lancken. 'Maar waarom zijn we hier zo vroeg? Je berichtje vermeldde geen reden.'

'Het leek me verstandig de plannen van onze algemeen directeur te bespreken, voordat de dame in kwestie arriveert.'

'Dat is hoogst ongebruikelijk.' Von der Lancken bette zijn voorhoofd.

'Maar noodzakelijk.' Börtzell liet een stilte vallen om de ernst van zijn woorden tot iedereen te laten doordringen. 'Ik denk dat ze voet bij stuk zal houden wat betreft haar voornemen het hotel dieper in de schulden te steken en wij dienen gedrieën een front te vormen om deze waanzin een halt toe te roepen.'

Burman slaakte een zucht. 'Ik neem aan dat je het hebt over agendapunt 1, de keukenbinnenplaats. Ik meende dat we verdere investeringen op de lange baan hadden geschoven.'

'Blijkbaar niet.' Börtzell pakte de brief die voor hem lag erbij. 'Mevrouw Skogh schrijft hier dat ze regelmatig klachten krijgt van gasten in de kamers die op de keukenbinnenplaats uitkijken. Het lawaai resoneert, er hangt een walm en het uitzicht is zeer onaantrekkelijk. Ze wijst er tevens op dat ze dit onderwerp tijdens onze laatste vergadering ter tafel heeft gebracht.'

'En wij hebben erop gewezen dat de bank ons vrijwel zeker geen nieuwe lening zal verschaffen,' zei Burman. 'Bovendien hebben we sinds onze laatste vergadering ook nog eens voor vijftigduizend kronen aandelen Rättviks Turisthotell AB gekocht. In opdracht van haar. Misschien moeten we mevrouw Skogh daaraan herinneren als ze voorstelt de bank te benaderen.'

Von der Lancken kneep zijn ogen samen. 'Het grondplan van het hotel is onveranderd. Waarom is die binnenplaats nu plotseling zo'n probleem?'

'Omdat de keuken is uitgebreid sinds Cadier hier de scepter zwaaide,' zei Börtzell. 'Dus meer lawaai, meer opstijgende dampen.'

'Ik denk niet dat mevrouw Skogh voorstelt het formaat van de keuken terug te brengen,' zei Von der Lancken. 'Ik weet dat het dames eigen is om van gedachten te veranderen, maar dat lijkt me sterk.'

'Uitgesloten.' Börtzell nam even de tijd om een paar trekjes van zijn bijna uitgedoofde sigaar te nemen. 'Mevrouw Skogh vraagt toestemming van de keukenbinnenplaats een tuin te maken.'

Burman fronste zijn wenkbrauwen. 'Maar dat is toch onmogelijk? Er is geen dak. Hoe wil zij het voor elkaar krijgen dat een dergelijke tuin ook 's winters aantrekkelijk oogt?'

Börtzell tikte op de brief. 'Ze heeft het over de aanleg van een gazon, bloembedden, fonteinen en pergola's gedurende de zomer, en dat maakt dan in de winter allemaal plaats voor een meer bosachtige sfeer met jeneverbessen, sparren en elektrisch verlichte kunstmatige grotjes.'

'En zoals gewoonlijk klinkt dat allemaal heel aantrekkelijk,' zei Burman, 'en kostbaar. Het antwoord moet nog steeds nee zijn. We zouden hiermee de toekomst van het Grand Hôtel in gevaar brengen. Het verbaast me dat mevrouw Skogh dat zelf niet beseft.'

'Ik ben dezelfde mening toegedaan,' zei Börtzell. 'Daarom zijn we hier om te overleggen hoe we zullen reageren als mevrouw Skogh het niet eens is met onze bezwaren. Als dit mooie hotel in een faillissement wordt gestort, ligt onze reputatie aan duigen.'

'En de hare,' zei Von der Lancken.

Börtzell snoof. 'Mevrouw Skogh kan altijd nog terug naar Storvik, waar ze ongetwijfeld geen zier geven om Stockholms Grand Hôtel. Als ze daar überhaupt van ons etablissement hebben gehoord. Wij moeten daarentegen de scherven opruimen in deze stad.' Hij tikte met zijn korte dikke vinger op de tafel om zijn punt kracht bij te zetten. Er viel wat as op het gepolitoerde tafelblad.

Burman glimlachte. 'Maak je geen zorgen, Algernon. Ik heb zo mijn contacten bij de bank. Laat haar maar om een lening vragen als ze dat met alle geweld wil. Ik garandeer je dat de bank haar aanvraag niet zal honoreren en dan wordt het probleem opgelost zonder tussenkomst van ons. We kunnen voor de vorm nog even mompelen dat we teleurgesteld zijn, maar daarmee is de kous af. Geen man overboord.'

Von der Lancken kuchte. 'Dat riekt bijna naar bedrog.'

Burman wendde zich tot zijn collega. 'Wat stel jij dan voor, Ehrenfried? Dat we opnieuw een algemeen directeur na een jaar ontslaan, of erger nog, na drie maanden, als je vanaf haar benoeming telt? Dan ziet niemand ons toch meer voor vol aan?'

'Je hebt gelijk.' Börtzell knikte driftig met zijn hoofd. 'We moeten koste wat kost elke mogelijkheid tot een deconfiture vermijden.'

Wilhelmina keek in de spiegel terwijl ze een sierlijke met diamanten en saffieren ingelegde broche bij haar hals opspeldde. Dit sieraad was een geschenk van Pelle toen ze in 1899 haar vijftigste verjaardag vierde. Ze deed een stap terug en knikte goedkeurend. De vergadering van vandaag zou hoogstwaarschijnlijk uitlopen op een confrontatie met het bestuur. Gekleed in deze nachtblauwe zijden rok, met zwierige borduursels in een donkerder tint, en een witte kanten blouse met hoge hals die ze in Parijs had gekocht, straalde ze zowel vrouwelijkheid uit als de zakelijkheid van iemand met wie niet viel te spotten. Kortom, de vrouwelijke algemeen directeur van het Grand Hôtel. Een functie waarvan ze genoot en die ze van plan was te behouden.

Met geheven hoofd zeilde ze de bestuurskamer binnen. De heren, die al hadden plaatsgenomen, stonden op om haar te begroeten. Ze merkte onmiddellijk op dat er wat as op de tafel lag en er een sigaar was gerookt. Börtzell had zijn rokertje hier dus al een tijdje geleden opgestoken. Interessant. Ze deed net alsof ze het niet had gemerkt en trakteerde de heren op een triomfantelijke glimlach toen ze plaatsnam in de stoel die Von der Lancken voor haar uitschoof. 'Goedemiddag, heren. Wat een voortreffelijke dag. Stockholm is werkelijk op zijn mooist tijdens een zonnige dag aan het eind van juni.'

'U hebt zoals altijd absoluut gelijk, mevrouw Skogh,' zei Börtzell. 'Morgen is het 1 juli. Naarmate men ouder wordt, lijkt de tijd steeds sneller te verstrijken.'

Burman en Von der Lancken mompelden vaag iets instemmends.

Börtzell duwde zijn bril hoger op zijn neus. 'Zullen we beginnen? Punt 1: de keukenbinnenplaats. Mevrouw Skogh, ik heb uw brief ontvangen aangaande uw voorstel om deze plek de bestemming van een tuin te geven. Hoewel wij het er unaniem over eens zijn dat het een subliem idee is en een uitmuntende aanvulling op het hotel zou zijn, ben ik bang dat de bank in dit geval het enige struikelblok zal vormen.'

Wilhelmina ging niet in op de ongemeende complimenten en veinsde verbazing. 'Hoe bedoel je "wij", Algernon? Wanneer hebben jullie mijn verzoek dan besproken?'

Von der Lancken mompelde iets en begon toen te hoesten. 'Neem me niet kwalijk,' zei hij en hij haalde een zakdoek uit zijn zak.

'Algernon stipte het even aan vlak voordat u binnenkwam,' zei Burman.

Wilhelmina knikte. 'Dan wil ik jullie graag mijn excuses aanbieden dat ik te laat was. Dat zal niet meer gebeuren. Maar het verheugt me dat je een lening als het enige struikelblok ziet.'

Burman en Börtzell wisselden een snelle blik.

'En het verheugt mij dat u begrip opbrengt voor de situatie,' zei Burman. 'Wellicht zal in de toekomst...' Hij trok zijn wenkbrauwen op en glimlachte meelevend.

'November,' zei Wilhelmina.

Börtzell keek verbaasd. 'Hoe bedoelt u: november?'

'Dan kunnen de werklui beginnen met het verstevigen van de vloer. November is een ideale periode hiervoor, want dan is het gewoonlijk rustig in hotels. Stockholm is dan het minst aantrekkelijk en de aanloop naar Kerstmis is nog niet begonnen.'

'Wacht eens even,' zei Burman met stemverheffing. 'We zijn zojuist overeengekomen dat we geen lening zullen aangaan voor verdere projecten. Wanneer de Hernösands Eskilda Bank hiervoor wordt benaderd, zullen ze van ons verlangen dat we onze schulden gaan aflossen in plaats van die te vergroten.'

Wilhelmina stak haar beide handen op. 'Nu moet ik me opnieuw verontschuldigen. Ik heb verzuimd te melden dat de kwestie van een lening al is opgelost.'

'Hoe dan?' vroeg Börtzell korzelig.

'Jullie hebben inderdaad gelijk: de Hernösands Eskilda Bank heeft negatief gereageerd op mijn verzoek. Maar de Hernösands Eskilda Bank is niet het enige financiële instituut in deze stad. Het zal jullie ongetwijfeld plezier doen als ik vertel dat al onze schulden zijn geherfinancierd, en nog wel heel voordelig, en dat het Grand Hôtel nu zaken doet met de Stockholms Handelsbank en Skandinaviska Kreditaktiebolag. Een lening voor de nieuwe tuin valt hier ook onder.'

In de bestuurskamer daalde een diepe stilte neer terwijl langzaam tot de mannen doordrong welke consequenties dit zou hebben.

Plotseling sprong Börtzell overeind en sloeg met zijn vuist op tafel. 'Dit is je reinste waanzin! Daar had u het recht niet toe!'

'Ik had alle recht.' Wilhelmina deed haar best heel beheerst te klinken. 'Jullie hebben mij benoemd om dit hotel naar mijn beste kunnen te leiden. Inmiddels maken we weliswaar meer winst, maar we hebben een onacceptabel aantal ontevreden gasten. Het is mijn taak dat probleem te verhelpen.'

Börtzell liet nog een keer met een klap zijn vuist op tafel neerkomen. 'Ik sta hier niet achter.'

'Hoezo niet? Nog geen tien minuten geleden waren jullie het er unaniem over eens dat mijn plan subliem en uitmuntend is, dat zijn je eigen woorden, en dat een lening het enige struikelblok zou vormen. De lening is in kannen en kruiken. En nu wil je beweren dat je dit niet hebt gezegd?'

'Nog een lening kan de nekslag voor het hotel betekenen,' gromde Burman.

'Maar dat geldt ook voor een slechte reputatie,' bracht Wilhelmina hiertegenin. 'Wordt er niet gezegd dat het drie jaar duurt om een hotel op poten te zetten, maar dat het in drie dagen kapot kan worden gemaakt?'

'Dit hotel heeft drie decennia uitstekend gefunctioneerd zonder u!' schreeuwde Börtzell.

'Is dat zo? Zeiden jullie niet dat het hotel in grote financiële problemen verkeerde en dat dit de reden was waarom jullie me hebben aangenomen?' Ze richtte zich tot Von der Lancken. 'Ehrenfried?'

'Dit is uiterst ongebruikelijk. Een algemeen directeur die het bestuur trotseert.'

Haar ogen bliksemden. 'Trotseert? Wanneer dan?'

'Ik moet het je echt nageven,' zei Elisabet die avond toen ze met een fles Moët op tafel onder de boogramen zaten. 'Mina, ik had dit nooit gedurfd. En wat gebeurde er toen?'

Wilhelmina schonk hun glazen nog eens vol. 'Toen werd het heel interessant. Börtzell legde ter plekke zijn functie neer. Hij wilde niet de schuld krijgen van een faillissement of daar zelfs maar mee in verband worden gebracht. En toen volgden Burman en Von der Lancken zijn voorbeeld.'

Elisabet greep met haar hand naar haar hals. 'Mijn hemel.'

Wilhelmina nam nog een slokje en genoot van de verrukkelijk koele champagne na deze moeilijke dag. 'Het is ongetwijfeld de beste oplossing. De verhouding met het bestuur verslechterde zienderogen. Ze steunen me of ze steunen me niet. Blijkbaar steunen ze me niet, anders waren ze wel enthousiast geweest over de nieuwe financiële regeling. Maar goed, nu komt er een bijzondere aandeelhoudersvergadering om nieuwe bestuursleden te benoemen. Carl Liljevalch heeft me al toestemming geven hem kandidaat te stellen als voorzitter. Pelle en ik kennen hem al jaren. Hij is een heel dierbare vriend. En hij is ervan overtuigd dat de nieuwe financiële overeenkomst aan alle kanten deugt en dat het Grand Hôtel een gouden toekomst tegemoet gaat.'

'Dat zal een hele verandering zijn na te hebben gewerkt met die drie dwarsliggers,' zei Elisabet.

'Daar drink ik op.' Wilhelmina hief haar glas. 'Herinner je je nog dat ik tegen je zei dat ik ruimte nodig had voor meer gastenkamers? Het oplossen van dat probleem staat als volgende op mijn agenda, en dan heb ik liever te maken met Carl Liljevalch dan met Algernon Börtzell.'

'Mina,' zei Elisabet, en ze zette haar glas neer. 'Het spijt me dat ik van onderwerp verander, maar het zit me ontzettend hoog en ik móét het vragen. Werkt Karolina hier nog steeds?'

'Voor zover ik weet wel.' Wilhelmina hield haar hoofd een ietsje schuin. 'Hoezo?'

'Ik heb haar voor het laatst vlak voor Kerstmis gezien.'

'Ik weet zeker dat het gewoon toeval is. Overdag ben jij meestal niet hier. En misschien werkt Karolina vaker overdag dan 's avonds. Ik weet dat de meisjes wat de werktijden betreft zo hun voorkeur hebben.'

'Ik hoop dat je gelijk hebt.' Elisabet ging even verzitten in haar stoel en keek naar buiten waar de blauw-met-gele vlag boven het operagebouw wapperde en de zeemeeuwen op de warme bries zweefden. 'Ik ben bang dat ik iets heel doms heb gedaan.'

'In welk opzicht?' Wilhelmina zette zich al schrap. God verhoede dat Elisabet nog iemand anders in vertrouwen had genomen wat betreft Karolina. Hoe minder mensen hiervan wisten des te kleiner was de kans dat Zijne Majesteit er lucht van zou krijgen. De gedachte aan die mogelijkheid hield haar vaak uit haar slaap.

Elisabet keerde zich weer naar haar toe. 'Beloof me dat je niet kwaad wordt.'

'Ik zal mijn uiterste best doen.'

Elisabet haalde even diep adem. 'Vlak voor Kerstmis kwam Karolina me op een avond bedienen. O Mina, wat zag ze er snoezig uit.' Er rolde een traan over Elisabets wang. 'Ik wilde haar het liefst in mijn armen nemen en tegen haar zeggen dat het me spijt. Dat heb ik natuurlijk niet gedaan, maar ik kon me toch niet inhouden om tegen haar te praten. Ze stond vlak voor me, een halve meter van me vandaan.'

Een halve meter? Overdreef Elisabet of was ze zo dicht bij Karolina gaan staan zonder te beseffen dat dit zeer ongebruikelijk was ten opzichte van het personeel? 'Ga verder.'

'Ik vroeg hoe ze heette en of ze van haar werk hield. Ik weet dat het ongepast was. Ik wist alleen niet wat ik anders moest zeggen en ik wilde dat ze nog even bleef. Dat begrijp je toch wel?'

'Ik doe mijn best,' zei Wilhelmina.

'En voordat ik er erg in had streek ik haar over haar wang.'

Wilhelmina kneep haar lippen op elkaar en zei niets. Voornamelijk omdat ze, bij hoge uitzondering, niet wist wat ze moest zeggen. Want waar was de liefde van een moeder niet allemaal toe in staat?

Elisabet zuchtte. 'Je hebt alle recht om kwaad te zijn.'

'Hoe reageerde Karolina?'

'Ze was verbijsterd. Toen ze me aankeek zag ik angst in die prachtige ogen van haar. Pure angst, Mina, de eerste keer dat ze haar moeder zag. Ik kon wel huilen.'

'En toen?' Wilhelmina dempte haar stem, in de hoop meelevend en niet berispend te klinken.

'Ik gaf haar tien kronen en toen vloog ze de deur uit.'

'Tien kronen? Het verbaast met niets dat ze maakte dat ze wegkwam. En voor zover ik iets weet over de afdeling Roomservice, en ik ga er prat op dat ik op de hoogte ben van alles wat er in dit hotel gebeurt, zal Ottilia Ekman ervoor zorgen dat Karolina je nooit meer bedient.'

Elisabet knikte verslagen. 'Wat moet ik nu doen?'

'Doen? Helemaal niets! Uit wat je vertelt, maak ik op dat het zes maanden geleden is. Je moet geen slapende honden wakker maken. Zolang Zijne Majesteit niet weet waar Karolina is, moeten we zeer behoedzaam te werk gaan.'

33

Voorjaar 1904

In het Grand Hôtel heerste een levendige sfeer. De stille winterperiode werd doorbroken door de komst van Europese gekroonde hoofden en andere vooraanstaande gasten die de viering van de vijfenzeventigste verjaardag van koning Oscar II zouden bijwonen. Bovendien was de aanleg van de binnentuin inmiddels voltooid.

Margareta, Ottilia en Beda stonden op een afstandje te kijken naar mevrouw Skogh en de nieuwe tuinman en bloemist Josef Starck die het resultaat in ogenschouw namen. Naast een heus gazon waren er bloembedden met een overvloed aan tulpen, hyacinten, begonia's, lathyrussen en nog veel meer bloemenpracht in rode, gele, paarse, witte en roze tinten. De zoete geur vermengde zich met de heerlijke aroma's uit de keuken. En dat allemaal onder een blauwe aprilhemel. Mevrouw Skogh mocht dan verguld zijn met de nieuwe tuin, maar Margareta was er bijna net zo blij mee. Nu kon ze zonder het hotel te hoeven verlaten een frisse neus halen en naar de wolken kijken. Zolang ze maar uit het zicht van de kamers bleef.

'Het is geweldig,' zei Ottilia.

'Hij is zeker geweldig,' zwijmelde Beda.

Ottilia giechelde. 'Ik dacht dat je een oogje had op monsieur Blanc.'

'Ik heb toch twee ogen?'

'Meisjes, alsjeblieft.' Margareta deed haar best streng te klinken, maar ze kon niet anders dan het met Beda eens zijn. Meneer Starck had een donker en zwoel uiterlijk, zoals je maar zelden bij Scandinavische mannen zag.

Mevrouw Skogh wenkte haar dichterbij te komen, en Margareta stapte in het zonlicht.

'Dit is mevrouw Andersson, ons hoofd Huishouding,' zei mevrouw Skogh tegen Josef Starck. 'Zij bepaalt wanneer en waar de boeketten en bloemstukken moeten worden geplaatst.'

Meneer Starck stak zijn hand uit. 'Ik verheug me op een prettige samenwerking.' Hij hield Margareta's hand ietsje langer vast dan nodig en toen hij losliet streek hij lichtjes met zijn duim over de hare.

Er ging een schok door haar heen en ze moest naar adem happen voordat ze iets kon zeggen. 'U hebt prachtig werk geleverd. Ik heb nu al van diverse gasten gehoord dat ze het heerlijk vinden om op deze schitterende tuin uit te kijken.'

Mevrouw Skogh gaf een kort knikje. 'Dan hebben we ons doel bereikt. Ik laat jullie nu verder kennismaken zodat jullie de werkzaamheden op elkaar kunnen afstemmen. Het is van het grootste belang dat jullie duidelijk communiceren. Ik wens geen verlepte bloemen aan te treffen omdat jullie alle twee menen dat de ander daar verantwoordelijk voor is. Ik zal jullie dat dan allebei aanrekenen.' Ze draaide zich abrupt om. 'Juffrouw Ekman, meekomen. Juffrouw Johansson, ga terug naar de roomservice.'

Meneer Starck keek mevrouw Skogh na, die met Ottilia in haar kielzog vertrok. 'Is mevrouw Skogh altijd zo... streng?'

Blij dat dit voor haar weer vertrouwd terrein was, produceerde Margareta een glimlachje. 'Ze bestuurt een groot schip. Wij kennen allemaal onze plek en weten wat er gedaan moet worden. Ik moet eerlijk zeggen dat het personeel van het Grand Hôtel onder het bewind van mevrouw Skogh meer een familie is geworden. Je hoort er helemaal bij of je hoort er niet bij.'

'Dan beschouw ik het als een nog grotere eer dat ik deze betrekking heb gekregen.' Hij plukte een vuurrode tulp uit de grootste groep. 'Voor op uw bureau.'

Ze deed een stapje naar achteren. 'Dat kan ik niet aannemen, die bloem is eigendom van het hotel.'

'Ik heb hem gekweekt.'

'In uw eigen tijd? Hebt u voor de bol betaald?'

'Ik geef u alleen maar een bloem.'

'Die is niet van u.'

'Mijn excuus.' Zijn bruine ogen stonden treurig. 'Misschien mag ik u op een dag een bloem geven die wel van mij is.'

Margareta voelde zich ogenblikkelijk schuldig en ze bloosde. Ze zou het heerlijk vinden om van meneer Starck een bloem te krijgen, al was het maar een bloemblaadje, maar zulke gedachten mocht ze er niet op nahouden. En hij wist toch zeker wel dat ze een getrouwde vrouw was? Mevrouw Skogh had haar nota bene aangesproken met mevrouw Andersson. Margareta rechtte haar rug. 'We moeten onze werkzaamheden coördineren zodat er geen ruimte voor misverstanden en fouten kan ontstaan. De gastenlijst voor komende week ligt boven. Kunt u vanmiddag naar mijn kantoor komen?'

Ottilia liep achter mevrouw Skogh aan. Het was in ieder geval een goed teken dat mevrouw Skogh haar had aangesproken met 'juffrouw Ekman'. Als het alleen 'Ekman' was geweest, had ze blijkbaar iets verkeerd gedaan en stond haar een reprimande te wachten. Er moest dus iets anders aan de hand zijn waarom mevrouw Skogh haar wilde spreken, maar wat, was haar een raadsel. Mevrouw Skogh was nogal kortaf geweest, waardoor het naar alle waarschijnlijkheid het werk betrof en geen slecht nieuws. Ze zou nooit vergeten hoe liefdevol en teder mevrouw Skoghs stem had geklonken op de dag dat haar moeder was overleden.

Inmiddels liep de kleine Victoria als een kievit en babbelde tegen alles en iedereen. Het meisje was als enige gezegend met het golvende vlasblonde haar van haar moeder en de donkerblauwe ogen met lange donkere wimpers van haar vader en zou ongetwijfeld opgroeien tot de mooiste van de vier gezusters Ekman. Volgens nicht Anna kon ze niet normaal met Victoria door de hoofdstraat van Rättvik lopen zonder dat de ene na de andere al wat oudere dame het moederloze peutertje wilde knuffelen. Ook Birna en hun vader waren dol op de jongste telg van het gezin. En Ottilia verheugde zich erop om snel een paar dagen met Victoria door te brengen. Alleen Torun bleef volstrekt ongevoelig voor de charmes van het kleine meisje.

In het kantoor van haar mentor nam Ottilia plaats op de haar aangeboden stoel.

'Ik had nog niet de kans het je te vertellen,' zei mevrouw Skogh, 'maar ik was de vorige week in Rättvik en daar heb ik je vader gezien. En ook Victoria. Het is een beeldig schepseltje en ze zal je ongetwijfeld de oren van het hoofd kletsen als ze wat ouder is. Maar goed, hij doet je de lieve groeten.' Mevrouw Skogh glimlachte vriendelijk.

Ottilia voelde zich onmiddellijk schuldig. Pa. Ze had hem al veel te lang niet gezien. 'Ging het goed met hem?'

'Zo te zien maakte hij het uitstekend. Iets grijzer geworden, maar dat geldt voor ons allemaal. Nu ja, niet voor jou natuurlijk.' Mevrouw Skogh tikte met haar pen op iets wat eruitzag als een stapeltje aantekeningen. 'Zo. Je bent inmiddels twee jaar hoofd Roomservice.'

Een constatering, en geen vraag. Ottilia hield haar mond.

'Heb je alles geleerd wat je diende te weten?' ging mevrouw Skogh verder.

Ottilia had geen idee waar dit gesprek heen zou gaan. Had ze iets voor de hand liggends over het hoofd gezien?

Mevrouw Skogh keek haar aan. 'Kom kom, Ottilia. Dat is toch niet zo'n ingewikkelde vraag? Ben je van mening dat je alles weet wat er over de roomservice te weten valt?'

Ottilia wilde er niet omheen draaien. 'Jawel, mevrouw. Er zijn altijd nieuwe gerechten en wijnen, maar ik heb veel van monsieur Blanc geleerd. En ook van meneer Möller en chef Samuelsson.' Ze streek met haar hand over haar rok. 'Als ik nog iets zou willen leren dan zijn dat de Franse termen voor de gerechten op de menukaart. Daar begrijp ik heel weinig van, afgezien van de wijnen die bij de gangen worden geschonken.'

'En jouw personeel?'

Ottilia verstrakte. Had er iemand geklaagd? Wie dan? 'Ik geloof dat mijn collega's tevreden zijn. De sfeer in het uitgiftepunt van de roomservice is professioneel en gemoedelijk. Dat geloof ik tenmins...'

Mevrouw Skogh bracht haar met een blik tot zwijgen. 'Dat geloof je? Het is jouw taak dat zeker te weten.'

'Ze zijn tevreden, mevrouw. Het aantal interne sollicitaties bewijst dat wij binnen het hotel een uitstekende reputatie hebben.'

'En hoe is je verhouding met je zuster?' Het verbaasde Ottilia sowieso dat mevrouw Skogh haar wilde spreken, maar nu begreep ze er werkelijk niets meer van. 'Met Torun?'

Mevrouw Skogh sloeg haar ogen ten hemel. 'Ik weet dat je drie zusters hebt, maar volgens mij werkt er maar eentje hier.'

Ottilia werd knalrood. 'We kunnen heel goed met elkaar overweg. Ik weet dat Torun het reuze naar haar zin heeft bij de afdeling Reserveringen, maar in onze vrije tijd zien we elkaar heel weinig.'

'En waarom is dat?'

'Zij werkt overdag en ik meestal de avonden en nachten. Torun is goed bevriend met Märta Eriksson. Ze gaan vaak samen uit.' Vanwaar al deze vragen? 'Heeft Torun iets verkeerd gedaan?'

Mevrouw Skogh fronste haar wenkbrauwen. 'Als dat zo was, zat zij nu hier tegenover mij en niet jij.'

Ottilia sloeg haar ogen neer. 'Jawel, mevrouw.'

'En hoe gaat het met Beda Johansson, Märta Eriksson en Karolina Nilsson?'

'Beda Johansson en ik werken vaak samen. We zijn goed bevriend. Net als Karolina Nilsson en ik. Maar met Karolina werk ik minder vaak samen omdat ze graag zo veel mogelijk overdag werkt. Net als Märta.'

Mevrouw Skogh wachtte even voordat ze verder schreef.

'Karolina voldoet uitstekend als leidster van de ploegendiensten. Ze heeft genoeg kennis van zaken om het uitgiftepunt te beheren en ze is altijd zo verstandig om naar me toe te komen als er iets ontoelaatbaars gebeurt. Van Märta en Edward kan ik ook op aan. Hetzelfde geldt voor de anderen. Ik heb hen allemaal zo goed mogelijk opgeleid.'

Mevrouw Skogh tikte weer met haar pen. 'Ottilia, stel dat een van deze dames hoofd Roomservice zou kunnen worden, wie zou je dan aanbevelen?'

Ottilia's hart stond bijna stil, en ze probeerde niet in paniek te raken terwijl ze over deze vraag nadacht. 'Beda.'

'Hoezo?'

'Ze heeft een soort natuurlijk overwicht. En dat heeft Karolina niet, naar mijn mening. Of in ieder geval nog niet. Hopelijk komt dat nog. Ze is een snelle leerling en volgens monsieur Blanc heeft ze de beste uitspraak van het Frans van ons allemaal.'

'En juffrouw Johansson?'

'Haar uitspraak van het Frans is niet altijd naar de zin van monsieur Blanc.'

'Ik vraag niet hoe het met Beda's Franse les gaat. Je hebt haar net aanbevolen voor jouw baan. Heeft juffrouw Johansson behalve...' – mevrouw Skogh keek nog even op haar aantekeningen – 'haar natuurlijke overwicht, nog andere eigenschappen waardoor ze geschikt zou zijn voor deze functie?'

'Van de hele afdeling heeft zij het beste geheugen voor de voorkeuren van de gasten en ze kan sneller en nauwkeuriger rekeningen optellen dan wie dan ook. Ik weet zeker dat Beda zichzelf een toekomst in het Grand Hôtel toedenkt. Ze is loyaal en heeft het hier erg naar haar zin. Net als ik.' Als mevrouw Skogh dat maar weet, dacht ze bij zichzelf.

'En juffrouw Eriksson?'

'Märta is een uitstekende en betrouwbare werkneemster.'

'Maar?'

'Er is geen maar, mevrouw.'

'Maar?' zei mevrouw Skogh nog een keer. 'Je hebt heel wat te vertellen over juffrouw Johansson en juffrouw Nilsson, maar je hebt juffrouw Eriksson niet genoemd als mogelijke kandidaat voor jouw functie. Hoezo niet? Je zegt dat ze een uitstekende en betrouwbare werkneemster is.'

Het zweet brak Ottilia uit. Kon ze mevrouw Skogh vertrouwen? Tot dusver was dat wel het geval geweest en mevrouw Skogh had haar daarin ook nog nooit teleurgesteld. 'Ik weet niet zeker of Märta wel een lange carrière in het Grand Hôtel voor zich ziet.'

'Bedoel je dat juffrouw Eriksson liever in een ander etablissement zou werken?' vroeg mevrouw Skogh onomwonden.

'Niet in een ander hotel, mevrouw. Ik denk dat Märta graag in Nordiska Kompaniet zou werken. Als ze in haar vrije tijd niet met Torun in de bibliotheek zit, loopt ze door Kompaniet om de laatste snufjes te bekijken op het gebied van... nou ja, eigenlijk op het gebied van alles. Ze kan heel gedetailleerd vertellen over bepaalde stijlen en kleuren, alsof ze in haar hoofd tekeningen maakt die ze daarna nog steeds voor zich ziet.'

Mevrouw Skoghs wenkbrauwen schoten omhoog en keerden toen terug in de normale stand. 'Vertel eens, Ottilia. Als jij je eigen toekomst zou kunnen tekenen, hoe zou die er dan uitzien?'

'Dan was ik hier. En werkte met u samen. Misschien...'

'Ja?'

'In wat nu het kantoor van meneer Svensson is.'

Mevrouw Skogh schudde haar hoofd. 'Svensson kwijt zich uitstekend van zijn taak, maar ik denk dat jij je al na een week zou vervelen. Ziezo, nu we het erover eens zijn dat juffrouw Johansson jouw potentiële opvolgster is, lijkt het me niet meer dan billijk dat ik je vertel wat ik voor jou in petto heb.'

Ottilia ging nog iets rechterop zitten. 'Graag, mevrouw.'

'Ottilia, begrijp goed dat wat ik nu ga zeggen geheel onder ons moet blijven.'

'Natuurlijk, mevrouw.'

'Bij meneer Ottosson, hoofd Banqueting, is helaas een ernstige lichamelijke aandoening vastgesteld. Ik weet zeker dat het je is opgevallen dat zijn handen trillen. Onlangs heeft hij te horen gekregen dat zijn ziekte niet kan worden genezen of tot staan kan worden gebracht. Met andere woorden, de verwachting is dat zijn gesteldheid de komende maanden steeds verder achteruit zal gaan, en hij hier niet langer zijn werk kan doen.'

Ottilia slaakte een zucht. 'Die arme man.'

'Zeg dat wel. We zullen ons uiterste best doen om hem te helpen zolang hij nog bij ons is, maar mijn voornemen is jou aan te stellen als assistent hoofd Banqueting.'

Ottilia's mond viel open. Assistent hoofd Banqueting? Van het Grand Hôtel? Ze wist niet eens dat deze functie bestond.

'Je zult zo veel en snel mogelijk van meneer Ottosson moeten leren,' ging mevrouw Skogh verder. 'Banqueting is jouw volgende logische stap en ik wil dat dit hotel het aantal mogelijkheden dat we hebben uitbreidt. Het Nobelbanket is natuurlijk ons paradepaardje, maar wij zouden voor elke belangrijke festiviteit in deze stad een eerste keus moeten zijn. We zijn niet zonder ervaring. En nogmaals, een vrouw aan het hoofd zal controversieel zijn. En nogmaals, jij zou het aankunnen.'

'Ben ik wel oud genoeg om hoofd Banqueting te worden?' De vraag was eruit voordat Ottilia er erg in had.

'Oud genoeg? Ik was niet veel ouder dan jij toen ik aan het hoofd stond van een heel hotel.'

Er ging van alles en nog wat door Ottilia's hoofd. 'Zal meneer Möller zich niet gepasseerd voelen?'

'Meneer Möller zou de functie van assistent als een stap achteruit beschouwen. Bovendien is hij maître d'hôtel en het restaurant bevindt zich naast de lobby. Hij vindt het prettig om overal van op de hoogte te zijn en ik wil hem op die plek houden. De afdeling Banqueting heeft minder te maken met het hotel en houdt zich voornamelijk bezig met privé-evenementen. Maar ik heb al met meneer Möller en chef Samuelsson gesproken.

En natuurlijk ook met meneer Ottosson. Het is wel duidelijk dat ze achter mij – en jou – staan in deze beslissing.'

'Maar mevrouw, als dit gesprek vertrouwelijk is, dan…'

'Nee, gansje. Ik bedoelde dat de medische diagnose van een personeelslid vertrouwelijk is. Alleen jij en ik zijn daarvan op de hoogte. Verder krijgt iedereen te horen dat de afdeling Banqueting wordt uitgebreid en dat we nog een paar kundige handen nodig hebben.'

'Wordt de afdeling Banqueting dan uitgebreid?'

'Als dat niet gebeurt, dan doe jij je werk niet goed,' zei mevrouw Skogh een tikkeltje dreigend. 'Assistent hoofd Banqueting is een nieuwe functie die vereist dat je al je diplomatieke vaardigheden zult moeten aanwenden, niet alleen ten opzichte van meneer Ottosson – hij mag niet het gevoel krijgen dat hij aan de kant wordt gezet en je hebt nog veel van hem te leren – maar ook ten opzichte van de cliënten. Vergeet niet dat aan een festiviteit heel veel planning en geregel voorafgaat. Het uiteindelijke banket is het resultaat van weken, zo niet maanden zorgvuldige voorbereidingen. Hoe degelijker de planning, des te zekerder het succes. We hebben een lijst van bekwame mensen die we kunnen oproepen voor de bediening. Voornamelijk mannen, vanzelfsprekend. Ik denk niet dat we in dit stadium al vrouwelijk bedienend personeel kunnen introduceren. Zo, als ik in staat ben een hotel te bestieren, dan ben jij in staat leiding te geven aan de afdeling Banqueting.'

Ottilia's lijf tintelde van opwinding. Wacht maar tot haar vader dit hoorde. Wat zou hij trots zijn. En Beda zou ook heel blij zijn, voor hen allebei. Net als Torun. 'Wanneer wilt u dat ik bij Banqueting begin?'

'Maandag. Dan heb je de tijd om juffrouw Johansson nog even alles bij te brengen wat ze moet weten. Ik zal haar vanmiddag bij mij op kantoor uitnodigen, en daarna, maar alleen pas daarna mogen jullie het met elkaar over deze nieuwe aanstellingen hebben. En dus ook met Torun. Want je zult nauwer met haar moeten samenwerken.'

Het werd al licht. Mevrouw Skogh had zoals gebruikelijk alles tot in de finesses overdacht voordat ze met deze nieuwe opstelling naar buiten kwam.

'Ziezo,' zei mevrouw Skogh. 'Nu je toch hier bent, wil ik het ook even met je hebben over de nieuwe huisvesting van het inwonend personeel. Mevrouw Andersson is al op de hoogte gesteld, maar het gaat ook om jouw personeel, inclusief jijzelf.'

'Mevrouw?'

'Het hotel heeft meer bedden nodig. Ik zou gastenkamers kunnen laten maken in het Bolinder Paleis, maar voor Huishouding en Roomservice zou dat een hels logistiek karwei betekenen. Wat we wel kunnen doen is het personeel naar hiernaast verhuizen en hun huidige vertrekken verbouwen tot hotelkamers. Die zullen weliswaar niet zo groot zijn, maar toch een zeer comfortabele accommodatie vormen.'

'Jeetje, ik dacht dat de werklui alleen terug waren gekomen om een nieuw kantoor voor de receptie en een informatiebalie te maken.'

'Dat klopt, maar naast de deur is al een andere ploeg aan het werk. Die begint hier aan de verbouwing van de nieuwe kamers zodra het personeel naar het Bolinder Paleis is verhuisd. In je nieuwe functie zul je daar net zoveel uren werken als hier. Je zult nog van alles moeten leren over de ruimtes en suites die voor feesten en partijen beschikbaar zijn.'

'Ik kijk ernaar uit om het Bolinder Paleis beter te leren kennen. Ik heb gehoord dat de feestzalen spectaculair zijn. Wanneer gaat het personeel verhuizen?'

'Over een paar weken. De zolder is in orde, maar er moeten nog wat muren en deuren in komen. Jij gaat samen met juffrouw Johansson de kamers voor de afdeling Roomservice verdelen.' Mevrouw Skogh haalde een plattegrond uit een la en spreidde die uit op het bureau. 'Zie je dit? Deze gang is voor de meisjes van Huishouding en Roomservice.' Ze ging met haar vinger over de tekening. 'Deze kamer is voor de mannen van Roomservice.'

Ottilia hield haar hoofd schuin om de plattegrond te bekijken. 'En waar komt de assistent hoofd Banqueting?'

Mevrouw Skogh wees op de plattegrond. 'Achter het linkertorentje is een leegstaande kamer. Je hebt alleen uitzicht op het dak, maar er is wel een eigen opgang. Ik had deze kamer eigenlijk gereserveerd voor meneer Starck, de nieuwe tuinman, maar hij woont liever buiten het hotel. De kamer is weliswaar niet erg licht en gezellig, maar dat wordt gecompenseerd door de afmetingen en de privacy die je daar hebt. Een vrolijk tapijtje en een kleurige beddensprei zouden al een heel verschil maken.'

Ottilia's hart ging sneller slaan. Haar eigen opgang en haar eigen kamer?

'Maar er gelden nog steeds dezelfde regels,' ging mevrouw Skogh verder. 'Geen herenbezoek.'

Ottilia straalde. 'Ik weet niet hoe ik u moet bedanken.'

'Dat is heel eenvoudig. Zorg ervoor dat de afdeling Banqueting groeit.'

34

Ottilia had er niet op gerekend dat Märta de volgende morgen haar slaapkamer, het voormalige linnenhok, zou binnenstormen, op de voet gevolgd door Beda. Ottilia dacht even aan haar nieuwe kamer. Dan maar geen uitzicht, ze had liever meer ruimte.

Märta ging voor haar staan. 'Waarom Beda en niet ik? Ik heb jou toch ook geholpen de eerste dag dat je hier was? Net als Karolina? Ik had je gewoon moeten laten aanmodderen. Wat heb je tegen mevrouw Skogh over mij gezegd?'

Ottilia kon het niet uitstaan dat ze haar wangen voelde gloeien. 'Waarom denk je dat ik het over jou heb gehad?'

'Doe niet zo raar. Natuurlijk zou ze jou raadplegen. Dat zou ik ook doen als ik haar was.'

'Fijn om te weten dat mevrouw Skogh precies doet wat Märta zou doen,' zei Beda.

Märta draaide zich naar Beda om. 'En jij moet je grote mond houden. Ga verder, juffrouw Ekman, vertel me wat je hebt gezegd.'

'Ik zei dat je een voortreffelijke en betrouwbare werkneemster was.'

Märta fronste haar wenkbrauwen. 'En wat heb je over háár gezegd?' Ze wees met haar duim in Beda's richting.

'Dat ze het beste geheugen van iedereen op de afdeling Roomservice heeft, en ons allemaal de baas is wat het optellen van rekeningen betreft.'

De frons in Märta's voorhoofd werd dieper.

Ottilia stak haar kin in de lucht. 'En ik heb ook gezegd dat jij in een warenhuis wilde werken. En dat je verstand had van mode en kleuren.' Dat was niet helemaal zoals ze het had gezegd, maar dat gaf niet.

Beda sloeg haar armen over elkaar en grijnsde triomfantelijk. 'Zo, juffrouw Eriksson, wat heb je nu tegen juffrouw Ekman te zeggen? Ze kent je beter dan jij jezelf kent.'

'Het gaat om het principe,' zei Märta kribbig. 'Niemand vindt het fijn om gepasseerd te worden.'

'Ja hoor, het gaat om het principe,' zei Beda tegen Ottilia. 'Maandag heeft ze een sollicitatiegesprek bij Nordiska Kompaniet.'

Märta bloosde. 'Dat wil niet zeggen dat ik word aangenomen.'

'Nee, maar Ottilia heeft dus wel gelijk dat je liever in een winkel werkt.'

Märta ging op het bed zitten. 'Ik hou heel veel van het hotel, maar Nordiska Kompaniet heeft voor mij iets bijzonders. Ik word altijd zo blij wanneer ik daar binnenkom. Hetzelfde gevoel dat Torun heeft wanneer ze in Göthes Boekhandel is.' Ze liet haar schouders hangen. 'Neem me niet kwalijk.'

'Ik begrijp er alles van,' zei Ottilia. 'Zo voelde ik me ook toen ik voor het eerst door de ingang in Stallgatan kwam.' Ze ging naast Märta zitten en sloeg haar arm om haar heen. 'Jij wordt vast aangenomen. Waarom niet? Je krijgt van hier uitstekende referenties mee en je hebt ervaring met het bedienen van voorname en beroemde…'

'En vreemde snuiters,' onderbrak Beda haar. 'Daar zijn er ook genoeg van.'

Märta keek haar aan. 'Over vreemde snuiters gesproken, gistermiddag hing er een man rond op de gang van de eerste verdieping. Ik had al een stuk of vijf dienbladen rondgebracht en elke keer dat ik naar boven liep zag ik hem weer. Alsof hij me in het oog hield.'

Beda slaakte een kreetje. 'Een heer met donker haar en zijn arm in een mitella? Die zag ik gisteravond ook. Edward vroeg hem nog of hij hem ergens mee van dienst kon zijn, maar de man bedankte hem en verzekerde Edward ervan dat hij niets nodig had.'

'Als deze arme man zijn arm heeft geblesseerd, heeft hij misschien behoefte aan een beetje beweging en wilde hij even de benen strekken,' zei Ottilia.

Märta keek zorgelijk. 'Het is half april. Dus kan hij beter een stukje gaan wandelen dan ons tapijt verslijten. Karolina zei dat hij er vanmorgen weer was.'

'Misschien heeft hij pijn.'

'Dat is mogelijk, maar ik ben er niet zo zeker van dat er iets aan zijn arm mankeert. Toen hij een handschoen liet vallen, pakte hij die op met de hand van zijn zogenaamd pijnlijke arm.'

Ottilia zette grote ogen op. 'Bedoel je dat hij een bedrieger is?'

'Ik vertel gewoon wat ik zag,' zei Märta.

'Zullen we dit mevrouw Skogh melden?' vroeg Beda. 'Als deze man kwaad in de zin heeft, zal ze het ons niet in dank afnemen dat we haar er niet van op de hoogte hebben gebracht dat er iets vreemd aan de hand is.'

'Maar we willen ook geen onterechte verdenkingen uiten ten opzichte van een onschuldige gast,' zei Ottilia. Hoewel dat het minste van twee kwaden zou zijn, omdat mevrouw Skogh hun rapportage waarschijnlijk niet naast zich neer zou leggen zonder de zaak te onderzoeken. Opeens kwam er een idee bij haar op. 'Voordat we mevrouw Skogh lastigvallen, zal ik mevrouw Andersson vragen of haar meisjes soms ook iets hebben gemeld.'

Ottilia trof Margareta in haar kantoor, in gezelschap van meneer Starck.

'Kan het misschien wachten, Ottilia? We zijn net bezig te bepalen welke bloemen we de komende week nodig hebben.'

Ottilia hield haar hand half voor haar mond en fluisterde: 'Eigenlijk niet.'

Meneer Starck bood haar zijn stoel aan. 'Ik heb er geen bezwaar tegen om even te wachten. Ik ga ervan uit dat het om belangrijker zaken dan bloemen gaat.'

'Dank u.' Ottilia stak haar hand uit. 'Ottilia Ekman, aangenaam. Wij zullen denk ik gaan samenwerken wat betreft de feestelijke bijeenkomsten en banketten.'

Meneer Starck maakte een lichte buiging. 'Daar verheug ik me op. Ik wacht buiten, dan kan juffrouw Ekman rustig bespreken waarvoor ze gekomen is.' Hij liep het kantoortje uit en deed de deur achter zich dicht.

Ottilia trok een gezicht alsof ze onder de indruk was. 'Wat een charmeur is die man.'

Margareta bloosde lichtjes. 'Wat kan ik voor je doen?'

'Heeft een van jouw meisjes het misschien gehad over een of andere heer? Beda is bang dat hij van plan is een misdrijf te plegen.'

Margareta was duidelijk van haar stuk gebracht. 'Een van de meisjes meldde dat een gast iets over sleutels had gevraagd. Hij wilde weten of we hem in zijn kamer konden binnenlaten als hij zijn sleutel kwijt was.'

'Wat heeft ze tegen hem gezegd?'

'Dat er op de afdeling Huishouding en in mijn kantoor lopers van elke verdieping liggen, plus een serie reservesleutels in een afgesloten kastje achter de lobby, waar altijd iemand aan het werk is.'

'Nam hij daar genoegen mee?'

'Nee. Hij vroeg wie er toegang had tot de reservesleutels in de lobby. Ze vertelde dat mevrouw Skogh de sleutel daarvan had. Toen leek hij tevreden.'

'Dus als hij van plan is om een of andere kamer binnen te gaan, dan weet hij nu dat andere mensen daar de schuld van kunnen krijgen, of in ieder geval zullen worden ondervraagd.'

'Je hebt gelijk.' Margareta stond op. 'Ik ga met mevrouw Skogh praten. Dank je, Ottilia. Als hoofd Huishouding neem ik het nu van je over.'

Ottilia slaakte inwendig een zucht van verlichting. Ze hoefde niet langer bang te zijn dat ze ten onrechte alarm had geslagen. 'Dat is fijn.'

'Voordat je weggaat,' zei Margareta, 'wil ik je nog even feliciteren met je nieuwe functie.'

Ottilia lachte. 'Ik moet bekennen dat ik wel een beetje opgewonden ben. En ook een tikkeltje nerveus.'

'Je zult het vast uitmuntend doen. Als ik ooit iets voor je kan betekenen, moet je het onmiddellijk zeggen. Ik stel het zeer op prijs dat je je bedenkingen ten opzichte van onze mysterieuze gast eerst met mij hebt besproken en niet meteen naar mevrouw Skogh bent gegaan. Ik had beter moeten opletten.'

Ottilia haalde haar schouders op. 'Er is één groot voordeel. Er is niets gebeurd.'

35

Ottilia was te voorbarig geweest. Als een lopend vuurtje ging op dinsdagavond door alle afdelingen en kantoren van het Grand Hôtel het vreselijke nieuws dat Elisabet Silfverstjerna van een ring was beroofd. Het hele personeel was verbijsterd.

'Ik wist het gewoon,' zei Beda tegen Ottilia en Edward. 'Ik

zei nog dat die man op de eerste verdieping er onbetrouwbaar uitzag. Dit is de eerste keer dat ik in het Grand Hôtel een diefstal meemaak en ook de eerste keer dat er hier een gast is die ik al meteen niet vertrouwde. Heeft mevrouw Andersson nog met mevrouw Skogh gesproken?'

'Jawel,' zei Ottilia. 'Mevrouw Skogh dacht dat die man gewoon een beetje rondliep, ter afleiding van de pijn in zijn arm. Blijkbaar heeft hij ook nog een praatje met meneer Möller en de receptiemedewerkers gemaakt. Ze vinden hem allemaal uiterst correct en geïnteresseerd in de meest uiteenlopende zaken.'

Beda snoof luidruchtig. 'De meest uiteenlopende zaken wat het hotel betreft, zul je bedoelen. Maar gelukkig kan niemand ons de schuld geven. We hebben het gemeld. En we zijn vandaag ook niet in de kamer van juffrouw Silfverstjerna geweest. Het is namelijk haar verjaardag. Ik denk dat ze niet eens van plan was op haar kamer te dineren.'

Ottilia en Edward keken haar vol verbazing aan.

'Hoe weet je dat ze vandaag jarig is?' vroeg Ottilia.

'Omdat er allemaal boeketten naar boven zijn gebracht en vorig jaar heeft ze op dezelfde dag een paar vrienden uitgenodigd om iets te komen drinken. Ik heb hen bediend. Ze wordt vandaag vijftig.'

'En hoe weet je dát nou weer?' vroeg Edward.

'Toen ik daar vorig jaar aan het werk was, zei een van de gasten dat juffrouw Silfverstjerna het volgende jaar vijftig zou worden. Wacht eens even.' Beda ging snel door het bakje met profielkaarten. 'Zie je wel? *Geboren 19 april, 1854*. Dat is mijn handschrift.'

Edward keek Ottilia aan en gebaarde met zijn hoofd naar Beda. 'Gewoon griezelig.'

Märta, Karolina en Torun kwamen binnen.

'Er was zoveel aan de hand, dat we niet langer boven konden blijven wachten,' zei Märta. 'Op de trap aan de achterkant kwamen we net een politieagent tegen.'

'Dat verbaast me niets,' zei Ottilia. 'Mevrouw Skogh denkt

dat de ring nog ergens in het hotel is. Ik heb haar nog nooit zo woedend gezien.'

'Ik vind het erg voor mevrouw Skogh. En ook voor juffrouw Silfverstjerna.'

'En voor ons,' zei Beda. 'We zijn allemaal verdacht tot duidelijk wordt wie er wel en wie er niet op de vierde verdieping is geweest. Maar hoe kun je bewijzen dat je daar niet was als niemand weet wanneer die ring is gestolen?'

Er viel een ongemakkelijke stilte.

'Waar is mevrouw Skogh nu?' vroeg Märta.

'In suite 425 bij juffrouw Silfverstjerna, in gezelschap van mevrouw Andersson, een kamermeisje, een inspecteur van politie en een paar grote glazen cognac,' zei Ottilia. 'Ik heb namelijk zelf die fles cognac naar boven gebracht.'

Wilhelmina werd steeds nerveuzer. Ze vroeg nog een keer: 'Mevrouw Andersson, weet u absoluut zeker dat er niet een van uw meisjes in deze suite is geweest nadat die vanmorgen was schoongemaakt?'

'Jawel, mevrouw. Zo zeker als het maar kan.'

Wilhelmina richtte zich tot het kamermeisje dat in tranen was. 'En weet je heel zeker dat je tegen niemand hebt gezegd dat je de ring op de kaptafel hebt zien liggen? Als ik er later achter kom dat je dat wel aan iemand hebt verteld en dat nu verzwijgt, word je zonder referenties ontslagen en beschuldigd van medeplichtigheid aan dit misdrijf.'

Het meisje begon nog harder te huilen, maar hield vol dat ze de waarheid had gesproken. 'Wij zien elke dag dit soort dingen. Waarom zou ik dat aan iemand van ons vertellen?'

Dat klonk plausibel, vond Wilhelmina. Waarom zou dit meisje opeens aan de andere meisjes vertellen waar die ring lag? Maar ze moest achter de waarheid zien te komen. Een diefstal van dit kaliber was schadelijk voor de reputatie van het hotel. Stel dat ze ten onrechte niets had ondernomen nadat mevrouw Andersson had gemeld dat ze de gast met de gebroken arm verdacht vond?

Uiteindelijk was zij als algemeen directeur hoofdverantwoordelijk voor de beveiliging in dit hotel. De gasten moesten ervan op aan kunnen dat hun bezittingen hier veilig waren. Volgende week zou koningin Margherita van Savoye hier te gast zijn. De Italiaanse entourage had een hele verdieping afgehuurd. Hare Majesteit was zeer charmant en een tweede diefstal zou werkelijk een ramp betekenen.

'Beschrijf de ring nog eens,' zei de politie-inspecteur tegen het kamermeisje.

'Die was bezet met een grote robijn en diamanten. En ik weet dat de robijn vierkant was, want dat komt niet veel voor.'

Elisabet Silfverstjerna snikte zachtjes.

'En heb je de ring aangeraakt?'

'Ik heb al gezegd dat ik hem heb opgepakt om de kaptafel af te stoffen. Toen heb ik de ring weer teruggelegd. Zoals ik dat van mevrouw Andersson heb geleerd.' Ze zocht steun bij haar meerdere en toen liepen de tranen opnieuw over haar wangen. Ze veegde haar gezicht af met de inmiddels doorweekte zoom van haar schortje.

De inspecteur richtte zich tot Wilhelmina. 'U zei toch dat de kamer van het meisje is doorzocht?'

'Daar is alles doorzocht. Ze slaapt op een kamer met vijf andere meisjes.'

'En geen van die meisjes heeft vandaag het hotel verlaten?'

'Niet een,' bevestigde mevrouw Andersson. 'In ieder geval niet zonder mijn toestemming. Maar er heeft ook niemand gevraagd om de deur uit te mogen gaan.'

'Je mag nu terug naar je kamer,' zei mevrouw Skogh tegen het kamermeisje.

Het meisje maakte snel een kniebuiging en was verdwenen.

'Ik geloof haar,' zei mevrouw Andersson. 'Alleen heeft de ring een granaat in plaats van een robijn, maar zij ziet natuurlijk niet het verschil.'

De inspecteur wierp een blik op de vazen met bloemen. 'Is het mogelijk dat de ring van de kaptafel is gestoten toen de boeketten werden afgeleverd?' Hij keek om zich heen alsof hij hoopte dat de ring als bij toverslag ergens onder vandaan zou rollen.

'Deze suite is zorgvuldig doorzocht voordat we de politie belden,' zei Wilhelmina een tikkeltje gepikeerd.

'Door wie zijn de bloemen hier bezorgd?'

'Door onze piccolo's en onze bloemist. Niemand van hen herinnert zich de ring te hebben gezien.' Wilhelmina deed haar best haar stem in bedwang te houden. Natuurlijk kon de ring overal binnen de muren van het Grand Hôtel verborgen zijn. Geen enkele dief die die naam waardig was, zou een dergelijk sieraad in zijn eigen kamer verbergen. Ze was op zoek naar een naald in een veld met hooibergen. En wat voor een naald! De ring in kwestie was een geschenk van de koning aan zijn maîtresse, en was ingelegd met hun geboortestenen.

'Laat u deze ring vaak op uw kaptafel liggen?' vroeg de inspecteur aan Elisabet.

Ze schudde haar hoofd. 'Ik heb hem vanmorgen uit de kluis gehaald omdat ik hem vanavond wilde dragen. Ik heb deze ring al twintig jaar, maar ik draag hem alleen bij bijzondere gelegenheden.'

De inspecteur zuchtte. 'Ik zal met alle meisjes moeten praten die vandaag op de vierde verdieping hebben gewerkt, plus de kruiers en de bloemist. Eerlijk gezegd weet ik niet wat we nog verder moeten doen als niet een van hen bekent. Dit etablissement is te groot om te zoeken naar een voorwerp dat zo klein is dat het in een kiertje of stukje stof kan worden verstopt tot alles weer rustig is. Als we met een professionele dief te maken hebben, zal hij het slot van de kamer binnen enkele seconden open hebben gekregen en weer zijn verdwenen zonder dat iemand hem heeft gezien.'

'Gelooft u werkelijk dat we het slachtoffer zijn van een professionele crimineel?' vroeg Wilhelmina. Dat zou deze bittere pil in ieder geval iets minder bitter maken. Geen enkel hotel kon zich volledig tegen een misdrijf beschermen; het was per definitie een openbare ruime waarin niemand de hele tijd in de gaten kon worden gehouden.

'Om u de waarheid te zeggen, ik denk van niet,' zei de inspecteur. 'Het slot was nog geheel intact, en waarom zou zo iemand zich beperken tot één kamer? Hij zou zeker niet het risico willen lopen te worden betrapt wanneer hij vier verdiepingen omhoog moet voor slechts één diefstal. En de buit is ook in tegenspraak met deze theorie. Ik geloof niet dat hij toevallig binnenkwam op de dag dat de ring toevallig op de kaptafel was gelegd.'

Wilhelmina kreeg het ijskoud. 'Denkt u soms dat de dief zich onder ons bevindt?'

'Dat is juist.'

Edward kwam terug in het uitgiftepunt van de roomservice nadat hij een bestelling naar de vierde verdieping had gebracht.

'Heb je nog nieuws?' vroeg Beda.

'De inspecteur komt naar beneden om nog meer mensen te ondervragen en mevrouw Skoghs gezicht staat op onweer. Ik drukte mezelf tegen de muur toen ze voorbijkwamen en nam toen de andere trap, maar ik hoorde haar nog zeggen dat ze naar de keuken ging.'

Märta, Karolina en Torun sprongen gelijktijdig overeind.

'We moeten maken dat we wegkomen voordat ze ons ziet. Je weet dat ze een grondige hekel aan roddels heeft,' zei Märta.

Torun stootte haar vriendin aan. 'Zeg tegen de meisjes – neem me niet kwalijk, en Edward – wat je hebt gehoord. Dat is namelijk geen roddel.'

Märta glimlachte merkwaardig verlegen. 'Ik heb een betrekking aangeboden gekregen bij Nordiska Kompaniet. Op de afdeling Dameshandschoenen.'

Ottilia omhelsde haar. 'Goed zo, meisje.' Ze dacht even na. 'Wanneer moet je beginnen?

'Begin volgende maand.'

'Vervanging voor Märta zoeken wordt dus mijn probleem en niet het jouwe, Ottilia,' zei Beda snel.

'Na vandaag staan de meisjes van Huishouding waarschijnlijk in de rij om te worden overgeplaatst,' zei Karolina.

Beda schudde haar hoofd. 'Maar ik zeg nog steeds nee. Dat gebeurt niet zonder toestemming van mevrouw Andersson.'

Ze hoorden bekende voetstappen en het geruis van zijde dichterbij komen.

Karolina keek verwilderd om zich heen en wenkte toen Märta en Torun mee te komen, waarna ze snel in de dienstlift stapten. De liftdeuren gingen net dicht toen mevrouw Skogh haar hoofd om de deur stak.

'Juffrouw Ekman, breng een sandwich en een kop koffie naar inspecteur Ström. Hij maakt gebruik van mijn kantoor.'

'Jawel, mevrouw.'

'Ik neem aan dat niemand van jullie iets uitzonderlijks heeft gezien?' zei mevrouw Skogh luid en streng.

Ze schudden hun hoofd.

'Dat zouden we onmiddellijk hebben gemeld,' zei Ottilia.

'Goed dan, ik ben met inspecteur Ström in mijn kantoor, mocht iemand me willen spreken.' Ze bleef nog even in de deuropening staan. 'En zeg tegen die drie onverlaten in de lift dat ze onmiddellijk naar hun kamer gaan.'

Ottilia moest even slikken. 'Jawel, mevrouw.'

Mevrouw Skogh knikte. 'En wees op jullie hoede. Jullie allemaal.'

Edward gebaarde met zijn duim naar de lift achter hem terwijl de drie meisjes giechelend uitstapten. 'Hoe wist ze dat?'

Ottilia haalde haar schouders op. 'Ik heb geen idee, en als we het wel wisten dan konden we er nog niets aan doen. Ik ga die sandwich en koffie brengen.'

Even later kwam ze buiten adem terug.

'Wat is er gebeurd?' vroeg Beda.

'Die mysterieuze man met de gebroken arm kwam het kantoor binnen toen ik daar net was.'

'Ik wist het wel!' riep Beda uit.

'Heeft hij bekend?' vroeg Edward.

'Nee, dat heeft hij niet gedaan.' Er speelde een lachje om Ottilia's mond. 'En dat zal hij ook niet doen. Met die gebroken arm van hem gaf hij mevrouw Skogh en inspecteur Ström een hand en stelde zich voor als een politiecommissaris uit Rome. Toen vroeg hij of hij misschien kon helpen. Hij inspecteerde het hotel vanwege de komst van koningin Margherita volgende week.'

Beda plofte neer op een stoel. 'En ik was er nog wel van overtuigd dat hij de ring had verdonkeremaand. Dit had ik nooit verwacht.'

'Jij bent niet de enige,' zei Ottilia. 'Hij ook niet.'

36

Twee weken verstreken en de sfeer onder het personeel van Stockholms Grand Hôtel was intussen danig verkild. Zoals Beda had voorspeld, stond iedereen onder verdenking zolang de ring niet was gevonden. Het personeel dat intern woonde was inmiddels naar het Bolinder Paleis verhuisd, maar voor velen van hen was de vreugde en opwinding vanwege hun nieuwe behuizing geheel verdwenen. Deelden zij hun kamer met een dief?

Ottilia wriemelde met haar tenen op het groen-met-beige gestreepte tapijt terwijl ze haar nieuwe wijnrode Banquetingjapon ophing en haar katoenen nachtpon aantrok. Mevrouw Skogh had gelijk gehad – dit tapijt en bijpassende groene beddensprei maakten een enorm verschil in deze grote kamer met weinig daglicht. Ze was dolblij in haar nieuwe nestje, met uitzicht op het dak en in de buurt van de koerende duiven op de telefoondraad buiten haar raam. Ze hield van de levendigheid en het nooit aflatende lawaai in de binnenstad van Stockholm, maar ze genoot ook van deze rustige momenten met alleen het uitzicht op een klein stukje van de hemel en de vogels als gezelschap. Afgezien van haar familie miste ze Dalarna nog het meest vanwege de dennen- en berkenbomen. Daarom had ze voor een bosgroene stoffering gekozen. Het volgende op haar lijstje van dingen die haar kamer gezelliger zouden maken, was een kamerplant die het goed deed in een kamer met weinig licht en vrijwel geen zon. Ze zou meneer Starck vragen of hij haar een dergelijke plant kon aanbevelen. Ze stapte in bed. Wat had ze toch geboft... Märta, die zich als een vis in het water voelde bij Nordiska Kompaniet, woonde nu in een kamertje dat ze voor buitensporig veel geld huurde van een man die ze zo wantrouwde dat ze, als ze naar bed ging, een stoel onder de deurkruk zette en met een hamer onder haar kussen sliep. Voor een vrouw alleen was in Stockholm namelijk nauwelijks een veilig onderkomen te vinden. Het idee dat Märta die hamer zou moeten gebruiken, bezorgde Ottilia kippenvel. Een vrouw die een man aanviel kon op geen enkele genade rekenen, want in dit geval werd zelfverdediging altijd gezien als een 'aanval'. Dat gold zelfs voor verkrachting. Een vrouw kon namelijk niet bewijzen dat ze zich had verzet. Margareta zei zelfs dat ze zich veiliger voelde in het Bolinder Paleis omdat Knut niet wist dat ze daar was.

Ottilia's gedachten werden onderbroken door een klop op de deur. Zo laat nog? God verhoede dat Beda haar nodig had, ze had al veertien uur bij Banqueting gewerkt. 'Kom binnen.'

Torun stapte de kamer in. 'Ik dacht wel dat je nog wakker zou zijn.'

'Maar niet lang meer, mag ik hopen. Heeft iemand me nodig?'

'Nee hoor. Ik wil alleen met je praten. Schuif eens op.' Torun deed haar slofjes uit en kroop naast Ottilia in bed. 'Ik ga weg bij het Grand Hôtel.'

Ottilia zat meteen rechtop. 'Lieve hemel, waarom?'

'Hotels zijn nooit mijn grote liefde geweest, Otti, dat weet je best.'

'Ik dacht dat je het wel naar je zin had bij Reserveringen omdat je daar gebruik van je talenkennis kon maken.'

'Dat dacht ik ook, maar ik heb nu een jaar op die afdeling

gewerkt, en je had gelijk. De meeste reserveringen komen binnen per brief, van individuele gasten. Maar de reserveringen die voor mij echt interessant zijn, en die van buitenlandse toeristenbureaus, lopen rechtstreeks via mevrouw Skogh. Eigenlijk doe ik de hele dag niets anders dan de beschikbaarheid van de kamers controleren en standaardbrieven beantwoorden.'

'Wat ook een heel belangrijke taak is,' merkte Ottilia op. Eigenaardig dat ze er aanvankelijk op tegen was geweest dat Torun in het Grand Hôtel kwam werken en dat ze nu, twee jaar later, tranen in haar ogen kreeg bij het idee dat haar zusje weg zou gaan.

'Niet huilen, Otti. Ik doe gewoon hetzelfde als Märta...'

'Ga je soms ook bij Nordiska Kompaniet werken?'

'Nee, bij Göthes Boekhandel. Ik heb al maanden geleden gevraagd of ik daar kon komen werken en toen zeiden ze dat ze aan me zouden denken zodra ze iemand nodig hadden. Sindsdien ben ik steeds bij ze langsgegaan. En nu gaat een van hun verkoopsters trouwen. Wees alsjeblieft blij voor me. Ik kan gewoon niet slapen van opwinding.'

'Maar waar ga je dan wonen?'

'Bij Märta. Met z'n tweetjes hebben we voldoende geld om de huur van een fatsoenlijke woning op te kunnen brengen. Ze is bijna net zo enthousiast als ik. Een paar van haar nieuwe vriendinnen bij Nordiska Kompaniet hebben twee kamers en een keuken op Kungsholmen voor tweeënzeventig kronen. Dat kunnen wij ook betalen.'

Ottilia trok haar knieën op en sloeg haar armen eromheen. Torun deed hetzelfde. Toen ze nog klein waren zaten ze ook altijd in deze houding op bed te kletsen. 'Wanneer ga je het mevrouw Skogh vertellen?'

'Ze weet het al. Ik heb het haar vandaag verteld.'

Ottilia's mond viel open. 'Wisten Märta en mevrouw Skogh het eerder dan ik?'

'Hoe moest ik het je vertellen als je de hele tijd hier bent? Je zei zelf dat je vandaag veertien uur hebt gewerkt. Meneer Ottosson is natuurlijk blij met je, maar wij zien elkaar nauwelijks.'

Ottilia liet haar kin op haar knieën rusten. 'Het zal niet altijd zo druk zijn. Ik moet alleen zo snel mogelijk zo veel mogelijk leren. Ik mag van meneer Ottosson zelf een feest organiseren, zodat hij kan controleren of ik goed begrijp hoe alles in zijn werk gaat.'

'Goeie genade.'

'Het is niet zo dramatisch als het klinkt, hoor. We lopen samen heel zorgvuldig alle details door en maken aantekeningen van allerlei mogelijkheden. Ik ben nu bezig met de organisatie van een verjaardagspartij voor Sigvard Bernaborgs zestigste verjaardag in de Spiegelzaal. Hij vond het eerst maar niets dat ik het deed, maar zijn vrouw zei dat hij me een kans moest geven en nu is het in orde.'

Torun zette grote ogen op. 'Ik ben werkelijk onder de indruk.'

'Het is heerlijk om te doen, Torun. En ook interessant. Er is geen verzoek te dol. De gasten krijgen alles wat hun hartje begeert, zolang ze maar betalen. Ik maak nu ook kennis met de contacten van meneer Ottosson en hopelijk leer ik ook nieuwe mensen kennen. Maar daar hebben we het nu niet over. Wat zei mevrouw Skogh?'

Torun hield haar hoofd schuin. 'Ik had gedacht dat ze woedend zou zijn, maar niets daarvan. Ze wenste me succes en zei dat mama trots op me zou zijn geweest. Dat begreep ik niet, en ik vroeg wat mevrouw Skogh daarmee bedoelde. Ze zei dat ik doorzettingsvermogen had. Dat ik uiteindelijk zou bereiken waar ik naar op weg was.'

Ottilia trok haar knieën nog wat steviger tegen zich aan. 'Mevrouw Skogh had het toch niet over Göthes Boekhandel?'

'Dat denk ik niet. Ik weet niet welke kant ik op ga, maar diep vanbinnen weet ik dat ik daar moet beginnen.'

'Je bent toch hier begonnen?' corrigeerde Ottilia haar.

Torun glimlachte raadselachtig. 'Nee. Dit is jouw droom. Mijn interesse gaat uit naar boeken lezen en leren over de maatschappij. Er heerst zoveel onrecht en ongelijkheid in deze stad.

Neem nou die arme Märta. Ze betaalt huur voor een kamer waarin ze niet eens durft te gaan slapen. En dan die ouwe nachtvlinder Kajsa. Hoe komt het dat ze uiteindelijk tippelaarster is geworden? Dat zie je een man nooit doen. 's Nachts maken ze misbruik van die vrouwen en overdag spreken ze schande van ze. Zolang ik hier werk, zal ik nooit iets kunnen veranderen, maar misschien kan ik wel iets doen wanneer ik beter begrijp hoe de maatschappij in elkaar zit. Märta denkt er net zo over.'

Ottilia zuchtte. 'Mevrouw Skogh heeft gelijk. Mama zou heel trots op je zijn. Ik ben al dolblij dat ik een fatsoenlijk iemand als Sigvard Bernaborg naar mijn hand heb weten te zetten, maar jij wil de hele maatschappij naar je hand zetten.'

'In ieder geval mijn steentje daaraan bijdragen.' Torun zwaaide haar benen over de rand van het bed en deed haar slofjes weer aan. 'Ik ga nu weg en jij gaat slapen. Is er nog nieuws over de diefstal?'

'Nee. Die ring is vast allang het hotel uit. Ik vraag me af of de dader tijdens de diefstal besefte wat dit voor het moreel van zijn of haar collega's zou betekenen.'

37

Wilhelmina liep de trap op naar haar appartement op de eerste verdieping van het Bolinder Paleis. Ze was uitgeput en ze snakte naar een warm bad. Niet dat ze iets te klagen had. Ze ging naar een luxueus appartement waar een liefhebbende man op haar wachtte.

Pehr zat in de woonkamer. 'Lieve vrouw, wat zie je er vermoeid uit.' Hij gaf haar een kus op beide wangen.

'Het was een lange dag,' gaf ze toe.

'Ik zal een drankje voor je inschenken en dan mag je me alles vertellen. Ik heb Brita gevraagd het eten om acht uur op te dienen.'

Het was Pehrs briljante idee geweest om Brita naar het Bolinder Paleis te laten verhuizen. Die man was bijna een heilige, ging het door haar heen.

'Uitstekend.' Wilhelmina ging op de sofa zitten. Het was eind september en de avonden werden killer. Ze was dan ook zeer te spreken over de nieuwe centrale verwarming. Met een dankbare glimlach nam ze het glas madera aan, waarna Pehr op zijn vaste plek naast haar ging zitten.

'Vertel eens, wat houdt je bezig?' vroeg hij. 'Het personeel?'

'Nee, een groepje meisjes hebben op dit moment een verjaardagspartijtje, maar ik heb de cijfers van het zomerseizoen bekeken en die stemden me niet vrolijk.' Ze schudde geërgerd haar hoofd. 'De winst is gestegen, maar niet snel genoeg. We hebben inmiddels meer gasten en meer bedden, en minder klachten dankzij de binnentuin. Het restaurant en de bar zijn populair en het aantal reserveringen voor de afdeling Banqueting neemt gestaag toe, maar voor mijn gevoel gaat het nog steeds allemaal te langzaam.' Ze nam nog een slokje madera.

'Het heeft tijd nodig om het tij te keren,' zei Pehr.

'Dat zei Carl Liljevalch ook toen ik hem vanmorgen tegenkwam.'

'Hoe is het met de beste man?'

Wilhelmina glimlachte flauwtjes. 'Beste man, zeg dat wel. Het gaat heel goed met onze voorzitter en hij doet je de groeten. Hij zei dat hij niet overmatig bezorgd is omdat het allemaal de goede kant op gaat. We hebben het er nogmaals over gehad dat ik graag een echte wintertuin zou willen toevoegen aan de faciliteiten voor feesten en partijen.'

'En?'

'Zoals gewoonlijk strandden we op de vraag waar die moet komen.'

'Als het zo moet zijn, vind je uiteindelijk wel een oplossing.'

'Misschien. Het is alleen... ik weet het niet. Af en toe deprimeert de stad me.'

Pehr keek haar verbaasd aan. 'Stockholm? Dit is een geweldige stad. Het Parlementsgebouw is bijna klaar en daarmee heeft de hoofdstad er weer een fraai gebouw bij. We worden zo langzamerhand een van de mooiste steden ter wereld.'

'Is dat wel zo?' Wilhelmina knipperde de tranen in haar ogen weg.

Pehr sloeg zijn arm om haar heen. 'Mijn lieve Mina, wat is er nu toch?'

'Herinner jij je Kajsa? De...' – Wilhelmina zocht even naar een fatsoenlijke omschrijving – '... dame van plezier die af en toe in het hotel was?'

'Vaag,' bekende Pehr. 'Zorgt ze weer voor problemen?'

'Ik zou willen dat het zo was. Ze hebben haar vandaag opgedregd, uit het water vlak voor het hotel.'

'Allemachtig.'

'Er kwam iemand de lobby in rennen die riep om een dokter en een ambulance, maar Karl Malmsten kon niets meer voor haar doen.'

'Weten ze...'

'Haar jas werd keurig opgevouwen aangetroffen op de Norrbro-brug, naast haar schoenen en tas.'

Pehr zuchtte diep.

'Gösta Möller denkt dat ze is gesprongen terwijl het water nog relatief warm is. Waarschijnlijk kon ze het niet aan dat het straks weer winter wordt. Ik kan me gewoon niet voorstellen hoe het is om op die manier te denken.'

'En dat zal ook nooit nodig zijn.'

'Deze stad heeft eigenlijk twee gezichten,' ging Wilhelmina verder. 'Aan de ene kant al die pracht en praal en daarnaast diepe armoede en ziekte. Vandaag zag ik vanuit mijn raam een jongetje van een jaar of zeven, acht. Hij droeg een zware zak op zijn rug en zijn beentjes konden hem nauwelijks dragen. Ik vroeg me af welke volwassene zou toestaan dat zo'n klein, mager kind zo'n zware zak moet torsen, en waarom was hij niet op school? Hij heeft recht op onderwijs. Waar waren zijn ouders? Hij zat ook onder het vuil. Maar dat is niet zo vreemd, want het is hier overal smerig. Lisa is er overstuur van dat de arme mensen met zijn vieren in een bed moeten slapen, tussen de ratten en het vuil. Ze zei: "Er is echt iets danig mis met een stad, Mina, als de ellende in het voedsel zit." Ze heeft gelijk. Stockholms Mjölkförsäljnings AB adverteert met tuberculosevrije melk. Tegen een hogere prijs, moet ik erbij zeggen. Hoe durven ze? Alle melk moet veilig zijn, anders is die niet geschikt voor consumptie. Godzijdank hebben wij in het hotel betrouwbare leveranciers en alle goederen en levensmiddelen worden bij binnenkomst gecontroleerd.'

'Je hebt gelijk,' zei Pehr. 'Als schrale troost kan ik alleen zeggen dat Stockholm voor iedereen beter wordt. De meeste nieuwe woningen hebben elektriciteit en stromend water. Zelfs sanitair. Ik wil de ellendige omstandigheden waarin veel mensen moeten leven niet bagatelliseren, maar hun aantal wordt elk jaar kleiner. Ik heb gehoord dat de paardentrams over een paar maanden zullen verdwijnen en daardoor zal de hoeveelheid uitwerpselen op straat ook flink afnemen. Langzaam maar zeker komt het goed met de stad.'

Wilhelmina gaf een klopje op zijn met levervlekken bezaaide hand, zijn dunne huid voelde heel vertrouwd, alsof het de hare was.

'Je bent zoals altijd wijs en verstandig. Ik zou alleen willen dat de stad een beetje opschoot.'

38

Ottilia, Beda en Karolina vergezelden Margareta naar Blanchs Café. Buiten in Kungsträdgården vormden de neerdwarrelende herfstbladeren een gouden tapijt en binnen heerste een aangename sfeer, waarin de verrukkelijke aroma's uit de keuken zich vermengden met vleugjes sigaren- en sigarettenrook, terwijl alles werd beschenen door het zachte licht van elektrische lampen.

Karolina keek even om zich heen en wees toen naar een tafeltje bij het raam waar Torun en Märta hen wenkten. 'We zijn hier!' klonk het enthousiast.

Ze liepen achter Karolina aan door het restaurant. 'Goedenavond, dames. Van harte gefeliciteerd, Märta.'

Märta en Torun stonden op om hen te verwelkomen. Karolina haalde een in cadeaupaper verpakt doosje uit haar tas. 'We hebben een potje gemaakt en dit is van ons allemaal. Gefeliciteerd met je eenentwintigste verjaardag.'

Märta trok aan het lintje, verwijderde het papier en haalde het dekseltje van het doosje. Ze slaakte een kreet en keek verrukt naar de zilveren schakelarmband met een bedeltje.

'Een aandenken aan je tijd in het Grand Hôtel,' zei Ottilia.

'We hebben verschillende bedeltjes bekeken en we konden gewoon niet kiezen,' zei Karolina. 'Maar toen zagen we dit schattige theepotje en vonden dat heel toepasselijk omdat we bij Roomservice zulke goede vriendinnen zijn geworden.'

Märta drapeerde het armbandje over haar pols en stak haar arm uit. 'Maak eens vast, wil je?' Het glanzende zilver vertoonde eenzelfde soort glinstering als de tranen in Märta's ogen. 'Kijk nou toch. Ik heb nog nooit zoiets moois gekregen. Iedereen heel erg bedankt. Ik zal het altijd blijven koesteren.' Ze glimlachte. 'Mevrouw Andersson, ik kan gewoon niet geloven dat u bent gekomen. Ik voel me vereerd.'

'Deze drie dames waren zo lief om me over te halen met de belofte dat we als groepje hiernaartoe en ook weer terug zouden lopen.' Margareta glimlachte verlegen. 'Het is nu twee jaar geleden en het is de hoogste tijd. Als ik naar jullie kijk en zie hoe blij, dapper en levenslustig jullie zijn, besef ik dat het leven aan mij voorbijgaat. Jullie zijn erg lief voor mij geweest en ik waardeer ten zeerste wat jullie voor me hebben gedaan, maar nu moet ik weer een eigen leven krijgen. En kunnen jullie ophouden met mevrouw Andersson tegen me zeggen wanneer we niet aan het werk zijn? Voor jullie ben ik nu Margareta.'

Er viel een korte stilte toen de meisjes nadachten over wat Margareta had gezegd. Blij, dapper en levenslustig.

Märta nam als eerste het woord. 'Fijn, vanaf nu is het dus Margareta.' Ze lachte naar haar vriendinnen. 'Het is werkelijk niet te geloven dat we hier allemaal bij elkaar zijn, buiten het Grand Hôtel.'

'Dat is het voordeel van allemaal op verschillende plekken en afdelingen werken,' zei Ottilia. 'Ik mis jullie nog elke dag, maar een feestelijke bijeenkomst zoals vanavond zou niet mogelijk zijn geweest als vier van ons nog steeds bij Roomservice werkten.'

'Jij ook altijd met je voordelen,' zei Beda. 'Ik denk dat dit allemaal niet was gebeurd als die mannen ons geen plezier hadden gedaan door de benen te nemen.'

Iedereen giechelde.

Beda zag Margareta's blik. 'Neem me niet kwalijk.'

'Welnee, je heb absoluut gelijk,' zei Margareta. 'De sfeer in het Grand Hôtel is nu veel beter. Iets meer evenwicht tussen het aantal mannelijke en vrouwelijke personeelsleden kan geen kwaad.'

'Hoe is het gegaan met dat diner voor iemand die zestig werd?' vroeg Torun aan Ottilia.

'Je bedoelt het diner voor Sigvard Bernaborg? Dat liep op rolletjes. Echt ongelooflijk. Ik begrijp nu pas wat mevrouw Skogh bedoelde met: hoe grondiger de voorbereidingen, des te zekerder het succes. Meneer Ottosson heeft me geholpen en ervoor gezorgd dat ik niets over het hoofd heb gezien. Ik leer ongelooflijk veel van hem.'

'Ik zag hem vandaag in de keuken in gesprek met chef Samuelsson,' zei Karolina. 'De handen van die arme man trilden nog heviger dan anders.'

'Heel triest,' zei Margareta. 'Gösta Möller denkt dat meneer Ottosson ons in december na het Nobelbanket zal verlaten.'

'In december?' Ottilia schrok. Dat was over nog geen drie maanden. Ze kreeg met de dag meer respect voor haar collega en hij werd haar ook steeds dierbaarder. Bovendien viel er voor haar nog zoveel te leren. In ieder geval was zijn lichamelijke gesteldheid geen geheim meer en waren er nu genoeg mensen die hem de helpende hand boden. Mevrouw Skogh had zelfs geen salaris van hem ingehouden toen hij twee porseleinen borden met de kleurige afbeelding van het Grand Hôtel had laten vallen.

'Ja,' zei Margareta in antwoord op Ottilia's vraag. 'Blijkbaar heeft hij tegen Gösta gezegd dat hij vertrekt zodra de tijd rijp is, en we weten allemaal dat het Nobelbanket het paradepaardje van het Grand Hôtel is.'

Ottilia kreeg het plotseling een beetje benauwd. 'Ik vermoed dat meneer Ottosson bedoelt dat hij pas kan vertrekken als hij zeker weet dat ik het aankan. Hij houdt zielsveel van het Grand Hôtel. Het is meer dan twintig jaar zijn thuis geweest. Hij is nog door Régis Cadier aangenomen.'

'Waar gaat meneer Ottosson straks naartoe?' vroeg Karolina.

'Hij heeft een zuster in Gävle. Haar man is onlangs overleden en hij trekt bij haar in.'

'Ik hoop maar dat hij het daar erg naar zijn zin heeft.'

'Natuurlijk hoop jij dat,' zei Beda tegen Karolina. 'Ik ken niemand met zo'n groot hart als jij.'

'Hoop jij dan niet dat hij het naar zijn zin heeft?'

'Natuurlijk wel. De paar keer dat ik hem heb ontmoet deed hij heel aardig tegen mij.'

'Zijn er in het hotel nog veranderingen op til?' vroeg Märta. Ze glimlachte naar de ober die een bord met *Biff à la Lindström* voor haar neerzette.

'Meneer Starck is bezig de binnentuin een winterse aanblik te geven,' zei Margareta. 'Onze gasten zullen verrukt zijn. Hij heeft me ook laten zien op welke bijzondere plekken hij met Kerstmis de bloemstukken wil neerzetten.'

Beda, Karolina en Ottilia wisselden geamuseerde blikken.

Margareta bloosde. 'Maar genoeg over meneer Starck.' Ze nam een slokje van de huiswijn.

'Meneer Starck? O, wat dom van me. Ik dacht dat we met de

kerst de bloemetjes buiten gingen zetten.'

De meisjes grinnikten.

Karolina had medelijden met het hoofd Huishouding. 'Trek het je maar niet aan, Margareta. Beda plaagt alleen mensen die ze aardig vindt.'

'Weet meneer Starck dat je hem... aardig vindt?' vroeg Torun.

'Ik neem aan van wel,' zei Margareta enigszins bedremmeld. 'Ik hoop dat mijn gevoelens wederzijds zijn. Maar we hebben nog nooit samen...'

De vijf meisjes bogen zich naar haar toe om geen woord te hoeven missen.

'... zelfs maar een kop koffie gedronken,' maakte Margareta haar zin af.

Teleurgesteld leunden de dames achterover in hun stoel.

'Waarom niet?' vroeg Karolina zachtjes.

'Ik ben nog met meneer Andersson getrouwd.'

'En dat weet meneer Starck natuurlijk,' zei Ottilia.

'Zeker.'

'Wat heb je dan te verliezen?'

Märta stak haar vinger op. 'Precies. En ik dacht nog wel dat Margareta en Gösta Möller uiteindelijk verkering zouden krijgen.'

Nu was het Margareta's beurt om achterover te gaan zitten. 'Hebben jullie het over mij gehad?'

Märta schudde haar hoofd. 'Eigenlijk niet. Maar meneer Möller maakte zich grote zorgen om je toen... nu ja, een paar jaar geleden. Hij heeft toen tegen mevrouw Skogh gezegd dat iemand moest gaan kijken of alles in orde met je was.'

Margareta greep met haar hand naar haar hals. 'Dat wist ik niet. Ik dacht dat mevrouw Skogh hem had gestuurd.'

'Dat was ook zo,' zei Ottilia. 'Omdat hij haar had verzocht hem naar je toe te sturen.'

'Edward heeft een hoge dunk van meneer Möller,' zei Karolina.

Beda sloeg haar ogen ten hemel. 'Jij met je Edward.'

'Hij is niet mijn Edward. Hoe zit het trouwens met jou en monsieur Blanc?'

'Ah, monsieur Blanc.' Met een theatraal gebaar legde Beda haar hand op haar hart. '*Mon sjerie!* En wil jij nog steeds een man ontmoeten die op meneer Skogh lijkt, Ottilia?'

'Absoluut. Meneer en mevrouw Skogh hebben een ideaal huwelijk. Ze hebben allebei een carrière en toch kunnen ze 's nachts in elkaars armen liggen. En hoe zit het met jou, Märta?' vroeg Ottilia.

'Ik heb een oogje op een knappe vent van de afdeling Koffers en Tassen. Hij weet echt alles over leer.'

De meisjes keken elkaar aan en gierden het toen uit.

'O, fijn om te weten dat hij niet alleen een knap uiterlijk heeft,' zei Beda, zogenaamd opgelucht.

'Dames,' zei Torun enigszins geërgerd. 'Kunnen we alsjeblieft samen plezier hebben zonder de hele tijd over mannen te kletsen? Ze bepalen al genoeg dingen in ons leven, dus laten we wanneer we onder elkaar zijn het niet ook nog de hele tijd over hen hebben.'

'De geleerde dame links van mij heeft gelijk,' zei Märta. 'Maar goed, het is mijn verjaardag en daar hoort perzikijs bij.' Ze stak haar hand op om de aandacht van de ober te trekken. 'Laten we deze beste man vragen of hij dat snel voor ons wil gaan halen.'

39

Op 24 oktober, terwijl de herfststorm over de daken raasde en gasten met paraplu's zich door de ingang van het Grand Hôtel naar binnen haastten, liep Wilhelmina door de lobby, intussen vluchtig knikkend en glimlachend naar zowel bekende als onbekende gezichten. Ze had geen idee waarom Brita haar had gevraagd zo snel mogelijk naar het appartement te komen. Op maandag had ze het altijd vreselijk druk en ze was net telefonisch in gesprek met Thomas Cook in Londen toen Svensson een bericht voor haar op het bureau legde. Onmiddellijk maakte zich een gevoel van onheil van haar meester. Brita was al vanaf 1888, het jaar dat en Pehr en zij trouwden, bij hen in dienst en tot dusver had ze het nooit bij het verkeerde eind gehad.

Wilhelmina stormde de vestibule van het appartement in het Bolinder Paleis binnen. 'Wat is er aan de hand?'

Met een spierwit gezicht gaf Brita haar een glas whisky en deed toen haastig verslag. 'Meneer Skogh kwam thuis van kantoor. Hij transpireerde vreselijk. Hij zei dat hij zich niet goed voelde en even op bed ging liggen. Even later hoorde ik een doffe bons en toen ik ging kijken lag hij onderuitgezakt tegen het ledikant...'

Met kloppend hart van angst en de inspanning die het had gekost om twee trappen op te rennen, drukte Wilhelmina het glas in Brita's hand. 'Heb je dokter Malmsten gebeld?'

'Ik heb hem gebeld omdat u telefonisch in gesprek was. Daarna heb ik meneer Svensson gebeld.'

Wilhelmina ging naar de slaapkamer. Voor de deur haalde ze even diep adem, klopte aan en liep naar binnen. Ze onderdrukte een kreet. Pehr lag met gesloten ogen hoog in de kussens. Zijn gezicht was asgrauw, bijna blauw, en hij zag er jaren ouder en vermoeider uit dan die morgen bij het ontbijt. Het rijzen en dalen van zijn borst ging trager dan het tikken van de klok.

Wilhelmina plakte zijn klamme hand en nam plaats in de stoel die dokter Malmsten voor haar bijschoof. 'Pelle, mijn liefste.'

Pehr reageerde niet.

Met ingehouden adem keek ze Malmsten aan, op zoek naar steun.

'Het is zijn hart,' zei hij zacht. 'Ik heb hem iets tegen de pijn gegeven.' Hij schudde zijn hoofd. 'We kunnen niet veel anders doen dan bidden voor zijn ziel. Het spijt me vreselijk. Wil je misschien een priester bellen?'

'Een priester?' Wilhelmina sprong op. 'We kunnen een ambulance bellen. Waarom heb je geen ambulance gebeld?'

Malmsten nam haar mee bij het bed vandaan. 'Zijn hart heeft ernstige schade opgelopen en je moet sterk zijn. We kunnen een ambulance bellen als je liever hebt dat Pehr zijn laatste adem in het ziekenhuis uitblaast.'

Alles begon te draaien en ze slaakte een kreet. Vlug liep ze terug naar Pehr. Ze ging op haar knieën naast het bed zitten en pakte zijn hand vast. Als ze alleen nog maar kon bidden, dan zou ze bidden. 'Onze Vader...' Ze stopte. 'Weet Pelle dat ik hier ben?'

Dokter Malmsten schudde zijn hoofd. 'Ik denk het niet.'

Haar hete tranen drupten op Pehrs koude huid. Hoe was dit mogelijk? Vanmorgen nog hadden ze gesproken over zijn voornemen om op ganzenjacht te gaan met zijn kornuiten. En met Sint-Maarten zouden ze een diner geven.

Pehr stopte met ademen.

Wilhelmina verstarde.

Nog een diepe ademhaling.

Ze liet haar adem ontsnappen, Pehr hield zijn adem in. Godzijdank. Ze bracht zijn hand met haar beide handen naar haar mond, drukte er een kus op en wachtte op de volgend ademhaling.

Die kwam niet.

40

Terwijl Wilhelmina's verdriet geen grenzen kende, sloeg het nieuws van Pehr Skoghs dood bij het personeel in als een bom, net zo plotseling en net zo ontregelend. In de personeelskantine spraken sommige mensen op gedempte toon en anderen deden er het zwijgen toe, terwijl de maaltijden onaangeroerd op tafel bleven staan omdat iedereen de lust tot eten was vergaan.

Een hevig aangeslagen Ottilia ging naast Karolina aan tafel zitten. 'Ik kan het niet geloven.'

'Dat kan niemand. Zo'n fijne man.' Karolina schoof haar bord met aardappelpannenkoek opzij. 'Weten we al wat er is gebeurd?'

'Meneer Ottosson denkt dat het zijn hart was. Ik zou dolgraag iets voor mevrouw Skogh willen doen, maar ik weet niet wat. Ze was heel goed voor mijn familie toen mijn broer overleed en ook toen mijn moeder was gestorven. Maar ik zou echt niet weten wat we kunnen doen, behalve ervoor zorgen dat alles in het Grand Hôtel vlekkeloos verloopt tijdens haar afwezigheid. Al denk ik dat die niet lang zal duren. Mevrouw Skogh beschouwt hard werken als remedie tegen alles, maar heeft ze genoeg aan het Grand Hôtel om zichzelf staande te kunnen houden?'

Karolina haalde mismoedig haar schouders op. 'Ik weet het echt niet. Margareta zei dat juffrouw Silfverstjerna nu bij mevrouw Skogh is. Ze zei ook dat mevrouw Skogh gelukkig een grote vriendenkring heeft. En daar ben ik heel blij om.'

Ottilia glimlachte dapper naar Karolina. 'Ik ook.'

De avond viel en terwijl Wilhelmina door de zitkamer ijsbeerde, vloeiden haar tranen nog net zo rijkelijk als de regen die langs de ramen liep. Pehrs stoffelijk overschot had het gebouw verlaten en haar hart was bij hem. 'Ik zal ervoor zorgen dat hij niet vergeten wordt,' zei ze tegen Elisabet.

'Hij zal nooit vergeten worden,' zei Elisabet troostend. 'En er zullen vast heel veel mensen bij zijn begrafenis aanwezig willen zijn.'

'We...' Wilhelmina corrigeerde zichzelf. 'Ik ga in het Grand Hôtel een groots diner geven te zijner ere. Weet je dat we hier ons huwelijksontbijt hebben genoten?' De herinnering werd haar bijna te veel. Slechts zestien jaar hadden ze samen gehad voordat de dood hen scheidde. 'Mijn lieve Pelle,' bracht ze met een snik uit. Het verdriet drukte zo zwaar op haar dat ze bijna geen adem kreeg. 'Hij moet begraven worden op een zonnige plek en hij krijgt een monument dat bij zijn grootsheid past.'

'Dat is zeker is een mooi eerbetoon.'

'En welverdiend.' Wilhelmina liet zich uitgeput in een fauteuil zakken. Ze keek Elisabet met roodomrande ogen aan. 'Ik weet niet wat ik zonder hem zou moeten doen.'

Het was niet langer een retorische vraag.

41

Wilhelmina gunde zichzelf één dag om te rouwen. Om haar tranen de vrije loop te laten. Herinneringen op te roepen, herinneringen die pijn deden en herinneringen die haar een glimlach ontlokten. Toen wist ze met bijna bovenmenselijke kracht de veilige omgeving van haar zitkamer te verlaten en op woensdagmiddag riep ze Ottilia bij zich op kantoor.

Ottilia kwam binnen met een fraai boeketje witte lelies. 'Dit is van ons zessen. Onze condoleances. We vinden het allemaal vreselijk en hadden veel bewondering voor meneer Skogh.'

Wilhelmina knipperde opkomende tranen weg. 'Dat is aardig.' Ze wist een glimlachje te produceren. 'Bedank de andere dames van mij.' Ze pakte haar koffiekopje op, een zo normaal mogelijk gebaar, om zichzelf de gelegenheid te geven zich te vermannen. In tranen uitbarsten ten overstaan van iemand van het personeel, al was het dan Ottilia Ekman, was ondenkbaar. Godzijdank had ze zich gisteren niet onder de mensen begeven. Ze had het niet kunnen opbrengen om zichzelf vierentwintig uur lang te moeten beheersen. In ieder geval was haar hoofdpijn iets minder geworden omdat ze vannacht met behulp van wat medicatie korte tijd had geslapen. Maar nu wachtte haar weer een zware taak. 'Ik wil de begrafenis van mijn lieve Pehr met je bespreken. Meneer Ottosson heeft al genoeg te doen deze week, dus ik neem de beslissingen en jij regelt de uitvoering.'

'Ik ben geheel tot uw dienst.'

'Zoals je misschien in de kranten hebt aangekondigd gezien, zal de uitvaart worden gehouden in de Hedvig Eleonora-kerk op zondag om drie uur 's middags. Daarna zullen we mijn echtgenoot vergezellen naar zijn laatste rustplaats op de Noorder Begraafplaats, waarna we teruggaan voor het diner in de Spiegelzaal. Dat zal om ongeveer halfzes zijn.'

Ottilia knikte en maakte aantekeningen. 'Hoeveel mensen verwacht u voor het diner?'

'Ik ga uit van honderd. Misschien meer. Mijn echtgenoot had vrienden en zakelijke relaties door de hele stad en ook in Östersund en op Gotland. Velen van hen zullen alles op alles zetten om erbij te zijn.' Het besef dat Pehr zo populair was geweest, gaf haar een warm gevoel. Ze depte haar ogen en ging snel verder. 'Ik ben me ervan bewust dat het organiseren van een diner van een dergelijke omvang op zo'n korte termijn niet ideaal is...'

Ottilia keek op. 'Er is niets wat niet geregeld kan worden.'

De blik in Ottilia's ogen zei Wilhelmina genoeg. Pelles begrafenis zou in goede handen zijn. 'Natuurlijk zal ik zelf het menu met chef Samuelsson bespreken,' ging Wilhelmina verder. 'Er zal vanzelfsprekend geen half werk worden geleverd, maar ik moet wel praktisch zijn omdat pas vrijdag het definitieve aantal gasten bekend zal zijn en alle verse producten nog moeten worden besteld. De wijnen komen uit de wijnkelder van mijn man. Wel wat ongebruikelijk, moet ik toegeven, maar hij was tenslotte wijnhandelaar. Hij had zeker gewild dat zijn vrienden nog een laatste glas uit zijn collectie werd aangeboden.'

'Dat kan ik me voorstellen. Is chef Samuelsson al op de hoogte van het diner?'

'Zeker. De Spiegelzaal is op mijn naam gereserveerd.' De kosten deden er niet toe. Pehr Skogh was een geliefd mens. Daar mocht geen enkele twijfel over bestaan. Zijn begrafenis zou een afspiegeling zijn van alles wat hij in zijn leven had bereikt. Een passend afscheid. Plotseling wist ze wat haar te doen stond.

Wilhelmina keek Ottilia aan. 'En wanneer mijn lieve Pehr te ruste is gelegd, gaan wij doen wat hij gewenst had dat ik zou doen: doorgaan met dit bijzondere hotel tot iets spectaculairs maken.'

42

Niet iedereen was zo vastbesloten als Wilhelmina om met hernieuwd elan weer aan het werk te gaan toen op zondagavond vijftig rouwrijtuigen voor de entree van de Spiegelzaal vertrokken. Aansluitend op Pehr Skoghs plotselinge overlijden kondigde meneer Ottosson aan dat hij half november het Grand Hôtel zou verlaten.

'Ik leef in geleende tijd,' zei hij tegen een geschokte Ottilia. 'En die wil ik graag bij mijn zuster doorbrengen. Je weet inmiddels voldoende om de meest memorabele partijen en feesten te kunnen organiseren, en mochten er nog vragen zijn dan kun je altijd bij mevrouw Skogh te rade gaan, heeft ze me verzekerd. Maar twijfel alsjeblieft niet aan jezelf, Ottilia. Je kunt het allemaal aan. Dat heb je bewezen door in je eentje het begrafenisdiner voor meneer Skogh te regelen. Een klinkend succes, hoewel de aanleiding uiterst droevig was. Ik mag wel zeggen dat ik heel trots op je was. Ik wens je veel succes, beste meid.' Met trillende hand overhandigde meneer Ottosson Ottilia de sleutel van zijn kantoor. 'Je was werkelijk de meest oplettende en intelligente leerling die ik ooit heb meegemaakt.'

Op de eerste maandag in haar nieuwe functie van hoofd Banqueting stond Ottilia in haar kantoor en frummelde aan de parels van haar moeders collier terwijl ze haar uitgebreide aantekeningen voor het komende banket doornam: een diner voor het gerenommeerde SHT Genootschap in de Spiegelzaal, aanstaande zaterdag 26 oktober. Ze ging met haar pen langs het menu voor de driehonderdeenenvijftig gasten.

HORS D'OEUVRE
HOMARD EN BELLE-VUE GARNI AUX HUITRES
DINDONNEAU RÔTI, SALADE MELÉE
TOPINAMBOURS À LA VICTORIA
GLACE AUX FLEURS À LA JAPONAISE
PATISSERIE

Chef Samuelsson had het menu drie weken geleden ontvangen en vervolgens goedgekeurd. Omdat de cliënt geen veranderingen had doorgegeven, waren alle bestellingen nu bevestigd. Uitstekend. Ze liet haar blik over de begeleidende dranken gaan.

OPPENHEIMER
(SCHLOSS RHEINBERG)
H. MUMM CRAMANT
DUMINY, SEC
APOLLINARIS
PORTO SANDEMAN

Stuk voor stuk aanbevelingen van monsieur Blanc. En hier was het briefje waarin hij bevestigde dat de bestelde flessen klaarlagen in de wijnkelder. Meneer Starck had een gedetailleerde lijst met bloemenarrangementen ontvangen en het vaste personeel van de afdeling Banqueting was opgeroepen, net als de uitgekozen musici. Het in het Frans gestelde menu (gecontroleerd door monsieur Blanc) was naar de drukker, de tafelschikking zou komende woensdag klaar zijn en dan konden ook naamkaartjes gemaakt worden. Ottilia rolde even met haar schouders toen er een rilling van opwinding door haar heen ging en ze glimlachte. Hoofd Banqueting was tot nu toe haar favoriete functie. Er kwamen zoveel uiteenlopende dingen bij kijken dat geen enkele dag hetzelfde was. Het diner was tot in de puntjes voorbereid. Het zou een succes worden.

De maandag daarop zat Ottilia met het hoofd in haar handen hartverscheurend te snikken.

43

Op 6 december, een dag waarop het goede nieuws dat ze had ontvangen aanleiding zou moeten zijn voor een energieke tred, kwam Wilhelmina uitgeput en verslagen de bestuurskamer binnen. Buiten plooide de namiddaghemel zich als een met sterren bezaaide nachtblauwe deken over de daken. Maar binnen in het Grand Hôtel lag een donkere schaduw over alles. Een reiziger zou op het eerste gezicht onder de indruk zijn van de vrolijke voorbereidingen, maar de vreugde was net zo gekunsteld als de in rood papier verpakte geschenken met groene strikken onder de zes meter hoge kerstboom in de lobby.

Bestuursvoorzitter Carl Liljevalch en bankier Ivar Palm stonden op om hun algemeen directeur te verwelkomen. Zonder verdere plichtplegingen nam ze plaats tegenover Palm. Liljevalch glimlachte bemoedigend naar haar. 'Wellicht kunnen we beginnen met de stand van zaken van de crisis.'

'Zeker.' Wilhelmina wierp uitsluitend voor de vorm even een blik op haar aantekeningen, want ze was perfect op de hoogte van de feiten en cijfers. Die zag ze, samen met de beelden van Pelle, voor zich zodra ze haar ogen sloot. 'Op zaterdag 26 november vond in de Spiegelzaal een banket plaats voor driehonderdeenenvijftig leden van het SHT Genootschap. Op maandag 28 november meldde een groot aantal gasten dat ze last hadden van rillingen, koorts, buikpijn en diarree. Dat aantal is inmiddels opgelopen tot honderdvijfenzeventig, onder wie...' – Wilhelmina zweeg even om haar stem onder controle te krijgen – 'twee doden. Dat is mij een uur geleden telefonisch medegedeeld.'

Palm liet zijn ingehouden adem ontsnappen. 'Zijn we er al achter wat de oorzaak is van deze tragedie?'

'Deze uitbraak kan op geen enkele manier in verband worden gebracht met het Grand Hôtel,' zei Wilhelmina. 'Volgens een rapport dat is opgesteld door ene dr. Levin, directeur Medische

Dienst van Stockholm, die ook aanwezig was bij het banket en ziek werd, wezen de symptomen op tyfus, een ziekte die zoals we weten in de stad heerst. Dokter Levin denkt niet dat hij de ziekte hier heeft opgelopen, althans niet door middel van het eten en de dranken die werden gereserveerd. Volgens zijn deskundige mening had het water of ijs besmet kunnen zijn, maar het is waarschijnlijker dat sommige gasten het al onder de leden hadden voordat ze hier binnenkwamen. Een andere arts, die ook aanwezig was op het feest, wees erop dat tyfus een incubatietijd heeft van zeven tot eenentwintig dagen, en dat staaft dan weer dokter Levins theorie dat ons hotel geen blaam treft. Maar andere artsen – die niet aanwezig waren bij het banket – beweren dat het geen toeval kan zijn wanneer zoveel gasten tegelijkertijd ziek worden.' Ze legde haar pen neer en wreef over haar slapen.

'En hoe gaan we nu verder?' vroeg Palm.

'We wachten nog op een officieel rapport van de directeur Medische Dienst,' zei Wilhelmina. 'Ik verwacht dat hij ons van alle blaam zuivert. Onze werkwijzen zijn onberispelijk – alles is sindsdien tot in den treure gecontroleerd – en ik kan slechts bevestigen dat chef Samuelsson de scepter zwaait over een voorbeeldige keuken. Maar totdat het rapport openbaar wordt gemaakt, staan we onder verdenking en kunnen we niets ondernemen. Hetgeen zowel frustrerend als gevaarlijk voor de reputatie van het hotel is.'

Liljevalch streek over zijn lange witte baard. 'En waar we geen invloed op kunnen uitoefenen.'

'Helaas niet. Maar er wordt druk gespeculeerd. De pers verkneukelt zich met hun theorieën over voedselvergiftiging. Waarom journalisten altijd op de feiten willen vooruitlopen, is me een raadsel. Gaan ze er niet prat op dat hun berichtgeving waarheidsgetrouw is? Daar komt nog bij dat ze ook de stad schade berokkenen. Al die venijnige artikelen zullen alleen maar tot resultaat hebben dat Stockholm inkomsten misloopt omdat potentiële bezoekers andere bestemmingen kiezen.'

Palm knikte instemmend. 'Omdat ze alleen maar de krant van vandaag willen verkopen en er niet voor hoeven te zorgen dat hotelbedden bezet raken.'

'Laten we hopen dat we bij de volgende vergadering in het nieuwe jaar beter nieuws hebben,' zei Liljevalch. 'Maar nu, Wilhelmina, je vertelde me gisteren dat we een interessante brief hebben ontvangen. Misschien wil je zo vriendelijk zijn om Ivar op de hoogte te stellen van hetgeen je tegen mij hebt gezegd.'

'Met alle plezier.' Dat was waar. En wat zou ze blij zijn geweest met deze brief als Pelle nog geleefd had. Ze had last van hoofdpijn, maar de pijn in haar hart was erger en deed haar soms 's nachts naar adem happen. Ze probeerde zich te concentreren op wat nu ter tafel kwam. 'Ik heb een brief ontvangen van de hofmaarschalk van het Koninklijk Huis met de vraag of het Grand Hôtel interesse zou hebben in de pacht van een gebouw dat de Sofia Albertine Stichting op het terrein van oude stallen wil gaan bouwen.'

'Allemachtig.' Palm deed zijn bril af en legde hem neer. 'Ik neem aan dat we het over de voormalige Koninklijke Stallen in Stallgatan hebben?'

'Inderdaad,' zei Wilhelmina.

'Was er geen sprake van gesteggel over wie de wettige eigenaar daarvan was?'

'Dat klopt,' zei Liljevalch. 'Daarom heb ik daar gisteravond wat onderzoek naar gedaan. De stallen waren oorspronkelijk eigendom van prinses Sophia Albertina, de zuster van Gustaaf III. Toen zij in 1829 overleed, heeft ze in haar testament laten opnemen dat haar paleis op het Gustav Adolf-plein naar de staat zou gaan en gebruikt zou worden om de troonopvolgers van de koning te huisvesten. In het testament stond tevens dat "al het overige" naar een zekere Stenbock zou gaan, een kerel die toentertijd het ambt van eerste stalmeester bekleedde. Hij wierp zich op als eigenaar van de Koninklijke Stallen, die volgens hem onder het niet verder gespecificeerde "al het overige" vielen. Het hof protesteerde hier natuurlijk tegen, waarna een lange strijd volgde. De kwestie werd onlangs eindelijk opgelost doordat de thesaurie honderdduizend kronen heeft betaald aan de nazaten van Stenbock. Hetgeen betekent dat het hof nu kan doen wat het wil met de oude Koninklijke Stallen, en blijkbaar zijn ze van zins ze af te laten breken.'

Palm knikte. 'Wat willen ze dan op die plek gaan bouwen?'

'Wat de uitvoering betreft,' zei Liljevalch, 'kunnen we heel veel dingen naar onze hand zetten als we ervoor kiezen om op dit voorstel in te gaan.'

'Als? We moeten dit absoluut doen!' zei Wilhelmina. 'Stockholms eerste wintertuin.' Haar oude voortvarendheid deed weer even van zich spreken. Nu kreeg ze de kans de wintertuin van haar dromen te verwezenlijken. Dit was het 'waar', dat nog steeds ontbrak. Een splinternieuwe verworvenheid voor Stockholm. De volgende spectaculaire loot aan de schitterende stam van het Grand Hôtel. Ze zag het helemaal voor zich; dikke muren met bogen en vensters om de tuin, zoals bij het Grand Hôtel Paris. Een fontein in het midden, omringd door bomen, planten en tafeltjes onder een glazen atrium. Ze legde haar handen op het tafelblad. 'We moeten dit gewoon doen.'

'En we moeten ook gewoon de kosten bekijken,' zei Palm. 'Op dit moment ligt het hotel onder vuur en de inkomsten zullen ongetwijfeld teruglopen als gasten dit etablissement mijden om te eten.'

Wilhelmina zuchtte geërgerd. God behoede haar voor mannen die een langetermijnvisie ontbeerden. Met opeengeperste lippen bereidde ze zich voor op de lancering van haar lijst met tegenargumenten.

Liljevalch stak zijn hand op om haar te onderbreken. 'Dat is waar, maar ik denk dat het onverstandig zou zijn om deze kans aan ons voorbij te laten gaan. Mevrouw Skogh heeft er herhaaldelijk op gewezen dat er pas werkelijk sprake van een stijgende omzet kan zijn als het Grand Hôtel meer vloeroppervlak heeft. Het is ons nog steeds gelukt om in de hoogte uit te breiden, maar niet in de breedte. Al niet meer sinds Régis Cadier vijftien jaar geleden het Bolinder Paleis heeft verworven. Sindsdien zijn we altijd ingesloten geweest door het Noorse Minister Hotel in Södra Blasieholmshamnen en de Koninklijke Stallen achter ons.'

Wilhelmina kon haar ongeduld niet langer bedwingen. 'Zelfs als het Noorse Minister Hotel beschikbaar zou komen,' zei ze, en ze zweeg even om aan iets ondenkbaars te denken – de ontbinding van de unie tussen Zweden en Noorwegen – 'zouden de aanpassingen van dat gebouw zeer ingrijpend zijn en heel veel geld kosten. Onze opties en het resultaat zouden nog steeds beperkt zijn. Hier hebben we de kans om een gebouw geheel naar onze wensen te ontwerpen. Kroon voor kroon, dat lijkt me logischer.'

'U kunt best gelijk hebben,' zei Palm, 'maar we zouden desalniettemin weer een lening van de bank nodig hebben. Aangezien de hofmaarschalk verantwoordelijk is voor de bouw, kan ik me niet voorstellen dat ze ook bereid zijn te voldoen aan de hoge eisen die we aan de inrichting van het interieur stellen.'

'Ik denk dat de bank wel wil meewerken,' zei Wilhelmina. 'Ze zullen blij zijn met de inkomsten van zowel het Grand Hôtel als die van de stad.'

'En wat zijn de kosten van de pacht?'

'Dat kunnen we pas zeggen wanneer we met een plan komen en gaan onderhandelen,' zei Liljevalch.

'Wat de kosten ook zijn,' begon Palm, 'de huur is een terugkerende onkostenpost die door de verpachter kan worden verhoogd.'

Wilhelmina zuchtte weer eens diep. 'Ik zie niet in waarom de hofmaarschalk onredelijke eisen zou stellen. Bedenk wel dat zij ons hebben benaderd en het Grand Hôtel dus de door hen gekozen huurder is. Ik heb op zakelijk gebied al heel vaak met de hofmaarschalk te maken gehad toen ik telefoonverbindingen nodig had tussen Storvik, Rättvik en Bollnäs. Ik kan niet anders zeggen dan dat ze zeer behulpzaam waren. Trouwens, wat hebben we in dit stadium eigenlijk te verliezen? Als hun voorstel ons niet zint, dan slaan we het aanbod gewoon af.' Over mijn lijk dat we een aanbod afslaan, dacht ze bij zichzelf. Ze zou net zo lang en net zo hard onderhandelen als nodig was. Zelfs met de hofmaarschalk en zo nodig ook met het bestuur.

Palm dacht even na. 'U hebt gelijk.'

Wilhelmina trakteerde Liljevalch en Palm op haar eerste waarachtige glimlach sinds de ochtend van Pelles dood. 'Welnu, als we het met elkaar eens zijn, kan ik dan de onderhandelingen met de hofmaarschalk in gang zetten?'

'Graag,' zei Liljevalch. 'En laten we verder maar hopen dat de directeur Medische Dienst snel met zijn rapport komt, zodat we deze onverkwikkelijke aangelegenheid achter ons kunnen laten en we ons kunnen verheugen op een vruchtbaar nieuw jaar.'

44

Januari 1905

De directeur Medische Dienst publiceerde zijn rapport, maar de onrust bleef. Ottilia trommelde met haar vingers tegen haar kin terwijl ze elk woord voor de zoveelste keer herlas. Al deed ze nog zo haar best, er viel met geen mogelijkheid enig lichtpuntje in te ontdekken.

Er werd zachtjes op de deur geklopt en Karolina kwam binnen met een kop koffie. 'Ik vermoedde dat je wel een opkikkertje kunt gebruiken.'

Ottilia nam het dienblad dankbaar aan. 'Je hebt het bij het rechte eind. Hoe is de stemming bij Roomservice?'

'Bedrukt. De sfeer in de keuken is nog erger. Chef Samuelsson is kwaad en uit zijn doen. Hij was altijd al aan het blaffen, maar nu bijt hij ook. Niemand zegt iets tenzij het absoluut noodzakelijk is.'

'Dat is allemaal heel begrijpelijk,' zei Ottilia.

Karolina dempte haar stem. 'Was het zijn schuld? We horen alleen geruchten uit de tweede hand. Wat stond er in het rapport?'

'Rapporten,' corrigeerde Ottilia haar. 'De Commissie voor Volksgezondheid heeft gisteren een eigen rapport gepubliceerd.'

Karolina knipperde met haar ogen. 'En?'

Ottilia moest even nadenken. Was ze wel gerechtigd Karolina over de inhoud van het rapport op de hoogte te brengen? Alhoewel, het was een openbaar rapport, en als ze Karolina vertelde wat het rapport inhield dan werd het voor haarzelf allemaal misschien ook iets duidelijker. Ze was een tijdje bang geweest dat ze bij mevrouw Skogh op het matje zou worden geroepen. Maar dat was niet gebeurd. Ze had alleen een briefje ontvangen met de boodschap gewoon door te gaan met haar werk en dat ze zich niet uit het veld moest laten slaan.

Karolina onderbrak haar gedachten. 'Je kunt me vertrouwen, maar ik begrijp het ook als je het me niet kunt vertellen.'

Ottilia slaakte een zucht. 'Ik moet mijn hart luchten. Pak een stoel en ga zitten, of ben je nog aan het werk?'

'Ik ben net klaar.'

'Goed dan.' Ottilia nam een slokje koffie. 'De directeur Medische Dienst heeft op 27 december zijn rapport gestuurd.'

'En?'

'Hij sluit uit dat het aan het water lag, want het nieuwe waterleidingnet van Stockholm, waar zoals iedereen weet problemen mee waren, werd pas twee weken na ons banket in gebruik genomen. Bovendien is er niemand van het personeel ziek geworden, wat erop wijst dat er iets niet in orde was met een van de gerechten.'

Karolina's mond viel open. 'Staat dat er echt? Geen wonder dat chef Samuelsson in alle staten is. Maar welk gerecht dan?'

'Dat was de vraag. Er wordt beweerd dat dit menu een van de riskantste was die we ooit hebben geserveerd.' Ottilia moest even slikken. Had zij zich niet bewust moeten zijn geweest van de risico's toen het menu werd samengesteld?

'Riskant in welk opzicht?' vroeg Karolina.

'Oesters vormen een bekend risico. Ze kunnen bacteriën bevatten. Maar deze oesters kwamen uit Nederland, en waren voorzien van certificaten die een veilige consumptie garandeerden. Kreeften zijn ook riskant. Maar alle kreeften kwamen hier levend aan, dus daar was ook niets mee aan de hand. Hetzelfde geldt voor de kalkoenen. Die waren afkomstig van een boerderij in Småland en die boerderij heeft ook verschillende andere etablissementen bevoorraad waar geen ziektegevallen zijn gerapporteerd.'

'Ik wist niet dat kalkoenen ziektedragers konden zijn.'

'Dat kan gebeuren als hun voer besmet is met bacteriën of als ze van een boerderij komen waar kippencholera heerst.' Ottilia moest glimlachen omdat Karolina haar vol bewondering aankeek. 'Dat weet ik allemaal nu pas, hoor.'

'Ik benijd je dat je bij Banqueting werkt. Hier valt zoveel te leren.'

'Je zou me niet hebben benijd na het banket voor het SHT Genootschap. Toen zat ik hier te huilen. Ik was ervan overtuigd dat ik zou worden ontslagen en ik hoopte half dat het ook zou gebeuren.'

'Waarom?' vroeg Karolina geschrokken.

'Omdat ik niet nog meer doden op mijn geweten wilde hebben.'

'Je hebt helemaal geen doden op je geweten. En chef Samuelsson ook niet, volgens mij. Maar goed.' Karolina ging verder met hardop nadenken: 'Hoe zat het met de sauzen? Die bevatten verschillende ingrediënten.'

'Die kunnen we ook uitsluiten. Chef Samuelsson gebruikte dezelfde sauzen en ingrediënten voor de andere hotelgasten, maar alleen de gasten van het banket werden ziek. En dan hebben we nog het ijs. De melkboerderij die aan het Grand Hôtel levert, levert ook aan veel andere etablissementen en daar is geen enkel ziektegeval gerapporteerd.'

'En de dranken?' vroeg Karolina. 'Hoewel die overal in het hotel worden geschonken.'

Ottilia wees naar het rapport. 'De directeur Medische Dienst vermeldt ook de dranken. De ziekteverwekker moet in iets hebben gezeten wat zowel de heren als de dames hebben genuttigd. We hebben de dames een punsch geserveerd die bestond uit frambozensiroop met arak en die bevatte ook ijs, maar ook dit ijs was van een partij die eveneens aan andere hotels is geleverd. Bovendien dronken de mannen aan het banket punsch uit een fles, zonder ijs.'

'Als alles is gecontroleerd en eventuele oorzaken zijn uitgesloten, gaat chef Samuelsson toch vrijuit?'

Ottilia schudde haar hoofd. 'De directeur Medische Dienst kwam tot de conclusie dat de oesters de boosdoeners moeten zijn geweest. Ze werden weliswaar geleverd met een certificaat van herkomst en versheid, maar dat is nog geen bewijs dat ze veilig waren.'

'Als de oesters er vers uitzagen, vers roken en werden geleverd met een garantie van versheid kon chef Samuelsson toch niet bepalen dat ze niet geschikt waren voor consumptie?'

'Dat denk ik ook niet,' zei Ottilia. 'Maar na het verschijnen van dit rapport hebben verschillende Zweedse oesterleveranciers gereageerd met een gezamenlijke brief in de kranten waarin staat dat de uit Nederland afkomstige oesters onder strenge controle staan van de Nederlandse overheid.' Ze tikte op de krant die op haar bureau lag. 'Niet één van hun overige klanten heeft voor of na 26 november een probleem gemeld. Ze wijzen de ongegronde beschuldigingen van de directeur Medische Dienst dan ook af.'

'Maar die voedselvergiftiging moet toch ergens vandaan komen?'

'Dat dacht iedereen, totdat in het gisteren verschenen rapport van de Commissie voor Volksgezondheid voedselvergiftiging werd uitgesloten. Zij hebben tyfus geconstateerd bij verschillende mensen die ziek zijn geworden.'

'Tyfus? Dus de mensen van het banket zijn niet ziek geworden van het eten of de dranken, maar toch zijn alleen de gasten die bij het banket aanwezig waren ziek geworden. Dat klopt niet.'

'Nee. Ik heb deze rapporten ik weet niet hoe vaak doorgelezen, maar het wordt steeds onduidelijker.'

'Wat zegt mevrouw Skogh ervan?'

'Ik heb haar nog niet gesproken, maar ik denk dat ze erg aangeslagen is. Er is een derde gast overleden en omdat er nog steeds geen duidelijke antwoorden zijn, wordt mevrouw Skogh nu persoonlijk door de pers aan de schandpaal genageld.'

45

'Hoe durven ze?' Wilhelmina smeet de krant dwars door Elisabets zitkamer, waardoor de drager van het slechte nieuws op de klep van de salonvleugel terechtkwam. 'Als de directeur Medische Dienst voor een raadsel staat en de Commissie voor Volksgezondheid voor een raadsel staat, hoe kunnen ze er dan in vredesnaam van uitgaan dat ik weet op welke manier in het Grand Hôtel bijna tweehonderd mensen tyfus hebben opgelopen en dat ik deze ramp ook had kunnen voorkomen? Nu vraag ik je!' Ze stond op en liep geagiteerd heen en weer. 'We hebben nog steeds dezelfde leveranciers en we werken nog steeds op dezelfde manier, omdat er nergens een fout is ontdekt. Als je me kunt vertellen wie en wat de oorzaak van dit alles is, zal ik werkelijk hemel en aarde bewegen om herhaling te voorkomen. Maar ik zweer met jou als mijn getuige, Lisa, dat ik niet nalatig of nonchalant ben, en dat geldt voor mijn gehele personeel. In de stad heerst tyfus en elke willekeurige gast had de andere kunnen besmetten. En waarschijnlijk is dat ook het geval geweest.'

'Wat ga je nu doen?'

'Het eerste wat ik ga doen is een door mij ondertekend bericht naar de kranten sturen.' Wilhelmina plofte neer op de sofa tegenover Elisabet. Deze nachtmerrie was slopend, en het feit dat in één krant had gestaan dat verschillende leden van haar personeel rattengif hadden gebruikt om zich op haar te wreken, was gewoonweg te pijnlijk voor woorden.

'Mina, ik smeek je om voorzichtig te zijn,' zei Elisabet. 'Je zult een discussie met journalisten nooit winnen. Je moet erboven staan.'

Wilhelmina schudde driftig haar hoofd. 'Als ik niets van me laat horen, zullen ze dat zeker niet als een teken van fatsoen beschouwen, maar eerder als het bewijs dat ik schuldig ben. Nee, Lisa. Ik ga het gevecht aan in de enige taal die deze stad begrijpt: geld.' Ze tikte met haar vinger op de armleuning van de bank. 'Ik loof een beloning uit van tienduizend kronen voor degene die het onomstotelijke bewijs kan leveren dat het onze fout is geweest.'

Elisabet schrok. 'Dat is een gigantische beloning. De journalisten zullen over elkaar heen buitelen om die te kunnen incasseren.'

'En daarmee hun tijd verspillen. Ze zullen niets vinden en het kost me geen geld.'

'En als ze wel een mankement ontdekken?' vroeg Elisabet zacht.

Wilhelmina hief haar handen. 'Dan is het verlies van tienduizend kronen wel het minste van mijn problemen en is de beloning het geld dubbel en dwars waard. Drie mensen zijn bezweken en...' Het lukte haar niet de zin af te maken.

'Drie?'

Wilhelmina zuchtte. 'Gisteren is een derde gast overleden. Dus als er bij ons iets wordt gevonden, moet ik alle zeilen bijzetten om ervoor te zorgen dat in de toekomst alle diners en banketten veilig zijn. Mensen vragen zich af: waarom uitgerekend het Grand Hôtel? En ik vraag me af: waarom uitgerekend dat banket? We hebben duizenden mensen daarvoor en honderden daarna geserveerd. Nee, ik ben ervan overtuigd dat het probleem tegelijk met de gasten is gekomen en weer is verdwenen. Zij waren die avond de enige unieke factor.'

'Dus wat gaat er nu gebeuren?'

'Een ingenieur controleert de pijpleidingen om de watertoevoer als mogelijke oorzaak te kunnen uitsluiten. Ik maak me geen grote zorgen – er zijn geen andere gasten of personeelsleden ziek geworden – maar het moet nu eenmaal gebeuren. Er wordt ook een vragenlijst naar alle resterende banketgasten gestuurd, in de hoop dat er een patroon zichtbaar wordt waaruit de oorzaak valt te herleiden.'

'Laten we bidden dat dat het geval zal zijn.'

'Amen.'

'Mina, je ziet er heel vermoeid uit.'

Wilhelmina lachte vreugdeloos. 'Ik heb wel betere weken gekend.'

'Je mist Pehr.'

'Het is niet te beschrijven...' Weer stokte haar stem.

Er werd op deur geklopt en Karolina kwam binnen met een serveerwagen.

Wilhelmina zag de verrukte blik in Elisabets ogen toen ze opstond om het meisje van de roomservice te begroeten. Wilhelmina stond ook op en legde haar hand op Elisabets arm. Het oogcontact tussen Karolina en Elisabet duurde niet langer dan de vereiste kniebuiging van Karolina. Het jonge meisje kweet zich efficiënt maar gehaast van haar taak, waar Wilhelmina met haar geoefende oog uit opmaakte dat ze zich niet op haar gemak voelde en zo snel mogelijk wilde vertrekken.

Elisabet was zich van dit alles totaal niet bewust en liep naar het meisje toe. 'Karolina?'

Karolina draaide zich om. 'Ja, mevrouw?'

'Wat heerlijk om je te zien.'

Karolina bleef een seconde stokstijf staan en maakte vervolgens nog een kniebuiging. 'Dank u wel, mevrouw.' Ze keek snel in de richting van Wilhelmina en maakte voor de derde keer een kniebuiging. 'Mevrouw Skogh.'

'Een beetje voortmaken, Nilsson. Ik weet zeker dat ze bij roomservice op je zitten te wachten.'

Karolina maakte dat ze wegkwam.

Elisabet keerde zich naar Wilhelmina. 'Besef je wel hoelang ik heb moeten wachten op een kans om mijn dochter weer te spreken? Mijn dóchter, Mina. Twee jaar geleden heb ik haar voor het laatst ontmoet. Sinds december 1902 hebben we eindelijk een keer naar elkaar geglimlacht.'

'En hebben jullie toen ook echt naar elkaar geglimlacht? Of heb je dat arme meisje de stuipen op het lijf gejaagd omdat ze volslagen onwetend is van het feit dat ze je dochter is? Twee jaar geleden gedroeg je je naar eigen zeggen toch te informeel en intiem? Karolina is een bediende in dit hotel.'

Elisabet keek haar uitdagend aan. 'Wil je hiermee zeggen dat onze band voor jou geen enkele betekenis heeft?'

'Ik wil alleen zeggen dat jullie band voor Karolina geen enkele betekenis heeft omdat ze niet op de hoogte is van de situatie.' Wilhelmina bleef bij haar standpunt, maar haar toon werd iets milder 'Is het nooit bij je opgekomen dat Karolina tijdens haar dienst deze suite ontweek?'

Elisabet trok wit weg. 'Is dat zo?'

'Ik weet het wel zeker.' Wilhelmina gebaarde naar de serveerwagen. 'Hoeveel maaltijden worden wekelijks in deze suite afgeleverd? Drie? Vier? Laten we een voorzichtige schatting maken en het bij drie houden. Dat zijn dan honderdvijftig maaltijden per jaar. Denk je nu echt dat het toeval is dat er hier in twee jaar tijd driehonderd maaltijden zijn bezorgd zonder dat Karolina ook maar één keer volgens schema de bezorging op zich moest nemen?'

'Mag ze dat dan weigeren?'

'In feite niet. Ottilia heeft vriendelijk maar kordaat leiding gegeven aan deze afdeling en Beda Johansson volgt dezelfde lijn. Ottilia vertelde me eens dat Karolina had verzocht om dagdiensten te mogen draaien en dat Ottilia haar best deed dit te honoreren. Hoe vaak bestel jij overdag iets?'

Elisabet haalde haar schouders op. 'Ik begrijp wat je bedoelt.' Ze schepte twee pommes duchesse op. 'Maar misschien is dat niet de reden waarom Karolina om dagdiensten heeft gevraagd. Stockholm is een opwindende stad voor een jong meisje. Ik meen te weten dat ze gebruik heeft gemaakt van jullie personeelsuitje met de bus om de stad te bezichtigen. En ze is inmiddels toch ook dikke vriendinnen met Ottilia, Beda en mevrouw Andersson? Ik zie hen af en toe met z'n vieren door Stallgatan lopen.'

'Ik ook.' Wilhelmina schonk hun glazen nog eens vol. 'Het doet me trouwens deugd dat Margareta Andersson inmiddels ook weer naar buiten gaat. Die vrouw liet het leven helemaal aan zich voorbijgaan. Ik heb gehoord dat ze zelfs met Torun Ekman en Märta Eriksson naar een vergadering van de vrouwenbeweging Tolfterna is geweest.'

'Zijn ze van plan zich daarbij aan te sluiten?' vroeg Elisabet.

'Torun en Märta hebben dat al gedaan. Blijkbaar had Märta aan oprichtster Ellen Key een paar handschoenen verkocht en van het een kwam het ander.'

'Er zijn slechtere rolmodellen. Ellen Key is een voortreffelijke feministische leider en een aanwinst voor de vrouwen en kinderen van deze stad. En wat moedig van mevrouw Andersson. Gezien haar huwelijk met een echtgenoot die vrouwen minachtte en zelfs haatte, was het voor haar vast geen gemakkelijke beslissing om zich bij Tolfterna aan te sluiten. Dat ze nu in aanraking komt met sterke, verstandige vrouwen uit alle lagen van de bevolking zal haar zeker enorm goed doen. Als wij vrouwen ons verenigen kunnen we onze positie verbeteren en ervoor zorgen dat we kiesrecht krijgen.'

'Absoluut.'

Elisabet hield haar hoofd een beetje schuin. 'Heb jij weleens overwogen om lid van Tolfterna te worden? Jij hebt deze vrouwen heel veel te bieden.'

Wilhelmina trok een berouwvol gezicht. 'Ik heb mijn handen vol aan dit hotel, maar ik wens hun het allerbeste. Weet je, ik vind het heel interessant om te zien hoe mijn meisjes zich ontwikkelen. Het verbaast me trouwens hoegenaamd niet dat

Märta en Torun zich hebben aangesloten bij een suffragettebeweging. Torun heeft een academische geest en zal zich nooit met dwazen omringen. Ik heb zo'n idee dat ze daar mannen met haantjesgedrag ook onder schaart. Toen de meisjes de afdeling Roomservice overnamen, heeft Märta ontdekt dat vrouwen tot dezelfde dingen in staat zijn als mannen, en dat heeft haar niet meer losgelaten. Margareta Andersson moest natuurlijk bevrijd worden uit haar rol als trouwe echtgenote van een bullebak. En nu ontdekt ze wat het leven nog meer te bieden heeft.'

Elisabet stak haar hand uit en pakte die van Wilhelmina vast. 'Ik ben heel blij dat jij ook weer verdergaat met je leven. Het verlies van Pehr was een zware slag.'

'Maar ik ben er nog,' zei Wilhelmina. 'Ik kon kiezen tussen doorgaan of wegkwijnen. Doorgaan leek me het verstandigst.'

'Daarvoor is kracht nodig,' vond Elisabet.

'Gelukkig heb ik een baan die het niet toelaat om duimen te draaien,' zei Wilhelmina met een zucht. 'Hard werken is een remedie tegen het verdriet en de pijn.'

Elisabet glimlachte meelevend. 'En hopelijk zul je het met een nieuw project nog drukker krijgen. Weet je al meer over het nieuwe gebouw?'

'We zijn nog in onderhandeling, maar ik geloof dat we inmiddels het stadium van "als" en "maar" zijn gepasseerd en nu bezig zijn met "wanneer" en "hoe". Ik moet bekennen dat ik meer dan enthousiast ben.' Wilhelmina nam een slok beaujolais. 'Lisa, denk jij dat Zijne Majesteit er de hand in heeft gehad dat dit nieuwe gebouw aan het Grand Hôtel werd aangeboden? Ik weet dat wij met het Grand Hôtel er vlak naast zitten, maar die locatie zou voor heel wat andere ondernemingen ook een geschenk uit de hemel zijn.'

'God zegene Zijne Majesteit, was mijn eerste gedachte toen ik over dit voorstel hoorde.'

'Is het werkelijk? Hoe dat zo?'

'Het gaat om het moment. Het hof is alweer een aantal jaren eigenaar van deze locatie, maar binnen zeven weken na Pehrs overlijden lag er een aanbod op je bureau. De koning heeft een bijzonder hoge dunk van je en hij betreurt het verlies van Pehr ten zeerste. Het aanbieden van een nieuw gebouw is precies het soort gebaar dat de koning zou maken tegenover een vriend die het moeilijk heeft en er geen andere manier is om troost te bieden. Nog geen tien minuten geleden zei je zelf dat hard werken voor jou de beste remedie is tegen verdriet.'

'Maar de koning weet toch niet dat ik dat heb gezegd?' zei Wilhelmina verbaasd.

Elisabet liet haar gulle lach horen. 'Mijn lieve Mina, iedereen die meer dan een uur in jouw charmante aanwezigheid heeft doorgebracht, begrijpt dat jij gedreven wordt door ideeën en de onmiddellijke realisatie daarvan. Kijk nu eens naar wat er is veranderd in het Grand Hôtel, vergeleken met nog geen drie jaar geleden toen je hier begon: een nieuwe Amerikaanse bar, een sandwichbar, een informatiebalie, vijftig extra kamers en een binnentuin.' Elisabet telde af op haar vingers. 'En zei je niet dat de bouwvakkers weer terug zijn om te beginnen met een nieuwe Koninklijke Suite in het Bolinder Paleis? Verder heb je het bestuur en de onruststokers onder het personeel buitenspel gezet. Dit schip is niet alleen van koers gewijzigd, maar het stevent met volle kracht vooruit.'

Wilhelmina hief haar glas. 'Laten we hopen dat deze tyfusramp ons niet tot zinken brengt.'

46

Margareta liep de deur van Jakobsbergsgatan 25 uit en plaatste haar in laarzen gestoken voeten stevig op de bevroren sneeuw. Aan de dakgoten hingen vervaarlijke ijspegels en het gaslicht sloeg op haar keel, maar de warmte die in haar binnenste opborrelde had veel meer te maken met het gezelschap waarin ze zich de afgelopen drie uur had bevonden dan met de lange wollen jas die ze dankzij Märta met personeelskorting bij Nordiska Kompaniet had gekocht. In haar diepe zak voelde ze het roze lidmaatschapskaartje van Tolfterna. Dit was de tweede bijeenkomst geweest en deze avond had ze een besluit genomen.

Ze draaide zich met een stralende lach om naar Torun en Märta. 'Ik heb een heerlijke avond gehad. Dankzij jullie. Ik wist niet dat Tolfterna zo'n opwindende organisatie was.'

'Ik ben blij dat je hebt besloten lid te worden,' zei Märta.

'En ik ben heel blij dat er nog ruimte voor je was in onze groep,' zei Torun. 'Alle groepen hebben interessante bijeenkomsten, maar Groep Drie heeft echt iets bijzonders.'

Märta giechelde. 'Je bent natuurlijk helemaal niet bevooroordeeld.'

'Het idee alleen al!' Toruns ogen schitterden van de pret. Ze gaf Märta en Margareta een arm en liep verder over de schuin aflopende straat. 'Niemand kan zo goed spreken als Ellen Key, maar ze is erg veel op reis en dus maar zelden hier. Ik ben ook onder de indruk van Anna Lindhagen.'

'Was dat de jongedame die vanavond de leiding van onze groep had?' vroeg Margareta.

'Ja, ik vind haar fascinerend. Haar vader is lid van het parlement en heeft als stedenbouwkundige deze stad ontwikkeld, dus Anna weet alles, maar dan ook alles, van stedelijke politiek.'

Märta keek langs Torun naar Margareta. 'Anna heeft ook bij uitgeverij P.A. Norstedt & Söner gewerkt, en je weet wat Torun doet zodra ze in de buurt komt van iets of iemand die met boeken te maken heeft. Zwijmelen!' voegde ze er op luide fluistertoon aan toe.

Torun deed alsof ze diep beledigd was. 'En dat zegt iemand die een paar handschoenen aan Ellen Key verkocht en vervolgens twee weken lang nergens anders over kon praten.'

'Het waren tenslotte erg fraaie handschoenen,' zei Märta ad rem. 'Maar het heeft me wel in een lastig parket gebracht.'

'Hoezo?' vroeg Margareta.

'We mogen niet langer dan noodzakelijk met de klanten praten.'

'Dat is in het Grand Hôtel net zo,' zei Margareta.

'Jawel, maar we worden ook geacht antwoord te geven als ons een vraag wordt gesteld. Mejuffrouw Key stelde de hele tijd vragen terwijl ik de handschoenen inpakte. Ze vroeg hoelang ik al bij Nordiska Kompaniet werkte. Ik zei dat ik net was begonnen, maar dat ik ook in het Grand Hôtel had gewerkt. Toen vertelde ze het een en ander over Tolfterna en gaf me een visitekaartje. Ze zei dat ik het jonge bloed was dat ze nodig hadden. En dat geldt dus ook voor jullie twee.'

Margareta schudde haar hoofd. 'Ik ben heus niet jong.'

'Vergeleken met juffrouw Key wel,' zei Torun. 'Het doet er ook niet toe, je bent nodig.'

Knus gearmd, in gezelschap van de twee jongere vrouwen, dankte Margareta haar goede gesternte. Hier liep ze dan door de stad met geheven hoofd, en ze werd niet alleen gerespecteerd maar was ook geliefd. En dan te bedenken dat ze jarenlang Knuts brute gedrag had verdragen, in de overtuiging dat het haar verdiende loon was omdat ze overhaast was getrouwd. Knut zou haar hebben verboden om zich in te laten met een vrouwenbeweging die zich ervoor inzette het leven van de helft van de bevolking te verbeteren. In zijn ogen zou zij dan de verkeerde helft steunen en hem dus afvallen. Inmiddels wist ze wel beter. Josef Starck, die 's avonds helaas vrijwel altijd bezig was op zoek naar zaden, bollen en bloemen – waarvan er veel van ver kwamen, wat dus ten koste ging van zijn vrije tijd – had haar aangespoord lid van Tolfterna te worden.

'Je hebt een heleboel te bieden,' had hij gezegd tijdens een uitje op een van zijn zeldzame vrije avonden.

'Maar ik moet ook nog een heleboel leren,' was haar reactie geweest. 'En stel dat ze me niet mogen?'

'Waarom zouden ze je niet mogen? Ottilia, Karolina en de andere jongedames mogen je duidelijk wel. En ik vind je ronduit magnifiek.' Hij had haar hand naar zijn lippen gebracht en er een kus op gedrukt. Ze glimlachte bij de herinnering.

Het trio dat inmiddels Jakobsbergsgatan was afgelopen kwam nu op een vlak stuk in Norrlandsgatan.

'Hier nemen we afscheid van jullie,' zei Torun.

'Wanneer verhuizen jullie uit Lutternsgatan?' vroeg Margareta.

'De volgende maand,' zei Märta. 'Ik vond het prettig om zo dicht bij Nordiska Kompaniet te wonen, maar we zijn nu allebei wel toe aan een woning waar het niet zo tocht en we meer ruimte hebben. Iets langer lopen is dat wel waard.'

Margareta moest lachen. 'Zoals jij het zegt klinkt het alsof Linnégatan kilometers verder is. Terwijl het maar een stukje verderop is.'

'Heb jij er weleens over gedacht om weer buiten het hotel te gaan wonen?' vroeg Torun aan Margareta. 'Ik denk dan natuurlijk niet aan Södermalm, maar ergens bij ons in de buurt. Er zijn genoeg pensions voor alleenstaande vrouwen op Östermalm. Dat zou je met jouw salaris van hoofd Huishouding wel kunnen betalen.'

Margareta dacht even na. Wanneer ze in haar kamer op de bovenste verdieping van het Bolinder Paleis in bed lag, fantaseerde ze af en toe over een bestaan als getrouwde vrouw en moeder, in een fijne woning met stromend water en uitzicht over de hele stad. Maar inmiddels was ze vierendertig en al bijna te oud om nog kinderen te krijgen. En naar wat ze vanavond had gehoord van andere werkende vrouwen, had ze waarschijnlijk meer privacy als inwoonster van het Grand Hôtel dan wanneer ze in een pension zou wonen. Bovendien was ze aan het sparen voor een fiets. Josef had er ook een en dan konden ze samen tochtjes maken. 'Ik ben tevreden met waar ik nu woon, maar ik verheug me nu al op onze volgende avond bij Tolfterna.'

Torun pakte haar bij de arm. 'Voordat we gaan, heb je Ottilia onlangs nog gesproken? Hoe gaat het met haar?'

Margareta zuchtte even. 'Ik heb haar gisteren gesproken. Net als iedereen in het hotel wacht ze met angst en beven op de uitslag van het tyfus-onderzoek. Gösta Möller is ook uit zijn doen. Hij zei dat hij nu elke avond zijn hart vasthoudt wanneer hij naar de gasten in het restaurant kijkt. Tot de oorzaak is gevonden, hebben we geen enkele zekerheid dat het niet nog een keer zal gebeuren.'

'En mevrouw Skogh?'

'Ze gedraagt zich als een leeuwin die haar welp beschermt. Ze was altijd al heel nauwkeurig, maar nu is ze verschrikkelijk streng. Zelfs Charley Löfvander heeft gisteren een uitbrander van haar gekregen.'

Märta zette grote ogen op. 'Charley? Waarvoor dan? Hij is toch werkelijk de aardigste man van allemaal.'

'Mevrouw Skogh ontdekte een paar kruimeltjes onder een net afgeruimde tafel. Toen moest hij van haar de volgende morgen heel vroeg de vloer schrobben.'

Torun keek verbaasd. 'De vloer van de bar schrobben is niet zijn taak, en toen hij kwam was de bar natuurlijk al grondig schoongemaakt voor de komende dag.'

'Dat klopt, maar mevrouw Skogh zei dat Charley er hierdoor aan werd herinnerd dat het zijn verantwoordelijkheid is om erop toe te zien dat het personeel zich strikt aan de regels houdt en ervoor zorgt dat alles schoon is. Het laatste wat het Grand Hôtel kon gebruiken, was een rattenplaag.'

'Arme Charley,' zei Märta meelevend.

'Ja, dat vind ik ook, maar mevrouw Skogh heeft wel gelijk wat de ratten betreft,' zei Torun.

Margareta knikte. 'Zo dachten wij er allemaal over. Mevrouw Skogh heeft absoluut gelijk, maar arme Charley.'

Eensgezind namen ze afscheid van elkaar.

Margareta liep verder over Norrlandsgatan, stak Hamngatan over en vervolgde haar weg via Kungsträdgårdsgatan. Het was nu niet ver meer. De vrolijke geluiden en het gelach van de mensen die uit Blanchs Café kwamen aan de andere kant van het park droegen bij aan de gezellig sfeer op deze koude avond. Als groep ben je veiliger, had haar moeder altijd gezegd. Gelukkig liepen er vanavond genoeg mensen op straat.

Ze gaf een gil toen ze plotseling hardhandig Wahrendorffsgatan, een van de donkerste, nauwste zijstraten, in werd getrokken.

Ze werd tegen de muur gedrukt en Knut kwam met zijn gezicht vlak voor het hare. 'Hallo, Maggan.' Zijn adem stonk naar bier en kots. Hij was niets veranderd en had nog precies hetzelfde wezelachtige uiterlijk als twee jaar geleden, toen ze hem voor het laatst had gezien.

Omdat ze niet verder naar achteren kon, draaide ze haar hoofd weg. Zou iemand haar in Kungsträdgårdsgatan kunnen horen als ze zou gillen?

Hij pakte haar stevig bij de kin en bedekte met twee vingers haar mond. 'Je bent erg ongehoorzaam geweest. Wat heb ik je nu gezegd over die vrouwenorganisaties?' Hij liet haar gezicht los.

Ze veegde met haar gehandschoende hand over haar pijnlijke mond. 'Hoe heb je me gevonden?'

Hij lachte schamper. 'Dat was niet zo moeilijk. Een van mijn maten zag je een paar weken geleden een gebouw binnen gaan. Ik hoefde alleen maar een beetje rond te vragen om erachter te komen wat je daar ging doen. En wanneer de volgende bijeenkomst was. Je dacht zeker dat niemand het zou merken, hè? En je hebt ook een nieuwe jas, als ik me niet vergis.'

Met kloppend hart keek ze hem aan. Hij zette zijn handen aan weerszijden van haar hoofd tegen de muur zodat ze geen kant op kon.

'Wat wil je, Knut?'

'Ik wil waar ik recht op heb.'

De angst greep haar naar de keel. Ze zou hier liever dood neervallen dan weer terugkeren naar een leven van mishandeling en armoede. 'Ik ga niet met je mee.'

'O, moet je haar horen. Meen je dat nou dat je niet met me meekomt? Zal ik je eens wat vertellen, mevrouw Andersson, als ik je weer thuis wilde hebben dan zou ik je als het moest aan je haren meeslepen.' Hij greep haar bij de haren en trok haar hoofd naar beneden. 'Zo dus. Zou je dat willen, Maggan?'

Haar korset sneed in haar vel en in haar ogen brandden tranen van vernedering. Ze had het gevoel dat hij de haren uit haar hoofd trok. Haar mooiste hoedje lag op de bevroren vuiligheid.

'Nee,' fluisterde ze.

'Dan moeten wij even een babbeltje maken.'

'Laat me los, Knut.'

Hij duwde haar hoofd nog wat verder naar beneden. 'Zul je je gedragen?'

'Ja.'

Hij liet haar los.

Ze bukte zich om haar hoedje op te rapen, haar wangen gloeiden in de koude nachtlucht. Nog geen uur geleden had ze zich tussen al die vrouwen sterk en optimistisch gevoeld. Nu kroop ze aan de voeten van een gewelddadige echtgenoot over de grond. Ze kwam overeind en zette haar hoedje weer op.

'Volgens mij ben je me geld schuldig,' zei Knut. 'Jij hebt mij tenslotte verlaten.'

'Je hebt me bijna vermoord.'

'Kun je dat bewijzen?'

'Er zijn getuigen.'

'Het is hun woord tegen het mijne. Mijn maten weten dat ik de hele nacht bij hen ben geweest. Ik was niet eens bij je in de buurt. Maar goed, zoals ik het zie, moet ik opdraaien voor alle kosten van onze nieuwe woning terwijl jij in het Grand Hôtel een luizenleventje leidt.'

'Het is jouw nieuwe woning, niet de mijne.'

'Dat maakt toch niks uit? Dat jij liever daar woont, maakt de huur niet lager. Ik heb een nieuwe woning in Ragvaldsgatan. Groot genoeg voor z'n tweeën.'

Dat zei dus niets. Ze kende gezinnen die met z'n achten in één kamer woonden.

'Maar ik zal niet onredelijk zijn,' ging Knut verder. 'Voor mijn part blijf je in het Grand Hôtel wonen, maar dan wil ik wel de helft van je loon.'

Er klonken stemmen in de buurt van Wahrendorffsgatan.

Knut draaide Margareta om en deed zijn hand over haar neus en mond. Ze kreeg nauwelijks adem meer. Aan het einde van de steeg liepen drie mannen voorbij. De stemmen stierven weg.

Margareta hoestte en hapte naar adem. Ze proefde de smerige smaak van Knuts hand nog op haar lippen en spuugde in de sneeuw.

'Nou, nou, heb je geen manieren meer?' zei Knut.

'Ik heb geen geld,' zei Margareta met verstikte stem. 'Ik heb net een nieuwe winterjas en handschoenen gekocht.'

'Leugenaarster. Mijn Maggan heeft altijd een spaarcentje.'

Ze besloot het anders aan te pakken. 'Ik heb geen geld bij me. Op dit uur lopen er altijd boeven rond.'

'Je denkt zeker dat je grappig bent, hè?'

'Ik bedoelde jou niet.'

Hij ging er maar niet verder op door. 'Laten we dan maar even samen naar het hotel lopen. Ik wacht wel buiten.'

'Nu?' vroeg ze geschrokken.

'Ik heb niks te doen, jij hebt niks te doen. Dus waarom nu niet?' Hij pakte haar arm vast. 'Ik heb trouwens een schuld die ik moet aflossen.'

'Een schuld?'

'Dat krijg je ervan als je zoals ik voor de hele huur moet opdraaien. Ze willen hun geld nog deze week en jij wilt toch niet dat me iets overkomt?'

Margareta zei maar niet wat ze dacht. Knut zou dat geld net zomin gebruiken om zijn schuld te betalen als dat hij een boeketje bloemen voor haar zou kopen. 'Ik heb gehoord dat je bij de tram werkt.'

'Klopt.' Het klonk zowaar een beetje trots. 'Van wie heb je dat gehoord"

Margareta had onmiddellijk spijt. 'Dat weet ik niet meer.'

Ze kwamen bij de personeelsingang in Stallgatan. Knut hield nog steeds haar arm stevig vast. 'Als je iets raars uithaalt of me laat stikken, zal ik de volgende keer niet zo vriendelijk zijn. Als je begrijpt wat ik bedoel.'

Margareta ging vlug het hotel in en haastte zich door de kelder. Knut had geen idee dat ze naar het Bolinder Paleis was verhuisd en verwachtte dat ze sneller zou terugkomen dan mogelijk was. Gösta Möller kwam de keuken uit.

Hij keek haar verbaasd aan. 'Wat is er met jou gebeurd?'

Ze deed alsof ze van niets wist. 'Met mij? Ik was uit met Torun Ekman en Märta Eriksson. Had iemand me nodig?'

'Nee, maar...'

Ze glimlachte snel. 'Heel goed. Ik ben erg moe en ga naar bed.'

Vijftien minuten later werd Gösta er niet geruster op toen hij Beda's stem hoorde vanuit het uitgiftepunt van de roomservice.

'Ik sprak Margareta net. Ze zei dat ze met Märta en Torun op een bijeenkomst van Tolfterna was geweest, maar ze had allemaal vegen op haar gezicht en haar haar hing los.'

'Dat is vreemd,' zei Edward.

Dat was inderdaad vreemd, vond Gösta. Margareta Andersson was binnen een kwartier twee keer thuisgekomen.

47

Half februari maakte Wilhelmina haar entree in de bestuurskamer. Haar verdriet was inmiddels niet meer zo allesoverheersend en ze voelde zich weer energiek en daadkrachtig. Het was ook nog eens die ene dag in februari waarop de ochtendhemel plotseling weer lichter leek. 'Goedemorgen, heren, wat een heerlijke dag.' Ze knikte naar de ramen die uitzicht boden op het Koninklijk Paleis. 'Er is niets mooiers dan een zonnige wintermorgen.'

Liljevalch en Palm keken elkaar even aan.

Wilhelmina schonk hun een glimlach en schikte haar papieren op de tafel. 'Maar nu snel ter zake. Vandaag heb ik namelijk een drukke dag.'

Liljevalch schraapte zijn keel. 'Met alle plezier. Het eerste agendapunt. De tyfus... aangelegenheid. Hebben we al iets meer duidelijkheid omtrent de oorzaak?'

'Tot op zekere hoogte,' zei Wilhelmina. 'De ingenieur die de waterleiding heeft geïnspecteerd, ontdekte dat het Grand Hôtel in 1900 een eigen gemaal heeft geïnstalleerd en dat een afzonderlijke leiding rechtstreeks vanaf de Norrströmrivier het hotel in komt. Dat is op zich al niet goed, maar hij kwam er ook achter dat er twee grote rioolbuizen ter hoogte van Kungsträdgården in de Norrström uitkomen, beide relatief dicht in de buurt van onze pijpleiding.'

Palm trok wit weg en hij zette zijn bril af. 'Wil je zeggen dat we in het Grand Hôtel ongefilterd water hebben gebruikt? En dat niemand daarvan wist?'

'Blijkbaar was onze conciërge er wel van op de hoogte. Maar ik zeker niet. Gelukkig wordt het water dat via deze pijpleiding het hotel binnenkomt opgepompt naar een tank op zolder, waarna het wordt gebruikt voor de toiletten, de warmwaterboiler en in één afwasruimte en de ruimte waar aardappels en andere knolgewassen worden gereinigd. Omdat al die groenten worden gekookt en alle pannen zorgvuldig worden gedroogd, is besmetting door middel van dit water hoogst onwaarschijnlijk, hetgeen verklaart waarom we nooit eerder en ook niet daarna een tyfusuitbraak hebben gehad. Maar nu...' – Wilhelmina keek op haar aantekeningen – '... de directeur Medische Dienst heeft ook de uitkomsten van de vragenlijst openbaar gemaakt die naar de gasten van het SHT Genootschap waren gestuurd.'

'En?' vroeg Liljevalch.

'Zeventig procent van de gasten is ziek geworden. Er zijn inmiddels vier gevallen met dodelijke afloop, onder wie de zuster van een lid dat ook aanzat. Volgens de directeur Medische Dienst tonen officiële rapporten aan dat het water van de Norrström die dag stroomopwaarts liep, waardoor eventueel rioolwater verder het binnenland in is gestroomd en niet langs onze pijpleiding is gekomen. Daardoor rees weer de vraag of het door de Hollandse oesters kwam. Maar het lijkt onwaarschijnlijk dat er tussen vijftienhonderd oesters voldoende slechte exemplaren hebben gezeten om tweehonderdachtentwintig mensen ziek te maken. Daar komt nog bij dat zevenenveertig van de mensen die ziek zijn geworden, inclusief een van de dodelijke slachtoffers, überhaupt geen oesters hebben gegeten.'

'Dus we zijn nog steeds niet veel wijzer,' concludeerde Palm.

'We weten wel iets meer, maar we hebben nog geen absolute zekerheid. Mijn persoonlijke mening is dat een keukenmeisje de sla per ongeluk in de verkeerde ruimte heeft gewassen. Dat zou alles verklaren.'

'Kan dat met zekerheid worden vastgesteld?'

'Het desbetreffende keukenmeisje kan zich niet herinneren of ze zich in de wasruimte heeft vergist. Ze heeft er terecht op gewezen dat als ze had geweten dat het water niet deugde, ze het nooit had gebruikt.'

'Zelfs als zij schuldig is, dan had zo'n eenvoudige vergissing toch niet tot een levensbedreigende situatie hebben mogen leiden?' zei Palm.

Wilhelmina knikte. 'Ik ben het roerend met je eens. Net als raadslid Söderlund. Hij eiste dat er maatregelen worden genomen en dat het Grand Hôtel geen water meer uit de Norrströmrivier mag oppompen.'

'Zijn er al stappen ondernomen?' Palm schudde vol ongeloof zijn hoofd. 'Ik kan er werkelijk met mijn verstand niet bij dat er in 1900, nog maar zo kortgeleden, voor een dergelijke riskante manier van watervoorziening is gekozen. Wie heeft dat bedacht?'

'Ik vermoed dat een pijpleiding vanaf de Norrström als goedkoopste oplossing werd gezien voor een hotel dat heel veel water gebruikt om te koken en schoon te maken,' zei Wilhelmina. 'In Hôtel Rydberg en Operakällaren zijn dezelfde soort leidingen aangetroffen.'

Palm sloeg met zijn hand op tafel. 'Die hotels zijn niet onze zorg. Ik wil weten wie in 1900 opdracht heeft gegeven een pijpleiding naar dit hotel aan te leggen.'

'Nu wordt het interessant,' zei Wilhelmina. 'Blijkbaar was het Stedelijk Water- en Rioleringswezen hiervan op de hoogte.'

'Maar dat is belachelijk,' zei Liljevalch. 'Waar was de voorzitter van het Water- en Rioleringswezen toen dit in de gemeenteraad werd behandeld en besloten? Deze man is toch verantwoordelijk voor het welzijn van talloze inwoners?'

'Hij is geen onbekende van ons,' zei Wilhelmina. 'Algernon Börtzell was voorzitter van beide besturen.'

Wilhelmina genoot van de plotselinge stilte die aan tafel viel. Zou Börtzell nu zijn verdiende loon krijgen voor zijn vrekkige gedrag? Hoogst onwaarschijnlijk. De mannen zouden ondanks vier dodelijke slachtoffers elkaar blijven steunen.

'Mogen we aannemen,' zei Liljevalch, 'dat de watertoevoer vanaf de Norrström inmiddels niet meer in gebruik is?'

'Gegarandeerd,' zei Wilhelmina. 'En ik weet ook zeker dat mijn voltallige personeel een zucht van verlichting heeft geslaakt.'

'Dan nu een vrolijker onderwerp,' zei Liljevalch. 'De verloving van Zijne Koninklijke Hoogheid prins Gustaaf Adolf met prinses Margaret van Connaught.'

Wilhelmina klapte in haar handen. 'Wat een heugelijk nieuws. Goed voor de moraal van het land en onze arme koning. Ik begrijp werkelijk niet hoe Zijne Majesteit onder de huidige politieke druk nog kan functioneren. Pelle en ik hebben vorig jaar in Frankrijk een paar Noren ontmoet, en het was duidelijk dat er in Noorwegen iets gistte. Ik hoop van ganser harte dat we allemaal de kant van de rede kiezen en een oorlog wordt voorkomen.'

'Ik hoop dat de onvrede in Noorwegen de huwelijksvoltrekking niet zal vergallen,' gromde Liljevalch. 'Prins Gustaaf Adolf is tenslotte ook hún prins.'

'Weten we al iets over het verloop?' vroeg Palm.

'De huwelijksvoltrekking vindt plaats op 15 juni in St George's Chapel in Windsor Castle,' zei Wilhelmina. 'Het gelukkige paar zal half juli naar Stockholm terugkeren, volgens Lisa Silfverstjerna waarschijnlijke al de negende. Ze vertelde ook dat er hier plannen zijn voor uitgebreide feestelijkheden, en ik zal ervoor zorgen dat het Grand Hôtel hierbij wordt betrokken. Ik heb inmiddels een aantal verzoeken om informatie ontvangen van andere koninklijke hoven en ik hou ook meer kamers en suites achter de hand voor de eventuele reserveringen van hoogwaardigheidsbekleders. Tegen die tijd is de nieuwe Koninklijke Suite in het Bolinder Paleis gereed en kan hij gebruikt worden voor diners en feestelijkheden. Die suite wordt werkelijk een droom in rood, goud en zilver.'

'En zijn de kosten voor de suite nog binnen het budget gebleven?' vroeg Liljevalch.

Wilhelmina verschoof op haar stoel. Dat was dus niet het geval, maar de extra kosten zouden het waard zijn en hopelijk bleef het nog lang in het geheugen dat Algernon Börtzell met zijn goedkope pijpleiding verantwoordelijk was geweest voor de afgelopen catastrofe. 'De enige bijkomende kosten worden gemaakt voor de details wat betreft het interieur.'

Liljevalch legde even zijn pen neer. 'Zoals?'

'Bladgoud. Dat verleent de kamers echt een koninklijke allure. Ik weet zeker dat er aan de overkant van het water geen flintertje bladgoud te bespeuren valt.' Ze boog zich naar voren. 'Zoals mijn lieve Pelle altijd zei: deze stad is in opkomst. Hij had absoluut gelijk. De nieuwe Koninklijke Schouwburg wordt bijvoorbeeld geheel met wit marmer bekleed. Omdat we met het Grand Hôtel min of meer aan het paleis grenzen, moeten we ervoor zorgen dat we de lat steeds hoger leggen. Zowel qua interieur als de buitenkant van het hotel. Wanneer het koninklijk paar voet op Zweedse bodem zet, zal het Grand Hôtel een schitterende aanblik bieden. Let op mijn woorden.'

Liljevalch keek op. 'Waar denk je aan?'

'Daar heb ik al uitvoerig mijn gedachten over laten gaan en ik heb besloten om begin juni een bezoek aan Berlijn te brengen.'

De wenkbrauwen van Palm piepten boven zijn brillenglazen uit. 'Berlijn?'

'Jawel. Daar vindt het huwelijk van prins Wilhelm plaats. Ik zal daar een paar dagen doorbrengen om te zien hoe de stad wordt versierd, met name de paleizen.'

'Wat een buitengewoon goed idee,' zei Palm.

'Dat lijkt mij ook, en op de terugweg ga ik in Londen bij Thomas Cook langs.'

Liljevalch knikte. 'Het zal je goed doen om deze zomer een paar weken weg te gaan. Neem mejuffrouw Silfverstjerna met je mee.'

'Dat zou ik maar al te graag willen,' zei Wilhelmina. 'Maar ik vrees dat ze het te druk heeft met de voorbereidingen voor ons eigen koninklijk huwelijk. Misschien is ze wel in Windsor.'

'Aha. Goed, laten we verdergaan. Het laatste punt op onze agenda is de pacht van het nieuwe gebouw achter ons hotel. Hebben we al enige vooruitgang geboekt?'

'Ik kan melden dat de onderhandelingen in positieve sfeer verlopen. De hofmaarschalk stond erop dat het gebouw zodanig ontworpen wordt dat het ook voor andere doeleinden gebruikt kan worden, voor het geval het Grand Hôtel de pacht niet wil continueren. Toen ik bij mijn standpunt bleef dat het project moet worden gebouwd als uitbreiding van het Grand Hôtel, vroegen zij om een deposito van een kwart miljoen kronen voor het geval de nieuwbouw na voltooiing voor ons niet rendabel mocht blijken. Ik heb daarin toegestemd, en omdat ik weet dat dit project gegarandeerd een toekomst heeft, ben ik bereid om deze som uit eigen middelen te betalen.'

De heren waren duidelijk onder de indruk.

Wilhelmina ging verder: 'Ik sta er ook op dat onze investering in de inrichting van het Grand Royal – dit is de werktitel die beide partijen het meest toepasselijk vinden voor het nieuwe gebouw – als een langetermijninvestering wordt beschouwd en de kosten worden uitgesmeerd over de duur van de pacht. Mijn voorstel hiervoor is veertig jaar. Ik heb ook de architect Ernst Stenhammar in de arm genomen. Het deed me deugd dat hij enthousiast reageerde en graag opnieuw met mij en het

Grand Hôtel wil samenwerken. De heer Stenhammar heeft de locatie al geïnspecteerd en beide partijen wachten nu op zijn eerste schetsen voordat er verdere stappen worden ondernomen. Ik hoop dat ik jullie tijdens onze vergadering van volgende maand iets kan laten zien. Als alles meezit en de hofmaarschalk met onze ideeën akkoord gaat, kunnen we voor eind april een overeenkomst tekenen. Met wat geluk zal het gebouw in juli 1907 klaar zijn.'

'Uitstekend,' zei Liljevalch. 'Alle lof, Wilhelmina. Twee maanden geleden stond dit hotel op het punt de stad te schande te maken, en toch heb jij in een mum van tijd het evenwicht weten te herstellen en hopelijk ook het vertrouwen van het publiek weer weten te winnen.'

'Het Grand Hôtel en het personeel verdienen niet minder. Als jullie een beter en mooier etablissement in dit land weten te vinden, dan eet ik mijn nieuwe hoedje op.'

48

Toen op een middag in juni op de derde verdieping een snerpend gegil de stilte doorbrak, liet Edward van schrik een zilveren dienblad met koffie en cognac uit zijn handen vallen. Heel even bekeek hij de puinhoop van zilverwerk, kopjes, schoteltjes, glazen en de gestaag uitdijende plas die in het tapijt van de gang trok. Toen rende hij in de richting van het gegil. Maar uit welke kamer kwam het? Hij hield zijn oor tegen de deur van nummer 322. Stilte. 323? Het gelach van een man en een gedempt gejammer deden zijn nekharen rechtovereind staan. Hij klopte op de deur. De geluiden stopten even en begonnen toen weer.

Hij had een sleutel nodig, maar hij kon toch niet zomaar een kamer binnenvallen? Mevrouw Andersson. Zij had zowel een reservesleutel als het recht om de kamers binnen te gaan. Hij trof haar aan in haar kantoor op de eerste verdieping.

'Edward, wat is aan de hand?'

'Er gilde iemand in kamer 323,' zei hij buiten adem. 'Het klonk als een meisje.'

Margareta ging met haar vinger langs een lijst. 'Kamer 323 is bezet door de zoon van een graaf. Hij is in Stockholm om zijn vierentwintigste verjaardag te vieren. Zijn vrienden zitten in de kamers 322 en 324.'

'Zijn vrienden zitten ook in kamer 323,' zei Edward. 'Daar durf ik op te wedden. En er is ook een vrouw bij. Ik heb haar horen gillen.' Hij hopte ongedurig van de ene voet op de andere.

'Gilde ze omdat ze plezier had?'

'Zo klonk het niet.'

Margareta stond op. 'Er is daar niemand van mijn meisjes. Die kamer is al voor de lunch schoongemaakt.' Ze pakte de telefoon. 'Beda, is er iemand van jou in kamer 323?' Margareta kneep even haar ogen dicht. 'Stuur de kruiers naar boven. En Gösta Möller. En ook dokter Malmsten.' Ze pakte een sleutel uit haar bureaula en liep zo snel als haar rok dat toeliet naar de deur. 'Het is Karolina.'

Edward rende terug naar kamer 323, met Margareta achter zich aan. Als die adellijke schoften Karolina iets hadden aangedaan, dan zou hij hen tot moes slaan, ongeacht de consequenties. Hij roffelde met beide vuisten op de deur. 'Karolina, we komen naar binnen!'

In de slaapkamer stonden drie stomverbaasde mannen. Een van hen had zijn broek op zijn enkels en toonde een fiere erectie. Zo te zien was hij net uit het wanordelijke bed gesprongen. De twee anderen wilden de deur uit rennen, maar de ziedende Edward versperde hen de weg en gaf een van de mannen een zet waardoor die achterover tegen een ladekast viel. De tweede man hief zijn vuisten, maar Edward sloeg hem tegen de grond.

Inmiddels stond nummer één weer overeind en keek Edward

vol minachting aan. 'Daar zul je voor boeten,' zei hij.

Margareta was inmiddels bij Karolina, die op het bed lag met haar japon opgetrokken tot haar middel en haar onderkleding aan flarden gescheurd. Ze trok het laken over Karolina heen en pakte haar hand. Het meisje had haar ogen wijd open en jammerde zachtjes.

Gösta Möller kwam binnen met twee kruiers. 'Dokter Malmsten is onderweg. Ik heb de politie gebeld.'

De man die Karolina had gemolesteerd, had zijn broek weer aan. 'We hebben niets tegen haar zin gedaan. Ze vierde gewoon samen met ons mijn verjaardagsfeestje.'

'En jullie noemen jezelf heren,' beet Möller hen toe. 'Neem hen mee naar het kantoor van mevrouw Skogh,' zei hij tegen de kruiers.

De jonge edelman keek hem uitdagend aan. 'Deze kamer is betaald. Ik heb het recht om hier te verblijven.'

Möller ging in zijn volle lengte voor hem staan en keek hem in de ogen. 'Ik weet zeker dat je papa zijn geld terugkrijgt. Als hij dat tenminste nog wil hebben wanneer hij te horen krijgt wat zijn eerzame zoon heeft uitgespookt.'

De jongeman verbleekte. 'Ik zweer dat ik niets verkeerds heb gedaan. Maar die man' – hij wees naar Edward – 'heeft mijn gast mishandeld.'

'Vertel dat straks maar aan de politie.'

De kruiers namen de mannen mee.

Dokter Malmsten kwam binnen en liet zijn blik over het tafereel gaan. 'Mag ik iedereen verzoeken de kamer te verlaten. Behalve, misschien…' Hij boog zich voorover en zei zachtjes tegen Karolina: 'Wil je dat mevrouw Andersson hier blijft terwijl ik je onderzoek?'

Karolina schudde bijna onmerkbaar haar hoofd.

'Ik ben op de gang als je me nodig hebt,' zei Margareta tegen haar.

'Wat gaat er nu gebeuren?' vroeg Edward toen ze met z'n drieën op de gang stonden.

Margareta keek Gösta aan. 'Zullen we mevrouw Skogh een berichtje sturen?'

'Dat zal niet gaan. Ze is op de terugweg vanuit Londen en komt hier pas morgenavond aan. Ik denk dat ze heel graag naar huis wil, gezien de situatie met Noorwegen, en eerlijk gezegd kan ze op dit moment niet veel doen voor Karolina.'

'Niet veel?' zei Edward. 'Ze kan helemaal niets doen. Het kwaad is al geschied.'

Margareta legde haar hand op zijn arm. 'Laten we eerst even afwachten wat dokter Malmsten te melden heeft.'

Hij knikte verslagen. Toen keek hij haar geschrokken aan. 'Ik heb een dienblad laten vallen en moet snel de rommel opruimen.'

'We hebben het dienblad en de rommel al gezien,' zei Gösta. 'Een van de kruiers heeft een kamermeisje gebeld en haar gevraagd alles op te ruimen. Ik ga naar beneden om met de politie te praten. Die zal hier inmiddels wel zijn. Jij gaat met mij mee.'

Edward keek alsof hij in tranen zou uitbarsten.

'Stuur alsjeblieft Ottilia Ekman hiernaartoe,' riep Margareta hen na. 'Het maakt niet uit waar ze mee bezig is, ik heb haar onmiddellijk nodig.'

Ottilia kwam aangelopen toen dokter Malmsten net kamer 323 verliet. Haar blik ging van Margareta naar Malmsten. 'Wat is er gebeurd?'

'Karolina is... onteerd,' fluisterde Margareta.

Ottilia staarde haar sprakeloos aan.

'Nee, dat is niet het geval,' kwam Malmsten tussenbeide. 'Ze is aangerand, maar er heeft geen penetratie plaatsgevonden. O, maar dat was zeker gebeurd. Waarschijnlijk door alle drie.' Met samengeperste lippen schudde hij zijn hoofd. 'Edward heeft haar gered.'

'Ik moet naar haar toe,' zei Ottilia gejaagd.

Dokter Malmsten stak zijn hand op. 'Nu nog niet, we moeten even bedenken wat we gaan doen. Ze moet hier zo snel mogelijk weg en ze heeft een warm bad nodig. Ze verkeert in shock.'

Er kwam een hotelgast aan die in het voorbijlopen zijn hoge hoed afnam. 'Goedemiddag, dokter.'

Malmsten beantwoordde de groet van de man.

'De gasten mogen niet te weten komen waarom dokter Malmsten hier is,' zei Ottilia gespannen.

'Tot nu toe hebben we geluk gehad,' zei Margareta. 'Geen enkele andere gast heeft ons gezien. Zeg, we moeten nu echt naar Karolina. Het arme meisje is al te lang alleen.'

'Waar brengen jullie haar naartoe?' vroeg Malmsten. 'Ze mag nog niet naar de gemeenschappelijke slaapzaal.'

'We nemen haar mee naar mijn kamer,' zei Ottilia. 'Die ligt nogal uit de loop en daar is het rustig.'

'Dat was ook mijn eerste gedachte,' zei Margareta. 'Mijn kamer is ook beschikbaar, maar die ligt aan een gang met andere kamers.'

'We zullen haar goed in de gaten houden,' ging dokter Malmsten verder. 'Ze heeft geen inwendig letsel, maar het gebeuren heeft een trauma veroorzaakt en ze dient zo ver mogelijk uit de buurt van die jonge heren te blijven...'

'Heren,' snoof Margareta verontwaardigd. 'Gösta Möller had het bij het rechte eind. Dat zijn ze absoluut niet.'

'Ze zijn nu in handen van het gezag. Helaas worden ze waarschijnlijk door het gezag als fijne heren beschouwd.'

49

Wilhelmina's reis naar Berlijn en Londen was op zich een eclatant succes, maar ze keerde niettemin terneergeslagen terug naar een land dat geschokt was door de vernederende ontbinding van de negentig jaar oude Unie van Zweden en Noorwegen, die drie dagen daarvoor om 12.45 uur was aangekondigd. Over de hoofdstad lag een grauwsluier van verslagenheid en ongeloof.

Zweden was geen Scandinavische grootmacht meer, en Oscar II was niet langer de koning van twee landen. Hij had de strijd verloren, en Wilhelmina's hart brak als ze aan de zesenzeventigjarige monarch dacht. Het proces was weliswaar vreedzaam verlopen, maar dat was een schrale troost. Over vijf dagen vond er in Windsor Castle een Zweeds-Engels koninklijk huwelijk plaats, maar in het hele land was van enige feestvreugde nauwelijks meer iets te merken.

Reizen was altijd een smoezelige aangelegenheid en Wilhelmina verlangde naar haar gebruikelijke warme bad en een licht souper in haar eigen appartement. Het Grand Hôtel was haar leven, maar zo nu en dan snakte ze ernaar op zichzelf te zijn. En dit was een van die zeldzame avonden. Het was al na achten toen ze uit het rijtuig stapte en het Bolinder Paleis binnenging. Op een zomeravond als deze zou ze vast en zeker haar bagage vooruit hebben gestuurd en van het station zijn gaan lopen. Op een willekeurige andere avond zou ze nog langs haar kantoor zijn gegaan voordat ze naar haar appartement ging, maar deze avond niet.

Brita was er om haar te verwelkomen. 'Ik ben blij dat u weer veilig thuis bent, mevrouw. Uw souper staat al klaar, maar mevrouw Andersson wil u zo snel mogelijk spreken. Ze drukte me op het hart u hiervan onmiddellijk op de hoogte te stellen.'

Wilhelmina trok haar handschoenen uit en gaf ze aan Brita. 'Weet je wat de reden is?'

'Nee, mevrouw.'

Wilhelmina fronste haar voorhoofd terwijl ze de hoedenspeld uit haar hoed trok. Tijdens de afgelopen drie jaar had Margareta Andersson niet één keer 's avonds om een gesprek verzocht. Blijkbaar was er iets gebeurd wat niet tot morgen kon wachten. Vertrouwde ze op het oordeel van het hoofd Huishouding? Met een zucht nam ze de haak van de telefoon. 'Ga naar mevrouw Andersson en zeg tegen haar dat ze naar mijn appartement moet komen.' Wilhelmina draaide zich om naar Brita. 'Het souper zal moeten wachten, maar een glas port zou meer dan welkom zijn.'

'Het komt eraan, mevrouw.'

Wilhelmina liep naar het openstaande raam. Er streek een zacht briesje langs haar gezicht. Wat zou Zijne Majesteit vanavond denken? Ze hoorde een scheepsfluit en toen ze omlaag keek zag ze een stoomboot zich van de kade losmaken. Misschien zou een bootreisje de spinnenwebben uit haar hoofd verjagen. Ze had altijd genoten van een dagje op het water met Pelle. Ze miste hem vreselijk. Geen duizend bootreisjes konden dat verlies goedmaken.

Het geluid van de deurbel onderbrak haar gedachten. Even later kwam Brita met mevrouw Andersson de zitkamer binnen.

Wilhelmina draaide zich om, wachtte tot Brita de kamer had verlaten en zei: 'Ja?'

'Ik vind het nogal moeilijk om dit te vertellen, mevrouw.'

'Zeg het maar gewoon.'

'Karolina Nilsson is aangerand.' Margareta's stem brak. 'Iemand wilde zich aan haar vergrijpen.'

Wilhelmina pakte de rugleuning van een fauteuil vast. 'Wanneer?'

'Gisteren. Het was te kort dag om u een bericht te sturen.'

'Waar?'

'Kamer 323.'

De moed zakte Wilhelmina in de schoenen. Was het haar schuld omdat ze meisjes liet werken bij de roomservice? Maar dergelijke problemen hadden zich in Storvik, Rättvik of Bollnäs nooit voorgedaan. 'Door wie?'

'Een jongeman van adel die hier met vrienden zijn verjaardag vierde.'

'Is hij nog hier?'

'Niet in het hotel.'

'Je moet me alles precies vertellen. Allereerst, hoe is het met Karolina en waar is ze?' Godzijdank maakte Elisabet Silfverstjerna onderdeel uit van de koninklijke entourage en verbleef ze op Windsor. Een hysterische Lisa was wel het allerlaatste wat Wilhelmina nu kon gebruiken. Natuurlijk moest Elisabet op de hoogte worden gebracht, maar eerst moesten alle details duidelijk zijn.

Brita kwam binnen met twee glazen port en gaf een glas aan Margareta. Margareta keek Wilhelmina vragend aan.

Wilhelmina wapperde met haar hand. 'Het is je gegund. En ga alsjeblieft zitten. Vertel.'

Margareta wachtte tot Brita de deur achter zich had dichtgedaan. Ze begon haar verhaal met Edward die bij haar op kantoor kwam en eindigde met Karolina die naar Ottilia's kamer werd gebracht.

'Waar is Karolina eigenlijk?'

'Nog steeds in Ottilia's kamer. Ottilia heeft vannacht op een matras naast haar eigen bed geslapen, anders voelde Karolina zich zo alleen.'

'Was je vandaag nog bij Karolina?'

'Nee. Alleen dokter Malmsten en Ottilia zijn bij haar geweest.'

Wilhelmina pakte de telefoon. 'Stuur Ottilia Ekman en Gösta Möller naar mijn appartement.'

'Mevrouw?' Margareta aarzelde even voordat ze verderging. 'Ik heb begrepen dat Karolina nogal... bijzonder is.'

Wilhelmina keek Margareta aan. Wat wist deze vrouw? Misschien kon ze daar nu achter komen. 'In welk opzicht?'

Margareta aarzelde even. 'Ik denk dat ze weleens de dochter van mejuffrouw Silfverstjerna kan zijn.'

Wilhelmina bleef haar aankijken. 'Hoe kom je daarbij?'

'Dat is de enige logische verklaring.'

'Verklaring waarvoor?'

'Waarom mejuffrouw Silfverstjerna hier woont. En waarom uw voorganger luitenant Ehrenborg erop stond dat ik Karolina zonder sollicitatiegesprek zou aannemen. Waarom ze op mejuffrouw Silfverstjerna lijkt...' Margareta aarzelde weer even. 'En ook een beetje op Zijne Majesteit.'

'Zijne Majesteit?'

'En waarom de verdwenen ring granaat en diamant bevatte. Hun geboortestenen.'

Wilhelmina haalde even diep adem. 'Heb je dit allemaal ooit aan iemand anders verteld?'

'Nee, mevrouw. Ik geloof in ieder geval van niet.'

'Je gelóóft van niet?'

'Ik ben een tijdje bang geweest dat ik iets tegen Knut had gezegd op de avond dat hij mij...'

'Heeft mishandeld,' maakte Wilhelmina Margareta's zin af.

'Ja. Niet omdat ik dat dacht, maar omdat ik me het gewoon niet kon herinneren. Het is inmiddels meer dan drie jaar geleden en ik weet zeker dat mijn echtgenoot deze informatie nu allang had verkocht.'

Wilhelmina kon het daar wel mee eens zijn. Knut Andersson bezat geen greintje fatsoen. De deurbel ging voor de tweede keer.

'Zeg dat ze in de vestibule moeten wachten,' riep Wilhelmina naar Brita. Ze wendde zich weer tot Margareta. 'Spreek je Andersson nog wel?'

'Nee, mevrouw,' zei Margareta met nadruk. 'Ik heb tegen niemand mijn vermoedens over Karolina's afkomst geuit. Ik vertel het u alleen omdat die jonge graaf de dochter van de koning heeft aangerand. En dat is zeker van belang.'

'Het is van belang dat hij iemand van mijn personeel heeft aangerand.' Wilhelmina zag Margareta verbijsterd kijken. 'Maar inderdaad, het feit dat Karolina het slachtoffer is, maakt het allemaal wel gecompliceerder.' Ze trok aan het bellenkoord.

Ottilia en Gösta Möller kwamen binnen.

Wilhelmina gebaarde dat ze op de sofa plaats moesten nemen. 'Margareta heeft me alles verteld en ik betreur het vanzelfsprekend ten zeerste dat een incident van deze aard onder dit dak heeft plaatsgevonden. Maar hoe gaat het met Karolina?'

'Ze ligt nog steeds in bed,' zei Ottilia. 'Ze huilt niet en staart alleen maar naar de muur. Dokter Malmsten zegt dat ze in shock is en dat ook schaamte een rol speelt. Maar...'

'Ja?'

'Ik denk dat ze bang is om die mannen weer tegen te komen. Dat ze een kamer binnen moet gaan en niet weet wie daar verblijft.'

'Ze zal ze hier niet meer tegenkomen,' zei Möller. 'Tenzij mevrouw Skogh hen weer in het hotel toelaat.'

Wilhelmina hief haar hand om Möller te laten zwijgen. 'Heeft Karolina al iets gegeten?'

'Gisteravond een kom erwtensoep en hetzelfde vandaag als lunch,' zei Ottilia. 'Geen avondeten. Ze moet echt worden overgehaald om iets te eten.'

'Doe dat dan maar,' zei Wilhelmina. 'We zullen afwachten tot vanavond, maar als ze dan nog niet wil eten moet er maar zachte dwang aan te pas komen.'

Möller schraapte zijn keel. 'Het klinkt misschien heel onbeleefd, maar mag ik u misschien verzoeken het nu te hebben over de dingen waarvoor u mij hebt geroepen? Het is vanavond weer heel druk in het restaurant en de bar. Dat is al zo sinds Noorwegen de unie heeft ontbonden. Duizenden mensen zijn naar Djurgården opgetrokken waar de koning en koningin hun toevlucht hebben genomen in het Rosendal Paleis. Ik zweer u dat die hele meute op de terugweg hier naar binnen is gegaan.'

Wilhelmina keek hem verbaasd aan. 'Opgetrokken naar het Rosendal Paleis? Waarom in vredesnaam? Heeft die arme man soms niet zijn genoeg zijn best gedaan?'

'Zegt u dat wel, mevrouw. Maar die mensen wilden hun steun aan hem betuigen, en een lange neus maken tegen Noorwegen maakt dorstig. De klanten slaan nog steeds genoeg punsch achterover om een heel schip op te laten drijven, en ze klinken op de koning en het land dat het een aard heeft. Gisteren liep het een beetje uit de hand, maar toen heeft Charley Löfvander ingegrepen.'

'Op welke manier liep het uit de hand?' vroeg Wilhelmina.

'Een paar grappenmakers hebben vuurwerk afgestoken.'

Wilhelmina's mond viel open. 'In de nieuwe bar? Nu vraag ik je! Ik veronderstel dat Löfvander daar snel korte metten mee heeft gemaakt.'

'Jawel, mevrouw. Samen met Henning Halleholm heeft hij hen de deur uit gegooid.'

'Henning Halleholm? Waar was de rest van het personeel in vredesnaam?'

'Die moesten punsch uit de kelder halen, vuile borden naar de keuken brengen en bestellingen opnemen. Het ging allemaal namelijk heel snel. Er klonken opeens twee knallen en vervolgens nog twee knallen toen de onverlaten buiten op de keien belandden. Daarna werd het wat rustiger. Ik was er niet bij, maar u weet hoe het gaat' – Möller haalde zijn schouders op – 'er wordt natuurlijk over gesproken.'

'Wordt er ook over Karolina gesproken?'

Möller kuchte even. 'Alleen dat er in kamer 323 iets met haar is voorgevallen. Beda Johanssen heeft verboden dat er in het uitgiftepunt van de roomservice over dit soort dingen gesproken wordt.'

'Ik heb hetzelfde gedaan bij Huishouding,' zei Margareta. 'Ik heb Josef Starck gevraagd een bosje bloemen bij Karolina te laten bezorgen. Alleen maar om haar te laten weten dat we aan haar denken.'

Wilhelmina knikte goedkeurend.

Ottilia nam het woord. 'De bloemen staan in onze kamer in een vaas van het Grand Hôtel. Ik weet dat het tegen de regels is, maar we hadden allebei geen vaas, dus...'

Wilhelmina wuifde deze verontschuldiging weg. 'Als je er maar voor zorgt dat die vaas wordt teruggebracht wanneer de bloemen weggegooid moeten worden.' Ze richtte zich tot Möller. 'Ik meen te weten dat jij erbij was toen de politie de drie mannen verhoorde die bij de aanranding betrokken waren.'

'Jawel, mevrouw. En Edward ook.'

'Dat nam ik al aan. Is hem al op het hart gedrukt dat hij niets tegen het personeel mag zeggen over wat hij gehoord en gezien heeft?'

'Ik heb hem opgedragen tot nader order op zijn kamer te blijven,' zei Möller. 'Beda Johanssen was het daarmee eens.'

‘Hoezo zit hij op zijn kamer? Ik heb begrepen dat Karolina op dit moment niet in staat is om te werken, maar jullie drie’ – Wilhelmina wees naar Ottilia, Margareta en Möller – ‘kunnen gewoon je werk doen, net als Edward.’

‘Dat is waar, maar ik wist niet of hij van u hier mocht blijven werken.’

Wilhelmina keek verbaasd. ‘Op welke gronden?’

‘Omdat hij een gast heeft geslagen.’

Wilhelmina keek Margareta indringend aan. ‘Kunt u dit even uitleggen, mevrouw Andersson?’

Margareta verschoof wat ongemakkelijk op de sofa. ‘Ik heb u verteld dat Edward heeft voorkomen dat twee van de mannen de kamer verlieten. Een van hen hief zijn vuist. Maar Edward was hem voor en gaf hem een dreun.’

‘Allemachtig!’

‘De desbetreffende heer heeft hem aangeklaagd,’ zei Möller.

Er viel een diepe stilte terwijl Wilhelmina deze informatie tot zich door liet dringen. Iemand van haar personeel had een gast lichamelijk letsel toegebracht omdat de man had deelgenomen aan het aanranden van een vrouwelijk lid van de roomservice. ‘Heeft de politie hen officieel beschuldigd van het aanranden van Karolina?’

‘Dat lijkt me onwaarschijnlijk,’ zei Möller. ‘De heren ontkennen het in alle toonaarden. Het is hun woord tegen het hare. Drie tegen een.’

‘Maar hij stond er halfnaakt bij,’ zei Margareta. ‘Dat hebben wij alle drie gezien. Waarom had hij anders zijn broek naar beneden?’

‘Dat mag hij doen in een hotelkamer,’ zei Möller. ‘Denk in hemelsnaam niet dat ik het eens ben met dit argument, ik geef slechts weer wat er werd gezegd. De politie heeft er geen vertrouwen in dat een rechter deze drie mannen zal veroordelen omdat een dienstertje iets over hen beweert. De agenten lieten zelfs doorschemeren dat die halfnaakte man Karolina zou kunnen aanklagen omdat ze hem valselijk van aanranding heeft beschuldigd.’

‘Beschuldigd?’ vroeg Margareta. ‘Karolina heeft nog niets gezegd. Ze kon op dat moment geen woord uitbrengen. Zelfs niet tegen dokter Malmsten.’

‘Ze heeft nog steeds niets gezegd,’ zei Ottilia.

Wilhelmina keek van Ottilia naar Möller. ‘En Edward?’

‘In Edwards geval was het overduidelijk dat hij de man had aangevallen. De gast had een bloeduitstorting op zijn wang en Edward had geschaafde knokkels. De gast heeft niet de kans gekregen als eerste een stoot uit te delen.’

‘Helaas,’ zei Wilhelmina. ‘Als Edward uit zelfverdediging had gehandeld, zou het een stuk eenvoudiger zijn om zijn handelen te verdedigen.’

‘Hij verdedigde Karolina,’ zei Margareta.

‘Nee, Karolina was op dat moment al aangerand. Edward vierde zijn woede bot op een van de daders. En daar heeft hij het recht niet toe. Moet ik nog iets anders weten over het politieverhoor?’

‘Niet dat ik weet, mevrouw,’ zei Möller. ‘Er ligt een kopie van het politierapport in de bovenste la van uw bureau. Maar het is wel een beetje cru dat Edward moet boeten voor dit veel minder zware vergrijp terwijl de potentiële verkrachter dankzij zijn leugens en afkomst vrijuit gaat. Ik durf er een jaarsalaris om te verwedden dat deze drie kerels dit vaker hebben gedaan. Zal ik hier en daar discreet informatie inwinnen?’

‘Nee, dat doe je niet. Informatie, en met name discreet ingewonnen informatie, levert zelden bewijs op dat standhoudt bij een rechtszaak.’

‘Ik heb het begrepen. Zal ik Edward naar u toe sturen?’

‘Edward kan in zijn sop gaarkoken. Maar hij moet wel zijn handen laten wapperen. Ik wil dat hij morgenochtend om vijf uur in de afwasruimte begint. Dan mag hij om middernacht ophouden. Tot nader bericht. En onbetaald.’

‘Ik protesteer,’ zei Möller. ‘Dankzij Edwards snelle handelen is voorkomen dat een meisje werd verkracht.’

‘Dat zal wel. Maar datzelfde snelle handelen heeft er ook toe geleid dat hij een gast heeft mishandeld.'

Möller sloeg zijn ogen neer. 'Jawel, mevrouw.'

'Zo, je kunt nu teruggaan naar het restaurant. Ik dank je voor je hulp en discretie, Möller.'

Toen de deur achter Möller dichtging, richtte Wilhelmina zich tot Ottilia. 'Ik heb begrepen dat Karolina angstig is.'

'Zeer angstig.'

'Dat was een constatering. Geen vraag. De vraag is namelijk: welke stappen moet ik ondernemen?' Wilhelmina stond op. 'Maar vanavond kan ik er niets meer aan doen.'

Margareta en Ottilia stonden ook op.

'Als u het goedvindt,' zei Ottilia, 'zou ik graag Karolina's bed naar mijn kamer verhuizen. Daar is voldoende ruimte voor.'

Wilhelmina dacht even na. Dat leek een uitstekende voorlopige oplossing. Er kon van Ottilia niet worden verwacht dat ze haar bed met iemand zou delen of in haar eigen kamer op de grond ging slapen. 'Heel goed. Vraag de kruiers om een veldbed uit de opslag te halen en dan spreken wij elkaar morgen weer.'

50

De volgende ochtend las Wilhelmina aan haar bureau snel het politierapport door, en toen nog een tweede keer. Gösta Möller had het de vorige avond met zijn analyse bij het rechte eind gehad: de drie onverlaten waren weliswaar aanwezig geweest, maar geen van hen kon aansprakelijk worden gesteld omdat niemand kon bewijzen dat ze de onderkleding van juffrouw Nilsson tegen haar wil hadden stukgescheurd. Ook konden de blauwe plekken op haar kin, armen en haar ene dij niet onomstotelijk worden geweten aan de handelingen van de drie heren, omdat – Wilhelmina lachte vreugdeloos – juffrouw Nilsson te geschokt was om vragen te beantwoorden.

Wilhelmina tikte geagiteerd met haar vinger op het papier. Dus de politie bevestigde dat Karolina in een staat van shock op het bed werd aangetroffen, dat laatste werd bevestigd door dokter Malmsten, maar desondanks zagen zij geen kans om verdere stappen te ondernemen, hoewel een van de beschuldigden halfnaakt naast het bed stond. In het rapport stond dat het dienstertje wellicht eerder geschokt was omdat ze werd betrapt dan dat ze was aangerand. De wet stond, zoals altijd, aan de kant van de mannen.

Maar toch. Het rapport zou er heel anders hebben uitgezien als de politie had geweten dat 'het dienstertje' een dochter van de koning was. De verleiding om de politie hierover te informeren was bijna te groot, toch deed ze het niet omdat ze hiermee heel hoog spel zou spelen. Een dergelijke onthulling zou een tweede aanslag op Karolina's integriteit betekenen, nog een schok van deze omvang zou weleens meer zijn dan het arme kind op dit moment kon verdragen, om maar te zwijgen van de schade die het Lisa Silfverstjerna ongetwijfeld zou berokkenen. De koning zou het schandaal wel overleven; Karolina was eenvoudig de zoveelste loot aan de stam van zijn onwettige kinderen, maar zijn woede zou niettemin Wilhelmina treffen omdat zij dit geheim zo dicht bij huis openbaar had gemaakt. Het was niet ondenkbaar dat hij de Grand Royal-overeenkomst tussen de hofmaarschalk en het Grand Hôtel nietig zou laten verklaren. Wilhelmina huiverde bij de gedachte. De afdeling Banqueting groeide gestaag en het Grand Royal was van een droom voor haar in een noodzaak veranderd. De magnifieke uitbreiding van het Grand Hôtel zou haar levenswerk zijn. Daar mocht niets tussen komen.

Maar ze had nog iets achter de hand. Toen de jonge edelman Karolina zijn bed in sleurde was hij namelijk vergeten dat zijn vader, een zeer beminnelijke graaf, ook genoot van de superieure gastvrijheid van het Grand Hôtel wanneer hij in de hoofdstad verbleef. Wilhelmina kende de hooggeboren heer zeer goed. Het was beter het vaderlijk gezag hier zijn werk te laten doen, want dat zou zijn uitwerking niet missen.

Maar om Karolina gerust te stellen was heel wat meer nodig dan een paar telefoontjes. Ze moest het meisje persoonlijk spreken. Wilhelmina vroeg zich af of ze Karolina in Ottilia's kamer moest opzoeken of haar vragen bij haar op kantoor te komen. Ze keek op de klok. Het was al negen uur. Nu ze had besloten hoe de decoraties van het Grand Hôtel voor de thuiskomst van prins Gustaaf Adolf en zijn bruid eruit moesten zien, zou er nog heel wat werk moeten worden verzet. De bijgewerkte plannen voor het Grand Royal die tijdens haar afwezigheid waren binnengekomen, eisten ook haar aandacht, en als in de herfst de kelder van het Grand Royal uitgegraven werd, zouden er in het hotel diverse maatregelen moeten worden genomen om de geluidsoverlast zo veel mogelijk te beperken. En bij dit alles kwamen dan ook nog de normale werkzaamheden die hoorden bij het leiden van het mooiste hotel van Noord-Europa. De dag had te weinig uren. Maar hard werken was haar lust en haar leven, de bron van een goede gezondheid, en ze moest dankbaar zijn voor het feit dat de reserveringen voor de kamers en feesten en partijen zo goed liepen. En plotseling wist ze hoe ze Karolina moest helpen.

Ze zou haar aan het werk zetten als assistente van Ottilia Ekman. Dat zou Lisa Silfverstjerna toch wel kunnen waarderen?

51

Wilhelmina nodigde Elisabet uit om in haar appartement te komen dineren. Zoals Margareta al had gezegd, was er geen makkelijke manier om dit schokkende bericht over te brengen, maar in ieder geval hadden ze hier, met Brita om voor het eten en de drank te zorgen, voldoende privacy zodat Elisabet haar tranen de vrije loop kon laten, mocht het zover komen. Want daar ging Wilhelmina min of meer van uit.

Elisabet kwam om klokslag acht uur binnen. 'Mina, het is heerlijk om weer thuis te zijn, maar mijn lieve hemel, wat hebben we een geweldige tijd gehad in Windsor.'

Wilhelmina zag de frisse blos op de wangen van haar vriendin. Het reisje was haar zeker bevallen. Wat was het gezegde ook alweer? Verandering van lucht doet goed? Ze reikte Elisabet een glas bordeaux aan. 'Zo te zien heb je het echt naar je zin gehad. De huwelijksvoltrekking verliep vlekkeloos, heb ik gehoord.'

Elisabet nam plaats op de sofa terwijl de zomerzon haar zilverblonde haar deed oplichten. 'Het was prachtig, van begin tot eind. Daisy, madeliefje, zo wordt prinses Margaret door de familie genoemd, is echt een verrukking. Meer een Engelse roos dan een daisy, als je het mij vraagt.' Ze giechelde.

'De foto's die we in de kranten hebben gezien, waren zeer fraai. Zijne Majesteit zal vast gelukkig zijn met de keuze van zijn kleinzoon.'

'Hij is in de wolken. We vreesden al dat het debacle met Noorwegen een domper op de feestvreugde zou zetten, maar volgens mij waren we toen wel toe aan iets feestelijks. Bovendien, we zijn Noorwegen kwijt. Wat hebben we dan nog te verliezen?'

Wilhelmina toverde een glimlach tevoorschijn en liet Elisabets retorische vraag onbeantwoord. 'Hoe was de overtocht?' vroeg ze.

Elisabet zette haar glas op een bijzettafeltje. 'Helaas werden op de heenreis verschillende leden van ons gezelschap zeeziek. Nogal gênant, maar met stormachtige wind kan het op de Noordzee behoorlijk spoken. De terugreis verliep veel rustiger. Ik hoop dat de jonggehuwden op de terugreis ook geluk hebben met het weer.'

'Daar drink ik op.' Wilhelmina hief haar glas. 'Vertel eens, hoe was Windsor? Is het kasteel net zo spectaculair als wordt beweerd?'

'Zeer zeker. St George's Chapel is een prachtig voorbeeld van Britse architectuur en het kasteel is heel extravagant ingericht. Maar wel met een soort ingehouden elegantie.' Ze hief haar handen. 'Ik besef dat dit allemaal niet echt logisch klinkt, maar je moet het gewoon zien om het te kunnen waarderen. Foto's doen er geen recht aan, net zoals de foto's van koningin Alexandra. Koning Edward en zij hebben een beeldschone tiara als huwelijksgeschenk aan Margaret gegeven.'

Wilhelmina zat op het puntje van haar stoel. 'Heb je koning Edward ontmoet?'

Elisabet schudde haar hoofd. 'Hij knikte en glimlachte in onze richting, maar niemand van de Zweedse entourage heeft hem daadwerkelijk gesproken. Koningin Alexandra heeft ons daarentegen opgezocht. Ik denk dat ze het heerlijk vond om even geen Engels te hoeven spreken. Het is een uiterst charmante vrouw. Hardhorend maar desalniettemin betoverend. Welnu, Mina. Je hebt me toch voor het diner uitgenodigd? Ik zal werkelijk genieten van Brita's kookkunst. De Engelsen zijn zeer gastvrij en het eten daar is goed, maar toch ben ik blij dat ik wat dat betreft weer thuis ben.'

Ze namen plaats aan de eettafel.

Elisabet snoof het aroma van de witte asperges met mousselinesaus op. 'Een perfect zomers souper.'

'Ik doe graag iemand een plezier,' zei Wilhelmina droogjes.

'En daarin ben je geslaagd. Maar vertel, hoe was je reis naar Berlijn?'

'Zeer succesvol.' Dat was geen leugen. Elisabet had namelijk niet gevraagd hoe de situatie was toen Wilhelmina uit Berlijn terugkwam. 'De stad was schitterend versierd met prachtige kunstrozen in gouden vazen, die op hoge pedestallen stonden. Ik keek mijn ogen uit, maar toen het flink had geregend en de rozen er nog fleuriger bij stonden dan daarvoor, werd ik wel heel nieuwsgierig.'

'Dat zal wel. Waarvan waren ze gemaakt?'

'Dat wilde ik dus ook weten,' zei Wilhelmina. 'Op de ochtend van mijn vertrek heb ik een haakje van ijzerdraad aan het uiteinde van mijn parasol gebonden en ben in alle vroegte het hotel uitgeglipt, met de bedoeling een van de rozen uit een vaas vlak voor de ingang van het hotel te hengelen. Op Unter den Linden was geen sterveling te zien, maar het ijzerdraadje raakte ergens in verstrikt en ik kon mijn parasol niet meer los krijgen.'

'Mina, je bent een schurk!' Elisabet leunde naar achteren en schaterde het uit. 'Stel je voor dat iemand je had gezien!'

'Nou, iemand zag me inderdaad. Er kwam ineens een politieagent aan die nogal onvriendelijk keek, dus ik ging snel het hotel weer in.' Wilhelmina nam een slok wijn. 'Maar hij kwam me achterna.'

Elisabets hand vloog naar haar mond.

Wilhelmina ging verder, want Elisabet kon van het lachen geen woord meer uitbrengen. 'Hij vroeg wat ik aan het doen was en omdat ik weinig te verliezen had, vertelde ik hem dat we in Stockholm binnenkort ook het huwelijk van een prins zouden vieren. Omdat ik de Duitse rozen zo prachtig vond, wilde ik weten waarvan ze waren gemaakt met de bedoeling dezelfde soort rozen voor het Grand Hôtel te gebruiken. De agent sloeg om als een blad aan een boom. We gingen weer naar buiten en toen hielp hij me een roos te pakken en ook om mijn parasol los te maken. Daarbij stootte hij per ongeluk een gouden vaas om en toen zag ik dat de vazen niet van metaal waren maar van goedkoop karton. Ik heb daar in Berlijn toen een hele partij van besteld.'

Elisabet schaterde het uit. 'Mina, met jouw charme kun je zelfs een politieagent ontwapenen. Waarvan waren de rozen gemaakt?'

'Van zijde en daarna waren ze in de paraffine gedoopt. Ik laat nu hier in Stockholm duizenden exemplaren maken.'

'Waar ga je die neerzetten?'

'Langs de hele gevel van het Grand Hôtel.'

Elisabet klapte in haar handen. 'Wat schitterend. En wat slim van je! Zo wordt het werkelijk een feestelijke dag.'

Dat zou het inderdaad worden, maar ze moest Elisabet nog steeds vertellen wat er met Karolina was gebeurd.

Blijkbaar zag Elisabet aan Wilhelmina's gezicht dat haar iets dwarszat. 'Of wordt het niet feestelijk?' vroeg ze bezorgd.

Het moment was daar. 'Lisa, ik moet je iets vertellen. Laten we naar de zitkamer gaan, dan praten we erover tijdens de koffie. Ik zal Brita vragen twee glazen cognac te brengen.'

'Hemeltjelief. Dat klinkt serieus.'

Een kwartiertje later stootte Elisabet een verstikte, bijna dierlijke kreet uit. Toen werd ze woedend. 'Ik ga onmiddellijk naar Zijne Majesteit. Hij zal nooit tolereren dat een man ongeoorloofd ook maar een vinger naar zijn dochter heeft uitgestoken.'

Wilhelmina gaf Elisabet een glas cognac aan van de bijzettafel. 'Neem een slok, de warmte kalmeert je zenuwen.'

Elisabet gehoorzaamde. Ze slikte door en trok een grimas. 'Er is niets mis met mijn zenuwen. Maar mijn dochter is gemolesteerd. Zíjn dochter.'

'Jawel, maar die onthulling zou op dit moment meer kwaad dan goed doen. Geloof me, ik kreeg ook onmiddellijk de aanvechting om de politie te vertellen hoe het zat.'

In Elisabets betraande ogen verscheen een felle blik. 'Waarom heb je dat niet gedaan? Om je dierbare hotel te beschermen?'

Wilhelmmina moest haar best doen zich te beheersen. Het laatste wat ze allebei nodig hadden was een conflict. 'Omdat het niet aan mij is om de waarheid te onthullen. Intussen heb ik ervoor gezorgd dat Karolina's belangen op de eerste plaats kwamen.'

'Hoe dan?' vroeg Elisabet afgemeten.

'Ottilia Ekman zei tegen me dat Karolina doodsbang was om de kamer van een mannelijke gast in te gaan, dus...'

'Dat is begrijpelijk.'

'Uiteraard, dus nu werkt Karolina als assistente van Ottilia op de afdeling Banqueting. Dat heeft twee voordelen. Ten eerste hoeft Karolina nooit meer alleen met een gast in een kamer te zijn.'

'En ten tweede?'

'Ze kan nu in Ottilia's kamer blijven, zonder dat het scheve ogen geeft bij de andere meisjes in de gemeenschappelijke slaapkamer van de roomservice.'

'Is mijn dochter blij met deze regeling?'

'Ze was allereerst reuze opgelucht dat ze nooit meer op de derde verdieping hoefde te komen. En nu zei ze tegen me dat ze het fijn vindt om de fijne kneepjes van Banqueting te leren.'

'Dank je. Niet iedere werkgever zou zoveel begrip tonen.'

'Kom, kom, Lisa. Karolina is een gewaardeerd lid van het personeel. En dat heeft niets te maken met het feit dat ze jouw dochter is.'

Elisabet walste de cognac in haar glas en er verscheen even een aarzelend glimlachje rond haar mond. 'Maar die jongemannen gaan nu vrijuit.' De woede was verdwenen en ze klonk bitter.

'Niet helemaal,' zei Wilhelmina. 'Ik heb een... laten we zeggen, hartig woordje met de vader van dit heerschap gewisseld.'

'De graaf?'

'Jawel. Hij is net zo verbolgen over het gedrag van zijn zoon als wij. Ik vermoed dat het niet de eerste keer is dat deze jongeman werd betrapt met zijn broek op zijn enkels. Ik heb de graaf gezegd dat ik zou afzien van aangifte doen bij de politie als hij me kon beloven dat Karolina niet het risico loopt zijn zoon in Stockholm tegen het lijf te lopen. Hij kon me dat garanderen, althans voor de komende tijd. Ik heb van mijn kant beloofd om Edward te straffen, in ruil voor het intrekken van alle beschuldigingen tegen hem.'

'Dat is wel het minste,' zei Elisabet verontwaardigd. 'Edward heeft Karolina gered.'

'Dat is absoluut waar.'

'Ik hoop dat je hem niet hebt ontslagen.'

'Geen sprake van. Hij heeft drie lange dagen moeten afwassen, onbetaald. Daarmee heb ik me gehouden aan mijn deel van de afspraak met de graaf. Daarna heb ik Edward financieel beloond voor zijn bewezen diensten aan het Grand Hôtel.'

Elisabet keek haar aan. 'Een bedrag gelijk aan ongeveer drie dagen salaris?"

Wilhelmina glimlachte, blij dat haar vriendin weer kleur op haar wangen had. 'Ongeveer.'

'Mina, wat heeft Karolina gezegd over de aanranding?'

'Voor zover ik weet nog niets. En ze heeft ook geen traan gelaten. Ik moet bekennen dat ik dat zorgelijk vind.'

Elisabets gezicht betrok weer. 'Ik moet met Karolina praten.'

Wilhelmina schudde haar hoofd. 'Je kunt haar voorlopig maar beter aan de zorgen van Ottilia en mij overlaten.'

'Dat is de taak van een moeder.'

'Karolina,' begon Wilhelmina voorzichtig, 'ze weet niet dat ze een moeder heeft. Ze weet alleen dat ze Ottilia, Margareta, Beda, Torun en Märta als trouwe vriendinnen heeft. En tot op zekere hoogte hoor ik daar ook bij.'

'Wat wil je daarmee zeggen?' vroeg Elisabet zacht.

'Wanneer ze in staat is haar hart te luchten, dan zal ze waarschijnlijk Ottilia in vertrouwen nemen. Maar zolang dat niet gebeurt, kunnen we niet veel doen.'

52

Tegen half september, toen de voormalige koninklijke stallen waren afgebroken en het puin geruimd, schudde en trilde het Grand Hôtel dagelijks, van de steeds latere dageraad tot de steeds vroeger invallende schemering, van de drilboren en de dynamietexplosies waarmee de grond werd opengebroken om een nieuwe fundering aan te leggen.

Vanwege het helse lawaai in Stallgatan kreeg Margareta de neiging haar handen voor haar oren te doen. 'Vind je het een goed idee om naar Källaren Stjärnan te gaan?' schreeuwde ze tegen Gösta Möller.

Hij knikte en waarschijnlijk zei hij 'uitstekend', maar zijn antwoord ging verloren in het gekrijs van een drilboor.

Na lang nadenken had Margareta besloten Gösta voor zijn veertigste verjaardag op een etentje in Källaren Stjärnan te trakteren. Josef had haar daar verschillende keren mee naartoe genomen tijdens een avondje uit – daardoor wist ze dat het restaurant op Gamla Stan een van de weinige nette etablissementen was die ze zich financieel kon veroorloven nu ze de helft van haar salaris aan Knut afstond – maar hoewel Gösta slechts een goede vriend en collega was, had ze toch eventjes het gevoel dat dit ten opzichte van beide mannen niet helemaal in de haak was, ook al waren Josef en zij nooit nader tot elkaar gekomen. Althans nog niet.

Toen ze de Norrbro-brug over waren, hield het lawaai op.

Margareta slaakte een zucht van verlichting. 'Godzijdank.'

Gösta nam haar bij de arm. 'Ik vind dit werkelijk heel aardig van je. Ik had geen idee wat ik vanavond zou gaan doen, want al mijn maten zijn aan het werk.'

'Nou, zij missen iets en ik ben blij. Het was toch onbestaanbaar dat je een dergelijke mijlpaal in je eentje zou moeten vieren? Je bent steeds een goede vriend voor mij geweest, Gösta Möller.'

'Dat mag ik hopen. En omgekeerd geldt hetzelfde.'

Zijn glimlach gaf haar een warm gevoel terwijl ze om het Koninklijk Paleis liepen en over Skeppsbron hun weg vervolgden. Aan de overkant van de haven twinkelden de lichtjes van de gaslantaarns langs Strandvägen onder de steeds donker wordende avondhemel. Het gekrijs van een eenzame zeemeeuw werd meegedragen op de wind. De herfst had de strijd gewonnen met het staartje van de zomer en er waaide een kille bries vanaf het water. Desondanks besefte Margareta dat ze vanavond gelukkig was.

Bij Packhusgränd gingen ze de hoek om, blij dat ze nu uit de wind waren, en liepen door een korte steeg met keitjes naar Österlånggatan 45. Gösta hield de deur voor haar open.

Binnen in de rokerige ruimte hing een verrukkelijke geur van gezonde, voedzame maaltijden. Een ober bracht hen naar het tafeltje dat Margareta had gereserveerd. Ze keek om zich heen in het overvolle restaurant en was blij dat ze zo verstandig was geweest een tafel te bespreken. Toen verstijfde ze.

'Mijn hemel, daar zit Josef Starck,' zei Gösta. 'We moeten hem even gaan begroeten. Ik wil niet dat de beste man het gevoel krijgt dat we hem negeren.'

Margaret liep achter Gösta aan naar een tafeltje waar Josef met een dame van haar leeftijd zat. Wie was die vrouw? Niet iemand die ze kende. En zeker geen collega.

Gösta gaf Josef een klapje op de rug. 'Goedenavond, Josef, wat plezierig om je hier te zien.'

'Ja, plezierig,' zei Josef, op een toon die duidelijk aangaf dat hij het helemaal niet plezierig vond om Gösta en Margareta te zien.

'Zou je ons niet eens voorstellen?' vroeg Gösta aan de bloemist.

'Dit is Maj.'

'We vieren onze trouwdag,' zei Maj. Ze stak haar hand uit. 'Maj Starck.'

Margareta was met stomheid geslagen. Ze drukte Maj vluchtig de hand en trok toen aan Gösta's mouw om hem weer snel mee naar hun tafel te nemen.

'Rustig maar,' zei Gösta toen ze gingen zitten. 'Ze bedoelde het goed.'

Margareta boog zich naar Gösta over en fluisterde: 'Heb je dat gezien? Ze heeft de ring van juffrouw Silfverstjerna om.'

Gösta's wenkbrauwen schoten omhoog. 'Weet je het zeker?'

'Heel zeker.' Gösta zat met zijn rug naar Josef, maar Margareta kon Maj nog steeds zien. De ring aan haar vinger schitterde in het kaarslicht.

De ober kwam met de menukaart. 'Kan ik voor u beiden iets te drinken inschenken?'

Margareta keek Gösta vragend aan. Wat zullen we doen? zei haar blik.

Gösta knikte naar de ober. 'Graag. Margareta?'

Ze bestelde het eerste wat in haar opkwam. 'Een glas rode huiswijn, alstublieft.'

'Voor mij hetzelfde.' Gösta stond op. 'Neem me niet kwalijk, Margareta, maar ik moet even naar buiten.'

Margareta zat vervolgens tien minuten nogal opgelaten als vrouw alleen aan de tafel en ontweek de blikken van de mensen die binnenkwamen en haar nog niet in het gezelschap van een heer hadden gezien. Ze kon alleen maar aan Josef Starck denken en moest haar uiterste best doen om haar woede te bedwingen. Getrouwd? Een dief? Wist Maj dat ze gestolen waar droeg? Deze man had door de diefstal van die ring heel wat verdriet en ellende veroorzaakt. Al die verdenkingen. De leugens die hij had verteld. Geen wonder dat hij liever buiten het hotel woonde. En zelden tijd had voor een avondje uit. Ze had hem het liefst een klap in zijn gezicht gegeven. Heel hard. En waar was Gösta? Of liever gezegd, wat was hij aan het doen? Josef en Maj genoten nog steeds van hun hoofdgerecht, maar ze konden elk moment opstappen als het tot Josef doordrong dat ze de ring hadden gezien. Voor de zoveelste keer keek ze naar zijn rug, met stijgende verbazing over haar eigen onnozelheid. En de zijne. Welke man nam nu twee verschillende vrouwen mee naar hetzelfde kleine restaurant? Dat was toch werkelijk vragen om moeilijkheden? En die moeilijkheden waren nu in aantocht.

Gösta kwam weer net zo ontspannen als daarnet terug aan hun tafeltje. Hij hief zijn glas. 'Proost, Margareta. Op je gezondheid en op mevrouw Skogh die geniet van een avondje thuis.'

Margareta's hart ging sneller slaan. Hij had dus contact gehad met het Grand Hôtel. Ze beantwoordde zijn toost. 'Gefeliciteerd met je verjaardag.'

'Dank je. Onze vrienden zullen zich zo meteen bij ons voegen en de oberkelner zal hen naar de juiste tafel brengen.' Gösta streek met zijn tong over zijn lippen. 'Dit is een lekkere huiswijn. Zullen we bestellen?'

Margareta verbaasde zich erover dat Gösta zich zijn biefstuk met gebakken aardappelen goed liet smaken. Zelf kon ze alleen kleine hapjes naar binnen krijgen terwijl ze Josef Starck in de gaten hield. 'Hij heeft om de rekening gevraagd,' fluisterde ze tegen Gösta. 'Wat doen we nu?' Ze wierp de oberkelner een betekenisvolle blik toe. Houd hem tegen!

De oberkelner kwam naar hen toe. 'Uw gasten zijn gearriveerd,' zei hij op gedempte toon. 'Ze wachten buiten.'

Margareta zag dat Josef en Maj opstonden en naar hen toe kwamen.

'Nog een fijne voortzetting,' zei Maj. 'Leuk om jullie ontmoet te hebben. We gaan nu weg, want het is een speciale avond voor ons.'

Josef gromde instemmend en duwde zijn echtgenote min of meer naar de uitgang. De deur was nog niet achter hen dicht of er brak buiten een hevig tumult los. Iedereen keek op.

'Wat is er voor de duivel aan de hand?' vroeg een gast.

'Niets om u zorgen over te maken,' zei de oberkelner tegen alle aanwezigen. 'Alleen iemand die nog een verrassing te goed had.'

Margareta en Gösta werden als helden het Grand Hôtel binnengehaald.

Mevrouw Skogh kwam hen tegemoet in de gang aan de kant van Stallgatan. 'Kom maar mee naar mijn kantoor. Inspecteur Ström en juffrouw Silfverstjerna zijn er al.'

'Hoe kan ik jullie ooit bedanken?' Elisabet Silfverstjerna pakte Margareta en Gösta ieder bij een hand. 'Ik dacht werkelijk dat ik de ring voor altijd kwijt was.' Ze hield haar hand omhoog zodat iedereen de ring kon zien.

'Negenennegentig van de honderd keer had u gelijk gekregen dat de ring niet meer terug zou komen,' zei inspecteur Ström. Margareta herkende hem van de keer dat hij naar het hotel was gekomen toen de ring net was verdwenen. 'U hebt absoluut heel veel geluk gehad. Als ik u was zou ik nu een loterijlot kopen. Zo, mevrouw Skogh, ik hoop dat dit hotel nu heel lang geen gebruik van mijn diensten zal hoeven maken. Ik kom er zelf wel uit. Goedenavond.'

Hij ging weg op het moment dat Beda met een aantal glazen en een fles Moët binnenkwam.

'Ik heb gehoord dat er nog iets anders te vieren valt,' zei mevrouw Skogh terwijl Beda de glazen vol schonk. 'Gefeliciteerd met je verjaardag, meneer Möller.'

Hij nam een glas aan. 'Hartelijk bedankt. Ik word vanavond erg verwend.'

Margareta had Gösta nooit eerder zien blozen. Ze glimlachte. Deze lieve man had zelfs geprobeerd voor zijn eigen verjaardagsdiner te betalen. Dat zouden Knut en Josef nooit hebben gedaan.

'Sta mij toe dat ik u nog een keer verwen,' zei Elisabet. 'Ik stel me zo voor dat uw diner vanavond niet erg ontspannen verliep, daarom zou ik graag willen dat jullie beiden op een avond naar keuze in Operakällaren gaan dineren. Als blijk van mijn dank.'

Gösta stak zijn hand op. 'Dat is niet...'

'O, jawel,' zei mevrouw Skogh. 'Ik doe er nog een extra vrije avond bij. Zo. Laten we nu drinken op wat inspecteur Ström zojuist zei: moge hij heel lang geen voet meer in het Grand Hôtel hoeven zetten. Skål!'

53

Half november liep Karolina 's avonds door de lobby. Ze genoot van de vrijheid die de bedrijfskleding van Banqueting haar gaf. In de donkerrode japon leek ze veel meer op een gast dan toen ze nog kamermeisje was en ze mocht zich nu ook vertonen op het voor publiek toegankelijk deel van de begane grond. Ze was dol op deze jurk, op de pofmouwen en de ruisende zijde. Ze genoot ook van deze avondlijke uren, wanneer de flonkerende lichtjes in het gepolitoerde mahonie en op de marmeren pilaren werden weerkaatst en het getinkel van glazen en het geroezemoes van tevreden gasten in het restaurant zich vermengden met de vrolijke tonen van melodietjes, afkomstig uit de aangrenzende pianobar. Haar voetstappen maakten geen geluid op het zachte tapijt en ze was aangenaam moe maar niet uitgeput. Ze glimlachte en knikte naar elke gast die haar opviel. Ze lachten altijd terug. Maar toch voelde ze een afstand, alsof al die glimlachjes afketsten op de glazen stolp over haar heen. Ze praatte en onderhield zich met de mensen, deed haar werk – waarvan ze genoot omdat het zo gevarieerd was en Ottilia, ondanks haar perfectionisme, heel plezierig was om mee te werken – maar niemand kon haar aanraken en zij kon zelf ook niemand aanraken. Ze zou willen dat het anders was.

Vanavond speelde er blijkbaar een nieuwe pianist. Zijn muziekkeuze verschilde nogal van het gebruikelijke repertoire van populaire liedjes en melodieën. Ze ging bij een pilaar staan en keek naar hem terwijl hij speelde; het was een vrolijk maar toch bijna klassiek klinkend stuk. Karolina vond het mooi en de gasten luisterden aandachtig. Ze liep om de pilaar heen om beter zicht te hebben op de knappe pianist met zijn krulsnor, gekleed in een lange jacquet en pantalon met krijtstreep. Hij keek op en knikte bijna onmerkbaar naar haar, zijn handen beroerden de toetsen terwijl zijn blik op iets anders was gericht. De muziek ging over in een melancholieker gedeelte en naderde toen het slot. Applaus klonk op en de gasten gingen weer verder met hun gesprekken.

De pianist wenkte haar naderbij te komen. 'Ik zie dat ik u aan het huilen heb gemaakt.'

Karolina's hand ging naar haar vochtige wang. 'Dat was me niet eens opgevallen.'

Hij glimlachte. 'Maar mij wel. Juffrouw...?'

Karolina deed een stap naar achteren. Hij mocht dan wel een nieuw personeelslid zijn, maar ze wilde liever dat hij op een afstandje bleef, ook al bewogen zijn vingers nog zo elegant over de toetsen. 'Nilsson. Juffrouw Nilsson. Karolina.'

'U hebt mijn avond goedgemaakt. Zelfs mijn hele week.'

Karolina keek hem verbaasd aan. 'Ik? Hoezo dan?'

'Door zo geroerd op mijn muziek te reageren.'

'Het was prachtig. Zowel uw spel als het stuk. Wat was het?'

'Slechts een paar delen uit een nieuwe operette, *Die Lustige*

Witwe.' Hij glimlachte weer. 'Houdt u van opera, juffrouw Nilsson?'

'Dat weet ik niet. Ik heb er nog nooit een gezien of gehoord.'

'Zou u dat willen? Jullie hebben een mooi operagebouw aan de overkant van de straat.'

Karolina legde haar hand op haar borst. 'Mijn hemel. Ik denk niet dat opera iets is voor mensen zoals ik.'

'Opera, juffrouw Nilsson, is voor iedereen. Ik denk dat u ervan zou genieten. Opera is een en al muziek en emoties, maar ook erg...' – hij keek om zich heen en schonk haar weer een veroverende glimlach – '... groots.'

Karolina giechelde. 'Ik denk dat ik het wel mooi zou vinden. Maar net als u werk ik hier. Ik ben geen chique gast.'

Dit leek hem te amuseren. 'Maar u hebt wel heel goede oren.'

'Ze weten wat ik wil horen En ik heb genoten van uw spel.'

Er kwam een oudere man bij de piano staan. Karolina herkende hem meteen.

De pianist stond op. 'Neem me niet kwalijk, beste man. Ik kon het niet weerstaan om iets te spelen toen er niemand op de kruk zat.'

Rond de ogen van de oudere man verschenen lachrimpeltjes. 'Als ik dat had geweten, was ik blijven luisteren.'

De pianist boog. 'Heel vriendelijk van u. Goedenavond, juffrouw Nilsson. Ik hoop dat u de opera een kans wilt geven.' Hij boog nog even naar de oudere man en liep toen weg.

Karolina keek hem na en draaide zich toen naar de vaste pianist van het Grand Hôtel. 'Wie was die man?'

'Franz Lehár. Hij is niet alleen dirigent, maar ook componist. Weet je soms wat hij speelde?'

'Het heette *Die Lustige Witwe*. Het was prachtig.'

De vaste pianist straalde. 'Daar heb ik nog nooit van gehoord. Magnifiek.'

Twee dagen later werd Karolina opgewacht door Gösta Möller. 'Een van de gasten vroeg me dit na zijn vertrek aan jou te geven.' Hij gaf haar een stijve, crèmekleurige envelop waarop in een vloeiend handschrift *Mejuffrouw Karolina Nilsson* stond.

'Welke gast?'

'Waarom maak je die envelop niet open, dan zie je het vanzelf.'

Karolina haalde er drie papiertjes uit. Twee kaartjes voor de uitvoering van *Carmen* in de Koninklijke Opera op 29 december. En een briefje van de mysterieuze schenker. '*Beste juffrouw Nilsson. Aanvaardt u alstublieft deze kaartjes, met mijn nederige dank voor uw eerlijke kritiek. F.L.*

Karolina's handen trilden. 'Franz Lehár?'

'Van de grote man in eigen persoon.'

'Ik kan daar niet naartoe.'

'Waarom niet?'

'Mevrouw Skogh geeft me vast geen toestemming.' Karolina keek Gösta aan. 'Bovendien heb ik niets om aan te trekken.'

54

Beda had de meisjes gevraagd naar Blanchs Café te komen. Toen hun glazen eenmaal gevuld waren legde ze uit waarom ze de voormalige werkneemsters van het Grand Hôtel had opgetrommeld. Het viel Ottilia op dat Beda, met haar gave om mensen met elkaar te verbinden, zich als vanzelfsprekend tot hun leider had ontpopt. Tot hun beider tevredenheid.

'Onze Karolina is uitgenodigd voor een bezoek aan de opera,' zei Beda tegen Torun en Märta. 'Door niemand minder dan Meneer Franz Lehár.'

Torun en Märta keken elkaar aan. 'Wie is dat?' vroegen ze in koor.

'Een of andere componist,' zei Beda. 'Onze pianist had wel van hem gehoord.'

Karolina bloosde tot aan haar haarwortels. 'Ik ga niet echt met meneer Lehár. Ik kreeg twee kaartjes van hem, en mevrouw Skogh zei dat ik ernaartoe mag als ik er zonder omwegen naartoe en weer terug ga.'

'Waarom zou een gast van het Grand Hôtel Karolina twee kaartjes voor de opera geven?' vroeg Märta verbaasd.

'Dat weet ik ook niet, maar daar gaat het niet om.' Beda trommelde met haar vingers op de tafel. 'De vraag is wie ze meeneemt en wat ze zal aantrekken.'

'Volgens mij zijn dat twee vragen,' zei Torun. 'Het is niets voor jou om niet te kunnen rekenen, Beda.' Ze moest lachen om Beda's verongelijkte gezicht. 'Ik hou je een beetje voor de gek. Een avond in de opera zal echt geweldig zijn, Karo.'

'Ja, toch?' zei Ottilia. 'Ik heb haar al gevraagd wie ze denkt mee te nemen.' Iedereen keek haar nieuwsgierig aan. 'Edward, natuurlijk.'

'Dat is een schitterend idee,' vond Margareta. 'Jullie vormen vast een prachtig paar.'

Karolina bloosde weer. 'We zijn geen paar.'

Beda sloeg haar ogen ten hemel. 'Margareta wil alleen maar zeggen dat je voor slechts één avond een mooie vrouw aan de arm van een knappe man kunt zijn. Ze wil heus niet dat je nu een kerk voor het huwelijk gaat uitkiezen en haar belooft dat ze de peetmoeder van je eerste kind mag zijn.'

Karolina moest giechelen, hoewel ze even had gegruwd van het idee dat ze de helft van een paar was. 'Jullie mogen allemaal peetmoeder zijn van mijn eerste kind.' En als ze Edward meenam dan was hiermee ook een lastig probleem opgelost, want anders zou ze tussen haar vriendinnen moeten kiezen. Bovendien had Edward het dubbel en dwars verdiend. Ze was nog steeds niet in staat geweest hem te bedanken voor het feit dat hij haar had gered op die afschuwelijke dag in juni. Ze had er nooit iets over gezegd tegen hem, en ook niet tegen iemand anders. Misschien zou een kaartje voor de opera meer zeggen dan ze ooit met woorden kon uitdrukken. Plotseling viel haar iets in. 'Misschien wil hij helemaal niet mee.'

'Waarom zou hij dat niet willen?' zei Torun. 'Je nodigt hem toch niet uit voor een van Karolina Widerströms lezingen over de vrouwelijke anatomie? Die zijn trouwens heel interessant.' Ze richtte zich tot Ottilia. 'Ik heb ons zusje Birna geschreven of ze serieus van plan is om arts te worden...'

'Of vroedvrouw,' zei Ottilia.

'Arts,' zei Torun met nadruk. 'Sinds de dood van ma houdt Birna zich bezig met de vraag waaraan ma is gestorven. Ik denk dat ze zich er inmiddels bij heeft neergelegd dat ze daar nooit achter zal komen. Hoe zou dat ook kunnen? Het is al vier jaar geleden. Maar Birna zegt ook dat ze niet wil dat nog meer kinderen hun moeder verliezen als ze er iets aan kan doen. Ze is vastbesloten vrouwenarts te worden.'

'Dat is bewonderenswaardig,' zei Margareta. 'En ook begrijpelijk.'

'Dat wist ik niet,' zei Ottilia. Hoe was het mogelijk dat er zo weinig contact tussen haar en Birna was geweest? Ze zou alles op alles zetten om de komende lente naar Rättvik te gaan. Of misschien zou ze Birna wel vragen naar Stockholm te komen. Zou Birna bij Torun en Märta kunnen logeren? Misschien wel. Maar dan was daar niet genoeg ruimte voor papa en Victoria. Nee, het was beter als zij naar Rättvik ging.

'Ahum,' zei Beda met stemverheffing.

Ottilia concentreerde zich weer op het gesprek.' Neem me niet kwalijk.'

'Ik zal ervoor zorgen dat Edward de avond van de negenentwintigste geen dienst heeft,' ging Beda verder. 'Maar nu hebben we nog een veel ingewikkelder probleem: wat moeten onze operaliefhebbers aan?'

'Ik kan mijn...' begon Karolina.

'Nee,' onderbrak Märta haar. 'Ik weet dat je verzot bent op je bordeauxrode japon, maar dat is duidelijk werkkleding en niet iets voor een feestelijke gelegenheid.' Ze tikte met haar vinger tegen haar kin. 'Ik zou een van de dames van het Franse Modeatelier in Nordiska Kompaniet kunnen vragen of ze me kan helpen. Ze krijgen daar regelmatig modellen van japonnen binnen en ik weet dat die heel af en toe een foutje vertonen waardoor ze niet verkocht kunnen worden. Die foutjes zijn bijna nooit te zien, maar Kompaniet zou nooit het risico willen lopen dat hun smetteloze reputatie wordt beschadigd. Er werken daar meerdere dames die toestemming hebben gekregen om iets uit die collectie te kopen.'

'Magnifiek,' zei Beda. 'Ik wist dat we op je konden rekenen. En nu de laarsjes, handschoenen en hoed.'

'Wanneer de japon een wijde rok heeft, kan niemand de laarsjes zien,' zei Märta.

'Mijn laarsjes van Banqueting zijn nieuw,' zei Karolina. 'En als ze gepoetst zijn glimmen ze als spiegels.'

'Kwaliteitsleer glimt altijd prachtig als je dat poetst,' zei Märta. 'En ik heb handschoenen die je mag lenen. Zwarte. Die passen overal bij, behalve bij pasteltinten en niemand draagt in december pasteltinten tijdens een bezoek aan de opera.'

'Dan blijft dus de hoed over,' zei Ottilia. 'Maar de kleur van de hoed kunnen we pas bepalen wanneer we weten welke kleur de japon heeft.'

Er viel een stilte terwijl iedereen nadacht.

'Wacht eens even,' zei Märta. 'Die hoed moet bij de mantel passen.'

'Ik heb een nieuwe zwarte mantel die je mag lenen,' zei Margareta. 'En er zijn genoeg zwarte hoeden in de ruimte met gevonden voorwerpen.'

'En ik heb een parelsnoer dat overal bij past,' zei Ottilia.

Karolina slaakte een kreetje. 'Maar dat kan ik toch niet dragen? Dat parelsnoer was van je moeder.'

'Ik weet zeker dat zij het heel fijn had gevonden dat die parels worden gedragen door een jongedame die voor het eerst naar de opera gaat. Wat denk jij, Torun?'

'Ma zou toejuichen dat een jonge vrouw iets voor het eerst durft te doen.'

'Jullie moeder was vast een fantastische vrouw.' Karolina klonk zo weemoedig dat iedereen er een beetje stil van werd.

'Dan zijn we er,' zei Beda. 'De opera is opgelost.'

'En Edward dan?' zei Märta. 'Ik denk niet dat ik aan iemand bij Nordiska Kompaniet kan vragen iets voor hem te regelen. Mijn vriend op de afdeling Koffers en Tassen is daar nog niet lang genoeg om me te kunnen helpen en ik wil niet dat hij het weer aan iemand anders moet vragen.'

'Volgens mij kunnen we Gösta Möller wel vragen of hij ons wil helpen,' zei Margareta. 'Ik weet zeker dat Edward een hoge hoed en een rokkostuum van het Grand Hôtel kan lenen.'

Ottilia's mond viel bijna open. 'Ik wist niet dat we hoge hoeden hadden.'

'Officieel niet, maar ieder jaar belanden er wel een stuk of tien bij de gevonden voorwerpen. Ze vormen zo zoetjesaan een probleem. Ze zijn te kostbaar om weg te gooien en hebben een te onhandig formaat om ze te kunnen opbergen.'

'Hoe was het diner in Operakällaren?' vroeg Märta aan Margareta. 'Ik dacht werkelijk even dat jullie nooit zouden gaan.'

'Dat waren we ook niet van plan,' moest Margareta bekennen. 'Gösta en ik voelden ons allebei bezwaard om een dergelijk gulle gift te accepteren, dus lieten we het maar gaan. Maar toen hoorden we dat juffrouw Silfverstjerna met mevrouw Skogh een datum had afgesproken en een tafel had gereserveerd. Ik ben blij dat ze dat heeft gedaan. Het was een verrukkelijke avond en onwaarschijnlijk vriendelijk van juffrouw Silfverstjerna. We hebben alleen maar gedaan wat fatsoenlijke mensen zouden doen.'

'Als beloning voor het terugvinden van haar ring was jullie trakteren op een diner wel het minste wat ze kon doen,' zei Karolina.

Er werd instemmend gemompeld.

'Is er trouwens nog nieuws over Josef Starck?' vroeg Torun.

'Hij moet eerdaags voor het gerecht komen. Inspecteur Ström verwacht dat hij tot dwangarbeid zal worden veroordeeld,' zei Margareta.

'En zijn vrouw?' vroeg Märta.

'Het laatste wat ik heb gehoord, is dat ze nog steeds volhoudt dat ze niets wist van de diefstal.'

'Maak dat de kat wijs,' zei Beda. 'Ik vind het naar voor je dat hij zo'n boef bleek te zijn. Dat heb je niet verdiend.'

Deze welgemeende opmerking deed Margareta vreemd genoeg goed. 'Nee,' zei ze. 'Dat heb ik niet verdiend.'

'Hoe is het trouwens met jouw monsieur Blanc?' vroeg Märta aan Beda.

'Ik zou willen dat hij mijn monsieur Blanc was. Alhoewel, dat wilde ik. Nu weet ik dat niet meer zo zeker. Afgezien van onze gesprekken over wijn en eten hebben we elkaar bijna niets te vertellen.' Ze dempte haar stem en zei samenzweerderig: 'Eigenlijk vraag ik me af of hij misschien van de verkeerde kant is.'

Vijf verbaasde gezichten keken elkaar aan rond de tafel.

'Toe nou,' zei Beda. 'Is dat nooit bij iemand van jullie opgekomen?'

'Wat in iemands hoofd opkomt en wat over diens lippen komt, hoeft niet noodzakelijk hetzelfde te zijn,' zei Margareta.

Beda keek onschuldig. 'Vind je het soms geoorloofd om leugentjes om bestwil te verkopen, mevrouw Andersson?'

'Ik vind het geoorloofd om de schijn op te houden,' zei Margareta. Toen moest ze lachen. 'Beda Johansson, ik kan niet tegen jou op.'

'Dan kom ik maar niet terug bij Huishouding.' Met een grijns hief Beda haar glas naar haar voormalige cheffin en de rest van het gezelschap.

55

Op de laatste vrijdag van het jaar stonden Wilhelmina en Elisabet voor het raam van Wilhelmina's kantoor en keken naar Karolina en Edward die aan het eind van Kungsträdgårdsgatan de straat overstaken, in de richting van de Koninklijke Opera.

'Het zal vast een heel bijzondere avond voor hen worden,' zei Elisabet. 'En wat vormen ze een mooi paar.'

'Inderdaad.'

Elisabet schoot vol en er rolde een traan over haar wang. 'Natuurlijk had ik voor haar kleding moeten zorgen. Dat is toch de taak van een moeder?'

Wilhelmina verbeet zich. Als ze had geweten dat Elisabet sentimenteel zou worden, had ze haar niet zo snel gevraagd langs te komen toen Karolina en Edward bij haar op kantoor waren om nog even te laten zien of ze wel naar behoren gekleed waren. Wilhelmina hield er namelijk rekening mee dat er in de opera ook gasten van het Grand Hôtel aanwezig zouden zijn. 'Karolina is tot in de puntjes gekleed door haar vriendinnen,' zei ze.

'Maar is alles wat ze draagt wel haar eigendom?'

Wilhelmina moest inwendig lachen omdat Elisabet zich afvroeg of Karolina's kleding wel van haarzelf was. Ze kon het niet laten om haar te plagen. 'Slechts haar laarsjes en een halve japon. Ik denk dat Märta Eriksson die japon voor een luttel bedrag op de kop heeft weten te tikken. Omdat Karolina en Ottilia dezelfde maat hebben, kunnen ze de japon delen en hoefden ze ieder maar de helft te betalen. Het is dus letterlijk een koopje geweest. De snit is heel klassiek en de kleur marineblauw raakt nooit uit de mode. Eigenlijk betwijfel ik of ze deze japon hierna ooit nog zullen dragen. Maar wie kan het een mooie jongedame kwalijk nemen dat ze een japon wil bezitten, ook al is het maar voor de helft?' Wilhelmina hield even haar adem in toen Edward bijna uitgleed op de beijzelde straat. Karolina pakte hem snel bij de arm en daarna verdwenen ze uit het zicht.

'Ik zou mijn dochter naar zoveel plekken kunnen meenemen waar ze in fraaie kleding kan verschijnen,' zei Elisabet bitter. Er gleed nog een traan over haar wang. 'Ik had dolgraag een japon voor haar gekocht en een bijpassende jas en hoed. En ook haar eigen parelsnoer. Desnoods had ze mijn parels kunnen dragen.'

'Alles op zijn tijd.'

'Alles op zijn tijd? Aanstaande oktober wordt ze eenentwintig.' Elisabet keek Wilhelmina aan. 'Ik heb het gevoel dat de koning in de loop der jaren wel iets milder is geworden.'

Wilhelmina besloot voorzichtig te zijn. 'Daar heb je misschien gelijk in. Maar zal hij het accepteren dat je hem wat Karolina betreft hebt voorgelogen en bedrogen? Want zo zal hij het ongetwijfeld opvatten.' En ik heb Lisa daarbij geholpen, dacht Wilhelmina bij zichzelf. De fundering van het Grand Royal was bijna voltooid, maar als zij als vriendin van Elisabet in ongenade viel bij het hof, zou het gebouw nog steeds een andere bestemming kunnen krijgen. Kon een koning een contract nietig verklaren? Dat leek haar onwaarschijnlijk, maar hij kon wel het proces vertragen terwijl de zaak voor de rechter kwam.

Elisabet zuchtte eens diep. 'Het is de taak van een moeder haar kind te verzorgen en te beschermen. Ik heb geen van beide kunnen doen.'

Dit was bekend terrein voor Wilhelmina en ze zei meelevend: 'Ik weet dat het altijd pijn zal blijven doen om niet als moeder voor Karolina te kunnen zorgen, maar probeer ervan te genieten dat ze nu bij je in de buurt is en omringd wordt door vriendinnen. Onder wie Margareta Andersson. Ik heb het hier niet eerder over gehad omdat ik daar het nut niet van inzag, maar inmiddels denk ik dat je gerustgesteld kunt zijn. Margareta is definitief tot de slotsom gekomen dat je Karolina's moeder bent.'

Elisabets mond viel open.

'En dat Zijne Majesteit haar vader is,' voegde Wilhelmina eraan toe.

Elisabet trok wit weg. 'Sinds wanneer? Hoe kan dat?' Ze zeeg neer op Wilhelmina's bureaustoel.

'Blijkbaar had ze al geruime tijd een vermoeden. Dat vermoeden werd bevestigd toen ze merkte dat jouw verloren gewaande ring jullie geboortestenen bevatte. Als ze iets verontrustends ziet of hoort zal ze me waarschuwen. Het kan geen kwaad iemand in de buurt van Karolina te hebben die op de hoogte is van de situatie.'

'En die echtgenoot van haar?'
'Die weet het niet.'
'Godzijdank.' Elisabet slaakte een diepe zucht. 'Kunnen we Margareta Andersson vertrouwen?'
'Ze geeft oprecht om Karolina en ze is altijd heel loyaal geweest aan het Grand Hôtel. Bovendien, we hebben toch geen andere keus?'
'Maar?'
'Hoezo maar?'
'Ik zie het aan je blik, Mina. Je hebt zo je twijfels.'
'Slechts één. Ik vroeg haar of ze nog contact had met Knut Andersson, en toen aarzelde ze heel even alvorens antwoord te geven. Ze zei weliswaar nee, maar zonder overtuiging.'
'Waarom in hemelsnaam...'
Wilhelmina's mond vormde een strakke streep en ze schudde haar hoofd. 'Ik weet net zoveel als jij, maar uiteindelijk zal het wel duidelijk worden. Intussen zullen we proberen Gösta Möller beetje bij beetje aan Margareta te koppelen. Dat lijkt me voor hen allebei het beste.'

56

1906

In januari overhandigde Torun Ekman een ingepakt exemplaar van Hjalmar Söderbergs *Dokter Glas* aan een dame met het type suède winterhoed waar Märta ongetwijfeld een moord voor had gedaan. De haast waarmee deze klant het pakje in haar tas stopte, gaf de indruk dat ze een verboden vrucht had aangeschaft. En dat was ook zo, volgens de fijne luiden; het liefdesdrama van Söderberg had voor heel wat beroering gezorgd onder de critici die niet in staat bleken onderscheid te kunnen maken tussen de gevoelens van de hoofdpersoon en die van de auteur. Torun begreep deze opvatting niet. Een schrijver had toch tot taak om met behulp van wat fantasie en inlevingsvermogen de menselijke ziel en beweegredenen te verkennen? Of wilden deze mensen soms beweren dat in iedere misdaadauteur een moordenaar school?

Met een glimlach gaf ze de klant het wisselgeld terug. 'Tot ziens.'

Er was een tijd geweest dat Torun haar baan bij Göthes Boekhandel, zonder twijfel de beste boekwinkel van Stockholm, als een vervulling van haar droom en voedsel voor haar ziel beschouwde. Ze was dol op boeken; ze genoot van het gewicht in haar handen, de geur van inkt wanneer ze nieuwe pagina's opensneed. En dan ook nog het verrukkelijke dilemma wanneer ze moest kiezen wat ze als volgende wilde gaan lezen, bijvoorbeeld *Gösta Berling* van Selma Lagerlöf of *Skönhet för Alla* van Ellen Key. *Sherlock Holmes* van Sir Arthur Conan Doyle of *Het jungleboek* van Rudyard Kipling. Al deze werken stonden voor het grijpen op de planken om haar heen. Natuurlijk waren deze boeken niet haar bezit, maar thuis had ze inmiddels een kleine bibliotheek, bekostigd met geld waar ze hard voor had gewerkt. Märta had dit vast uitgegeven aan een nieuwe onderbroek of onderrok. Maar Torun dus niet. Ze verstelde liever haar kleren zodat ze er heel lang mee kon doen, zolang ze er maar netjes uitzag. Terwijl Märta tekeningen maakte van hoeden en handschoenen, werden de laatste pagina's van Toruns dagboek in beslag genomen door een steeds langere lijst van boeken die ze nog wilde hebben.

Maar inmiddels had ze genoeg van haar baan bij Göthes Boekhandel. Niet vanwege haar been dat zeer deed omdat ze de hele dag moest staan, of omdat ze zware dozen moest tillen, of vanwege de ijzige windvlagen die 's winters door de deur kwamen, zelfs niet vanwege de zeldzame ontevreden klant die luidkeels zijn of haar ongenoegen uitte wanneer een boek niet verkrijgbaar was. Maar Torun vond zichzelf steeds meer gaan lijken op de onderbetaalde arbeiders van de Koninklijke Munt, die iets produceerden waar uitsluitend anderen gebruik van maakten, en ze had inmiddels het idee dat iedereen zich voor een betere maatschappij inzette terwijl zij achter een toonbank stond. Iedere keer dat ze het boek van Ellen Key aan een geïnteresseerde – of nog beter, aarzelende – lezer aanbeval, groeide het gevoel dat zij zelf te ver van het front was om mee te helpen deze oorlog te winnen.

Aan de overkant van Stureplan hadden de dames van de nieuwe levensmiddelenwinkel in Jakobsbergsgatan 6 hun ideologie in praktijk gebracht door de Stockholmse vrouwen een plek te bieden waar allerlei waren werden verkocht die gegarandeerd veilig voor consumptie waren. Het was een coöperatie die werd gedreven dóór vrouwen en bestemd was vóór vrouwen. Bij Svenska Hem, zoals de nieuwe winkel heette, hadden ze de garantie dat alle etenswaren vrij waren van bacteriën en dat er niet mee was geknoeid door mannen die schaamteloos hun winst wilden vergroten door bijvoorbeeld meel met kalk te vermengen. Veel van de Tolfterna-leden hadden inmiddels met graagte het lidmaatschapsgeld voor Svenska Hem voldaan, onder wie Torun en Märta. Net als Selma Lagerlöf. Margareta had beloofd dat zij ook mee zou doen als ze ooit uit het Grand Hôtel zou verhuizen.

Het *Svenska Dagbladet* had zelfs een lang artikel gepubliceerd van een vrouwelijke journalist die een beeld schetste van het land als dat door vrouwen zou worden bestuurd. Torun had tot haar grote vreugde gezien dat Ellen Key op de lijst stond als de beoogde minister-president en Wilhelmina Skogh werd gezien als de ideale minister van Financiën. Een vrouw als minister-president? Ach, waarom ook niet?

Dus wat kon zij, Torun, nog meer doen dan de vrouwen die al hun stem lieten horen nog verder te steunen?

Vrouwenkiesrecht stond voor veel vrouwen bovenaan hun agenda. Maar niet bij alle vrouwen. Voor sommigen was armoede een veel dringender probleem, en volgens Torun kon armoede maar door één ding worden bestreden: kennis. Stel dat ze mee kon bepalen welke boeken verkrijgbaar waren in bibliotheken en boekwinkels? Ze beet op haar lip terwijl ze nadacht. Zou Anna Lindhagen bereid zijn haar te helpen een voet tussen de deur te krijgen bij uitgeverij P.A. Norstedt & Söner?

57

Ottilia hield zich aan de belofte die ze zichzelf had opgelegd door in maart twee dagen naar Rättvik te gaan. In het Grand Hôtel was inmiddels alles in rustiger vaarwater gekomen en bij de afdeling Banqueting kon ze best even gemist worden.

Toen ze na afloop van haar bezoek in de trein terug naar Stockholm zat, dacht ze na over de afgelopen twee dagen. Haar vader, Birna en ook Victoria waren dolblij toe ze binnenkwam, net als zijzelf trouwens, maar toen pa de volgende middag aan het werk was en Birna op school zat, sloeg bij haar de rusteloosheid toe. Nicht Anna, die van de gelegenheid gebruikmaakte door ook twee dagen naar haar eigen familie in Storvik te gaan, had het huis tot in de puntjes verzorgd achtergelaten, waardoor er voor Ottilia weinig te doen viel, behalve zich met Victoria bezighouden – die zich zonder enige schroom aan Ottilia vastklampte – en voor het eten zorgen. Ze was met haar kleine zusje in het bos gaan wandelen, waar ze had genoten van de frisse dennengeur, het geknerp van de verse sneeuw – zo ontzettend wit! – en nog het meest van de stilte tijdens de luttele minuten dat Victoria haar mond hield. Ottilia had een boom omhelsd alsof het een oude vriend was. De bast voelde plezierig ruw aan tegen haar wang. Robuust. In Stockholm was het woord robuust van toepassing op steen: marmer, graniet, beton. Alles even glad. Maar hout en steen hadden allebei zo hun eigen voordelen, net als Rättvik en Stockholm. Hoorde Ottilia nog ergens thuis, of juist nergens? Het antwoord kwam onmiddellijk bij haar op. Ze zou altijd een meisje uit Dalarna blijven, maar haar hart had ze aan Stockholm verpand. En net zoals in Stockholm haar leven was doorgegaan zonder haar familie, met uitzondering van Torun die had gezworen nooit meer de stad uit te gaan, was het leven in Rättvik ook verdergegaan zonder haar.

Ottilia leunde met haar hoofd tegen de antimakassar van haar stoel en sloot haar ogen. Wat zou ma zeggen als ze haar dochters nu zou zien? Ottilia, die bijna niet kon wachten om weer naar de afdeling Banqueting te gaan, haar bordeauxrode japon aan te trekken en haar spreekwoordelijke mouwen op te stropen; Torun, op dit moment ongetwijfeld gekleed in haar nieuwe donkerpaarse rok, witte blouse en korte jakje, tijdens haar tweede week aan het werk als corrector bij uitgeverij P.A. Norstedt & Söner op Riddarholmen; en Birna, die gedurende haar eerste tien levensjaren de benjamin van de familie was geweest en nu de meest ambitieuze droom van hen allemaal koesterde: als gynaecologe in de voetsporen van dr. Karolina Widerström treden. Ottilia had gelachen om Birna's enthousiasme en opwinding toen ze *Jordemodern*, het tijdschrift voor vroedvrouwen, ontving dat Torun had gestuurd. 'Rustig maar, ik weet zeker dat Torun je er nog meer zal sturen.'

'Als ik een goede vrouwenarts wil worden, moet ik alles over bevallingen weten,' zei Birna de tweede avond in Rättvik tegen Ottilia. Ze zaten allebei op Toruns voormalige bed – op de plek van Ottilia's veldbed stonden nu een eikenhouten bureau en een stoel voor Birna – waardoor ze het gevoel hadden dat hun middelste zus er ook een beetje bij was. Birna ging verder: 'En daaronder valt wat een vroedvrouw beslist moet doen, en wat ze ook zeker moet nalaten.' De opgewonden glans in haar ogen maakte heel even plaats voor een weemoedige blik. 'Torun heeft gezegd dat ik naar Stockholm mag komen voor de volgende lezing van dr. Widerström, en van pa mag het. Wat voor iemand is Märta? Denk je dat ze het goedvindt dat ik bij hen kom logeren?'

'Ik denk dat ze geen enkel bezwaar tegen je komst heeft. Märta is heel gemakkelijk in de omgang als je haar eenmaal kent. Vriendelijk. En ze weet werkelijk alles van de laatste mode. Met name op het gebied van handschoenen en sjaals.'

Birna moest lachen. 'Dan zal ze wel teleurgesteld zijn in mij. Ik wist niet eens dat handschoenen aan mode onderhevig zijn. Onze nicht Anna is erg geïnteresseerd in kleding. Ik doe mijn best daar begrip voor op te brengen, maar dat valt niet mee als je hart er niet naar uitgaat.'

Ottilia keek Birna diep in de ogen, die bijna te wijs leken voor een meisje van veertien. Welke invloed had ma's dood op Birna gehad? Of op Victoria? Hun kleine zusje had nooit de liefde van een moeder gekend. Een kind hoorde een moeder als veilige haven te hebben. Anna kon altijd nog naar Storvik om haar moeder te bezoeken.

Alsof ze Ottilia's gedachten had geraden, fluisterde Birna: 'Ik geloof dat Anna kennis heeft aan een jongeman. Een van de vroegere vrienden van Jon. In de kerk doen ze net alsof ze elkaar niet zien, maar ik zie hen heus wel naar elkaar gluren. En zodra de een wegkijkt, glimlacht de ander.'

Ottilia dacht na. Anna was eenentwintig en dus was het niet vreemd dat ze een oogje op een jongen had. Ze wilde al heel lang een eigen gezinnetje, maar hoe moest het dan met Victoria? 'Weet pa dit al?'

'Ik vermoed van wel. Ik denk dat de hele gemeente het weet. Maar niemand zegt iets omdat er eigenlijk nog niets te zeggen valt. Het staat iedereen vrij om te kijken. En ook om te glimlachen. En om 's avonds lange wandelingen te maken.' Ze keek haar zus met een triomfantelijke grijns aan. 'Zie je wel? Ik heb mijn ogen niet in mijn zak. Ik ben niet alleen maar een saai iemand.'

'Birna Ekman, je bent niet saai, en zeker veel meer dan alleen maar een mooi gezichtje.'

Birna haalde haar smalle schouders op in haar nachtjapon. 'Victoria is de mooiste.'

'Victoria is vier.'

'Pa is dol op haar. Ik denk dat zij het gemis van mama goed moet maken.' De droefheid in Birna's stem sneed door Ottilia's ziel.

'En hoe gaat het tussen jou en pa? Wat doen jullie zoal?'

'Wanneer ik over anatomie tegen hem begin,' begon Birna voorzichtig, 'dan krijgt hij volgens mij hetzelfde gevoel dat ik heb wanneer Anna over kleding praat. Hij doet zijn best wel, hoor. Ik zeg ook steeds tegen hem dat hij weer moet trouwen, anders blijft hij alleen achter met Victoria wanneer ik naar Stockholm verhuis.'

'Heb je dat echt tegen hem gezegd?'

'Ja, hoor. Ik heb gelijk. Hij is nog maar vijfenveertig en nog steeds een knappe man.' Birna's ogen vielen intussen bijna dicht. 'Ik moet echt naar bed anders zit ik morgen op school te slapen.' Ze gaf Ottilia een kus op haar wang en schuifelde naar haar eigen bed. 'Weet je wat ik zou willen?' Zonder Ottilia's reactie af te wachten, dook Birna onder de dekens en zei: 'Ik wil graag naar dat café waar Torun en jij met jullie vriendinnen naartoe gaan.'

'Blanchs Café?'

'Ja.'

'Daar ben je nog te jong voor, lieverd, maar daar gaan we op een dag zeker naartoe. Beloofd.'

De trein denderde verder richting Stockholm en Ottilia's gedachten gingen ook die kant op. Naar Karolina. Maandenlang had Karolina alleen maar over koetjes en kalfjes gekletst of over zaken die met het werk te maken hadden. De afgelopen herfst speet het Ottilia zelfs een beetje dat ze Karolina naar haar kamer had laten verhuizen, haar domein, ook al was er voldoende ruimte voor een tweede bed en een tweede kledingkast. Maar sinds Karolina's bezoek aan de opera had ze langzamerhand weer zelfvertrouwen gekregen en ook al waren ze de hele dag samen aan het werk geweest, ze hadden altijd wel iets om over te babbelen wanneer ze naar bed gingen. In het donker, en zonder dat iemand aan de andere kant van de muur kon meeluisteren, maakten ze elkaar deelgenoot van hun zorgen en problemen. Ottilia besefte plotseling dat Karolina haar eerste echte vertrouwelinge was; Karolina wist als enige van Ottilia's nachtelijke angsten en twijfels over haar kunnen en het leidinggeven aan de afdeling Banqueting. En Karolina was van haar kant openhartig geweest over haar eenzame jeugd. Ze vertelde ook dat ze zo blij was met de vriendschap tussen hen. En met Edwards genegenheid. Hield hij van haar? Zo ja, dan was hij de eerste in haar leven die dat deed. De avond dat ze dit vertelde had Ottilia haar vastgehouden terwijl Karolina snikkend in haar armen lag. Vanwege Edward? Of misschien, eindelijk, vanwege die rampzalige middag afgelopen juni? Ottilia wist het nog steeds niet.

En hoe zat het met haarzelf? Was zij op zoek naar liefde? Vanwege haar werktijden was het niet eenvoudig om iemand te ontmoeten. En stel dat ze iemand leerde kennen? Ottilia slaakte een diepe zucht waardoor de man tegenover haar in de coupé opkeek. Ze glimlachte verontschuldigend naar hem en mijmerde weer verder. Al haar vriendinnen hadden wat mannen betrof een helder idee. Karolina ging met Edward, Märta had nu haar Wilhelm, en Beda was nog op zoek naar een geliefde. Torun was vastbesloten vrijgezel en onafhankelijk te blijven; en ze wisten allemaal – met uitzondering van Margareta zelf – dat Margareta was voorbestemd voor een toekomst met Gösta Möller. En Ottilia? Haar enige zekerheid was dat ze van plan was in mevrouw Skoghs voetsporen te treden en dat ze op een dag de scepter over het Grand Hôtel wilde zwaaien. Maar de liefde van een deugdzame man als Pehr Skogh? Ze wist werkelijk niet of dat nog haar hartenwens was.

58

Nu het drama in het Grand Hôtel eindelijk achter de rug was, kreeg iedereen weer een beetje lucht.

Op de eerste maandag in juli maakte Wilhelmina, gezeten aan haar bureau, de inventaris op. Wat de publieke opinie betrof was alles vergeven, en hopelijk ook vergeten. Het was inmiddels al anderhalf jaar geleden dat het afschuwelijke tyfus-schandaal had plaatsgevonden; de tot gevangenisstraf veroordeelde Josef Starck was discreet vervangen door een meer vooruitstrevende en minder achterbakse bloemist; haar personeel gedroeg zich gedisciplineerd en werkte efficiënt; en in de lobby klonk het geroezemoes van tevreden gasten en rook het naar verse lelies. Zelfs het rumoer in de kantine was gemoedelijk wanneer ze daar zo nu en dan het een en ander kwam controleren. Kortom, al het negatieve werd overheerst door het positieve en dat zou ze dan ook ter verdediging aanvoeren als het bestuur haar straks het vuur na aan de schenen zou leggen.

Wilhelmina kwam vijf minuten voor aanvang van de vergadering de bestuurskamer binnen. Het eerste wat ze deed was de ramen openzetten. Het lawaai van buiten verhinderde een gesprek op normale conversatietoon, maar tot de heren arriveerden kon ze in ieder geval een beetje zomerse frisse lucht binnenlaten. Wilhelmina keek naar de overkant waar de nieuwe Zweedse Koninklijke standaard – nu zonder het symbool van de unie – fier boven het paleis wapperde. Prinses Daisy had haar koninklijke plicht vervuld en het leven geschonken aan een zoon. Prins Gustaaf Adolf zou met of zonder Noorwegen het huis Bernadotte weer een generatie veiligstellen, hoewel de ene koning Gustaaf Adolf na de andere de komende decennia ongetwijfeld voor veel verwarring onder talloze schoolkinderen zou zorgen.

Wilhelmina's blik verplaatste zich naar het Parlementsgebouw. Haar gezicht betrok. In Finland had iedere inwoner ouder dan vierentwintig jaar stemrecht. Maar dat gold niet voor de Zweden. Het was echt ongehoord als je bedacht dat zij geen stemrecht had, als vrouw die drie hotels beheerde en nu algemeen directeur van het Grand Hôtel was, en dus verantwoordelijk voor het welzijn van honderden werknemers. Zelfs nu er stemmen opgingen om een bredere laag van de bevolking stemrecht te geven, ging het alleen over minderbedeelde mannen en niet over vrouwen met een gelijkwaardige status. Zou Edward van de roomservice eerder stemrecht krijgen dan zij?

Ze hoorde stemmen en deed het raam harder dicht dan haar bedoeling was.

Carl Liljevalch kwam als eerste binnen. 'Wilhelmina, wat een schitterende dag.'

'Zeker. Ik denk erover een boottochtje te maken als het zo warm blijft. Ik ben dit jaar nog niet de archipel uit geweest. Daar had ik eenvoudig de tijd niet voor.'

Ivar Palm nam plaats. 'Afgelopen zaterdag waren we op het Grinda-eiland. Dat is door Henrik Santesson gekocht en hij laat daar een zomerhuis bouwen. Heel indrukwekkend. Hij is directeur van de Nobelstichting, moet je weten.'

'Dat wist ik.' Wilhelmina glimlachte breed en trok toen haar wenkbrauwen op. 'Toch begrijp ik niet wat meneer Santessons aankoop van Grinda te maken heeft met het feit dat hij aan de Nobelstichting verbonden is.'

'O, waarschijnlijk is er helemaal geen verband tussen het een en het ander.' Palms gezicht was ietwat rood aangelopen. 'Het is een ongelooflijk fatsoenlijke kerel.'

Maar zou het een ongelooflijk fatsoenlijke vrouw zijn toegestaan een eiland te kopen? Wilhelmina betwijfelde het ten zeerste. Ze raakte opnieuw geïrriteerd. Een zomerhuis op een eiland klonk fantastisch.

'Zullen we maar beginnen?' zei Liljevalch. 'Hebben we de voorlopige cijfers voor het eerste halfjaar van 1906 al?'

'De boekhouding is er nu mee bezig,' zei Wilhelmina. 'Ik kan alvast wel mededelen dat de omzet van Roomservice, Banqueting, het restaurant en de bars is gestegen. Ik wacht nog op de cijfers van de overnachtingen. De kosten zijn ongetwijfeld ook gestegen, wat natuurlijk van invloed is op het eindresultaat, maar het ziet ernaar uit dat na de heftige tyfus-affaire onze reputatie weer in ere is hersteld. Het hernieuwde vertrouwen in het Grand Hôtel zal ook invloed hebben op het eindresultaat van de komende maanden. Ik ben ervan overtuigd dat ik de cijfers op onze volgende vergadering kan presenteren.'

Liljevalch knikte even. 'Ik hou er rekening mee dat het nog maar de tweede dag van het nieuwe kwartaal is, maar we moeten de vinger aan de pols houden. De prijzen stijgen, zoals je terecht opmerkte. En het Grand Royal?'

'Ik vind dat overigens een uitstekende naam,' zei Palm. 'Grand Royal.'

'Uitgesproken als "royál", op z'n Frans,' zei Wilhelmina.

'Ah, ja. Dat klinkt inderdaad heel goed.'

'Het Grand Royal vordert gestaag, hoewel we iets achterliggen op schema.'

'Achter op het schema,' zei Liljevalch met een zucht. 'Is dat niet voortdurend het geval?'

'Ik vrees van wel, maar de komende zomerweken kan er nog wat worden ingehaald.' Wilhelmina raadpleegde haar papieren. 'In overeenstemming met de gesprekken met het bestuur, hebben we besloten tot een uit baksteen opgetrokken gebouw met een gevel van beton en cement aan de straatkant en in de binnentuin, deels bekleed met kalksteen uit Gotland, en een lantaarndak tussen de vierde en vijfde verdieping. Helaas is de begroting vijfhonderdduizend kronen hoger uitgevallen vanwege de gestegen materiaalkosten en het arbeidsloon.'

Liljevalch legde zijn bril op tafel. 'Is van dit bedrag ook een deel voor de inrichting van het interieur bestemd?'

'Nee. Dit is onze bijdrage aan het gebouw zelf, met in gedachten dat we een pacht van zesendertig jaar zijn aangegaan en het Grand Royal beter aangepast wordt aan onze wensen dan oorspronkelijk is vastgesteld.' Wilhelmina pakte een brief van haar stapeltje papieren. 'We hebben van Carlsson & Löfgren een offerte voor het binnenwerk van het gebouw ontvangen. Zij vragen 780 duizend kronen. Voor dat bedrag worden er dubbele muren tussen alle kamers aangebracht voor extra geluidsisolatie, vuurbestendige balken, en ijzeren pilaren met pleisterwerk. Hierbij inbegrepen is ook een betonnen plaat onder de tuin en de fontein. Dan hebben we nog een stroomaggregaat, die voldoende elektriciteit kan produceren voor zowel het Grand Royal als het hotel zelf, inclusief de gastenlift die Graham Brothers bij de entree zal installeren. En...' – Wilhelmina liet even een stilte vallen om zo veel mogelijk effect te kunnen sorteren – 'er komt een roltrap voor het personeel tussen de keuken en de pantry op de begane grond.'

'Een roltrap?'

'Een bewegende trap. Om de verplaatsing van eten en dranken zo soepel mogelijk te laten verlopen. Niet alles, vooral geen gerechten op borden, wordt even netjes per lift afgeleverd.' Ze liet een door de architect getekende plattegrond zien en wees met haar vinger de bewuste plek aan. 'Hier. Er is me verteld dat dit de eerste roltrap in Zweden is.'

De mannen waren duidelijk onder de indruk.

Nu was het aan Wilhelmina om de heren ervan te overtuigen dat de investeringen de kosten waard waren. 'Vanzelfsprekend,' ging ze verder, 'dient er naast een verwarmingssysteem ook een koelsysteem te worden aangebracht. Als aanvulling op de eet- en caféfaciliteiten rond de wintertuin en op de begane grond, komen op de eerste verdieping twee ruimtes voor feesten en partijen, pantry's, garderobes, een leesruimte, een kapsalon en een aantal clubruimtes. In de rest van het gebouw komen kamers. De potentie om geld te verdienen met deze uitbreiding is ongekend.'

'En dat krijgen we allemaal voor 780 duizend kronen,' verduidelijkte Liljevalch.

'Dit zijn kosten voor het binnenwerk, maar de verdere inrichting is hier niet bij inbegrepen. Ik had zo gedacht dat we nogmaals Lotten Rönquist kunnen vragen om muurschilderingen aan te brengen.'

'Muurschilderingen?'

'In de restaurants.' Wilhelmina wees naar de plattegrond. 'Er komen mahoniehouten lambriseringen tot ongeveer twee derde van de muren en het bovenste deel wordt in een blauwe tint geschilderd. We zouden mejuffrouw Rönquist kunnen vragen een panorama op Visby en Drottingholm daarop aan te brengen.'

Liljevalch streek over zijn kin terwijl hij peinzend voor zich uit keek. 'Ik probeer het me voor te stellen. En hoe denk je over het aangrenzende café?'

'Dezelfde mahoniehouten lambrisering,' zei Wilhelmina. 'Met daarboven groen-met-bronskleurig leren behang. Heel stijlvol.'

Palm wiste zijn voorhoofd. 'Ongetwijfeld.'

Liljevalch tikte met zijn knokkels op de tafel alsof hij zichzelf uit zijn dromerij wilde wekken. 'Waar komt het water vandaan?'

'Zeker niet uit de Norrström,' zei Wilhelmina met een lachje. 'Omdat er rekening moest worden gehouden met het hoogteverschil tussen het Grand Royal en het Grand Hôtel zelf, leverde de watertoevoer enige problemen op. Ik zal jullie niet vervelen met de technische details, ik begrijp het zelf nauwelijks, maar het volstaat om te weten dat de Commissie voor Volksgezondheid zijn goedkeuring heeft gegeven aan de watervoorziening.'

'Uitstekend,' zei Liljevalch.

Na de duidelijke bijval die de oplossing voor de waterleiding oogstte, besloot Wilhelmina te stoppen nu ze op winst stond. 'Inderdaad uitstekend. Ik zal de offerte van Carlsson & Löfgren namens het bestuur goedkeuren.' Ze keek de bestuursvoorzitter met een stralende lach aan. 'Hartelijk dank.'

59

Karolina werd eenentwintig. Op de grote dag liep Ottilia iets na zes uur 's morgens terug naar hun kamer met een vierkant taartje en twee bordjes, die ze bij chef Samuelsson had opgehaald.

'De patissier heeft zijn best voor je gedaan,' zei hij tegen haar. 'Dat ziet er bijzonder fraai uit.'

'Dank je, chef. Vergeet niet aan de boekhouding door te geven wat ik het hotel schuldig ben.'

Hij sloeg zijn ogen ten hemel. 'Hou toch op. Het was de moeite niet. Een handje bloem, een beetje suiker en een paar eitjes voor juffrouw Nilssons eenentwintigste verjaardag? Beschouw het maar als een verjaardagscadeautje van het keukenpersoneel, en als de boekhouding de kosten over alle honderdzeventig van ons wil verdelen, dan gaan ze hun gang maar.'

Ottilia moest er opnieuw om lachen toen ze de trap naar de deur van haar kamer op liep. Terwijl ze de deurknop omdraaide zong ze 'Lang zal ze leven'.

Karolina kwam slaperig overeind in bed, ze rekte zich uit en glimlachte breed in de ochtendschemer. 'Dank je wel.'

Ottilia gaf haar het taartje. 'Nog vele jaren gewenst van mij en het keukenpersoneel. Maar dit is eigenlijk van chef Samuelsson en de patissier.' Ze deed het lampje op Karolina's nachtkastje aan.

Karolina keek met grote ogen naar het taartje van witte marsepein en eenentwintig bordeauxrode marsepeinen roosjes met donkergroene blaadjes. 'Het bordeauxrood van Banqueting.' Ze straalde. 'Dit is veel te mooi om op te eten.'

Zogenaamd geschrokken greep Ottilia naar haar borst. 'Ik denk dat chef Samuelsson beledigd zal zijn als je het niet opeet.'

Karolina giechelde. 'En dat willen we toch zeker niet. Hebben we een... eh... taartmes?'

Ottilia haalde een mes uit de zak van haar japon. 'Zeker wel.' Ze ging met haar hand in haar andere zak. 'En twee taartvorkjes. Ik heb plechtig beloofd alles terug te brengen. Je verjaardagscadeau krijg je morgen als iedereen er is.' Ze knikte even om aan te geven dat Karolina ook een zilveren bedelarmbandje zou krijgen; een passend verjaardagsgeschenk voor iemand die eenentwintig werd, en net zo goed voor degenen die inmiddels die leeftijd waren gepasseerd. Nu Karolina ook meerderjarig was geworden zouden alle zes de dames dit symbool van hun onverbrekelijke band dragen. Aan alle armbandjes hing hetzelfde bedeltje van een theepotje, maar verder verschilden de bedeltjes per persoon. Ottilia had een bordeauxrode kraal gekregen voor haar laatste verjaardag, Märta een handschoentje, Torun een boekje, Beda een hartje en Margareta een sleuteltje. En zo werd deze nieuwe traditie voortgezet. 'Neem nog maar een stukje taart,' zei ze tegen Karolina. 'We hebben niet de hele dag de tijd.'

Karolina trok haar knieën op terwijl ze het laatste stukje doorslikte. 'Ik heb nog nooit taart in bed gegeten. Ik voel me... ik weet niet hoe ik me voel, maar ik vind het heerlijk.'

'Vanavond kunnen we nog meer taart in bed eten,' zei Ottilia. 'Iets om naar uit te zien. Het zal een lange dag worden.'

Karolina fronste haar wenkbrauwen. 'Ik zou vanavond met Edward gaan souperen. Heb je me dan nodig?'

'Natuurlijk niet, dom gansje. Maar ik durf te wedden dat je daarna in bed nog wel een stukje taart zult lusten.'

Karolina lachte. 'Dat denk ik ook.'

Toen Karolina zich tien minuten later had aangekleed en ze op het punt stonden de kamer uit te gaan, gaf Ottilia haar een pakje. 'En nog een kleinigheidje van mij.'

'Maar jij hoort toch bij de groep?' zei Karolina verbouwereerd.

'En jij bent mijn liefste vriendin. Het is niet veel, maar maak het maar open.'

Karolina's slanke vingers trokken aan het lintje en uit het papier kwam een opengewerkte bordeauxrode haarkam tevoorschijn. Ze slaakte een kreetje. 'Ik heb nog nooit zoiets moois gekregen.' Ze draaide zich half naar de spiegel en bevestigde de kam boven de knot in haar hals. Toen ging ze met haar rug naar Ottilia staan. 'Hoe ziet dat eruit?'

'Net zo mooi als degene die hem draagt,' zei Ottilia. 'Nu moeten we gaan, jarige job.'

In suite 425 huilde Elisabet stilletjes in haar kussen. Precies eenentwintig jaar geleden, bijna op het uur af, had ze het leven geschonken aan een meisje dat deze belangrijke verjaardag, net als al haar vorige verjaardagen, zonder haar familie zou vieren. Karolina Nilsson was meerderjarig geworden zonder haar echte moeder of vader te hebben gekend. Ze zou ook niet de kleine erfenis ontvangen die haar grootvader van moederskant haar had nagelaten en hetzelfde gold voor de pareloorhangers die Elisabet had gekocht voor het geval ze een reden kon bedenken om die aan dit personeelslid van het Grand Hôtel cadeau te doen.

De tranen van verdriet maakten plaats voor tranen van woede. Waarom had de koning in volstrekte willekeur besloten dat Karolina bij een pleeggezin moest worden onderbracht? Waarom moest ze worden genegeerd? Toegegeven, Elisabet had nooit zwanger moeten raken van een getrouwde man, maar hoe had ze de avances van de koning kunnen weerstaan? Hij was haar vorst en vijfentwintig jaar ouder dan zij. Hij had haar zeker het hof gemaakt, en zij had zeker genoten van zijn liefdesbetuigingen, dus hoe kon hij zich afkeren van hun kind, met als enige reden dat de moeder in dienst was van zijn echtgenote? Hij was verguld met zijn pasgeboren achterkleinzoon, en ze had gehoord dat hij contact had met andere buitenechtelijke nazaten, dus waarom niet met Karolina? Tijdens de drie weken die ze na de bevalling met haar kindje had doorgebracht was ze in de zevende hemel geweest. En toen ze terugkeerde in het paleis, met afgebonden borsten om de melkproductie te stoppen, was ze een zenuwinzinking nabij. Maar uiteindelijk was zij toch te egoïstisch geweest om met haar dochter te vluchten. Of om de prachtige baby in de armen van de vader te duwen en te zeggen: 'Kijk haar in de ogen en stuur haar dan maar weg.' Elisabet werd verteerd door spijt. Ze ging rechtop zitten en hapte naar adem. Zijne Majesteit en zij waren allebei even schuldig. Maar slechts een van hen had onnoemelijke wroeging over hoe alles was gelopen.

60

1907

'Gelukkig nieuwjaar!' In het uitgiftepunt van de roomservice hieven Ottilia, Karolina, Beda, Edward, Gösta Möller en Charley Löfvander de glazen, die waren gevuld met een halve fles overgebleven champagne. Het was drie uur 's nachts en 1 januari, en iedereen verwelkomde doodmoe maar opgetogen het nieuwe jaar.

Beda smakte waarderend met haar lippen. 'Dit had ik echt nodig. Mijn voeten zijn dood maar absoluut nog niet in de hemel. Het liefst zou ik op mijn blote voeten in de sneeuw gaan staan. Als ze maar niet meer pijn doen.'

'Het was een lange avond,' beaamde Ottilia. 'Maar wel heel plezierig. Het lawaai uit de Spiegelzaal was zo nu en dan oorverdovend. Driehonderd stemmen, zeshonderd voeten en een orkest, maar de sfeer was...' Ze zocht naar het juiste woord en gaf het toen op. 'Geweldig.'

Karolina knikte. 'Ik heb nog nooit zulke mooie baljurken gezien. Maar ik sluit me aan bij Beda, ook mijn voeten doen vreselijk zeer. Ik zou het liefst mijn laarsjes uittrekken, maar dan krijg ik ze niet meer aan.'

'Ik draag je wel,' zei Edward gekscherend, maar met een liefdevolle blik in zijn ogen.

Iedereen lachte.

'Reken er maar op dat je dan door mevrouw Skogh wordt betrapt,' zei Beda.

'Mevrouw Skogh geeft een privéfeestje in haar appartement,' zei Gösta. 'Althans, dat was zo. Ik denk dat haar gasten inmiddels wel vertrokken zijn.'

'Mevrouw Skogh kan op de maan zitten,' zei Beda, 'maar zodra Karolina haar laarsjes uitdoet, staat ze hier ineens voor onze neus.'

'Dat denk ik ook,' zei Charley. 'Ze is onze eigen Cheshire Cat.'

Vijf paar ogen keken hem aan.

'Onze wat?' vroeg Beda.

Charley grinnikte. 'Cheshire Cat. Dat is een personage uit het lievelingsboek van mijn peetdochter. Het gaat over een meisje dat in een konijnenhol valt. Die kat verschijnt en verdwijnt zonder dat iemand weet waar hij vandaan komt of naartoe gaat. Het is een mooi verhaal.' Hij knikte naar Ottilia. 'Ik durf te wedden dat Torun er wel van gehoord heeft.'

Beda snoof. 'Nou, die weddenschap win je natuurlijk makkelijk. Hoe ging het in de bar vanavond?'

'Het was genoeglijk, maar zo nu en dan ook een tikkeltje vreemd,' zei Charley. 'Ik heb het niet over de vaste klanten, die bestelden gewoon hetzelfde als anders, maar het was gewoon opvallend dat zoveel mensen tegen mij, een barman, zeiden dat ze normaal gesproken niet drinken, maar er nu eentje namen omdat het oudjaar was. Het is mijn werk om hun te schenken wat ze willen, of dat nu een glas limonade of nog een borrel is.' Hij schudde vol verbijstering zijn hoofd. 'Ze hoeven zich tegenover mij echt niet te verontschuldigen.'

'Dat is voor een groot deel te danken aan de Matigingsbeweging,' zei Beda. 'Zelfs de mensen die zich niet elke avond half bewusteloos drinken, voelen zich een beetje schuldig.'

Charley knikte. 'Mensen die werkelijk een drankprobleem hebben trekken zich geen sikkepit aan van de Matigingsbeweging.'

'Maar die beweging heeft op bepaalde punten wel gelijk,' zei Gösta. 'Alcohol maakt gezinnen kapot.'

'Op welke manier dan?' vroeg Karolina.

‘Op heel veel manieren. Afgezien van het niet geringe probleem van huiselijk geweld, verdrinken de mannen, en jawel, ook vrouwen, hun geld waardoor ze de huur niet kunnen betalen en hun huis uit worden gezet. Of ze zijn te dronken om te kunnen werken, waardoor ze worden ontslagen en dan ook uit hun huis worden gezet. Armoede en dakloosheid leiden tot wanhoop. En dan verdrinken de mensen hun zorgen met nog meer drank, wat leidt tot nog meer geweld.’

Charleys mond viel bijna open. ‘Maar je wilt toch niet zeggen dat je een voorstander bent van een verbod op sterkedrank? Dan zijn wij de volgende die werkloos worden. In ieder geval geldt dat voor mij. En ook voor die twee.’ Hij wees op Ottilia en Karolina.

‘Tot dusver hebben we maar weinig feesten zonder alcohol gehad,’ zei Ottilia. ‘En zolang mevrouw Skogh niet lid wordt van de Matigingsbeweging, maak ik me geen zorgen.’

‘Ik ook niet,’ zei Gösta. ‘Ik wil hier alleen maar mee zeggen dat de Matigingsbeweging op bepaalde punten wel gelijk heeft.’

Edward zette zijn champagneglas op de serveerwagen voor vuile borden. ‘Deze stad heeft geen behoefte aan een verbod op alcohol, maar aan minder alcoholconsumptie.’

Beda knikte instemmend naar hem. ‘Mooi gezegd. En ik heb behoefte aan een zacht bed. Mijn wens is dat er in 1907 minder alcohol zal worden gedronken en wij minder vaak zere voeten zullen hebben.’

61

Wilhelmina was niet van plan lid te worden van de Matigingsbeweging, en ze was nog veel minder van plan het Grand Hôtel te laten meeslepen in de ideologie van deze beweging. Ze was nota bene de eerste vrouw in Zweden die een alcoholvergunning had gekregen en in Storvik had daar destijds niemand onder geleden.

Ze bleef bij haar standpunt toen ze in februari met groeiende ergernis een kopie las van een brief van de voorzitter aan Zijne Majesteit de Koning. De voorzitter van de beweging had weinig verstand van financiën in het algemeen en nog minder van het financiële reilen en zeilen van een hotel. Als in Stockholm het drinken van alcohol werd verboden, zou de stad een niet geringe bron van inkomsten mislopen – zowel via de accijns op alcoholhoudende dranken als de belastingopbrengst van de bedrijven die alcohol produceerden. Wanneer zouden de autoriteiten nu eens beseffen dat buitenlanders een stad beoordeelden naar de kwaliteit van de hotels en restaurants? Bovendien zou een alcoholverbod niet de oplossing van het probleem zijn; de verkoop zou van de publieke verkooppunten naar de zwarte markt verschuiven. De prijzen zouden omhoogschieten, de gewone man zou nog steeds blijven drinken en hun gezinnen zouden nog sneller hieronder lijden. Ze besloot dat ze dit nog diezelfde middag tijdens de vergadering met het bestuur zou bespreken.

Het bestuur. Ze zuchtte. Dat Liljevalch was opgestapt als voorzitter was een harde klap geweest. Ze kon het de arme man natuurlijk niet kwalijk nemen dat hij zich had teruggetrokken; zijn gezondheid ging hard achteruit en hij zag op tegen de eindeloos lange vergaderingen terwijl hij duidelijk pijn leed. Wilhelmina vond het heel begrijpelijk dat hij de tijd die hem nog restte wilde doorbrengen met zijn gezin en vrienden, onder wie zij ook zichzelf mocht tellen. Maar dat nam niet weg dat ze zijn steun in het bestuur van het Grand Hôtel zou missen. Ze wist nog niet goed wat voor vlees ze in de kuip had met zijn opvolger, kamerheer Oscar Holtermann, hoewel hij haar een fatsoenlijke kerel leek.

Holtermann en Palm kwamen samen de vergaderruimte binnen. Was dat toeval of hadden ze vooraf overleg gepleegd? Dat viel niet te zeggen. Wilhelmina begroette de beide heren met een professionele glimlach en wees naar de zilveren koffiepot die op tafel stond. 'Alles staat klaar. Ik heb tegen het meisje gezegd dat we zelf wel inschenken.'

'Heel verstandig. Het is bitter koud buiten.' Holtermann wreef in zijn handen. 'Mijn oude botten zijn niet meer wat ze waren.'

Oude botten? De man was nog niet eens vijftig. Als er iemand over oude botten mocht klagen dan was het Liljevalch.

Wilhelmina pakte de papieren die voor haar lagen op. 'We hebben een zeer dringende zaak om toe te voegen aan de agenda van vandaag,' zei ze. 'Zijne Majesteit heeft een brief ontvangen van die verdomde Matigingsbeweging en er wordt naar onze mening gevraagd.'

Holtermann zette zijn kopje op het schoteltje. 'Een brief van de Matigingsbeweging? Daar heb ik niets over gehoord.'

Wilhelmina las de brief voor.

Holtermann legde zijn bril op tafel. 'Ik moet zeggen dat ik het ten zeerste afkeur dat de woordvoerder van deze beweging alle etablissementen met een drankvergunning over één kam scheert door te beweren dat we allemaal geldwolven zijn.'

'Daar ben ik het mee eens,' viel Palm hem bij. 'Die beste mensen vergeten dat de eigenaars van Nya Grand Hotel AB heel veel geld en tijd hebben gestoken in de totstandkoming van een etablissement dat zakenlieden vanuit de hele wereld naar onze stad zal brengen. Kapitaalkrachtige mensen die hier zaken komen doen en geld uitgeven.'

Holtermann knikte. 'De beweging ziet ook over het hoofd dat alcoholische dranken weliswaar duur zijn, maar dat ook de inkoop en het verstrekken ervan geld kost.'

Wilhelmina was in haar nopjes over het feit dat het bestuur achter haar stond en besloot er nog een schepje bovenop te doen. 'Reken daarbij de kosten die komen kijken bij het serveren van dure gerechten, het verlenen van eersteklas service, een luxe ambiance, verlichting, levende muziek en al het andere om de gasten te plezieren. Hoewel de winst die op drank wordt gemaakt slechts een geringe bijdrage levert aan de financiële stabiliteit en het succes van een hotel, zorgt de verkrijgbaarheid van drank er wel voor dat er veel vaste klanten binnenkomen om hier iets te drinken. En daarvan consumeert het grootste deel meer dan alleen een drankje.'

'Je hebt absoluut gelijk,' zei Palm. 'Stockholm profiteert van de inkomsten die gegenereerd worden door de duizenden gasten die het Grand Hôtel regelmatig bezoeken, inclusief de mensen die even binnenkomen na een lange werkdag of een bezoek aan de opera.'

Wilhelmina keek de heren aan. 'Gelooft Zijne Majesteit werkelijk dat een alcoholverbod in het belang van de stad is? Heeft men dan niets geleerd van 1877 toen slechts één etablissement een alcoholvergunning kreeg en vervolgens meer dan vijftig procent van de herbergen en restaurants in de stad over de kop ging?'

Holtermann stak zijn handen op. 'Ik weet niet of Zijne Majesteit dit denkt. Maar ik kan wel zeggen dat Zijne Majesteit, net als veel anderen aan het hof, het Grand Hôtel als een verlengstuk van het paleis beschouwt.'

'Een alcoholverbod voor het Grand Hôtel komt erop neer dat we moeten sluiten,' zei Wilhelmina. 'Als dit slecht doordachte voorstel gehoor zou krijgen, zal ik persoonlijk het bestuur adviseren te stoppen om de eer aan onszelf te houden.'

'Stoppen?' vroeg Palm.

'Onze deuren sluiten voordat gasten een andere stad kiezen om zaken te doen en Stockholms befaamdste hotel – samen met alle andere hotels in de stad – failliet zal worden verklaard. Wellicht zou de Matigingsbeweging het liefst willen dat het Grand Hôtel in plaats van drank te schenken een trog met water voor de deur zet.'

Holtermann huiverde.

Wilhelmina ging verder. 'De Matigingsbeweging mag het goed bedoelen, maar een goedhartige ideologie heeft nog nooit voor brood op de plank gezorgd. De werkende klasse heeft banen nodig en fatsoenlijke lonen. En beter onderwijs. Hoop. Ik wil dit gaarne in een brief aan Zijne Majesteit aanstippen.'

'Het lijkt me noodzakelijk dat je dat doet,' zei Holtermann.
Eenmaal terug in haar kantoor pakte Wilhelmina een paar velletjes van het crèmekleurige briefpapier met het logo van het Grand Hôtel. Het hof had om commentaar gevraagd en het bestuur had haar het mandaat gegeven dit namens het hotel te leveren. Welnu, ze zou heel duidelijk de dwaasheid van dit onzalige idee aantonen.
In niet mis te verstane bewoordingen.

62

Ottilia keek met verbazing naar de reservering in de agenda. *Koninklijke Suite, keizerin Eugénie, 19.00.* Het was het handschrift van Karolina, maar deze reservering zei Ottilia niets. En dan was er ook nog sprake van een buitenlands koninklijk diner. Onbegrijpelijk. Ze keek naar Karolina die over een menu gebogen zat. 'Karo? Waar komt die reservering voor keizerin Eugénie vandaan?'

Karolina dacht even na en toen ging haar blijkbaar een lichtje op. 'Van mevrouw Skogh. Vorige week kwam ik haar tegen voor het kantoor van de afdeling Reserveringen. Ze zei dat ze op het punt had gestaan om ons te bellen omdat de datum voor het diner voor de keizerin net was bevestigd. Ze vroeg me die in de agenda te noteren. Ik nam aan dat je er al van wist. Het spijt me. Ik wilde het tegen je zeggen, maar je was in overleg met monsieur Blanc toen ik het kantoor binnenkwam en daarna is het me volledig ontschoten.'

Ottilia's gezicht verstrakte. 'Ik weet nergens van. Mevrouw Skogh heeft geluk gehad dat de suite nog beschikbaar is.'

Karolina leunde achterover in haar stoel en draaide met een potlood tussen haar vingers. 'Mevrouw Skogh had vast nooit een dergelijk risico genomen. Ze wist natuurlijk dat de suite vrij was.'

'Daar kon ze nooit zeker van zijn. Terwijl zij de suite telefonisch bevestigde, had ik op hetzelfde moment misschien hetzelfde gedaan bij een andere gast.' En ze wisten allebei welke reservering voor zou gaan. 'We zeggen toch altijd: het is niet gereserveerd als het niet in het boek staat?'

'Het spijt me vreselijk.'

Ottilia beet op haar onderlip. 'Het ligt niet aan jou. Ik zou alleen willen dat mevrouw Skogh niet zelf dit soort dingen regelt terwijl ze daar personeel voor heeft.' Ze schoof haar stoel naar achteren. 'Ik moet haar uitleggen dat deze manier van werken risico's met zich meebrengt.'

Karolina zette grote ogen op. 'Wees voorzichtig, Otti.'

'Dat is nou net mijn bedoeling.'

Geërgerd holde ze de trap af. Een koninklijke reservering, en alles wat daarbij kwam kijken, met nog maar twee maanden te gaan. Chef Samuelsson zou hier ook niet al te blij mee zijn. Dit soort diners vergden extra voorbereidingen omdat sommige ingrediënten van het menu misschien geïmporteerd moesten worden en dus geruime tijd van tevoren dienden te worden besteld. Hetzelfde gold voor de bloemen die uit het buitenland moesten komen. Ze liep zo snel als bij haar functie gepast was door de lobby, wenste bekende gasten goedemorgen en stopte even om een paar woorden te wisselen met gasten die ze heel goed kende. Tijdens de vijf jaar dat ze in het Grand Hôtel had gewerkt, had ze ontzaglijk veel geleerd, onder andere dat zelfs gasten uit de hoogste kringen het op prijs stelden om te worden beschouwd als vaste klanten van dit befaamde etablissement.

Ze ging door het gordijn bij de ontvangstbalie en liep snel de trap naar de administratieafdeling op. August Svensson zat aan zijn bureau naast het kantoor van mevrouw Skogh.

Ottilia schonk hem haar vriendelijkste glimlach, want het was tenslotte niet zijn schuld dat ze boos was op hun directeur. 'Is mevrouw Skogh beschikbaar?'

Door de openstaande deur donderde een stem. 'Kom verder, Ottilia.'

Ottilia grijnsde naar meneer Svensson. 'Blijkbaar wel.'

Mevrouw Skogh was schitterend gekleed in koninklijk blauw, en het zonlicht van mei dat door de ramen achter haar scheen, vormde bijna een aura rond haar gestalte. Ze wenkte Ottilia dichterbij en gaf haar een tekening die zo gedetailleerd was dat het wel een foto leek. 'Dit is de eerste schets van de wintertuin in het Grand Royal.' Ze gebaarde dat Ottilia moest gaan zitten.

Ottilia bekeek de kathedraalachtige bogen en elegante pilaren die een afscheiding vormden tussen de tuin en het omliggende café en de eetgelegenheden op de entreeverdieping, de kleinere boogramen en de sierlijke stenen balkonnetjes op de eerste verdieping die op de binnentuin uitkeken, en de nog kleinere boogramen op de hogere verdiepingen. Het schitterende lantaarndak verleende het geheel een elegante en intieme sfeer. De tuin was aangelegd met grasperken, doorsneden met paadjes en met stenen muurtjes als accenten. In het midden stond een fontein met daaromheen palmbomen en een soort kleine cipressen. Ottilia hoorde bijna het geroezemoes, het gekletter van bestek en het geluid van klaterende waterdruppels.

'Wat vind je ervan?' Mevrouw Skogh klonk ongeduldig.

'Het is prachtig,' zei Ottilia uit de grond van haar hart. 'Ik heb nog nooit zoiets gezien.'

'Dan zijn we geslaagd,' zei mevrouw Skogh. 'Het gaat erom dat er iets exotisch en extravagants in Stockholm te zien is. Stel je eens de diners en theepartijen voor die we daar kunnen houden.'

Ottilia kon dat zich maar al te duidelijk voorstellen. Ze zag voor zich hoe op zomerse dagen het zonlicht op het water van de fontein danste en 's winters de kaarsen op de kloostertafels rond de tuin een zachte gloed verspreidden. In veel opzichten was de wintertuin de absolute tegenpool van de Spiegelzaal, met al dat goud, glas en kristal. Deze tuin zou net zo adembenemend zijn, maar wel op een heel andere manier. Het was geweldig dat het Grand Hôtel zich kon beroemen op twee van dergelijke veelzijdige locaties. Ze wees naar de schets. 'Komt daar echt gras?'

Mevrouw Skogh snoof verontwaardigd. 'Natuurlijk komt daar echt gras. We hebben daglicht. De tuinman zaait het gras in en dan krijgen we mooie vierkante perkjes. Daarna verwijdert de tuinman deze kleine gazonnetjes, spit de aarde om en zaait alles opnieuw in om het hele proces te herhalen. Op die manier blijft alles er groen en fris uitzien. De tuin zal groeien en bloeien.'

Ottilia keek weer naar de schets. 'U hebt werkelijk overal aan gedacht.'

'Dat betwijfel ik, maar tegen de tijd dat alles klaar is, hoop ik inderdaad dat ik niets ben vergeten.'

'En wanneer is dat?'

'Als alles meezit en de werklui goed doorwerken, eind september volgend jaar. Er moet nog veel gebeuren, maar hoe eerder het Grand Royal zijn deuren opent, des te eerder kunnen we onze investeringen terugverdienen.' Toen ze de schets oppakte wierp haar diamanten ring caleidoscopische schitteringen op de muur. 'In de stad zal iedereen het over deze wintertuin hebben, let op mijn woorden.'

Dat zou ongetwijfeld zo zijn. 'We zullen natuurlijk meer personeel nodig hebben,' zei Ottilia.

'Dat klopt. In een van de hoeken op de bovenste verdieping laat ik een balkonnetje aanleggen van waaraf ik het personeel kan observeren. De wintertuin wordt de parel in onze kroon en alles moet perfect zijn.' Mevrouw Skoghs stem had duidelijk een scherpe toon.

Ottilia huiverde. Ze vroeg zich af of het Grand Royal ook onder haar verantwoordelijkheid zou vallen. Maar hoe moest ze in hemelsnaam de werkzaamheden voor de afdeling Banqueting van het Grand Hôtel combineren met alles wat er onder dit fraaie nieuwe glazen dak zou gaan plaatsvinden?

Mevrouw Skogh schoof de schets opzij en legde haar gevouwen handen op het bureaublad. 'Goed, waarom wilde je me spreken?'

Ottilia moest even slikken. 'De reservering voor keizerin Eugénie.'

Mevrouw Skoghs wenkbrauwen schoten omhoog. 'Wat is daarmee?'

'Ik heb geen gegevens.'

'Die staan toch in de agenda?'

'Jawel, maar ik zag dat pas vandaag.'

'Dan moet je de reserveringen beter bijhouden.'

'Ik heb die reservering niet gemaakt.'

'Nee, maar ik wel en ik heb juffrouw Nilsson gevraagd die in de agenda te zetten, hetgeen ze blijkbaar heeft gedaan, anders zou je hier nu niet zitten.'

Ottilia's hart sloeg een slag over. 'Wanneer u een datum bevestigt zonder dit aan mij te melden, kan er een dubbele reservering ontstaan.'

Wilhelmina's ogen vernauwden zich tot spleetjes. 'Let op je woorden, juffrouw Ekman. Denk niet dat ik onnadenkend heb gehandeld. De afdeling Reserveringen heeft me verzekerd dat de suite beschikbaar was. Dus heb ik die gereserveerd. Dat is mijn goed recht als directeur van dit hotel. Vergeet dat nooit.'

Ottilia sloeg haar ogen neer. 'Nee, mevrouw. Mijn verontschuldigingen.'

'Was er nog iets? Of kwam je hier alleen om je twijfels over mijn beoordelingsvermogen te uiten?'

'Nee, mevrouw.' Ze keek mevrouw Skogh aan. 'Maar...'

'Maar wat?'

'Wanneer kan ik de lijst met wensen van de gast tegemoetzien? Ik moet zorgen dat de bestellingen voor het eten en de bloemen tijdig worden gedaan.'

'Eten en bloemen? Juffrouw Ekman, dat is allemaal geregeld. En voordat je het vraagt, monsieur Blanc heeft een lijst met wijnen ontvangen. Denk je nu werkelijk dat ik zo dom zou zijn een reservering te accepteren zonder verdere informatie in te winnen?' Zonder Ottilia's reactie af te wachten, ging mevrouw Skogh verder. 'Ik kan je nu vast vertellen dat het een diner voor zestien personen wordt, maar wees gerust, alle gegevens over de details zul je geruime tijd voor de datum ontvangen.

Zo, als dit alles is, ik heb nog veel te doen.'

Ottilia stond op. 'Jawel, mevrouw. Dank u.'

'En juffrouw Ekman.'

Ottilia draaide zich om bij de deur om haar werkgeefster aan te kijken.

'Twijfel nooit meer aan mijn beoordelingsvermogen.'

Wilhelmina zag Ottilia met gebogen hoofd weglopen. Het meisje had tot op zekere hoogte gelijk, maar een dubbele reservering was in wezen onmogelijk. Alle reserveringen moesten worden gemeld bij de desbetreffende afdeling, en voordat er werd bevestigd, werden de data nog eens gecontroleerd. Wat Ottilia eigenlijk wilde zeggen, was dat alle reserveringen voor de afdeling Banqueting via haar moesten lopen. Geen sprake van. Ze zou nog liever haar hoed opeten dan dat ze voor Ottilia zou zwichten door haar elke keer om toestemming te vragen wanneer ze een vrije suite wilde reserveren. De dwaasheid van de jeugd! Wilhelmina zuchtte. Toch deed Ottilia haar in veel opzichten aan zichzelf denken. Had zij zelf niet als twaalfjarige snotneus tegen de eigenaar van restaurant Strömparterren gezegd dat ze 'alles kon'?

Ze zette haar vingertoppen tegen elkaar en dacht na. Een loyaler en capabeler werkneemster dan Ottilia bestond er eenvoudigweg niet. Zou ze haar naar het Grand Royal overplaatsen of haar bij Banqueting houden?

Wilhelmina keek naar de kaart van het eiland Lidingö, die al weken op haar bureau lag. Ze ging met haar vinger over de brug vanaf Stockholm en toen iets naar rechts langs de kust, waar een kruisje een stuk land markeerde dat te koop was. Ze hoefde niet echt te kijken; de kaart had inmiddels ezelsoren gekregen en ze kon de kustlijn van Lidingö vrijwel dromen. Als ze hier een mooi zomerhuis voor zichzelf zou laten bouwen, uiteraard ontworpen door de architect Ernst Stenhammar, zou ze kunnen genieten van een leven als eilandbewoner terwijl het Grand Hôtel toch redelijk dichtbij was. En als ze met pensioen ging kon ze zich op Lidingö terugtrekken voor haar oude dag. De grond en het grote huis dat ze voor ogen had, zouden niet goedkoop zijn – het hoogteverschil tussen het water en de rots maakte de aanleg van een lift noodzakelijk als ze er per boot naartoe wilde – maar het uitzicht was onbetaalbaar. Vanuit het raam van haar kantoor hoorde ze een vertrekkende stoomboot fluiten. Wilhelmina keek naar het tekentje op de kaart dat een steiger onderaan de rotskust van Lidingö aangaf. Ze vond het een mooi idee dat ze haar leven op een eiland was begonnen en ook zou eindigen. Van Fårö naar Lidingö. Haar besluit stond vast en ze glimlachte. Het was tijd om de aanbetaling te doen. Daarna zou ze haar hotels in Storvik, Rättvik en Bollnäs verkopen.

'Hoe ging het?' vroeg Karolina.

Ottilia liet zich op haar stoel zakken en legde haar handen tegen haar slapen. 'Mevrouw Skogh vertrouwt me niet.' Ze pijnigde haar hersens om na te gaan waar ze een fout had gemaakt.

Karolina keek haar ongelovig aan. 'Natuurlijk vertrouwt ze je wel.'

Ottilia keek haar vriendin met betraande ogen aan. 'Waarom ziet ze zich dan genoodzaakt dit diner zelf te organiseren?'

'Ik heb werkelijk geen idee,' zei Karolina, 'maar als mevrouw Skogh je niet vertrouwde zou ze nooit de organisatie van het Nobelbanket aan jou overlaten. Dat is nog wel wat prestigieuzer dan een dinertje voor een Franse keizerin.'

Ottilia lachte door haar tranen heen. 'Ik weet niet of de keizerin het daar wel mee eens zou zijn.'

'Waarschijnlijk niet.' Karolina hield haar hoofd scheef. 'Otti, waarom vraag je het mevrouw Skogh zelf niet? Ik vind het een terechte vraag. Je hebt andere koninklijke diners verzorgd, waarom dit dan niet?'

Toen Ottilia terugging naar de administratieafdeling, was de deur van mevrouw Skoghs kantoor dicht.

'Ze is aan de telefoon,' zei August Svensson. 'Ze zei dat ze niet gestoord wil worden.'

De deur ging open. 'Over wie heb je het? Heeft "ze" geen naam?'

Svensson bloosde tot achter zijn noren. 'Neemt u me niet kwalijk, mevrouw.'

Mevrouw Skogh keek Ottilia verbaasd en ook licht geërgerd aan. 'Kom binnen, juffrouw Ekman. Alweer. Wat kan ik deze keer voor je doen?'

Ottilia liet zich niet uit het veld slaan. 'Ik zou graag van u willen weten wat ik nog moet leren om het diner van keizerin Eugénie te kunnen organiseren.'

'Nog moet leren?' Mevrouw Skogh sloeg haar ogen ten hemel. 'Ottilia, als ik er niet op kon vertrouwen dat je een koninklijk diner kunt verzorgen, na drie jaar bij Banqueting te hebben gewerkt, dan had ik je al een hele tijd geleden terug naar Roomservice gestuurd. Bovendien heb je toch al diverse koninklijke diners georganiseerd?'

'Ja, maar alleen diners die door ons eigen koninklijk hof zijn gereserveerd.'

'Dit diner is ook door ons eigen koninklijk hof gereserveerd. Maar dat is verder niet belangrijk. De gang van zaken is hetzelfde. Je informeert naar wat en hoe alles gewenst is.'

'Maar waarom…'

'Waarom ik dan voor dit diner verantwoordelijk ben?'

Ottilia knikte lichtelijk beschaamd. 'Ja, mevrouw.'

'Omdat Zijne Majesteit heeft gevraagd of ik hem een gunst wil bewijzen door me persoonlijk met dit diner te bemoeien. De keizerin verblijft op haar eigen jacht dat pal voor het hotel zal aanleggen, maar Zijne Majesteit heeft de bediening in handen gegeven van zijn eigen personeel. Dat betekent niet dat Zijne Majesteit ontevreden is over onze diensten in het verleden, maar hij is zeer gesteld op keizerin Eugénie en wil iets bijzonders voor haar doen tijdens het bezoek van de grande dame. Dus het is die avond alle hens aan dek. En daar val jij ook onder. Wanneer de datum dichterbij komt zullen wij samen de voorbereidingen doornemen.'

'Jawel, mevrouw. Met alle plezier.'

'Maak je je nog ergens anders druk over?'

Mevrouw Skogh klonk licht sarcastisch, maar Ottilia nam toch de kans waar om iets te vragen. 'Als het Grand Royal opengaat valt dat dan onder de afdeling Banqueting of wordt het een aparte afdeling?'

'Het Grand Royal krijgt zijn eigen afdeling Banqueting. Niemand kan alles regelen. Zelfs jij niet. Het zal veel tijd en moeite kosten om de evenementenruimtes, het restaurant en het café vol te krijgen met diners, partijen, thé dansants en al het overige dat de Stockholmers hier naar binnen moet lokken. Met name de wintertuin is voor hen bedoeld.'

'Het wordt allemaal heel opwindend.'

'Het wordt vooral heel hard werken. Maar nu je het er toch over hebt, denk er maar eens over na of je hoofd Banqueting wilt blijven of voor de leiding van het Grand Royal in aanmerking wilt komen.'

'Blijft het Nobelbanket in de Spiegelzaal plaatsvinden?'

'Maar natuurlijk. De Spiegelzaal maakt altijd grote indruk op onze buitenlandse gasten. Bovendien heeft de Spiegelzaal een eigen ingang vanaf de straat, wat een groot voordeel is. Het is trouwens niet de bedoeling onze schitterende faciliteiten in het Grand Hôtel en het Bolinder Paleis te verruilen voor het Grand Royal. Het Grand Royal is er uitsluitend om onze mogelijkheden uit te breiden. Je kunt dus gerust zijn, de Spiegelzaal is uniek in Noord-Europa en de Nobelprijswinnaars zullen nog vele, vele jaren onder de flonkerende kroonluchters dineren.'

63

Op een zonnige zaterdag in oktober liepen Torun en Ottilia gearmd door de beroemde deuren van Nordiska Kompaniet. 'Is het niet magnifiek, Otti?' vroeg Torun opgewonden.

Ottilia moest lachen om het stralende gezicht van haar zusje. 'Ik denk van wel. Ik zal mijn uiterste best doen om hem en de andere Nobellaureaten een onvergetelijke avond te bezorgen.'

Toruns ogen fonkelden. 'Meneer Kipling is een geweldige schrijver. Je moet echt eens een boek van hem lezen. Stel je voor dat je hem in december ontmoet en hij vraagt of je iets van hem hebt gelezen? Het zou wel heel bot klinken als je zei: meneer Kipling, ik vind het heerlijk voor u dat u de Nobelprijs voor Literatuur hebt gewonnen, maar wat uw boeken betreft heb ik werkelijk geen idee.'

'Ik betwijfel of ik hem zal spreken,' zei Ottilia. 'En zelfs als dat het geval mocht zijn, lijkt het me nogal onwaarschijnlijk dat een heer als hij mij iets over zijn werk zal vragen.'

'Hij is inderdaad een heer. Dat kun je wel zien.' Torun knikte enthousiast terwijl ze met Ottilia over de brede trap naar de eerste etage liep. 'Ik hoop dat ik hem bij Norstedt even zal zien. Wij hebben *Het jungleboek* van hem uitgegeven, dus nu hij toch hier is, komt hij misschien wel bij ons op bezoek op Riddarholmen.'

Ze liepen de afdeling sieraden op en bleven staan bij een toonbank met een serie fraaie zilveren bedeltjes.

Ottilia boog zich over de uitstalling. 'Ik denk dat we Karolina iets moeten geven wat met muziek te maken heeft.' Ze wees naar een openstaand doosje vooraan. 'Wat vind je van deze muzieksleutel?'

Torun wees naar een doosje iets verderop. 'Of die kleine vleugelpiano?'

'O, die is schattig. Het is Karolina's droom om piano te leren spelen, maar ik zou niet weten wanneer ze dat zou moeten doen. Ze kan toch moeilijk in de pianobar gaan oefenen?'

Torun fronste haar wenkbrauwen. 'Zou een bedeltje van een piano zout in de wonde strooien?'

Ottilia schudde haar hoofd. 'Integendeel. Ze zal het waarschijnlijk opvatten als een symbool van haar droom en het prachtig vinden. Het is toch vreemd, vind je niet?'

'Wat is vreemd?' vroeg Torun.

'Het leven. Die toevallige ontmoeting met meneer Lehár heeft ervoor gezorgd dat Karolina een muziek- en operaliefhebster is geworden. Een paar weken geleden is ze naar *Le nozze di Figaro* geweest en ze was helemaal in vervoering toen ze thuiskwam. Blijkbaar had juffrouw Silfverstjerna twee kaartjes over en die heeft ze aan mevrouw Skogh gegeven. Die kon ze ook niet gebruiken en gaf ze vervolgens aan Karolina.'

'Dat was heel vriendelijk van mevrouw Skogh. Denk jij dat Edward net zo dol is op opera of dat hij alleen meegaat om Karolina een plezier te doen?'

'Ik zou het niet weten. Maar ik weet wel dat hij dol is op Karolina. Heel beschermend. Dat is al zo sinds... je weet wel. Ik denk dat hij braaf elke avond een concert of opera zou uitzitten als ze dat van hem vroeg. Edward heeft nog geluk dat ze zich maar eens in de zoveel maanden een kaartje kunnen veroorloven. Hij vertelde me eens dat hij altijd wacht tot ze zo ontroerd wordt door de muziek dat ze moet huilen, want dan kan hij een arm om haar heen slaan.'

Torun grinnikte. 'Wat een slimmerik. Karolina heeft het echt getroffen met Edward. Een beetje liefde is nooit weg en volgende week wordt ze tweeëntwintig.'

'Beda heeft me verteld dat Edward wat ongedurig wordt nu hij al zo lang bij Roomservice zit.'

'Wil hij weg uit het Grand Hôtel?'

'Integendeel,' zei Ottilia. 'Hij wil graag naar het restaurant worden overgeplaatst. Ik denk dat hij daar heel erg op zijn plaats zou zijn. Hij heeft ervaring met serveren en een rokkostuum staat hem goed.'

'En hoe is het met Beda?' vroeg Torun. 'Heeft ze het nog naar haar zin wat haar werk betreft?'

'Beda wil naar de afdeling boekhouding, en dat zal ook gebeuren want aan het eind van het jaar gaat daar iemand met pensioen. Mevrouw Skogh betaalt de avondschool waar ze inmiddels een avond per week naartoe gaat voor een cursus boekhouden.'

'Wat een goed idee. Maar waarom wist ik dat niet?' vroeg Torun.

'Omdat we je zo weinig zien sinds je sectieleidster bij Tolfterna bent. Kom, we gaan naar beneden en tegen Märta zeggen welk bedeltje ze volgens ons moet kopen. Misschien hebben we daarna nog even tijd om in de tearoom een taartje te eten.'

Märta was net bezig een dame te helpen die een paar kastanjebruine handschoenen paste. Ze knikte even onopvallend om aan te geven dat ze hen had gezien. De twee zussen bleven op een afstandje staan kijken naar Märta die een ander paar handschoenen tevoorschijn haalde en vakkundig het een en ander uitlegde over de verschillende leersoorten. De klant kocht beide paren.

'Ze is echt een uitstekende verkoopster,' fluisterde Torun terwijl Märta de handschoenen in een doos verpakte.

Märta wenkte hen dichterbij te komen. 'Vlug, vertel. Als de afdelingschef ziet dat ik met jullie praat en bij mijn bazin klaagt, heb je de poppen aan het dansen.'

Ottilia deed net alsof ze aandachtig de op de toonbank uitgestalde handschoenen bekeek. Ze wees op een zwart paar en zei zonder Märta aan te kijken: 'Vleugelpiano, achterste doosje links.'

Märta knikte alsof ze luisterde naar wat deze klant te vertellen had. 'Ik ga er in de pauze naartoe.' Ze dempte haar stem nog iets meer. 'Hebben jullie gehoord dat de koning weer ziek is?'

Ottilia en Torun werden duidelijk overvallen door dit bericht.

Ottilia wees naar een ander paar handschoenen. 'In het hotel is daar niets van bekend, voor zover ik weet. Hoe weet jij dit?'

'Ik hoorde net twee dames zeggen dat zijn personeel zich ernstig zorgen maakt en dat Zijne Majesteit heel vermoeid is en nauwelijks meer kan spreken. En dat hij deze keer misschien niet zal herstellen.'

'Ik heb Zijne Majesteit niet meer gezien sinds juli, tijdens het diner ter ere van de keizerin,' zei Ottilia. 'Zo te zien was hij toen volledig hersteld van zijn laatste ziekte. Hij dankte mevrouw Skogh zelfs persoonlijk voor het excellente diner. Weet je zeker dat je het goed hebt verstaan?'

'Absoluut.'

64

Koning Oscar II overleed in de vroege ochtend van zondag 8 december. Sinds het hof op 4 december een bulletin had doen uitgaan waarin stond dat de koning het bed moest houden en in de nabije toekomst geen officiële taken meer zou vervullen – een verklaring die door niet minder dan drie artsen werd ondertekend, onder wie de lijfarts van de koning – hield een menigte onderdanen buiten trouw de wacht. Een tweede bulletin, op de avond van 7 december, wederom ondertekend door alle drie de artsen, meldde dat Zijne Majesteit slechts nu en dan bij kennis was en dat zijn hart zwakker werd.

Maar zoals het geval is met elk overlijden, en zeker dat van een vorst die zo lang had geregeerd, kwam zijn dood voor de mensen toch nog onverwacht. Toen een portier van het Grand Hôtel de volgende morgen om kwart over negen zag dat de koninklijke vlag halfstok hing, ging er een schokgolf over het water en door de ingang van het hotel.

Terwijl het nieuws van mond tot mond ging, daalde er een stilte neer over de lobby, slechts onderbroken door het gesnik van een bejaarde dame die in een stoel werd geholpen.

Een mannelijke gast zei: 'De koning is dood, leve de koning.'

Iedereen was dankbaar voor het feit dat iemand het initiatief hiertoe had genomen, en de gesprekken werden op gedempte toon hervat.

In haar kantoor pinkte een hevig aangedane Wilhelmina een traan weg terwijl ze vat probeerde te krijgen op alle zaken die bij het overlijden van de koning kwamen kijken. Zowel op praktisch als emotioneel gebied. De praktische zaken waren zoals altijd het eenvoudigst te klaren. Allereerst moest de vlag van het Grand Hôtel halfstok, de mannen kregen zwarte rouwbanden om hun arm en de vrouwelijke personeelsleden die rechtstreeks met de gasten te maken hadden, zouden vanaf nu in het zwart gekleed gaan. Dat gold ook voor haarzelf.

Ze verliet haar kantoor met een bedrukt gemoed en stopte even bij het bureau van August Svensson. 'Ik ben over een kwartier terug. Laat mevrouw Andersson, juffrouw Ekman, Möller en chef Samuelsson weten dat ze om tien uur bij mij op kantoor moeten zijn.'

In haar zitkamer in het Bolinder Paleis keek Wilhelmina uit het raam naar de zwijgende menigte die zich over de Norrbrobrug naar het Gustav Adolf-plein bewoog.

Brita reikte haar een glaasje cognac aan.

Wilhelmina nam het glas aan zonder haar blik van het paleis af te wenden. 'Schenk ook een glas voor jezelf in, dan drinken we op de beste man.' Toen Brita terugkwam, hief Wilhelmina haar glas. 'Op Oscar II. Moge hij rusten in vrede.'

'Amen.'

Er verschenen twee figuurtjes op het balkon van het paleis.

'Koning Gustaaf V en koningin Victoria,' zei Brita en ze veegde haar tranen af. 'Moge God hen bijstaan. En wat zal er nu met koningin-douairière Sophia gebeuren?'

'Er zal goed voor haar worden gezorgd,' zei Wilhelmina. Maar zou dat ook voor Lisa Silfverstjerna gelden? Zou ze in dienst van het hof blijven, een andere functie krijgen of zelfs ontslagen worden? Dat was volkomen onduidelijk. Misschien zou Lisa nu de wrange vruchten van haar relatie met de koning moeten plukken. Wilhelmina sloeg de cognac in één teug achterover en ging terug naar de administratieafdeling.

'Iedereen zit op u te wachten, behalve Gösta Möller,' zei Svensson. 'Hij wordt pas tegen lunchtijd verwacht, maar de portiers zullen tegen hem zeggen dat hij direct naar uw kantoor moet gaan zodra hij binnenkomt. Ik heb de vrijheid genomen om koffie te bestellen.'

'Heel goed, Svensson.'

Er klonken haastige voetstappen op de trap en Wilhelmina en August Svensson draaiden zich om.

Het was Gösta Möller. 'Ik ben zo snel mogelijk gekomen.' Zijn gezicht stond strak en hij knikte even met zijn hoofd. 'Een droevige dag. Ik veronderstelde dat u me nodig zou hebben.'

'Dat is juist,' zei Wilhelmina. 'Kom verder.' Ze nam plaats aan het hoofd van de tafel. 'We hebben allen het droevige bericht van het overlijden van Zijne Majesteit ontvangen. Vanzelfsprekend zal de komende week anders verlopen dan gebruikelijk.'

Er werd instemmend gemompeld.

'Margareta, de laureaten voor de Nobelprijs zullen vandaag arriveren. Het is onwaarschijnlijk dat ze zullen afzeggen, maar ze komen nu wel in een stad die in de rouw is, in plaats van in een stad die iets te vieren heeft. Wat hebben jullie gedaan aan de ontvangst?'

'Ik heb de bloemist opgedragen in het hele hotel de bloemstukken en boeketten te vervangen door witte bloemen. En dat geldt ook voor de suites.'

Wilhelmina knikte goedkeurend. 'En alle kerstversiering dient te worden verwijderd,' voegde ze eraan toe.

Margareta maakte een aantekening. 'Het lijkt me verstandig om monsieur Blanc te vragen een wijn voor te stellen om de laureaten te verwelkomen. Champagne lijkt me hoogst ongepast.'

'Een goed idee. En omdat we niet weten of deze heren witte of rode wijn prefereren, doen we van elk een fles. Dit is niet het moment om op onze gastvrijheid te beknibbelen. Hetzelfde geldt voor alle binnenkomende gasten, die onder normale omstandigheden een glas champagne hadden gekregen.'

'Hoelang gaan we dit doen, mevrouw?'

'Zolang het land officieel in de rouw is.'

Nog meer instemmend gemompel.

'Mevrouw.' Gösta Möller schraapte zijn keel. 'Mogen we

champagne schenken voor gasten die daarom vragen?'

'Zeker. We zijn een hotel en we schrijven niemand de wet voor. Ons grootste probleem, bij gebrek aan een beter woord, is het Nobelbanket aanstaande dinsdag. Ik betwijfel of dat zal doorgaan.'

'Dat is inderdaad een probleem,' zei chef Samuelsson. 'De meeste ingrediënten die we nodig hebben voor een diner voor honderdvijftig gasten zijn al binnen.'

'Daar ben ik me van bewust,' zei Wilhelmina. 'En daarom zullen meneer Möller en jij een andere bestemming voor deze etenswaren moeten overwegen, voordat ze bederven.'

'Bedoelt u dat we deze ingrediënten in het menu van het restaurant moeten verwerken?' vroeg Gösta Möller.

'Precies,' zei Wilhelmina. 'En in het menu van de sandwichbar, hoewel ik besef dat daar minder ruimte voor is. Er worden voor het Nobelbanket maar weinig ingrediënten gebruikt die geschikt zijn als broodbeleg.'

Chef Samuelsson stak zijn hand op. 'Mevrouw, misschien kunnen we maar beter het zekere voor het onzekere nemen en wachten tot we iets van het Nobelcomité hebben gehoord. Ik moet er niet aan denken dat ik een Nobelsandwich creëer en er vervolgens achter kom dat het Nobelbanket toch doorgaat.'

'Daarom zei ik ook dat je een andere bestemming moet overwegen, maar ik verwacht vandaag iets van het Nobelcomité te horen.' Ze richtte zich tot Ottilia. 'Voor jou is de situatie nog het lastigst. We weten op dit moment niet welke partijen of evenementen zullen doorgaan en welke zullen worden afgezegd, en welke zich vanwege het overlijden van Zijne Majesteit zullen aandienen. Karolina en jij zullen nauw moeten samenwerken met chef Samuelsson en monsieur Blanc, want de tijd dringt.' Wilhelmina nam een slok koffie en genoot van de troostrijke warmte. Ze zette het kopje weer op het schoteltje. 'Maar Karolina en jij gaan morgenochtend meteen naar Nordiska Kompaniet om nieuwe zwarte japonnen te bestellen. Ga zo vroeg mogelijk, voordat alle zwarte zijde is uitverkocht of gereserveerd. Zeg dat we deze japonnen uiterlijk dinsdagmiddag nodig hebben. Laat het woord "Nobel" vallen, dan lopen ze het vuur uit hun sloffen. De rekening kan naar het Grand Hôtel.'

Ottilia keek even omlaag naar haar oude japon van Roomservice. 'Ik dacht...'

'Dan had je het verkeerd. We hebben geen idee wie hier de komende weken zullen verschijnen en ik wil dat mijn meisjes van Banqueting zich van hun beste kant laten zien. Luister goed, allemaal. Er komt een staatsbegrafenis. Natuurlijk kennen we nog niet alle details, maar ik weet zeker dat de buitenlandse hoogwaardigheidsbekleders in het Grand Hôtel zullen worden ondergebracht. Zodra ik verdere informatie ontvang, zijn jullie vier de eersten die ik hiervan op de hoogte breng. Zijn er nog vragen?'

'Een van mijn meisjes vroeg of ze naar de koning mocht gaan kijken wanneer hij opgebaard ligt,' zei Margareta.

'Ik kreeg dezelfde vraag in de keuken,' zei chef Samuelsson. 'Ik denk dat we dat moeilijk kunnen weigeren.'

'Ik vind dat het ervan afhangt hoe druk we het hebben,' zei Wilhelmina. 'Alle verloven zijn ingetrokken tot nader order, maar als het werk het toelaat en de chefs van de afdelingen er niet te veel ruchtbaarheid aan geven, mag het personeel er overdag onder werktijd in paren naartoe. Ik ben het met je eens, Samuelsson, degenen die erom vragen hebben het recht hun koning te zien. Zijne Majesteit was een trouwe beschermheer van dit hotel en we zullen alles doen – en dat zal ook gezien worden – wat binnen onze macht ligt om zijn nagedachtenis te eren en het hof in deze zware tijd tot steun te zijn.'

65

Elisabet Silfverstjerna was wederom buiten zichzelf van verdriet en ten prooi aan besluiteloosheid. De afgelopen veertien uur in het paleis hadden hun tol geëist en ze was volledig uitgeput door alle emoties. Eenmaal terug in haar suite in het Grand Hôtel keek ze Wilhelmina met vermoeide, roodomrande ogen aan. 'Ik ben zo blij dat ik hier ben. Als ik nog een minuut langer in het paleis had moeten blijven, was ik gaan gillen.' Ze keek om zich heen. 'God verhoede dat ik mijn nederige optrekje moet verlaten.'

Wilhelmina verslikte zich bijna in een slok smeneery, maar ze hield wijselijk haar mond.

'We doen daar nog steeds alsof alles bij het oude is gebleven.' Elisabet knikte naar de overkant van het water. 'Maar we tasten volkomen in het duister of Gustaaf V op dezelfde voet verdergaat of radicaal alles anders wil doen. En waarom ook niet? Zou niet elke man van vijftig alles op zijn manier willen doen, uitsluitend omdat het kan?'

'En Hare Majesteit?'

Elisabet hief haar hand. 'Precies, Mina. Heb je het nu over koningin Victoria of koningin-douairière Sophia? Deze vraag heb ik vandaag al honderd keer horen stellen. Het is allemaal zo verschrikkelijk vreemd.' Er rolde een traan over haar wang. 'Niemand van ons heeft vannacht veel geslapen. Om twee uur meldde zijn lijfarts dat Zijne Majesteit waarschijnlijk niet meer bij kennis zou komen. De beste man had gelijk. We konden niets anders doen dan wachten op het onvermijdelijke. Ik heb gehoord dat Zijne Majesteit vredig is gestorven, en daar mogen we dankbaar voor zijn.' Ze zweeg even om een slokje smeneery te nemen.

Wilhelmina keek naar Lisa, die er bleek en verslagen uitzag. 'Heb je al gedineerd?' vroeg ze, terwijl ze eigenlijk wilde vragen of de datum van de begrafenis al was vastgesteld. Hoe eerder ze die wist, des te eerder konden ze met de voorbereidingen beginnen. In ieder geval had het Nobelcomité het banket officieel afgezegd. Maar het was duidelijk dat Lisa behoefte had haar hart te luchten en het was Wilhelmina's taak haar een luisterend oor te bieden.

Elisabet knikte. 'Ik heb in het paleis gegeten. Zij het met tegenzin, net als iedereen, want de koning... de voormalige koning was nog maar net overleden. Woensdagavond wordt hij naar de Koninklijke Kapel gebracht en daar opgebaard. Vanaf donderdag is de kapel geopend voor het publiek.'

Wilhelmina dankte haar goede gesternte dat Lisa haar zonder het te weten de kans had geboden antwoord te krijgen op de vraag die haar bezighield. 'En de begrafenis?'

'Donderdag de negentiende in de kerk van Riddarholmen.' Elisabet depte haar ogen. 'Het is allemaal zo vreselijk droevig.'

'Maar laten we niet vergeten dat de koning bijna negenenzeventig was en een mooi leven heeft gehad.'

'Ik doelde niet op Zijne Majesteit, wat hem betreft heb je gelijk. Maar ik had het over Karolina. Ze heeft haar vader nooit gekend en nu zal ze hem ook nooit kennen.'

'Zou het niet beter zijn als ze nooit te weten komt wie haar vader is?' zei Wilhelmina voorzichtig.

'O, maar ze moet het natuurlijk weten! Mina, ik heb tweeëntwintig jaar moeten wachten om haar te kunnen vertellen dat ik haar moeder ben en zodra ik dat doe, zal ze vanzelfsprekend vragen wie haar vader is.'

'Is dat het beste voor Karolina?'

Er verscheen een felle blik in Elisabets ogen. 'We hebben dit gesprek al zo dikwijls gevoerd en jij hebt altijd gezegd dat ik moest wachten tot de tijd rijp was. Haar vader is dood. Hij kan niets meer voor haar betekenen. Maar Karolina heeft een moeder. Een moeder die haar mee kan nemen naar de opera, in plaats van haar op een slinkse manier kaarten te bezorgen. Een moeder die van haar houdt. Heeft Karolina ooit liefde gekend?'

'Ik denk inmiddels wel. Jonge Edward is dol op haar.'

'Ik heb het over liefde, Mina, niet over lust.'

'Kom, kom, Lisa. Ik denk dat je het jonge paar onrecht doet. Ik heb nooit ook maar iets onoorbaars gezien of gehoord. Bovendien' – Wilhelmina glimlachte een tikkeltje meewarig – 'ben jij niet in de positie om Karolina's keus te bekritiseren.'

'Dat is niet eerlijk.'

'O, vind je dat?'

Elisabet slaakte een zucht. 'Nee. Maar ik heb zojuist een besluit genomen. Karolina heeft het recht te weten wie haar moeder is. Zodra de begrafenis achter de rug is, ga ik naar de koning.'

'Gustaaf V?'

Elisabet keek verstoord. 'Mina, zelfs ik weet dat het nutteloos is om een lijk aan te spreken.'

Ze keken elkaar aan en Elisabet giechelde. Het gegiechel ging over in een gulle lach. Luider dan gepast in deze omstandigheden, maar blijkbaar vonden nu haar opgekropte emoties een uitweg en Elisabet kreeg weer wat kleur op haar wangen. Ze dronk haar glas leeg. 'Nee, ik zal Gustaaf op de hoogte brengen van mijn voornemen mijn dochter te erkennen.'

'En stel dat hij dat verbiedt?'

Elisabet zwaaide met haar vinger. 'Ik vraag hem niet om toestemming. Ik ben zo fatsoenlijk hem hierover te informeren. De koningin-douairière en hij weten allebei dat zijn vader meer buitenechtelijke kinderen heeft. Dan kan er toch nog best eentje bij?'

66

De volgende avond laat glipten de in het zwart geklede Torun en Märta door de zijdeur van het Grand Hôtel de Amerikaanse bar in. De vrolijke sfeer die er doorgaans zo vlak voor Kerstmis heerste, was danig getemperd door het collectieve verdriet. Ze gingen bij Charley Löfvander aan de bar staan.

'Je bent een echte vriend,' zei Torun tegen hem. 'We zijn zo snel mogelijk gekomen. Het is stil op straat maar wel ijskoud.' Haar blik schoot naar links en naar rechts, maar ze bleef met haar rug naar de tafeltjes staan. 'Ik durf niet eens te kijken. Is hij er nog?'

Charley glimlachte. 'Ik heb tegen de boodschappenjongen gezegd dat hij voort moest maken. Ja, hoor, hij zit daar in de hoek met meneer Strindberg.'

'Kennen meneer Kipling en meneer Strindberg elkaar?'

'Nu wel, in ieder geval. Ze hadden het over Strindbergs *Meester Olaf*. Blijkbaar is dat het eerste toneelstuk dat wordt opgevoerd in de nieuwe Koninklijke Schouwburg wanneer die in februari wordt geopend. Gaan jullie maar vast aan een tafeltje zitten, dan breng ik jullie een glas wijn. Het maakt een verkeerde indruk wanneer er twee jongedames aan de bar staan.'

Märta onderdrukte een nerveus lachje. 'Ik heb het gevoel dat ik iets stouts doe. Ik ben nog nooit als gast in het Grand Hôtel geweest.' Ze wees Torun op een stoel aan een tafeltje. 'Ga jij maar daar zitten, dan heb je het beste uitzicht.'

'Sst!' Torun keek om zich heen of iemand het had gehoord. Ze boog zich naar Märta toe. 'Ik kan gewoon niet geloven dat ik zo dicht in de buurt van deze grote schrijver ben.'

'Welke bedoel je?' Märta moest giechelen om haar plagerijtje.

'Niet lachen, hoor. Iedereen is nog in de rouw.'

Märta trok onmiddellijk haar gezicht in de plooi. 'Zeg dat wel. Nog voor de lunch waren alle zwarte handschoenen uitverkocht.'

'De meeste dames hebben toch zeker al zwarte handschoenen?'

'Dat verbaasde mij ook al. Maar onze bazin zei dat je bij koninklijke begrafenissen een nieuw paar handschoenen moet dragen wanneer de lijkstoet van Zijne Majesteit langskomt. Ottilia en Karolina kwamen vanmorgen ook binnen. Ze hebben zwarte japonnen voor de afdeling Banqueting besteld.'

'Dat zal wel. Er hing vandaag een sombere sfeer bij Norstedt. Niemand onder de vijfendertig jaar heeft ooit een andere koning gekend. De hele stad voelt als...' Ze zweeg abrupt en boog zich weer naar Märta over. 'Meneer Strindberg loopt weg bij de tafel. Maar zijn glas is nog halfvol, dus hij zal vast terugkomen. Meneer Kipling zit er nog.'

'Dit is je kans.'

Torun werd nerveus. Meneer Kipling werd de volgende dag bij P.A. Norstedt & Söner verwacht, maar het was hoogst onwaarschijnlijk dat ze zou worden voorgesteld aan deze prominente auteur. Maar als ze een schrijver privé benaderde en haar chefs kwamen erachter, dan zwaaide er wat. Wat zou ze erger vinden, haar baan verliezen of niet de kans krijgen met meneer Kipling te spreken? Ze haalde iets uit haar tas, stond op en liep met haar manke been enigszins moeizaam weg.

'Meneer Kipling.'

'Jawel?'

'Mijn verontschuldigingen dat ik u stoor, meneer.' Torun maakte een kniebuiging. 'Maar ik kon gewoonweg niet de gelegenheid voorbij laten gaan om u te zeggen hoe geweldig en inspirerend ik uw werk vind.'

Hij glimlachte enigszins raadselachtig naar haar. 'Mag ik vragen van welk boek u het meest hebt genoten?'

Deze vraag overviel haar en ze dacht even na. '*Zo zit dat.*'

Dat verbaasde hem duidelijk en hij gebaarde dat Torun op de stoel van August Strindberg moest gaan zitten. 'Mag ik vragen waarom?'

'Omdat ik een voorliefde heb voor boeken die kinderen aanzetten tot lezen, en dit is een van de zeldzame boeken die jonge lezers veel plezier bezorgen en tegelijkertijd stof tot nadenken geven. Ik heb in een boekwinkel gewerkt en wanneer kinderen mij om advies vroegen, heb ik altijd *Zo zit dat* aanbevolen.'

Kipling boog zijn hoofd als dankbetuiging. 'U zei, juffrouw...?'

'Ekman, meneer.'

'U zei, juffrouw Ekman' – hij sprak haar naam ietwat aarzelend uit, zoals de meeste buitenlanders – 'dat u in een boekwinkel hebt gewerkt. Maar waar werkt u nu?'

'Ik ben redactie-assistent bij P.A. Norstedt & Söner.' Torun voelde haar wangen rood worden.

'Ah, ik begrijp het.'

Er viel haar iets in. 'En nu voel ik me heel ontrouw omdat we wel uw boeken voor volwassenen uitgeven, maar niet het boek waarvan ik het meeste hou, zoals ik u net al zei. Ik geloof dat *Zo zit dat* nu bij uitgeverij Geber verschijnt.'

'Ah, zo zit dat dus,' zei Kipling met pretlichtjes in zijn ogen. 'En wilt u soms dat ik het boek signeer dat u in uw hand hebt?'

'Heel graag, meneer. Daar zou ik u heel dankbaar voor zijn.' Ze gaf hem *Het jungleboek*. Dat was namelijk een uitgave van Norstedt.

Kipling keek geamuseerd naar het ietwat verfomfaaide exemplaar. 'Dit boek is grondig gelezen, zie ik.'

'Neem me niet kwalijk, meneer.'

Hij stopte even met het schrijven van zijn opdracht op de titelpagina. 'Je hoeft je nooit te verontschuldigen voor het lezen van een boek. Ik krijg veel liever een dierbaar stukgelezen exemplaar onder ogen dan een boek dat ongelezen in de kast heeft gestaan. Tenzij we natuurlijk in een boekwinkel zijn.' Hij had opnieuw pretlichtjes in zijn ogen toen hij Torun het boek teruggaf.

Vanuit haar ooghoek zag Torun August Strindberg weer de bar binnenkomen. 'Meneer Kipling, mag ik u om nog één gunst vragen?'

'Dat mag u,' zei hij, duidelijk nieuwsgierig naar wat haar verzoek zou zijn.

Om moed te verzamelen balde Torun haar vuisten en drukte haar nagels in haar handpalm. 'Mocht u mij toevallig zien bij uw bezoek aan Norstedt & Söner, kunt u dan net doen alsof we elkaar nooit hebben ontmoet? Ik word niet geacht auteurs aan te spreken, tenzij ze het woord tot mij richten, maar zoals ik u al zei, kon ik deze bar niet verlaten zonder u te hebben gesproken.'

'Mijn beste juffrouw Ekman, ik juich uw initiatief toe. Mochten wij elkaar bij Norstedt & Söner zien, dan zal ik u met alle liefde, maar zeer tegen mijn zin, volledig negeren.'

'Dank u.'

August Strindberg keek van Ruyard Kipling naar Torun.

Torun stond snel op om haar stoel af te staan.

Strindberg keek lichtelijk ontstemd. 'Ik hoop dat deze jongedame je niet heeft lastiggevallen, Kipling. Mijn excuses hiervoor.'

'Integendeel. Ik heb deze lieflijke jongedame gevraagd om plaats te nemen. Juffrouw Ekman is een van ons, August. Een lezer en een denker.'

'Dat is geweldig!' Strindberg pakte Toruns hand en bracht die naar zijn lippen. *'Enchanté, mademoiselle.'*

'Enchantée, monsieur. Goedenavond, heren.'

Torun zweefde min of meer terug naar hun tafeltje. 'Kom, we gaan,' fluisterde ze in Märta's oor.

Märta was volkomen perplex. Ze pakte haar jas. 'Hemeltjelief. Was dat Strindberg? Er wordt gezegd dat hij nogal driftig kan zijn.'

Torun wenkte Charley, ging op haar tenen staan en gaf hem een kus op zijn wang. 'Dank je.'

Toen ze eenmaal buiten op Södra Blasieholmshamnen stonden, kon Märta zich niet meer inhouden. 'Wat is er gebeurd? Ik zat met mijn rug naar je toe en kon me niet omdraaien omdat ik dan de aandacht zou trekken. Ik zag ook niets in de weerspiegeling van het raam.'

Torun maakte een klein dansje onder een lantaarnpaal. 'Het was perfect, Märta, van begin tot eind. Beide heren zijn werkelijk allerliefst.'

Märta was stomverbaasd. 'Waarom staat mijn glas wijn dan nog op dat tafeltje en sta ik hier met mijn voeten op ijskoude straatkeien?'

'Omdat ik naar mevrouw Skogh heb geluisterd en ben gestopt toen ik op winst stond. En omdat we nu naar Ottilia gaan.

Iemand heeft Charley verteld dat ik meneer Kipling wilde ontmoeten. Dat kan alleen mijn zuster zijn geweest.'

Märta keek naar de entree van het Bolinder Paleis. 'Hoe moeten we daar binnenkomen? Mogen we eigenlijk wel naar de kamer van Ottilia?'

'We kijken gewoon de portier lief aan, dan mogen we vast wel naar binnen.'

Even later stonden ze buiten adem voor Ottilia's deur, opgetogen omdat ze dit hadden gedurfd. Torun klopte aan.

'Torun, Märta, mijn hemel. Snel.' Ze pakte Torun bij de arm en trok haar naar binnen.

Märta's blik werd onmiddellijk getrokken door twee zwarte japonnen die aan de deuren van de klerenkasten hingen. 'Jeetje, dat hebben ze goed gedaan in die korte tijd.'

'Die japonnen zijn niet belangrijk,' zei Ottilia. 'Maar wat komen jullie hier in hemelsnaam doen?'

Torun grijnsde van oor tot oor. 'Heb jij tegen Charley Löfvander gezegd dat ik meneer Kipling wilde ontmoeten?'

'Niet met zoveel woorden. Ik zei dat we bezig waren met de voorbereidingen voor een diner voor hem en dat jij vast groen van jaloezie zou zien.'

Torun zette grote ogen op. 'Heb jij meneer Kipling dan ook ontmoet?'

'Vandaag. We vonden hem heel charmant. Waar of niet, Karolina?'

Karolina deed alsof ze het niet begreep. 'Help me even. Wie bedoel je?'

Torun gaf haar speels een tik op haar arm.

Karolina gaf zich gewonnen. 'Omdat het Nobelbanket is afgelast, geeft meneer Kipling morgenavond een privédiner voor de laureaten. Daar hebben we het vandaag met hem over gehad.'

Torun liet zich op Karolina's bed zakken. 'Wees stil, mijn kloppend hart.'

'Let maar niet op dat kloppende hart van je,' zei Ottilia. 'Hoe wist je dat ik met Charley had gesproken?'

'Omdat meneer Kipling vanavond aan een tafeltje in de Amerikaanse bar zat, en Charley zo attent is geweest om iemand naar me toe te sturen om me dat te vertellen. We zijn daar snel naartoe gegaan, en inderdaad, daar was meneer Kipling, in levenden lijve, en hij was in gezelschap van niemand minder dan August Strindberg.'

'Hij heeft haar boek gesigneerd,' zei Märta.

'Jeetje, wat heeft hij erin geschreven?' vroeg Karolina.

Torun sprong op. 'Weet je, ik heb nog niet eens gekeken. Ik was er zo op gebrand om weg te gaan terwijl alles zo perfect was, dat ik het boek gewoon in mijn tas heb gestopt.' Torun sloeg het boek open bij de titelpagina. Ze kreeg tranen in haar ogen. 'Van de ene lezer tot de andere – tuinen worden niet gemaakt door in de schaduw te zitten. Uw toegenegen, Rudyard Kipling. December 1907.'

'Wat betekent dat?' vroeg Karolina.

'Volgens mij,' zei Torun, 'bedoelt hij dat hij het niet vervelend vond dat ik hem vanavond stoorde. Maar hij wil hier ook mee zeggen dat je niet stil kunt blijven zitten, wil je iets bereiken.' Ze drukte het boek tegen zich aan. 'Is het niet vreemd? Gisteravond was ik in tranen om onze koning en vanavond kijk ik vol vertrouwen naar de toekomst. Wat kan de ene dag toch van de andere verschillen.'

67

Over Stockholm lag een dik grijs wolkendek, geheel in overeenstemming met het monochrome uiterlijk van een stad in de rouw. Het ijs glansde grijs, de mensen waren in het zwart gekleed, en de feestelijke etalages waren afgeschermd met witte lakens.

Met hun jassen stevig dichtgeknoopt tegen de vochtige kou,

liepen Karolina, Ottilia, Beda en Margareta door Stallgatan.

'Hoe eerder we ons bij de rij aansluiten des te beter,' zei Karolina. 'Charley Löfvander had gehoord dat er gisteren twintigduizend mensen in de rij stonden. Veel mensen werden zo kwaad van het lange wachten dat ze tegen de avond de kapel hebben bestormd.'

'Wat schandalig,' zei Margareta. 'Ik zou me schamen als ik getuige zou zijn van dergelijk wangedrag in aanwezigheid van het stoffelijk overschot van Zijne Majesteit.'

'Ik ook,' zei Ottilia. 'Trouwens, Karolina en ik moeten om drie uur weer terug zijn. Als het nu niet lukt, kunnen we het morgen weer proberen.'

'Dat geldt niet voor mij,' zei Margareta. 'Vandaag is mijn laatste kans. De eerste begrafenisgasten worden morgenochtend verwacht en dan kan er bij Huishouding niemand gemist worden.'

Ze haastten zich over de Norrbro-brug. En aantal terneergeslagen Stockholmers, van wie sommige vrouwen in tranen, waren al op de terugweg.

'Wie komen er morgen?' vroeg Ottilia.

'We krijgen regeringsleiders en diplomaten uit België, Nederland, Portugal, Turkije, Siam en Amerika. Die hebben allemaal hun eigen gewoonten en verlangens. Om maar te zwijgen van de onofficiële pikorde,' zei Margareta. 'Dit zijn allemaal diplomaten, maar wij zijn degenen die diplomatiek moeten zijn. Het Grand Hôtel zou ervan lusten als iemand zich ook maar enigszins achtergesteld voelt. Mevrouw Skogh wil dan ook iedereen persoonlijk ontvangen.'

'Laten we dan maar hopen dat er niet twee delegaties op hetzelfde moment aankomen,' zei Karolina.

'Zeg dat wel. Het zou niet de eerste keer zijn dat een rijtuig nog een extra rondje maakt om een indrukwekkender entree te kunnen maken.'

Aan de overkant van het water stond het Grand Hôtel, gehuld in zwarte linten. 'Ik vraag me af of mevrouw Skogh nog naar Zijne Majesteit gaat kijken,' zei Ottilia.

Margareta schudde haar hoofd. 'Ze zal aanwezig zijn op de begrafenis. Ik meen dat zij en haar man zaliger goede vrienden van de koning waren.'

Op Slottsbacken, de brede opgang naar het paleis, voegden ze zich bij de stoet rouwende mensen.

Beda wees naar het paleis. 'Ik vraag me af hoe het is om de nieuwe koning te zijn en vanuit het paleis alleen maar rouwlinten te zien.'

'Waarschijnlijk heeft hij daar geen oog voor omdat hij het te druk heeft en overmand is door verdriet,' zei Margareta.

'Ik heb nog nooit een dode gezien,' zei Karolina met een klein stemmetje.

'Dan mag je van geluk spreken,' zei Margareta. 'Er zijn niet veel mensen van tweeëntwintig die nog nooit hebben meegemaakt dat een familielid of bekende van hen overleed. Mijn grootmoeder stierf toen ik vijf was. Zij was de eerste dode die ik zag. Of in ieder geval de eerste van wie ik me bewust was.'

'Was je bang?'

'Niet van de doden. Die kunnen je geen kwaad meer doen.'

'En jij, Ottilia?' vroeg Karolina terwijl iedereen in de rij een paar passen naar voren ging, in de richting van de Koninklijke Kapel.

'Mijn broer is overleden, en mijn moeder natuurlijk. En in Rättvik is ooit een gast 's nachts overleden,' zei Ottilia. 'Dat was meer een praktisch probleem, want ik kende deze man niet persoonlijk. Zijn familie moest gewaarschuwd worden, maar gelukkig was dat niet mijn taak.' Ze kreeg een brok in haar keel. 'Het ergste was om mijn moeder te zien. Ik hield veel van mijn broer maar nog meer van mijn moeder. Ik zou het ook verschrikkelijk vinden om mijn vader te verliezen.'

'Ik zou het vreselijk vinden om een van mijn vriendinnen te verliezen,' zei Karolina. 'Ik heb nooit familie gehad. Tenminste, niet zoals jullie. Als ik ziek was geworden en gestorven, hadden mijn pleegouders het geld dat ze voor mijn opvoeding kregen meer gemist dan mij.'

Ottilia gaf Karolina een arm. 'Ons raak je niet kwijt. Althans, voorlopig niet. We zijn allemaal van dezelfde leeftijd.'

'Ik ben ouder,' zei Margareta. 'Maar om mij hoef je nooit te rouwen, Karolina. Het leven is voor de levenden.'

'Rustig aan, Margareta,' zei Ottilia. 'Je bent nog maar in de dertig. Bovendien is er geen enkele garantie dat we in volgorde van leeftijd zullen doodgaan.'

'Zou dat niet afschuwelijk zijn?' zei Karolina.

'Ik weet het niet,' zei Margareta. 'Of zou dat juist rechtvaardig zijn?'

Karolina hield voet bij stuk. 'Nee, het is afschuwelijk. Stel je voor dat we allemaal doodgingen in de volgorde waarin we zijn geboren. Het lijkt me gruwelijk om te horen dat iemand is gestorven en dat je geliefde dan de volgende zal zijn.'

'Dat is een dilemma,' zei Ottilia. Ze stampte met haar voeten om een beetje warm te worden. 'Ik zou bang zijn om dood te gaan, maar tegelijkertijd komt het dan minder als een schok als iemand overlijdt.'

'Niet waar,' zei Beda. 'We wisten allemaal dat de koning zou sterven en toch waren we geschokt toen we het nieuws hoorden.'

Ottilia dacht even na. 'Je hebt gelijk.'

'Er wordt gezegd dat het beter is om iemand te verliezen van wie je hebt gehouden, dan helemaal nooit van iemand te hebben gehouden,' zei Margareta.

Karolina stak haar vinger op. 'Ik ben het daar hartgrondig mee eens. Toen ik nog op school zat heb ik het een paar keer meegemaakt dat iemand een moeder of vader verloor. Ik probeerde diegene dan altijd te troosten. Maar ik moet tot mijn schande bekennen dat ik diep vanbinnen jaloers was op hun verdriet. Zij hadden in ieder geval een vader en moeder gehad, en dat leek me heerlijk.'

'Zo heerlijk is dat niet,' zei Beda zacht. 'Ik heb mijn moeder aan tuberculose verloren toen ik zeven was. Wie heeft er het meest onder geleden in jullie gezin, Otti? Birna omdat ze haar moeder op haar tiende moest missen of Victoria omdat ze haar nooit heeft gekend?'

Iedereen zweeg.

Ze kwamen bij de dubbele deuren van de Koninklijke Kapel. Karolina haalde even diep adem toen ze naar binnen ging. Waar zou de baar staan? Zou ze het stoffelijk overschot van de koning onmiddellijk zien? Terwijl ze in de doodstille rij tussen Margareta en Ottilia in naar voren schuifelde, keek ze met ontzag naar het in wit en goud uitgevoerde gewelfde plafond, vervolgens ging haar blik naar beneden langs de glanzende grijze muren en de eikenhouten kerkbanken. Ze zette zich schrap toen ze het met een koord afgezette koor aan het eind van het middenpad zag, waar een aantal in militair uniform gestoken mannen de baar bewaakten. Over de baar lag een vlag. De kroon van Zijne Majesteit stond op een tafeltje aan het voeteneind.

Toen Karolina dichterbij kwam zag ze dat de koning vanaf zijn middel was bedekt en alleen zijn bovenlijf zichtbaar was. Wie had de koning in zijn militaire uniform gekleed? En hoe zou dat zijn gegaan? Ze had namelijk gehoord dat een dood lichaam helemaal stijf was. Haar blik bleef rusten op de bekende witte snor en bakkebaarden die zijn ingevallen, waskleurige gezicht omlijstten. Karolina voelde haar lip trillen. De man die hier in het schijnsel van de lange witte kaarsen lag, had ze altijd als haar koning gekend. Natuurlijk niet van dichtbij, maar hij was wel altijd en overal aanwezig geweest, zeker toen ze naar het Grand Hôtel verhuisde. Ze volgde Margareta's voorbeeld en maakte een kleine kniebuiging terwijl ze even voor de baar bleef staan. De koning verdiende vooral hun respect omdat hij een oorlog met Noorwegen had weten te voorkomen. Maar tijdens zijn vijfendertigjarige regering had hij blijkbaar veel meer gedaan waar zijn volk hem dankbaar voor kon zijn, wat werd bewezen door de grote menigte die ondanks de bittere kou in de rij stond om hun vorst de laatste eer te bewijzen. Ze zou zich Oscar II altijd herinneren als de goede koning van haar jeugd. God geve dat Gustaaf V een net zo goede en rechtvaardige koning zou zijn.

68

1908

Margareta en Gösta kwamen uit de Koninklijke Schouwburg. Kleine sneeuwvlokjes dwarrelden neer op de vers gevallen sneeuw.

'Wat een heerlijke avond,' zei Margareta. 'Heel erg bedankt dat je me hebt uitgenodigd. Het is me een raadsel hoe je aan kaartjes bent gekomen voor de eerste publieke voorstelling. Wil je het me vertellen?'

Gösta grinnikte en hief zijn handen. 'Als je het echt wilt weten: het is heel eenvoudig. Mijn neef werkt bij de kassa. Hij zei dat *Meester Olaf* zeer de moeite waard zou zijn. Vond je het geen aardig idee dat je in een gebouw was dat net gisteren is geopend?'

'Ik voel me echt bevoordeeld.'

Ze draaide zich om naar het verlichte gebouw. Zelfs de vier sierlijke straatlantaarns voor de entree hadden goudkleurige ornamenten.

'Aan de buitenkant is het gebouw net zo indrukwekkend,' zei Margareta. 'En dan te bedenken dat het gefinancierd is door middel van een loterij. Dat was een heel slim idee.'

'Mijn neef vertelde dat ze meer geld hadden binnengekregen dan nodig was, vandaar al die vergulde ornamenten op het gebouw.' Zijn gezicht betrok. 'Ik vraag me toch af of al dat verguldsel wel de beste bestemming was voor dat extra loterijgeld, terwijl in deze stad zoveel mensen armoe lijden en zelfs een echte kroning te extravagant werd gevonden.'

'Ik denk dat Gustaaf V wat dat betreft een verstandige beslissing heeft genomen,' zei Margareta. 'Het hof moet duidelijk laten zien dat ze op alles bezuinigen. Er heerst te veel onrust in de stad, waardoor er tegen de monarchie gerichte rellen kunnen ontstaan. Er is niet veel voor nodig om dit kruitvat te laten ontploffen. Torun zegt dat de mensen zo weinig geld hebben dat ook de boekwinkels niet meer het hoofd boven water kunnen houden.'

'En dat geldt niet alleen voor de winkels. Sommige hotels verlagen de prijzen om de bedden bezet te krijgen. We hebben tientallen sollicitaties ontvangen van kelners die zijn ontslagen. Deze mensen zijn wanhopig op zoek naar werk om hun gezinnen te eten te kunnen geven.'

'Veel vrouwen doen hetzelfde,' zei Margareta. 'Er zijn erbij die zelfs voor niets willen werken. Wanneer je kinderen honger hebben, zijn fooien beter dan niets.'

Gösta trok haar mee naar een onverlicht hoekje toen er een tram langs ratelde. 'Maggan, geef je die echtgenoot van je nog steeds de helft van je salaris?'

Ze schrok en bloosde. 'Hij is nog steeds mijn echtgenoot. Ik heb hem verlaten.'

'Hij sloeg je. En het is nu al drie jaar geleden.'

'Bijna zes jaar,' zei ze zacht. 'Zes jaar zonder blauwe plekken.'

'Ik bedoelde dat je hem al drie jaar betaalt. Dat kan zo niet langer.'

Onder het licht van de lantaarn glinsterden tranen in haar ogen. 'Ik moet wel.'

'Want anders?'

'Zolang ik hem betaal, ben ik veilig.' En jij ook, dacht ze bij zichzelf. Als Gösta zou weten dat Knut hen al een keer samen had gezien en had gedreigd dat hij Gösta te grazen zou nemen als hij haar met een vinger aan zou raken – tenzij ze Knut geld bleef geven – wie weet waar het dan op zou uitdraaien?

'Ik zorg wel dat je veilig bent,' zei Gösta. 'Ga vanavond alsjeblieft met me mee naar huis. Ik heb slechts één grote kamer en een keukentje, maar het is er schoon en ik mag wel zeggen huiselijk. Na een lange dag is het daar fijn om te zijn. En het is van mij. Van ons. Als je dat wilt.'

Margaret keek in Gösta's blauwe ogen. Kon ze deze ogenschijnlijk lieve man vertrouwen? Of zou hij haar meenemen naar een van kakkerlakken vergeven krot? Ze moest het adres weten, dan wist ze genoeg. Ze had Gösta nooit gevraagd waar hij 's nachts sliep; ze vond dat een beetje te intiem toen ze nog niet zeker van hun relatie was. Maar nu had ze er meer vertrouwen in. 'Waar woon je dan?'

Hij keek verbaasd. 'In Linnégatan, in het huis naast dat van Torun en Märta.'

Haar mond viel open.

'Ik dacht dat iedereen dat wel wist,' zei Gösta. 'We zien elkaar niet zo vaak omdat Märta zelden thuis is nu ze kennis heeft aan een jongeman. En Torun is overal waar een groep vrouwen voor een goed doel strijdt. Maar af en toe delen we een pot koffie.' Hij grinnikte. 'Maar dat moet dan wel koffie van Svenska Hem zijn. Torun denkt dat alle andere kruideniers hun koffie vermengen met verbrand zaagsel van mahoniehout.'

Margareta lachte hartelijk. Haar warme adem steeg op tussen de sneeuwvlokken tot die oploste in het licht van de lantaarn. 'En zoals altijd heeft Torun gelijk.' Ze gaf Gösta een arm. 'Laten we maar gaan. Een pot koffie lijkt me de juiste afsluiting van een avondje theater.'

69

Op een zondag in maart kwam Elisabet laat op de avond Wilhelmina's zitkamer binnen. 'Dank je wel dat je bent opgebleven.'

'Mijn beste, als jij een berichtje stuurt met de boodschap dat je me dringend wil spreken, dan zal ik altijd opblijven. Wat is er aan de hand?' Ze gaf Elisabet een van de twee glazen smeneery die Brita op de salontafel tussen de twee sofa's had neergezet.

'Ik heb vandaag met de koning over Karolina gesproken.'

Wilhelmina's hersenen werkten razendsnel. Welke consequenties zou dit voor Elisabet hebben? En voor Karolina? En voor het Grand Hôtel? 'Ik begrijp het.'

'Nee, Mina, je begrijpt het absoluut niet. Maar ik wel. Vandaag, nu de vorige koning precies drie maanden dood is, besloot ik dat het tijd werd Gustaaf V te benaderen, dus heb ik al mijn moed verzameld en om een audiëntie verzocht.' Elisabet was nog niet gaan zitten en ze keek Wilhelmina aan om te zien hoe ze zou reageren.

Om tijd te rekken nam Wilhelmina een slokje smeneery. Ze zette haar glas weer op het tafeltje en voelde de hitte van de open haard toen ze zich naar voren boog. Officieel was de lente al begonnen, maar de wind was nog ijzig koud. 'Wat heb je Zijne Majesteit verteld? En ga zitten, Lisa, op die manier verslijt je mijn tapijt.'

Elisabet nam plaats op de sofa tegenover Wilhelmina. 'Ik heb hem alles verteld. Dat ik een kind van zijn vader had gebaard en hoe ze was opgegroeid.'

'En?'

'Hij zei dat hij al jaren geleden geruchten hierover had gehoord en dat dit een schandaal van zijn vader was en niet van hem.'

'Wat zei Zijne Majesteit nog meer?'

'Heel weinig. Hij huldigde het standpunt van de oude koning dat nooit bewezen kan worden wie Karolina's vader is en dat ze niet door de koninklijke familie erkend zal worden. Ik heb hem duidelijk gemaakt dat ik dat ook niet van hem verwacht.'

'Maar hoe reageerde Zijne Majesteit op het nieuws dat hij een halfzuster heeft? Vond hij dat niet van belang? Hij heeft namelijk alleen maar broers.'

'Ik ben er bijna zeker van dat hij meerdere halfzusters heeft en dat dit niet veel ophef zal veroorzaken.' Elisabet boog zich naar Wilhelmina over. 'Ik weet zeker dat hij zelf ook de vader van ettelijke koekoeksjongen is. Maar Mina' – haar stem schoot de hoogte in – 'Zijne Majesteit heeft ook gezegd dat het geheel aan mij is om Karolina als mijn dochter te erkennen.'

Wilhelmina schraapte haar keel. 'Heb je tegen Zijne Majesteit gezegd dat Karolina hier in het Grand Hôtel werkt?'

Elisabets gezicht betrok. 'Jawel. Maar ik zou het op prijs stellen als jij voor één keer mijn zorgen belangrijker vindt dan jouw verdraaide hotel.'

Wilhelmina's hart ging sneller slaan. Had koning Gustaaf zijn bezwaar kenbaar gemaakt dat Karolina zo dicht in zijn buurt was? 'Neem me niet kwalijk,' zei ze voor de vorm. 'Ga verder.'

Elisabet ontspande. 'Zijne Majesteit zei dat het meisje toch ergens de kost moest verdienen en dat het voor de dochter van een koning wellicht wel passend was om in zo'n gerenommeerd etablissement te werken.'

'En gerenommeerd etablissement!' Wilhelmina greep naar haar borst. 'Heeft hij dat werkelijk gezegd?'

Elisabet zuchtte eens diep. 'Mina, je bent onverbeterlijk, maar jawel, dat heeft hij gezegd. Hij zei ook dat ik aan het hof mag blijven werken. Zijne Majesteit is van mening dat de koningin-douairière nog weinig tijd in Stockholm zal doorbrengen en mocht mijn relatie met de oude koning ooit rancune hebben gewekt, dan is daar inmiddels geen sprake meer van.'

'Kun je dan ook hier blijven wonen?' Wilhelmina hield haar adem in. In verband met de financiële situatie van het Grand Hôtel was een vaste huurder van een hoeksuite niet te versmaden.

'De koning heeft het niet over mijn accommodatie gehad. Als het hof deze kwestie aan de orde stelt, dan zal ik moeten kijken wat mijn mogelijkheden zijn. Tot die tijd ben ik niet van plan deze slapende hond wakker te maken.'

Wilhelmina slaakte inwendig een zucht van verlichting. Ze schonk hun glazen nog eens vol. 'Wanneer – en hoe – ga je het Karolina vertellen?'

Elisabet liet zich, voor zover haar korset dat toestond, achteroverzakken op de sofa. 'Dat is een heel goede vraag. Ik heb me al zoveel jaren voorgesteld hoe ik het haar zou vertellen, maar nu ik daarvoor toestemming heb...' Ze schudde haar hoofd. 'Ik heb werkelijk geen idee wat de beste manier is. Als de grootste schok eenmaal voorbij is, hoop ik dat Karolina er blij mee zal zijn. Denk je eens in, Mina, wat ik haar allemaal te bieden heb. En dan bedoel ik niet dat erfenisje, hoewel ik me kan voorstellen dat elke som geld welkom zal zijn, maar ze heeft familie. Ze zou zelfs haar echte naam kunnen gebruiken – Karolina Silfverstjerna. Dat klinkt toch fraai?'

'Zeker.'

'Maar hoe ik het haar moet vertellen, is me geheel onduidelijk. Daarom wilde ik je vanavond spreken. Nadat ik de koning had gesproken, heb ik je meteen een berichtje gestuurd.'

'Des te spijtiger dat je me geen boodschap hebt gestuurd voordat je de koning had gesproken.'

'Toe nu, Mina. Wees niet zo'n knorrepot. Jij hebt meer ervaring in de omgang met jongedames dan ik. Wat zou jij doen?'

70

De dag was nog maar net aangebroken. 'Ben je wakker?' fluisterde Ottilia in het schemerduister.

Er klonk geritsel in het andere bed en Karolina ging op haar zij liggen. 'Ja.'

Ottilia kwam overeind, knipte haar bedlampje aan en sloeg haar armen om haar opgetrokken knieën. 'Ik weet nog steeds niet wat ik tegen mevrouw Skogh zal zeggen. Als ik naar het Grand Royal ga, ben ik niet langer verantwoordelijk voor de organisatie van het Nobelbanket. En ook niet voor de diners in privésfeer die hier zullen worden gegeven wanneer de koning in juni zijn vijftigste verjaardag viert. Maar mocht ik naar het Grand Royal gaan, dan kun jij hoofd Banqueting worden en moet ik een heel nieuw gebouw vol zien te krijgen.'

Sinds mevrouw Skogh haar officieel deze nieuwe functie

had aangeboden, werd Ottilia heen en weer geslingerd tussen een hartgrondig ja en een hartgrondig nee. Een voordeel was dat ze dan nauwer zou samenwerken met mevrouw Skogh, maar een nadeel was dat de toch al snel aangebrande mevrouw Skogh nog sneller aangebrand was nu de ene vertraging na de andere de voltooiing van het Grand Royal belemmerde. Alle pluspunten die Ottilia kon verzinnen, hadden ook een zwaarwegend minpunt. Mevrouw Skogh had Ottilia een week bedenktijd gegeven. Dat was afgelopen vrijdag. Maar gisteren, maandagmiddag, had Ottilia te horen gekregen dat ze vandaag om tien uur bij mevrouw Skogh op kantoor moest komen. En Karolina werd daar om halfelf verwacht.

'Het is nog onduidelijk of mij zal worden aangeboden om de afdeling Banqueting te leiden,' zei Karolina. 'Misschien wordt me wel gevraagd met jou mee te gaan. Het moet wel een van beide zijn, want waarom zou mevrouw Skogh me willen spreken als ik assistent bij Banqueting blijf?'

'Als ik mevrouw Skogh was, dan zou ik in ieder geval een van ons bij Banqueting laten. We kennen hier het klappen van de zweep. Aan de andere kant is het Grand Royal op zijn vroegst pas in de herfst klaar en als we allebei daarnaartoe gaan, hebben we in de overgangsperiode ruim de tijd om iemand anders de fijne kneepjes van het vak bij te brengen. Misschien geeft mevrouw Skogh de functie van hoofd Banqueting wel aan een man, voor het evenwicht.'

'Maar er staat al een man aan het hoofd van het restaurant en de bars. En sinds Beda op de administratieafdeling werkt, hebben we ook een man als hoofd Roomservice,' zei Karolina. 'Margareta is hoofd Huishouding en jij bent hoofd Banqueting. Dus dat is voldoende evenwicht.'

'Dat is waar.'

'Dus zijn we weer terug bij wat we gisteravond tegen elkaar zeiden,' zei Karolina. 'We zullen het pas weten wanneer we mevrouw Skogh vanochtend spreken.'

Terwijl ze het gebruikelijke roffeltje op de openstaande deur maakte, viel het Ottilia, die nog steeds geen besluit had genomen, op dat August Svensson niet achter zijn bureau zat toen ze klokslag tien uur het kantoor van mevrouw Skogh binnenging. En ze bleef onmiddellijk weer staan.

'Goedemorgen, Ottilia.'

Ottilia's blik schoot van mevrouw Skogh naar juffrouw Silfverstjerna die bij het raam stond. 'Neemt u me niet kwalijk, ik meende "kom binnen" te horen. Ik wacht wel even buiten.'

'Je hebt het goed gehoord,' zei mevrouw Skogh. 'Doe de deur dicht. En ook die van Svensson.'

Verbouwereerd deed Ottilia wat haar gevraagd werd.

'Ottilia, ik wil je graag goed voorstellen aan mejuffrouw Silfverstjerna.'

Wat had juffrouw Silfverstjerna met het Grand Royal te maken? Zou ze het hof verlaten en was haar gevraagd bedrijfsleider van het Grand Royal te worden? Ze had vanzelfsprekend uitstekende contacten in de stad. En in het paleis. Een golf van teleurstelling overspoelde Ottilia. Plotseling besefte ze dat zij die functie meer dan wat dan ook begeerde. Afgelopen vrijdag had ze mevrouw Skoghs aanbod onmiddellijk moeten aannemen.

Juffrouw Silfverstjerna liep om het bureau heen en stak haar zachte, witte hand uit. 'Welkom, juffrouw Ekman.'

Ottilia pakte de hand en maakte een kniebuiging.

Mevrouw Skogh gebaarde naar de tafel, met daarop een zilveren koffiekan, vier kop-en-schotels en een selectie van de beste koekjes van het Grand Hôtel.

Zich bewust van juffrouw Silfverstjerna's kritische blik nam Ottilia plaats tegenover de hofdame.

Niemand zei iets terwijl mevrouw Skogh de koffie inschonk. Toen richtte ze zich tot juffrouw Silfverstjerna. 'Wil jij beginnen of zal ik het doen?'

Juffrouw Silfverstjerna produceerde een soort nerveus lachje. 'Ga je gang.'

'Ottilia,' zei mevrouw Skogh. 'Je bent hier niet in de hoedanigheid van hoofd Banqueting, maar als vriendin van Karolina. Haar beste vriendin, volgens zeggen. Degene die haar het beste kent van ons allemaal.'

Ottilia verstijfde. Wat moesten ze in hemelsnaam met haar bespreken wat niet rechtstreeks met Karolina besproken kon worden? Karolina werd hier nota bene over nog geen halfuur verwacht. 'Ik ga er inderdaad van uit dat Karolina mij als een goede vriendin beschouwt.'

'Wat weet je van Karolina's achtergrond?' vroeg juffrouw Silfverstjerna.

Ottilia keek juffrouw Silfverstjerna verbouwereerd aan. 'Niet zoveel. Maar wellicht kunt u Karolina zelf hierover aanspreken. Of Edward. Het is best mogelijk dat zij hem meer heeft verteld dan mij.'

'Beantwoord de vraag,' zei mevrouw Skogh kortaf.

'Ik waardeer hoe dan ook je loyaliteit aan Karolina,' zei juffrouw Silfverstjerna.

Ottilia moest even nadenken. 'Karolina is nogal terughoudend over haar verleden. Ik weet in ieder geval dat ze in een pleeggezin is opgegroeid. Die mensen waren volgens haar niet onvriendelijk, maar ze voelde zich daar nooit echt welkom. Vanaf daar is ze rechtstreeks naar het Grand Hôtel verhuisd.'

'Heb je dat nooit vreemd gevonden?' vroeg mevrouw Skogh.

'Niet zoals Karolina het me vertelde. Ze nam aan dat ze in het Grand Hôtel is ondergebracht door dezelfde instantie voor pleegkinderen die haar pleegouders voor haar opvoeding betaalde. Ze zei dat haar pleegouders eerlijke mensen waren. Karolina kreeg mooiere kleren en beter te eten dan de andere pleegkinderen bij haar op school, maar ze werd nooit als een lid van de familie Nilsson behandeld. De dag dat ze naar het Grand Hôtel vertrok, zei haar pleegvader dat ze hen nooit meer zou zien.'

Juffrouw Silfverstjerna sloeg haar hand voor haar mond. 'Arm meisje.'

Mevrouw Skogh kuchte. 'Heeft Karolina ooit gezinspeeld op haar echte ouders?'

'Niet tegen mij.' Ottilia dacht nog eens goed na. Plotseling begon haar iets te dagen. Juffrouw Silfverstjerna en Karolina. *Ze streek me over mijn wang*, had Karolina gezegd. Ottilia keek nog eens goed naar Elisabet Silfverstjerna's gezicht en zag ineens de gelijkenis met Karolina's jukbeenderen en kin. Ottilia rechtte haar rug toen haar vermoeden plaatsmaakte voor zekerheid. 'U bent haar moeder,' fluisterde ze, en er maakte zich een heftige woede van haar meester.

'Ja.' Er verscheen een blos op juffrouw Silfverstjerna's wangen. 'Ik heb mijn best gedaan...'

'Uw best gedaan?' Het was eruit voordat Ottilia het wist.

Juffrouw Silfverstjerna verstijfde.

Mevrouw Skogh greep onmiddellijk in. 'Ekman! Ken je plaats.'

Het lag Ottilia op de lippen om te zeggen dat zij in dit gesprek heel goed wist wat haar plaats was, namelijk die van Karolina's beste vriendin, maar ze hield zich in en ze was niet van plan haar excuses voor haar uitbarsting aan te bieden. Er kwamen allerlei vragen bij haar op. Waarom had juffrouw Silfverstjerna dit al die jaren voor Karolina verzwegen? Was Karolina's vader soms ook in de buurt? En waarom werd zij, Ottilia, hiermee geconfronteerd? Die vraag zou ze toch wel mogen stellen?

Ze richtte zich tot juffrouw Silfverstjerna. 'Waarom vertelt u me dit?'

'Omdat ik Karolina ga vertellen dat ik haar moeder ben, en ik geen idee heb wat haar reactie zal zijn. Ik weet in ieder geval wel dat als ik Karolina was, ik de steun van mijn vriendin nodig zou hebben.'

'Ik heb Karolina altijd gesteund.' En u bent Karolina niet, ging het door Ottilia heen. Want zij is eerlijk en oprecht.

Mevrouw Skogh kwam tussenbeide. 'Ottilia, het lijkt mij het beste als je in jouw kantoor op Karolina wacht. We zullen haar zeggen dat ze je daar kan bereiken en dat je van de situatie op de hoogte bent. Het zal wellicht een enorme schok voor haar zijn. Zijn er vandaag dringende zaken op de afdeling Banqueting of kun je Karolina vrijaf geven, mocht ze dat willen?'

Juffrouw Silfverstjerna mengde zich weer in het gesprek. 'Ik hoop dat Karolina de dag met me wil doorbrengen. We hebben zo ontzettend veel in te halen. Maar ik begrijp dat Karolina wellicht tijd nodig heeft om dit alles te verwerken. Ik weet werkelijk niet hoe ze zal reageren.'

'Dat weet ik ook niet,' zei Ottilia. 'Mag ik vragen of Karolina hier kan blijven werken? Voor haar is het Grand Hôtel haar thuis.'

'Karolina mag hier blijven werken zolang ze wil,' zei mevrouw Skogh. Ze wierp een blik op de klok. 'Je kunt nu weer terug naar je kantoor, Ottilia. En probeer Karolina te ontwijken.'

Elisabet keek Wilhelmina verschrikt aan. 'Hadden we Ottilia niet moeten vragen om deze informatie voor zich te houden?'

Wilhelmina schudde haar hoofd. 'Zoals je zult hebben bemerkt, is Ottilia een voorbeeld van discretie en uiterst loyaal. Ze zou net zomin over Karolina roddelen als over mij of dit hotel.'

Elisabet slaakte een zucht. 'Mina, beloof me dat je me kans geeft alles aan Karolina te vertellen, zonder dat je me verdedigt. Ze heeft alle reden om boos of ontdaan te zijn...'

Het gesprek werd onderbroken doordat er op de deur werd geklopt.

Karolina deed haar best haar verbazing – en haar ongemak – te verbergen toen ze juffrouw Silfverstjerna aan de tafel zag zitten.

Mevrouw Skogh wenkte haar naderbij te komen. 'Kom, lief kind.'

Karolina wist niet hoe ze het had. Sinds wanneer zei mevrouw Skogh 'lief kind' tegen haar? Ze nam plaats aan de tafel waar een half leegdronken kop koffie stond. Was dat kopje van Ottilia? Als Ottilia koffie aangeboden had gekregen, zou alles toch wel in orde zijn?

Mevrouw Skogh schoof het gebruikte kopje opzij en schonk een nieuw kopje voor Karolina in.

'Dank u.' Kreeg ze ook koffie? Haar gevoel zei dat er iets niet klopte. Ze legde haar handen in haar schoot, hield haar blik strak op een knoest in de tafel gericht en wachtte af.

Mevrouw Skogh nam als eerste het woord. 'Karolina, we hebben je gevraagd hier te komen omdat mejuffrouw Silfverstjerna iets heel belangrijks met je wil bespreken.'

Karolina kreeg het een tikkeltje benauwd. Ze keek naar juffrouw Silfverstjerna, die tegenover haar zat. 'Mevrouw?'

'Het is geen gemakkelijke boodschap. Ik zou willen dat het op een andere manier kon, maar die is er niet,' zei juffrouw Silfverstjerna.

De brok in Karolina's keel was inmiddels te groot om weg te slikken.

'Ik weet dat je een pleegkind was.'

Karolina knikte en besefte toen dat ze iets moest zeggen. 'Jawel, mevrouw.'

'Ik weet dat, Karolina, want...' Nu was het Elisabet Silfverstjerna's beurt om het benauwd te krijgen. 'Ik ben je moeder.'

'Wat zegt u?' Karolina keek met open mond naar juffrouw Silfverstjerna en mevrouw Skogh.

Mevrouw Skogh knikte. 'Je bent geboren als Karolina Silfverstjerna.'

Karolina keek de vrouw die beweerde haar moeder te zijn weer aan. 'Hoe weet u dat zo zeker? Hoe hebt u me gevonden?'

'Ik ben je nooit uit het oog verloren,' zei Elisabet Silfverstjerna zacht. 'Ik heb altijd geweten waar je was. Er waren dagen dat ik naar je keek wanneer je naar school liep.'

'Naar school?' Karolina's stem sloeg over terwijl de realiteit als een bom insloeg. 'Wist u dan waar ik woonde?'

'Ja, je pleegouders zijn door mij betaald.'

'U hebt ze betaald?' Met een ruk schoof Karolina haar stoel naar achteren. Als een golf kwamen de herinneringen aan al die jaren van ingehouden verdriet en het gevoel te worden afgewezen over haar heen. 'Maar waarom? Pleeggezinnen zijn er voor ongewenste kinderen. Waarom hebt u betaald voor een kind dat u niet wilde?'

'Ik wilde je wel...'

Karolina stond op. 'Nee. Als u me had gewild, had u me niet afgestaan. Maar bedankt voor alle mooie jurkjes.'

Elisabet Silfverstjerna was inmiddels in tranen. 'Het spijt me zo. Ik kan je niet vertellen hoezeer ik je wilde.'

'Niet zo erg als ik een moeder wilde. Of niet zo erg als u hofdame wilde blijven. Dat zou immers onmogelijk zijn met een kind op sleeptouw.' Er schoot Karolina iets te binnen. 'U hebt mij mijn eerste baantje bezorgd, waar of niet?'

'Dat is waar.'

En nu moest ze het Grand Hôtel verlaten omdat het niet mogelijk was om met juffrouw Silfverstjerna samen onder één dak te wonen. Tranen van woede rolden over Karolina's wangen. Ze balde haar vuisten om zichzelf tot de orde te roepen. 'En mijn andere werkzaamheden? Heb ik promotie gekregen omdat ik het verdiende of was het uit medelijden? Wat ben ik toch dom geweest om te denken dat het pleegkind Karolina Nilsson door haar eigen harde werken eindelijk iets had bereikt in haar leven.'

'Maar dat is ook zo!' riep Elisabet Silfverstjerna uit. 'Ik heb alleen geholpen met je eerste baan omdat ik je bij me in de buurt wilde hebben.'

'Hebt u zich ooit afgevraagd wat ik wilde?'

'Wat wilde je dan?'

Karolina schudde machteloos haar vuisten. 'Dat heb ik u net gezegd. Een moeder. Een echt gezin. Geen pleegouders die me er bij de eerste de beste gelegenheid uit hebben gegooid. En ook geen chique dame in een chique suite die mijn gezicht aanraakte en me de stuipen op het lijf joeg, alleen maar omdat ze mij bij zich in de buurt wilde hebben, en daarin ook haar zin kreeg.' Het kon Karolina niets schelen dat ze inmiddels stond te schreeuwen. 'U wist dat u uw dochter aanraakte. Maar ik wist niet beter of ik werd aangeraakt door een wildvreemde. Ik had het recht te weten dat u mijn moeder was.'

'Het spijt me zo.'

Karolina keek weg om haar gedachten te ordenen. Haar blik

viel op het vierde kopje. Ze richtte zich weer tot juffrouw Silfverstjerna. 'Hebt u dit alleemaal aan Ottilia verteld? Voordat ik hier was?'

'Jawel.'

Karolina's ogen schoten vuur. 'Waarom?'

Mevrouw Skogh greep in. 'Zodat je een vriendin hebt bij wie je je hart kunt uitstorten. Ga alsjeblieft zitten, Karolina. Het is zeer begrijpelijk dat het uitermate moeilijk voor je is. Een enorme schok.'

Karolina bleef staan. 'Ik had het graag zelf aan Ottilia verteld. Voor mij is ze mijn echte familie.'

Juffrouw Silfverstjerna werd hier duidelijk door geraakt, maar ze zei niets.

'Je zou nu een moeder kunnen hebben,' zei mevrouw Skogh meelevend. 'Als je jezelf een beetje de tijd gunt om juffrouw Silfverstjerna beter te leren kennen.'

Er viel Karolina weer iets in. Ze keek juffrouw Silfverstjerna recht in de ogen. 'Ik heb ook een vader. Wie is hij? Is hij nu ook in het Grand Hôtel?'

Juffrouw Silfverstjerna schudde haar hoofd. 'O nee.'

'Wie is het dan? Of moet ik dat soms aan Ottilia vragen? Hebt u het tegen haar gezegd?'

'Nee.'

'Waarom niet? U hebt haar ook verteld dat u mijn moeder bent.'

Juffrouw Silfverstjerna zocht naar een antwoord. En ze gaf het op. 'Ottilia heeft het niet gevraagd.'

'Ik vraag het nu wel. Wie is het?'

'Dat kan ik niet…'

Karolina haalde even diep adem. 'Wie is het?!'

'De voormalige koning. Oscar II.'

Er viel een diepe stilte toen deze min of meer afgedwongen bekentenis alle drie de aanwezigen uit het lood sloeg.

Toen draaide Karolina zich abrupt om en stormde de deur uit.

71

Ottilia kon zich werkelijk geen seconde meer concentreren. Voor de zoveelste keer keek ze op de klok. Karolina was inmiddels al twee uur bij mevrouw Skogh en juffrouw Silfverstjerna. Was dat een goed of juist een slecht teken? Vast een goed teken. Als het niet goed was gegaan, zou Karolina nu wel terug zijn. Ottilia was al twee keer naar hun kamer gegaan om te kijken of Karolina daarnaartoe was gevlucht, maar beide keren was er niemand geweest en zag alles er nog precies zo uit als toen ze 's morgens waren vertrokken. Was Karolina misschien naar Edward gegaan? De telefoon op haar bureau rinkelde.

De stem van mevrouw Skogh. 'Kunnen Karolina en jij weer naar mijn kantoor komen?'

Ottilia's hart sloeg een slag over. 'Karolina is hier niet. Ik dacht dat ze nog bij u was.'

Nog een hartslag gemist.

'Kom onmiddellijk naar beneden.'

Ottilia aarzelde boven aan de trap, toen draaide ze zich om en vloog de trap naar hun kamer weer op. Deze keer trok ze Karolina's klerenkast open.

Wilhelmina wachtte met groeiend ongeduld. Waar bleef Ottilia, verdorie?

Buiten adem en met een losgeraakte lok haar kwam Ottilia eindelijk binnen. 'Karolina is niet in het hotel. Haar jas en hoed zijn weg.'

'Verdomme.' Met haar ellebogen op het bureau wreef Wilhelmina over haar slapen. 'Ik was ervan overtuigd dat ze onmiddellijk naar jou zou gaan.'

Ottilia beet op haar lip. 'Mag ik vragen wat er is gebeurd?'

'Karolina nam het nieuws niet goed op. Ze is kwaad, Ottilia. Buiten zichzelf van woede. En haar moeder verbijt zich van spijt.'

'Bestaat de kans dat Karolina nu bij juffrouw Silfverstjerna is?'

'Absoluut niet. Karolina wil niets met haar moeder te maken hebben. Het kostte me meer dan een uur om Elisabet te kalmeren. Ze is teruggegaan naar het paleis om Karolina even de tijd te geven wat tot zichzelf te komen voordat hun paden elkaar onvermijdelijk weer zullen kruisen.' En God verhoede dat Elisabet besloot daar te blijven. De financiële situatie van het hotel verslechterde met de dag.

Ottilia liet haar adem ontsnappen. 'Ik kan me nauwelijks voorstellen hoe onmogelijk de situatie voor hen beiden is. Karolina zal heel erg van streek zijn, dat weet ik zeker. Waarom heeft juffrouw Silfverstjerna zo lang gewacht met het haar te vertellen? Ze woonden al bijna zeven jaar onder hetzelfde dak. Als juffrouw Silfverstjerna het Karolina destijds had verteld, zou alles heel anders zijn gelopen.' Ottilia bloosde om haar eigen vrijpostigheid. 'Neemt u me niet kwalijk.'

Wilhelmina besloot deze onbetamelijkheid te negeren. 'Ottilia, geloof me maar dat Elisabet een gegronde reden had om te zwijgen.' En misschien had Elisabet wel moeten blijven zwijgen. De onthulling had niets goeds gebracht. 'Zou Karolina bij Edward kunnen zijn?'

'Edward is in het restaurant. Ik heb hem daar gezien toen ik hiernaartoe ging.'

'Of misschien bij je zus Torun of Märta Eriksson?'

'Vast niet. Die zijn naar hun werk. Torun is op Riddarholmen en ik kan me niet voorstellen dat Karolina Nordiska Kompaniet zou binnenrennen als ze zo overstuur is, zoals u zei.'

Wilhelmina dacht hardop. 'Margareta en Beda Johansson hebben allebei dienst hier. Kent Karolina nog andere mensen in de stad?'

'Niet dat ik weet. Alleen haar pleegouders.'

Ze keken elkaar aan.

Wilhelmina schudde haar hoofd. 'Karolina zei dat die mensen haar bij de eerste de beste gelegenheid op straat hebben gezet.'

Ottilia haalde verslagen haar schouders op. 'Ik kan me vergissen wat Märta bij Nordiska Kompaniet betreft. Zal ik er snel naartoe gaan en even kijken?'

'Ik denk dat er niets anders op zit. En ga naar alle plekken die je kunt bedenken.'

'En als ik haar vind?'

Wilhelmina sloeg haar ogen ten hemel. 'Allemachtig, Ottilia. Breng haar naar het Grand Hôtel. Ze moet thuiskomen.'

Op zoek naar Karolina liep Ottilia urenlang door de kou en natte sneeuw heen en weer tussen hun kamer in het Bolinder Paleis en Nordiska Kompaniet aan Stureplan en P.A. Norstedt & Söner op Riddarholmen, waarbij ze steeds andere straten nam. Maar toen de schemering inviel was er nog steeds geen spoor van Karolina te bekennen. Als ze zich schuilhield, zou ze haar nooit vinden. Alleen al op Gamla Stan waren tientallen steegjes en trapjes en Karolina kende de stad beter dan hen allemaal. Misschien was ze niet eens meer in Stockholm. Maar waar had ze dan naartoe gemoeten?

Zodra het werk erop zat voegden Beda en Margareta zich bij Ottilia, die inmiddels in de kleine woning van Torun en Märta in Linnégatan aangekomen was.

In het keukentje maakte Märta boterhammen voor iedereen. 'Het spijt me dat we jullie niets anders kunnen aanbieden. Torun en ik zouden vanavond niet thuis eten, maar we hebben in ieder geval wel vers brood van Svenska Hem.'

'We zouden naar een vergadering van Tolfterna gaan,' zei Margareta tegen Ottilia en Beda. 'Maar Karolina is belangrijker.'

Beda pakte een boterham met kaas. 'Weet je zeker dat je ons niet kunt vertellen waarom Karolina is weggelopen, Otti? Als we de reden weten kunnen we misschien bedenken waar ze zou kunnen zijn.'

Ottilia wreef over haar pijnlijke voeten. 'Ik zou het jullie graag vertellen, maar dat kan niet. En het zou ook niet helpen als jullie het wisten, want het meest logische zou zijn dat Karolina naar Torun of Märta was gegaan – of in ieder geval iemand van ons die buiten het hotel was.'

'En wij hebben haar allemaal niet gezien,' bevestigde Märta. 'Mocht ze in Nordiska Kompaniet zijn geweest, dan is ze niet naar me toe gekomen. Was het maar waar.'

'Ik weet werkelijk niet meer waar ik nog moet zoeken,' zei Ottilia.

'Vanavond heeft zoeken geen zin,' zei Margareta. 'Als je haar al niet kon vinden toen het nog licht was, dan wordt het in het donker helemaal onmogelijk. Karolina weet toch dat ze altijd naar het Bolinder Paleis terug kan gaan?'

'Heeft mevrouw Skogh de politie gewaarschuwd?'

Ottilia schudde haar hoofd. 'Karolina heeft het recht om te gaan en staan waar ze wil. Wij zijn op zoek naar haar. Zij niet naar ons.'

'Toch vind ik dat ze 's nachts niet alleen door de stad moet dolen,' zei Margareta. 'Dat is niet veilig.'

Er viel een ongemakkelijke stilte. Karolina was van hen allemaal degene die het minst in staat was zichzelf te verdedigen. Of om een overijverige politieagent ervan te overtuigen dat ze geen straatmadelief was. God verhoede dat ze om die reden gearresteerd was. Misschien moesten ze toch maar contact met de politie opnemen.

'Weet Edward dat Karolina zoek is?'

'Gösta vertelde me dat Edward ten einde raad is,' zei Margareta. 'Hij weet dat ze weg is, maar niet waarom. Mevrouw Skogh heeft hem verboden om met iemand over Karolina's verdwijning te spreken. Als hij dat doet, wordt hij ontslagen.'

'Dit is helemaal de mevrouw Skogh op wie we allemaal zo gesteld zijn,' zei Torun grimmig. 'Waarom heeft ze niet gewoon gezegd dat het voor Karolina's bestwil is dat hij zijn mond moet houden?'

'Omdat mevrouw Skogh aan het eind van haar Latijn is en geen tijd heeft voor gebabbel en verklaringen,' zei Ottilia. 'Ze was al reuze geïrriteerd voordat dit gebeurde. En nu is ze zowel geïrriteerd als bezorgd.'

'Waarover is ze geïrriteerd?' vroeg Märta.

'Over het Grand Royal. De werkzaamheden vorderen te langzaam. Ze heeft Lotten Rönquist aangenomen om muurschilderingen te maken, maar de binnenmuren zijn nog steeds van ruwe baksteen. Het kan nog weken duren voordat Lotten kan beginnen en daarna heeft ze zelf ook nog weken nodig.'

'Lotten Rönquist is een legende onder de feministen en een verdomd goede schilderes,' zei Torun. 'Mannen zijn voor haar iets overbodigs. In ieder geval de mannen die vrouwen niet serieus nemen.'

'Lotten heeft een aantal schitterende taferelen in de Koninklijke Suite geschilderd,' zei Margareta. 'Maar eerlijk is eerlijk, Carl Larsson heeft ook prachtige muurschilderingen in het Bolinder Paleis gemaakt.'

'Dat zal best,' mompelde Torun. 'Maar ik verwed er mijn boekenverzameling onder dat zijn naam door de mensen zal worden herinnerd, eenvoudigweg omdat de kranten en tijdschriften door mannen worden geleid en die geven altijd de voorkeur aan hun soortgenoten.'

'Maar *Idun* is een blad voor vrouwen,' merkte Beda op.

Torun zwaaide met haar vinger. 'Maar een man is daar de baas. Johan Nordling is de hoofdredacteur. Waarom staat er een man aan het hoofd van een vrouwenblad?'

Ottilia onderdrukte een geeuw. 'Neem me niet kwalijk.'

'Volgens mij moet jij naar huis,' zei Margareta. 'Met een beetje geluk is Karolina daar al.'

'Ik loop met je mee,' zei Beda. 'Margareta?'

Margaret kreeg een rood hoofd. 'Ik slaap hiernaast. Gösta zei dat hij niet te laat thuiskomt.'

Beda moest giechelen.

'Beda!' Margareta's berisping werd onderbroken door een heftig gebons op de deur.

Iedereen schrok.

Märta was als eerste bij de deur. 'Karolina!'

Gösta droeg hun vermiste vriendin naar binnen en zette haar op een stoel bij de tegelkachel. 'Ze zat ineengedoken bij de voordeur. Ze is helemaal verkleumd.'

Ottilia knielde bij Karolina neer en blies op Karolina's ijskoude vingers. Margareta maakte de veters van haar met natte sneeuw besmeurde laarsjes los, trok ze uit en wreef over haar voeten. Torun legde nog een blok hout in de kachel.

Met een bleek, betraand gezicht keek Karolina Ottilia aan. 'Het spijt me zo.'

'Jij hoeft nergens spijt van te hebben,' zei Ottilia sussend. 'Behalve dat je in een ijskoud portiek bent blijven zitten in plaats van boven te komen.'

'Ik schaamde me.' Karolina sloot haar ogen en er drupte een traan over haar wang. 'Ik ben vast een grote last voor iedereen geweest. Ik heb jou aan je lot overgelaten bij Banqueting.'

Beda sloeg een deken om Karolina heen. 'Je mag denken wat je wil, maar je bent ons niet tot last geweest.'

'En bij Banqueting is ook alles in orde,' stelde Margareta haar gerust.

'Margareta heeft gelijk,' zei Beda. 'We zijn alleen maar dolgelukkig dat je niets mankeert.'

Gösta schraapte zijn keel. 'Ik ga er maar eens vandoor.'

Torun gaf Karolina een kop dampende thee met suiker. 'Drink dit maar op. We moeten zorgen dat je weer warm wordt vanbinnen, anders ga je nog dood. Heb je sinds het ontbijt wel iets gegeten?'

Karolina nam een slok thee. 'Ik heb op Djurgården een beetje soep gegeten.'

'Waarom op Djurgården?' vroeg Torun.

Nu ze in de warme kamer zat en omringd werd door vriendinnen kwam de kleur terug op Karolina's wangen. 'Ik ben Stallgatan uit gerend en toen langs Nybroviken. Ik was van plan naar Märta in Nordiska Kompaniet te gaan, maar op dat moment vertrok net een tram van lijn 7, en toen ben ik ingestapt.'

'Je had inderdaad naar mij moeten komen.' Märta gaf Karolina een boterham met kaas. 'Maar waarom ben je eigenlijk weggelopen?'

Karolina keek van Märta naar Ottilia. 'Heb je het ze verteld?'

'Nee, dat heb ik niet gedaan. Dat moet je zelf doen.'

'En van mevrouw Skogh mag niemand anders er iets over zeggen,' voegde Beda eraan toe.

Karolina nam een hap van het verse brood en legde de boterham toen weer op het bord. 'Ik ben niet degene die jullie denken dat ik ben. Ik ben ook niet degene die ik zelf dacht te zijn.'

'Maar je bent nog steeds onze lieve Karolina,' zei Margareta.

Karolina lachte schamper. 'Vanmorgen was ik niet zo lief. Ik ben nog nooit zo kwaad geweest. Ik weet zeker dat ik allerlei verschrikkelijks heb gezegd. Maar dat kan ik me nauwelijks meer herinneren.' Ze boog haar hoofd.

'Waarom deed je dat?' vroeg Torun zacht. 'Begin bij het begin.'

'Ottilia en ik waren allebei bij mevrouw Skogh geroepen. Ottilia moest eerst. We dachten dat het over het Grand Royal zou gaan. Maar dat was niet zo. Juffrouw Silfverstjerna was er ook.'

Beda, Torun en Märta wisselden een blik.

'Ze vertelde mij...'

De drie vrouwen waren een en al oor.

Karolina moest even slikken. Toen rechtte ze haar rug. 'Ze vertelde me dat ik Karolina Silfverstjerna heet. Zij is mijn moeder.'

Er ging een zucht door de kamer.

'Wel heb ik ooit,' zei Beda. 'Heeft juffrouw Silfverstjerna dat altijd geweten?'

'Ja.'

'Waarom heeft ze je dat dan niet eerder verteld?' vroeg Torun. 'Dit is onzinnig. Zelfs wreed.'

'Dat vond ik ook,' zei Karolina.

'Vónd?' Toruns stem sloeg over.

Karolina haalde haar schouders op. 'Ik heb heel veel nagedacht toen ik door Djurgården liep. Zelfs in maart kun je daar heel goed nadenken omdat het er zo stil is. Achteraf gezien denk ik dat het een geluk was dat ik in die tram ben gestapt.'

Beda's mond viel open. 'Wil je zeggen dat je juffrouw Silfverstjerna hebt vergeven dat ze je al die jaren in het ongewisse heeft gelaten? Dat ze heeft toegestaan dat je in een pleeggezin opgroeide?'

'Nee, ik bedoel dat ik denk dat ik weet waarom. Ik vermoed dat mijn vader mijn geboorte en verblijfplaats geheim wilde houden.'

Ottilia luisterde aandachtig. Dit deel van het verhaal had ze nog niet gehoord.

'Je bent vergevingsgezinder dan ik ooit wil zijn,' zei Beda bars.

Torun knikte instemmend. 'Ik zou een vrouw die de belangen van een man boven die van haar kind stelt ook nooit vergeven.'

'Dat kan ik haar nog wel vergeven,' zei Karolina. 'Maar ik kan juffrouw Silfverstjerna nooit vergeven dat ze me niet heeft verteld wie ik was toen mijn vader overleed.'

Ottilia probeerde deze nieuwe informatie tot zich door te laten dringen. 'Wist juffrouw Silfverstjerna dan wanneer hij is gestorven?'

'Dat wisten we allemaal,' zei Karolina bitter. 'Maar slechts een van ons was zo dom om hem opgebaard te zien liggen, zonder te beseffen dat ze naar haar eigen vader keek.'

Deze keer werd er niet gezucht. De onthulling had de vier andere vrouwen in de kamer met stomheid geslagen.

Ottilia hervond als eerste haar stem. 'Was Oscar II je vader?'

'Dat heeft juffrouw Silfverstjerna me verteld.'

'Ik weet niet wat ik moet zeggen,' zei Märta.

'Of voelen,' voegde Beda eraan toe.

Karolina sloeg haar ogen neer. 'Dat begrijp ik. Ik ben niet degene voor wie jullie me hielden.'

Beda stak haar vinger op. 'Nee, nee, nee. Jij bent nog steeds jij. Zijne Majesteit is niet de man voor wie ik hem hield.'

'Precies.' Märta stond op. 'Iedereen weet dat Zijne Majesteit de vader was van meerdere buitenechtelijke kinderen en we begrepen allemaal dat hij een onwettig kind niet kon erkennen, maar hoe kon hij toestaan dat een kind van haar moeder werd gescheiden?'

'En wat betekent dit voor onze Karolina?' zei Torun.

Karolina wierp Torun een dankbare blik toe. 'Onze Karolina,' herhaalde ze.

'Maar natuurlijk. Je mag nu wel juffrouw Karolina Silfverstjerna heten, maar voor ons blijf je altijd ónze Karolina.'

Er rolde weer een traan uit Karolina's glanzende ogen.

'Maar we moeten wel praktisch zijn,' zei Margareta. 'Wat ga je nu doen, Karolina? Wat wil je?'

'Het liefst zou ik willen dat alles weer net zoals gisteren was. Maar dat is onmogelijk. Wie weten het nog meer?'

Alle ogen waren plotseling op Ottilia gevestigd. 'Vanzelfsprekend hebben we geen idee wie het in het paleis weet, maar tot vandaag waren in het Grand Hôtel slechts mevrouw Skogh en juffrouw Silfverstjerna ervan op de hoogte.'

Margareta kuchte. 'En ik.'

Vijf paar ogen gingen haar kant op.

'Ik vermoedde het al jaren geleden en hoewel mevrouw Skogh mijn vermoeden nooit heeft bevestigd, heeft ze het ook niet ontkracht.'

Karolina keek haar verbijsterd aan. 'Waarom heb je me dat niet verteld?'

'Ik moest de wensen van je ouders respecteren.'

'En je eigen positie veiligstellen,' stelde Torun nuchter vast.

Ze bleven een poosje zwijgend bij elkaar zitten, ieder voor zich peinzend over de gevolgen van deze gebeurtenissen.

'Het lijkt me beter als ik maar wegga,' zei Margareta.

Karolina schudde haar hoofd. 'Dit is niet jouw schuld, en zoals ik al zei, ik zou het liefst willen dat alles weer werd zoals het was. Tenzij...' – haar ogen werden groot van ontzetting – '... ik ben ontslagen omdat ik ben weggelopen.'

'Dat is niet gebeurd,' zei Ottilia. 'Mevrouw Skogh was hier heel duidelijk over: zodra we je hadden gevonden moesten we je – en dat zijn haar woorden – naar huis brengen, naar het

Grand Hôtel. Toevallig weet ik ook dat juffrouw Silfverstjerna, ik bedoel de andere juffrouw Silfverstjerna' – Ottilia grijnsde even ondeugend en de anderen moesten gniffelen – 'op dit moment in het paleis verblijft om jou de ruimte te geven.'

'O, is dat zo?' zei Märta. 'Dat is dan het eerste fatsoenlijke feit over juffrouw Elisabet Silfverstjerna dat ik vanavond heb gehoord.'

'Daar ben ik het mee eens,' zei Ottilia. 'Maar Karolina is nog steeds slechts tweeëntwintig jaar. En is het niet beter om iets te verliezen en het dan weer te vinden, dan het nooit meer te vinden?'

'Jawel, maar het is nog beter om iets überhaupt niet te verliezen,' gromde Torun.

Karolina was weer heelhuids terug en mevrouw Skogh kreeg tranen van opluchting in haar vermoeide ogen. Ze bedankte Gösta Möller omdat hij de helderheid van geest had gehad haar te bellen en ze liep weer naar het raam van haar slaapkamer.

Onder de nachtelijke hemel lag aan de andere kant van het water het paleis in het duister, want aan het koninklijk hof werd bezuinigd. Alles was duurder geworden: elektriciteit, gas en kaarsen. En ergens in dat enorme, meer dan zeshonderd kamers tellende gebouw zou Lisa Silfverstjerna zichzelf nog steeds hevige verwijten maken omdat ze niet eerder met Karolina had gesproken. Als Karolina vandaag iets was overkomen, zou Lisa zich daar eeuwig schuldig over blijven voelen. Ze zou nu ongetwijfeld de slaap niet kunnen vatten, maar het zou nogal lastig zijn om op dit tijdstip haar nog een bericht te sturen zonder het vermoeden te wekken dat er iets aan de hand was. Het was beter om geen slapende honden – of anderen onder het koninklijk dak – wakker te maken, en te wachten tot de volgende ochtend wanneer Lisa hopelijk naar het hotel zou komen, al was het maar om iets anders aan te trekken, en dan kon Wilhelmina haar het goede nieuws melden.

Maar wat zou ze gaan doen aan de onenigheid tussen Lisa en

Karolina? Niet dat ze het Karolina kwalijk kon nemen dat ze zo was uitgevallen. Het arme meisje had een zware klap te verduren gekregen, waardoor ze danig overstuur was, maar daar moest ze zich niet in wentelen. Dat was niet bevorderlijk voor haar, noch voor haar werk bij Banqueting. Ook kon haar afkomst – of in ieder geval de naam van haar moeder – niet meer geheim blijven, want zo'n soort geheim kwam altijd uit. Op een gegeven moment zou iemand zijn of haar mond voorbijpraten. Nee, het beste wat Karolina kon doen, was de waarheid onder ogen zien, haar afkomst aanvaarden, zich verzoenen met een moeder die van haar hield, haar naam veranderen in Karolina Silfverstjerna en carrière maken in het Grand Hôtel. Ze had een groep uitstekende vrouwen om zich heen, Wilhelmina meegeteld, en die zouden in ieder geval enige bescherming bieden tegen de onvermijdelijke sneren en laatdunkende opmerkingen. Dit zou ze allemaal morgen met Karolina bespreken. Als werkneemster was Karolina verplicht te luisteren naar haar directeur.

Morgen zou het weer een lange dag worden. Naast alle zaken en mensen die tijd in beslag namen, moest ze met Ottilia, Gösta Möller en chef Samuelsson het diner voor de Franse ambassade bespreken en weer de strijd aangaan met de werklui van het Grand Royal. Als die binnenmuren tegen het einde van de week niet geschikt waren gemaakt voor Lotten Rönquists schilderingen, zouden ze ervan lusten en konden ze een fikse boete verwachten vanwege het niet nakomen van het contract.

Wilhelmina liet haar vermoeide hoofd tegen het raamkozijn rusten. Dat voelde prettig koel in dit stille nachtelijk uur. Volgend jaar werd ze zestig en vanavond voelde ze zich ook zo oud. Misschien ging ze zaterdag een bezoekje aan Lidingö brengen, even wat spinnenwebben uit haar hoofd laten waaien en de fundering van Foresta inspecteren. Hoeveel mensen zouden weten dat de naam van haar nieuwe privéonderkomen het Italiaanse woord voor het Zweedse *skog*, oftewel bos, was? Ze glimlachte om haar eigen grapje en ging naar bed.

72

Karolina luisterde inderdaad naar wat Wilhelmina te zeggen had.

'Er is niets wat de situatie waarin jij en juffrouw Silfverstjerna zich bevinden, kan veranderen,' stelde Wilhelmina vast. 'Maar je kunt wel kiezen hoe je ermee om wilt gaan. Zo, dit is mijn mening en nu wil ik graag horen hoe jij erover denkt.'

'Ik denk,' begon Karolina aarzelend, 'dat ik zou willen weten wat juffrouw Sil... mijn moeder te zeggen heeft.' Er verscheen een vurige blos op haar wangen. 'Ik weet dat ze gisteren een poging heeft gedaan, maar...'

Wilhelmina wuifde Karolina's schroom weg. Het feit dat Karolina het over Lisa had als haar moeder, was meer dan ze tijdens dit gesprek had hopen te bereiken. 'Zoals je gisteren reageerde, was volkomen begrijpelijk. Zoals ik al zei, zal je moeder later op de dag naar haar suite teruggaan. Ik heb voorgesteld dat jullie samen gaan dineren en aangeboden om een tafel te reserveren in Operakällaren. Neutraal terrein, zogezegd.'

Karolina zette grote ogen op. 'Operakällaren? In gezelschap van juffrouw Silfverstjerna? Dat is veel te chic voor mij.'

'Lieverd. Je bent zelf ook een Silfverstjerna.'

'Een buitenechtelijk kind.'

'Jij bent niet het eerste kind waarbij dat het geval is en je zult ook niet het laatste zijn. Van geboorte ben je een Silfverstjerna.'

'En een Bernadotte.'

Wilhelmina schudde haar hoofd. 'Wettelijk gezien niet. Zijn vaderschap kan nooit worden bewezen. Ik adviseer je met klem om af te zien van enige aanspraak op je afkomst wat je vader betreft.'

'Maar wettelijk gezien ben ik ook geen echte Silfverstjerna.'

'Je hebt het recht je moeders naam te dragen, en die betekent in deze stad nogal iets. Vergeet niet dat je moeder altijd van je heeft gehouden, en als jij dat wilt zal ze je graag aan haar familie voorstellen.'

'Ze heeft me in de steek gelaten.'

'Dat is niet waar.'

Karolina schrok van de felheid in de stem van mevrouw Skogh.

Het was niet Wilhelmina's bedoeling om Karolina te intimideren, maar het bood haar wel de kans om iets meer druk uit te oefenen. 'Je moeder heeft het beste gemaakt van een zeer lastige situatie en voor je gezorgd op de enige manier die haar was toegestaan. Geloof je nu werkelijk dat je net als alle pleegkinderen werd behandeld? Kreeg je goed te eten?'

'Jawel, mevrouw.'

'Werd je aan het werk gezet?'

'Nee, mevrouw.'

'Wees dan in ieder geval zo fatsoenlijk om te luisteren naar wat je moeder te zeggen heeft. Zal ik voor vanavond een tafeltje in de hoek reserveren? Ja of nee?' Wilhelmina voelde dat de overwinning nabij was en ze trommelde met haar vingers op het bureau. 'Kom, Karolina, ik heb niet de hele dag de tijd.'

'Ja graag, mevrouw.'

'Goed. Je mag nu teruggaan naar het banquetingkantoor. Ik weet zeker dat je nog het een en ander hebt in te halen. En stuur Ottilia, Möller en chef Samuelsson maar naar binnen.'

Wilhelmina wierp een blik op haar aantekeningen terwijl het drietal plaatsnam. 'Ik heb gisteren bericht van de Franse ambassade gekregen,' zei ze tegen hen. 'Ze hebben bevestigd dat het diner ter ere van president Fallières op zaterdag 25 juli zal plaatsvinden. En tot mijn voldoening kan ik jullie melden dat Hunne Majesteiten koning Gustaaf V en koningin Victoria ook aanwezig zullen zijn en dat het menu akkoord is bevonden.'

'Dat is inderdaad uitstekend nieuws,' zei chef Samuelsson. 'Dit diner zal kunnen wedijveren met het beste wat er in Parijs wordt geserveerd.'

'Mooi zo. De gasten zullen de dag doorbrengen op kasteel Gripsholm, en de zeelucht zal ongetwijfeld voor een flinke eetlust zorgen. Welnu, de praktische details. Ottilia, zoals gebruikelijk wanneer de Franse president in het buitenland verkeert, zal het servies uit Frankrijk overkomen. Dat geldt niet voor het glaswerk. Daar zorgen wij voor, maar de Fransen ontfermen zich over de rest.'

Chef Samuelsson keek verschrikt. 'U bedoelt toch niet ook het eten en de wijnen, mevrouw?'

'Vanzelfsprekend niet. We zorgen voor het eten, dus ga rustig door met de voorbereidingen. De Fransen brengen een dozijn flessen bordeaux mee en aan aantal flessen Tisane, die bij de vis wordt geserveerd, maar de overige wijnen komen uit onze wijnkelder. Monsieur Blanc vertelde me dat de wijnen waar de ambassade om heeft verzocht jaren geleden zijn neergelegd.' Wilhelmina nam even een slokje water. 'Möller, jij werkt samen met Ottilia. Voor de bediening tijdens het diner zetten we de beste obers in die we hebben. Die moeten nu worden geselecteerd.'

Möller trok zijn wenkbrauwen op. 'Nu, mevrouw?'

'Nu. Onze obers dragen namelijk dezelfde livreien als het bedienend personeel van de president. De uniformen worden hier besteld en de maten moeten natuurlijk kloppen. Ik wil dat jij die avond toezicht houdt op de obers en daarom heb jij ook een Franse livrei nodig.'

'Ik moet bekennen dat ik het wat verwarrend vind,' zei Möller. 'Verwachten we in mei niet Hunne Majesteiten koning Edward en koningin Alexandra?'

Wilhelmina keek haar maître d'hôtel vragend aan. 'Jawel, hoezo?'

'En vonden zij het noodzakelijk dat we ons dan kleden als hun eigen personeel?'

'Geen sprake van.'

'En zijn de Britten niet nummer één op het gebied van luister en decorum?'

'Naar mijn mening wel,' zei Wilhelmina. 'Maar ik heb op dit gebied geen verzoek ontvangen en de Britse gewoontes hebben niets van doen met het diner van de Franse ambassade.

Bovendien is koningin Alexandra Deens en zij kan onze Scandinavische gastvrijheid waarschijnlijk wel waarderen.'

'Uitstekend, mevrouw.' Möller klonk volkomen neutraal, maar aan zijn gezicht was te zien wat hij er werkelijk van vond: als de livrei van het Grand Hôtel goed genoeg was voor een Britse vorst, was het ook goed genoeg voor een Franse president.

Chef Samuelsson schudde zijn hoofd. 'Ik begrijp ook niet waarom de Fransen onze mooie stad willen bezoeken en in ons beste hotel willen dineren om vervolgens alles te laten verlopen zoals ze in Frankrijk gewend zijn. Als zij een typisch Frans diner willen geven, zouden ze dat toch beter op de ambassade kunnen doen?'

'Het is niet aan ons om het waarom hiervan te achterhalen,' zei Wilhelmina. 'Onze taak is om de gasten alles te bieden waar ze om vragen.'

'En de bloemen?' vroeg Ottilia.

Wilhelmina kneep haar lippen samen. 'Dat gedeelte is nog steeds onderwerp van discussie. De Fransen staan erop ook die te leveren, maar ik hou voet bij stuk. Koningin Victoria weet als geen ander een fraai bloemstuk te waarderen en daarom vind ik het van het grootste belang dat het Grand Hôtel voor alle bloemen zorgt. We zijn er dus nog niet helemaal uit.' Ze keek op van haar aantekeningen. 'Dat is het voorlopig. Jullie twee' – ze wees naar Möller en chef Samuelsson – 'kunnen weer aan het werk. Ottilia, jij blijft hier.'

Zodra de deur achter de beide mannen dichtging, richtte Wilhelmina zich tot Ottilia. 'Dank je dat je Karolina gisteravond naar huis hebt gebracht. Haar moeder was enorm opgelucht en is jullie allemaal heel dankbaar.'

'Eigenlijk heeft Gösta Möller haar gevonden.'

'Dat heb ik gehoord. Maar Karolina was daar nooit voor de deur gaan zitten als jullie niet zulke goede vriendinnen waren. Moeder en dochter zullen vanavond samen dineren. Ik ben van mening dat een verzoening het beste voor hen beiden is, en dat is dan ook de reden dat ik juffrouw Silfverstjerna hierin steun.

Ik zou graag willen dat je hetzelfde doet voor Karolina. Ik ben met haar al zo ver gegaan als redelijkerwijs van me verwacht kan worden.'

'Karolina is diep gekwetst.'

'Dat is waar, maar ze heeft nog een heel leven voor zich. Het heeft geen zin dit verdriet te blijven koesteren. Het is beter om gewoon door te gaan. Juffrouw Silfverstjerna heeft haar dochter heel veel te bieden. En nu we het daar toch over hebben, zou juffrouw Silfverstjerna Karolina iets kunnen geven wat ze heel graag wil hebben?'

Ottilia dacht even na. 'Pianoles.'

Wilhelmina lachte verrast. 'Pianoles? Dat staat genoteerd. Goed, heb jij al een besluit genomen over het Grand Royal?'

Ottilia lachte breed. 'Jawel. Ik wil heel graag die betrekking.'

'Uitstekend. Je houdt wel hetzelfde salaris. Zolang het Grand Royal geen fatsoenlijke winst maakt, krijgt niemand opslag.'

'Vanzelfsprekend, mevrouw.'

'En in het begin zul je onder mijn leiding werken. Er valt voor jou nog heel wat te leren. Een diner organiseren is één ding, maar een nieuw etablissement onder de aandacht brengen is iets heel anders.'

'Ik verheug me erop. Mijn carrière is immers ook zo begonnen. Met u als mijn mentor.'

Wilhelmina keek Ottilia indringend aan. 'Ervoor zorgen dat de kamers in het Grand Royal bezet raken vereist heel wat meer inspanning dan het vol krijgen van het Rättviks Turisthotell. De financiële situatie van het Grand Royal zal op de lange termijn stabiliseren, maar gezien alle vertragingen en de voortdurend stijgende kosten, is dit project op dit moment nog steeds een financieel waagstuk. Ik zet mijn reputatie op het spel met het Grand Royal, Ottilia, mijn hele nalatenschap, zo je wilt, want dit gebouw zal nog steeds aan Blasieholmen staan wanneer ik er allang niet meer ben. Ik ben er heilig van overtuigd dat wanneer wij de deuren van het Grand Royal eenmaal openen, Stockholm een aantrekkelijker bestemming voor zowel zakenlieden als toeristen zal zijn. Maar o wee als je onderschat hoeveel er nog moet gebeuren wanneer de werklui eenmaal de sleutels hebben overhandigd. Gezien de slechte economische situatie van de stad zal het werkelijk het uiterste van ons vergen om het Grand Royal tot een succes te maken. Er heerst te veel onrust naar mijn smaak. Laat me niet in de steek, Ottilia. In de ogen van het bestuur neem ik eveneens een groot risico door een dergelijke verantwoordelijke functie in handen van een vijfentwintigjarige vrouw te geven.'

'Ik zal dag en nacht werken,' zei Ottilia. 'Wie wordt trouwens het nieuwe hoofd Banqueting?'

'Ik hoop dat ik Gösta Möller kan overhalen. Ik zou hem natuurlijk gewoon kunnen overplaatsen, maar ik wil graag dat hij deze functie werkelijk ambieert. Hij is een voortreffelijke maître d'hôtel, maar de functie van hoofd Banqueting stelt hogere eisen aan hem.'

'En Karolina?'

'Karolina wordt assistente van Möller. Op dit moment kan ik het me namelijk nog niet veroorloven twee mensen bij het Grand Royal te laten werken. Het Grand Royal is een wettelijk geheel op zichzelf staande onderneming.'

'Wat houdt dat in, mevrouw?'

'Het betekent dat het Grand Royal een aparte naamloze vennootschap is met een eigen financiële administratie. Een deel van administratie is gemeenschappelijk, maar in alle andere opzichten zijn het Grand Royal en het Grand Hôtel financieel van elkaar gescheiden.'

'Blijven Karolina en ik nog kamergenoten?'

Wilhelmina keek verbaasd. Hadden de meisjes soms onenigheid? 'Wil je je kamer opgeven?'

'Nee. Ik denk alleen dat ik Karolina zal missen wanneer we niet langer samenwerken en ook niet meer bij elkaar wonen.'

'Ik moet je eerlijk zeggen dat ik nog niet over je accommodatie heb nagedacht. Zo, ga nu maar, want ik moet verder met mijn werk. En vergeet niet om Karolina zo veel mogelijk te steunen. Ik ben zeer op Elisabet Silfverstjerna en Karolina gesteld en wil ze geen van beiden kwijt.'

Ottilia was halverwege de lobby toen haar plotseling iets inviel. Mevrouw Skogh had gevraagd of ze wilde verhuizen, en niet of ze wilde dat Karolina naar een andere kamer ging. Was Karolina Silfverstjerna in de ogen van mevrouw Skogh nu belangrijker dan Karolina Nilsson – of Ottilia Ekman?

73

In restaurant Operakällaren liep Karolina achter haar moeder aan naar een tafeltje bij het raam. Omdat ze geen andere passende kleding bezat, had ze haar laarsjes opgepoetst en haar bordeaux-rode Banqueting-japon gestreken. In het Grand Hôtel had ze zich hierin altijd op haar gemak gevoeld; de Spiegelzaal was zonder enige twijfel de mooiste zaal van het land en ze had het steeds als een groot voorrecht beschouwd om gekleed in deze japon een toekomstige klant rond te leiden. Maar nu ze in deze weelderige eetzaal, tussen al dat rode fluweel en verguldsel, zelf een gast was, voelde ze zich totaal misplaatst en te sober gekleed. En dan was er ook nog de zoom van haar japon. Die was nog nooit met iets anders in aanraking gekomen dan de glanzende vloeren van het Grand Hôtel, maar zat nu onder het straatvuil. Ze zou de hele avond bezig zijn om alles weer schoon te krijgen. En God verhoede dat er vlekken zichtbaar bleven. Eigenlijk had ze de marineblauwe japon moeten aantrekken, die was in ieder geval haar eigendom, althans voor de helft.

Karolina glimlachte flauwtjes naar de ober toen ze plaatsnam op de stoel die hij had uitgeschoven. Ze wierp een blik op het Bolinder Paleis. Ze zou er alles voor overhebben om de avond met Ottilia door te brengen.

'Karolina?'

Ze richtte haar aandacht weer op juffrouw Silfverstjerna, die gekleed was in een gewaad van koperkleurig fluweel met gouden borduursel rond de hals en boven de zoom. Het viel Karolina op dat deze zoom onberispelijk was gebleven, dankzij een lange jas. Als ze er ooit in slaagde voldoende te sparen dan zou ze als eerste een lange jas aanschaffen. 'Dank u dat u me vanavond mee hiernaartoe hebt genomen, juffrouw Silfverstjerna.'

Er trok een schaduw over het gezicht van juffrouw Silfverstjerna.

Karolina sloeg haar ogen neer. Het viel haar op dat ze formeel, zelfs ijzig had geklonken. Maar wat had ze anders moeten zeggen? Juffrouw Silfverstjerna had alleen haar naam gezegd. Ze kon toch geen antwoord geven op een niet-gestelde vraag?

'Karolina,' zei juffrouw Silfverstjerna weer. 'Kunnen we niet proberen elkaar te leren kennen? Een beetje maar? En kun je om te beginnen Elisabet tegen me zeggen?'

Karolina keek op. 'Dat zal ik proberen, Elisabet.'

De ober kwam terug. 'Mag ik voor de dames iets te drinken halen?'

Karolina raakte in paniek. Wat zou het juiste drankje zijn om te bestellen? Wijn? Smeneery?

'Zou het te voorbarig zijn om een glas champagne te nemen?' vroeg Elisabet. 'Ik hoop dat we een reden vinden om iets te vieren.' Haar ogen twinkelden.

'Dat zou heel vriendelijk zijn. Dank u.'

De ober liep weg.

'Vind je het goed als ik begin met iets over mezelf te vertellen?'

Karolina knikte.

'Ik ben samen met mijn drie broers opgegroeid op het landgoed van onze ouders, even buiten Uppsala. Ik was de jongste, en misschien ben ik wel een beetje verwend door mijn vader.' Elisabet glimlachte. 'Mijn moeder had heel veel vriendinnen, van wie er twee altijd uitzonderlijk lief voor me waren. De ene was Carolina Cadier, de echtgenote van Régis Cadier van het Grand Hôtel, en de andere was prinses Eugénie, de zuster van koning Oscar.'

'Mijn tante?'

Elisabet keek verrast. 'Ja.'

Karolina's interesse was gewekt. 'In welk opzicht was prinses Eugénie lief voor u?'

De ober verscheen om hun glazen vol te schenken en de menukaarten op te halen.

'Ik wil graag de gevulde krab,' zei Elisabet.

'Ik ook, alstublieft.'

Elisabet hief haar glas. 'Op jou, lieverd.'

Karolina hief ook haar glas. 'En op u.' De champagne smaakte een tikkeltje wranger dan ze had verwacht, maar wel lekker.

Elisabet glimlachte en vervolgde met gedempte stem haar verhaal. 'Toen Oscar I, de vader van Karl, Oscar en Eugénie in 1859 overleed, werd Karl koning en Oscar de nieuwe kroonprins. Oscar en zijn echtgenote Sophia verhuisden toen van het paleis van de kroonprins' – Elisabet wees achter Karolina naar het Gustav Adolf-plein – 'naar het Koninklijk Paleis.' Met haar vinger beschreef ze de afstand van de ene plek naar de andere. 'Als kroonprinses had Sophie natuurlijk hofdames nodig en haar schoonzuster Eugénie stelde me aan haar voor. Ik was destijds nog maar een klein meisje, maar mijn bestemming lag al vast voor het moment waarop ik groot genoeg zou zijn en iemand met pensioen ging.'

'Dus op die manier bent u hofdame geworden.'

'Precies. Het was een enorme eer en mijn vader was ook heel erg trots, zoals je je wel kunt voorstellen.'

Zoals ze zich wel kon voorstellen? Karolina keek Elisabet aan. 'Ik heb daar geen ervaring mee, mevrouw.'

Elisabet zuchtte. 'Natuurlijk heb je dat niet. Maar wees gerust, je moeder is erg trots op je, óók toen je je daar niet van bewust was.'

Karolina wilde zich niet gewonnen geven. 'Ga alstublieft verder met uw verhaal.'

Elisabet nam eerst een hapje van de verrukkelijke krab en ging toen verder: 'Ik kwam in 1870 in het paleis, toen ik bijna zestien was. Het leven en werken aan het hof was opwindend, maar toen koning Karl twee jaar later stierf werd zijn broer Oscar koning.' Ze sprak inmiddels zo zacht dat Karolina zich naar haar toe moest buigen. 'Kort daarna kreeg koning Oscar een oogje op mij. Hij was vijfentwintig jaar ouder dan ik, en ik voelde me natuurlijk gevleid. Jarenlang ontmoetten we elkaar als daar gelegenheid voor was en onze relatie groeide uit tot een wederzijdse passie. Tot ik zwanger werd. Toen veranderde alles.'

'Waar ben ik geboren?'

'In mijn ouderlijk huis. Drie gezegende weken kreeg ik de kans je te voeden en te verzorgen. Het was de gelukkigste tijd van mijn leven. Maar we konden daar niet blijven en er moest een oplossing gevonden worden. Ik kon weliswaar weigeren om je af te staan voor adoptie, maar ik mocht mijn kindje niet bij mijn ouders of onder het dak van koningin Sophia laten opgroeien.'

'Waarom wilde u me niet ter adoptie afstaan?'

'Omdat ik dan niet meer zou weten waar je was. Misschien was dat wel egoïstisch, maar ik kan ter verdediging aanvoeren dat ik zeker wilde weten dat je in goede handen was. Zodra de familie Nilsson niet geschikt zou blijken, kon ik je daar laten weghalen. Als je was geadopteerd door ouders die je niet goed behandelden, dan had ik dat nooit geweten.'

Karolina werd overmand door emoties en kon geen hap meer door haar keel krijgen. Ze legde haar mes en vork neer. 'Waarom hebt u me niet gehouden?'

'Omdat ik dan ver uit de buurt van iedereen die ik kende zou moeten gaan wonen en geen geld had om mezelf te onderhouden. En jou. Vergeet niet dat ik vanaf mijn zestiende alleen maar in het paleis had gewoond, en de koning stond niet toe dat jij in Stockholm bleef.'

Karolina keek verbaasd. 'Maar ik ben opgegroeid op Kungsholmen, hier in de stad.'

'Dat wist Zijne Majesteit niet.'

Karolina onderdrukte een kreetje. 'Stel dat hij daar achter was gekomen?'

'Daar durf ik niet aan te denken.' Het klonk oprecht.

Karolina deed haar best het te begrijpen. 'Maar u mocht van de koning wel in het paleis blijven.'

Elisabet boog haar hoofd. 'Nu gaan we het over de Cadiers hebben. Régis Cadier en koning Oscar waren al van jongs af aan dikke vrienden en daarom was Régis de aangewezen persoon om te proberen van de koning gedaan te krijgen dat ik in het paleis mocht blijven werken en in het Grand Hôtel kon gaan wonen.'

'Maar kon u dan hofdame van koningin Sophia blijven terwijl u een kind van haar echtgenoot had?'

'Natuurlijk zou dat niet gaan,' zei Elisabet. 'Maar kroonprins Gustaaf, de huidige koning, was getrouwd met kroonprinses Victoria, en zij woonden met hun jonge gezin in koningin Josefina's voormalige appartement in het paleis.'

'Was koningin Josefina de vrouw van Oscar I?'

'Ja, zij is je grootmoeder. Mina – mevrouw Skogh – vindt dat je haar ogen hebt. Maar goed, om mijn moeder een gunst te bewijzen, stelde Carolina Cadier voor dat ik stopte met mijn werkzaamheden voor koningin Sophia en deel ging uitmaken van de huishouding van de kroonprinses. En zo gebeurde het. Victoria had echt een zwakke gezondheid, en ze verbleef heel vaak in het buitenland waar ik gelukkig niet nodig was, en in Stockholm was er nog steeds voldoende werk voor me.'

'Vond u het naar dat u bij haar in dienst kwam?'

'Ik was er blij mee. Ik had nog steeds een aanstelling aan het hof, ook al was het een iets minder belangrijke functie, en al snel genoot ik van de vrijheid die ik kreeg door in het Grand Hôtel te wonen. Waardoor ik ook een oogje op jou kon houden.'

'U nam wel een groot risico,' zei Karolina.

Elisabets ogen waren vochtig. 'Je bent mijn dochter. De grootste tragedie is dat je je moeder niet mocht leren kennen zolang je vader nog leefde.'

'Omdat hij me niet wilde.'

'Karolina, je bent niet het enige buitenechtelijke kind van je vader. Er zijn er meer. En hij heeft geen van alle erkend. Maar jij bent mijn kind en ik hou van je.'

Karolina hief haar hoofd. 'En de Silfverstjerna's dan? Waarom wilden mijn grootouders me niet? Of mijn ooms?'

'Omdat het hun verhouding met de oude koning zou verstoren en daardoor ook die met de Stockholmse hogere kringen. Mijn ouders zijn nu allebei overleden, maar de twee broers die nog in leven zijn, hebben me laten weten dat ze je graag willen ontmoeten, als jij dat wenst tenminste. En mijn vader heeft je een kleine erfenis nagelaten.' Elisabet schraapte haar keel. 'Er is nog één ding waarvoor ik me wil verontschuldigden. En dan heb ik alles gezegd wat ik je op dit moment wilde zeggen.'

'O?'

'Het spijt me zeer dat ik je wang heb gestreeld. Dat was heel zelfzuchtig, en ik deed het zonder erbij na te denken. Ik wilde het kindje aanraken dat ik niet meer had aangeraakt sinds ze drie weken oud was. Maar daar had ik het recht niet toe. Ik hoop dat je me dat in ieder geval kunt vergeven.' Elisabet deed haar handtasje open en legde een licht gekreukelde foto van een moeder met haar pasgeboren kindje naast Karolina's bord.

De brok in Karolina's keel brandde en de tranen schoten haar in de ogen. Ze probeerde zich goed te houden en haalde een zakdoekje uit haar mouw. 'Ik wist niet dat u mijn moeder was toen u me aanraakte. Wij dachten...' Ze maakte haar zin niet af. Het was nu niet het moment om te vertellen wat haar vriendinnen hadden gedacht. Of dat er op de afdeling Roomservice nog steeds een vervaagd sterretje bij Elisabets naam stond. 'Dat doet er nu niet toe.' Ze glimlachte flauwtjes.

Elisabet beantwoordde haar glimlach. 'Helaas is de foto vervaagd. Ik heb hem tweeëntwintig jaar met me meegedragen.'

'Waarom hebt u die foto bij u gehouden terwijl niemand me wilde erkennen?'

'Ik heb volgehouden en mijn vader is uiteindelijk gezwicht. Zie je hoe mooi je was? En dat ben je nog steeds. Wil je nu misschien iets over jezelf vertellen?'

Wat kon ze Elisabet vertellen zonder verbitterd te klinken? Het kostte haar moeite haar blik van de foto af te wenden. 'Ik heb een wat eenzame maar niet erg ongelukkige jeugd gehad. Mijn pleegouders heb ik niet meer gezien vanaf de dag dat ik mijn intrek in het Grand Hôtel nam. En dat zal ook niet meer gebeuren. De meisjes hier waren heel vriendelijk, maar ik had niet een echte bondgenoot. Maar toen kwam Ottilia en werd alles anders. Door haar toedoen veranderde de Roomservice in een team van vriendinnen. Nu hoor ik bij een groepje vrouwen van wie ik heel veel hou.' Ze liet haar pols zien. 'We dragen allemaal hetzelfde armbandje, maar onze bedeltjes verschillen. Net zoals onze vriendschap.'

'Mag ik?' Elisabet pakte Karolina's pols vast om het armbandje te kunnen bekijken. 'Heel fraai. Die vleugelpiano is werkelijk snoezig. Een vogeltje heeft me verteld dat je graag piano zou willen leren spelen.'

Karolina glimlachte. 'Ik heb mevrouw Skogh nooit als een klein vogeltje beschouwd – hoe wist mevrouw Skogh dit?'

'Ik vermoed dat Mina zelf ook een paar kleine vogeltjes heeft. Een hele volière ongetwijfeld.'

Nu lachten ze beiden hartelijk naar elkaar.

'Het vogeltje van mevrouw Skogh is goed op de hoogte,' zei Karolina. 'Een paar jaar geleden heb ik Meneer Lehár ontmoet. Hij was zo vriendelijk om me kaarten voor de...' Ze maakte haar zin niet af en keek Elisabet met grote ogen aan toen haar een lichtje opging. 'Dat weet u allemaal, waar of niet?'

'Jazeker. Ik heb je zien vertrekken met een jongeman.'

'Werkelijk?'

'Maar natuurlijk. Mijn dochter ging voor het eerst naar de opera.'

Karolina kneep haar ogen tot spleetjes. 'En de kaarten voor de opera die mevrouw Skogh me onlangs heeft gegeven?'

'Ik beken schuld.' Elisabet streek met haar vingers over het linnen tafellaken. 'Karolina, vind je het goed als ik pianolessen voor je betaal?'

Karolina's hartslag versnelde. Wat verwachtte Elisabet als tegenprestatie? Ze probeerde tijd te rekken. 'Waarom?' vroeg ze toen.

Elisabet stak haar beide handen op. 'Omdat moeders dit soort dingen nu eenmaal doen en ik heb er zo naar verlangd om te doen wat moeders doen. Ik wil je ook graag meenemen naar het theater, naar een naaister, naar restaurants – of nog beter – ik zou willen dat je bij in mijn suite komt dineren, wanneer je werkschema dat toestaat. Of alleen maar een glas wijn komt drinken en een beetje babbelen. En wanneer je daaraan toe bent,' zei Elisabet zacht, 'zou ik je graag Karolina Silfverstjerna willen noemen. Maar ik begrijp dat dit soort dingen tijd kosten en ik stel voor dat we voorzichtig beginnen op een manier die jou aanstaat. Ik heb een vleugel die niet wordt bespeeld. En vanavond wil ik je de sleutel van mijn suite geven...'

Karolina's mond viel open. 'Een sleutel?'

'Ja. Heeft jouw lieve vriendin Ottilia geen sleutel van haar vaders huis?'

'Ik denk het wel.'

'Zie je wel. Jij krijgt ook een sleutel. Je mag zelf bepalen wanneer en hoe vaak je die wilt gebruiken. Zo, mag ik nu een aantal pianolessen voor je reserveren of' – Elisabet keek zogenaamd streng – 'hebben we nu ons eerste meningsverschil?'

Voor het eerst sinds ze het verhaal over haar afkomst had gehoord, moest Karolina giechelen. 'Welnee. En graag, alstublieft.'

74

Op de laatste zondag van juli liep Ottilia via Stallgatan naar het bouwproject waar langzaamaan het Grand Royal vorm begon te krijgen. Met haar rok tot boven haar enkels opgetrokken baande ze zich een weg tussen de zakken cement, vensterglas, mahoniehouten panelen, troffels, beitels, hamers en ander bouwgereedschap. Het zonlicht viel door het lantaarndak en bescheen de spikkeltjes bouwstof die vanaf de verdiepingen boven haar hoofd neerdwarrelden. Ottilia keek omhoog en terwijl ze bijna moest niezen zag ze tot haar teleurstelling dat er op de bovenste verdieping een ploeg glazenmakers aan het werk was. Het vakmanschap waarmee het Grand Royal werd voltooid – waaronder de details in de mozaïeken op de wanden en het fraaie mahoniehoutsnijwerk – was ongeëvenaard, maar de werkzaamheden vorderden uiterst traag. Natuurlijk kostte het aanbrengen van de vensters met glasroeden veel tijd, maar zouden de werklui nu al niet veel verder moeten zijn? Het Grand Royal zou 1 oktober moeten worden opgeleverd en daarna kon het worden ingericht. Gelukkig was het pleisterwerk op de muren eindelijk droog.

Ottilia zag Lotten Rönquist op een ladder staan. Ze was bezig met een van de twee panorama's op Visby op de muren van het restaurant. De schilderes doopte haar kwast in de verf en gaf met een paar donkere accenten meer diepte aan de bast van een boom. Lotten hield haar hoofd schuin om het resultaat te bekijken.

'Wat is dat mooi,' zei Ottilia.

'Dank je.' Lotten veegde haar voorhoofd aan haar mouw af en kwam de ladder af. 'Ik zou willen dat het niet zo warm was. Kalkverf droogt erg snel.' Ze voegde wat geel pigment toe aan het bruin op haar palet.

'Heeft het bouwstof geen nadelige invloed op de verf?'

'Hier beneden niet.' Ze gebaarde met haar hand naar de overdekte galerij rond de wintertuin die enige bescherming bood tegen het stof dat de glazenmakers veroorzaakten. 'Wat brengt jou naar deze lieflijke tempel op deze fraaie zondagmiddag?'

Ottilia stond op het punt een smoesje te verzinnen. Ze had tegen Lotten kunnen zeggen dat ze zich verveelde; Karolina was bij haar moeder, Torun en Margareta waren een dagje uit met de vrouwen van Tolfterna, Beda moest werken en Märta bracht natuurlijk de dag door met haar verloofde. Märta had Ottilia uitgenodigd om met hen mee te gaan naar Humlegården waar een fanfareorkest optrad, maar wie had er nu zin in om de middag door te brengen met twee tortelduifjes? Voor het eerst sinds lange tijd wenste ze dat zij ook iemand had voor wie ze een nieuwe hoed kon kopen. Maar in plaats van deze uitvluchten zei ze: 'Ik wil graag een oogje houden op de vorderingen in het Grand Royal.'

Lotten moest lachen. 'Dat doet mevrouw Skogh al voldoende voor jullie allebei. Ze komt elke dag langs, hoewel ik haar vandaag nog niet heb gezien.'

'Ze is naar Lidingö om te kijken hoe het met haar huis staat.'

Lotten schudde haar hoofd. 'Ik bewonder die dame. Ik weet zeker dat voor haar een dag meer uren heeft dan voor ons.'

'En mijn zuster Torun bewondert u,' zei Ottilia beschroomd.

'O ja? Is je zuster schilderes?'

'Nee, maar ze zet zich in voor de emancipatie van de vrouw.'

'Dat zou iedere vrouw moeten doen.' Lotten wees met haar kwast in Ottilia's richting. 'Heb je gehoord van die arme vrouw met vier kinderen die aan het gas ging omdat haar gewelddadige echtgenoot de voogdij over de kinderen had toegewezen gekregen toen ze van hem probeerde te scheiden? Zou een gewelddadige vrouw vier kinderen toegewezen hebben gekregen? Of zou een liefhebbende moeder zelfs maar een gedeeld voogdijschap over een kind kunnen krijgen? Absoluut niet. Wij vrouwen mogen eigenlijk niet rusten voordat we gelijke rechten hebben. Vanaf het moment dat een jongetje geboren wordt, heeft hij het voor het zeggen, terwijl van zijn moeder, zusters en tantes wordt verwacht dat ze alle onrecht zonder morren verdragen.' Lotten keek verstoord. 'Vind je dit grappig? Er is niets grappigs aan wat ik zojuist heb gezegd.'

Ottilia glimlachte weer. 'Nee, dat vind ik niet. Mijn excuses, maar ik denk dat u het heel goed met mijn zuster zou kunnen vinden.'

Lotten bleef nog even boos kijken tot er een grijns op haar gezicht doorbrak. 'Je zuster lijkt me een vrouw naar mijn hart. Ik zou graag kennis met haar willen maken.'

'Ik zal haar een keer meenemen. Ze zal opgetogen zijn.'

'En ik ook, te oordelen naar wat je zegt. Hoe ging het met het diner gisteravond?'

'Voor president Fallières? Fantastisch, wat het diner betreft. Chef Samuelsson en zijn keukenbrigade hebben zichzelf overtroffen en ik moet toegeven dat de obers er allemaal oogverblindend uitzagen in hun Franse livreien. Iedereen vergaapte zich aan de bloemstukken en koningin Victoria boog zich zelfs even om aan een roos te ruiken.'

'Ik wacht op een "maar",' zei Lotten.

Ottilia's gezicht betrok. 'Ik wist niet wat ik hoorde toen ik de echtgenote van de attaché van de Franse ambassade tegen madame Fallières hoorde zeggen dat alle koks Frans waren, het eten en de dranken uit Parijs kwamen en dat de bediening ook uitsluitend Frans was. Met andere woorden, het Grand Hôtel vormde slechts de entourage ter meerdere eer en glorie van de Fransen.'

Lottens mond viel open.

Ottilia was nog niet klaar. 'Hoe moeten wij onze reputatie verstevigen in bijvoorbeeld de diplomatieke wereld wanneer mensen als de echtgenote van de attaché zulke onwaarheden verkondigen? U boft dat het diner niet op deze plek werd gehouden anders had ze vast tegen de echtgenote van de president gezegd dat deze muurschilderingen door een Fransman zijn gemaakt.'

'Wat heb je toen gedaan?'

'Ik kwam tussenbeide en zei dat er misschien sprake was van een misverstand. De ambassade had inderdaad voor een aantal flessen wijn en champagne gezorgd, maar verder was elk kruimeltje en slokje geleverd, bereid, geschonken en opgediend door het personeel van het Grand Hôtel.'

'Goed gedaan. En toen?'

'Madame Fallières verzekerde me dat ze zeer van het diner had genoten en dat Stockholm net zo mooi was als de bloemstukken van die avond. Een uiterst hoffelijk compliment, gezien de omstandigheden.'

Lotten keek Ottilia met een waarderende blik aan. 'Mevrouw Skogh mag van geluk spreken dat ze zo'n loyale collega als jij heeft. Met jullie beiden moet het Grand Royal wel een eclatant succes worden. Zo, ga nu bij me weg, want anders moet je misschien nog de hulp van een of andere Fransman inroepen om deze muurschildering te voltooien, als jullie tenminste op tijd open willen gaan.'

Ottilia keek naar een stapel bouwmateriaal op de plek waar de wintertuin al vorm had moeten krijgen. 'Het was de bedoeling om vorig jaar maart open te gaan. Dat werd toen verschoven naar de zomer. En nu zegt mevrouw Skogh dat de opening in het nieuwe jaar zal plaatsvinden. De vraag is, welk nieuw jaar?'

75

Wilhelmina was met het verkeerde been uit bed gestapt. Dat was overduidelijk, ook voor haarzelf. Haar tochtje naar Lidingö, bedoeld als een welverdiend uitje na het veeleisende diner voor de Franse ambassade, had haar weinig goedgedaan. De bouw van Foresta bleek meer tijd in beslag te nemen dan ze had verwacht en de onontkoombare vertragingen gingen vanzelfsprekend gepaard met de onvermijdelijke kosten.

Na de zoveelste onrustige nacht was ze met een bonkend hoofd opgestaan. Op weg naar haar kantoor begroette ze Svensson kortaf met: 'Koffie.'

Het viel mee dat haar bureau een ordelijke aanblik bood. Wilhelmina liep met haar vinger de lijst van berichten na. Er stond onder andere dat ze de Franse ambassade moest bellen. Mooi zo. Zij zouden niet de eerste ambassade zijn die alvast een volgend diner reserveerde terwijl het eerste nog nauwelijks achter de rug was. De Franse livreien konden in ieder geval opnieuw worden gebruikt. Misschien zou deze dag toch nog meevallen. Als ze geluk had zouden in het Grand Royal de glazenmakers nu klaar zijn. Zo niet, dan kregen ze op deze mooie maandagochtend de wind van voren. Waarom konden al die ambachtslieden niet even stipt en consciëntieus zijn als Lotten Rönquist?

Tien minuten later riep Wilhelmina Ottilia bij zich op kantoor.

Ottilia kwam schoorvoetend binnen. De angst was haar om het hart geslagen toen mevrouw Skogh haar kortaf had toegevoegd: 'Ekman, op kantoor komen.' Op weg naar de administratieafdeling probeerde ze te bedenken wat er aan de hand zou kunnen zijn, maar er schoot haar niets te binnen. Nadat de Franse delegatie in het holst van de nacht was vertrokken, had mevrouw Skogh haar hartelijk goedenacht gewenst en ze waren elkaar de afgelopen dertig uur niet meer tegengekomen.

'Ekman, ik heb zojuist de Franse attaché gesproken.'

Ottilia werd niet gevraagd te gaan zitten. 'Jawel, mevrouw?'

'Ik heb zelden iemand meegemaakt die zo buiten zinnen van woede was, en niemand heeft me ooit op een dergelijke manier de mantel uitgeveegd.' De ogen van mevrouw Skogh schoten vuur.

Ottilia bleef zwijgen. Wat was er in hemelsnaam gebeurd? God verhoede dat er opnieuw sprake was van een voedselvergiftiging. En waarom was ze hiervan niet eerder op de hoogte gesteld? Het was haar taak elk detail van een diner in de gaten te houden, en zeker een diner van dit kaliber. Het zweet stond in haar handen.

'Hij zei tegen mij,' ging mevrouw Skogh verder, 'dat je de onbeschaamdheid hebt gehad om in aanwezigheid van madame Fallières zijn echtgenote voor leugenaarster uit te maken.'

Eindelijk drong het tot haar door. Ottilia wist ternauwernood een kreet van woede te onderdrukken. 'Dat heb ik helemaal niet gedaan, mevrouw. Ik heb alleen gezegd dat er waarschijnlijk sprake was van een misverstand. Zij...'

Mevrouw Skogh liet haar stem dalen en zei dreigend: 'Heb je nu wel of niet een vooraanstaande gast onderbroken om haar te vertellen dat er misschien sprake was van "een misverstand" terwijl ze in gesprek was met de echtgenote van de president?'

'Dat heb ik gedaan, maar...'

Mevrouw Skogh gaf een klap op het bureau. 'Weet je dan nog steeds niet dat de gast altijd gelijk heeft? Als een dame zegt dat de lucht groen is, zeg jij: "Jazeker, mevrouw, en het is ook een heel fraaie kleur groen". Heb je de afgelopen negen jaar dan helemaal niets geleerd?' De stem van mevrouw Skogh had inmiddels orkaankracht en drong tot ver buiten haar kantoor door.

Ottilia knipperde verwoed met haar ogen en ze hield haar blik strak op een krasje in het parket gericht. Haar wangen waren vuurrood. Als ze nu opkeek zou ze in snikken uitbarsten.

'Er worden drie dagen salaris ingehouden wegens onbeschaamd gedrag tegenover een gast, en nog eens drie dagen ter compensatie van de korting die ik op de rekening van de ambassade heb moeten geven. Aangezien dit je eerste grote overtreding is, mag je in je handen knijpen dat je nog steeds in dienst bent van dit hotel. In welke functie, moet ik nog beslissen. Het is wel duidelijk dat je niet geschikt bent om direct contact met de gasten te hebben. En verdwijn nu uit mijn ogen.'

Ottilia vloog de deur uit. Ze holde de stenen trap af, door de keldergang, en glipte via de trap aan de achterkant naar het Bolinder Paleis en haar oase op de zolder. In de stille beslotenheid van haar kamer wierp ze zich op haar bed en huilde hartverscheurend. Het onrecht en de verwijten brandden diep in haar ziel. Ze werd gestraft voor haar – overduidelijk als misplaatst opgevatte – loyaliteit aan het hotel waaraan ze meer dan zes jaar geleden haar hart had verpand. Ze was razend. Het liefst zou ze mevrouw Skogh in haar sop laten gaarkoken en de eerstvolgende trein naar Rättvik nemen en naar huis gaan. Het hotel in Rättvik had moeten sluiten door de nieuwe vergunningenwet, die rampzalig was voor de horeca, maar ze had er alles voor willen geven om haar hart bij haar moeder te kunnen uitstorten. Ottilia's tranen van woede gingen over in wanhopig snikken. Haar moeder. Plotseling leek het alsof er een fluistering tot haar doordrong. Wat had haar moeder ook alweer gezegd? 'Tegenslagen zijn er om te overwinnen en een vrouw die weet wat ze wil, kan alles aan.'

Ottilia ging rechtop zitten. Ze had een keus. Het kon best zijn dat mevrouw Skogh het vertrouwen in haar had verloren, maar ze had nog steeds vertrouwen in zichzelf. Ze kon altijd bij Torun slapen in Linnégatan terwijl ze op zoek ging naar een nieuwe betrekking. Het zou waarschijnlijk niet meevallen om werk te vinden, want er was veel werkeloosheid onder hotelpersoneel, maar ze had heel wat in haar mars. Ze had geleerd om te dienen en om te verkopen. Bovendien wist ze het een en ander over wijn en kon ze een menu in het Frans schrijven en lezen. Haar Duits was redelijk. En als er niets geschikts voor haar was, kon ze altijd nog gaan afwassen. Maar niet in het Grand Hôtel. Ze had haar trots en hoewel hoogmoed voor de val kwam, zou ze na deze klap liever vergif innemen dan haar laatste restje zelfrespect te grabbel gooien. Want was dit ook niet veel anders dan een tegenslag?

Voordat ze terugging naar de afdeling Banqueting plensde ze wat water op haar gezicht om de zwelling rond haar ogen iets te laten afnemen.

Karolina keek op en zei onmiddellijk: 'Je hebt gehuild.'

Ottilia rechtte haar schouders. 'Maar nu niet meer. Mag ik

vanavond misschien je nieuwe zomerjas lenen?'

Karolina fronste haar wenkbrauwen. 'Natuurlijk. Maar waarom?' Ze gaf Ottilia een kop dampend hete koffie.

'Zodra we klaar zijn met ons werk ga ik op zoek naar een nieuwe betrekking. Ik was van plan om bij Hôtel Rydberg te beginnen.'

Karolina greep naar haar hals. 'Vertel me eerst maar eens wat er is gebeurd.' Haar mond viel open toen Ottilia verslag deed van haar onderhoud met mevrouw Skogh. 'Maar mevrouw Skogh kon het toch wel waarderen dat je het hotel verdedigde?'

'Geen sprake van, en nu is ze aan het nadenken over een geschikte functie voor mij. Nou, ik zal haar de moeite besparen. Mijn eerste impuls was om onmiddellijk terug te gaan naar Rättvik, maar ik moet er niet aan denken om Stockholm te verlaten, dus ga ik hier iets anders zoeken.'

'Otti, je weet toch dat mevrouw Skogh geweldig uit haar slof kan schieten? Ze kalmeert wel weer.'

'Dat is mogelijk, maar ondertussen mag ik dan van haar zilver poetsen of vloeren schrobben. Daar is niets mis mee, maar dat ga ik niet doen nadat het me zes jaar heeft gekost om hogerop te komen in het Grand Hôtel. Dan lik ik nog liever de vloer van Hôtel Rydberg schoon. Gratis en voor niets.'

'Laten we de schade delen,' zei Karolina. 'Ik geef jou drie dagen van mijn salaris.'

Ottilia's ogen werd vochtig van ontroering. 'Karo, het gaat me niet om het geld, ik vind het gewoon onrechtvaardig. Bovendien heeft mevrouw Skogh op één punt gelijk. Ik kan niet garanderen dat ik in soortgelijke situaties nooit meer zoiets zou doen. Ik vind namelijk nog steeds dat ik het recht heb om voor mijn mening uit te komen.'

'En het Grand Royal dan?'

Ottilia's bravoure werd enigszins getemperd toen ze bedacht dat ze zich gisteren nog grote zorgen had gemaakt over de trage vorderingen van de werkzaamheden. Ze ging op haar bureaustoel zitten. 'Helaas heb ik daar nu niets meer mee te maken.'

Karolina schudde haar hoofd. 'Ik weiger te geloven dat jij of mevrouw Skogh dit werkelijk wil. Zal ik met mijn...'

'O nee, ik wil dat je moeder en jij hierbuiten blijven.' Ottilia glimlachte. 'Maar ik wil wel je zomerjas lenen.'

Karolina bleef ernstig kijken. 'Je weet dat alles wat ik heb ook van jou is. Maar dit is allemaal zo ondoordacht. Het ontbreekt jullie allebei aan gezond verstand.'

'Het is gewoon een tegenslag,' zei Ottilia. 'Het voordeel is...'

'Zie jij dan ergens een voordeel?'

Ottilia's gezicht betrok. 'Ik kan vast wel iets bedenken.'

Karolina gaf een klap op het bureau. 'Ik weet iets. Je bent nog steeds hier.' Ze gebaarde om zich heen. 'Als mevrouw Skogh inderdaad woedend was geweest had ze je toch naar het afwashok gestuurd?'

'Misschien wel. Maar als het een reden voor ontslag is wanneer je trots bent op je werk, dan neem ik liever ontslag voordat het zover komt.'

'Dan neem ik ook ontslag. Wanneer jij voet bij stuk houdt, dan sta ik achter je.'

Blufte Karolina of meende ze het serieus? 'Ik wil niet dat je dat doet,' zei Ottilia.

Karolina sloeg haar armen over elkaar. 'Waarom niet, je vindt het toch zo'n goed idee?'

'Ik kan vier redenen opnoemen.' Ottilia telde af op haar vingers. 'Ten eerste heb jij geen onenigheid met mevrouw Skogh. Ten tweede kunnen we niet allebei bij Torun in bed slapen. Ten derde, je kunt niet gemist worden bij Banqueting. En ten vierde, Karolina Silfverstjerna kan geen vloeren gaan schrobben terwijl haar moeder bezig is haar in de hogere kringen te introduceren. Het zou onterecht zijn om haar in deze narigheid te betrekken.'

Karolina slaakte een zucht. 'Je hebt gelijk.'

'En er is ook nog een nummertje vijf.' Ottilia stak haar hand op en bewoog haar duim. 'Als jij lange dagen moet werken in een ander etablissement, zul je Edward maar heel weinig zien. Nee, lieverd, jij blijft hier.' Ottilia pakte een vel papier.

Karolina keek haar ernstig aan. 'Beloof me alsjeblieft dat je je ontslagbrief niet zult indienen voordat je er een nachtje over hebt geslapen.'

Ottilia glimlachte vertederd. 'Als jij belooft dat je altijd mijn vriendin zult blijven. Wat er ook gebeurt.'

Karolina hief haar koffiekopje. 'Wat er ook gebeurt.'

76

Terwijl Ottilia tegenover August Åhlfeldt, de algemeen directeur van Hôtel Rydberg, zat – een ogenschijnlijk zeer geschikte kerel, die zijn geluk niet op kon dat Ottilia Ekman van het Grand Hôtel zich bij hem had aangediend – had Wilhelmina even tijd gevonden om het Grand Royal te inspecteren voordat ze met Lisa Silfverstjerna zou gaan dineren. Voor haar gevoel leek er geen eind te komen aan deze dag. De schrobbering die ze Ottilia die ochtend had gegeven, knaagde nog steeds aan haar, en de vraag wat ze nu aan moest met dit meisje in wie ze enorm was teleurgesteld, had haar de hele dag beziggehouden. Ze overdacht nog een keer de oorzaak van deze verwarrende aangelegenheid: wat had Ottilia, haar loyaalste, intelligentste en ijverigste employee, bezield om een gast te corrigeren? En nog wel een zeer prominente gast. De attaché had er geen doekjes om gewonden. Als zijn echtgenote en madame Fallières werkelijk zo geschokt waren als hij deed voorkomen, en andere gasten uit de diplomatieke kringen dit gesprek hadden gevolgd, zou dat ernstige gevolgen hebben voor de toekomstige reserveringen.

In het Grand Royal was het intussen doodstil, alleen klonken zo nu en dan gedempte voetstappen op de houten planken. Wilhelmina keek omhoog naar de resterende lege raamsponningen en verbeet haar woede. Hoe was het in vredesnaam mogelijk dat de werklui het geoorloofd vonden zo vroeg weg te gaan terwijl ze enorm achterliepen met hun werkzaamheden? Gelukkig was het werk van Lotten Rönquist balsem voor haar vermoeide, branderige ogen.

Wilhelmina keek vol bewondering naar een geschilderd panorama van Visby. 'Je hebt werkelijk de ziel van de stad weten te treffen. Het is precies zoals ik me het herinner.'

Lotten veegde haar kwast af. 'Bedoel je zoals de muurschildering was toen je hier twee dagen geleden bij me langskwam of hoe Visby er vijftig jaar geleden uitzag?'

Wilhelmina moest lachen. 'Zoals het was toen ik daar twee jaar geleden op bezoek was. Al moet ik zeggen dat bomen en middeleeuwse ruïnes in een halve eeuw niet zoveel zullen veranderen. Alleen mensen.' Ze zuchtte eens diep.

'Goeie genade, dat kwam uit de grond van je hart.'

'Het was een zware dag. En dat de werkzaamheden hier zo langzaam vorderen, is niet iets om vrolijk van te worden.'

'Dat heb ik ook van Ottilia begrepen.'

Wilhelmina was direct een en al aandacht. 'Was Ottilia hier vandaag?'

'Gisteren.'

Onwillekeurig hield Wilhelmina even haar adem in. Dus Ottilia had haar woorden serieus genomen. En waarom ook niet? Wilhelmina meende alles wat ze zei. Meestal.

Lotten keek haar vanaf de ladder met toegeknepen ogen aan en legde een hand op haar heup. 'Zit je iets dwars?'

Wilhelmina zuchtte opnieuw. Een kunstenaar ontging maar weinig. 'Er valt niets over te zeggen. Ottilia heeft een onvergeeflijke fout gemaakt en nu moeten we daar beiden voor boeten.'

Lotten knikte bedachtzaam. 'Ik begrijp het.' Ze doopte haar kwast in een likje turquoise verf en ging verder met het schilderen van de lucht. 'Neem me niet kwalijk dat ik het vraag, maar wat heeft Ottilia gedaan?'

Vreemd genoeg vond Wilhelmina het gemakkelijker om tegen Lottens rug te praten dan wanneer ze haar aankeek. 'Ze heeft de echtgenote van de Franse attaché gecorrigeerd, waar de vrouw van de president bij was.'

Lotten haalde even haar kwast van de muur, en ging toen weer verder. 'Van wie heb je dat gehoord?'

'Van de Franse attaché. En hij heeft gelijk. Dergelijk gedag van een personeelslid is onacceptabel. En zeker in een vooraanstaand etablissement als het Grand Hôtel. Ottilia's houding was in hoge mate schadelijk voor de reputatie van het hotel. En ook voor die van mij.' Wilhelmina wond zich opnieuw op.

'Wat heeft Ottilia gezegd waardoor de attaché zo in zijn wiek geschoten was?'

'Dat de Fransen niet voor de champagne hadden gezorgd. Maar het waarom doet er niet zoveel toe. Het gaat erom dat ze een gast in verlegenheid heeft gebracht. En madame Fallières was ook hoogst verontwaardigd.'

'Interessant.'

'Hoe bedoel je dat?'

'Dat een verhaal zulke verschillende kanten kan hebben.'

'Heb je hier dan met Ottilia over gesproken?' vroeg Wilhelmina verbaasd.

Lotten draaide zich om. 'Jawel, en ik moet zeggen dat dit meisje een hartelijk applaus verdient.'

Wilhelmina moest zich inhouden. Lotten Rönquist mocht dan een uitzonderlijke kunstenares zijn, maar ze wist hoegenaamd niets van het hotelwezen. 'Wat heeft Ottilia tegen je gezegd?'

'Dat die gerimpelde attaché-echtgenote tegen madame Fallières heeft gezegd dat de Fransen het hele diner hadden verzorgd, zowel de drank als het eten en dat alles ook door Frans personeel werd geserveerd. Maar madame Fallières heeft tegen Ottilia gezegd dat ze van alles had genoten en dat Stockholm net zo mooi was als de bloemstukken. Of iets van dien aard. Maar' – Lotten ging weer verder met schilderen – 'wat weet ik ervan? Ik was er niet bij. De vraag is, wie geloof jij? Ottilia of de attaché?'

Verdorie.

Lotten ging verder. 'De volgende vraag is, heeft Ottilia de reputatie van het Grand Hôtel geschaad of juist verdedigd? En de echte vraag is of jij een meisje gaat ontslaan omdat ze zich verzet tegen de beschuldigingen van een man. Terwijl ze heeft laten zien dat ze zich niet van de wijs laat brengen en loyaal is. Als je haar ontslaat en haar door een man vervangt, mag je deze muurschilderingen zelf afmaken.'

Tien minuten later liep een danig aangeslagen Wilhelmina door de gang naar suite 425.

Ze had zich de hele dag gehaast en nu was ze een paar minuten te vroeg. Lisa was er echter de vrouw niet naar om zich om dit soort trivialiteiten te bekommeren. Des te meer tijd hadden ze om te babbelen.

Karolina was net zo verbaasd om Wilhelmina te zien als andersom. 'Het spijt me, mevrouw,' zei Karolina. 'Mijn moeder zal over een minuut of tien terug zijn. Ik heb pianogespeeld, maar wilt u niet gaan zitten?'

Wilhelmina nam plaats op de sofa en keek naar Karolina die de bladmuziek van de lessenaar pakte en de klavierklep dichtdeed. De natuurlijke gratie van het meisje verried haar afkomst op een manier die Wilhelmina nooit eerder was opgevallen. Of werden onder invloed van haar moeder haar aangeboren eigenschappen versterkt?

Karolina voelde dat Wilhelmina keek en lachte verlegen naar haar. 'Ik zal maken dat ik wegkom.'

Wilhelmina dacht snel na. Misschien was dit wel een uitgelezen moment om in ieder geval iets van de vanochtend veroorzaakte schade te herstellen. Ze stak haar hand op. 'Voordat je weggaat, wil ik graag weten of Ottilia iets heeft gezegd over ons meningsverschil van vanmorgen.'

'Jawel, mevrouw,' zei Karolina enigszins benauwd.

'En weet je misschien ook wat Ottilia vandaag zoal heeft gedaan?'

'Jawel, mevrouw Skogh.'

Wilhelmina wachtte tot Karolina verderging.

En dat deed Karolina. 'Ze was aan het werk in het kantoor van Banqueting.'

'En heeft ze toevallig nog iets gezegd over een nieuwe functie?'

'Hier? Ze zei dat u zou bepalen waar...'

'Natuurlijk hier!'

'Vanzelfsprekend, mevrouw Skogh.' Maar de vurige blos op Karolina's wangen duidde erop dat het meisje iets verzweeg.

Wilhelmina rook onraad. 'Waar is Ottilia nu?'

'Ze is vanavond vrij.'

'Ik wil graag antwoord op mijn vraag.'

De deur van de suite ging open en Elisabet kwam binnen. 'Lieverd, Mina. Ben ik te laat?' Ze keek van Wilhelmina naar Karolina. 'Stoor ik jullie?'

Wilhelmina zei ja en Karolina zei tegelijkertijd nee.

Karolina liep naar haar moeder om haar een kus te geven. 'Mevrouw Skogh vroeg waar Ottilia was.' Ze wierp een blik op de klok. 'Eerlijk gezegd weet ik dat niet.'

'In dat geval,' zei Elisabet. 'Zou je met ons willen dineren?'

'Nee, dank u,' zei Karolina. 'Maar ik wens u beiden een prettige avond.'

'Waar was Ottilia een halfuur geleden?' vroeg Wilhelmina streng.

Karolina keek haar moeder smekend aan.

'Kunnen jullie me alsjeblieft vertellen wat hier aan de hand is?' vroeg Elisabet.

Wilhelmina deed een nauwkeurig verslag.

Elisabets lippen vormden een perfecte o. 'Mijn god, wat een onaangename situatie. De echtgenote van de attaché ging inderdaad buiten haar boekje, maar ja, haar man is wel attaché. Wat had jij in dit geval gedaan, Mina?'

'Eerlijk gezegd is dat een goede vraag.'

Elisabet draaide zich om naar Karolina. 'Waar was Ottilia een halfuur geleden?'

'In Hôtel Rydberg.' Karolina's gezicht was vuurrood.

Wilhelmina schrok. Hôtel Rydberg? August Åhlfeldt zou Ottilia stante pede aannemen. Dat zou zij ook doen als ze in zijn schoenen stond, ondanks de economische recessie. Dit meisje was haar gewicht in platina waard. 'Ik ga ervan uit dat ze heeft gewacht met het indienen van haar ontslag tot ze een nieuwe betrekking had gevonden,' zei Wilhelmina met een bittere ondertoon.

'Ottilia heeft haar ontslagbrief vanmorgen geschreven,' zei Karolina. 'Ik had haar gevraagd er een nachtje over te slapen.'

'Goed gedaan, lieveling.' Elisabet klapte in haar handen. 'Ik wil graag dat je Ottilia gaat halen. Mocht ze nog niet terug zijn, dan wacht je maar op haar.'

'Ik heb geen idee wanneer Ottilia terug zal komen,' zei Karolina. 'Misschien pas heel laat.'

Elisabet sloeg een arm om de schouders van haar dochter en nam haar mee naar de deur. 'Een keer laat naar bed kan geen kwaad. Wij wachten hier.' Toen Karolina weg was, richtte ze zich tot Wilhelmina. 'Mina, ik heb ook een vraag voor jou: wil je dat Ottilia blijft?"

'Zeker.'

Elisabet knikte. 'Nu we toch moeten wachten, laat ik vast eten komen.'

Ten prooi aan twijfel en verwarring liep Ottilia met Karolina naar suite 425. Zou een christen die op het punt stond voor de leeuwen te worden gegooid, zich ook zo hebben gevoeld? Misschien kon je maar beter een leeuw tegenover je te hebben. Dan wist je tenminste waar je aan toe was. Heel even had ze zich afgevraagd of mevrouw Skogh van mening zou zijn veranderd, maar toen had Karolina gezegd dat haar moeder het initiatief voor deze oproep had genomen. Hetgeen eigenlijk nog verwarrender was. Het voordeel was dat alles binnen een paar minuten achter de rug zou zijn. Ottilia knipperde haar tranen weg. Het Grand Hôtel verlaten zou haar onnoemelijk veel verdriet doen. August Åhlfeldt was zo... ze probeerde haar gedachten te ordenen... gretig geweest. Heel onverwacht in meerdere opzichten. Hoeveel jonge vrouwen zou hij ontvangen zonder afspraak? Hij had gezegd dat ze hartelijk welkom was in Hôtel Rydberg. Misschien was het wel beter zo.

Ze streek met haar handen over de rok van haar enige mooie japon terwijl Karolina op de deur klopte.

Elisabet deed met een glimlach open. 'Ottilia, dank je dat je gekomen bent.'

Ottilia maakte een kniebuiging en draaide zich toen naar de ramen waar mevrouw Skogh aan tafel zat. Ze maakte nog een kniebuiging.

'Ottilia,' zei Elisabet. 'Stel dat ik je gisteravond had gevraagd waar je liever werkte, voor mevrouw Skogh in het Grand Hôtel of in Hôtel Rydberg, wat zou dan je antwoord zijn geweest?'

'In het Grand Hôtel.' Het was eruit voordat ze het wist.

Juffrouw Silfverstjerna knikte. 'En ik weet uit betrouwbare bron dat mevrouw Skogh wil dat je in het Grand Hôtel blijft. Dus stel ik voor dat jullie deze suite beschouwen als een soort...' – ze glimlachte weer – 'ambassade. Met andere woorden, een plek voor diplomatieke onderhandelingen. Met als enige voorwaarde dat alles wat vanavond in deze kamer wordt gezegd strikt tussen jullie beiden blijft.'

Met kloppend hart keek Ottilia naar mevrouw Skogh, die nauwelijks merkbaar knikte en er verder het zwijgen toe deed.

'Uitstekend,' zei juffrouw Silfverstjerna zonder Ottilia's reactie af te wachten. 'Er is gezorgd voor wijn, smeneery, cognac en glazen. En ook een stuk of wat van mijn favoriete pralines. Kom, Karolina, we gaan, dan kunnen onze vriendinnen vrijuit met elkaar praten.'

De deur ging dicht.

'Ik denk dat je het best kunt beginnen door voor ons beiden een glas cognac in te schenken,' zei mevrouw Skogh.

Ottilia deed wat haar gevraagd werd en gaf een glas aan mevrouw Skogh.

'Ga toch zitten, Ottilia.' Mevrouw Skogh nam een slok en

zette haar glas op een tafeltje. 'Vertel eens, wat vond je van August Åhlfeldt?'

Ottilia dacht even na. Kon ze straffeloos vrijuit spreken? 'Hij was zeer geïnteresseerd.'

'Wanneer had je een afspraak met hem gemaakt?'

'Ik ben naar Hôtel Rydberg gegaan toen ik hier om zes uur klaar was.'

'Dat was niet mijn vraag.'

'Ik heb geen afspraak gemaakt,' zei Ottilia fel. 'Ik heb mijn naam opgegeven bij de balie in de lobby en gevraagd of hij misschien even tijd voor me had.'

'Wist hij wie je was?'

'Jawel.'

'En heeft hij je een functie aangeboden?'

'Ja, mevrouw.'

'Welke?'

'Die van hoofd Banqueting.'

'Maar hij heeft toch al een hoofd Banqueting? De heer Nyblaeus, een heel capabele man.'

'Daar heb ik niet naar gevraagd.' Ottilia nam een slokje cognac. De warmte van de cognac maakte haar een tikkeltje overmoedig. 'Zoals ik al zei, was meneer Åhlfeldt geïnteresseerd in mij.'

Mevrouw Skogh snoof. 'Allicht. We hebben het hier namelijk over de befaamde Ottilia Ekman, negen jaar lang opgeleid door Wilhelmina Skogh in eigen persoon. Wie zou haar niet willen hebben?'

Mevrouw Skoghs sarcasme was kwetsend. Ottilia vond dat ze niets meer te verliezen had. 'U wilt mij niet hebben, mevrouw. De halve administratieafdeling heeft dat kunnen horen.'

Ze keken elkaar woedend in de ogen.

'Wanneer ga je beginnen?' vroeg mevrouw Skogh.

De moed zakte Ottilia in de schoenen. 'Als ik mijn ontslag heb ingediend.'

'En je wilt natuurlijk dat ik je een getuigschrift meegeef.'

'Meneer Åhlfeldt heeft niet om een getuigschrift gevraagd.'

'Heb je hem verteld dat je ontslagen bent?'

'Ik ben niet ontslagen.'

'Maar je hebt ook geen ontslag genomen. Voor zover ik weet, ben jij op dit moment nog steeds voor mij aan het werk. Wat heb je Åhlfeldt als reden gegeven dat je het Grand Hôtel verlaat?'

'Ik zei dat u van plan was mij een andere functie te geven, en dat ik bij Banqueting wilde blijven.'

'En heeft hij niet gevraagd waarom ik van plan was je een andere functie te geven?'

'Ik kreeg de indruk dat hij op het punt stond dat te vragen, maar toen leek hij zich te bedenken.' Hetgeen ze eigenlijk heel vreemd had gevonden, maar het kwam wel goed uit.

'Ottilia, nog geen vijftien minuten geleden heb je tegen juffrouw Silfverstjerna gezegd dat je liever in het Grand Hôtel blijft.'

'Juffrouw Silfverstjerna vroeg me wat ik gisterávond op die vraag zou hebben geantwoord.'

'En nu vraag ik het jou ook. Wil je werkelijk in Hôtel Rydberg gaan werken? In Storvik vertelde je me ooit dat je je verveelde en op zoek was naar een nieuwe uitdaging.'

'Ik heb nooit gezegd dat ik me verveelde.'

'Wellicht niet met dezelfde woorden, maar toen je me in Storvik opzocht, was je boodschap heel duidelijk.'

Ottilia dacht met weemoed terug aan dat bezoek en ze streek met haar vingertop over een knoest in het door de zon beschenen tafelblad. 'U was destijds heel vriendelijk tegen mij. U zei dat ik u op een goed moment had getroffen.'

'Inderdaad,' zei mevrouw Skogh. 'En vandaag trof je me op een heel ongunstig moment.' Ze nam nog een slokje cognac. 'Ottilia, voor we nog langer elkaars tijd verdoen, heb ik een vraag: verveel je je in het Grand Hôtel?'

Ottilia keek op. 'Zeker niet. Hier weggegaan is voor mijn gevoel net zoiets als een kind in de steek laten, in ruil voor een pleegkind.'

'Waarom ga je dan weg?'

'Omdat u van plan bent me naar een andere afdeling over te plaatsen, en de enige plekken waar we op dit moment af en toe personeel nodig hebben zijn bij de schoonmaak en in het afwashok.' Ottilia rechtte haar rug. 'Ik ben meer waard dan...'

'Dat klopt.'

'Dus...' Ottilia besloot nu met de vraag te komen die ze die ochtend al had moeten stellen. 'Mevrouw, wat had u gedaan als u hoorde dat de vrouw van een attaché alle eer opeiste voor een zeer succesvol en prestigieus diner, dat dit hotel enorm veel werk heeft gekost, en waarvoor bovendien een aantal peperdure livreien moest worden aangeschaft?'

'Waarschijnlijk had ik op dat moment hetzelfde gedaan als jij,' bekende mevrouw Skogh. 'Maar eerlijk gezegd wil ik graag geloven dat ik dat niet had gedaan. En ik zou ook heel graag geloven dat we geen van beiden ooit weer dezelfde fout zouden maken.'

'Geen van beiden?'

'Je had de vrouw van de attaché niet moeten tegenspreken, en ik had geen oordeel moeten vellen voordat ik het verhaal van twee kanten had gehoord. Ik denk dat de attaché niet echt de waarheid heeft gesproken toen hij zei wat de reactie van madame Fallières was.'

'Ze was heel hartelijk. Charmant.'

'Dat heb ik gehoord. Zo, en nu vraag ik je voor de eerste en tevens laatste keer: wil je liever hoofd Banqueting worden in Hôtel Rydberg of bedrijfsleider van het Grand Royal? De keus is aan jou.'

Ottilia kreeg een brok in haar keel en kon nauwelijks een woord uitbrengen. 'Bedrijfsleider van het Grand Royal,' zei ze uiteindelijk. 'En ik bied mijn oprechte excuses aan voor wat er zaterdag is gebeurd.' Ze draaide haar hoofd en keek nadrukkelijk uit het raam. 'Ik heb nog nooit zo'n fraaie groene hemel gezien.'

Mevrouw Skogh schoot in de lach. 'Ja, een heel mooie groene kleur.'

77

De ruzie en de daaropvolgende verzoening van Wilhelmina en Ottilia hadden de beide vrouwen opnieuw respect binnen het Grand Hôtel opgeleverd. Degenen die Karolina probeerden over te halen meer informatie te geven, werden niets wijzer. Haar antwoord op alle slinkse pogingen haar tot ontboezemingen over te halen, was eenvoudig: 'Ik was er niet bij toen de woordenwisseling plaatsvond, en ik was er ook niet bij toen ze het weer hebben bijgelegd.' Beda Johansson en Margareta Andersson deden ook net alsof ze van niets wisten, ook al vermoedde Wilhelmina dat Gösta Möller, en wellicht ook Edward, een vrij nauwkeurig idee had over wat er was gebeurd. En zoals met alle roddel het geval is, doofde het vuurtje bij gebrek aan nieuwe brandstof al heel snel uit.

Een toen verscheen Fredrik Nyblaeus ten tonele, het hoofd Banqueting van Hôtel Rydberg. Wilhelmina nodigde hem uit bij haar op kantoor en was benieuwd wat hij te zeggen had. Ze bekeek de tot in de puntjes verzorgde man aan de andere kant van haar bureau en wachtte tot hij van wal zou steken.

Nyblaeus begon. 'Ik zal er geen doekjes om winden, mevrouw Skogh. Ik hoop dat er voor mij een functie is in het Grand Hôtel.'

'Bent u ontslagen in Hôtel Rydberg?'

'Nee, dat niet, maar ik zou liever werken voor een etablissement dat loyaliteit hoog in het vaandel heeft.'

Wilhelmina trok haar wenkbrauwen op. 'Ga verder.'

Nyblaeus schraapte zijn keel. 'Uw juffrouw Ekman heeft Hôtel Rydberg benaderd...'

'Dus nu komt u hier verhaal halen.'

'Zeker niet. Juffrouw Ekman had alle recht om te komen informeren. Maar ik vind het kwetsend dat ik zo snel vervangen word.'

'U bent niet vervangen door juffrouw Ekman.'

'Ik ben helemaal niet vervangen, maar als zich morgen in

Hôtel Rydberg een andere juffrouw Ekman aandient, dan zou ik de volgende dag werkloos kunnen zijn.'

'Wat is de reden dat August Åhlfeldt u zo graag wil vervangen? En voor u antwoord geeft, meneer Nyblaeus, dient u te beseffen dat ik Åhlfeldt natuurlijk zo kan bellen.'

'Hôtel Rydberg heeft het moeilijk. Ik denk dat dit voor de meeste hotels geldt.'

Wilhelmina vertrok geen spier.

'In dit soort zware tijden, zoals we nu in de stad beleven, telt elke kroon. Dat zegt meneer Åhlfeldt in ieder geval.'

'Hij heeft gelijk.'

'Ik ben het volkomen met u eens, mevrouw Skogh. Maar wat meneer Åhlfeldt zegt en wat hij doet, is niet altijd hetzelfde.'

Wilhelmina trok haar wenkbrauwen op. 'Hoezo?'

'Er zijn maar weinig banketten die het waard zijn verlies op te leveren. Het loont niet om een klein visje uit te gooien om een grote vis te vangen, want zodra dit in de stad bekend wordt, verwacht iedereen dezelfde kortingen, die alleen maar verlies opleveren. Klanten zeggen tegen me dat ze voor een paar procent meer een feest in het Grand Hôtel kunnen geven. En dat is waarschijnlijk ook zo. Alles kost nu eenmaal wat het kost en zelfs het Grand Hôtel moet zijn best doen, gezien de huidige moeilijke omstandigheden. Toch geloof ik nauwelijks dat u de gewoonte hebt om uw diensten weg te geven.'

Wilhelmina's mond viel open. 'Weg te geven?'

Nyblaeus knikte meelevend. 'Wanneer ik voet bij stuk houd, weten de klanten inmiddels dat ze rechtstreeks met meneer Åhlfeldt moeten praten.'

Wilhelmina dacht na. Ze kende August Åhlfeldt als een slimme man. Dit was vreemd. 'En wat gebeurt er dan als ze meneer Åhlfeldt benaderen?'

'Dan zegt hij altijd tegen me dat ik "mijn best moet doen". En dit betekent dat ik bijvoorbeeld voor gratis drank of versnaperingen moet zorgen. Hetgeen niet alleen mijn positie ondermijnt, maar ook net het verschil tussen winst en verlies kan uitmaken.

En wanneer de afdeling Banqueting dan opnieuw in de rode cijfers komt, word ik daar verantwoordelijk voor gehouden. Ik denk...' – Nyblaeus zweeg even om zorgvuldig zijn woorden te kunnen kiezen – 'dat meneer Åhlfeldt zich blindstaart op het Grand Hôtel. Hij wil concurreren. Wat in zeker opzicht een gezonde houding is. Maar tegen de tijd wat wij hogerop weten te komen, is dit befaamde etablissement alweer een stap verder. De kwestie is,' zei Nyblaeus, 'we kunnen bij Rydberg nog zo ons best doen, maar aan onze locatie kunnen we nooit iets veranderen. Al denkt meneer Åhlfeldt dat Rydberg het voordeel heeft dichter bij het Centraal Station te liggen.'

'En wat vindt u daarvan?'

'Dat we dichter bij het station liggen kan een voordeel zijn wanneer gasten alleen bij ons overnachten, maar niet voor Banqueting. Er zijn maar weinig mensen die per trein komen om naar een feest te gaan. Bovendien hebben onze beide hotels een uitstekende omnibus-service. En dan maken die paar honderd meter extra naar het Grand Hôtel niets uit.' Hij glimlachte. 'We wisten onmiddellijk dat u hier de baas was geworden toen de omnibussen van het Grand Hôtel een likje nieuwe verf kregen.'

Wilhelmina knikte om het compliment in ontvangst te nemen. 'Dit is allemaal heel vleiend, maar het verklaart nog niet waarom u hier bent, meneer Nyblaeus.'

'Ik meende dat u op zoek was naar een nieuw hoofd Banqueting.'

'Dat is de functie van juffrouw Ekman.'

Nyblaeus keek verbaasd. 'Is zij dan niet de bedrijfsleider van het Grand Royal? Dan ben ik verkeerd geïnformeerd, ik bied mijn verontschuldigen aan en zal onmiddellijk vertrekken.' Hij legde zijn handen op de armleuning van zijn stoel om op te staan.

'Door wie bent u geïnformeerd?' vroeg Wilhelmina.

Nyblaeus wist zich geen houding te geven. 'Ik wil niet...'

'Gösta Möller?'

'Ja. We hebben samengewerkt bij Rydberg toen het Grand

Hôtel tien jaar geleden wegens renovatie was gesloten. Hij kon toen niet wachten om weer terug te gaan, maar we zijn nog steeds goede vrienden.'

Wilhelmina moest moeite doen haar ergernis te verbergen. 'En wat heeft uw goede vriend Gösta Möller precies gezegd?'

'Dat juffrouw Ekman de leiding zou krijgen van het Grand Royal en dat hij de functie van hoofd Banqueting had geweigerd. Hij zei ook dat juffrouw Ekman in Hôtel Rydberg was geweest, en dat ik tegenover u volkomen open kaart kon spelen. Wat ik sowieso had gedaan. Eerlijkheid duurt het langst.'

Ze geloofde hem. 'Ga verder.'

'Ik vroeg waarom juffrouw Ekman naar Hôtel Rydberg was gegaan. En hij antwoordde, ik citeer hem: "Dit gebeurt er nu eenmaal wanneer twee dames op zich allebei gelijk hebben, maar het niet met elkaar eens zijn."'

'En heeft hij ook gezegd waar het over ging?'

'Nee. En ik heb er ook niet naar gevraagd. Hij zei wel dat juffrouw Ekman en u zo nu en dan van mening verschillen, maar dat nog geen sigarettenvloeitje een wig tussen u beiden kan drijven. Dit soort loyaliteit is in mijn ogen zeer lovenswaardig en uitzonderlijk.'

Wilhelmina's aanvankelijke ergernis wat betreft Möllers bemoeienissen verdween als sneeuw voor de zon. De maître d'hôtel had in het verleden ook bewezen over een goed beoordelingsvermogen te beschikken. Misschien zouden Nyblaeus en Karolina goed met elkaar overweg kunnen. 'Zou u intern willen wonen?'

'Nee, mevrouw, ik heb een dochtertje.'

'En een echtgenote?'

'Helaas niet. Ze is overleden toen Isabella, onze dochter, nog maar een paar maanden oud was. Mijn moeder helpt me met de zorg voor Isabella, maar ik kan onmogelijk intern gaan wonen.'

Wilhelmina werd geraakt door de droevige blik in Nyblaeus' ogen. Ze nam een besluit. Deze man verdiende een kans en als bleek dat hij niet in alle opzichten aan de hoge eisen voldeed, kon ze hem altijd nog ontslaan. 'Uitstekend. Ik wil dat u hier over twee weken begint, op 17 augustus, zodat juffrouw Ekman u aan de andere leidinggevenden van het personeel en de leveranciers kan voorstellen. Op die manier kan ze geleidelijk aan het werk aan u overdragen voordat ze op 1 september naar een andere functie gaat. Karolina Silfverstjerna, een zeer talentvolle jongedame, zal uw assistente worden. Ik betwijfel of er aangaande deze afdeling nog dingen zijn die juffrouw Ekman en juffrouw Silfverstjerna u niet kunnen vertellen, maar mocht u iets willen weten, mijn deur staat altijd open. Ik zal bij de afdeling boekhouding informeren naar de hoogte van uw salaris, maar u zult in alle redelijkheid worden betaald. Ziezo, ik heb andere zaken die dringend mijn aandacht eisen, dus ja of nee?'

Op Nyblaeus' serieuze gezicht verscheen plotseling een onverwacht charmante glimlach. Hij stond op en stak zijn hand uit. 'Mijn dank is groot. Ik zal mijn uiterste best doen uw vertrouwen in mij te belonen.'

Wilhelmina knikte. 'Doe uw best en breid mijn afdeling Banqueting uit. Meer vraag ik niet. Ik zal juffrouw Ekman bellen. U zult met haar gaan samenwerken en hoe eerder u met haar kennismaakt des te beter.'

Ottilia kwam mevrouw Skoghs kantoor binnen.

'Juffrouw Ekman, dit is meneer Nyblaeus. Hij wordt het nieuwe hoofd Banqueting. Wellicht kunnen jullie een kop koffie gaan drinken in de nieuwe wintertuin voordat jij, Ottilia, meneer Nyblaeus onze banquetingfaciliteiten laat zien. Vraag juffrouw Silfverstjerna om met jullie mee te gaan.'

Ottilia begroette de elegante grijsogige man en schudde zijn uitgestoken hand. 'Ottilia Ekman.' De aanraking bezorgde haar een ongekend gevoel, alsof er een schok door haar hele lichaam voer. 'Zeer aangenaam met u kennis te maken,' zei ze. En dat meende ze oprecht.

78

Half oktober was de aannemer zijn contractuele verplichtingen ten opzichte van het Grand Royal nog steeds niet nagekomen. De wintertuin in Stockholms mooiste hotel leek meer op een bouwput dan op de beoogde oase, en de tijd drong. Wilhelmina was tot het uiterste gespannen. Ze had aangekondigd dat de opening op 23 januari zou plaatsvinden en God verhoede dat ze was gedwongen die weer uit te stellen. Ze wilde niet alleen geen gezichtsverlies lijden, maar ze kon het zich ook niet veroorloven inkomsten mis te lopen als er reserveringen moesten worden afgezegd. De stijging van de kosten diende een halt toe te worden geroepen en er moest geld binnenkomen voordat het bestuur zijn geduld verloor. Zou de aannemer zich net zo nonchalant hebben gedragen tegenover een man? Ze betwijfelde het.

Getergd en gefrustreerd liep ze haar kantoor binnen. 'Als ik nog één keer het woordje "maar" van de aannemer te horen krijg, sta ik niet voor mezelf in,' bitste ze tegen een geschrokken Ottilia. 'Weet je wat die verdomde idioten van werklieden nu weer hebben gedaan?'

'Ik weet wel wat ze níét gedaan hebben,' zei Ottilia. 'Namelijk een verbinding maken tussen het Grand Royal en het Grand Hôtel. Chef Samuelsson en ik waren daar gisteren met twee nieuwe koks. We konden alleen maar via Stallgatan naar binnen.'

'Precies. De werklui hadden twee weken geleden de gemeenschappelijke muur door moeten breken, maar dat kleine detail heeft hen er niet van weerhouden om de gangen aan de kant van het hotel opnieuw te schilderen en de muur in het Grand Royal af te maken. En dat moet allemaal weer over worden gedaan wanneer de doorgang klaar is. Ik heb ook begrepen dat er nog geen aanpassingen zijn gemaakt voor het hoogteverschil tussen de vloeren. Terwijl dit hoogteverschil eertijds problemen met de watertoevoer heeft veroorzaakt. Je zou toch denken dat iemand met een beetje gezond verstand zich dat zou herinneren, maar niets daarvan.'

'En wat gaan ze daar dan aan doen?' vroeg Ottilia.

'Toen ik wegging deden ze wat ze altijd doen: met de ene hand op hun hoofd krabben en met de andere naar elkaar wijzen.'

'Maar ze zullen toch wel een oplossing voor de vloeren vinden en de muren gratis overschilderen?'

'Dat gebeurt zeker, maar we lopen heel erg achter. De wintertuin had omstreeks de tiende klaar moeten zijn voor beplanting, en nu is het al de zeventiende en er is nog steeds geen pad of bloembed te zien. Volgende week komt er voor zevenhonderd kronen aan planten binnen.'

'Waar moeten we die opslaan? Zal ik Fred... meneer Nyblaeus vragen of een van de banquetingruimtes beschikbaar is?'

Wilhelmina keek Ottilia vragend aan. 'Fredrik? Hebben jullie iets met elkaar?'

Ottilia bloosde. 'Nee, mevrouw.'

'Je kon het slechter treffen,' zei Wilhelmina. 'Hij is intelligent en niet onknap.'

'Dat weet ik.'

Wilhelmina sloeg haar ogen ten hemel. 'Dat is jouw zaak, maar nu weet je in ieder geval wat ik vind. Maar goed, ik heb geregeld dat de planten voorlopig in een filiaal van Göteborgsbanken kunnen staan.'

'Daar blijven ze niet lang goed. Ze moeten geplant worden,' zei Ottilia.

'Als ze verpieteren zal ik de kosten verhalen op de aannemer, inclusief de invoerrechten,' zei Wilhelmina nors. 'De aannemer zei tegen me dat het lastig was om aan goede werklui te komen, en dat in de stad op allerlei bouwplaatsen mensen nodig zijn. Ik heb hem aan zijn verstand gebracht dat wij deze opdracht al vorig jaar hebben gegeven, tegelijk met de bestelling van zeshonderd ladingen grind en zand, en dat hij het definitieve tuinontwerp van de hovenier van het Haga Paleis drie maanden geleden heeft ontvangen. Hij weet dat de tuinmannen niet kunnen beginnen wanneer het grondwerk niet is afgerond.'

'Wat had de aannemer daarop te zeggen?'

'Alleen maar uitvluchten, maar hij weet net zo goed als ik dat hij wettelijk gezien geen poot heeft om op te staan.'

'Kunnen we hem met ontslag dreigen?'

'Was het maar zo eenvoudig. Nee, dus. De man heeft gelijk wanneer hij zegt dat de stad zit te springen om vakkundige bouwvakkers. Maar ik vermoed dat hij naast de werkzaamheden bij ons met nog andere bouwprojecten bezig is, om iedereen te vriend te houden. We moeten voorkomen dat we hem tegen ons in het harnas jagen, want dan gooit hij het bijltje er misschien wel bij neer. Het enige wat ik kan doen, is hem nog een keer uitgebreid confronteren met de gevolgen die verder uitstel zullen hebben en tegelijkertijd begrip tonen voor zijn situatie. We moeten een beroep doen op zijn goede naam. Ik heb gezegd dat ik hem een brief zal sturen met een voorstel voor een compromis.'

'En wat houdt dat in?'

Wilhelmina tikte met haar vinger op de kalender op haar bureau. 'Dat de vierde etage 1 november klaar is, de derde etage op 15 november en alle verdere etages op 1 december. Op 15 december moeten de keuken, roltrap, liften, verlichting en verwarming volkomen operabel zijn.'

'En zo niet?'

Wilhelmina slaakte een diepe zucht. 'Dan zal ik de aannemer officieel te kennen geven dat als het Grand Royal op 1 januari niet bedrijfsklaar is, wij de Sofia Albertina-stichting ervan op de hoogte moeten stellen dat we voor 1 juli 1909 geen huur zullen betalen en rente aflossen omdat we ongetwijfeld verlies zullen lijden als er in het Grand Royal tijdens de drukke lente- en zomermaanden nog steeds wordt gewerkt. En dat ik weliswaar begrijp dat het probleem wordt veroorzaakt door het gebrek aan gekwalificeerde werklui, maar dat ik mijn plicht als directeur zou verzaken wanneer ik toesta dat het Grand Hôtel nog meer financiële schade lijdt vanwege de zoveelste vertraging in de bouw.' Een vertraging waar zij part nog deel aan had, maar waar het bestuur haar ongetwijfeld verantwoordelijk voor zou houden.

'Zal dat voldoende zijn?' vroeg Ottilia.

Wilhelmina wreef over haar slapen. 'Zoals de zaken er nu voor staan, is dit het enige wat ik kan doen. Ik kan de boel niet forceren.'

79

De laatste bestuursvergadering van het jaar vond plaats op 20 december. Dodelijk vermoeid nam Wilhelmina plaats aan de tafel. Zelfs de sterrenhemel en de twinkelende elektrische verlichting in het paleis konden haar gebruikelijke glimlach niet tevoorschijn toveren. Als iemand haar had gevraagd welk cadeau ze voor Kerstmis zou willen hebben, had ze waarschijnlijk als antwoord gegeven: voor één keer een nacht goed slapen. Zoals altijd hoopte ze dat ze zich dan 's morgens beter zou voelen.

Oscar Holtermann opende de vergadering. 'Het is me een genoegen om u in mijn hoedanigheid van bestuursvoorzitter van Nya Grand Hotel AB te melden dat ik vanmorgen bericht heb ontvangen van de Sofia Albertina-stichting. Ze stelden me ervan op de hoogte dat het nieuwe hotelgebouw op perceel 19 van Blasieholmen nu gereed is om in gebruik te worden genomen en dat de opening van Grand Royal volgens plan op 23 januari door kan gaan. Met het dringende verzoek de huur van het komende kwartaal te voldoen.'

'Het heeft al met al vier jaar geduurd,' zei Wilhelmina. 'Bijna tot op de week af.'

Holtermann fronste zijn wenkbrauwen. 'Op de week af? Ik meende dat we de overeenkomst in april 1905 hebben getekend.'

'De brief waarin ons werd gevraagd of we geïnteresseerd

waren in de huur van een locatie hebben we op 19 december 1904 ontvangen,' zei Wilhelmina.

'Het heeft inderdaad heel wat voeten in aarde gehad,' zei Palm. 'Maar het was het waard. De uitbreiding heeft werkelijk iets sprookjesachtigs. Daar kunnen we trots op zijn.'

Wilhelmina moest op haar tong bijten om Palm niet te vragen wat zijn bijdrage dan was geweest. De afgelopen vier jaar had zij het Grand Hôtel geleid en was zij als enige verantwoordelijk geweest voor de totstandkoming van het Grand Royal; van de keuze van de architect tot de inmiddels welig tierende planten in de wintertuin.

'Daar ben ik het hartgrondig mee eens,' zei Holtermann. 'De bouwput die we tijdens ons bezoek in oktober aantroffen, is veranderd in iets heel uitzonderlijks. Ik zal onze dank en felicitaties overbrengen aan de architect en onze aannemer. En nu mogen we hopen dat het waagstuk van mevrouw Skogh rendabel zal blijken te zijn. Dit nieuwe gebouw zal voor extra inkomsten moeten zorgen.'

Kokend van woede sleepte Wilhelmina zich even later de trap naar haar appartement op. Haar medebestuursleden klopten zich op de borst, en de aannemer was een held, en zijzelf? Ze had geen enkel woord van waardering gekregen. Alleen de constatering dat de eer van de realisatie van het Grand Royal hen allen toekwam, maar dat zij als enige het risico droeg. Het Grand Royal was echter geen 'waagstuk' meer; het Grand Royal was al het gesprek van de dag. En de Stockholmers konden niet wachten om met eigen ogen te zien wat er schuilging achter die indrukwekkende granieten pilaren en glazen toegangsdeuren op de hoek van Stallgatan en Blasieholmsgatan. Haar visie en nalatenschap zouden tientallen jaren een aanwinst voor de stad en het Grand Hôtel blijken te zijn. Misschien wel eeuwen. Nee, niet misschien, absoluut eeuwen. Voor het eerst die dag ontspande Wilhelmina enigszins. En als haar gevoel haar niet bedroog, dan zou Brita nu een fles Pol Roger koud hebben staan. God zegene de vrouwen in haar leven.

80

1909

Het was januari en terwijl de sneeuw bergjes vormde op de vensterbanken van het Bolinder Paleis nam Ottilia plaats op een sofa in de zitkamer van mevrouw Skogh en bedankte Brita met een glimlach voor de heerlijke kop koffie.

'Je hebt twee uur de tijd,' zei Brita. 'En geen minuut langer. Voorschrift van dokter Malmsten.'

Mevrouw Skogh, die met een wollen deken over haar benen op de sofa tegenover Ottilia zat, gebaarde dat Brita kon gaan. 'Laten we dan maar snel beginnen.'

'Hoe voelt u zich?' vroeg Ottilia. Ze keek naar de indrukwekkende hoeveelheid kaarten en bloemen in de kamer. 'Beda zei vanmorgen nog dat honderden mensen naar het hotel hebben gebeld en geschreven om naar uw gezondheid te informeren. Ze vroeg me om u de hartelijke groeten van haar te doen.'

Mevrouw Skogh knikte. 'Heel vriendelijk van al die mensen. Ik ben het Sophiahemmet-ziekenhuis zeer dankbaar, maar er gaat niets boven het slapen in je eigen bed. Hopelijk zal die slopende vermoeidheid nu wel afnemen. Maar het kwam allemaal wel zeer ongelegen.'

'Volgens mij komt een operatie nooit gelegen,' zei Ottilia. 'Dit soort dingen hebben we nu eenmaal niet in de hand.' Ze vermoedde dat het laatste mevrouw Skogh nog het meeste dwarszat.

Mevrouw Skogh keek bedenkelijk. 'Dat is zo, maar het was beter geweest als ik in plaats van te moeten herstellen me nu kon bezighouden met de voorbereidingen voor de opening van het Grand Royal.'

Ottilia keek op haar papieren. 'Daar heeft mijn eerste vraag dus mee te maken. Wat moet ik doen voor het diner voor de hoogwaardigheidsbekleders op de drieëntwintigste? U bent dan de officiële gastvrouw.'

'Dit diner moet worden uitgesteld. Het is te groot en belangrijk om zonder mij te kunnen plaatsvinden. Er is in de dagbladen al diverse malen over mijn huidige gesteldheid geschreven, dus zal uitstel niet als een verrassing komen. Zolang het Grand Royal maar op de juiste dag voor het publiek wordt geopend, kan de rest wachten.'

Ottilia maakte een aantekening. 'En wat doen we met het bezoek van de pers op de twintigste en dat van het Koninklijk Huis op de eenentwintigste?'

'Op de eenentwintigste zal ik Zijne Majesteit en de kroonprins rondleiden. Lisa Silfverstjerna zei me dat ze allebei zeer geïnteresseerd zijn in alles wat "royal" is. Ik deed net alsof ik haar grapje niet begreep.'

Ottilia moest lachen. 'Ik vind het erg geestig.'

'Dat vond Lisa zelf ook. Wat het bezoek van de pers betreft zal ik mijn uiterste best doen om aanwezig te zijn, maar ik wil dat jij klaarstaat om mij eventueel te vervangen. Is het lederen behang al verwijderd?'

'Uiteraard. De plek is overgeschilderd met olieverf in dezelfde groenbronzen tint, in afwachting van het juiste behang. Helaas komt dat pas na de opening. De werklui hebben zich meermalen uitgebreid verontschuldigd voor het beschadigen van de muur.'

'Dat is ze geraden. Is jouw nieuwe bedrijfskleding al gearriveerd?'

'Jawel. En de japonnen zijn prachtig. Er zitten de door mij gewenste diepe zakken in en de stof is van dezelfde rode kleur als de leren stoelen in het restaurant van het Grand Royal.'

'En heb je gecontroleerd of het gouden monogram van het Grand Royal precies in het midden van die stoelen zit?'

'Dat heb ik gedaan, en het is in orde.'

'Mooi. Is het gelukt om gekleurd licht op de fontein te projecteren?'

'Ja. Het resultaat is werkelijk spectaculair. Het water lijkt daardoor net vuurwerk. Zelfs chef Samuelsson stond er met open mond naar te kijken.'

'Net als iedereen straks, vermoed ik.' Mevrouw Skogh klonk tevreden. 'In heel Scandinavië, en waarschijnlijk ook in heel Europa, is er niets wat met het Grand Royal kan wedijveren.'

Ottilia knikte. 'Ondanks het hoge lantaarnplafond en het grote vloeroppervlak heerst er wonderlijk genoeg toch een intieme sfeer.'

'Dus alles is nu gereed?'

Ottilia knikte. 'Van de kroonluchters tot het laatste struikje en boompje in de wintertuin. Inclusief de zestig nieuwe gastenkamers. Margareta is vanmorgen met een nieuwe groep kamermeisjes naar boven gegaan.'

Mevrouw Skogh trok haar wenkbrauwen op. 'Ze is toch niet van plan om alleen nieuwe meisjes in het Grand Royal te laten werken? Ik had verwacht dat ze er ook wat meer ervaren personeel heen zou sturen.'

'Dat heeft ze ook gedaan,' zei Ottilia. 'Ik bedoelde dat de groep nieuw was, niet de meisjes.'

'En hoe zit het met de keuken?'

'De personeelsbezetting is compleet. Afgezien van een grote hoeveelheid keukenhulpen kan het Grand Royal nu bogen op twaalf koks, vijf oberkelners en achtenveertig kelners. Chef Samuelsson heeft het nieuwe keukenpersoneel gedrild en Gösta Möller leidt het nieuwe bedienend personeel op. En dat is maar goed ook, want alle couverts zijn tot half februari gereserveerd. Heb ik u trouwens al verteld dat Gösta Möller Edward heeft gepromoveerd tot oberkelner van het Grand Royal?'

'Nee, maar ik had dit al van Möller gehoord. Hij kwam gisteren bij me op bezoek.'

Ottilia bloosde. Wat dom van haar om te denken dat mevrouw Skogh nog niet van alle feiten en cijfers op de hoogte zou zijn.

Mevrouw Skogh leunde achterover op de sofa alsof ze even op adem moest komen. 'Zo te horen hebben we alles onder controle. Ziezo. We hebben nog een paar minuten voordat Brita je de deur uit zet, dus vertel, wat speelt er nog meer in mijn hotel?'

'U bedoelt het Grand Hôtel zelf?' vroeg Ottilia.

'Kom kom, lieverd, je weet best wat ik bedoel. Hoe gaat het met mijn meisjes? Ik mis mijn openstaande deur.'

Ottilia's hart ging wat sneller slaan. Ze had het nooit over koetjes en kalfjes met mevrouw Skogh en mevrouw Skogh had ook nog nooit 'lieverd' tegen haar gezegd. Deze vertrouwelijkheid gaf haar een warm gevoel. 'Eens even kijken. Karolina kan het heel goed vinden met meneer Nyblaeus en...'

'Denk jij dat Karolina's relatie met Edward toekomst heeft?'

Ottilia viel bijna van haar stoel. 'Ik denk het zeker. Ze passen uitstekend bij elkaar.' Ze dacht na. 'Heel even was ik bang dat Karolina's adellijke afkomst voor Edward een bezwaar zou vormen, maar ik had beter moeten weten. Edward is nooit onder de indruk geweest van gekroonde hoofden of hoogwaardigheidsbekleders. Hij behandelt iedereen even hoffelijk.' Ze grinnikte. 'Tenzij iemand Karolina onheus behandelt. Het is heel eenvoudig: hij houdt van haar en zij houdt van hem.'

'Uitstekend. Lisa Silfverstjerna wil graag formeel aan hem worden voorgesteld.'

'Formeel?'

'Jawel. Zo van: "Edward, dit is mijn moeder." We willen graag dat jij probeert Karolina zover te krijgen.'

'Misschien kan juffrouw Silfverstjerna beter zelf aan Karolina vragen of ze haar aan Edward wil voorstellen. Als ik erover begin dan zal ze misschien gaan twijfelen of het wel een goed idee is. Ik weet trouwens zeker dat Karolina opgetogen zal zijn.'

Mevrouw Skogh keek haar indringend aan. 'Hebben Karolina en jij hier al over gesproken?'

Ottilia haalde haar schouders op. 'Karolina is bang dat juffrouw Silfverstjerna vindt dat Edward... niet goed genoeg is.'

'En wat vind jij?'

Ottilia rechtte haar rug. 'Ik heb liever dat Karolina trouwt met een oberkelner die van haar houdt dan met een koning die dat niet doet.'

Mevrouw Skogh knikte. 'En vertel me nu hoe het met Margareta en Gösta Möller gaat.'

'Ze zijn heel gelukkig. Wist u dat Gösta pal naast Torun en Märta woont?'

'Jazeker.'

'Of eigenlijk is hij alleen de buurman van Torun, want Märta is meestal bij Wilhelm, en zeker nu ze verloofd zijn.'

'Dat wist ik niet. Breng Märta mijn beste wensen over. Wanneer gaan ze trouwen?'

Ottilia zuchtte. 'Dat is nogal lastig. Märta zou het liefst morgen met hem trouwen, maar dat betekent dat ze daardoor al haar wettelijke rechten en onafhankelijkheid kwijtraakt. Waarom zou ze ondergeschikt zijn aan Wilhelm terwijl ze uitstekend in staat is om als zijn gelijke te functioneren?'

'Die vraag stellen vrouwen zichzelf nu al tientallen jaren,' zei mevrouw Skogh. 'En zeker Torun. Lotten Rönquist was zeer onder de indruk van je zuster.'

'Dat zijn de meeste mensen zodra ze niet naar haar manke been staren maar naar haar ideeën luisteren.'

'Goed gezegd.'

'Eerlijk gezegd komt deze uitspraak van Beda. En ze heeft gelijk.'

'Nog eventjes, Ottilia. Hoe gaat het met jou en meneer Nyblaeus?' Er verscheen een ondeugende twinkeling in mevrouw Skoghs ogen. 'Ik zou het toejuichen wanneer jij een goede man vindt. Bovendien hoeft een huwelijk de carrière van een meisje niet in de weg te staan. Dat heb ik wel bewezen. Ik heb je een paar weken geleden al gezegd dat meneer Nyblaeus absoluut geen slechte keus zou zijn en sindsdien is hij alleen maar in mijn achting gestegen.'

Ottilia had inmiddels een vuurrood hoofd. Karolina wist als enige hoe ze ernaar verlangde om met haar vingers door Fredrik Nyblaeus' golvende haren te strijken, zijn mooie kaaklijn te strelen. Bij het overhandigen van papieren gebeurde het soms dat hun vingers elkaar raakten, en de rilling die dan door haar heen ging, deed haar op slag vergeten wat ze hem ook alweer moest vragen. Hij maakte haar aan het lachen en zette haar aan het denken, terwijl hij zich altijd als een heer gedroeg. Om kort te gaan: de afgelopen vijf maanden was de mooiste en meest frustrerende tijd van haar leven geweest. Helaas zou ze na de opening van het Grand Royal minder tijd in zijn gezelschap kunnen doorbrengen. Ook nu al kreeg ze minder vaak de kans hem om raad te vragen. Plotseling viel haar iets in. Had Karolina soms met haar moeder gesproken, en had haar moeder weer met mevrouw Skogh gesproken over Ottilia's onbeantwoorde liefde voor het knappe, onverstoorbare hoofd Banqueting?

Mevrouw Skogh wachtte nog steeds op antwoord.

'Er valt niet veel te vertellen,' zei Ottilia. 'We zijn collega's.' Wat natuurlijk waar was. Het feit dat ze naar Fredrik Nyblaeus verlangde betekende nog niet dat hij van haar was, zoals de honingkleurige handtas van zacht leer die ze bij Nordiska Kompaniet had gekocht. Ze frummelde aan het dennenboompje aan haar zilveren bedelarmbandje – een aandenken aan haar geliefde Dalarna en de wintertuin van het Grand Royal. 'Hij heeft een dochter van dezelfde leeftijd als mijn zusje Victoria.' Ottilia begreep niet waarom ze dit zei. Het was een fijne gedachte, maar wat deed het ertoe?

'Heb je dat meisje al eens ontmoet?'

Ottilia keek haar geschrokken aan. 'Ik? Nee.'

'Zou je dat willen?'

'Als ik eerlijk ben, wel.'

'Eerlijkheid bespaart tijd. Zeg het tegen hem.'

Opgewonden en ook opgetogen ging Ottilia terug naar het Grand Royal. Wat was mevrouw Skoghs bedoeling geweest? Blijkbaar dat ze duidelijker moest zijn ten opzichte van Fredrik, maar waarom? Wist mevrouw Skogh iets wat zij niet wist? En van wie had ze dat gehoord? Mevrouw Skogh had natuurlijk gelijk, eerlijkheid bespaarde tijd. Ze zou Karolina vanavond vragen of zij met juffrouw Silfverstjerna had gesproken of, God verhoede, met Fredrik Nyblaeus zelf. Als dat zo was, dan hing haar vriendschap met Karolina aan een zijden draadje.

In het licht van het bedlampje was duidelijk te zien dat Karolina bloosde. 'Ja en nee. Ik heb tegen mijn moeder gezegd dat je nogal dol bent op meneer Nyblaeus...'

'Waarom heb je dat gedaan?' Terwijl Ottilia haar nachtjapon over haar hoofd aantrok, hoorde ze dat haar stem de hoogte in schoot van verontwaardiging.

'Omdat ze vroeg of er een man in je leven was. Ze mag je graag, Otti.'

'Had je niet gewoon nee kunnen zeggen?'

'Jawel, maar...'

'Maar wat?' Ottilia ging op haar bed zitten.

'Maar ik heb ook gezegd dat we niet wisten of jouw gevoelens voor hem wederzijds waren. Hij heeft het heel vaak over je, maar dat is niet voldoende om het met zekerheid te kunnen zeggen.'

'O nee toch!' Kreunend liet Ottilia zich achterovervallen. Hoe kon ze juffrouw Silfverstjerna ooit nog onder ogen komen? Toch kon ze het niet laten om te vragen: 'Wat vond je moeder ervan?'

Karolina ging op haar zij liggen en steunde op haar elleboog. 'Ze vindt dat het leven te kort is om verlegen te zijn.'

Ottilia ging rechtop zitten en stopte haar voeten onder de dekens. 'Verlegen? Hij heeft het met mij alleen maar over leveranciers, personeel en werkzaamheden. Wat moet ik dan zeggen? "Je moet met die en die contact opnemen en zullen we daarna samen gaan eten?" Zo'n soort meisje ben ik niet.'

Karolina giechelde. 'Nee, maar het zou wel grappig zijn.' Ineens keek ze weer ernstig. 'Toch begrijp ik mevrouw Skoghs opmerking niet. Zelfs als mijn moeder alles aan mevrouw Skogh heeft verteld, snap ik niet waarom mevrouw Skogh wil dat jij jezelf misschien voor gek zet omdat we niet weten wat meneer Nyblaeus echt voor je voelt.'

Ze bleven zo een tijdje zwijgend liggen.

Toen vroeg Ottilia: 'Karo, is Fredrik bij mevrouw Skogh op bezoek geweest?'

'Gisteren, maar hij zou toch nooit zijn hart bij haar uitstorten? En zij zou dat ook niet van hem vragen. Hij is haar werknemer.'

'Ze heeft het wel aan mij gevraagd.'

'Dat telt niet. Jij bent als een dochter voor haar.'

'O jee,' zei Ottilia en ze ging rechtop zitten. 'Ik moet je nog iets vertellen. Je moeder wil met Edward kennismaken. Officieel.'

Karolina keek haar verbaasd aan. 'Weet je dat zeker?'

'Absoluut. Mevrouw Skogh wilde dat ik je probeerde over te halen om Edward aan je moeder voor te stellen, maar ik zei dat je moeder het zelf aan je moet vragen. Ik verwacht dat ze dat al heel snel zal doen.'

Karolina haalde even diep adem en liet die toen weer ontsnappen. 'Ik hoop toch zo dat ze hem aardig vindt.'

'Vast wel. Edward is een lieverd. En ze heeft toch ook gerespecteerd dat je geen zin hebt om met andere mannen te dineren?'

Karolina glimlachte. 'Inderdaad. Ik kan nog steeds niet geloven dat zij en ik in nog geen jaar zo naar elkaar toe zijn gegroeid. Volgens mij is ze er ook mee gestopt mij met fluwelen handschoentjes aan te pakken. Toen ik maandag een kwartier te laat voor het diner was, sprak ze me behoorlijk streng toe. Ze zei dat ik zo beleefd had moeten zijn om een berichtje te sturen. Dat goede manieren niets kosten.'

'Daar heeft ze gelijk in. Mijn moeder zei dat ook altijd.' Ottilia ging weer liggen.

'Nu ik erover nadenk,' zei Karolina slaperig. 'Toen mijn moeder naar jou vroeg, heb ik een beetje mijn mond voorbijgepraat over Fredrik Nyblaeus. Om een wit voetje bij haar te halen.'

Ottilia schoot in de lach. 'Als je moeder en jij ooit een normale relatie willen krijgen, mogen jullie af en toe best een keertje ruziemaken. Ik heb heus weleens van mijn moeder op mijn kop gekregen. En zelf heb ik soms ook een grote mond tegen mijn moeder gehad.' Er liep een traantje over haar wang terwijl haar ogen dichtvielen en ze zich overgaf aan de vergetelheid van de slaap.

81

Ook Margareta had zo haar zorgen. Voorbij waren de jaren dat ze hoopte ooit een eigen woning te kunnen bekostigen. Inmiddels wilde ze niets liever dan met Gösta samenwonen. Ze hield innig veel van hem; ze verlangde naar en genoot van de manier waarop hij over haar hals, haar tepels en de binnenkant van haar dijen streek. Ze verwelkomde zijn stoten en werd na de liefdesdaad vervuld van tevreden geluk terwijl ze in zijn armen in slaap viel. Hij wilde dat ze gingen trouwen. En dat wilde zij ook.

Zelfs op haar huwelijksnacht, voordat ze met zijn vuisten had kennisgemaakt, was de geslachtsgemeenschap met Knut een aanslag op haar lichaam en ziel geweest. Hij nam slechts bezit van iets wat hij nu als zijn eigendom beschouwde. En zij? Zij fungeerde als een soort menselijk matras waar hij zijn lusten op kon botvieren. Margareta wist niet beter en verkeerde in de veronderstelling dat dit het lot van een vrouw en het recht van een man was. Geen wonder dat vrouwen zoveel kinderen kregen. Tijdens hun zwangerschap waren ze tenminste voor korte tijd verlost van die brute aanslagen op hun lichaam.

Maar het was al lang geleden dat ze naar een kind van Knut had verlangd. En nu, zeven jaar nadat ze bij hem was weggegaan, dankte ze God op haar blote knieën dat haar enige band met deze man bestond uit een huwelijksakte en ontmoetingen van tien seconden wanneer hij 'zijn loon' uit haar handen griste. Die huwelijksakte was op zich al een molensteen om haar inmiddels ongeschonden hals, stel je voor dat ze ook nog samen een kind hadden gehad. Er ging een rilling door Margareta heen. In zes jaar tijd had ze drie keer om een echtscheiding gevraagd. En de vorige dag was het de vierde keer geweest.

Uit zijn tot een grijns vertrokken mond kwam een walm van verschraald bier en rottende tanden. 'Ik vraag je voor de zoveelste keer, Maggan, waarom zou ik met een scheiding instemmen?'

'Omdat er geen liefde is tussen ons. Dan ben je vrij om met iemand anders te trouwen.'

'En waarom zou ik mezelf met een andere vrouw opzadelen terwijl de vrouw die ik heb mijn bier en het bordeel betaalt?'

'Heb je dan geen enkele trots?' Ze was er zelf verbaasd over dat ze dit durfde te zeggen.

Dat raakte een gevoelige snaar. 'Trots?' Er vloog wat speeksel uit zijn mond. 'We zullen trots zijn wanneer wij de werkgevers op hun knieën hebben gedwongen en een man een fatsoenlijk salaris verdient voor een werkdag met redelijke uren. We koersen af op een algemene staking. Hoe eerder hoe beter, als het aan mij ligt. Dat is ons plan.'

'Het land kan zich geen algemene staking veroorloven.'

'En de arbeiders kunnen zich niet veroorloven op dezelfde voet verder te gaan.'

'Een baan bij de tram wordt goed betaald.'

'Wat weet jij daar nu van?' Hij porde met zijn vinger in haar borst. 'Moet je jezelf nou eens zien, met je warme winterjas en een volle maag. Jij bent onder de pannen. Je hebt er geen flauw benul van hoe het is om een gezin te onderhouden wanneer er geen geld is. Een gezin.' Hij lachte schamper. 'Dat was het enige wat ik wilde en het is je niet eens gelukt om een kind te krijgen. Dus hou je mond over een scheiding. Je staat bij me in het krijt, mooi wel.'

Terwijl Margareta hieraan terugdacht kreeg ze een brok in haar keel. Hij had gelijk. Ze was niet eens in staat geweest een gezin te stichten.

Ze zat inderdaad aan hem vast tot de dood hen scheidde.

82

Wilhelmina en Ottilia zaten naast elkaar aan de lange tafel in Wilhelmina's kantoor om de krantenknipsels door te nemen. Het bestuur had nogal lauw en terughoudend gereageerd op de prestatie die Wilhelmina met het Grand Royal had geleverd, maar na de bescheiden gehouden opening waren de krantenrecensies de weken nadien daarentegen vol lof. Een ander heugelijk feit was dat Wilhelmina nu weer voltijds aanwezig was op haar kantoor.

'We lopen de kranten in chronologische volgorde door,' zei Wilhelmina.

Ottilia pakte een knipsel. 'Dit was het eerste artikel. In het *Dagens Nyheter*, na de presentatie voor de pers op 20 januari.' Ottilia ging met haar vinger langs een driekoloms artikel met daarboven een schets van de wintertuin. 'Hierin wordt een gedetailleerde beschrijving van het interieur gegeven, van het marmer tot de potplanten. En moet u dit horen: *deze nieuwe prachtige locatie zal nog lange tijd een van de grootste trekpleisters van Stockholm blijven en zal ongetwijfeld wereldfaam verwerven*. Deze zinsnede kunnen we goed voor onze advertenties gebruiken. Verder staat er in het artikel dat de gehele locatie een wonderbaarlijke mengeling van grandeur en intimiteit uitstraalt.'

Wilhelmina knikte. 'Ik herinner me dat ik dit al gelezen heb. Onderstreep het maar. Nog iets anders?'

'Alleen dat het bestuur met trots de deuren van het Grand Royal kan openen.'

Wilhelmina gaf geen krimp. Ze pakte een ander knipsel waarop Ottilia *21 januari 1909* had genoteerd. 'We hebben blijkbaar nogal indruk gemaakt op de jongens van het *Dagens Nyheter*, want de dag daarop hebben ze weer over ons geschreven. Maar deze journalist was meer geïnteresseerd in de technische aspecten dan in het marmer. Hij is lyrisch over het architectonisch ontwerp van Ernst Stenhammar, en weidt uit over onze generator die dezelfde capaciteit heeft als de elektriciteitsvoorziening van de stad Örebro. Er staat ook dat de gerechten sneller kunnen worden opgediend dankzij de roltrap voor het personeel...' Ze trok haar wenkbrauwen op. 'En dat het Grand Royal de holding Nya Grand Hotel AB 1,8 miljoen kronen heeft gekost.'

Ottilia beet op haar onderlip. 'We zullen heel wat couverts moeten verkopen om dat geld terug te verdienen.'

'Inderdaad.' Wilhelmina wees naar een dubbele pagina op de tafel. 'Deze recensie uit het tijdschrift *Idun* kan daarbij helpen. *Een ideaal hotel dankzij de intelligentie en het doorzettingsvermogen van één vrouw*, plus...' – ze telde – 'tien schitterende foto's, van de kamers helemaal boven tot de keuken in de kelder. Ook Lotten Rönquist wordt genoemd.'

'Dat is fijn. Lotten verdient alle waardering. En ik weet zeker dat alle vrouwen in het land staan te trappelen om hier te komen kijken als ze dat artikel hebben gelezen.'

Wilhelmina knikte. 'Het *Svenska Dagbladet* van 7 februari bericht dat er al heel veel mensen op bezoek zijn geweest. Dit is mijn favoriete artikel.' Ze streek het knipsel glad op het tafelblad. 'Luister: *Onze mondaine stad heeft er een exquise attractie bij: een modern evenementenpaleis dat is ontworpen voor niet slechts één klasse, de rijken en gefortuneerden, maar ook bedoeld is als een restaurant voor iedereen, een locatie waarin we mensen uit alle lagen van de bevolking zullen tegenkomen*.' Wilhelmina tikte tevreden op het artikel. 'Deze journalist heeft begrepen welk doel we nastreven.'

'Hij heeft ook gelijk wat betreft deze opmerking verderop: u bent fenomenaal.'

Wilhelmina kreeg een blos van trots. 'De afgelopen jaren hebben al mijn meisjes hun steentje bijgedragen, met name Karolina, Margareta, Beda, en jij als geen ander. Ik ben erachter gekomen dat de meeste mannen versteld staan van het samenwerken met een vrouw, vooral iemand als Beda, die sneller dan zij percentages kan berekenen.'

'Beda heeft er plezier in om hen de baas te zijn en ze was dolblij met haar bonus.'

'Ze heeft elke kroon verdiend,' zei Wilhelmina. 'Maar haar baan wordt steeds zwaarder.'

'Hoezo? Het *Svenska Dagbladet* heeft gelijk. Vanaf dag een zijn alle tafels in het Grand Royal bezet, en de keuken verzorgt het eten voor negentienhonderd gasten tegelijkertijd. Ze schrijven ook dat veel mensen die te laat zijn om een tafel in het Grand Royal te bemachtigen, gewoon doorlopen naar het Grand Hôtel om daar in het restaurant te dineren. De mensen van het *Svenska Dagbladet* hebben vast met chef Samuelsson gesproken, want hier staat dat het Grand Hôtel en het Grand Royal dagelijks honderd kilo vlees, honderdvijftig kilo vis, tweehonderd kreeften en vierhonderd oesters serveren. Fred... meneer Nyblaeus heeft gehoord dat andere etablissementen in de stad het moeilijk hebben vanwege ons.'

'Dat is niet alleen door ons toedoen, zodra de nieuwigheid van het Grand Royal eraf is, krijgen wij het ook moeilijk,' zei Wilhelmina. 'De stad is een kruitvat vol ongenoegen, en vroeg of laat zal de boel ontploffen. De mensen zien al die imposante nieuwe gebouwen in het centrum, met elektrisch licht en centrale verwarming – gebouwen waarvoor zij misschien wel de bakstenen op hun gebogen ruggen hebben getorst – en dan kijken ze naar de gaten in hun schoenen en vragen zich af waarom voor iedereen het leven steeds beter wordt, behalve voor hen. Nu pas beseffen ze dat deze vooruitgang niet voor iedereen geldt, maar slechts voor sommigen. En dat is onrechtvaardig.'

'Dus u gelooft dat er een staking zal uitbreken?'

'Absoluut. En als er wordt gestaakt, dan zal het voor de arbeiders nog moeilijker worden. We kunnen nog zo hard ons best doen om het Grand Royal aantrekkelijk te maken voor alle lagen van de bevolking, maar wanneer een vrouw geen geld heeft om eten op tafel te zetten, kan ze zich zeker geen maaltijd bij ons veroorloven. Let op mijn woorden, we zullen al snel zien dat het aantal gasten terugloopt, en we zijn nog maar zes weken open. De juichende berichten in de pers zijn meer dan welkom, maar het is nu zeker niet het moment om op onze lauweren te rusten.'

Ottilia knikte. 'Mijn vader zei ongeveer hetzelfde toen we elkaar laatst spraken. Natuurlijk had hij het niet over het Grand Royal, maar hij bedoelde het meer in het algemeen. Hebt u spijt van het Grand Royal?'

Wilhelmina gaf niet direct antwoord. In 1904 was er geen enkele reden geweest om aan te nemen dat de bouw van het Grand Royal zo lang zou duren of dat er na de opening zoveel onrust in de stad zou zijn. En als ze dat wel had geweten? Zou ze het aanbod van de Sofia Albertina-stichting dan hebben afgeslagen? Waarschijnlijk niet. Als ze zich had teruggetrokken zou een andere ondernemer op het aanbod zijn ingegaan en zou het Grand Hôtel zijn ingesloten, terwijl deze uitbreiding hoogst noodzakelijk was, wilden ze op de lange termijn financieel kunnen overleven. Ze schudde haar hoofd. 'De economische situatie van Stockholm mag dan fluctueren, maar het Grand Royal zal de stad nog eeuwenlang voordeel opleveren. Desalniettemin moeten wij ons, net als iedereen, dit jaar op het ergste voorbereiden. En daarmee leren omgaan.'

83

Terwijl Ottilia de volgende ochtend haar rode japon aantrok en de knopen van haar mouwen vastmaakte, besefte ze tot haar verbazing dat mevrouw Skoghs pessimisme er alleen maar toe had geleid dat zij zelf vanaf nu in alle opzichten het beste van haar leven wilde maken. Het Grand Royal was geopend en alles liep op rolletjes, maar ondanks het advies dat mevrouw Skogh haar in januari had gegeven, had ze nog steeds niets ondernomen met betrekking tot haar onmiskenbare verliefdheid op Fredrik Nyblaeus. Ze wist ook dat Karolina hen allebei heel dom vond.

'Je laat een heerlijke tijd aan je voorbijgaan,' had Karolina haar duidelijk gemaakt. 'Je weet toch hoelang ik heb geaarzeld om Edward aan mijn moeder voor te stellen, en nu kunnen ze het uitstekend met elkaar vinden. Achteraf gezien begrijp ik niet waarover ik me zo druk heb gemaakt.'

'Maar het is toch aan de man om de eerste stap te zetten?'

'Normaal gesproken wel, maar...' Karolina zwaaide met haar vinger. 'Waarom zou een vrouw niet het initiatief nemen? Of in ieder geval een duidelijk signaal afgeven. Torun zou dat beslist goedkeuren.'

Torun zou zelfs weigeren als een man haar voorstelde samen een blokje om te lopen, dacht Ottilia bij zichzelf, maar op deze vroege ochtend in maart, wist ze dat ze de moed kon opbrengen om actie te ondernemen. Ze nam een besluit en zei tegen Karolina: 'Kun je misschien iets later op kantoor komen?'

Fredrik Nyblaeus keek op toen Ottilia zijn kantoor en dat van Karolina binnenkwam en verwelkomde haar met een brede glimlach. 'Juffrouw Ekman, Ottilia. Neem plaats. Zal ik koffie laten brengen?'

'Een kop koffie zou heerlijk zijn. Het is trouwens mijn schuld dat Karolina niet op tijd is. Ik heb haar gevraagd iets later te komen zodat we even kunnen praten.'

Zijn ogen begonnen geamuseerd te glinsteren. 'Dit is blijkbaar nogal belangrijk, dus daar hoort een kop koffie bij.' Hij gaf zijn bestelling door per telefoon. 'Ziezo. Wat kan ik voor je doen?'

Met kloppend hart rechtte Ottilia haar rug. 'Ik zou graag willen dat je me aan je dochter voorstelt.' Ze knikte naar de ingelijste foto op het bureau, maar bleef hem aankijken.

Fredriks mond viel open en toen het tot hem doordrong begon hij te stralen. 'Ik zou niets liever willen. Zou je het fijn vinden om komende zondag samen met Isabella en mij in Djurgården wafels te gaan eten?'

'Dat zou ik heerlijk vinden,' zei Ottilia ademloos.

'Het spijt me oprecht,' zei Fredrik.

Ottilia's adem stokte in haar keel. 'Hoe bedoel je?'

'Dat ik niet de moed had je eerder uit te nodigen. Ik wil dat al ontzettend lang en nu heb je het aan mij gevraagd. Ik voel me echt een stuntel dat ik niet het initiatief heb genomen. Ik had het je al willen vragen vanaf het eerste moment dat ik je zag.'

'Waarom heb je het dan niet gedaan?'

'Ik was bang dat je me zou afwijzen. Hoewel' – Ottilia werd geraakt door de licht wanhopige blik in zijn ogen – 'achteraf gezien denk ik dat mevrouw Skogh geprobeerd heeft me het een en ander duidelijk te maken.'

Ottilia giechelde even. 'Ze heeft ook enorm aan mijn hoofd gezeurd.'

Hij stak zijn hand uit. En zij pakte die vast. Alleen al die aanraking deed een rilling van verlangen door haar heen gaan.

Karolina stak haar hoofd om de deur. 'Ik heb koffie voor jullie. Mag ik nu binnenkomen?'

Ze lieten elkaars hand los, maar bleven elkaar in de ogen kijken.

Karolina bezag het tafereel. 'Wat heerlijk.'

En het was inderdaad heerlijk. Isabella, een schattig meisje met kastanjebruin haar, verwelkomde Ottilia met open armen. En op hun vierde uitje, dat net zo fijn verliep als de vorige drie, werd Ottilia uitgenodigd om bij hen thuis komen eten. Ze verheugde zich er enorm op.

'Ik heb nog nooit een mammie gehad,' zei Isabella toen Ottilia die avond nog wat boter op de aardappel van het meisje deed. 'En ik vind het fijn.'

Ottilia kon geen woord uitbrengen en liet haar hand door het haar van het meisje gaan.

'Het spijt me dat Isabella een beetje hard van stapel liep,' zei Fredrik later toen zijn dochter na het eten in bad was geweest en in bed was gestopt.

'Dat geeft niet. Mijn zusje Victoria had waarschijnlijk precies hetzelfde gezegd. Vanuit Isabella's oogpunt is het heel vanzelfsprekend.'

'Moeten we misschien wat minder snel gaan? Ze haalt zich misschien van alles en nog wat in haar hoofd.'

Ottilia had het gevoel dat ze door de grond zakte. Hier in Fredriks knusse appartement in Sibyllegatan had ze geproefd van een leven dat niet alleen maar uit werken bestond. Het beste van twee werelden. Het kwam niet doordat ze hier niet in het Bolinder Paleis was, dat gold ook voor Toruns appartement en ze was daar ook heel welkom, maar omdat ze hier een beeld kreeg van een nieuwe toekomst. Een completere toekomst. Niet volgens het cliché dat een man je compleet maakte – hoewel hun steelse kussen en aanrakingen haar wildste fantasieën hadden overtroffen – maar omdat ze hierdoor alles kon zijn wat ze zou willen zijn: zuster, vriendin, bedrijfsleider, en Fredriks gelijke. Partner. Geliefde. Zelfs een moeder voor zijn kind. In elke willekeurige volgorde, afhankelijk van tijdstip en plaats. Er waren twee dingen waarvan ze zeker was: ze hield van Fredrik en ze hield van het Grand Hôtel. Ze wist ook dat haar genegenheid voor Isabella bij elke ontmoeting met het meisje groter werd. Volgens Ottilia's moeder kon een vrouw heel goed een gelukkig huwelijk met een carrière combineren. Dat had mevrouw Skogh wel bewezen. Maar het feit bleef dat dit Fredriks huis was en Isabella was zijn kind. Wie was zij om zich hier in te dringen?

'Als jij dat wilt,' zei ze. 'Ik zou het vreselijk vinden als Isabella verkeerde ideeën kreeg.' Ze hoorde zelf hoe hard haar stem klonk en ook een tikkeltje sarcastisch. Toen ze de gekwetste blik in Fredriks ogen zag, kreeg ze een brok in haar keel. Het was beter dat ze nu wegging, voordat ze nog meer schade aanrichtte. Ze pakte haar handtas en trok haar handschoenen aan. 'Dank je wel voor een heerlijk middag.' Ze trok de deur achter zich dicht.

Zodra ze buiten stond en Sibyllegatan in liep, kwamen de tranen. De hete, zoute druppels van schaamte en teleurstelling vermengden zich met de druilerige regen die uit de grijze aprilhemel neerdaalde. Ze trok de kraag van haar mantel op en liep snel langs de artilleriebarakken en de Koninklijke Schouwburg. Terwijl ze langs Nybroviken liep, begon het harder te regenen. De felle vlagen geselden het wateroppervlak en de hevig schommelende boten langs de kade. Op Norra Blasieholmshamnen verdwenen lachende paartjes in sierlijke doorgangen. Ottilia wendde haar blik af van al die blije gezichten toen ze Stallgatan in liep, nog steeds worstelend met de vraag hoe het mogelijk was dat ze zich nu zo ellendig voelde. Nog maar een paar maanden geleden was ze volkomen tevreden geweest zonder Fredrik, dus waarom voelde ze zich nu zo verloren? Kon ze niet gewoon weer zijn zoals ze was voordat ze elkaar leerden kennen? Ze had nog steeds haar baan, haar gezellige kamer met Karolina, haar familie en vriendinnen. Wat miste ze nu eigenlijk?

Karolina deed open en trok haar naar binnen. Toen ze Ottilia hielp haar natte kleren uit te trekken, moest ze haar stem verheffen om boven het gekletter van de regen op de koperen daken uit te komen. 'Had je niet beter bij Fredrik kunnen wachten tot het ophield met regenen? In april duurt een regenbui nooit lang.'

'Net als mijn relatie met Fredrik,' zei Ottilia klappertandend. 'Ik denk dat hij van gedachten is veranderd.'

Karolina nam Ottilia mee naar het bed en droogde haar haren met een handdoek. 'Vertel, wat is er gebeurd?'

Ottilia deed verslag.

'Dus Fredrik zei: "Moeten we misschien wat minder snel gaan?"'

'Ja.'

Karolina gaf Ottilia een schone zakdoek. 'Omdat een meisje zei dat ze het fijn vond om een moeder te hebben en jij zo overrompeld was dat je geen woord kon uitbrengen. Waardoor Fredrik dacht dat jij je ongemakkelijk voelde.'

Ottilia dacht na. Was Fredrik niet alleen bezorgd geweest om Isabella, maar ook om haar? Had hij haar de kans gegeven om ermee te stoppen als ze het allemaal te veel vond?

'En wat was er volgens jou gebeurd als je had gezegd: "Als dat is wat je wil, Fredrik. Maar ik ben heel erg op jou en Isabella gesteld"?'

Er daalde een diepe stilte neer in de kamer.

Ottilia keek Karolina aan. 'Verdomd.' Maar nu was het te laat.

84

Terwijl de hemel boven Stockholm zomers blauw kleurde, zorgde de voortdurend toenemende dreiging van een algemene staking ervoor dat de inwoners van de stad de hand op de knip hielden. Zoals voorspeld daalde de tafelbezetting van het Grand Royal dramatisch. In haar kantoor zat Ottilia met haar kin steunend op haar hand na te denken. Als aanvulling op hun faciliteiten voor diners en feesten had het Grand Hôtel het aanbod uitgebreid met dagelijkse muziekrecitals in de lobby en de sandwichbar, terwijl het Grand Royal tegen een redelijke prijs een heerlijke maaltijd in de rust van de wintertuin aanbood. Althans, de rust zou terugkeren zodra de lawaaierige ijsmachine door een stiller apparaat was vervangen.

In de belangrijkste kranten verschenen dagelijks advertenties van zowel het Grand Hôtel als het Grand Royal, maar wat zou er nog meer mogelijk zijn voor het Grand Royal? Tevreden gasten waren nog altijd de beste reclame, maar er was maar heel weinig wat daar nog kon worden verbeterd. Het grootste deel van de gasten kwam binnen met hoge verwachtingen en de meesten van hen verlieten het hotel euforisch. Nee, het lag allemaal niet aan het Grand Royal zelf, het kwam door omstandigheden waar ze geen vat op had. Maar toch.

Zoals gewoonlijk dwaalden haar gedachten af naar Fredrik Nyblaeus. Ze zaten in hetzelfde schuitje. Vroeg hij zich net als zij af welke faciliteiten ze nog meer konden bieden? Vroeg hij zich net als zij stiekem af of een algemene staking misschien wel van pas zou komen omdat het onvermijdelijke einde hierdoor zou worden bespoedigd? Miste hij haar?

Karolina had haar natuurlijk al diverse keren op deze vragen een antwoord gegeven – in ieder geval op de eerste en de derde. 'Hij is net zo uit zijn doen als jij. Hij maakt zich zorgen over zijn werk en, dat weet ik gewoon zeker, hij mist je. Kun je niet naar hem toe gaan, Otti? Om mij een plezier te doen? Het is net alsof ik voor een beer met vier zere poten werk.'

Maar deze keer had Ottilia voet bij stuk gehouden. Een man één keer vragen was ongehoord, maar twee keer was echt ondenkbaar.

Karolina had teleurgesteld gezucht. 'Dan kan ik niets meer doen. Hij is mijn chef en daarom ben ik niet in de positie om privézaken aan te roeren. Zelfs niet voor iemand anders.'

Er werd op de deur geroffeld en Ottilia schrok op uit haar mijmeringen.

Margareta kwam binnen. 'Ottilia, heb je even tijd?' Het hoofd Huishouding zag bleek.

'Natuurlijk. Wat is er aan de hand?'

Margareta liet zich op een stoel zakken. 'Ik heb mijn maandstonden overgeslagen. Al twee keer.'

'Hemeltjelief, maar...'

'Mijn korset zit te strak.'

'Ah.'

'Jarenlang heb ik gedacht dat ik onvruchtbaar was. Met Kerstmis word ik veertig en dit zal mijn laatste kans zijn om nog een kind te krijgen.' Margareta veegde de tranen uit haar ogen.

Ottilia pakte Margareta's hand. 'Wat heeft Gösta gezegd?'

'Ik heb het hem nog niet verteld.' Ze schudde haar hoofd. 'Niet omdat ik bang ben dat hij het kind niet wil, want ik weet zeker dat hij er blij mee zou zijn.'

'Waarom dan niet?'

'Omdat hij er dan nog meer op zal aandringen dat we moeten

trouwen, en Knut peinst er niet over om te scheiden. Ik heb het hem in januari nog een keer gevraagd. En hij lachte me vierkant uit. Als hij erachter komt dat ik in blijde verwachting ben, wil hij dat ik met het kind bij hem kom wonen.'

'Tenzij,' zei Ottilia peinzend, 'hij niet het kind van een andere man wil opvoeden en daardoor toestemt in een scheiding. Tegen een zekere vergoeding, Knut kennende.'

Margareta schudde haar hoofd. 'Hij heeft altijd gezegd dat hij een zoon wilde om de naam van zijn familie door te kunnen geven.' Ze lachte meewarig. 'Andersson! Nu vraag ik je. Ongeveer de meest voorkomende Zweedse achternaam.'

Ondanks Margareta's tranen glimlachten ze meewarig naar elkaar.

'Maar dan moet je in Stockholm trouwen,' zei Ottilia. 'Hier worden veel buitenechtelijke kinderen geboren. Gösta zal zeker van jou en het kind houden.'

'Dat is zo, maar dan moet Knut ons wel met rust laten. Dat zal hij vast niet doen. Hij zal "zijn recht" opeisen, zelfs als ik niet meer werk. Hij zal Gösta dwingen hem geld te geven, alleen zal Gösta dat niet doen, dat weet ik zeker. Hij gaat liever naar de gevangenis van Långholmen wegens mishandeling dan dat hij Knut ook maar een kroon geeft.'

Ottilia kon zich maar moeilijk voorstellen dat de beschaafde Gösta Möller iemand een pak slaag zou geven, maar als het erop aankwam zou Knut een ideale kandidaat zijn om kennis te maken met Gösta's vuisten. 'Gösta is niet gek. Hij zal nooit zijn goede naam en reputatie op het spel zetten voor iemand als Knut. En zeker niet nu er een kind op komst is.'

'Je hebt gelijk.' Margareta liet haar schouders hangen. 'Ik lig 's nachts uren wakker en denk dan over alles na. Vervolgens is elke uitkomst slechter dan de vorige. Jullie weten wel hoe het is wanneer je verbeelding met je op de loop gaat. Ik heb zelfs op het punt gestaan bij de buren aan te kloppen en Torun en Märta te vragen wat zij ervan vinden, maar toen drong het tot me door dat je niet in het holst van de nacht iemand wakker kan maken zonder dat je daar een heel goede reden voor hebt.' Ze lachte verlegen.

'Ik ben blij dat je me het hebt verteld, maar nu moet je met Gösta gaan praten.'

'Dat weet ik en ik zal het ook doen. Ik wacht nog een maand met naar de dokter te gaan. Als die bevestigt dat ik zwanger ben, zal ik het aan Gösta vertellen.'

'En wat doe je dan met Knut?'

'Charley Löfvander heeft gezegd dat Knut inmiddels is opgeklommen tot de hogere regionen van de vakbonden en het geschopt heeft tot vakbondsgedelegeerde van het trampersoneel. Hij is altijd tuk geweest op een flinke discussie en hij hoort zichzelf graag praten, dus hij is helemaal in zijn element nu hij mensen kan aansporen om te gaan staken. Nee, ik zal hem niet over het kind vertellen. Als hij echt zo slim is, dan komt hij daar zelf wel achter. Dank je, Ottilia. Het heeft reuze geholpen dat ik even hardop kon denken.' Ze stond op en wilde vertrekken.

'Ik wil het nog even over iets anders hebben,' zei Ottilia. 'Hoe staat het met de hotelreserveringen?'

'Slecht. Ook de buitenlanders blijven weg. Als tsaar Nicolaas hier onlangs niet had gelogeerd, was juni financieel gezien een ramp geweest. We krijgen in september wel de Wereldvredesconferentie in Stockholm, maar dat is pas over drie maanden. Mevrouw Skogh maakt zich ernstige zorgen. En ik ook.'

'Dat doen we allemaal. Edward zei dat het gerucht de ronde doet dat er in het Grand Royal ontslag dreigt voor het personeel van de keuken, het café en het restaurant. Ik heb hem gerustgesteld en gezegd dat daar geen sprake van is. We moeten alleen een aantal personeelsleden vrijaf geven omdat we een ijsmachine moeten vervangen en een paar aanpassingen in het restaurant willen maken, maar de meesten van hen worden gedurende deze periode in het Grand Hôtel aan het werk gezet. Daar hoort Edward ook bij. En zodra de reparaties achter de rug zijn, en die hoeven niet langer dan een week te duren, is het in het Grand Royal ook weer alle hens aan dek.'

'Dat moet voor Edward vast een enorme opluchting zijn geweest, want hij is aan het sparen voor een verlovingsring.'

Ottilia 's mond viel open. 'Echt waar?'

Margareta sloeg haar hand voor haar mond. 'Dat had ik niet mogen zeggen. Zeg alsjeblieft niets tegen Karolina. Gösta vertelde me het een paar maanden geleden, maar ik had moeten beseffen dat een jongeman die voor een ring spaart dat graag geheim wil houden.'

Ottilia zuchtte dromerig. 'Karolina zal vast een beeldschone bruid zijn.'

'Net als jij.' Margareta wierp Ottilia nog even een veelbetekenende blik toe en deed vervolgens de deur achter zich dicht.

85

Op woensdag 4 augustus brak de staking uit. In de straten heerste een onnatuurlijke stilte nu de arbeiders het werk hadden neergelegd en de trams in de remises bleven. De stad bood ook een andere aanblik. Geen op kolonies lemmingen lijkende rijen arbeiders die zich van en naar fabrieken en bouwplaatsen haastten. De Norrbro-brug was veranderd in een populaire plek om op oostzeeharing te vissen; aanvankelijk als recreatie op deze eerste, bijna surrealistische zomerdagen, maar in de loop van de eerste week toen de nieuwigheid er een beetje af was, werd er ook gevist om het steeds nijpender gebrek aan voedsel aan te vullen.

In het Grand Hôtel ging alles gewoon zijn gangetje, afgezien van de beperkingen met betrekking tot de alcoholverkoop, die tijdens de duur van de staking van kracht waren geworden. Tot Charley Löfvanders ongenoegen kon in de bar niemand even snel een glas bier of wijn drinken zonder daar een volledige maaltijd bij te moeten bestellen. En wanneer iemand een borrel wilde hebben, kreeg hij nul op het rekest. Sterkedrank was namelijk helemaal verboden.

Op de zesde dag van de staking nam Wilhelmina plaats op Elisabets sofa om van een welverdiend nachtmutsje te genieten. Ze pakte het glas cognac dankbaar aan. De verkoop van sterkedrank mocht dan verboden zijn, maar dat gold niet voor de consumptie ervan. 'Het was een lange dag.'

'En ook een bijzondere dag.' Elisabet hief haar glas. 'Ik drink op de conducteur die de moed had vanmorgen met zijn tram de remise te verlaten, en op de voorzitter en directeur die hem steunden.'

Wilhelmina hief eveneens haar glas. 'En niet te vergeten de politieagent die ervoor zorgde dat deze eerste tram kon blijven rijden. Gösta Möller zei tegen me dat er vandaag uiteindelijk twaalf trams reden en de verwachting is dat het er morgen nog meer zullen zijn.'

'Mooi zo. We hebben gehoord dat er ook een nieuwe regel is voor de eigenaren van rijtuigen. Er moet ten minste één rijtuig van hun hele arsenaal dienstdoen, anders raken ze hun vergunning kwijt. Ik vraag me af hoelang de stakers het zullen volhouden. Zijne Majesteit heeft verzocht om een bijeenkomst van vertegenwoordigers van zowel de werkgeversorganisaties als de vakbonden.'

'De staking houdt aan tot een van beide partijen geen geld meer heeft,' zei Wilhelmina. 'Het is trouwens een trieste bedoening.' Ze dacht aan Kajsa, de prostituee die had besloten zichzelf van het leven te beroven om niet nog een keer onder mensonterende omstandigheden een winter vol kou en honger mee te hoeven maken. 'Ik kan mezelf in ieder geval in de spiegel aankijken in de wetenschap dat het Grand Hôtel nog steeds fatsoenlijke salarissen betaalt. Niemand van mijn personeel lijdt armoede of is aan het staken. Ook niet nu ik de voerman van de postkoets heb vervangen.'

Elisabet trok haar wenkbrauwen op. 'Het verbaast me dat je

iemand hebt gevonden die wil rijden. Stakingbrekers worden hardhandig afgestraft.'

'Maar niet iemand als luitenant graaf Hamilton. En ik heb er ook geen bezwaar tegen dat we een keurige heer op de bok van het rijtuig hebben. Ik heb er begrip voor dat onze vaste bestuurder zijn collega's wil steunen, maar ik moet een hotel draaiende houden.'

Elisabet keek ernstig. 'Heb je het krantenbericht gelezen over een staker die zelf de kist met zijn overleden kind met een kruiwagen naar het kerkhof moest brengen? Er waren natuurlijk geen rijtuigen en een lijkwagen was te duur. Mijn hart brak toen ik dat las. Het hoort niet dat een vader zelf zijn kind moet begraven. Wanneer je dergelijke foto's ziet, begrijp je ook waarom er wordt gestaakt. Veel mensen kunnen van hun huidige inkomen geen menswaardig bestaan leiden.'

'Daar ben ik het mee eens. Maar het geldt niet voor iedereen,' zei Wilhelmina. 'Het trampersoneel wordt redelijk goed betaald en toch zien ze er geen been in om in de hele stad problemen te veroorzaken. Möller vertelde me ook dat die idioot van een Knut Andersson bij de mensen was die probeerden een tram te blokkeren, pal onder de neus van de directeur op het voorbalkon. Na een week van rellen denken deze vakbondsmannen dat ze onoverwinnelijk zijn en boven de wet staan.'

Elisabet stak haar vinger op. 'Maar eerlijk is eerlijk, Andersson is in ieder geval bereid zijn nek uit te steken. Veel van deze zogenaamde kopstukken van de vakbond opereren uitsluitend op de achtergrond.'

'Dat siert hem,' zei Wilhelmina. 'Maar dat is dan ook het enige.'

Er volgde een stilte terwijl beide vrouwen ieder voor zich de gebeurtenissen overdachten.

Toen dronk Wilhelmina haar glas leeg en stond op. 'Ik moet nu naar bed. Morgenochtend vroeg heb ik overleg met Beda Johansson en ik wil graag de inventaris opmaken voordat we aan de slag gaan.'

'Is het voor Beda erg lastig om inkopen te doen?'

Wilhelmina haalde haar schouders op. 'Ze kan goederen uit andere delen van het land laten komen en ook uit het buitenland, maar de levering aan het hotel is een struikelblok. De stakers blokkeren de uitvalswegen en het wordt daardoor steeds lastiger voedsel de stad in te krijgen. Ik kan wel gillen, en zeker omdat buitenlanders de verzekering hebben gekregen dat het Grand Hôtel niet te lijden heeft van de staking. Vanochtend hadden we nog veertig onbezette kamers en toen kreeg ik een reservering binnen voor twintig kamers aan de kant van het water. Ik verwacht dat we over een paar dagen weer geheel vol zitten.'

'Mijn hemel,' zei Elisabet. 'Hoe heb je het voor elkaar gekregen om mensen in het buitenland gerust te stellen?'

'Door middel van advertenties in buitenlandse kranten, met de boodschap dat er geen sprake is van een staking in het Grand Hôtel. Ik heb ook diverse keren een telegram naar reisbureaus door heel Europa gestuurd. Goddank dringt de boodschap eindelijk door en wordt het tij gekeerd. Was het maar zo eenvoudig om het alcoholverbod te omzeilen. Onze buitenlandse gasten drinken weliswaar niet heel veel, maar Amerikanen en Engelsen houden van een glas whisky na de maaltijd en de Fransen willen hun cognac. Ik vind het verschrikkelijk wanneer ik zie dat ze onvoldaan het restaurant verlaten terwijl we een kelder vol sterkedrank hebben.'

'Er zullen wel meer dingen zijn waar mensen zich onvoldaan over voelen. Hoe de staking ook afloopt, er gaat sowieso iemand verliezen. Als de stakers niet snel weer aan het werk gaan, zal het slechter gaan met de zaken.'

'En dat kunnen beide kanten zich niet veroorloven.'

86

Op 4 september was de staking van de baan. De stakers hadden bakzeil gehaald en zaten zonder geld, en de werkgevers lieten maar al te graag zien wie er had gewonnen. De vakbonden moesten worden gestraft en dat gebeurde door de grootste oproerkraaiers nergens meer aan het werk te laten komen.

Halverwege de maand was Margareta in het zonnige Stallgatan op weg naar Knut die bij de ingang van het Grand Royal in Blasieholmsgatan stond te wachten. Het lopen viel haar steeds zwaarder met haar dikker wordende buik, maar ze wilde Knut liever niet bij de personeelsingang ontmoeten. Op de hoek van twee straten was ze namelijk beter zichtbaar, voor het geval hij haar iets wilde aandoen.

Hij telde het geld dat hij haar uit haar handen had gegrist. 'Ik heb meer nodig. Door die staking ben ik helemaal platzak.' Verontwaardigd spuugde hij op de straatkeien. 'En jij moet weer bij mij komen wonen. Zo te zien komt dat kind tegen de kerst.'

Margareta deinsde achteruit. 'Je weet heel goed dat dit kind niet van jou is.'

Hij prikte met zijn vinger in haar buik. 'Bewijs dat maar eens.'

'Ik geloof gewoon niet dat je het kind van iemand anders wilt opvoeden.'

Knut hief zijn vuist en liet zijn arm toen weer zakken, alsof hij zich er plotseling van bewust was dat hij voor iedereen zichtbaar was. Hij veranderde van tactiek. 'Ik wil mijn baan terug,' zei hij luchtig.

'Dan moet je met de trammaatschappij gaan praten.'

'Nee, niet die baan, ik bedoel daar.' Hij wees met zijn duim achter zich naar het Grand Hôtel.

Margareta kreeg bijna een hysterische lachaanval.

Knut keek haar indringend aan. 'Vraag het maar aan mevrouw Skogh. Ze heeft jou altijd gemogen. Zeg maar dat je kind doodgaat als zijn vader geen geld verdient.'

Margareta deed nog een stap achteruit. 'De vader van dit kind verdient wel geld.'

Knuts ogen vernauwden zich. 'Dus zo wil je het spelen. Dan kan ik maar beter naar de rechter stappen met de boodschap dat mijn zwangere vrouw niet bij mij wil wonen.'

Zou de rechter haar kindje aan Knut kunnen toewijzen? Misschien wel. Margareta's keel werd dichtgeknepen. 'Stel dat mevrouw Skogh je niet meer wil hebben?'

'Dan heb jij een probleem.' Knut schopte tegen een steentje. 'Maar het kan ook anders.'

Margareta's hartslag versnelde. 'Hoe dan?'

'Als jij aan duizend kronen voor mij kan komen. Diverse maten van me bij de tram gaan naar Amerika. We hebben hier geen toekomst meer.' Hij spuugde weer een klodder op straat. 'Ik kan met ze meegaan, maar dan moet ik wel geld voor de reis hebben. Dus jij zorgt ervoor dat ik werk heb zodat ik een reisbiljet kan kopen, of je geeft me het geld.'

Werk om aan geld voor een reis te kunnen komen? Het zou jaren duren voordat Knut duizend kronen bij elkaar had gesprokkeld. En hij had zijn hele leven nog nooit een stuiver gespaard. Bovendien zou mevrouw Skogh hem nooit meer binnenlaten. En wat betreft die duizend kronen had hij net zo goed om de kroonjuwelen kunnen vragen.

Knut wist natuurlijk niet wat er in haar omging en zei: 'En niet zomaar een baantje, denk eraan. Ik ga geen pannen schuren. Ik wil hoofd Receptie worden.'

'Ik heb geen duizend kronen.'

'Die kun je makkelijk achteroverdrukken... tenzij je liever hebt dat ik naar de rechter ga.' Hij keek nadrukkelijk naar haar buik.

'Dat is chantage.'

Hij schudde zijn hoofd. 'Ik ben mijn baan kwijt omdat ik betere omstandigheden voor de mannen wilde afdwingen. En nu is het jouw beurt om mij te helpen.'

'Ik heb je de afgelopen zeven jaar al geholpen.'

'Dat was je plicht als mijn vrouw.'

Ze rechtte haar rug, en deed haar best goed zichtbaar te blijven voor de voorbijgangers op straat. 'Wat heb jij dan ooit voor mij gedaan?'

'Ik heb het goedgevonden dat je met Möller in Linnégatan bent gaan wonen.' Hij grijnsde boosaardig. 'Denk maar niet dat je je kunt verstoppen. Ik weet je altijd te vinden. Dus, Maggan, morgenmiddag om vijf uur zien we elkaar hier weer.'

'Maar dat gaat niet,' zei ze wanhopig. 'Mevrouw Skogh gaat overmorgen op reis, zoals elk jaar. En voor die tijd kan ik haar niet lastigvallen.'

'Nou, nou. Het ziet ernaar uit dat ik dan naar de rechter moet gaan. Jammer.' Hij draaide zich om en wilde weglopen.

'Wacht even.'

Hij draaide zich weer om.

'Ik zal mijn best doen.'

'Brave meid.'

87

Woedend maar ook bezorgd liep Margareta door de personeelsingang naar binnen. Knut Andersson was haar wettige echtgenoot. Bewaker. Cipier. Bij de gedachte dat hij de voogdijschap over haar kindje zou krijgen, werd ze zo duizelig dat ze steun moest zoeken bij de muur. Terwijl ze haar hoofd liet hangen en wachtte tot de misselijkheid zakte, keek ze naar de onderste treden van de trap naar de administratieafdeling. Mevrouw Skogh had ooit gezegd dat ze altijd tijd voor haar vrij zou maken als dat nodig was. Zou ze het aandurven? Wat had ze te verliezen?

August Svensson keek op. 'Is het dringend, mevrouw Andersson? Mevrouw Skogh heeft het heel druk met de voorbereidingen voor haar vertrek.'

'Het is... persoonlijk.'

Mevrouw Skoghs stem donderde door de deuropening. 'Kom binnen, mevrouw Andersson.'

Margareta moest even slikken. Toen ging ze naar binnen en deed de deur achter zich dicht.

Mevrouw Skogh zat achter haar bureau, dat bezaaid lag met notities, menu's en mappen. Ze gebaarde dat Margareta plaats moest nemen. 'Fijn dat je er bent. Ik wil dat je iets voor me doet tijdens mijn afwezigheid.'

'Eh... ik ben u altijd graag van dienst,' stamelde Margareta, die dit niet had verwacht.

'Dat weet ik. Goed, ik heb de hele zomer al gewacht tot Ottilia Ekman en Fredrik Nyblaeus nader tot elkaar zouden komen. Ik heb nooit begrepen wat er destijds is gebeurd.'

'Ze moeten weer opnieuw beginnen, maar ze hebben geen van beiden enig idee hoe ze dat kunnen aanpakken,' zei Margareta. 'Ze zijn allebei doodsbang voor gezichtsverlies en dat hun trots wordt gekrenkt, en dat is begrijpelijk omdat ze in de eerste plaats collega's zijn die met elkaar moeten samenwerken.'

'Precies. Daarom zou ik willen dat Möller en jij hen voor een etentje uitnodigen. Vraag Samuelsson maar om iets lekkers te maken dat je mee naar huis kunt nemen. Zeg dat hij het op mijn rekening zet.'

Margareta dacht even na. 'Dank u voor het aanbod, maar ik haal alles liever bij Svenska Hem. Dat maakt zo'n avond wat persoonlijker en minder... gedwongen. Maar een etentje is een uitstekend idee.'

Mevrouw Skogh lachte geamuseerd. 'Ik heb zo mijn goede momenten. Prima, geef mij het bonnetje van Svenska Hem maar. Maar nu, Svensson heeft gelijk, ik heb het heel druk. Vertel waarvoor je hier bent. Ik heb geen tijd voor wissewasjes.'

Margareta haalde even diep adem en vatte toen de koe bij de horens. 'Knut wil zijn baan terug.'

Binnen luttele seconden veranderde de verbijstering op Mevrouw Skoghs gezicht in woede. 'Dat moet een grap van hem zijn.'

'Ik wou dat het waar was, maar hij meent het.'

Mevrouw Skogh sloeg haar armen over elkaar. 'Waarom wil hij terugkomen en waarom zit jij hier om dat namens hem aan mij te vragen?'

'Hij wil geld sparen om naar Amerika te gaan. Vanwege alle problemen – vakbondsleden komen nergens meer aan het werk.'

'Daarmee beantwoord je alleen mijn eerste vraag.'

'Hij zei dat als hij hier niet kan werken ik hem duizend kronen voor een reisbiljet moet geven.' Margareta sloeg haar ogen neer. 'Zoveel geld heb ik niet.'

'En als hij geen baan en geen geld krijgt?'

'Dan gaat hij naar de rechter en zegt dat zijn zwangere vouw hem heeft verlaten. Hij zal het kind willen opeisen.' Margareta knipperde haar tranen weg. 'Ik ben nog steeds zijn vrouw.'

'Wat zegt Möller hiervan?'

Margareta schudde haar hoofd. 'Gösta weet hier niets van. Nog niet tenminste. Hij heeft me al zo dikwijls gevraagd met hem te trouwen, maar Knut weigert steevast te scheiden.'

Mevrouw staarde peinzend voor zich uit. Toen keek ze Margareta weer aan. 'Wanneer verwacht Andersson antwoord?'

'Morgenmiddag om vijf uur.'

'Breng hem maar hier.'

88

Ottilia, Karolina, Margareta, Beda, Torun en Märta zaten gezusterlijk aan hun favoriete tafel in Blanchs Café. Voor de zes vriendinnen waren de spontane bijeenkomsten in het etablissement in de Kungsträdgården uitgegroeid tot een maandelijkse traditie. Ottilia zette haar nieuwe, honingkleurige handtas naast zich op de grond.

Märta keek Margareta liefdevol aan. 'Ik hoop dat je na de

geboorte van de baby nog steeds van de partij kunt zijn.'

Margareta schoot in de lach. 'Ik zal mijn best doen, maar ik moet ook rekening houden met Gösta's werktijden.'

'Daar hebben we het nog wel over,' zei Ottilia. 'Vertel eens wat er gisteren is gebeurd toen je met Knut naar mevrouw Skogh ging.'

'Wát heb je gedaan?' Toruns stem schalde door het café. Een heer aan het tafeltje naast hen keek verstoord op.

De zes dames kregen een kleur en bogen zich naar elkaar toe, althans, voor zover Margareta's buik dat toeliet.

'Neem me niet kwalijk,' fluisterde Torun. 'Wat is er aan de hand?'

Karolina legde het probleem aan Beda, Torun en Märta uit. 'En nu willen we weten wat er daarna is gebeurd.'

'Nou en of,' beaamde Beda. 'Als die gluiperd terugkomt in het Grand Hôtel...'

Margareta stak haar hand op. 'Dat zal niet gebeuren en mevrouw Skogh was fenomenaal. Ik had met Knut afgesproken en zei tegen hem dat we naar haar kantoor gingen. Ik zag aan zijn gezicht dat hij daar niet zo blij mee was als ik had verwacht, hij keek zelfs somber. Maar goed, toen we het kantoor van mevrouw Skogh binnenkwamen, zat inspecteur Ström er ook. Ik was nogal verbaasd, want bij mijn weten had Knut geen misdrijf gepleegd, in ieder geval had hij niet iets misdaan met betrekking tot het Grand Hôtel. Mevrouw Skogh had vast mijn gedachten geraden.' Margareta deed verslag:

'Inspecteur Ström is hier als getuige van wat er hier wordt gezegd,' zei mevrouw Skogh. 'Zo. Andersson, Margareta heeft me verteld dat je hier wilt werken of anders naar Amerika zult vertrekken.'

'Jawel... mevrouw.'

'Dan kun je morgenochtend om vijf uur meteen weer aan de slag in de functie die je had.'

Knuts mond viel open en zijn ogen schoten vuur.

'Of,' ging mevrouw Skogh verder, 'je kunt een reisbiljet naar

Amerika krijgen op dezelfde boot die je collega's nemen op 29 september, plus nog tweehonderd kronen.'

De woede in Knuts blik maakte plaats voor berekening. 'Ik wil een reisbiljet plus nog vijfhonderd kronen.'

Mevrouw Skogh haalde drie nieuwe biljetten van honderd kronen uit haar bureaula, plus een formulier. 'Je kunt je reisbiljet krijgen en daarbij driehonderd kronen als je deze overeenkomst tekent.'

'Wat staat daar?' vroeg Knut bars.

Ze schreef het getal 300 in het daarvoor bestemde vakje en draaide het formulier toen naar Knut toe. 'Hier staat dat je op 29 september driehonderd kronen plus de overtocht naar Amerika krijgt, dat je je niet zult verzetten tegen mevrouw Anderssons verzoek tot echtscheiding en verklaart dat je niet de vader van haar kind bent. Er staat ook dat wanneer je voor de negenentwintigste contact zoekt met mevrouw Andersson deze overeenkomst nietig wordt verklaard.' Ze schoof de pen zijn kant op.

Zonder er een seconde over na te denken, krabbelde Knut zijn naam op het formulier en wilde de kronen pakken. Maar mevrouw Skogh griste het geld van haar bureau, zette ook haar handtekening op het formulier en gaf dat samen met de driehonderd kronen aan de inspecteur. Die stopte alles weg.

Knut sloeg met zijn vuist op het bureau. 'Dat geld is van mij! Ik heb net getekend!'

'In de overeenkomst staat dat het geld de negenentwintigste beschikbaar voor je is,' zei mevrouw Skogh. 'Het enige wat je hoeft te doen, is je die ochtend bij het politiebureau in Smålandsgatan melden om het geld en je reispapieren op te halen. Die zekerheid heb je omdat de inspecteur het contract en het geld in zijn zak heeft en getuige van ons gesprek is geweest. Als ik je voor de gek zou willen houden, zou ik nu in overtreding zijn.'

Margareta beëindigde haar verhaal en de dames in Blanchs Café schaterlachten.

'En toen?' vroeg Beda.

'Toen nam inspecteur Ström hem mee naar buiten,' zei Margareta. 'Mevrouw Skogh vertelde me naderhand dat ze betwijfelde of Knut zijn oude baan weer terug wilde. Volgens haar zei hij dat om mij te dwingen het geld voor hem bij elkaar te krijgen.'

'Ik denk dat mevrouw Skogh gelijk heeft,' zei Torun. 'En je bent vast opgelucht om na al die jaren van hem af te komen.'

'Ik was blij en opgelucht,' zei Margareta. 'Nadat de paniek was gezakt.'

'Paniek?' vroeg Ottilia.

'Ik had echt niet geweten hoe ik aan driehonderd kronen en het geld voor een reisbiljet had moeten komen.'

'De overtocht kost minder dan je denkt. Mevrouw Skogh had me gevraagd een ticket voor het tussendek te reserveren. Ik begrijp nu pas voor wie dat was.'

'Het kost me helemaal niets,' zei Margareta zacht. 'Mevrouw Skogh heeft me bezworen dat er voor het geld is gezorgd, maar waarom het Grand Hôtel alles zou betalen, is me een raadsel.'

'Ik wil wedden dat het Grand Hôtel dit niet betaalt,' zei Ottilia. 'Dit is mevrouw Skogh echt ten voeten uit. Ze is in staat iemand een draai om zijn oren te geven en met dezelfde hand iemand uit de brand te helpen.'

'Maar waarom de negenentwintigste?' vroeg Karolina.

'Knut heeft gezegd dat op die dag een hele ploeg trampersoneel naar Amerika vertrekt,' lichtte Margareta toe. 'Mevrouw Skogh heeft Charley Löfvander gevraagd te controleren of dat klopte. Onze Charley kwam er al heel snel achter, want hij kent iedereen in de stad.'

'Het zal Knut vast niet bevallen om in het tussendek te reizen,' zei Karolina. 'Het verbaast me dat hij daarin heeft toegestemd.'

'Je hebt gelijk dat het niets voor hem is,' zei Margareta. 'Maar mevrouw Skogh had het alleen maar over een passagebiljet en Knut had niet de moed om verder te vragen. Ik moet bekennen dat ik het ook niet wist tot Beda net zei dat het over het tussendek ging.'

Märta had tranen in haar ogen van het lachen. Ze gaf een klopje op Margareta's arm. 'Ik ben heel blij voor je. En nu we het toch over geweldig nieuws hebben: ik word eerste assistent bij de afdeling Dameshandschoenen.'

'Dat is geweldig, 'zei Karolina. 'Hoe heb je dat voor elkaar gekregen?'

'Ik wil hogerop komen in de winkel en toen deze vacature vrijkwam, heb ik gesolliciteerd en dat was dat. Ik denk trouwens dat ik wel meer ben dan de voor de hand liggende keuze. Er hebben namelijk ook meisjes van andere afdelingen gesolliciteerd.'

'Bravo,' zei Torun. 'Vrouwen moeten hun best doen te krijgen wat ze willen. Daar ben ik een enorme voorstander van. Wat zei Wilhelm?'

Märta bloosde. 'Hij is heel trots.'

'Dus' – Beda hief haar glas – 'laten we drinken op meer handschoenen en minder loslopende trambestuurders.'

'En,' zei Torun en ze stak haar hand op, 'op Selma Lagerlöf.'

'Hoezo?'

Torun dempte haar stem. 'Omdat we via via hebben gehoord dat ze op de shortlist voor de Nobelprijs voor Literatuur staat.'

'Ik wist niet dat er een shortlist bestond,' fluisterde Karolina terug.

'Officieel eigenlijk niet. Beloof me dus dat jullie je mond hierover houden. Normaal gesproken zou ik willen dat een schrijver van uitgeverij Norstedt de Nobelprijs kreeg, maar nu hoop ik dat juffrouw Lagerlöf hem wint. De Nobelprijs wordt inmiddels al negen jaar uitgereikt en er is nog nooit een Nobelprijs voor Literatuur aan een vrouw toegekend.' Ze keek verontwaardigd.

'Wanneer wordt het bekendgemaakt?' vroeg Ottilia.

'Op de eerste donderdag in oktober, dus al vrij snel. Gaan jullie maar vast duimen.'

89

Op 7 oktober werden Ottilia en Karolina bij mevrouw Skogh op kantoor ontboden.

Hun directeur begroette hen met een stralende lach. 'Ze heeft gewonnen. We gaan een feest geven.'

Ottilia klapte in haar handen. 'Torun en haar vriendinnen bij Tolfturna zullen vast net zo opgetogen zijn als juffrouw Lagerlöf.'

'Mijn moeder trouwens ook,' zei Karolina.

'En honderden andere vrouwen door het gehele land,' voegde mevrouw Skogh eraan toe terwijl ze aan de lange tafel gingen zitten, waar zoals gewoonlijk de koffie al klaarstond. 'Het feest is dus uitsluitend voor ons. De heren kunnen hoog en laag springen, maar dit is een feest ter ere van een vrouw en wordt gevierd door vrouwen.' Ze knikte naar Karolina. 'Dat is dan ook de reden dat jij hier bent en meneer Nyblaeus niet. Ik heb je met zijn toestemming even van hem geleend. En nu we het toch over meneer Nyblaeus hebben...' – ze richtte zich tot Ottilia – 'het verheugt me zeer dat jullie beiden nader tot elkaar zijn gekomen.'

Ottilia bloosde tot aan haar haarwortels. Een uitermate knus dinertje, buiten het Grand Hôtel, had hun oude vriendschap weer nieuw leven ingeblazen. Ze waren allebei geroerd toen Margareta de zware schaal met Hasselback-aardappelen uit de oven wilde halen en Gösta onmiddellijk opsprong om haar te helpen. Tussen Fredrik en Ottilia werd niet veel gezegd, maar hun handen vonden elkaar. En toen Fredrik Ottilia terug naar het Bolinder Paleis begeleidde, bleven ze om de haverklap staan om elkaar te kussen. Maar nu, onder de adelaarsblik van mevrouw Skogh, sloeg Ottilia haar ogen neer. 'Dank u.'

Karolina schoot haar te hulp door snel van onderwerp te veranderen. 'Waar wordt het feest voor juffrouw Lagerlöf gehouden?'

'In het Grand Royal. Het feest eindigt om tien uur 's avonds en om halfelf zijn we weer open voor het publiek.'

Ottilia pakte haar notitieboekje en pen uit de zak van haar japon en schreef alles op. 'En de datum?'

'Maandag 13 december, we rekenen op twaalfhonderd personen.'

Karolina floot zachtjes. 'Zal het ons lukken zoveel kaartjes te verkopen?'

'Wel als de prijs niet te hoog is. De entree is vijf kronen.'

'Dat is goedkoop,' zei Ottilia verbaasd.

'Maar niet voor een gewone arbeider. Dit is een feest voor vrouwen uit alle lagen van de bevolking.'

'Is het feest voor alle leeftijden?'

Mevrouw Skogh keek verbaasd. 'Waarom vraag je dat?'

'Ik denk dat Birna ook graag wil komen. Ze woont inmiddels bij Torun nu Märta bij Wilhelm is ingetrokken. Ze heeft ik weet niet hoe vaak *Niels Holgerssons wonderbare reis* gelezen.'

'Hoe oud is ze?'

'Bijna achttien. Ze is bezig met haar toelatingsexamen, in de hoop geneeskunde te kunnen gaan studeren aan het Karolinska Institutet.'

'Lieve hemel. Ze is werkelijk volwassen geworden.'

'Dat vindt ze zelf ook.'

'En zo te horen is zij precies het soort jongedame dat dit land nodig heeft. Birna is natuurlijk van harte welkom.'

'Ze mag onze japon wel lenen,' zei Karolina. 'Wij moeten namelijk allebei werken.'

'Reken maar,' beaamde mevrouw Skogh. 'We hebben die avond uitsluitend vrouwelijk personeel, daarom moeten we nog een aantal meisjes klaarstomen.'

Ottilia tikte met haar pen op haar boekje. 'Voor de bediening van twaalfhonderd mensen hebben we een enorme stoet meisjes nodig.'

'Ja en nee. Er komt een lopend buffet en jullie hoeven dus slechts borden aan te vullen en drank in te schenken. De meisjes van Roomservice zullen goed van pas komen en vraag mevrouw

Andersson of ze ook een paar geschikte meisjes van Huishouding kan aanbevelen. Hetzelfde geldt voor chef Samuelsson. Hij heeft vast nog wel een stuk of wat keukenhulpen die voor één avond in het Grand Royal kunnen werken.'

'Ik zal een lijst met personeel samenstellen,' zei Karolina. 'We hebben meer zwarte japonnen nodig.'

'Op dit feest wordt geen zwart gedragen,' zei mevrouw Skogh. 'Het is een vreugdevolle, kleurrijke bijeenkomst. Geen formeel diner.'

'Mosgroen?' opperde Ottilia. 'Dat zou prachtig staan in de wintertuin.'

'Uitstekend. En dan graag japonnen van een goede kwaliteit stof en een klassieke snit. Geen frutsels. En jullie twee mogen absoluut niet bedienen. Ik begrijp dat jullie graag overal een vinger in de pap willen hebben, maar ik wil niet dat je de ene dag thee inschenkt voor een dame en haar de volgende dag een uitgebreid diner moet aanprijzen. Jullie mogen vanaf mijn balkon een oogje in het zeil houden, als jullie daar tenminste tijd voor hebben.'

Ottilia's mond viel nog net niet open. Mevrouw Skoghs balkonnetje was tot nu toe uitsluitend háár domein geweest. Ottilia vond eigenlijk dat de voortdurende aanwezigheid van de directeur ervoor zorgde dat er meer fouten werden gemaakt omdat iedereen om de haverklap nerveus omhoogkeek om te zien of ze werden gecontroleerd. Ze kwam weer terug op het onderwerp. 'We kunnen al een flinke tijd van tevoren beginnen met adverteren, maar wanneer moeten de kaartjes in de verkoop gaan? Op 1 november? Dan hebben wij de tijd om voorbereidingen te treffen en het eten en de drank te bestellen.'

'Nee, we doen de kaartjes een week voor het feest in de verkoop. Op 6 december.'

'Waarom zo laat?' vroeg Karolina verbaasd. 'De samenstelling van het menu voor het Nobelbanket is al maanden geleden bepaald.'

'Omdat op 6 december de mensen zeker weten of ze wel of

niet aanwezig kunnen zijn. Het risico met goedkope kaartjes is dat een aantal niet wordt gebruikt omdat sommige dames ze alleen voor de zekerheid kopen.'

'Dan hebben we wel heel weinig tijd,' zei Ottilia. 'In verband met het eten moeten we ruim van tevoren weten op hoeveel mensen we moeten rekenen.'

'Dat heb ik al gezegd. Twaalfhonderd. Zweden heeft nog nooit een dergelijk feest meegemaakt. Met muziek, zang, toespraken, bloemen, vlaggen, en' – mevrouw Skogh sloeg met haar hand op tafel – 'waarom geen Sint-Lucia, want het is op 13 december. De hele vrouwenbeweging zal aanwezig zijn. Heb ik al verteld dat de echtgenote van de minister-president officieel gastvrouw is? Let op mijn woorden, dames. Op de avond van het feest zijn alle kaartjes verkocht. Wacht maar af.'

Ze hoefden niet lang te wachten. Op 6 december werd het Grand Royal zo ongeveer bestormd, waarna twaalfhonderd dames zich gelukkig mochten prijzen en nog eens achthonderd teleurgesteld huiswaarts keerden. De Zweedse vrouwen wilden maar al te graag hun steun betuigen aan de eerste vrouwelijke Nobellaureaat van het land. De opwinding was groot. Selma Lagerlöf had de vrouwenbeweging nooit laten vallen, en dat zouden de vrouwen van het Grand Hôtel ook nooit doen.

90

Op de zondag tussen het Nobelbanket op vrijdag en het feest voor Selma Lagerlöf op maandag moest Charley Löfvander heel hard niesen. Het luide *hatsjoe* weerkaatste door de met hulst versierde bar. Hij knikte verontschuldigend naar de verbaasde klanten en nieste toen nog een keer.

'Het lijkt me beter als je naar huis gaat, Charley,' zei Gösta

Möller. 'Ik wil niet dat je mijn obers aansteekt.'

Charley haalde zijn grote zakdoek tevoorschijn en begroef zijn neus erin. 'Gisteravond was er een kerel binnen die maar bleef niesen. Ik dacht er toen niet bij na, maar nu vraag ik me af of het door hem komt.'

Een pas aangestelde hoofdportier kwam binnen. 'Meneer Möller, ik was naar u op zoek. Torun Ekman heeft gebeld om te zeggen dat mevrouw Andersson is begonnen.'

'Begonnen?'

'De baby komt.'

Gösta keek van Charley naar de portier.

'Ga maar,' zei Charley. 'Schiet op.'

'Als het vals alarm is, kom ik terug.'

'Het is vast geen...' – Charley moest weer niesen – 'vals alarm als Torun Ekman zegt dat het is begonnen. Ik heb nog nooit meegemaakt dat zij zich ergens in vergiste. Maak je geen zorgen. Wij blijven allemaal hier.'

91

Terwijl op de ochtend van Selma Lagerlöfs feest de winterzon boven het Grand Hôtel rees, hief Oscar Holtermann zijn kop koffie naar Wilhelmina. 'Gefeliciteerd met weer een onberispelijk verzorgd Nobelbanket. De kerstversiering is nog nooit zo fraai geweest en iedereen was zeer te spreken over het souper. Met name de tarbot vond ik verrukkelijk.'

Ivar Palm knikte instemmend. 'Alles was uitermate smakelijk. De Poire à la Reine Victoria smolt eenvoudigweg op de tong.'

'Inderdaad, maar...' Holtermann keek plotseling ernstig. 'De hoofdportier herkende een Nobellaureaat niet en probeerde haar de toegang tot de rode loper te versperren. Zo'n blunder mag nooit meer voorkomen. We hebben geluk gehad dat...' – hij zocht naar het juiste woord – 'het slachtoffer onze eigen juffrouw Lagerlöf was en niet een van onze buitenlandse gasten.'

Wilhelmina kreeg het alsnog benauwd bij de herinnering. Wat een blamage. 'De man heeft een fikse uitbrander gekregen en is teruggezet in functie. Ik kan jullie beiden ervan verzekeren dat er in dit hotel nooit meer een dergelijke vergissing zal worden begaan. Maar wat mij betreft,' ging ze snel verder, 'was de toespraak van juffrouw Lagerlöf het meest gedenkwaardige moment van de avond.'

De beide mannen keken stomverbaasd.

'Hebt u die dan gehoord?' vroeg Palm. 'Ik dacht dat u achter de schermen heen en weer rende.'

'Ik hoor de meeste dingen in dit hotel, en heen en weer rennen doe ik nooit.' Ze glimlachte liefjes. 'Maar goed, vanavond hebben we het grote feest. Had ik al gezegd dat het uitverkocht is?'

'Jawel, en het stond deze week ook in de kranten. Het is allemaal zeer lovenswaardig, maar hoe zit het met de entreeprijs?' Holtermann zette zijn bril af. 'Vijf keer twaalfhonderd levert slechts zesduizend kronen op. Hoe kan zo'n luttel bedrag alle kosten dekken?'

Wilhelmina verborg haar ergernis. 'Door sandwiches, koekjes, fruit, spuitwater en thee te serveren. Het ontbreken van culinaire hoogstandjes wordt gecompenseerd door de harten en zielen van dolenthousiaste vrouwen in een nooit eerder vertoonde samenstelling. Bij dit feest komt voor ons minder kijken dan bij een normaal banket en' – Wilhelmina zwaaide met haar vinger – 'het Grand Royal zal in nauwelijks drie uur tijd twaalfhonderd kersverse ambassadeurs erbij krijgen. Op de lange termijn zal dit feest zichzelf, en nog iets meer, terugverdienen.' In ieder geval was dat de theorie die ze aan het bestuur kon verkopen. Met een beetje geluk zou ze absoluut gelijk krijgen. 'Trouwens,' ging ze verder. 'Zwedens eerste vrouwelijk laureaat is toch wel een feest waard?'

'Inderdaad,' beaamde Holtermann. 'Juffrouw Lagerlöf is zeker een waardige Nobelprijswinnaar. Wat ik echter niet begrijp is alle opwinding over het feit dat ze een vrouw is. Zelfs mijn vrouw is ervan in de wolken.'

'Komt uw echtgenote ook vanavond?' vroeg Wilhelmina.

'Jazeker. Het heeft me een nieuwe japon gekost.'

Wilhelmina sloeg haar armen over elkaar. 'En vond u dat een bezwaar?'

'Niet al te zeer.' Hij dacht even na. 'Weet u, mijn echtgenote heeft de afgelopen zomer een maand bij familie doorgebracht. Het was voor het eerst dat ik haar niet kon vergezellen, en toen besefte ik plotseling hoeveel ze voor me doet, en als ik afga op het aantal telefoontjes dat ik tijdens haar afwezigheid kreeg, geldt dat ook voor anderen in de stad. Ik had werkelijk geen flauw idee.'

'Zo gaat het dikwijls,' zei Wilhelmina. 'Mannen hebben het te druk met grote beslissingen nemen om te beseffen hoe druk de vrouwen het hebben met voor al het andere te zorgen.'

Holtermann glimlachte zuinigjes. 'Geniet van je feest, Wilhelmina. Jouw dames en jij hebben een gedenkwaardige avond verdiend.'

'Daar ben ik het roerend mee eens,' zei Palm.

92

Tegen de middag was een op de vijf personeelsleden van het Grand Hôtel en het Grand Royal te ziek om te werken. Maar omdat dokter Malmsten constateerde dat het om een vervelend maar onschuldig griepje ging, hoefde het feest niet te worden afgelast.

Ottilia legde de hoorn van de telefoon op de haak en streepte de zoveelste naam op de lijst van dienstertjes door. 'Er zijn nog twee kamermeisjes naar hun kamer gestuurd, van wie eentje voor ons moest werken.'

'Dus hoeveel komen we er nu tekort?'

'Vier. In het Grand Hôtel zal het er ook om spannen. Ze hebben Gösta Möller opgeroepen.'

Karolina keek bezorgd. 'Kan hij dan weg bij Margareta?'

'Waarschijnlijk is hij de slaapkamer uit gestuurd, maar ik weet zeker dat hij liever daar loopt te ijsberen dan hier. Mijn moeder vertelde me ooit dat de bevalling van mijn broer Jon zesendertig uur heeft geduurd. De geboorte van een eerste kind kan lang duren. Maar de grote vraag is: waar halen we nog vier meisjes vandaan? In het uiterste geval had ik ook mannen laten aantreden, maar we zitten nu in het hele hotel met gebrek aan personeel. Ik ben alleen blij dat dit na het Nobelbanket gebeurt. Vanavond hebben we slechts een buffet.'

'Kunnen we Sint-Lucia niet schrappen en dat meisje vragen om ook te bedienen?' opperde Karolina. 'Ze is toch van Roomservice?'

'We hebben een koor ingehuurd en dus moeten we ook een Lucia hebben, maar nu ik erover nadenk, ieder meisje kan toch Lucia zijn? Ze hoeft alleen maar te schrijden en hemels te kijken. Weet je wat, het lijkt me wel iets voor Birna.'

'Birna heeft een kaartje gekocht.'

'Birna kan verdorie net zo goed invallen als jullie allemaal op mijn eerste dag. Weet je nog? Jullie hebben toen je avondje uit opgeofferd om mij te helpen.' Ottilia keek verbaasd. 'Wat is er?'

De grijns op Karolina's gezicht viel ietwat uit de toon bij de stemming. 'Het antwoord ligt voor de hand. Je zei het net zelf. We vragen Beda, Märta en Torun.'

Ottilia, Karolina, Beda, Märta en Birna – drie van hen gekleed in het mosgroen en twee in het rood van het Grand Royal – keken vanaf een van de gaanderijen op de derde verdieping naar de caleidoscoop van zijde en satijn. Het buffet was achter de rug, net als de toespraken. Er was met vlaggen gezwaaid, er waren bloemen bewonderd en er was zo hard gejuicht dat er bijna barsten in het glazen plafond sprongen. Het koor had zijn eigen

Sint-Lucia meegebracht, dus werd Birna van haar taak ontheven.

'Als ik na vijf minuten training een serveerwagen kan klaarmaken, dan kun jij thee in een kopje schenken,' zei Beda tegen haar.

Dolenthousiast ging Birna aan de slag.

Het Grand Royal had er nog nooit zo grandioos uitgezien als die avond.

'Het is gewoon magisch,' zei Märta ademloos. 'Ik weet zeker dat sommige japonnen die ik zag uit ons Franse Modeatelier komen.'

'De japon van mijn moeder komt daar zeker vandaan,' zei Karolina. 'Ik heb even getwijfeld of turquoise wel de juiste kleur was, maar ze zag er vanavond schitterend uit.'

Ottilia zuchtte. 'Torun zal het wel vreselijk vinden dat ze dit heeft gemist.'

'Vast wel,' beaamde Birna. 'Ik mocht namelijk thee inschenken voor juffrouw Lagerlöf en mevrouw Beskow.'

Karolina draaide aan de gladde gouden ring aan haar ringvinger. 'Ik begrijp nog steeds niet hoe mevrouw Skogh het voor elkaar heeft gekregen om een dergelijke droom te verwezenlijken. Waar is ze trouwens? Ik zie haar nergens tussen al die mensen.'

'Ik ben hier,' zei een stem achter hen.

De dames draaiden zich om.

Mevrouw Skogh, gekleed in een oogverblindende lila japon, glimlachte naar de vijf vriendinnen. 'Ik heb nieuws uit Linnégatan. Margareta Andersson is bevallen van een zoon. Moeder en kind maken het uitstekend. Ik heb Möller naar huis gestuurd en hem gezegd dat Torun hiernaartoe moet komen. Ze heeft daar vanavond genoeg gedaan.'

De vijf vrouwen keken haar stralend aan.

'Wat een geweldig nieuws!' riep Karolina als eerste.

'Fantastisch!' vielen de anderen haar bij.

'Maar ik denk dat Torun hier niet veel meer te doen heeft,' zei Ottilia. 'Het is bijna tien uur en we hebben personeel klaarstaan om snel alles op te ruimen en op zijn plaats te zetten. Om halfelf gaan de deuren van het Grand Royal weer open voor het publiek.'

'Voor een klein groepje uitverkorenen geef ik nog een feestje in mijn appartement,' zei mevrouw Skogh. 'Juffrouw Lagerlöf heeft mijn uitnodiging geaccepteerd en zodra Torun hier is, zijn jullie met zijn zessen ook van harte welkom.'

De dames keken elkaar vol ongeloof aan.

'Ik hoorde dat Karolina zich afvroeg hoe ik deze droom heb kunnen verwezenlijken,' zei mevrouw Skogh. 'Goed, een droom hebben is niet zo moeilijk. Maar een doel stellen, dat bereiken en het dag in, dag uit voor ogen houden, is heel wat zwaarder. En toch krijgen wij dit in het Grand Hôtel voor elkaar. Ik zie jullie straks om halfelf, dames.'

In het appartement in het Bolinder Paleis waren de glazen gevuld door Brita, die diep onder de indruk was van het feestelijk gezelschap. Wilhelmina Skogh stond met haar rug naar het winterse Stockholm. Het water glinsterde van de straatlantaarns en de elektrische verlichting van het paleis aan de overkant. Door de heldere, koude nacht zweefde de roep van de ene koetsier naar de andere.

Wilhelmina hief haar glas. 'We drinken nog een keer op de glorieuze juffrouw Selma Lagerlöf.'

Selma schudde haar hoofd. 'Deze keer niet, Wilhelmina. We drinken op jou en alles wat je hebt bereikt. Of eigenlijk' – ze draaide zich om en lachte naar Ottilia, Karolina, Beda, Märta, Torun, Birna, en toen naar Elisabet die iets verderop stond – 'op alle fenomenale vrouwen van het Grand Hôtel.'

Dankwoord

Wilhelmina Skogh en het fabuleuze Grand Hôtel hebben mij gefascineerd vanaf het moment dat ik begin jaren tachtig het geluk had daar een zomerbaantje te bemachtigen. Destijds nam ik me voor om ooit een roman over deze plek te schrijven en veertig jaar later was het zover.

Het Grand Hôtel is een privéonderneming. Iedereen kan zonder problemen de lobby binnenwandelen, maar ik wilde liever de oude bestuurskamer zien dan een van de schitterende hotelkamers. Kortom, ik wilde toegang krijgen tot het hele gebouw en zijn geschiedenis en daarvoor had ik de toestemming nodig van de huidige bewindvoerders. Daarom gaat allereerst mijn dank uit naar Lars Wedenborn, die mijn verzoek heeft gehonoreerd en in het concept geloofde. En me een sleutel gaf.

Mijn grootste dank gaat vervolgens uit naar de algemeen directeur van het Grand Hôtel, Pia Djupmark, en haar fenomenale assistente Lovisa Strauss. Dames, ik dank jullie dat jullie het hotel aan me hebben toevertrouwd. Bedankt dat ik achter de schermen mocht kijken, anekdotes mocht optekenen en boven alles, dat jullie mij volledige toegang hebben gegeven tot de historische archieven. Zonder jullie tijd en samenwerking zou dit boek nooit de eindstreep hebben gehaald.

Sten Vasseur, voormalig bloemist van het Grand Hôtel, bedankt voor je tijd en je enthousiasme. En ook bedankt dat je me inzage gaf in je bronnen van onderzoek en dat ik de foto's mocht bekijken die je in de loop der jaren hebt verzameld. Jouw kennis vormde de eerste spieren op wat tot dan toe nog een geraamte was.

Marit Snaar van de Wilhelmina Vereniging in Storvik. Dank je dat je me met open armen hebt ontvangen toen ik het Wilhelminas Café in het station van Storvik bezocht en me vroeg om tijdens ons gesprek plaats te nemen in een van de oude fauteuils van de grande dame. Een moment om te koesteren.

Om een boek van de eerste letter tot de boekhandel te krijgen heb je een heel uitgeversdorp nodig. Mijn volgende dank gaat dan ook uit naar het uitgeversteam van Printz Publishing: eindredacteur Christoffer Holst, pr-goeroe Anna Levahn, de betrouwbare Zweedse vertaler Mats Foerster, omslagontwerper Emma Graves en tekenaar van de kaart Sara Ljungdahl, en niet te vergeten de geweldige Linda Altrov Berg, Catherine Mörk en Sofia Odsberg van Norstedts Agency. Bedankt voor alles wat jullie allemaal doen – en voor jullie geloof in de *De vrouwen van het Grand Hôtel* vanaf dag een.

Arne, Maxine en Emelie – zonder jullie drie zou dit er allemaal niet toe doen. Bedankt voor jullie onwrikbare steun en enthousiasme.

En als laatste wil ik Wilhelmina Skogh bedanken, van wie op mijn bureau een foto staat. Je bent ons allemaal tot voorbeeld. Ik kan alleen maar hopen dat ik heb voldaan aan jouw hoge maatstaven en verwachtingen.

Met liefde en dankbaarheid,

Ruth

www.ruthkj.com
@ruthkjwriter